Aesthetics and Poetics

美学与诗学

——张晶学术文选

张晶 著

第二卷

中国社会科学出版社

图书在版编目（CIP）数据

美学与诗学：张晶学术文选：全6卷／张晶著．—北京：中国社会科学出版社，2017.5

ISBN 978 - 7 - 5161 - 6184 - 5

Ⅰ．①美…　Ⅱ．①张…　Ⅲ．①古典诗歌 - 诗歌研究 - 中国 - 文集②美学 - 中国 - 古代 - 文集　Ⅳ．①I207.22 - 53②B83 - 092

中国版本图书馆 CIP 数据核字（2015）第 117585 号

出 版 人　赵剑英
责任编辑　曲弘梅
责任校对　张晓东
责任印制　戴　宽

出　　版　中国社会科学出版社
社　　址　北京鼓楼西大街甲 158 号
邮　　编　100720
网　　址　http://www.csspw.cn
发 行 部　010 - 84083685
门 市 部　010 - 84029450
经　　销　新华书店及其他书店

印刷装订　北京君升印刷有限公司
版　　次　2017 年 5 月第 1 版
印　　次　2017 年 5 月第 1 次印刷

开　　本　710×1000　1/16
印　　张　195.5
字　　数　3595 千字
定　　价　498.00 元（全六卷）

目 录

（第二卷）

禅与唐宋诗学

神思——艺术的精灵

禅与唐宋诗学

自　序

想来想去，还是自己给这本小书写个序，因为自己最了解自己所走过的学术道路。

我对禅学，并无宗教方面的兴趣。如果从宗教的意义上讲，我可以说基本上是个"门外汉"。我对禅，却有很浓的哲学的、美学的乃至于诗学的兴趣。

1985 年，当时我还是一个刚刚硕士毕业的助教，收到"第一届全国严羽学术研讨会"的请柬，我非常珍视这个学习机会，便非常认真地准备会议论文。从何入手呢？于是研读严羽的诗学代表著作《沧浪诗话》。从中找到了一个角度，那就是诗与禅的比较。因为严羽自己就说得非常清楚："以禅喻诗，莫此亲切。"① 这是对严羽诗学思想研究的最佳提示。我由此得到憬悟，写成了《诗与禅：似与不似之间》，后来收在《严羽学术研究论文选》（鹭江出版社 1987 年版）中，这是我探索诗禅关系的起点。

我从小就喜欢诗，古诗、现代诗都拿来读。在"上山下乡"那段不堪回首却又记忆犹新的日子里，一天艰辛的劳作之余，是一部《唐诗三百首》和一些旧的《诗刊》，伴我度过寒冷的冬夜。硕士期间读的是唐宋文学，研究的对象就是唐宋诗词。自己以前也喜欢写诗，上大学时还写了不少"朦胧诗"，因此对唐宋诗词有一份情有独钟的深爱。从 20 世纪 80 年代中期开始，以研究《沧浪诗话》为契机，对诗禅关系有了一些属于自己的体会。

从某种意义上说，禅学对中国文学、中国诗学的影响与互渗，不亚于它的宗教价值。中国的唐诗、宋诗、宋词之所以是我们现在所看到的这个样子，在很大程度上是不能排除禅的影响的。最典型的当属王维、孟浩然、刘长卿、白居易、刘禹锡、苏轼、黄庭坚的创作。唐宋时期文人士大夫染禅的

---

① （宋）严羽：《答出继叔临安吴景仙书》，见郭绍虞《沧浪诗话校释》附录，人民文学出版社 1961 年版，第 251 页。

情况非常普遍，禅在很深的层次上影响着文人的心态。这一点，我在《禅与唐宋诗人心态》（载《文学评论》1997 年第 3 期）一文中就几个问题作了较深入的探索。这种心态又使唐宋诗人、词人的作品，呈现出特有的审美风貌。如盛唐的山水诗派诸人，大都是与禅有较深关系的。禅使这些诗人有了一份淡泊的心境，才有了山水诗的那种空灵明净。我在《禅与唐代山水诗派》一文中有所阐发。

作为中国化的佛教哲学思想，禅宗固然有着来自于印度佛教思想的渊源，但更是与中国本土的哲学思想相融合的产物。魏晋南北朝时期，佛学与玄学的合流，是后来禅宗思想的基因。支道林、谢灵运、宗炳等人的佛学思想，其实都不无玄学的影子。般若学的"方便沤想"，深受"体用不二"思想的启迪；道生的"顿悟"，尤与庄学、玄学有不解之缘，而至禅宗思想的产生与丰富，可以说是佛学中国化所达到的浑然无间的境界，也是中国的士大夫们所乐于接受的思想方法。禅的"拈花妙谛"，禅的"活参"、"妙悟"，不仅与诗的灵境相通，而且在相当大程度上使唐宋诗人的艺术思维产生了飞跃。

"欲令诗语妙，无厌空且静。静故了群动，空故纳万境"（苏轼《送参寥师》），非常睿智地揭示了禅的"空静"观与诗境的关系。禅是超越的，但却并不脱离世俗生活。"平生寓物不留物，在家学得忘家禅"（苏轼《寄吴德仁兼简陈季常》），在现实生活中即世超越，这正是禅的精神。《维摩诘经》中有着颇为有趣的譬喻："譬如高原陆地，不生莲花，卑湿淤泥，乃生此华。""又如植种于空，终不得生，粪壤之地，乃能滋茂。""譬如不下巨海，终不得无价宝珠，如是不入烦恼大海，则不能得一切智宝。"① 作为禅宗的精神宝典，这种"烦恼即是菩提"的命题，深深地影响着唐宋时期士大夫们的生活态度，从而也形成了在生活境像中返照，对"此在"的生存取一种审美观，如王维的"空山不见人，但闻人语响。返景入深林，复照青苔上"（《鹿柴》）、柳宗元的"渔翁夜傍西岩宿，晓汲清湘燃楚竹。烟销日出不见人，欸乃一声山水绿。回看天际下中流，岩上无心云相逐"（《渔翁》）、苏轼的"雨洗东坡月色清，市人行尽野人行。莫嫌荦确坡头路，自爱铿然曳杖声"（《东坡》）等均是。

唐诗在意境上远远超越了魏晋南北朝的诗歌。从质实到空明灵动，这是中国诗歌艺术史上的一个跃迁。如王维的"白云回望合，青霭入看无。分

---

① 鸠摩罗什：《维摩诘所说经》，黑龙江人民出版社 1994 年版，第 110 页。

野中峰变，阴晴众壑殊"（《终南山》）、"澄波澹将夕，清月皓方闲"（《泛前陂》）、"江流天地外，山色有无中。郡邑浮前浦，波澜动远空"（《汉江临泛》）、孟浩然的"移舟泊烟渚，日暮客愁新。野旷天低树，江清月近人"（《宿建德江》）、常建的"山光悦鸟性，潭影空人心"（《题破山寺后禅院》），都是很有代表性的。这与诗人们的禅思是大有关系的。

禅学思想中的"任运自在"、"随缘自适"，是文人士大夫度过人生困厄、消解心理焦虑的"良方"。尤其是身处贬谪境遇之中，禅的"随缘自适"、"任运自在"的思想，帮助士大夫们度过那些饱经坎坷的岁月，也使他们的诗词创作中冲融怡然的审美情趣。如白居易的"外累由心起，心宁累自息。尚欲忘家乡，谁能算官职？宜怀齐远近，委顺随南北，归去诚可怜，天涯住亦得"（《委顺》）、柳宗元的"霞散众山迥，天高数雁鸣。机心付当路，聊适羲皇情"（《旦携谢山人至愚池》）、苏轼的"试问岭南应不好？却道，此心安处是吾乡"（《定风波》）。

禅学对诗学理论的影响与渗透更是显而易见的。这当然以《沧浪诗话》为代表。《诗话》中的"禅道惟在妙悟，诗道亦在妙悟"的著名命题，已将诗禅之间的相通之处揭出。禅对诗学介入的重要意义，更在于在儒家诗教之外另开了一条诗学研究之路，即更重诗人的艺术思维和诗歌境界的探寻。《诗格》（署名王昌龄）的"三境"、苏轼的"空静"说、叶梦得《石林诗话》中的以"云间三种语"论诗、姜夔的《白石道人诗说》中的四种"高妙"和"自悟"说，都是受禅宗的直接影响而提出的新的诗学命题。这些命题所阐述的诗人的审美心胸和诗歌的审美境界等，都与儒家诗教相去甚远。应该说，禅学对诗学的介入，在中国诗学史上有划时代的意义。

禅与唐宋诗学之间的因缘是很难说得透彻的，本书所涉，也只能是一鳞半爪而已。这些年来，这个方面的专著和文章时可见到，各有建树，而我的这本小书虽则粗疏，却是自己含茹而来，略有心得。

京华秋意已深，片月青天，白云自在。以思无思之妙，返思灵焰之无穷。

引　言

诗与心灵是难以分割的。"诗言志"、"诗缘情而绮靡"①，"诗者，吟咏情性也"②。中国古典诗学中这些古老的命题，归根结底，都是说诗是植根于心灵而又表现心灵的。钟嵘云："凡斯种种，感荡心灵，非陈诗何以展其义？非长歌何以骋其情？"③用诗来表现内心宇宙的千变万化，是最为相宜的。说到文人心态，诗歌自然是极好的晴雨表。

人的心灵是太丰富、太复杂了，每个人的内心都是一个生灭不已的大千世界，因此，它是难于把握的。千百年后，我们又如何能谛听到中国古代士人们的心音呢？幸好，无数留存至今的诗作使我们可以和古人"对话"，或多或少地可以感受到古代诗人的心灵世界。一个堪称是真正的"诗人"的人，绝不会是只凭着辞采技巧就可以使其诗作产生流传千古的艺术魅力的。大诗人，必以胸次之博大高尚、情感之纯真深挚而动人。叶燮尝言："我谓作诗者，亦必先有诗之基焉。诗之基，其人之胸襟是也。有胸襟，然后能载其性情、智慧、聪明、才辨以出，随遇发生，随生即盛。"④

然而，诗毕竟是诗。诗是心声，可并非所有心声都成为诗。诗歌表达情志，是要通过特殊的艺术传达媒介的。诗的艺术的传达媒介便是文字。诗歌的文字起着特殊的作用。它们不是构成陈述与理论，而是构成意象，使人们读诗时在头脑中呈现出一幕幕带有情感色彩的图景。

诗歌创作有着非常复杂的过程，它是一个整合体，它以语言文字的物化形态荷载着诗人的心灵世界。黑格尔说得好："它是一个伟大心灵和伟大胸襟的想象，它用图画般的明确的感性表象去了解和创造观念和形象，显示出

---

① 张怀瑾：《文赋译注》，北京出版社1984年版，第29页。
② 郭绍虞：《沧浪诗话校释》，人民文学出版社1961年版，第26页。
③ （南朝·梁）钟嵘：《诗品》，文学古籍刊行社1954年版，第2页。
④ （清）叶燮：《原诗·内篇下》，见（清）霍松林、杜维沫校注《原诗·一瓢诗话·说诗晬语》，人民文学出版社1979年版，第17页。

人类的最深刻、最普遍的旨趣。"① "一个艺术家的地位愈高，他也就愈深刻地表现出心情和灵魂的深度，而这种心情和灵魂的深度却不是一望而知的，而是靠艺术家沉浸到外在和内在世界里去深入探索，才能认识到，所以还是要通过学习，艺术家才能认识到这种内容，才能获得他运思所凭借的材料和内容。"② 黑格尔认为，在艺术创造里，心灵的方面和感性的方面必须统一起来。感性的东西是经过心灵化了，而心灵的东西也借感性化而显现出来。

为什么要谈禅？禅对诗人的心态、对诗的发展究竟有怎样的联系？这是本书应该回答的问题。不错，禅宗是中国的佛教宗派，属于宗教。但它从唐代崛起之后，便迅速走进了许多士大夫的心灵。从大量的资料中不难看出，禅之于士大夫，其主要意义并不在于"成佛"的宗教皈依，而在于以"如梦如幻"的人生观来解脱灵与肉的苦恼困惑。在士大夫中，禅更是一种人生哲学、心灵哲学。

在中国诗史上，唐诗与宋诗是最为典型的两种诗的范型。唐宋以降，或尊唐或崇宋，实际上都很难有鲜明地区别于唐、宋的全新形态。中国古典诗歌独特的艺术气质、民族特征，在唐诗与宋诗中发挥尽致。我们从唐宋许许多多的诗作中，都若明若暗地看到了禅的影子。禅对于诗人（当然并非所有诗人）的心态有很深的浸染，诗人以这种染禅的心态进行诗的创造时，必然在诗的内容上有所显现，同时，也使诗的风格、意境发生一系列的变化，形成特有的美感形态。

本书并不泛论文人心态，而是选择了一个特殊的视角：探索唐宋时期禅宗思想对一些重要诗人心态的影响，进而寻绎禅对唐、宋诗的渗透。经过诗人心态（主要是审美心理）的中介，禅使诗歌创作形成了怎样的特点。也许会令读者失望，这本书里并没有惊世骇俗的新的思想与观念，倒是想从这个较为独特的视角，看到唐宋诗歌的一些真正属于自己的特征，以及唐宋诗嬗变的一点形迹。算不得什么"独得之秘"，当然也不敢期望读者"拍案惊奇"，却斗胆希冀着读者在沉吟之余暗暗颔首，与笔者的感受产生一点共鸣，这已经是过分的奢求了。

---

① ［德］黑格尔：《美学》第 1 卷，朱光潜译，商务印书馆 1979 年版，第 50—51 页。
② 同上书，第 35 页。

第一章 禅：中国佛教之花

要洞见禅的真谛，把握禅与诗风的内在相契之处，有必要大致了解禅宗的发生发展过程。

禅宗是中国佛教最重要的宗派之一，也是佛教中国化的终极产物。禅宗的创立与兴盛，标志着佛教中国化的最后完成。禅宗之所以能大畅于中国，原因就在于它是生长在中国文化土壤之中的。禅宗的基本教义为："教外别传，直指人心，不立文字，见性成佛。"这十六字真言，一方面有印度佛学基本理论的种子，另一方面，又是中国传统思维方式的产物。

第一节 禅宗的渊源与理论先导

禅宗的实际创始人是六祖慧能，他的核心思想是"即心是佛，顿悟见性。""顿悟成佛"说，并非是无源之水，而是有着深长的渊源。

从印度禅学到中国禅宗，禅的内涵有了很大改变。禅的原意是"禅定"，是佛教的一种宗教修养活动。"禅"是梵文"禅那"（Dhyana）的略称，意译为"静虑"、"思维修"等。实际上从六祖慧能开始，禅宗即以"直指人心，见性成佛"为宗旨，废弃禅定的修养方式。

禅宗颇为重视传法世系，将其初祖推溯到释迦牟尼的大弟子摩诃迦叶那里。"拈花微笑"的传说被禅门郑重其事地载入灯录之中。《五灯会元》卷一载："世尊在灵山会上，拈花示众。是时众皆默然，唯迦叶尊者破颜微笑。世尊曰：吾有正法眼藏，涅槃妙心，实相无相，微妙法门，不立文字，教外别传，付嘱摩诃迦叶。"[①] 在印度据说经过了二十七代的传授，二十八代祖菩提达摩约在南朝梁时期，将"心法"传到中国，成为禅宗在中国的初祖。

---

① （宋）普济：《五灯会元》卷1，中华书局1984年版，第10页。

达摩在嵩山少林寺面壁九年，传无我的"如来禅"法门，又传僧伽黎衣和宝钵给二祖慧可。慧可又传三祖僧璨，僧璨曾作《信心铭》，阐扬了禅宗"心法"的某些宗旨，如说："绝言绝虑，无处不通。归根得旨，随照失宗。须臾返照，胜却前空。"① 即是主张"不立文字"，而以"返照"触发"顿悟"。铭中又说"放之自然，体无去住。任性合道，逍遥绝恼"②，则是倡言随缘自适的人生态度。三祖僧璨又传四祖道信，四祖传法与五祖弘忍，五祖又传法给六祖慧能。而禅宗的实际创立以及在中国佛教史上的大放光彩，都有赖于慧能的出现。

第二节　禅宗的发展流变

慧能（638—713），南海新州（今广东省新兴）人，俗姓卢。慧能的父亲原在范阳为官，后来因事贬放岭南。慧能小时候父亲早亡，与母亲相依为命，靠打柴为生。有一次，慧能送柴到官店，在门外听见一客读《金刚经》中"应无所住而生其心"之句，马上心开悟解，于是，便请教那位客人："这是何法？从什么人那里得来？"那位客人告诉他："这是《金刚经》，从黄梅弘忍大师处得来。"慧能便决意投奔弘忍，皈依佛法。慧能于唐咸亨二年（671）到达湖北黄梅，拜见五祖弘忍大师。弘忍问道："你到我这里所求何物？"慧能答道："不求余物，只求作佛。"弘忍颇不以为然："你是岭南人，又是獦獠（对南方少数民族的蔑称），哪有可能作佛！"慧能慷慨而言："人即有南北，佛性无南北；身与和尚不同，佛性有何差别！"弘忍闻之，为之一动，知其颖异超众，但不动声色，命慧能到碓房去做踏碓的劳役。

弘忍为了选择衣钵继承人，命僧众各作偈语，以考察谁能了悟佛法大意。当时弘忍门下有上座弟子神秀，深受弘忍器重，得到弘忍吩咐，便想："我若不呈心偈，五祖如何见得我心中见解深浅。"于是夜半三更便在南廊下墙壁上秉烛作偈，偈云："身是菩提树，心如明镜台。时时勤拂拭，莫使惹尘埃。"神秀以坐禅渐修为悟道之根本，这首偈语即是阐明此旨的。《宋高僧传》载神秀："后遇蕲州双峰东山寺五祖忍师，以坐禅为务，乃叹服

---

① 《大正新修大藏经》第 48 册，河北省佛教协会 2005 年印行，第 376 页下。
② 同上书，第 377 页上。

曰：此真吾师也。决心苦节，以樵汲自役而求其道。"① 禅的本意即是"止观"，要以"静虑"的禅法得其心要。坐禅是必不可少的修行方式。神秀是继承了从印度而来的这种以坐禅渐修为特征的修养方式的。

慧能也作一偈，请人写在西间壁上，偈云："菩提本无树，明镜亦非台。佛性常清静，何处惹尘埃？"这首偈语已经揭示了禅宗摒弃渐修、顿悟见性的根本思想。五祖弘忍看到慧能偈语后，认为比神秀的偈语更能直接彻悟佛法大旨，于是决心以慧能为六代祖，将衣钵传给他。"其夜传法，人尽不知，便传顿法及衣；汝为六代祖，衣将为信禀，代代相传；法以心传心，当令自悟。"又恐有人暗害慧能，遂命他连夜离开黄梅，到岭南弘扬禅宗。

慧能南归后，隐居数年，后来在广州法性寺听印宗法师讲《涅槃经》。这时恰有风吹幡动，一个僧人说是风动，另一个僧人说是幡动，两人争论不休。慧能从旁说："不是幡动，不是风动，而是仁者心动。"众僧闻之，一座皆惊。"印宗法师避席延坐，征诘奥义，见慧能言简理当，不由文字。"② 慧能取出衣钵，出示大众。印宗遂让位于慧能。于是，慧能所开创的禅门南宗，便在南方得以流播繁衍。

神秀虽然未能获得禅宗六祖的地位，当时却甚受朝廷的礼遇恩宠。实际上，五祖弘忍也是以坐禅为务的。弘忍对神秀颇为器重，曾对神秀说："吾度人多矣，至于悬解圆照，无先汝者。"③ 弘忍寂灭之后，神秀遂往江陵当阳山。当时，神秀的影响日见播扬。"四海缁徒，向风而靡，道誉馨香，普蒙熏灼。"④ 武则天听到神秀的声名，召神秀到京，肩舆上殿，亲加跪礼，设道场供养，时时问道。王公以下，望尘拜伏，日以万计。中宗皇帝即位后，尤加宠重。可见神秀一系在当时极有势力。

那么，慧能所开创的"南宗禅"，又是如何后来居上，日渐弘大，竟至压倒各宗，甚至成为佛教的代名词的呢？除了南宗禅开了"顿悟成佛"的方便法门，适应了中国士大夫的文化心理这个深层原因之外，慧能弟子菏泽神会的阐扬推激，起了直接的作用。

神会俗姓高，襄阳人氏。14 岁便当了沙弥，后来学于慧能门下。慧能圆寂后，神秀的北宗禅大炽，神会则以弘扬慧能顿教为己任，力辩慧能为禅

---

① （宋）赞宁：《宋高僧传》卷 8，中华书局 1987 年版，第 177 页。

② 郭朋：《坛经校释》，中华书局 1983 年版，第 25 页。

③ （宋）赞宁：《宋高僧传》卷 8，中华书局 1987 年版，第 177 页。

④ 同上。

宗的正统继承人。神秀之所以备受皇帝恩眷，很重要的原因是他被认作禅宗第六代正统传人，神秀的两个弟子普寂和义福也被武则天尊为国师，并列为第七代。这在张说为神秀所作的碑铭中可以得到印证。神会于开元二十年（732）在滑台（属今河南）大云寺举行无遮大会，公开批评神秀一派，说他的传法世系是假的，申说达摩以下凭袈裟为法信，慧能乃是正统法嗣："达摩遂开佛知见，以为密契，便传一领袈裟，以为法信，授与慧可。慧可传僧璨，璨传道信，道信传弘忍，弘忍传慧能，六代相承，连绵不绝。"①神会抨击普寂禅师"自称第七代，妄竖和尚为第六代。所以不许"②。当时一位叫崇远的禅师威胁他说："普寂禅师名字盖国，天下知闻，你如此非议他，不怕有性命之虞？"神会慷慨答道："我今弘扬大乘，建立正法，令一切众生知闻，岂惜身命？"崇远又问："修此论者，不为求名利乎"？神会立即反击："修此论者，生命尚不惜，岂以名利关心？"③

神会不仅力争慧能为正统法嗣地位，而且在悟道方式上力主顿悟，排斥渐修。他认为神秀派所用以教人的坐禅修行是"菩提"的障碍："若教人凝心入定，住心看净，起心外照，摄心内证者，此是障菩提。"又说："今言禅者，见本性为禅。"这是从小乘的禅学转为禅宗之"禅"的枢机。原来的"禅"讲"安般守意"，也就是通过数息的方法控制自己的意识，达到"入定"的境界。"禅定"有所谓"四禅"（指安般守意过程的四个阶段）"六事"（指"数息"、"相随"、"止"、"观"、"还"、"净"，是安般守意过程的不同要求）。很明显，原来的禅法是个很复杂的修行过程。实际上从达摩到弘忍一直是强调"坐禅"的，神秀同样是教人"凝心入定"的禅法，只有慧能倡言"顿悟见性"，不事坐禅。而神会则明确改变了"禅"的内涵。从"凝心入定"到"自见本性"，这便是"禅"的革命。神会营垒分明地划出了顿渐之别，并说："我六代大师，一一皆言单刀直入，直了见性，不言阶渐。"④把"顿悟"之禅加给慧能之前的五代祖师是不合事实的，不过是为了论证"顿悟"的正统性。经过神会的阐扬，慧能的"南宗禅"播化天下。南北二宗的门户界限由此而立，"南能北秀"、"南顿北渐"的说法成

① （唐）神会：《菩提达摩南宗定是非论》，见石峻等《中国佛教思想资料选编》第2卷第4册，中华书局1983年版，第110页。

② （唐）神会：《答崇远法师问》，见石峻等《中国佛教思想资料选编》第2卷第4册，中华书局1983年版，第113页。

③ 同上书，第113—114页。

④ 同上书，第112页。

了定论。南宗势力压过了北宗，"会之敷演，显发能祖之宗风，使秀之门寂寞矣"①。可见神会在禅宗的发展史上，是有着重要地位的。

慧能之后，南宗禅继续发展衍化，内部又继续分宗立派。于是有沩仰、临济、曹洞、云门、法眼等五宗。这便是托言达摩偈语的所谓"一花开五叶，结果自然成"了。而临济宗第六代石霜楚圆之下又分黄龙慧南与杨岐方会两派，这样一共是"五宗七派"。

（一）沩仰宗

沩仰宗是南宗禅中最早出现的一个宗派，其开创者是沩山灵佑禅师与其弟子仰山慧寂，先后在潭州的沩山（今湖南宁乡县西）、袁州的仰山（今江西宜春市南）举扬一家宗风，后世即称沩仰宗。

（二）临济宗

临济宗是继沩仰宗而起的一个宗派，开创者义玄禅师，在河北正定的临济院，举扬一家宗风，遂称临济宗。临济宗接引学人的方式为单刀直入，机锋峻烈，常用棒喝。《归心录》云："临济家风，白拈手段，势如山崩，机似电卷。"②

（三）曹洞宗

此宗因开创者良价与其弟子本寂先后在江西高安县洞山、吉水县曹山弘扬一家宗风而得名。曹洞家风，丁宁细密，有"临济将军、曹洞士民"之说。意思是说曹洞宗接化学人，如精耕细作之农夫，绵密细致。

（四）云门宗

此宗的开创者文偃在韶州云门山的光泰禅院举扬一家宗风，所以称云门宗。此宗家风，简洁明快，于片言只语间超脱言意，不留情见。

（五）法眼宗

此宗开创者文益禅师圆寂之后，南唐中主李璟赠以大法眼禅师的称号，后世遂称此宗为"法眼宗"。法眼宗的家风，得云门与曹洞之长，简明处如云门，稳密处似曹洞。其接引之言似乎平凡，而句下自藏机锋。法眼宗在宋初曾隆盛一时，到宋代中期便消歇绝响了。

（六）杨岐派

杨岐派是禅宗五家临济下面的一个支派。由于此派的创始人方会在袁州

---

① （宋）赞宁：《宋高僧传》卷8，中华书局1987年版，第180页。

② （清）祖源：《万法归心录》卷下，见蓝吉富《禅宗全书》，文殊文化有限公司1988年版，第854页。

杨岐山举扬一家宗风，故称杨岐派。

（七）黄龙派

黄龙派是临济下的一个支派。开创者慧南在隆兴（今江西南昌）黄龙山举扬一家宗风，故称黄龙派。

五宗七派是以慧能思想为代表的禅宗南宗的内部宗派，其根本思想是一致的，只是在接引学人的方式、风格上各有特点。禅宗重法嗣家门，遂有如此纷繁的支脉。

第三节　禅宗的理论要旨

禅宗是中国化的佛教。佛教传入中国以后，其本来的一些观念、范畴、思维方式，很难在中国的文化土壤上立足与发展，然而，令人惊讶的是，佛教东渐之后，竟然得以迅速传播，而且使中土原有的各种宗教黯然失色，成了与儒家、道家鼎足而立的中国三大思想支柱之一。这个变化的谜底在何处？实际上不难回答：佛教在中国的长足发展，是因为佛教走了一条中国化的道路。

佛教进入中国之初，依附于黄老思想，被当作鬼神方术。东汉桓帝延熹九年（166），襄楷上书中说："又闻宫中立黄老浮屠之祠。此道清虚，贵尚无为。好生恶杀，省欲去奢。今陛下嗜欲不去，杀罚过理，即乖其道，岂获其祚哉！"[1] 襄楷之言代表了当日的流行看法，认为黄老、浮屠同属一"道"。魏晋时期，玄风大炽，佛学在此时依附于玄学。如果说汉代佛教被视为鬼神方术一类，故其面貌也较为粗糙简单；那么，魏晋南北朝佛学通过与玄学的合流而正式以思辨哲学的姿态出现，在思想界获得了迅速传播。正如汤用彤先生所说："汉代佛教，附庸方术。魏晋释子，雅尚老庄。"[2] 当时的僧徒以及士人，往往以玄解佛，也就是用玄学的哲学范畴来理解佛学，翻译佛经。这便是所谓"格义"。"格义是用原本中国的观念对比佛教的观念，让弟子们以熟习的中国固有的概念去达到充分理解印度学说的一种方法"[3]，譬如当时的佛经翻译，用"本无"来译"真如"这样的本体性概念，佛教般若学自然就带有浓重的玄学色彩。

---

① （南朝·宋）范晔：《后汉书》，中华书局 1965 年版，第 1082 页。
② 汤用彤：《汉魏两晋南北朝佛教史》上册，中华书局 1983 年版，第 57 页。
③ 汤用彤：《理学·佛学·玄学》，北京大学出版社 1991 年版，第 283 页。

隋唐时期，出现了众多的佛教宗派，如天台宗、唯识宗、华严宗、净土宗、三论宗、禅宗等。这些佛教宗派大都程度不同地走着中国化道路，而以禅宗最为彻底。禅宗一方面以印度佛教的基本教义为出发点，一方面又以中国传统思维方式改造了它，使佛教最大限度地适应中土士人及百姓的文化心理需要。正因为禅宗是最具有中国特色的佛教宗派，才能最大限度地为中土人士所接受，乃至宗派纷呈、绵延不绝。

禅宗的教义，对人们来说也许不算陌生，但未必深究其源流。此处略述禅宗的几个理论要旨，从中不难见出它是如何体现中国的传统文化心理的。

一　即心即佛与顿悟见性

禅宗的旗帜下面之所以聚集了至为广泛的信徒，势力远远超过了其他宗派，一个重要的原因，是它提出了最为响亮的口号，那就是"顿悟成佛"。"顿悟成佛"的理论，一下子填平了世间的千山万壑，在人们面前倏然打开了佛国的大门，无论是贵贱贤愚，也无论是善人恶人，一念悟时，即见佛性，也便立地成佛了。用不着面壁坐禅，也用不着累世修行，只要悟得自心的佛性，你就可以自为佛祖了。此等简便的"成佛"法，在佛教各宗派中，确实是独树一帜的，而且具有相当大的诱惑力。

"顿悟成佛"的理论根据，在于禅宗的佛性说。在禅宗看来，"众生"与佛并无万里之遥，反倒是一体的，关键在于迷还是悟。"不悟即佛是众生。一念悟时，众生是佛。"① 差别只在迷悟之间。这便是所谓"迷凡悟圣"。禅宗认为，佛性，并不外在于众生，而是就在众生自身之中。成佛的途径不在于向外觅求，而在于返照自心。所谓的佛性，即成佛的可能性，是佛学的核心问题。

众生信佛的目的在于成佛，那么，究竟众生有无成佛的可能性？如果有，成佛的途径又是怎样的？是需要累世的修持，还是一朝的顿悟？这些都是佛性理论必须回答的问题。

慧能所开创的南宗禅认为佛性在于众生自身之中，顿悟，就是顿然悟得自身蕴藏的佛性。慧能反复申言："故知一切万法，尽在自身中，何不从于自心顿现真如本性。《菩萨戒经》云：'我本元自性清净'。识心见性，自成佛道。《维摩诘经》云：'即时豁然，还得本心'。"② 所谓"顿悟"，即是对

① 郭朋：《坛经校释》，中华书局1983年版，第58页。
② 同上书，第37—38页。

自身所具有的"真如佛性"之返照。佛性犹如自家宝藏，迷者不知自家有宝藏，反而向外觅求，自身佛性却不得发现，如同日月被浮云遮蔽一样，而一旦悟得自身佛性之后，如同拨开云雾见日月，即豁然开朗。慧能描述不悟与悟的变化时说："因何闻法师不悟？缘邪见障重，烦恼根深。犹如大云，盖覆于日，不得风吹，日无能现。般若之智，亦无大小，为一切众生，自有迷心，外修觅佛，未悟本性，即是小根人。闻其顿教，不假外修，但于自心，令自本性常起正见，烦恼尘劳众生，当时尽悟。"①

在修行的过程与方式上，禅宗突出强调悟的顿然性。一般来说，宗教都有较为繁琐的修行方式，佛教亦然。佛教修行追求超脱生死轮回的涅槃境界，其修行方式颇为复杂，其中主要是所谓"戒、定、慧"三学。戒是戒律，是指佛教为出家和在家的信徒制定的戒规，目的是防止作恶。有"五戒"、"八戒"等。定是禅定，是指在思想超脱了"欲界"的基础上为了继续修习而规定的心理条件，其间包括"初禅"、"二禅"、"三禅"、"四禅"的复杂过程。"慧"指使修持者断除烦恼、达到解脱的佛教智慧。在一般的佛教宗派而言，达到涅槃的彼岸世界，无疑是一个长期的、艰苦的修行过程。禅宗在五祖之前也都是以禅为修行方式的，达摩老祖面壁九年的传说，正可说明这一点。《宋高僧传》载五祖弘忍"以坐禅为务"②，可以看出，慧能以前的禅宗确乎以"禅定"为修行途径的。

慧能则迥然不同，在宗教理论和实践上都大大强调一个"顿"字，也就是说对自身佛性的证悟是顿然的、瞬间的。这在思维方式上是一种整体的直观，而不经由概念的中介。据说慧能最初对佛理的领悟便是当下的顿悟，在弘忍门下，也是"一闻言下大悟，顿见真如本性"③ 的。在日后的传法活动中，慧能亦处处以"顿教"启人。"汝若不得自悟，当起般若观照，刹那间，妄念俱灭，即是自真正善知识，一悟即知佛也"④。所谓"迷来累劫，悟则刹那间"⑤。由迷而悟，不由阶渐，瞬间实现。

"顿悟成佛"的理论，算不得慧能的独家发明，而是直接继承和发展了东晋时期佛学大师竺道生的佛性与顿悟学说。道生是当时佛教涅槃学的大师，指出"一阐提人皆得成佛"的佛学命题，引起了佛学论坛上的轩然大

---

① 郭朋：《坛经校释》，中华书局 1983 年版，第 56 页。
② （宋）赞宁：《宋高僧传》卷 8，中华书局 1987 年版，第 177 页。
③ 同上书，第 59 页。
④ 同上书，第 60 页。
⑤ 郭朋：《坛经校释》，中华书局 1983 年版，第 72 页。

波。所谓"一阐提人"，是指断尽善根的恶人。按《涅槃经》的说法"病其诸佛世尊所不能治，何以故，如世死尸医不能治，一阐提者亦复如是。诸佛世尊所不能治。"① "阐提如烧焦之种，已钻之核，即使有无上甘雨，犹亦不生。"② 看来真是不可救药了。那么，"一阐提人"到底有无佛性？当时法显译的六卷本《泥洹经》倡"一切众生皆有佛性"，但却把"一阐提"明确摈除于外。六卷本《泥洹经》卷四中说："如一阐提懈怠懒惰，尸卧终日，言当成佛。若成佛者，无有是处。"③ 在卷六中又说："彼一阐提于如来性所以永绝，斯由诽谤作大恶业，如彼蚕虫绵网自缠而无出处。一阐提辈亦复如是，于如来性不能开发起菩萨因。"④ 可见，在法显本《泥洹经》里，众生有性、阐提无性的思想是很明确的。

道生不是那种拘守经文的僧人，他在佛学理论上具有很大的创造性。道生鲜明地指出"一阐提人也可成佛"，这在当时是惊世骇俗的。据《高僧传》载："又六卷《泥洹经》先至京都，生剖析经理，洞入幽微，乃说一阐提人皆得成佛。于是大本未传，孤明先发，独见忤众。于是旧学以为邪说，讥愤滋甚，遂显大众，摈而遣之。生于大众中，正容誓曰：'若我所说反于经义者，请于现身即表疠疾！若于实相不违背者，愿舍寿之时，据狮子座！'言竟拂衣而游。"⑤ 后来昙无谶所译四十卷本《涅槃经》传到南京，经中果然有"阐提悉有佛性"的说法，于是道生的理论有了经典的依据，僧众又对他"咸共敬服"了，"京中僧人不但悟生公之卓识，而信涅槃义者当更多矣"。⑥

"一阐提人皆可成佛"的说法，也便是佛性理论中的"众生有性"说，主张在佛性问题上的人人平等。道生在《法华经疏》中反复讲"闻一切众生，皆当作佛"⑦，"一切众生，莫不是佛，亦皆泥洹"⑧ 等。尽管人的社会地位有高低贵贱之分，但是佛性都是一样的。这种"佛性平等"的思想，直接为禅宗所继承，并且大加阐扬，使所有的信徒都可以看到成佛的希望，哪怕是罪大恶极之人，只要放弃作恶，也可成佛，这当然具有更大的诱

---

① 《乾隆大藏经》第 29 册，传正有限公司乾隆版大藏经刊印处 1997 年版，第 327 页上。
② 转引自汤用彤《汉魏两晋南北朝佛教史》，北京大学出版社 1997 年版，第 458 页。
③ 转引自汤一介《魏晋南北朝时期的道教》，陕西师范大学出版社 1988 年版，第 139 页。
④ 转引自孙昌武《中国佛教文化史》第 2 册，中华书局 2010 年版，第 473 页。
⑤ 转引自汤用彤《儒学·佛学·玄学》，江苏文艺出版社 2009 年版，第 87 页。
⑥ 转引自汤用彤《理学·佛学·玄学》，北京大学出版社 1991 年版，第 107 页。
⑦ 转引自潘桂明、吴忠伟《中国天台宗通史》，江苏古籍出版社 2001 年版，第 37 页。
⑧ 同上。

惑力。

在"一切众生，悉有佛性"的佛性思想基础上，竺道生提出了"顿悟成佛"论。"众生悉有佛性"与"顿悟成佛"是密切联系着的。所谓"顿悟"，是一次性地全部领悟诸法实相。按道生的思想逻辑，佛性在于众生自身之中，这种佛性是圆满自足的，只是为烦恼所覆盖，一旦除去烦恼，就可顿然而见自身蕴藏的佛性。

在道生之前，有所谓"小顿悟"。所谓"小顿悟"，是说分阶段方能得到最终的彻悟。实际上这是一种渐悟的思想。慧达在《肇论疏》中说："第二小顿悟者（第一为大顿悟，引者按），支道琳师云，七地始见无生。弥天释道安师云，大乘初无漏慧，称摩诃般若，即是七地。远师云，二乘未得无有（当是'生'字，引者按），始于七地，方能得也。瑶法师云，三界诸结，七地初得无生，一时顿断，为菩萨见谛也。"① 所谓"七地"亦即"七住"，易言之，也就是七个阶段。支道林、慧远、释法瑶等都主张这种"七住"而悟的说法。"七住"之外，又有"十住"（亦译"十地"）是更高的阶段。南朝齐刘虬《无量义经序》中说："支公之论无生，以七住为道慧阴足，十住则群方与能。在迹斯异，语照则一。"② 所谓"十地"，指初欢喜地到十法云地的大乘菩萨十地，其中最关键的在于"七地"，所以《世说新语·文学篇》刘孝标注云："《支法师传》云，法师研十地，则知顿悟于七住。"③

与支道林等相对的，道生的"顿悟"说称为"大顿悟"。道生认为，"悟"的对象是佛教的"终极真理"，而"终极真理"是不可分割的，因此必须是"金刚心豁然大悟"。慧达在《肇论疏》概括得最为恰切精赅："而顿悟者，两解不同。第一竺道生法师云，夫称顿者，明理不可分，悟语极照，以不二之悟，符不分之理。理智释，谓之顿悟。见解名悟，闻解名信。信解非真，悟发信谢。理数自然，如果熟自零。悟不自生，必借信渐。"④ 这段话包含着非常丰富的内容，甚至可以说孕育了禅宗思想的全部精华。首先，道生指出"大顿悟"的理论根据就在于"真理"的整一不可分性，所以，必须是以"不二之悟"（即一次性的豁然顿悟）来了悟这种"不分之

---

① 藏经书院：《续藏经》第 150 册，新文丰出版公司 1994 年版，第 858 页。
② （南朝·梁）僧祐：《出三藏记集》，中华书局 1995 年版，第 354 页。
③ （南朝·宋）刘义庆著，张万起、刘尚慈译注：《世说新语译注》，中华书局 1998 年版，第 195 页。
④ 转引自汤用彤《汉魏两晋南北朝佛教史》，中华书局 1983 年版，第 471 页。

理"。其次，道生提出了"悟"是对自身佛性的自悟的重要观点。这里指出
"见解"与"闻解"的区别。"见解"是指对自身佛性的发现了悟，正如汤
用彤先生所说："悟者自悟，反本之谓悟。"所谓"闻解"，是接受外在的知
识，正是与"自悟"相对的，因而不能称"悟"，而只能称"信"。

道生的这个思想被禅宗突出地加以发挥，禅宗所讲的"顿悟"，就是对
自身佛性的豁然自觉，而决非向外觅求成佛的途径。如果能够体会道生的顿
悟思想，那么，就会觉得禅宗的教义是如此的顺理成章、水到渠成了。甚至
觉得禅门那些稀奇古怪的公案，都没有什么难以理解的了。

禅宗认为佛性即在众生心中，而绝对用不着向外觅求，于是，便大大提
高了"心"的地位，把"心"作为万事万物的本体，把"心"与"佛"重
合，提出"即心即佛"的说法。这类说法是充斥于禅宗典籍之中的。《坛
经》中说："心量广大，犹如虚空，……虚空能含日月星辰，大地山河，一
切草木、恶人善人，恶法善法，天堂地狱，尽在空中。"① 明确在把心作为
万物的本体。《坛经》中又说："不识念佛生彼，悟者自净其心。"② 禅悟的
关键是要识得"本心"。"本心"包含佛性，进一步说，"本心"就是佛，
能够包容、派生宇宙万物。禅宗是把"心"的作用无限夸大了的。在禅宗
大师黄檗希运的言论中，更是唯主一心，把心与佛直接等同起来。希运禅师
在《传心法要》中说："唯此一心是佛，佛与众生更无别异。""此心即是
佛，更无别佛，亦无别心。"③ 希运在《宛陵录》中又说："汝心是佛，佛
即是心，心佛不异，故云即心即佛，若离于心，别更无佛。"④

在禅宗的典籍中，心即是佛性，也即是佛，因此，所谓"自性"也就
是指心。《坛经》云"于外著境，妄念浮云盖覆，自性不能明。故遇善知识
开真法，内外明彻，于自性中，万法皆见。"⑤ 在《坛经》中，"自性"与
"心"是同义的。

禅宗把心作为万物之本源、宇宙之本体。从哲学上来说，固然是一种主
观唯心论，但从思想史的发展角度来看，这种心本体说高扬了主体的能动
性，引起了人们对于精神现象的高度重视。尤其是把至高无上的"佛"拉

---

① 郭朋：《坛经校释》，中华书局 1983 年版，第 49 页。

② 同上书，第 66 页。

③ 见石峻等《中国佛教思想资料选编》第 2 卷第 4 册，中华书局 1983 年版，第 210 页。

④ 佛光大藏经编修委员会：《佛光大藏经》"禅藏·语录部 古尊宿语录（一、二、三）"，台
湾佛光出版社 1994 年版，第 78 页。

⑤ 郭朋：《坛经校释》，中华书局 1983 年版，第 40 页。

入到众生心中，这是需要相当大的理论勇气的。既然以心为佛，那么，外在的权威、偶像，统统不在话下了。禅宗打破外在的偶像迷信，破除窠臼束缚，乃至于呵佛骂祖，都是有着很深厚的理论基础的。

二 不立文字与直指人心

"不立文字"是禅宗的根本教义之一，对这个问题历来有着不同的看法和评价。这是一个颇为重要的问题，有必要略为展开。

禅宗所提倡的是一种直觉的、近乎神秘的悟道方式，而力避通过概念、判断、推理的逻辑思维方式。"不立文字"主要是突破语言外壳的抽象功能。既然佛性在于自心，那么，对于佛性的体验与把握则是个体性的，名言概念是难以表达这种全然属于个人的体验的。

禅宗的实际创始人六祖慧能，据说是一个文化程度甚低、甚至于不识字的岭南樵夫，但这并不影响他对佛法大意的聪颖理解。《坛经》中记载，慧能的佛学启蒙并非是读了哪本佛经，而是在卖柴过程中，偶然听人读《金刚经》而顿悟的。还有一个传闻，说慧能在赴湖北黄梅往投五祖弘忍途中，"直抵韶州，遇高行士刘志略，结为交友。尼无尽藏者，即志略之姑也。常读《涅槃经》，师暂听之，即为解说其义，尼遂执卷问字。祖曰：'字即不识，义即请问。'尼曰：'字尚不识，曷能会义？'祖曰：'诸佛妙理，非关文字。'"[1] 这里已经显露出禅宗"不立文字"教旨的端倪。又据说慧能在弘忍门下听说神秀题写偈语在南廊下，"为不识字，请一人读，慧能闻已，即识大意。慧能亦作一偈，又请得一解书人，于西间壁上题著，呈自本心"。[2] 读、写偈语都要请人帮忙，可见慧能是果真不识字了。即便这个传说的可靠性无法验证，至少慧能文化程度甚低这一点是基本可信的。

慧能出身社会底层，又没有文化，竟然能开创一个影响如此广大深远的佛教宗派，实际上也是中国思想史上的一个重要的思想流派，这几乎可以说是令人难以置信的奇迹。这在思想史上是绝无仅有的，只有明代泰州学派的王艮差可近之。禅宗之所以能够有如此众多的信徒、如此广泛的影响，"不立文字"直截本源的思想方法起了莫大的作用。

禅宗的经典十分强调"不立文字"，这实际上是主张超越名言概念的直觉悟解方式。《坛经》中说："故知本性自有般若之智，自用智慧观照，不

---

① （宋）普济：《五灯会元》卷1"六祖慧能大鉴禅师"，中华书局1984年版，第53页。
② 郭朋：《坛经校释》，中华书局1983年版，第15页。

假文字。"① 黄檗希运禅师更是反复申言："佛本是自心作，那得向文字中求。""说之者不立义解，不立宗主，不开户牖；直下便是，运念即乖，然后为本佛。"② 这些都是说要超越名言概念的局限性。但是，禅宗走得太远了，走到了否定名言概念的功用的地步，这分明是荒谬的。

禅家既然"不立文字"，不以文字经卷相传授，那么，师徒间的传授便是采取所谓"直指人心"的途径了。释迦牟尼与摩诃迦叶在灵山会上"拈花微笑"的传说，之所以被禅宗奉为心印，摩诃迦叶之所以被尊为禅宗在印度的祖师，除了要攀上一个正牌祖师以抬高身价的因素之外，"拈花微笑"的直觉传授方式当是更为重要的原因。

禅宗认为佛性在人自心之中，而又是无形无相的，是一个不可分割的精神实体，任何对它的知性把握都是徒劳的。只有直截本源，以心会心，靠一种神秘的直觉体验方能有所领悟。"唯传一心，更无别法；心体亦空，万缘俱寂。"③ 这便是"教外别传，直指人心"。④

有些论者举后期禅宗留下了越来越多的公案，指责禅宗先倡"不立文字"，继而"不离文字"，前后矛盾，出尔反尔。"不立文字"主要是说摒弃名言概念的逻辑思维途径，并非说是要抹去一切文字痕迹。禅宗的公案虽然留下了许多文字材料，但公案之怪近于荒诞，又确实是不能以正常的判断、推理来理解的。

三 无念为宗 无相为体 无住为本

禅宗虽然讲"即心即佛"，以心为万物之本体，"心生则种种法生，心灭则种种法灭"⑤，但又要求人们不执着于此心。即不能执有，也不能执"空"，不落两边，方才符合般若之义。因此，禅宗据说之"心"，乃是一种"无心之心"。从般若学的角度不看，执于"有"固然是愚妄的，执于"空"也照样是愚妄的。只有不系于万物，不执于任何名相，对任何事物（包括自己）采取一种不即不离的态度，才算是悟得了禅机。

---

① 郭朋：《坛经校释》，中华书局1983年版，第54页。

② （唐）黄檗希运：《传心法要》，见佛光大藏经编修委员会《佛光大藏经》"禅藏·语录部六祖法宝坛经外四部"，台湾佛光出版社1994年版，第331页。

③ （唐）黄檗希运：《传心法要》序，见佛光大藏经编修委员会《佛光大藏经》"禅藏·语录部 六祖法宝坛经外四部"，台湾佛光出版社1994年版，第313页。

④ （宋）惟白：《建中靖国续灯录》上，海南出版社2011年版，第235页。

⑤ （宋）赜藏主：《古尊宿语录》，见《永乐北藏》整理委员会整理《永乐北藏》第197册，线装书局影印大明正统五年版，第318页。

禅宗提出了三个著名的命题，那就是：无念无宗，无相为体，无住为本。这三个命题又是密切联系着的。《坛经》中的原文是这样的："我此法门，从上以来，顿渐皆立无念为宗，无相为体，无住为本。何名无相？无相者，于相而离相；无念者，于念而不念；无住者，为人本性，念念不住，前念、今念、后念，念念相续，无有断绝；若一念断绝，法身即离色身。念念时中，于一切上，念念不住，即无缚也。此是以无住为本。善知识！但离一切相，是无相；但能离相，性体清净，此是以无相为体。"①

所谓"无念为宗"，是指人的思维活动不能停留、执着于某一点上。更切实一点说，是要排除杂念、妄念。"无念为宗"，并不要求人们与认识对象隔绝，并不要求"百物不思"，而只是说思维活动（形式）不停留；固定某一思维内容上，其核心意思是要破除拘执、束缚。这才是对"无念"的较为准确的解释。所谓"于念而不念"，就是说主体的思维活动在接触思维内容时，以迁流不息的方式来破弃执迷。

所谓"无相为体"，并非像有的学者所阐释的是"根本取消认识的感性阶段"。"相"是指事物的形状相貌，给主体的感官所造成的表象。"无相"，并非是"空无一相"，也就是根本上与客观世界的纷纭万象隔绝。《坛经》说得很明确，"无相"，就是"于相而离相"，"于相"是寄寓于"相"的意思；"离"则是不计较、不执着，身处大千世界的纷纭变幻中，心灵却能够超越。大乘般若学将此岸世界和彼岸世界合二而为一，所谓"烦恼即是菩提"，在世俗生活中求得解脱。正如《维摩诘经》中所说的"一切诸法是解脱相"。进而可以说，大乘佛学正是强调混迹于尘俗之中而得无上正觉的。《维摩诘经》中曾有一个很妙的譬喻："譬如高原陆地，不生莲华，卑湿污泥，乃生此华。如是见无为法入正位者，终不复能生于佛法，烦恼泥中，乃有众生起佛法耳。"② 此喻说明只有在世俗的尘垢中方能得到佛法的证悟。"无相"并非是否定万物之"相"，而是说在世俗之"相"中得以超越。

"无住为本"是综合了"无念"、"无相"之后而言的。"无住"是指主体的思维形式永远处在流转迁移之中，而不固定于某一对象上，只有"无住"，才能"无缚"。"于一切上，念念不住，即无缚也。"这是说得再清楚不过的了。这也是禅家反对一切束缚，打破一切偶像的理论根据。然而，把思维的运动绝对化，并且夸大到一刻不停的地步，这又走向了荒谬。

---

① 郭朋：《坛经校释》，中华书局 1983 年版，第 32 页。
② 《大正新修大藏经》第 38 册，河北省佛教协会 2005 年印行，第 392 页。

　　禅宗是中国佛学的必然产物，表面上看似简单，直截根源，不言阶渐，但是，它却是佛教理论沉积的结晶。在似乎颇为透明的理论形态之后，有着非常丰富的理论意蕴。举个相反的例子，玄奘所开创的唯识宗可以说是最有经院气息的，其教义相当繁琐，但它信徒颇少，运祚很短；禅宗以"不立文字"为旗帜，竟能招引了无数士大夫成为禅客，其间的原因，决非"简单"二字所能涵盖的。

第二章　禅风熏染中的唐宋诗人心态

禅的兴起与发展，对唐代以还的诗歌历程发生了不可忽略的影响。宋代诗论家们的"以禅喻诗"，已经充分说明了诗与禅之间的联姻。唐诗、宋诗中的许多现象，都与禅有着密切的、内在的联系。这些有待于下文加以述说。这里要说的是，禅宗之所以影响诗歌面貌的中介因素是什么？

禅对诗歌面貌的影响，自然是通过诗人的心态，由心态而影响诗的创作，因此，透视诗人受禅观熏染之种种心态，却吸引了一大批士大夫做了它的信徒。在士大夫中，尤其是心灵敏感的诗人们，最易倾倒于禅门之前。在我们所熟知的诗人之中，如王维、常建、裴迪、储光羲、白居易、刘禹锡、柳宗元、苏轼、黄庭坚等，它们的思想都受到了禅宗很深的影响。

在以儒家思想为精神支柱的士大夫中，有两句人们都熟悉的话，那就是："达则兼济天下，穷则独善其身"。士大夫一旦失去了皇帝的恩宠，被贬放于天涯海隅，那些治国天下的抱负不得不收拾起来时，佛家、道家的出世哲学便自然地亲近这些不得志的士大夫。"一生几许伤心事，不向空门何处销？"（王维《叹白发》）

第一节　幻灭与逆旅：困厄中的人生观

佛教哲学最根本的观念之一便是"苦空"观。苦是指人生的存在就是痛苦。这是佛教"四谛"（"苦、集、灭、道"）的第一谛。在佛教看来，人一生下来，便是受苦受难的。佛教关于"苦"的说法有多种，什么二苦、三苦、四苦、五苦、八苦甚至一百一十苦等等。种类繁多，不一而足。较为盛行的说法有生老病死苦、怨憎会苦、爱别离苦、求不得苦和五取蕴苦等。其中的"五取蕴苦"被视为一切痛苦的渊薮。"五蕴"也称"五阴"，包括色、受、想、行、识，指构成人的生命的五种元素。"色"相当于物质，指人的肉体；"受"指感觉；"想"指人的理性；"行"指意志活动；"识"指统一前几种活动的意识。在佛教看来，人不是一个有机的整体，却是五蕴和合聚成的。所谓"取"指一种固执的欲求，执着贪爱。五蕴与"取"结合在一起便生出种种贪欲，取而不得，自然是苦的。

如何消弭人生之苦呢？只有把一切看空，把人生看成是空幻不实的。大乘佛教既要破"法执"，也就是破除对客观外界的执着；又要破"我执"，也就是破除对主体自身的执着。只有破除了对主客体双方面也就是内外一切的执着，才能走向涅槃。"四大皆空"、"五蕴皆空"，在佛教看来，无论是客观世界，还是主观世界，一切都是空幻不实的。

然而，对佛教哲学中"空"的概念，不能理解为"一无所有"。佛教中观学说以中道观作为基本的思想方法，主张"不落两边"，"有无双遣"，既不可执于"有"，亦不可执于"空"，专门论述"非有非无"思想。在僧肇看来，"空"非"空无"，而是"不真"，也就是"假有"。因此，即不能执于"有"，也不能执于"无"，而是"非有非无"。这就是所谓"破除两边"的"双遣"方法。僧肇说："有其所以不无，故虽有而非无；有其所以不无，故虽无而非无。虽无而非无，无者不绝虚；虽有而非有，有者非真有。"① 在这里，僧肇的意思是，万物虽然存在，但并非真实；虽然不真实，却又存在着，说"无"又不是真正的无，还有其虚幻的现象，但这种现象又非真有，而是假有。僧肇打了个比方："譬如幻化人，非无幻化人，幻化人非真人也。"②

中国的传统文化心理较重现实，印度佛教那种抛开一切现世生活的"远离"，在中国是没有多大市场的。大乘般若学之所以在中国能够兴盛，很大程度上在于它沟通了此岸世界与彼岸世界。在大乘佛学的典籍中，把人生视为如梦如幻，颇为常见。《说无垢称经·声闻品》云："一切法性皆虚妄见，如梦如焰。"③ 同经《观有情品》云："菩萨观诸有情，如幻师观所幻事，如观水中月，观镜中象，观芭蕉心。"④ 《维摩诘经》中维摩诘"因以身疾广为说法"，打了许多譬喻来说明人身的虚幻："是身如芭蕉，中无

---

① （晋）僧肇：《不真空论》，见张春波《肇论校释》，中华书局 2010 年版，第 52 页。

② 中国社会科学院哲学研究所中国哲学史研究室编：《中国哲学史资料选辑》"魏晋隋唐之部（上、中、下）"，中华书局 1990 年版，第 609 页。

③ 中华大藏经编辑局：《中华大藏经》"汉文部分 一五"，中华书局 1985 年版，第 918 页。

④ 《说无垢称经·观有情品》，见"永乐北藏"整理委员会整理《永乐北藏》第 38 册，线装书局影印大明正统五年版，第 135 页。

有坚。是身如幻，从颠倒起。是身如梦，为虚妄见。是身如影，从业缘现。"① 都是把人体及人生视为梦幻的。

被禅门奉为根本经典的《金刚经》，处处闪射着般若之光。"如来说一切诸相，即是非相"②，"如来说具足色身即非具足色身"③，都是以"有无双遣"的方法，来说明人生的虚妄不实。禅宗其他典籍也多有这类说法。

对于士大夫来说，"人生如梦"的观念，无疑是心灵遭受创伤、人生遭到挫折后的最佳麻醉剂。当这些士大夫春风得意之时，是没有谁悲吟"人生如梦""人生如寄"的苦调的。穷厄如孟郊，元好问讥之为"高天厚地一诗囚"，中了进士后放声吟道："昔日龌龊不足夸，今朝放荡思无涯。春风得意马蹄疾，一日看尽长安花。"（《登科后》）柳宗元学佛很早，但在诗文中谈禅最多的时期，无疑是在贬谪为永州司马之后。

许多事实表明，在经历了贬谪左迁、妻死子殇、病魔缠身这些心灵的创伤、人生磨难之后，诗人们对"人生如梦"的观念一下子得到了切身的体验，于是，这种似旷达而实悲苦的叹惋，便有了沉甸甸的分量。

宋神宗元丰二年（1079）发生的"乌台诗案"，使大诗人苏轼成了阶下囚。"顷刻之间，捉一太守，如驱犬鸡。"④ 后来保住了性命，贬谪到黄州任团练副使，从元丰三年岁初开始，苏轼开始了后半生断断续续的贬谪生涯。谁都难以否认，在遭遇坎坷的诗人中，说起旷达来，恐怕没有谁能比得上苏轼。他在黄州开了一块荒地，也来了个"晨兴理荒秽，戴月荷锄归"，给这块荒地取名为"东坡"，且自号为"东坡居士"。在这里，他曾写下《东坡》一诗："雨洗东坡月色清，市人行尽野人行。莫嫌荦确坡头路，自爱铿然曳杖声。"诗人是以一种诗意化、审美化的笔致来写他的躬耕生活的。他确实很达观、很超脱，在困厄之中颇有怡然自得的风度。在词的创作中，苏轼也表现出十分超旷的胸襟，如《临江仙》："夜饮东坡醉复醒，归来仿佛三更。家童鼻息已雷鸣。敲门都不应，倚杖听江声。长恨此身非我有，何时忘却营营！夜阑风静縠纹平，小舟从此逝，江海寄余生。"虽是无可奈何，但却飘逸从容，没有那么沉重的怨艾悲凄。

东坡在黄州、惠州、儋州这些贬所，环境虽然越来越差，他虽依旧旷达

---

① 赖永海、高永旺译注：《维摩诘经》，中华书局 2010 版，第 29 页。
② （清）丁福保：《六祖坛经笺注》，齐鲁书社 2012 年版，第 11 页。
③ 同上。
④ 《孔氏谈苑》卷 1《苏轼以吟诗下吏》，见闽侯吴会祺《旧小说·丁集·宋》，商务印书馆 1914 年版，第 199 页。

超脱，但"人生如梦"、"人生如寄"的想法，则仍时时从他的诗文中流露出来。世人以为最为豪放的《念奴娇·赤壁怀古》，其思想的落脚点恰恰是在最后几句："故国神游，多情应笑我，早生华发。人间如梦，一樽还酹江月。"英雄也好，常人也好，到头来都不过是一场梦幻呵！

　　写于同一时期的前后《赤壁赋》所表现的心态，与《念奴娇》是一致的。《前赤壁赋》的主题意旨在表现人生须臾与时空无限的悲剧性的生存焦虑。赋中想象当年曹操的形象是何等气派："方其破荆州，下江陵，顺流而东也，舳舻千里，旌旗蔽空，酾酒临江，横槊赋诗，固一世之雄也"，接着马上来了一句："而今安在哉？"可谓一笔抹倒。曹孟德尽管英雄一世，也同样难逃风流云散的结局。诗人又借"客"的口吻，正面提示主题："况吾与子渔樵于江渚之上，侣鱼虾而友麋鹿；驾一叶之扁舟，举匏樽以相属。寄蜉蝣于天地，渺沧海之一粟。哀吾生之须臾，羡长江之无穷。挟飞仙以遨游，抱明月而长终。知不可乎骤得，托遗响于悲风。"这说的不是人生须臾与时空无限的矛盾又是什么？这本是个永恒的矛盾，是人类普遍的困惑，而当诗人身遭贬谪，处于逆境时，这个矛盾便进入了诗人的切身体验之中，成为一个"此在"。

　　绍圣元年（1094），苏轼被贬到惠州（今广东惠阳），惠州比黄州更荒远，诗人的生活是颇为困窘的，"凄凉罗浮馆，风壁颓雨砌。黄冠常苦饥，迎客羞破袂。仙山在何许，归鹤时堕毲。崎岖拾松黄，欲救齿发弊"。面对这种生活，他是以禅观来泰然处之的。"坐令禅客笑，一梦等千岁。栖禅晚置酒，蛮果粲蕉荔。斋厨釜无羹，野饷篮有蕙。嬉游趁时节，俯仰了此世。"（《正月二十四日与儿子过、赖仙芝、王原秀才、僧县颖、行全、道士何宗一同游罗浮道院及栖禅精舍，过作诗和其韵寄迈、迨一首》）。在另一首诗中，诗人吟道："人间何者非梦幻，南来万里真良图。"（《四月十一日初食荔枝一首》）这个时期，诗人还多次直接在诗中吟道："吾生如寄耳。"

　　再来看著名的诗人王维。在谈到诗与禅的关系时，不消说，人们马上就会想到王维。"人生如梦"之类的观念，在士大夫们仕途畅达、家庭和美、身心健爽之时，是作为一种普遍性的观念存在于思想之中的，尚未化为一种体验，一种融着自己生命感受的体验。而只有当他们获罪于君王，被贬谪被远放于山巅水涯，或者经历了一场很大的人生苦难，这种人生观才真正化入他们的体验之中，成为一种"现身的领会"。这种他们便会更加倾心于佛教。

　　"安史之乱"这场唐王朝最大的国难，使得许多士大夫都有一段惨痛的经历，李白、杜甫等都是如此，在诗坛上，"安史之乱"带给诗坛风貌的影响无疑是巨大的，从某种意义上说，它决定了中唐诗歌的风貌与走向。王维在这场变乱中的遭遇也是够难过的了。他被安禄山掳去，授了伪官，当然是满腹幽恨，他又不能像乐师雷海青那样去大义殉国，窝在心里，百感交集，于是写下了那首著名的七绝："万户伤心生野烟，百官何日再朝天。秋槐落叶深宫里，凝碧池头奏管弦"（《菩提寺禁裴迪来相看说逆贼等凝碧池上作音乐供奉人等举声便一时泪下私成口号诵示裴迪》）。待"安史之乱"平定之后，被授过伪职的官员都在处分之列，王维由于其弟王缙平乱有功，加之那首怀念唐王朝的七绝，没有受到大的处分，这当然算是幸运的了，但是，对他来说，心灵的创伤太深了，从此他在精神上真正投向了"空门"。"独坐悲双鬓，空堂欲二更。雨中山果落，灯下草虫鸣。白发终难变，黄金不可成。欲知除老病，惟有学无生。"（《秋夜独坐》）"无生"，这里代指佛门"真谛"。涅槃境界是说无生无灭，简称无生。王维用"五蕴聚合"的佛理来麻醉自己说："缘和妄相有，性空无所亲。安知广成子，不是老夫身。"（《山中示弟等》）在佛家看来，世间万法皆是因缘和合而成，故无自性，因而也就虚妄不实。人身乃是五蕴之聚合，也同样是虚妄不实的。用这种眼光来看人生，当然就会淡化痛苦，使自己得到麻醉了。白居易的心态变化更能说明问题。

　　被人们称为"伟大现实主义诗人"的白居易，固然有其伟大处，但也有其平常处。"身为谏官，手请谏纸"的那会儿，的确可称为斗士，写了那么多"救济人病，裨补时阙"的讽谕诗，使权豪势要们扼腕切齿。此时的白居易真有一股宁折不弯的劲头。其《折剑头》一诗借折剑以咏志曰："我自鄙介性，好刚不好柔；勿轻直折剑，犹胜曲全钩。"元和十年贬为江州司马以后，他的处世态度大为转变，他拿出了佛家的处世哲学应付世俗。这时候，禅宗的思想方法，成了他委顺处世的法宝。"近岁将心地，回向南宗禅。外顺世间法，内脱区中缘。"（《赠杓直》）说得够明白的了。

　　要摆脱世间的苦闷、忧烦，视身如梦、视人生如逆旅的思想，无疑是一副很好的麻醉剂。"空门"的解脱，是以对自身的省思为途径的，但它不是贵身，而是贱身，把人自己看成是支离破碎的，"目无全人"，人不过是一堆枯骨，一个皮囊，一个短暂的梦，总而言之，它是不确实的，是空幻的，是聚合凑泊而成的，那么，它所遭到的一切不平，一切创伤，不就是无所谓的了吗？"观自在菩萨，行深般若波罗蜜多时，照见五蕴皆空，度一切苦厄"①，这几句经文，确乎道出了佛教何以能成为人们的精神止痛剂的道理。

在浔阳贬居之后，白居易一直是用佛门的空观来开导自己的。于是，便更为"乐天知命"了。他在和友人的诗中写道："同事空王岁月深，相思远寄定中吟。遥知清净中和化，只用金刚三昧心。"（《钱虢州以三堂绝句见寄，因以本韵和之》）在长庆二年怀念已逝的友人诗中他又写道："此生都是梦，前事旋成空。"（《商山路有感》）白居易的晚年，与佛门结下不解之缘，心地平和了，官运也不断看好，虽然是分司东都，倒落得清闲。

总之，身遭厄运的诗人们在佛教思想的催化下，更易于萌生出"人生如梦"、"人生如寄"之类的心态。

第二节 "无心于物"与"随缘自适"

禅宗讲"以心为本"、"即心即佛"，把心作为万事万物的本体，"心生则种种法生，心灭是种种法灭"。② 但如果执着于心，却又违背了禅家精神。禅家的"心"，应是虚空而执着的、不系念于万物。禅家并不否认万物为有，而要求不执着、不系念于万物。禅家所说"无住为本"，也就是这个意思。"无住"，说得简捷直白一些，就是心不住于物的。"于一切上，念念不住，即无缚也。"③ 只有"无住"方能"无缚"。慧能以"直心"作为"一行三昧"的关键，而所谓"直心"，也便是"真如"、"佛性"。《坛经》中说"一行三昧者，于一切时中，行、住、坐、卧，常行直心。《净名经》云：'直心是道场，''直心是净土'。莫心行谄曲，口说法直，口说一行三昧，不行直心，非佛弟子。但行直心，于一切法，无有执著，名一行三昧。迷人著法相，执一行三昧，直言坐不动，除妄不起心，即是一行三昧。若如是，此法同无情，却是障道因缘。道须通流，何以却滞？心不住法即通流，住即被缚。"④ 看来，禅家精神的要紧处，在于一个"无有执著"，以"无住为本"。

"以心为本"与"无住于心"，实际上是一致的。"佛性"在自己心中，

---

① 应慈法师：《般若波罗蜜多心经浅说》，佛学书局 1933 年版，第 7 页。
② 高振农：《大乘起信论校释》，中华书局 1992 年版，第 59 页。
③ 郭朋：《坛经校释》，中华书局 1983 年版，第 32 页。
④ 同上书，第 27—28 页。

不假外求，当然也就不能执着于万物。高扬心灵的地位是为了解脱世间的烦恼。实际上，这是大乘佛学所一贯倡导的。《维摩诘经》中有名言曰："欲得净土，当净其心。随其心净则佛土净。"① 无论是怎样的秽土，只要你以为是净土，便是美好无比的佛国了。僧肇解释得很清楚："净土盖是心之影响耳。"② 即是如此，那么无论处于怎样的外境，你都可以恬然自安。这就是"随缘自适"。缘者，缘起也。佛教认为万法（指一切事物）皆因缘起而生，遂无自性。随缘自适，就是随便什么外界环境，心灵都可以适意。

中国的士大夫是很善于用这种思想方法来使自己心地平和的，无论到了怎样的地步，都可以用。"随缘自适"、"随遇而安"，的确是士大夫们很普遍的人生态度。在身处逆境、遭受挫折时当然是更为合用的。

人们很少谈论陶渊明与佛学的关系，其实在魏晋时期，士大夫受佛学的熏陶是颇为普遍的。尽管人们认为陶渊明与佛教无甚关系，且常举陶渊明不入莲社为证，说他反对佛教，这些都可以得到我们的同意，但这不妨碍佛教思想的传播之对陶渊明的思想产生濡染。

陶渊明的人生态度可以概括为"委运乘化"，这当然与他的玄学自然观有内在的联系，但又何尝没有大乘佛学的影子？委运乘化不正是一种"随缘自适"的态度吗？再如，人们熟知的《饮酒》第五首中"结庐在人境，而无车马喧。问君何能尔？心远地自偏"这几句，是典型的大乘佛学的"远离"思想方法的表现。所谓"远离"，在小乘佛学中指远离人群聚居的热闹之处，而到空寂的山林、坟地僻静之地进行修炼，目的地于摆脱世俗的纷扰。大乘般若学认为世间等同于世间，因此"不应取法，不应取非法"③，"远离"，便被改造成一个哲学概念。只要心地"远离"，不妨身处尘俗之中。

"远离"的关键在于"心"，虽然身在闹市，但只要心存佛国，这便是真正的"远离"了。《维摩诘经》中说："跂行喘息人物之土，则是菩萨佛国。""宝积众生之类是菩萨净土。"④ 意思是所谓"菩萨佛国"并非远离人寰尘世，而是就在芸芸众生之间。离开了众生便无佛国。《维摩诘经》还打了个很妙的譬喻："譬如有人欲于空地造立宫室，随意无碍，若于虚空终不

---

① （晋）僧肇、鸠摩罗什：《维摩诘所说经》，黑龙江人民出版社1994年版，第20页。
② 同上。
③ （清）丁福保：《六祖坛经笺注》，齐鲁书社2012年版，第219页。
④ （晋）僧肇、鸠摩罗什：《维摩诘所说经》，黑龙江人民出版社1994年版，第14页。

能成。"① 然后得其结论说："当知直心，是菩萨净土。"② 陶渊明的"心远地自偏"，并非追求什么"菩萨净土"，而是为了获得一个超越的精神境界。但在思想方法上，很明显地受到了大乘般若学影响的。

心的"远离"，正在于"无住"，也就是"于一切法，无有执着"。对什么都很淡漠，无关乎心。王维晚年正是这种心态："晚年唯好静，万事不关心。自顾无长策，空知返旧林。松风吹解带，山月照弹琴。君问穷通理，渔歌入浦深"（《酬张少府》）。俨然如一老僧！忘怀世事，逍遥林泉，"摩诘居士"确乎是深惬禅理的。在《终南别业》一诗中，诗人也流露出这种"无住于心"的人生态度："中岁颇好道，晚家南山陲。兴来每独往，胜事空自知。行到水穷处，坐看云起时。偶然值林叟，谈笑无还期。"此处所谓"道"，非是道家之"道"，乃是指佛教的道理。偶有兴来之时，徜徉于山水之间，甚得其中之乐。诗人的《山中与裴秀才书》，正可作为此诗之注脚："近腊月下，景气和畅，故山殊可过。足下方温经，猥不敢相烦，辄便往山中，憩感配寺，与山僧饭讫而去。北涉玄灞，清月映郭，夜登华子冈，辋水沦涟，与月上下，寒山远火，明灭林外，深巷寒犬，吠声如豹。村墟夜舂，复与疏钟相间。此时独坐，僮仆静默，多思曩者，携手赋诗，步仄径，临清流也，当待春中，草木蔓发，春山可望，轻鯈出水，白鸥矫翼，露湿青皋，麦陇朝雊，斯之不远，倘能从我游乎？非子天机清妙者，岂能以此不务相邀，然是中有深趣矣。""行到水穷处，坐看云起时"，这两句甚有禅意。正因是无心而往，随意而行，所以行到水之涯际；不留意于物，心无挂碍，坐看云起云灭。这是深惬禅家"不住色生心"的禅理的。清人徐增在《唐诗解读》中对此诗有中肯解释："行到水穷处，去不得处，我亦便止，尚有云起，我便坐而看云起，坐久当还，偶遇林叟，便与渠论山间水边之事，相与留连，则不能以定还期矣。于佛法看来，总是个无我，行无所事。行到是大死，坐起是得活，偶然是任运，此真好道人行履，谓之好道不虚也。"③ 无心于物，也便是任运自在，即不刻意追求什么，也不回避什么，一切都是自然而然的。"更无别法，汝但任心自在，莫作观行，亦莫澄心，莫起贪嗔，莫怀愁虑，荡荡无碍，任意纵横，不作诸善，不作诸恶，行住坐卧，触目遇

① （晋）僧肇、鸠摩罗什：《维摩诘所说经》，黑龙江人民出版社 1994 年版，第 15 页。

② 同上书，第 16 页。

③ （清）徐增：《唐诗解读》，转引自高文、曾广开主编《禅诗鉴赏辞典》，河南人民出版社1995 年版，第 584 页。

缘，总是佛之妙用。"① 王维的《终南别业》，较为典型地表现出这样一种"任运自在"的心态。

白居易中年以后，尤其是分司东都以后，笃信佛教，处处以无心于物、委顺于世的人生态度来打发时日，如他在忠州时所写的《委顺》一诗："山城虽荒芜，竹树有嘉色，郡俸诚不多，亦足充衣食。外累由心起，心宁累自息。尚欲忘家乡，谁能算官职？宜怀齐远近，委顺随南北。归去诚可怜，天涯住亦得。"忠州是荒远的州邑，虽然在这里职务比江州高了，但环境远不如江州。诗人忘却世间烦恼，开始不关注朝政纷纭了，同时，又以禅学的观念劝慰自己随遇而安。"无论海角与天涯，大抵心安即是家"（《种桃杏》）。在此后的日子里，诗人益加遁入空观，无心世事，在《闲咏》一诗中，诗人吟道："步月怜清景，眠松爱绿阴，早年诗思苦，晚年道情深。夜学禅多坐，秋牵兴暂吟。悠然两事外，无处更留心。"

白居易晚年不问朝政是非，以求自安，同样是以禅家思想为依据的。"是非都付梦，语默不妨禅"（《新昌新居书事四十韵，因寄元郎中、张博士》），这二句是很能概括出他晚年的思想状态的，在洛阳时，他曾写下《诏下》一诗："昨日诏下去罪人，今日诏下得贤臣。进退者谁非我事，世间宠辱常纷纷。我心与世两相忘，时事虽闻如不闻。但喜今年饱饭吃，洛阳禾稼如秋云。更倾一樽歌一曲，不独忘世兼忘身。"这首诗很明显地表现出诗人晚年对于朝政的麻木态度，其实倒未必是麻木，关键还是为了明哲保身。禅家的"无住于心"，用在这里刚好合适。白居易晚年之所以官运益好，披绯挂紫，倒多亏了这种"忘世"哲学。

被贬放于黄州、惠州、儋州，后半生多是生活于山巅水涯的苏轼，无疑是把佛教思想方法当作度过困厄的"忘忧草"的。同一种思想体系，不同的人可以得到不同的东西。有的人可以从佛教得到一种精神的超越，有的人得到的是一种颓放与麻木。苏轼在贬谪生涯中的确是很旷达、很超脱的，心境夷然、超然，这是一种真超脱。有了这份真超脱，他的诗词作品就流露着一种从容不迫的审美韵味。

刚从御史台出来，戴罪贬到黄州，他写下了《初到黄州》一诗："自笑平生为口忙，老来事业转荒唐。长江绕郭知鱼美，好竹连山觉笋香。逐客不妨员外置，诗人例作水曹郎。只惭无补丝毫事，尚费官家压酒囊。"诗人是以一种"随遇而安"的心情来开始他的贬谪生活的。在《定风波》词中，

---

① （宋）普济：《五灯会元》卷2"牛头山法融禅师"，中华书局1984年版，第60页。

诗人通过雨中徐行，表现出不同常人的人生态度："莫听穿林打叶声，何妨吟啸且徐行。竹杖芒鞋轻胜马，谁怕？一蓑烟雨任平生。料峭春风吹酒醒，微冷，山头斜照却相迎。回首向来萧瑟处，归去，也无风雨也无晴。"苏轼在词前有一小序云："三月七日，沙湖道中遇雨。雨具先去，同行皆狼狈，余独不觉，已而遂晴，故作此词。"雨中漫步，也许算不了什么，但是诗人的意思决非仅在于此，而是表达一种坦然面对人世风雨的镇定与自信。往深一层看，又何尝没有禅家"不住于心"、"任运自在"的影子？苏轼另有一首四言诗《孟嘉解嘲》与此立意相似，而又较明确地表露出这种人生态度的禅学底蕴："吾闻君子，蹈常履素。晦明风雨，不改其度。平生丘壑，散发箕踞，坠车天全，颠沛何惧。腰适忘带，足适忘履，不知有我，帽复奚数。流水莫系，浮云暂寓。飘然随风，非去非取。"通过对"孟嘉落帽"的感慨，来写出自己的人生态度。无论何时何地，唯"适"而已。无论世事如何风雨变幻，都不改变自己的常则。

绍圣初年，苏轼被贬到惠州后，更以随缘自适的态度来对待谪居中的环境，心境是开朗的，襟怀是超旷的，诗人没有因贬谪的打击而萎靡不振、凄凄惨惨，却是颇为坚强、旷达，这可不是硬撑出来的。你看他在《四月十一日初食荔枝一首》诗中所写的："……我生涉世本为口，一官久已轻莼鲈。人间何者非梦幻，南来万里真良图。"其间虽然不无苍凉之意，但终究是相当豁达的。既来之，则安之，虽然贬到了天涯海隅，诗人犹以"良图"自处。他对岭南的生活很快便适应了，并且颇以为快活，原因就在于诗人主体心灵的恬静自安，他甚至想在岭南"扎根落户"了。"罗浮山下四时春，卢橘杨梅次第新。日啖荔枝三百颗，不妨长作岭南人。"（《食荔枝二首》其二）对于岭南的环境，不只是适应，而且是喜爱了。你看这位"坡仙"在江干钓鱼的逍遥神情："江郊葱茏，云水倩绚。崎岸斗人，泂潭轮转。先生悦之，布席间燕。初日下照，潜鳞俯见。意钓忘鱼，乐此竿线，优哉悠哉，玩物之变。"（《江郊》）本来是令人伤悲忧凄的贬谪生涯，诗人却活得如此自在。秦观在郴州贬所的心情就显得太凄迷了："雾失楼台，月迷津渡，桃源望断无寻处。可堪孤馆闭春寒，杜鹃声里斜阳暮"。（《踏莎行》）黄山谷贬黔南也心情凄楚："投荒万里无归路，雪点鬓繁，度鬼门关，已拚儿童作楚蛮。"（《采桑子》）这些都难与苏轼的超旷襟怀同日而语。秦、黄都是"苏门学士"，政治上与苏轼共进退。这次打击"元祐党人"，苏、秦、黄都是上了"元祐党人碑"的。而苏的豁达超脱，随遇而安，是秦、黄所学不来的，所以，他们远远不如东坡那样经得住折腾。

秘诀在哪里？借助佛老思想以度困厄是个非常重要的因素。在佛学方面，苏轼主要是以禅宗的"一念清净"，"无心于物"的观念来淡化客观环境的困窘。当然，华严宗的"理事无碍"、"事事无碍"的"一真法界"观，庄子的"齐物论"也都被他拿来当了忘忧的萱草。有人说，苏轼思想的特点在一"杂"字，这倒不假。但值得指出的一点是，苏轼学佛也好，学老庄也好，目的都不在于抽象的哲学探究，而是为了裨补人生。应该说苏轼的哲学思想是很丰富的，但他不作学院式的本体询问，而主要在于求得内心的调息与宁适。

关于这一点，苏轼在《答毕仲举书》中谈得很是全面而且清楚，这里不妨摘引其中的主要部分：

> 比来起居佳胜，感慰不可言。罗山素号善地，不应有瘴疠，岂岁时适尔？既无所失亡，而有得于齐宠辱、忘得丧者，是天相子也。仆即以任意直前，不用长者所教，以触罪罟，然祸福要不可推避，初不论巧拙也。黄州滨江带山，既适耳目之好，而生事百须，亦不难致，早寝晚起，又不知所谓祸福果安在哉？偶读《战国策》，见处士颜蠋之语，'晚食以当肉'，欣然而笑，若蠋者可谓巧于居贫者也。菜羹菽黍，差饥而食，其味与八珍等。而既饱之余，刍豢满前，惟恐其不持去也。美恶在我，何与于物？所云读佛书及合药救人二事，以为闲居之赐甚厚。佛书旧亦尝看，但暗塞不能通其妙。独时取其粗浅假说以自洗濯，若农夫之去草，旋去旋生，虽若无益，然终愈于不去也。若世之君子，所谓超然玄悟者，仆不识也。往时陈述古好论禅，自以为至矣，而鄙仆所言为浅陋。仆尝语述古，公之所谈，譬之食龙肉也。而仆之所学，猪肉也。猪之与龙，则有间矣。然公终日说龙肉，不如仆之食猪肉，实美而真饱。不知君所得于佛书者果何耶？为出生死、超三乘，遂作佛乎？抑尚与仆辈俯仰也？学佛老者，本期于静而达，静似懒，达似放。学者或未至其所期，而先得其所似，不为无害。……

东坡学佛老的目的，在这里说得够透彻的了，尤其是龙肉的比方，可谓是"画饼"，这里譬喻形而上学的谈禅论道，固然玄妙，却无补于事；猪肉听来不如龙肉美味，却可一饱口腹，诗人用这个譬喻来说明禅观之裨补人生。东坡是按着自己的心理需要来理解禅的，不搞形而上的玄谈。苏轼以禅宗观来支撑苦境，战胜因厄，靠的是心灵的高扬与超越。禅讲"即心即佛"，讲

"心生则种种法生，心灭则种种法灭"①，以心为万物之本，同时，又讲"心即无心"，要"不即不离，不住不著"，"莫于心上著一物"②，这又是对"心"的消解。东坡深通是理，一方面重内心而轻外物，以心灵的高蹈来蔑视人间苦难；另一方面，则又"无心于万物"，保持心境的虚空廓落。在海南，诗人吟道："胸中有佳处，海瘴不能腓"（《和王抚军座送客》）。只要胸中安恬，瘴烟蛮雨也不能侵袭诗人。所谓"随缘自适"，也正是靠主体心境的恒定，以不变应万变，"试问岭南应不好？却道，此心安处是吾乡"（《定风波》）。只要"此心安处"，无论到什么地方都无所谓。"我生百事常随缘，四方水陆无不便"（《和蒋夔寄茶》）。"随缘"是以心灵来涵盖外物的。

"此心安处"也便是"无心"，不留意物，不执着于外境，也便是"无心"，"夫参禅学道，须得一切处不生心"③，这是忘怀世事的法宝。东坡在诗中吟道："平生寓物不留物，在家学得忘家禅"（《寄吴德仁兼简陈季常》），"阴晴朝暮几回新，已向虚空付此身。出本无心归亦好，白云还似望云人"（《和文与可洋川园池三十首·望云楼》），这些都表现出无心于外物的心态特征。

第三节　"忘机"：心灵创伤的自抚

"永贞革新"的失败，给柳宗元带来了厄运。他被贬为邵州刺史，半路上又被贬为永州司马。从此开始了他的贬谪生涯。

政治斗争漩流的冲击，对柳宗元的影响是很大的，其心灵的创伤也是很深的。他的有关诗中我们不难见出诗人被贬之后凄苦怨愤的情怀：

> 理世固轻世，弃捐湘之湄。阳光竟四溟，敲石安所施。铩羽集枯干，低昂互鸣悲。朔云吐风寒，寂历穷秋时。君子尚容与，小人守竞危，惨凄日相视，离忧坐自滋。樽酒聊可酌，放歌谅徒为。情无协律者，窈眇弦吾诗。（《零陵赠李元侍御简吴武陵》）

---

① （宋）赜藏主：《古尊宿语录》，见《永乐北藏》整理委员会整理《永乐北藏》第197册，线装书局影印大明正统五年版，第318页。

② （唐）黄檗希运：《传心法要》，见石峻等《中国佛教思想资料选编》第2卷第4册，中华书局1983年版，第213页。

③ 《黄檗断际禅师宛陵录》，同上书，第235页。

这首诗的怨愤之情是很明显的。"理世"是对当朝统治者的讽刺，而"弃捐"更露出愤愤不平之意。对于朝中那些迫害王叔文集团的势力，诗人是耿耿于怀的。远放湘曲，更使他愁肠百煎。在柳州，他又写下了这样的名作：

　　　　城上高楼接大荒，海天愁思正茫茫。惊风乱飐芙蓉水，密雨斜侵薜荔墙。岭树重遮千里目，江流曲似九回肠。共来百越文身地，犹自音书滞一乡。（《登柳州城楼寄漳汀封连四州》）

这里不仅有去国怀乡的愁肠，不仅有对故人的殷切思念，更有对政治斗争风暴的心有余悸。"惊风乱飐芙蓉水，密雨斜侵薜荔墙"，难道不象征着政治迫害的无情与猛烈吗？心灵的创痕犹在流血！

　　柳宗元自幼好佛，于佛学有较深的修养，这个时候，可以派上用场了。他说："吾自幼好佛，求其道，积三十年，世之言者罕能通其说。于零陵，吾独有得焉。"① 也就是说，虽然学佛多年，但是真正对佛学有了亲切的、独到的领悟，是被贬永州以后。

　　柳宗元"有得"于什么呢？主要是禅家的"忘机"。他说："且凡为道者，不爱官，不争能，乐山水而嗜闲安者为多。吾病世之逐逐然唯印组为务以相轧也，则舍是其焉从。吾之好与浮图游以此。"② 在柳宗元看来，栖心释梵，"与浮图游"就在于要与世无争，淡息名利之心。他对朝中追名逐利、唯官是求、彼此倾轧是深恶痛绝的，因为他就是一个受害者，一个被政治斗争漩涡冲打后抛出来的人，他只好在佛教中得到慰藉了。这便是所谓"忘机"吧。

　　柳氏的《永州龙兴寺西轩记》，很能具体说明他是如何凭借佛道以自慰解的：

　　　　永贞年，余名在党人，不容于尚书省，出为邵州，道贬永州司马。至则无以为居，居龙兴寺西序之下。余知释氏之道且久，固所愿也，然

---

　　① （唐）柳宗元：《送巽上人赴中丞叔父召序》，见石峻等《中国佛教思想资料选编》第 2 卷第 4 册，中华书局 1983 年版，第 365 页。
　　② （唐）柳宗元：《送僧浩初序》，见《柳河东全集》上册，北京燕山出版社 1996 年版，第 569 页。

余所庇之屋甚隐蔽，其户北向，居昧昧也。寺之居于是州为高。西序之西，属当大江之流。江之外，山谷林麓甚众，于是凿西墉以为户，户之外为轩，以临群木之杪，无不瞩焉。不徙席，不运几，而得大观。夫室，向者之室也。席与几，向者之处也。向也昧，而今也显，岂异物耶？因悟夫佛之道，可以转惑见为真智，即群迷为正觉，舍大暗为光明，夫性岂异物耶！①

诗人初到永州，住在龙兴寺的西轩。因房室朝向不好，不见阳光，阊昧昏闷。诗人"凿西墉以为户"，遂觉敞亮许多。诗人以此因悟佛道。

　　诗人在幽静荒远的永州，感受到一种远离尘嚣的气氛。诗人经常到禅院中诵读禅经，以忘怀旧日的烦恼。《晨诣超师院读禅经》一诗写出了他幽然忘机的心境：

　　　　汲井漱寒齿，清心拂尘服。闲持贝叶书，步出东斋读。真源了无取，妄迹世所逐。遗言冀可冥，缮性何由熟？道人庭院静，苔色连深竹。日出雾露余，青松如膏沐。澹然离言说，悟悦心自足。

此中一片难以言说的禅境！诗人心灵的创伤得到了抚慰，他遗忘了（至少是暂时）朋党倾轧的险恶，愈发感到"世之逐逐然唯印组为务以相轧"的"妄迹"是何等的无聊。于此，诗人感到一种宗教体验的满足。《禅堂》一诗更为显豁地表现了诗人的"忘机"心境：

　　　　发地结菁茆，团团抱虚白。山花落幽户，中有忘机客。涉有本非取，照空不待析。万籁俱缘生，窅然喧中寂。心境本同如，鸟飞无遗迹。

在禅堂的幽然之境中，诗人忘怀了一切世间的烦恼、争逐，而深深体会到"忘机"之乐。柳宗元在永州于佛学"独有所得"，主要是靠禅观而"忘机"，忘却尘世的纷争，更准确地说是忘却朋党倾轧给他的打击，以此安抚受伤的心灵。当然，这种忘却也只能是一时的。尽管诗人努力地、有意地遗

———————————

① （唐）柳宗元：《永州龙兴寺西轩记》，见《柳河东全集》上册，北京燕山出版社 1996 年版，第 628 页。

忘掉那政治斗争的惊风险浪，但在大多数时候，还是"不思量、自难忘"的，故柳诗中颇多怨愤之情。

唐宋士人与禅僧交往是普遍的，禅僧多特别乐于与士大夫交游。禅宗的教义与思想方法对于士人心态的濡染也是普遍而深刻的。这里所举的诗人仅仅是其中较为突出的几个，禅对诗人心态的影响，也绝不限于这里列举的几个方面。

禅宗作为中国化的佛教，之所以势焰日炽，取代了其他宗派。其直截根源、简便易行当然是一个重要原因，但不是全部的原因，得到士大夫们的普遍接受，当是一个极为重要的因素。禅与诗的关系又是异常密切的，禅僧中有许多人都是诗僧，如皎然、寒山、拾得、北宋的"九僧"等，他们的诗作当然都明显地宣扬禅家义理；诗人们与禅僧往还，在思想上的互渗是非常自然的。

第三章 禅与诗歌审美创造心理

禅是宗教，却与文学艺术有着不解之缘。禅是超越的，"拈花微笑"有着如许的神秘；禅又是遍在于一切有情乃至无情的事物中的。"如何是祖师西来意？庭前柏树子。"① "如何是古佛心？墙壁瓦砾是。"② 禅在任何事物中都含笑等待着呼唤。因为有了禅，诗才开始有了动人的风韵；因为有了禅，绘画才开始摆脱匠气。要认识唐代以后的诗与画，不了解禅，就难得会心一笑。

诗是由诗人写出来的。诗作的字里行间，跃动着诗人的诗心。要了解禅对诗的影响，我们不妨先把触角探到诗人的主体方面，揭示一下禅是如何渗透进诗人的审美创造心理的。

第一节 "空静"的诗心

作为创作主体的诗人，在写诗之前应该有着一种怎样的心境？尤其是要写出一首好的诗作，诗人应该处于怎样的心理状态之中呢？

文学的本质在于审美，诗的本质亦在于审美创造。诗人在创作之时，首先必须是处于审美情境之中，有一个高度集中的审美态度。所谓审美态度主要是指审美主体的心理倾向，侧重强调审美主体诸种因素的浑融统一与外射方向。审美态度是审美主体在面对某个审美对象时所持有的心理态度，它不同于实用态度与科学态度。

应该申明一点看法，审美态度不仅存在于对艺术品的鉴赏过程之中。鉴

---

① （宋）普济：《五灯会元》卷4，转引自吴言生主编《中国禅学》第1卷，中华书局2002年版，第483页。

② 《云岩晟禅师法嗣》，见石峻等《中国佛教思想资料选编》第2卷第4册，中华书局1983年版，第316页。

赏过程中的审美态度，是通过审美主体对于审美对象的注意，引发审美联想，在作品的物化形态中唤醒审美意象；而创造过程中的审美态度，则使艺术家暂时切断主体与世界的功利关系，进入一个完整自足的审美世界，孕化审美意象，并且进而构成一个浑融完整的审美境界。

中国传统诗学的审美态度理论是"虚静"说。"虚静"说主要出于道家学说。老子讲"涤除玄览"，就是要摒除心中的妄念，返照内心的清明，而达到与"道"融而为一的境界。庄子讲"心斋"、"坐忘"、"唯道集虚"，要求主体心灵能够"虚而待物"，有一个空灵明觉之心。老庄所讲的这些，虽然尚未具有纯粹的美学性质，但已道出"虚静"说的根本特质，即排除妄念，保持空明的心境。

刘勰在《文心雕龙·神思》中，进一步说明了"虚静"作为美学命题的内涵，他说："是以陶钧文思，贵在虚静，疏瀹五脏，澡雪精神，积学以储宝，酌理以富才，研阅以穷照，驯致以怿辞；然后使玄解之宰，寻声律而定墨；独照之匠，窥意象而运斤；此盖驭文之首术，谋篇之大端。"① 刘勰才真正将"虚静"说纳入了美学范畴并固定下来。刘勰所说的"虚静"，本身并非目的，而是为了使作者更好的投入艺术构思、审美创造之中。王元化先生论述刘勰的"虚静"说云："他只是把虚静作为一种陶钧文思的积极手段，认为这是构思之前的必要准备，以便借此使思想感情更为充沛起来。《养气》篇赞中所说的'水停以鉴，火静而朗'，正可作为他的虚静说的自注。……刘勰的虚静说与老庄的虚静说恰恰成了鲜明的对照。老庄把虚静视为返朴归真的最终归宿，刘勰却把虚静视为唤起想象的事前准备，作为一个起点。老庄提倡虚静的目的是为了达到无知无欲、浑浑噩噩的虚无之境；刘勰提倡虚静的目的是为了通过虚静达到与虚静相反的思想活跃、感情焕发之境。"② 老庄的"虚静"说尽管可以得到美学角度的评价，但不能否认它还不具备美学的性质。刘勰的"虚静"说作为审美态度学说的重要意义是值得特别重视的。

再看禅宗理论盛行后，对于审美态度理论的渗透。应该说，禅使中国古代的"虚静"说得到了一个很值得注意的发展。它使审美创造的心境得到了更好的呈示；同时也使诗歌创作有了更为空灵的神韵。

用禅理来说明诗人的审美创造心理的，以苏轼为最妙。这就是著名的

---

① 范文澜：《文心雕龙注》下册，人民文学出版社 1958 年版，第 493—494 页。
② 王元化：《文心雕龙创作论》，上海古籍出版社 1979 年版，第 152 页。

《送参寥师》一诗：

> 上人学苦空，百念已灰冷。剑头惟一映，焦谷无新颖。胡为逐吾辈，文字争蔚炳？新诗如玉屑，出语便清警。退之论草书，万事未尝屏，忧愁不平气，一寓笔所骋；颇怪浮屠人，视身如丘井，颓然寄淡泊，谁与发豪猛？细思乃不然，真巧非幻影。欲令诗语妙，无厌空且静。静故了群动，空故纳万境。阅世走人间，观身卧云岭。咸酸杂众好，中有至味永。诗法不相妨，此语当更请。

对这首诗不可简单的理解，也不能完全按照传统诗学中的"虚静"说的内涵来看它。这首诗是从禅僧参寥子的诗谈起，来揭橥诗禅相济的道理的。

佛教以"苦空"观人生，宣扬对尘世的厌弃。在佛教看来，人生到世上，便处在苦海的煎熬之中。要脱离苦海，就要把一切看空，既破"我执"，又破"法执"。那么，出家的僧人按理更应该万念俱灰，心如止水了。"百念已灰冷"、"焦谷无新颖"，就是说的禅僧的这种空寂之心。

然而，苏轼的意思是赞誉参寥子的诗写得非常好，意境脱俗。禅家以"不立文字"相标榜，但禅门诗僧最多，这是个很有趣、也很值得玩味的现象。禅家虽提倡"不立文字"，却并不以这些诗僧为异端，反倒引为禅门之骄傲。"胡为逐我辈，文字争蔚炳？"看似诧异，实际是对参寥诗的称赏，接下来的"新诗如玉屑，出语便清警"两句，此意就更显豁了。

苏轼提出了一个问题：像参寥这样的禅师，本应"心如死灰"，为什么又精于诗艺呢？苏轼确实有这样的困惑，在《参寥子真赞》中说："惟参寥子，身寒而道富，辩于文而讷于口，外尪柔而中健武，与人无竞而好刺讥朋友之过，枯形灰心而喜为感时玩物不能忘情之语：此予所谓参寥子有不可晓者五也。"① 应该说，这个困惑是有很大的理论探讨意义的。禅与诗及绘画等艺术为何有亲密的姻缘关系？解开这个困惑，就能从一个侧面回答上面的问题。

苏轼又联想到韩愈评价草书时所产生的困惑，并表达了与韩愈不同的审美观；同时苏轼还把草书（作为书法艺术）与诗歌联系起来，上升到美学

---

① （宋）苏轼：《参寥子真赞》，见李之亮《苏轼文集编年笺注·诗词附·三》，巴蜀书社2011年版，第330页。

层面上来考虑。韩愈在《送高闲上人序》中，贯彻了他"不平则鸣"的审美价值观，称赞张旭的草书艺术云："往时张旭善草书，不治他伎，喜怒窘穷，忧悲愉佚，怨恨思慕，酣醉无聊，不平有动于心，必于草书焉发之。……故旭之书，变动犹鬼神，不可端倪，以此终其身而名后世。"① 韩愈认为，张旭正是因为能在草书中抒发不平之气，一吐为快，方才有了传世的不朽声名与价值。韩愈对于僧人高闲的草书评价云："今闲师浮屠氏，一死生，解外胶，是其为心，必泊然无所起，其于世，必淡然无所嗜；泊与淡相遭，颓堕萎靡，溃败不可收拾，则其于书，得无象之然乎？然吾闻浮屠人善幻多技能，闲如通其术，则吾不能知矣！"② 韩愈的意思是，书法要有很高价值，就必须抒其怨愤不平之气，方可冲荡奇崛；而禅僧胸次淡泊，是难有惊人、感人之作的。这是明显的以"不平则鸣"的价值观评论书法艺术的审美价值。韩愈对诗文的评价尤其如此。

值得注意的是，韩愈在《送高闲上人序》中，是把艺术成就与艺术家的创造心理密切联系在一起的："今闲之于草书，有旭之心哉？不得其心而逐其迹，未见其能旭也。"③ 要想学张旭的草书，必须有张旭的心胸襟怀，创作主体的情感："利害必明，无遗锱铢，情炎于中，利欲斗进，有得有丧，勃然不释，然后一决于书。"④ 这恐怕是韩愈所理解的张旭。在韩愈看来，只有胸中积郁不平，勃然愤然，方能写好诗、作好画、书好字。大家熟知的《送孟东野序》正是高扬了这样一种"不平则鸣"的价值观。因此他认为，心境淡然，是不能创造出好作品的。苏轼显然是不同意韩愈的此种观念的，但韩愈的说法使他对这个问题的思考深入了许多。韩愈把艺术家的心态与创作必然地联系在一起，苏轼虽然不同意他的结论，却沿着这个思路得出了自己的答案。

"欲令诗语妙，无厌空且静"，这并非是指好诗的意境，而分明是指诗人的审美创造心态。此诗提出了"空静"说，一方面是继承了"虚静"说，另一方面显然又是用佛教禅宗的思想为主要参照系，改造、发展了中国诗学中的审美态度理论。

"空"是佛教的重要观念。按大乘般若学的理解，"空"并非空无所有。

---

① （唐）韩愈：《送高闲上人序》，见傅云龙、吴可主编《唐宋明清文集》第 1 辑《唐人文集》卷 2，天津古籍出版社 2000 年版，第 937 页。

② 同上。

③ 同上。

④ 同上。

并非杳无一物，而是存在于现象中的本质。一切现象，并没有被否定，而是把它们和"空"的本体性质等为一体了。禅宗直接继承了这一思想，被禅门奉为经典的《金刚经》一再讲"凡所有相，皆是虚妄"，"诸相非相，即见如来"，就是要求学佛者既不执于"有"，又不执于"空"，不落"空""有"二边。

六祖慧能进一步以心为空，故有"心量广大，犹如虚空"的名言。禅门之所以把"心"作为派生方法的主体，根据就在于"心量虚空"，所以能够"含日月星辰、大地山河。一切草木，恶人善人，恶法善法，天堂地狱，尽在空中"。① "静"是佛学术语，也是中国哲学的范畴之一。道家讲"静"，理学也讲"静"，佛学也讲"静"。可见，"静"在中国传统哲学中之不可小觑。老子说："致虚极，守静笃"②、"重为轻根，静为躁君"③、"静胜躁，寒胜热。清静为天下正"④。老子主张柔弱无为，以静为根本的生活原则。庄子也是主静的，"心斋"、"坐忘"，是极静之境。

理学家中的北宋周敦颐极力主静："圣人定之以中正仁义，而主静，立人极焉"⑤，这是作为道德修养的最高标准。二程也颇主一个"静"字。

佛家就更重"静"了，以之作为宗教修习的根本要求。佛门之"静"，往往就是"定"，要求习佛者心如止水，不起妄念，于一切法不染不著。

然而，大乘般若学于动静范畴亦取"不落二边"之态度，主张动静互即。著名的佛教思想家僧肇大师有《物不迁论》，专论"动中寓静"的观点，他说："寻夫不动之作，岂释动以求静，必求静于诸动，故虽动而常静。不释动以求静，故虽静而不离动。"⑥ 这便是用"中道观"来认识的"动静"范畴。即动即静，非动非静，把动静统一起来讲。

说到这里，苏轼"静故了群动，空故纳万境"二语中的佛学理论基因，大概可以不言自明了。苏轼正是借用了大乘般若学的空观与动静观来谈诗歌创作的。空与静，是"了群动"、"纳万境"的必然条件。只有先具备了空明的心境，才能更积极地观察生活之纷纭，使"万境"腾跃于胸中。

---

① 郭朋：《坛经校释》，中华书局 1983 年版，第 49 页。

② 李存山注译：《老子》第 16 章，中州古籍出版社 2008 年版，第 67 页。

③ 同上书，第 81 页。

④ 同上书，第 104 页。

⑤ 《太极图说》，见（清）黄宗羲《黄宗羲全集·宋元学案》第 1 册，浙江古籍出版社 1986年版，第 604 页。

⑥ （晋）僧肇：《物不迁论》，见石峻等《中国佛教思想资料选编》第 1 卷第 1 册，中华书局1981 年版，第 142 页。

　　这里又很清楚在看出"空静"说与禅学的区别。胎儿虽自母腹而出，继承了母体的许多遗传基因，但胎儿是胎儿，母亲是母亲，并非一回事。"空静"在佛教本身，归于对世界的消极认识，使人遁入避世的生存状态；但苏轼把它拿来，概括诗歌（也不排除其他艺术门类）在创作之前的心理准备阶段，亦即审美创造心态，意思就大不同了。空也好，静也好，都是为了更好地创造。

　　空与静，都不是长久的、恒定的心理状态，这当然是从审美创造心理上说的，而非就禅而言。它是一种插入，暂时切断创作主体与世界的功利的、世俗的联系，使主体以审美的眼光来打量世界。所谓"空"，是要排除头脑中那些纷纭复杂的世俗妄念，使之呈现出空明的心态。"空"不仅是一种状态，而且也是一个动态过程。亦即隔断世俗干扰、而进入审美创造准备阶段的过程。

　　康德关于审美无利害的著名命题："那规定鉴赏判断的快感是没有任何利害关系的。"① 尽管引起了各种各样的评价，但它道出了审美关系与功利关系的区别，这在美学史上是个了不起的贡献，人们已经基本上承认了这个命题的重要意义。在诗歌创造心态上的"空静"，也正是指排除主体与客体间的直接功利联系。当然，康德在《判断力批判》中讲的是"鉴赏判断"，并没有谈有关审美创造中的快感性质；而我们认为，无论是审美鉴赏，抑或审美创造，都要摆脱开主客体之间的功利价值关系。

　　"空静"的审美创造心态，与释子佛徒的"禅定"在形式上很相似，但在性质上又不相同。作诗之前的"空静"心态，是为了诞育出更为丰富奇妙的审美意象，蕴蓄着更多的创造因子。英国著名美学家鲍桑葵说："在我看，这里的重要一点好像是，'静观'一词不应该意味着'静止'或'迟钝'，而是始终含有一种创造因素在内。"② 只有这样理解苏轼的"空静"说方能得其三昧。

　　"空静"的审美创造心态得到了怎样的结果呢？那便是"了群动"、"纳万境"。只有心灵"空静"，方能洞察、统摄大千世界生生不息的种种物象，在自己的心灵中将之加工为审美意象。这里又涉及中国古典诗学中的"意境"论。在苏轼看来，只有"空静"的审美创造心态才能创造出审美意境。（有关"意境"与禅的关系，将在以后的章节中谈及，此处不赘。）

---

① ［德］康德：《判断力批判》，宗白华译，商务印书馆1964年版，第40页。
② ［英］鲍桑葵：《美学三讲》，周煦良译，上海译文出版社1983年版，第17页。

"空静"说带着禅学的基质，是中国古代美学中审美态度论的新的发展，它很明显的是在禅学刺激下的产物。从积极的方面说，禅给诗学的发展，补充了许多新鲜的养料。

与这个问题有关的，我们不妨回顾一下南朝刘宋时期著名绘画理论家、同时也是佛教思想家宗炳所提出的"澄怀味象"的命题。

宗炳在其画论名著《画山水序》中，开篇处就写道："圣人含道映物，贤者澄怀味象。至于山水，质有而趣灵。"① 宗炳论述的不是诗歌创作，而是山水画创作。这里提出的美学命题，意义早已跨出了绘画的园囿，而在美学史上具有重要的地位。作为审美态度问题，它是诗、画及其他艺术门类创作所共同面对的问题。"澄怀"，就是要求审美主体有一个空明澄净的心灵，方可进入审美创造过程。宗炳这个命题的提出，同样有着浓厚的佛学底蕴。

宗炳不仅在画坛上颇有声誉，且在佛教思想史上有一席之地。宗炳是一个虔诚的佛教信徒，曾经不远千里跑到庐山脚下，"就释慧远考寻文义"②。他参与当时颇为激烈的有关"神灭"、"神不灭"的哲学大论战，写下了著名的佛学论文《明佛论》（一名"神不灭"论）以及《答何衡阳书》等，从佛教唯心主义观点出发，坚持"神不灭"论。

在《明佛论》中，他高扬心灵的地位，强调"神"的决定作用。他不满于"中国君子明于礼义而暗于知人心"③，认为儒士只重外在的伦理节义，而忽视主体精神世界，这样便不能体悟到至上之道。

"神"乃是虚空抽象的，必须练神以悟道。宗炳强调"练神"要看空万法，"灭除心患"，"澄不灭之本"，也就是强调主体的空明虚静。他说："夫圣神玄照而无思营之识者，由心与物绝，唯神而已。故虚明之本，终始常住，不可凋矣。"④ 在他看来，要练成常住不凋之"神"，必须使心灵保持"心与物绝"的虚静空明。

在哲学思想上，宗炳所倡导的"神不灭"论，无疑是一种宗教唯心主义的观点。但他在美学上提出的"澄怀味象"，却不能这样简单地加以判定。这个命题与他的"神不灭"论思想有非常密切的渊源关系，但又有更为积极的美学意义。同时应该看到，苏轼的"空静"说是导源于"澄怀味

---

① （南朝·宋）宗炳：《画山水序》，人民美术出版社1985年版，第1页。
② （南朝·梁）沈约：《宋书》卷93，中华书局1974年版，第2278页。
③ （南朝·宋）宗炳：《明佛论》，见石峻等《中国佛教思想资料选编》第1卷，中华书局1981年版，第228页。
④ 同上书，第232页。

象"的。

　　另一个不可忽略的问题是"澄怀味象"的命题提出了审美对象问题，这是审美态度的必然条件。审美主体的"澄怀"，目的是为了"味象"。"象"在这里是审美客体，是一种审美表象。老子的"玄览"、庄子的"心斋"，并非是纯然的审美理论，因为"玄览"与"心斋"并未涉及对象。宗炳恰恰明确提出了审美对象问题，从而标志着独立的审美理论的形成。"澄怀味象"这个命题，决不可等闲视之，它翻开了中国美学史上新的一页。

　　抽象的精神、意识或概念，不能构成审美的对象。换言之，如果你所面对的不是表象化的东西，主体与客观之间就不能构成审美关系。康德认为鉴赏判断（即审美判断）的媒体必须是表象，因而断言："凭借概念来判断什么是美的客观的鉴赏法则是不能有的。"[1] 英国美学家鲍桑葵从对象上规定审美态度的特征，他说："所谓对象，是指通过感受或想象而呈现在我们面前的表象。凡是不能呈现为表象的东西，对审美态度说来是无用的。""我们所感受或者想象的只能是那些能成为直接外表或表象的东西。这就是审美表象的基本学说。"[2] 反言之，如果不是面对表象化的东西，就谈不到审美态度。宗炳所说"象"，当然不能等同于康德与鲍桑葵的"表象"，但它是可以直接引起主体心灵产生表象的直观形象。神则是抽象的，不能直接成为审美对象，必须通过"味象"而体验其"神"。

　　苏轼的"空故纳万境"，也是审美对象问题，不过它是创造过程中的审美对象。"境"指审美意境，是以表象为元素的，当然不是抽象的、概念化的东西，主体心灵空明，排除俗念，心无挂碍，方能汲纳无比丰富的境相，打破时空阈限，进而创造出完整的并异于日常经验的审美意境。

第二节　禅与诗的个性化审美体验

　　禅之"悟"，是主体自心佛性之悟，这点意思，在禅宗典籍中说得是最清楚不过的。在禅宗看来，佛性绝不是外在的，而完全在于人的自性之中。《坛经》中一再阐明这个观点。"自修自作自性法身，自行佛行，自作自成

---

① ［德］康德：《判断力批判》，宗白华译，商务印书馆1964年版，第70页。
② ［英］鲍桑葵：《美学三讲》，周煦良译，上海译文出版社1983年版，第56页。

佛道。"① "故知一切万法，尽在自身中，何不从于自心顿现真如本性。"②
"识心见性，自我佛道。"③ 佛性在于众生自心之中，这是禅的理论前提。

　　既然佛就在于自心之中，那么求佛就不应该是向外觅求，而是对自心佛
性的发现。佛不再是距人十万八千里的遥远彼岸，而就在众生的"平常心"
之中。"故知不悟，即与众生之差别，仅在于自己的一念之转中。""即时豁
然，还得本心。"④ 故而，禅宗是最反对向外觅求作佛的。《坛经》中说：
"若自悟者，不假外善知识。若外求善知识，望得解脱，无有是处。"⑤ 黄檗
希运禅师在《传心法要》中一再批评向外求佛的迷失，他说："唯此一心即
是佛，佛与众生更无别异。但是众生著相外求，求之转失。……如今学道
人，不悟此心体，便于心是生心，向外求佛，著相修行，皆是恶法，非菩提
道。"⑥ 后来成为禅学大师的大珠禅师先前曾拜于马祖道一门下。且看道一
大师是如何启示他的："初参马祖，祖问：从何处来？曰：越州大云寺来。
祖曰：来此拟须何事？曰：来求佛法。祖曰：我这里一物也无，求甚么佛
法？自家宝藏不顾，抛家散走作么！曰：阿那个是慧海宝藏？祖曰：即今问
我者，是汝宝藏，一切具足，更无欠少，使用自在，何假外求？师于言下，
自识本心"⑦。马祖道一所说的"自家宝藏"，即是自心所具有的佛性。如果
向外觅佛，那就如同抛弃自家宝藏，又去外出找宝一样。用一句俗话来说，
就是"骑马找马"。

　　禅的"悟"，因而是一种个体的直接体验。靠理性的思维方式、靠固定
的学习模式、靠文字语言的传授，不能说毫无用处，但是不能达到终极目
的，不能得到禅的彻悟。"佛性"是个根本性的理论范畴，但在禅来说，又
全然是个宗教实践问题，依禅宗的意思，佛性是众生心中人人皆有的，但是
发现之、彻悟之，其间的途径与契机，却是千差万别，人言言殊的，因为它
不是靠外在的知识传授得来的，而是在个体所亲临的某种特殊境遇、契机中
感悟的。这种体验是其他人所无法替代的，必须是自身的一种"亲在的"
体验。它不是一个用语言符号织成的世界，也不是用概念所能说明的。我们

---

① 郭朋：《坛经校释》，中华书局1983年版，第38页。

② 同上书，第58页。

③ 同上。

④ 《维摩诘经》，见（清）丁福保《六祖坛经笺注》，齐鲁书社2012年版，第102页。

⑤ （清）丁福保：《六祖坛经笺注》，新文丰出版公司1984年版，第64页。

⑥ 见石峻等《中国佛教思想资料选编》第2卷第4册，中华书局1983年版，第210页。

⑦ （宋）普济：《五灯会元》卷3"大珠慧海禅师"，中华书局1984年版，第154页。

来看看铃木大拙先生对禅之体验的描述，这对我们是不无启迪的：

> 对禅而言，空是要加以体验而不应加以概念化的。所谓体验印证就是知觉，但不是以知觉器官和理智世界的方式去知觉。因为在后一种情形中往往有一个从事知觉活动的主体以及被主体秘知的客体，因为感官和理性世界是一个主客二分的世界。根据禅的立场，如果我们要知觉空，就要以一种不出其外的方式去超越这个二分世界，空要用一种独一无二的方式去体验印证的。
>
> 这个独一无二的方式，是一方面空仍然停留在自身，另一方面又使自己成为体验的对象。这表示把自己分开同时又使自己结合为一。在日常经验情形下，这是不可能的，因为，自从这个世界真正成为我们理智的再造物，不复为它的本来实在，不是佛家所谓‘如如’以后，我们在日常经验世界里的一切经验，都是经过概念化了的。只有空同时是主体和客体时，我们才体验到"空"。①

铃木大拙先生对禅的体验是十分"到家"的。尽管禅是不可分析的，但铃木的理论表述还是能够引导我们趋近于禅。禅的体验不仅与其他事物相比是"独一无二的方式"，而且每个人对禅的体验也都是"独一无二的方式"。因此，禅师对弟子的传授，严格地说，并不是一种传授，而只是提供或"制造"一个契机，促使弟子自悟。

禅宗的传授法反对固守一种固定的模式，更反对千篇一律的窠臼，主张根据学人的具体情况采取不同的教学手段启发诱导学人。因此，禅宗的公案，提出的问题往往是共同的，如"如何是祖师西来意"、"如何是佛法大意"等都是禅宗所要回答的问题。如果有一般的学科知识，对于这样一些具有本体意义的问题，应该是有一些基本相同或大致相近的回答的。当然也可以有相反的回答。禅宗公案对这些基本问题的回答，却是千奇百怪、没有重复的。禅的体验是个性化的，亦即个体的，而且是当下的、亲在的。它无从模拟效仿，也难以通过知识传授的方式获得。一切的"传道"，都只能提供悟的契机。禅的这种品格，对于诗人的审美、创造心态，起了积极的作用。在中国诗歌的发展历程中，也能看到其所产生的深刻影响。

审美体验，是审美创造的开端，同时也贯穿着审美创造的全过程。没有

---

① ［日］铃木大拙：《禅风禅骨》，耿仁秋译，中国青年出版社 1989 年版，第 247 页。

审美体验，就谈不到艺术创作，充其量只能是一种"制作"。审美体验是审美主体与审美客体融而为一的过程，具有高度的个性化特征。从西方哲学的意义上看，体验是一种与生命活动密切关联的经历，它的最根本的特征就是类似直觉的那种直接性，它要求意识直接与对象同一，而摈除任何中介的外在的东西。伽达默尔对体验有着自己深邃的理解，他认为：

> 体验具有一种摆脱其意义的一切意向的显著的直接性。所有被经历的东西都是自我经历物，而且一同组成该经历物的意义，即所有被经历的东西都属于这个自我的统一体，因而包含了一种不可调换、不可替代的与这个生命整体的关联。就此而言，被经历的东西按其本质不是在其所传导并作为其意义而确定的东西中形成的。被经历东西的意义内涵于其中得到规定的存在方式，使得我们与它没有完结地发生关联。尼采说：'在思想深刻的人那里，一切体验是长久延续着的。'他的意思就是，一切体验不是很快被忘却，对它们的领会乃是一个漫长的过程，而且它们真正存在于这个过程中，而不只是存在于这样的原始经验到的内容中。因而我们专门称之为体验的东西，就是意指某种不可忘却、不可替代的东西，这些东西对于领悟其意义规定来说，在根本上是不会枯竭的。①

伽达默尔而对于"体验"的阐释抓住了它的本质。

审美体验作为一种特殊的体验形式，是在审美活动中产生的对于审美价值的体验。在审美体验中，审美主体和客体已无法分辩，构成一个一体化的世界。苏轼描写文同画竹时的情景："与可画竹时，见竹不见人。岂独不见人，嗒然遗其身。其身与竹化，无穷出清新。"（《书晁补之所藏与可画竹》）正是一种审美体验。再如清代画家石涛所说："山川使予代山川而言也，山川脱胎于予也，予脱胎于山川也。搜尽奇峰打草稿也。山川与予神遇而迹化也，所以终归之于大涤也。"② 也是一种主客融合、物我不分的审美体验。审美体验是体验者生命整体的投入，正如伽达默尔所说："审美体验不仅是一种与其他体验有所不同的体验，而且它根本地体现了体验的本质类型，就

---

① ［德］伽达默尔：《真理与方法》，王才勇译，辽宁人民出版社 1987 年版，第 86 页。
② （清）石涛：《苦瓜和尚画语录》，见俞剑华《中国古代画论类编》，人民美术出版社 1998 年版，第 153 页。

像作为这样的体验的艺术作品是一个自为的世界一样。审美的经历作为体验也摆脱了所有的现实的关联，看来，这正是艺术作品的规定所在，即成为审美的体验，也就是说，通过艺术作品的效力使感受者一下子摆脱了其生命关联并且同时使感受者顾及到了其此在的整体。在艺术的体验中，就存在着一种意义的充满，这种意义的充满不单单属于这种特殊的问题或对象，而且，更多地是代表了生命的意义整体。某个审美的体验，总是含着对某个无限整体的经验。正由于这种体验没有与其他的达到某个公开的经验进程之统一体的体验相联，而是直接再现了整体，这种体验的意义就成了一种无限的意义。"① 伽氏的论述颇为系统、深刻地揭示了审美体验代表着生命的意义整体这样一个特质。

审美体验的另一个显著特征乃是个体性。体验是体验者的体验，如前所述，体验是一种跟生命活动密切关联的经历，再现了生命的意义整体，因而体验必然带着主体的个性化的特点。体验并非纯粹主观性的，所谓体验，必须是由体验对象所引起的。对于同一个事物，不同体验者所起的体验则是不同的，有很强的个性色彩。这是体验（包括审美体验与非审美体验）的共同特点。譬如宗教体验，就有很强的个体特点。恰如美国心理学家克拉克指出的："宗教经验是内心的主观的东西，而且是最有个人特点的东西。"② 审美体验有着更为明显、强烈的个体性特点；同时，这种个体性又是与普遍性相融合的。卢卡契道出了这种辩证关系："人类绝不能与它所形成的个体相脱离，这些个体绝不能构成与人类无关存在的实体，审美体验是以个体和个人命运的形式来说明人类的。"③ 在个性化的审美体验之中，包容了"与天地合德，与万物为一"的宇宙精神，这恰恰又是中国诗学的一贯特质。

中国古典诗学中没有"体验"这样一个范畴概念，但是却有许多实际上就是体验的有关描述。刘勰所说的"目既往还，心亦吐纳"、"情往似赠，兴来如答"④，陆机的"观古今于须臾，抚四海于一瞬"⑤，宗炳所说的"畅神"、萧子显所说的"若夫登高目极，临水送归，风动春朝，月明秋夜，早

---

① ［德］伽达默尔：《真理与方法》，王才勇译，辽宁人民出版社 1987 年版，第 95 页。

② ［美］W. 克拉克：《宗教心理学》，社会科学文献出版社 1989 年版，第 17 页。

③ ［匈牙利］卢卡契：《审美特性》，转引自胡经之《文艺美学》，北京大学出版社 1989 年版，第 75 页。

④ 范文澜：《文心雕龙注》，人民文学出版社 1962 年版，第 695 页。

⑤ （晋）陆机：《文赋》，见（南朝·梁）萧统选，（唐）李善注《文选》，商务印书馆 1936 年版，第 350 页。

雁初莺，开花落叶，有来斯应，每不能已也"①，都是描述审美主客体融而为一的"高峰体验"。

中国古代诗学中有关审美体验的描述，还缺少个体性的理论自觉。唐宋时期，禅宗的崛起与普泛化，则大大催生了这种个体性审美体验的意识。宋代诗学中的"以禅喻诗"，其意义主要在于打破旧的诗学范式，而充分发挥主体的审美创造功能。"以禅喻诗"的集大成者严羽的"妙悟"说，实际上正是一种个性化的审美体验理论。严羽在《沧浪诗话》中以"妙悟"为其诗学思想的核心范畴，正是针对江西诗派的诗学模式，他写作《沧浪诗话》的宗旨，正是要打破江西诗派的理论硬壳。"仆之《诗辨》，乃断千百年公案，诚惊世绝俗之谈，至当归一之论。其间说江西诗病，真取心肝刽子手。以禅喻诗，莫此亲切。是自家实证实悟者，是自家闭门凿破此片田地，即非傍人篱壁，拾人涕唾得来者。"② 可见《沧浪诗话》的旨归所在。

"以禅喻诗"的诗论家并非严羽一人，宋人中如韩驹、吴可、龚相等人都曾借禅学来比拟诗学，而且大多以"悟"为诗禅之间的契合点。如吴可说："凡作诗如参禅，须有悟门。"③ 龚相有《学诗诗》云："学诗浑似学参禅，悟了方知岁是年。点铁成金犹是妄，高山流水自依然。"都把"以禅喻诗"的契合点落在了"悟"上，而"悟"正是一种个体化的体验过程。诗论家用禅宗之"悟"来比拟诗人个体化的审美体验，二者在体验形态上是非常相似的。

在诗学领域中，诗论家们"以禅喻诗"，正是借禅悟的个体化特征来喻诗歌的个体化创造特征，以打破旧的诗学范式。吴可的《学诗诗》云："学诗浑似学参禅，竹榻蒲团不计年。直待自家都了得，等闲拈出便超然。""学诗浑似学参禅，头上安头不足传。跳出少陵窠臼外，丈夫志气本冲天。""学诗"与"参禅"的内在联系，就是"自家了得"，诗人要有独特的审美体验，以冲破前人的窠臼。严羽的名言："夫诗有别材，非关书也；诗有别趣，非关理也。"这种"别材""别趣"，其实正是诗人独特的审美体验。苏轼濡染禅学甚深，于诗词创作也最主张张扬个性，摒弃束缚，"冲口出常

---

① （南朝·梁）萧子显：《自序》，转引自王运熙、杨明《魏晋南北朝文学批评史》，上海古籍出版社 1989 年版，第 319 页。

② （宋）严羽：《答出继叔临安吴景仙书》，见《沧浪诗话校释》附录，人民文学出版社 1983 年版，第 251 页。

③ （宋）吴可：《藏海诗话》，见（清）丁福保《历代诗话续编》，中华书局 1983 年版，第 340 页。

言，法度去前轨。人言非妙处，妙处在于是"。（《诗颂》）"妙处"正在于
摆脱前人轨范，出之以作者的独特感受。

诗的审美体验与禅的宗教体验还有一个共同点就是超语言性。超语言性
正是与主体的个体性的体验密切关联着的。体验"更多的是代表了生命的
意义整体"，"这种体验的意义就成了一种无限的意义"，必然在很大程度上
是难以用语言文字所表达清楚的。禅宗尤其强调禅体验的超语言性，其最响
亮的口号便是"不立文字"，即是突破语言外壳的局限性。"超过一切限量，
名言踪迹对待，当体便是，动念即乖。"①"法无名字，言语断故；是以妙相
绝名，真名非字。"②"本体中自心作，哪得向文字求？"③禅宗最突出地代
表了宗教体验的超语言性，禅宗有许多以语言文字留下的公案。人们指责其
与立宗之旨"不立文字"之说大相径庭。其实，这些公案的意义都不在其
文字本身，它们往往是一种象征物，或者阻挡弟子正常逻辑思路的工具，使
悟道者进入空如广漠的禅悟之境。

诗歌的审美体验更有一种超语言的性质，但它又不离语言，诗人所体验
的意义远远超越语言所表现的范围，但最终这种体验又是要以语言文字来凝
定。这就决定了诗歌语言的符号功能不同于一般语言文字的符号功能。诗歌
语言是创造出一种"图式化外观"，也即审美意象，而以之指向渊深博大的
体验世界。"此中有真意，欲辨已忘言"，诗人自失于这样一个体验世界之
中，必然是"忘言"的。"不著一字，尽得风流"，司空图的意思并非不要
一个字，而是超越语言局限而涵盖万有。《诗品·含蓄》另外两句尤能道出
问题的实质："浅深聚散，万取一收"。严羽所谓"不涉理路，不落言筌者，
上也"，更明确地阐述了诗歌意象的超语言性，以超越一般语言文字功能的
局限性，以意象化的语言指向广漠的体验世界。

这种审美体验的超语言性，其意义绝非是消极的、减损的，而是有着更
大的创造性价值。"艺术来自于体验，并且就是体验的表现，……一部艺术
作品就是对体验的移植。"④"不著一字"的目的是为了"尽得风流"，"惜

---

①　（唐）黄檗希运：《传心法要》，见石峻等《中国佛教思想资料选编》第 2 卷第 4 册，中华
书局 1983 年版，第 210 页。

②　玄觉禅师：《禅宗永嘉集》，见佛光大藏经编修委员会《佛光大藏经》"禅藏·宗论部 人天
眼目外十一部"，佛光出版社 1994 年版，第 170 页。

③　《黄檗断际禅师宛陵录》，见石峻等《中国佛教思想资料选编》第 2 卷第 4 册，中华书局
1983 年版，第 220—236 页。

④　［德］伽达默尔：《真理与方法》，王才勇译，辽宁人民出版社 1987 年版，第 94 页。

墨如金"是为了更好地表现诗人的审美体验，好的诗作，其意义绝不止于文字表层，而是"以数言而统万形，元气浑成，其浩无涯矣"①。具有无限广阔的体验余地。通过很少的文字，使读者进入一个物我不分的境界，"思入杳冥，则无我无物，诗之造玄矣哉！"② 这才是诗之极致。王夫之论及诗中之"势"说："论画者曰：'咫尺有万里之势。'一'势'字宜着眼。若不论势，则缩万里于咫尺，直是《广舆记》前一天下图耳。五言绝句，以此为落想时第一义。唯盛唐人能得其妙，如'君家何处住？妾住在横塘。停船暂借问，或恐是同乡。'墨气四射，四表无穷，无字处皆其意也。"③ 这里有力地说明了诗人审美体验的极大创造性，崔颢的这首五绝《长干行》，论文字来说只有 20 个字，再简单不过了，但它作为诗人审美体验的符号化表征，所蕴含的内容是十分丰富的，具有相当大的审美创造价值。

艺术是审美体验的产物。诗乃是用语言文字来表达诗人的审美体验的。作为语言文字的意义是普遍性的。诗作产生以后又要诉诸欣赏者的审美体验。好的诗作之所以流传而不朽，就是因为它凝结了人类某些共同的情感体验。作为诗人个人来说，他在创作中所兴发的审美体验，应该是个体化的，否则就不具有创造价值；但它同时又是普遍可传达的，表达人们的某些共同情感历程，方能具有文学史上的接受可能。

第三节　人与自然的契合

禅家爱自然。禅便栖息于大自然之中。当然，禅并不摒弃尘俗生活，但它更在自然的灵光中映现出来。

在禅的公案中，处处都有自然的意象作为禅机的启悟。"如何是和尚家风？师曰：满目青山起白云。"④"如何是灵泉境？师曰：枯椿花烂熳。""如何是境中人？师曰：子规啼断后，花落布阶前。"⑤"如何是清静法身？师曰：红日照青山。"⑥"自然"，在禅家眼里，该是何等亲切呵！

李泽厚于此有较为精到的议论，他如是说："禅宗非常喜欢讲大自然，

---

① （明）谢榛：《四溟诗话》卷3，中华书局1985年版，第41页。

② 同上书，第42页。

③ （清）王夫之：《姜斋诗话》卷2，人民文学出版社1961年版，第162页。

④ （宋）普济：《五灯会元》卷13"吉州禾山和尚"，中华书局1984年版，第812页。

⑤ 同上书，第834页。

⑥ 同上书，第415页。

喜欢与大自然打交道。它所追求的那种淡远心境和瞬刻永恒，经常假借大自然来使人感受或领悟。其实，如果剔去那种种附加的宗教的内容，这种感受或领悟接近于一种审美愉快。……不仅主客观混然一致，超功利，无思虑；而且似乎有某种对整个世界与自身相合一的感受。"①

李泽厚先生把禅与大自然的关系给予明确的揭示，并且将禅在大自然中所领悟的宗教感受与审美愉悦沟通起来，但这里缺乏一些具体的分析与说明，况且还有些泛美学化了。其实，禅家之喜爱自然，是可以得到较为切实的解释的。

禅在哪里？禅并不外在于众生，而是就在众生的"自然"之中。佛性是遍于一切有情物的。这在南朝高僧竺道生所高唱的"一阐提人悉有佛性"的命题之中已经有了理论根基了。后期禅宗进而揭橥出"无情有性"的响亮口号，进而使大自然的一切都闪烁出禅的色彩。其实，在《六祖坛经》中，佛性便不止于众生有情，而且也蕴含在一切有情、无情的"万法"之中。"性含万法是大，万法尽是自性。"② 在禅宗的语汇中，"自性"也即佛性。

何谓"无情有性"？就是说不但有情众生悉有佛性，而且一切山河大地、草木土石等无情物也都有了佛性。在后期禅宗看来，一切自然物都含蕴着、跃动着佛性。最有名的话头是："青青翠竹，总是法身；郁郁黄花，无非般若"，这充满诗意的偈语毋宁说是一种泛神的歌吟。

后期禅宗融摄了天台的"一念三千"和华严的"理事无碍"，把山河大地、草木瓦石，看作佛性的荷载。我们来看后期禅宗大师是如何说的："师云：问从何来，觉从何起，语默动静，一切声色尽是佛事，何处觅佛？不可更头上安头，嘴上安嘴。但莫生异见，山是山，水是水，僧是僧，俗是俗，山河大地日月星辰，总不出汝心。三千世界，都来是汝个自己，何处有许多般。心外无法，满目青山，虚空世界，皎皎地无丝发许与汝作见解。所以一切声色，是佛之慧目。……诸佛体圆，更无增减，流入六道，处处皆圆，万类之中，个个是佛。譬如一团水银，分散诸处，颗颗皆圆，若不分时，只是一块。此一即一切，一切即一，种种形貌，喻如屋舍，舍驴屋入人屋，舍人身至无身，乃至声闻、缘觉菩萨佛屋，皆是汝取舍处，所以有别。本源之

---

① 李泽厚：《中国古代思想史论》，安徽文艺出版社 1994 年版，第 209 页。
② 郭朋：《坛经校释》，中华书局 1983 年版，第 50 页。

性，何得有别"。①

这里集中体现了后期禅宗"无情有性"的思想，"万类之中，个个是佛"，更多的是将佛性放进大自然之中。

这与斯宾诺莎的泛神论甚是投契，不能不使我们感到有趣。斯宾诺莎哲学是"十足不冲淡的泛神论"，他把自然与神等同起来。在他看来，"实体只有一个，就是'神即自然'，任何有限的事物不独立自存"。②斯宾诺莎认为，大自然之所以是统一的，就是因为神作为统一的实体在大自然中存在着。

斯宾诺莎给神所下的界定是，"神是一个被断定为具有一切或无限多属性的存在物，其中每一种属性在其自类中皆是无限圆满的"。而"自然被断定为具有一切的一切。因而自然是由无限多个属性所构成的，其中每一种属性在其自类中皆是圆满的。这正好是我们通常给神所作的界说相符合的"。③斯宾诺莎的意思是在自然中只有一个实体，一个无限的实体，而不会有另一个实体，因而，自然本身也就是神。在任何自然物中，都具有无限的圆满性。这与中国佛教华严宗的"理事无碍观"，颇有相通之处。华严经典中说："谓能遍之理。性无分限，所遍之事，分位差别。一一事中，理皆全遍，非是分遍。何以故？彼真理不可分故。是故一一纤尘，皆摄无边真理，无不圆足。""一切入一切，同时交参无碍。"④这与斯宾诺莎的"泛神论"几无二致。后期禅宗的"万类之中，个个是佛"，很明显地是融合了华严思想的。在有限中包容无限，在片刻间寓含永恒，在任何的"事法界"中包含着"理法界"，本体也就在生灭变化的现象之中。后期禅宗对这些说得是了了分明的："所以一切色是佛色，一切声是佛声。举著一理，一切理皆然。见一事，见一切事；见一心，见一切心；见一道，见一切道；一切处无不是道；见一尘，十方世界山河大地皆然；见一滴水，即见十方世界一切性水。"⑤这种泛神论不是很精致的吗？它的思辨程度也许并不亚于斯宾诺莎。

---

　　①　《黄檗断际禅师宛陵录》，见石峻等《中国佛教思想资料选编》第2卷第4册，中华书局1983年版，第225页。

　　②　［法］罗素：《西方哲学史》下卷，何兆武、李约瑟译，商务印书馆1963年版，第95页。

　　③　［荷］斯宾诺莎：《神、人及其幸福简论》，洪汉鼎、孙祖培译，商务印书馆1987年版，第142页。

　　④　《华严法界观门》，见中国哲学史教学资料汇编编选组《中国哲学史教学资料汇编》"（隋唐部分）上册"，中华书局1965年版，第211页。

　　⑤　《黄檗断际禅师宛陵录》，见石峻等《中国佛教思想资料选编》第2卷第4册，中华书局1983年版，第229页。

　　诗人爱自然。因为大自然比朝廷、比市井都纯洁得多，干净得多。在政治交易、功利追逐、尔虞我诈中没有诗，至少是没有真诗！越是政治昏昧、世风日下之时，诗人们越是渴望投入大自然的怀抱，以净化自己的灵魂！当然，也不能排除一两个以山林为终南捷径的"隐君子"，"高情千古闲居赋，争信安仁拜路尘"（元好问《论诗绝句三十首》）。但这些所谓"隐士"，纵然能装模作样地吟诵几篇隐逸生活的诗文，却绝难产生传世之作！真爱自然的诗人，是把自己的灵魂投入自然、与自然融而为一的。"少无适俗韵，性本爱丘山，误落尘网中，一去三十年。羁鸟恋旧林，池鱼思故渊。开荒南野际，守拙归园田。"（陶渊明《归园田居》）如此朴实无华的语言，却有如此长久的艺术生命，为什么呢？不就是诗人那种把自然视为母亲怀抱般的真淳吗？

　　耽禅的诗人爱山水，王维、孟浩然如此，刘长卿、韦应物、柳宗元也如此。禅是一种人生哲学，一种心灵的存在方式。当人们在仕途上受到挫折后，或者在精神上、心灵上饱经忧患之后，往往会顿悟禅机。"人生如梦"的观念便会变成"亲在"的体验。"凡所有相，皆是虚妄"的禅家信条就会觉得莫此亲切！尚有一份儿正义感、正直心的士大夫在饱谙了官场龌龊后，就更会钟爱于自然。不妨再引一次柳宗元的话："且凡为道者，不爱官，不争能，乐山水而嗜安闲者为多，吾病世之逐逐然唯印组为务以相轧也，则舍是其焉从。吾之好与浮图游以此。"① 这是一些耽禅的诗人的真实心态！

　　王维在经历了"安史之乱"的磨难后，虽然仍在朝中任职，却更为栖心释梵。在辋川别业写下了许多脍炙人口的山水诗。孟浩然在长安求宦不成，再返江南，"山水寻吴越"，在山水诗里所表现的心情，不再是"气蒸云梦泽，波撼岳阳城"似的躁动不安了，而是十分清远恬淡。白居易在饱谙朝市纷夺、官场倾轧之后，晚年一心向佛，澄心静气，在他眼中的自然是清悠闲远的。山水诗中的自然美，绝非是纯然客观的，而是"人化的自然"，是带着人们的心境、染着诗人感情色彩的自然。当诗人以禅的眼光来看自然时，自然物象进入诗中，也就有一种似有若无的禅味。受禅风熏陶的诗人，写出的山水诗，都有着渊静的气氛、悠远的神韵、空明的意境。禅家喜爱自然，乐于与大自然打交道，是把自然作为"佛性"的寓含，是带着泛神的眼光来看世界的，归根到底，还是禅学的。禅僧在大自然中的品悟，

----

　　① （唐）柳宗元：《送僧浩初序》，见《柳河东全集》上册，北京燕山出版社 1996 年版，第569 页。

虽然有"接近于审美愉快"之处，但它决不能等同于审美。即便在形式上非常相似，但内涵还是有根本区别的。李泽厚混淆了二者的差别，而强调它们的一致性。虽然用了"接近"等较为谨慎的字眼，但通观其意，还是把禅的宗教体验与审美愉悦混同起来了。

在受禅风熏陶的诗人这里，情况恐怕较为复杂一些。一方面，他们有禅的意识、禅的眼光，他们面对自然，往往借着物象来品悟、咀嚼禅理，自觉不自觉地在诗中道出参禅的心得。如白居易的《闲咏》："步月怜清景，眠松爱绿荫，早年诗思苦，晚年道情深。夜学禅多坐，秋牵兴暂吟。悠然两事外，无处更留心。"再如苏轼的《吉祥寺僧求阁名》："过眼荣枯电与风，久长哪得似花红。上人宴坐观空阁，观色观空色即空。"都是在诗中明确揭载出诗人的宗教情感体验。此时，诗人的审美感被淡化了。

但他们毕竟是诗人，在大多数情况下，是以诗人的审美眼光来投射自然山水的。禅的意识在这种情境中，转换为在有限中见无限的审美能力。值得指出的是，"见一尘，十方世界山河大地皆然"[1] 这种以有限见无限的思想方法，正是禅与诗艺相通的地方。诗或其他艺术，都是从有限入手的，而又都不可拘泥于有限，必须通达于无限。"尺幅应须见万里"，这才是诗人的心眼。

抽象地谈论自然美，没有多大意义，因为审美必须面对表象化的东西，必须面对活的、富有生机的形象。如果仅仅是对着抽象的概念或者是类型化的东西，是难于构成审美关系的。大自然的一切都是千差万别、各具形态的，又都是千变万化的、生灭不已的。禅家善于即色谈空，在万法的殊相中品味真如。诗人则善于抓住活生生的物象、剪裁下大自然鲜活的一草一木，摄入诗中，使它传写出宇宙的脉息，留住美的永恒。

禅家把自然作为"真如"的表象，认为一花一叶，都含有佛性，因此一切都有了灵光；诗人，真正意义的诗人，是将自然作为诗的渊薮，作为逃离世俗丑恶的精神绿洲的。杜甫即云："我生性放诞，雅欲逃自然。"（《寄题江外草堂》）"久在樊笼里，复得返自然"，这种心情恐怕不止是陶潜一个人有吧？然而，禅的介入，使那些山水诗，又多了些奇妙的氤氲气象！

---

[1] （宋）李遵勖辑：《天圣广灯录》，海南出版社 2011 年版，第 96 页。

第四章　禅与诗的审美感兴

诗是如何创作出来的？方式各有不同。有的是冥思苦索，搜尽枯肠，所谓"两句三年得，一吟双泪流"是也；有的是挦扯古人、以故为新，所谓"夺胎换骨"、"点铁成金"是也；有的是情与景会、随遇而发，所谓"诗有天机，触物而成"是也。不同的方式都可以拟构意象，写出诗来。但是，诗作的审美效果却是有很大区别的。这个问题值得深入研究。它包含了诗的艺术构思，但又不限于艺术构思，因此可称之为审美感兴问题。

在唐宋以还的诗论之中，主张随物应机、情景适会的创造方式的人很多，这些人有意识地批评、否定苦吟力索的构思方式，由此逐渐形成了中国古代诗论的一个传统。然而，现代诗学及古代诗论研究都未能充分重视这个问题，这个问题还未能得到理论阐释，许多宝贵的资料尚处在散佚状态。

这个问题仍然与禅学有千丝万缕的联系。从禅入手，会使我们对此洞察得更为透彻。在论述禅与诗的审美感兴的关系之前，我们先将有关审美感兴诸问题阐述清楚。

第一节　感兴的内涵界定及其诗学发生机制

一　与感兴相关的一些研究角度

1. 从具体艺术手法角度，即从比兴角度来看"兴"

东汉郑众对比兴所下的定义是："比者，比方于物也；兴者，托事于物。"[1] 这其实是指"兴"对诗歌发端的作用。《诗经》中以比兴的手法引起下文的句子不胜枚举。唐代孔颖达就认为郑众的这个定义强调了"兴"的发端作用，他在《毛诗正义》中说："兴者，起也，取譬引类，起发己

---

① 李学勤主编：《十三经注疏》，北京大学出版社1999年版，第610页。

心。《诗》文举诸草木鸟兽以见意者，皆兴辞也。"① 刘勰也认为："比者，附也；兴者，起也。附理者切类以指事，起情者依微以拟议。起情故兴体以立，附理故比例以生。比则畜愤以斥言，兴则环譬以记讽。"② 刘勰也是把"兴"看作诗歌创作的一种手法。朱熹《楚辞集注》云："赋则直陈其事，比则取物比类，兴则托物兴词。"③ 将赋、比、兴并举，并且"托物兴词"已经初步涉及了文学意象创造的特点——主客交融。宋代李仲蒙说："叙物以言情，谓之赋，情物尽者也；索物以托情，谓之比，情附物者也；触物以起情，谓之兴，物动情者也。"④ 这里不仅把"兴"与比、赋并举，作为一种创作手法，而且指出了兴与"感物"的联系，即"触物起情谓之兴"。此外，南宋罗大经云："盖兴者，因物感触，言在于此，而意寄于彼，玩味乃可识，非若赋、比之直言其事也。故兴多兼比、赋，比、赋不兼兴，古诗皆然。"⑤ 指出了兴不同于比、赋，又指出兴是一种能造成隐约含蓄审美效果的手法。

综上，将兴比赋，比并赋，作为引发诗歌的开端和作为引出"所咏之词"的"他物"，这是诗学领域中很重要的理论。

实际上，以上这些论述，或情物并举或情事并列，都模糊地从物我关系方面阐明了兴的界说与本质：主观情怀触物而起，主观情怀融于客观物象中，并通过客观物象获得表现，将兴作为具体手法，虽然内涵较狭窄，但由于涉及了物我转化关系问题，因此在一定程度上提示了诗歌艺术创作的奥秘。

2. 从艺术灵感的角度来看兴

清人王士禛以"兴会神到"来说明艺术创作的灵感状态："世谓王右丞画雪中芭蕉，其诗亦然。如'九江枫树几回青，一片扬州五湖白。'下连用兰陵镇、富春郭、石头城诸地名，皆寥远不相属。大抵古人诗画，只取兴会神到，若刻舟缘木求之，失其旨矣。"⑥ "兴会神到"指王维诗画创作中的灵

---

① 李学勤主编：《十三经注疏》，北京大学出版社 1999 年版，第 14 页。

② 范文澜：《文心雕龙注》，人民文学出版社 1958 年版，第 601 页。

③ （宋）朱熹：《楚辞集注》，见金沛霖主编《四库全书子部精要》下册，天津古籍出版社 1998 年版，第 238 页。

④ （宋）胡寅：《与李叔易书》，见《斐然集》卷 18，中华书局 1993 年版，第 386 页。

⑤ 《鹤林玉露》，见贾文昭《中国古代文论类编》上册，海峡文艺出版社 1988 年版，第 768 页。

⑥ （清）王士禛：《池北偶谈》，见戴鸿森校点《带经堂诗话》，人民文学出版社 1963 年版，第 68 页。

感勃发状态，同样也指文学创作的独特性。清人沈宗骞的论述也淋漓尽致地道出了兴会灵感的过程及特征："机神所到，无事迟回顾虑，以其出于天也。其不可遏也，如弩箭之离弦。其不可测也，如震雷之出地，……不前不后，恰值其时，兴与机会，则可遇而不可求之杰作成焉。……惟天怀浩落者，值此妙候恒多，又能绝去人为，解衣盘礴，旷然千古，天人合发，应手而得，固无待于筹画，而亦非筹画之所能及也。……当夫运思落笔时，觉心手间有勃勃欲发之势，便是机神初到之候。"① 从这段话中我们至少可以得到这样几点启示：（1）"机神"、"兴与机会"等等说法即指灵感；（2）灵感是不可预期、不可挽留的；（3）灵感中省略了推理、概念诸因素；（4）灵感是一种生机勃发、文思泉涌的状态。

这些论述都是从艺术灵感的角度来揭示了兴或感兴的部分内涵。

3. 从艺术鉴赏效果的角度来看"兴"

孔子的"兴观群怨"说中的"兴"，就是指文本状态的诗歌对于接受者的兴奋感发作用，朱熹注为"感发志意"，也是从文学接受的角度来说的。钟嵘提出的"文已尽而意有余，兴也"②，也是从诗的审美效果来谈的。

二 感兴的内涵界定及其诗学发生机制

在以往的有关论述中，论者大多指感兴为艺术创作中的灵感现象，即指创作主体进入创作高潮时高度兴奋的心理体验。这样，就把中国的感兴论与西方的灵感论基本上等同了起来，而忽略了感兴之为感兴的本质规定性。西方的灵感论是把灵感与天才紧紧地联系在一起的，侧重于创作主体的心理描述，而不是将审美主客体联系起来研究灵感现象。中国的感兴论固然包含灵感这种审美创造过程中主体所感受到的"高峰体验"，但这决非感兴的全部含义。在我看来，感兴就是"感于物而兴"，指创作主体在客观外境的偶然触发下，在心灵中诞育了艺术境界（如诗中的意境）的心理状态与审美创造方式。感兴是以主体与客体的瞬间熔化也即"心物交融"作为前提，以偶然性、随机性为基本特征的。没有物对心的触发，心对物的感应就谈不到感兴。

关于"感"，《增韵》释为："格也，触也。"许慎《说文解字》释为："感者，动人心也。""兴"直接承"感"而来的，是主体的自我体验。《尔

① （清）沈宗骞：《芥舟学画编》卷2，人民美术出版社1959年版，第86页。
② （南朝·梁）钟嵘：《诗品》，中华书局1991年版，第10—11页。

雅·释言》曰："兴，起也"；《正韵》释为"悦也"。起与悦都是直接承感而来的。由此我们可以认为：感兴的起点是感物，即在对自然界外物的自由观照中受到触动，然后在物我交融的基础上引发创造主体的直觉思维，主客体之间交互运动形成审美意象。

联系王夫之的"现量说"，能够更加清晰地洞见感兴的发生特征。"现量"，本是古代印度因明学中的概念，佛教法相宗用来说明心与境的关系的。王夫之把这个概念引进美学领域，用来说明审美意象。

"现量"，"现"者有"现在义"，有"现成"义，有"显现真实"义。"现在"，不缘过去做影："现成"，一触即觉，不假思量计较；"显现真实乃彼之体性本自如此，显现无疑，不参虚妄"①。"现量"是传达审美意象形成艺术意境的契机。审美主体与客观世界在相互观照中形成审美意象，王夫之将之归纳为三层含义（三个特征）：一是"现在"义，现量是当前的直接感知而获得的客体印象，不是过去的印象，即在审美活动中，当主客体瞬间达到交融和谐同一状态时，当下即觉；二是"现成"义，"一触即觉，不假思量计较"，就是说"现量"是瞬间直觉而获得的审美意象，不需要比较、推理、概念等抽象思维活动的参与，是一种瞬间的"升腾"起来的审美体验，是一种省略了推理过程的"直觉审美"；三是"显现真实"义，"现量"是真实的印象，是显现客观对象本来的"体性"、"实相"的东西，把客观对象作为一个生动完整、混沌未开的状态中加以把握，不是虚妄的印象，也不是显示对象某一方面的印象。

王夫之把"现量说"引进审美领域，成了古典美学中的重要范畴。由于"现量"说与"审美感兴"均涉及审美领域中的物我关系、主客体关系，因此"现量说"与"感兴论"可以在一个层面上互相发现，互相说明。

"现量"说要求诗人的创作构思是审美主客体之间的随机遇合、感兴，"即景会心"，心目相触，而反对那种预设主题、窠臼拘挛、苦吟力索的创作方式。《相宗络索》中所谓"现在""现成"二义，都直接生发出这种诗学思想。"一触即觉"，主客观之间的触遇，使主体获得瞬间"妙悟"，没有概念化的东西梗塞其间。"不缘过去作影"，从诗学角度来理解，是捕捉当下的、随机的情境。王夫之说："只于心目相取处得句，乃为朝气，乃为神笔。景尽意止，意尽言息，必不强括狂搜，舍有而寻无。在章成章，在句成

---

① （清）王夫之：《相宗络索》，见石峻等《中国佛教思想资料选编》第 3 卷第 3 册，中华书局 1989 年版，第 380 页。

句，文章之道，音乐之理，尽于斯矣。"① 所谓"心目相取"，是诗人之心与目中所见偶然的相遇，也即是"即景会心"，是一种随机的审美创造。这正是诗之审美感兴的基本内涵之一。

"审美感兴"是通过心物相触的一刹那的猛烈撞击，激起感情的巨澜，然后让感情在获得这一最初的初速度之后，以加速度迅猛地自发演进，酿成一种始料不及的情势，以至于在提供初速度的物事（感物）与这后起的情势（兴）之间，我们难以寻觅确定明显的轨迹，好像情思在自恣自用。"感兴"必须有当下的感触，即对于审美对象的完全感知，不能凭空想象。但审美感兴当下感触仅仅是提供情感运动的初速度，并不能羁囿想象的天空。

如果说"现量说"的最终目标是形成初步的审美意象，那么"感兴"则是在心中"审美意象"的基础上，继续生发，进行艺术构思，伴随着"审美意象"而形成灵感。这样看，感兴是对"现量说"的重大突破，它可以既有现在义、现成义、显现真实义，又有扩张不已的意象空间（兴）。

三　审美感兴文学发生机制阶段性分析

1. 审美感知阶段（感物阶段）

审美感知是对审美客观特性的完整的、综合的心理组织过程。审美感知即对客观物象的感知，它是审美感兴的起点。

古代文论中的大量论述表明：审美感知是以感物为基础的。"伫中区以玄览，颐情志于典坟，遵四时以叹逝，瞻万物而思纷。悲落叶于劲秋，喜柔条于芳春。心懔懔以怀霜，志眇眇而临云……慨投篇而援笔，聊宣之乎斯文。"② 四时变迁，万物荏苒，触发了主体心中已有的情思，因此"悲落叶"、"喜柔条"，这构成了审美感兴的基础感物。"春秋代序，阴阳惨舒，物色之动，心亦摇焉。盖阳气萌而玄驹步，阴律凝而丹鸟羞，微虫犹或入感，四时之动物深矣……一叶且或迎意，虫声有足引心；况清风与明月同夜，白日与春林共朝哉！"四时不仅动物，而且感人，因此才有"气之动物，物之感人，故摇荡性情，形诸舞咏……"③。"感物"，这个"物"大多指客观景物，但有时也指社会生活、客观事物。如"若乃春风春鸟，秋月

---

① （清）王夫之：《姜斋诗话》卷 2，见戴鸿森《姜斋诗话笺注》，人民文学出版社 1981 年版，第 95 页。

② 张怀瑾：《文赋译注》，北京出版社 1984 年版，第 20 页。

③ 范文澜：《文心雕龙注》，人民文学出版社 1962 年版，第 693 页。

秋蝉，夏云暑雨，冬月祁寒，斯四候之感诸诗者也。嘉会寄诗以亲，离群托诗以怨。至于楚臣去境，汉妾辞宫，或骨横朔野，魂逐飞蓬；或负戈外戍，杀气雄边；塞客衣单，孀闺泪尽；或士有解佩出朝，一去忘返；女有扬蛾入宠，再盼倾国。凡斯种种，感荡心灵，非陈诗何以展其义？非长歌何以骋其情？"① 清代刘熙载的一段话更精当地道出了审美感知的特点："在外者物色，在我者生意，二者相摩相荡而赋出焉。若与自家生意无相入处，则物色只成闲事，志士遑问及乎？"② 叶燮关于感物的观点也表述得相当明晰："原夫作诗者之肇端而有事乎此也，必先有所触以兴起其意，而后措诸辞，属为句，敷之而成章。"③ 在审美感知（物感）阶段，要使物和我之间有所"感"，决定于主客观两方面的条件，即审美客体的结构形态新颖度。风格、意蕴与审美主体的审美趣味、价值观念、审美理想之间的契合。对此，叶朗认为，对象的质料、体积、颜色、声音、速度、硬度、光滑度等物理属性同意向性的审美主体接触时，对象的活力内涵与人的生理力场产生同构对应，并终于激起我们一种带有情感色彩的经验，形成一种气氛（主客体达到瞬间同一），这气氛环绕着、贯透着逐渐清晰起来的意象。用陆机《文赋》中的话说是："情曈昽而弥鲜，物昭晰而互进。"④

　　客观物质的"活力内涵"为什么会契合于创作主体的审美意趣，从而达到妙合无垠的交流呢？心理学家阿恩海姆对此做出了相当精辟且具有创造性的解释。他在大量艺术心理实践基础上得出了这样的结论："不仅我们心目中的那些有意识的有机体具有表现性，就是那些不具意识的事物一块陡峭的岩石，一颗垂柳，落日的余晖，墙上的裂缝，飘零的落叶，一汪清泉，甚至一条抽象的线条，一片孤立的色彩或是在银幕上起舞的抽象形状都和人体具有同样的表现性，在艺术家眼睛里具有和人体一样的表现价值，有时候甚至比人体还要更加有用。"⑤ 阿恩海姆提出了客观物象的"表现性"问题，这就为主客体之间的对应性奠定了基础。这颇为类似于我国古代的"天人合一"思想。中西美学、文学创作虽然有着文化背景的差异，但人类的文

---

① （南朝·梁）钟嵘：《诗品》，中华书局 1991 年版，第 11 页。

② 王气中：《艺概笺注》卷 3，贵州人民出版社 1980 年版，第 287—288 页。

③ （清）叶燮：《原诗·内篇》上，见霍松林、杜维沫校注《原诗·一瓢诗话·说诗晬语》，人民文学出版社 1979 年版，第 5 页。

④ （晋）陆机：《文赋》，见（南朝·梁）萧统选，（唐）李善注《文选》，商务印书馆 1936 年版，第 350 页。

⑤ ［美］阿恩海姆：《艺术与视知觉》，滕守尧、朱疆源译，中国社会科学出版社 1984 年版，第 623 页。

化艺术毕竟具有相通的心理发生机制。

　　2. 审美兴发阶段（兴的阶段）

　　审美兴发阶段用现代文学术语就是灵感阶段。如果说在上一阶段（审美感知阶段）的重点是"感"，那么，此阶段重点便是"兴"。这一阶段又约略包括审美想象（神思）与审美领悟。

　　审美兴发阶段的状态即陆机所说的"应感之会"。它来不可遏，去不可止。也可以借用心理学家马斯洛的观点称之为"高峰体验"。这是作家在进行创造性活动时的美好时刻。他排除世俗的纷扰，"陶钧文思，贵在虚静"，沉醉于他与客观对象的和谐交流之中，是一种"神与物游"的状态。

　　先看审美想象。

　　审美想象是以心象为形式的创造性心理活动。如果说审美感知受到当前物象的局限，而审美想象则摆脱了感知对象的局限。刘勰说："形在江海之上，心存魏阙之下，神思之谓也。"① 这是他对想象下的定义，神思即想象。他又对神思突破时空局限的特点作了具体描述："文之思也，其神远矣。故寂然凝虑，思接千载；悄然动容，视通万里。"② 陆机也有类似的描述："观古今于须臾，抚四海于一瞬。"这种想象的特点在朱熹那里说得更为清楚："如古初去今是几千万年，若此念才发，便到那里；下面又不知几千万年，若此念才发，也便到那里，……虽千万里之远，千百世之上，一念才发，便到那里。"③ 文学想象的最终结果是物化为文学意象。好的诗歌创多有新奇、自由的意象。

　　再看审美领悟。

　　审美领悟也是感兴中不可缺少的特质，它标志着审美想象达到一定的高度，它是物我同游、主体深入把握对象后的顿悟。英国诗人华兹华斯说过："一朵微小的花对于我可以唤起不能用泪表达出来的那么深的思想。"这就是审美领悟力的标志。优秀的古典诗歌中，审美领悟的存在是不可缺少的，而它又是瞬间的、直觉的。陶渊明由"采菊东篱下，悠然见南山"而悟出"此中有真意"；刘禹锡《秋词》："自古逢秋悲寂寥，我言秋日胜春朝。晴空一鹤排云上，便引诗情到碧霄。"诗人虽处在逆境而不悲观消沉，偶然看见云中一鹤从而领悟人生应积极向上。这都是审美领悟力的体现。

---

　　① 范文澜：《文心雕龙注》，人民文学出版社 1962 年版，第 493 页。
　　② 同上。
　　③ 董治安主编：《朱子性理语类》，山东友谊出版社 2001 年版，第 413 页。

上面审美兴发阶段中的审美想象与审美领悟，这里的区分仅仅是相对的，是理论分析的需要。而具体的创作过程则是浑然一体的。就审美感兴的内在机制而言，又的确包括了这些基本内涵。

四　唐前感兴论的历史回溯

中国古代感兴论一开始便建立在心物交融的坚实基础之上，这就是人们所熟悉的"物感"说。"物感"说正确在说明了艺术创作的灵感来源，只是侧重点放在了物对心的感发关系上，而尚未深入地探讨"兴"的审美心理机制。这当然是不能苛求于那个十分久远的时代的。

感兴论最早的文献就是汉代的《礼记·乐记》。《乐记》正是从心物关系是来论述艺术的起源的。它反复申明艺术的产生乃是人心感物而动的结果：

> 凡音之起，由人心生也。人心之动，物使之然也。感于物而动，故形于声。声相应，故成变，变成方，谓之音。比音而乐之，及干戚羽旄，谓之乐。①
>
> 乐者，音之所由生也；其本在人心之感于物也。是故其哀心感者，其声噍以杀；其乐心感者，其声啴以缓；其喜心感者，其声发以散；其怒心感者，其声粗以厉，其敬心感者，其声直以廉；其爱心感者，其声和以柔。六者非性也，感于物而后动。②

《乐记》的这些论述，明确地阐述了音、心、物三者之间的关系。认为音乐的产生，在于人心（也即人的情感世界）的波动变化，而人心的各种变化则是由外物引起的。准确地说，人的情感变化主要还是由人们的社会生活、人际交往引起的。这时候的"物"虽然不排除这个因素，但终嫌过于笼统。然而，《乐记》的主要功绩在于正确地指出，音乐最终是外物感发人心的产物。这便是《乐记》的艺术本质观，物对心的感发被视为艺术的本原。

在魏晋南北朝，感兴论得到了进一步的丰富与发展。陆机、刘勰、钟嵘等著名的文论家，在感兴论方面都有卓越的理论贡献。感兴论在这一时期得

---

① 王云五、朱经农主编：《礼记·乐记》，商务印书馆1947年版，第83页。
② 同上。

到了理论化、系统化。

陆机在《文赋》中这样描述自然时序对创作主体心态的感染：

> 遵四时以叹逝，瞻万物而思纷。悲落叶于劲秋，喜柔条于芳春。心凛凛以怀霜，志眇眇而临云。①

陆机以感物为作文的一个主要动因（另一个动因是"颐情志于典坟"），认为感物可以引发文思。但是，此处对感物的认识还是类型化、简单化的。陆机更为侧重的是揭示文学创作过程中那种不可预期、难以控制的灵感状态：

> 若夫应感之会，通塞之际，来不可遏，去不可止，藏若景灭，行犹响起。方天机之骏利，夫何纷而不理。……虽兹物之在我，非余力之所戮。故时抚空怀而自惋，吾未识夫开塞之所由。②

这里对灵感的描述是相当出色的，准确地抓住了灵感的特点，历来为论者所乐于称道，但他没有把"物感"这样一个灵感之源与之联系在一起来思考，所以陆机对灵感现象虽能表达得十分真切，却对之感到迷惑不解，无法解释其来源。他慨叹道："吾未识夫开塞之所由"。钟嵘的论诗名著《诗品》，也把客观外物的变化，当作诗歌创作的感发动力，而且将"元气"的范畴引入"物感论"。在前引"气之动物，物之感人"一段论述中，钟嵘先是谈到四季物候的变化产生了"摇荡性情"的作用，而性情之摇荡又产生了表现的需要，然后通过诗歌表现出来。这里更重要的是，钟嵘把社会生活现象引入了"感兴"的范畴，也就是在"物"的内涵中加进了社会生活的要素。这可以说是对感兴论的一个重要拓展。可惜的是，这种拓展并未在日后的感兴论发展中得到更多的嗣响，"感兴"主要是被纳入到"情景交融"的模式之中。

梁代的萧子显也有关于感兴的论述，他在《自序》中写道：

> 若乃登高目极，临水送归，风动春朝，月明秋夜，早雁初莺，开花

---

① 张怀瑾：《文赋译注》，北京出版社1984年版，第20页。
② 同上书，第46页。

落叶，有来斯应，每不能已也。①

话虽不多，却相当准确地道出了感兴的微妙。客观景物的每一个变化，都会感发诗人的情思，诗人的心灵受景物的感召，作出自然而然的感应，而且诗人在主观上是很难控制这种感应的来到的，这些论述是颇为切中感兴的特质的。

这个时期对于感兴论作出重大理论建树的是著名的理论家刘勰。刘勰在《文心雕龙》中对感兴有许多重要论述，他分别以"情"、"物"作为审美主客体的范畴。如"原夫登高之旨，盖睹物兴情。情以物兴，故义必明雅；物以情观，故词必巧丽"②，"故思理为妙，神与物游。登山则情满于山，观海则意溢于海，我才之多少，将与风云并驱矣"③。这些都是讲物对情的感发关系，同时，又不是单纯地讲情在物的感召下的被动感应，而是强调了审美主体的能动作用。对感兴问题进行系统深入论述的，是《物色》一篇，其云：

> 春秋代序，阴阳惨舒。物色之动，心亦摇焉。盖阳气萌而玄驹步，阴律凝而丹鸟羞，微虫犹或入感，四时之动物深矣。若夫圭璋挺其惠心，英华秀其清气，物色相召，人谁获安？是以献岁发春，悦豫之情畅；滔滔孟夏，郁陶之心凝；天高气清，阴沉之志远；霰雪无垠，矜肃之虑深。岁有其物，物有其容；情以物迁，辞以情发。一叶且或迎意，虫声有足引心。况清风与明月同夜，白日与春林共朝哉！④

这段十分优美的文字，有着重要的理论价值。刘勰在这里集中地描述了物对情的感发作用。物色随四时而变化，而主体的情感则因"物色相召"而产生相应的波动。值得注意的是，刘勰最先大量地把"情"引入审美主体的畛域，多处以"情"作为主体一方的代称，这与陆机的"诗缘情则绮靡"的命题相联系，说明了人的情感在审美创造领域所受到的空前重视。而《文心雕龙》中处处以情物对举，来表述审美主客体的关系，为中国古代创

---

① （南朝·齐）萧子显：《自序》，见（唐）姚思廉《梁书》卷35，中华书局1974年版，第356页。

② 范文澜：《文心雕龙注》，人民文学出版社1958年版，第136页。

③ 同上书，第493页。

④ 同上书，第693页。

作论越来越以情景二元的对立统一关系为主要框架铺平了道路。

在下面所引的一段论述中，刘勰侧重谈了审美主体对客体的驾驭与统摄：

> 是以诗人感物，联类无穷，流连万象之际，沉吟视听之区，写气图貌，既随物以宛转；属采附声，亦与心而徘徊。故灼灼状桃花之鲜，依依尽杨柳之貌，杲杲为日出之容，瀌瀌拟雨雪之状，喈喈逐黄鸟之声，喓喓学草虫之韵。皎日嘒星，一言穷理；参差沃若，两字穷形：并以少总多，情貌无遗矣。[①]

《物色》篇里所提出的命题以及这些论述，在感兴论的发展历程中有极为重要的地位。从上面的引文，我们可以看到，刘勰对于审美感兴论的理论贡献至少有这样几点。

一是揭示了审美主客体（情与物）之间的矛盾运动与辩证统一关系。

在刘勰以前的感兴论，主要是强调物对心的感发作用。"物"是主动的，"心"是被动的，这尽管为建立"心物交融"的感兴论奠定了坚实的基础，并且哲学上说，一开始就使之在唯物主义的轨道上向前发展；但其思维是单向的，尚未认识到主体对客体的能动作用。刘勰一方面以物对心的感发作用为其感兴理论的前提，并提出"人禀七情，应物斯感，感物吟志，莫非自然"[②] 的著名命题。另一方面，他又充分地论述了审美主体对客体的统摄、观照与驾驭。所谓有"物以情观"，正是说的审美主体在观照客体时先在的审美感知图式。"随物宛转"和"与心徘徊"正是主客体交互运动、形成对立统一关系的概括。其思维方向是双向的；这不能不说是审美感兴论的重大进展。

二是论述了在感物基础上主体的客体的审美净化与提纯的过程。

在刘勰之前的感兴论，把艺术创作归结为物对心的感发过程，用艺术创作的动因代替了艺术创作本身，是较为粗糙和简单化的。刘勰在肯定"情以物迁，辞以情发"的前提下，指出了"物色"作为素材进入创作过程时，要经过审美净化和提纯这一要义。纷纭复杂、变幻万千的客观物境，可以感发诗人的心灵，可要将之写入作品里，则要经过高度的"提纯"，创造出少

---

① 范文澜：《文心雕龙注》，人民文学出版社 1962 年版，第 693 页。
② 同上书，第 65 页。

而精的审美意象，要善于剪裁。只有这样，才能达到"以少总多，情貌无遗"的审美效应。刘勰在《物色》篇里集中探讨了这个问题：

> 然物有恒姿，而思无定检，或率尔造极，或精思愈疏。且诗骚所标，并据要害，故后进锐笔，怯于争锋，莫不因方以借巧，即势以会奇，善于适要，则虽旧弥新矣。是以四序纷回，而入兴贵闲；物色虽繁，而析辞尚简；使味飘飘而轻举，情晔晔而更新。古来辞人，异代接武，莫不参伍以相变，因革以为功，物色尽而情有余者，晓会通也。若乃山林皋壤，实文思之奥府。略语则阙，详说则繁，然屈平所以洞鉴风骚之情者，抑亦江山之助乎！①

这就把原来所忽略的重要环节补上了。由原生态的"物色"，进入文学创作（尤其是诗），必须有一个审美的净化、升华的过程。使之能用最为凝练的审美意象，荷载丰富广大的内容。刘勰把它和感兴问题紧紧连在一起作了论述，这正是他的超卓之处，也是他对感兴论的重要贡献。

感兴论在刘勰手上完成了一个"圆圈"，在这个"圆圈"中，感兴论以艺术本体作为基石，以感物心为逻辑起点，开始了它的历史行程。而从唐宋以还，感兴论开始了另一个"圆圈"，这个"圆圈"的主要理论特征是强调偶然性、随机性在审美创造中的作用。我们将会看到，唐宋的感兴论，是与禅宗有密切的关系的。

第二节　感兴的催化：禅悟的随机性

感兴论古已有之，与禅的兴盛似乎并无必然联系，但是，由于禅学对诗人和文论家的熏染，使唐宋时期的诗歌创作与诗学理论有了更加丰富的感兴论内容，同时也使感兴论本身有了时代性的发展。中国古代诗学感兴论中的偶然性特质，可以说是与禅悟的随机性有相当深刻的内在联系的。因此，这里有必要进一步阐述一下有关禅悟的随机性特质，以便更加深入地理解感兴论在其历史发展过程中所逐渐获得的更加深广的思想基因。

对于禅来说，"悟"是顶顶重要的，也可以说，悟关涉着禅的生命，恰如铃木大拙所说："没有悟就没有禅，悟是禅的根本，禅没有悟，就等于太

---

① 范文澜：《文心雕龙注》，人民文学出版社1958年版，第694页。

阳没有光和热。禅可以失去它所有的文献，失去所有的寺庙，但是，只要其中有悟，神会永远存在的。"①

那么，禅悟又是怎样的方式与境界呢？铃木大拙用生动的语言说明了这个问题：

悟可以解释为对事物本性的一种直觉的观照。它与分析或逻辑的了解完全相反。实际上，它是指我们习惯于二元思想的迷妄之心一直没有感觉到的一种新世界的展开，或者可以说，悟后，我们是用一种意料不到的感觉角度去观照整个世界的。不论这个世界怎么样，对于那些达到悟的境界的人们来说，这个世界不再是经常的那个世界。虽然它依旧有流水和火，但它决不是同一个世界。用逻辑的方式来说，它的所有对立和矛盾都统一了，都调合成前后一致的有机整体之中，这是神秘与奇迹，可对禅师们来说，这种事是我们每天都在做的。因此，唯有通过亲身的体验，才可达到悟的境地②。

通过铃木先生的描述，我们似乎对禅悟有了一个较为直观的认识。其实，说认识是不对的，因为禅悟是一种带有神秘色彩的亲身体验，是与逻辑分析的思路相悖谬的。但它并不能排除理性的沉积作用，没有长期的对"佛性"的求索，是无"悟"可言的。然而，在思维方式上，它确乎又是直觉性的。

那么，"悟"又是怎样获得的呢？是靠繁琐的宗教修习在佛门来说是"戒、定、慧"的一大套规矩，靠坐禅，还是靠偶然的契机点燃心灵的火花？禅宗的答案是后者。

前面说过，禅宗以"心"为本体，认为佛性即心，亦即"自性"，而"自性"包括"万法"，"万法尽是自性"，也就是以心为派生万物、包容万物的本体。众生自身所有的"佛性"是心灵自由活动的本体，心无定相，心体无住，可以超越任何限制，有着充分的自由度。因为心即佛性，所以要证得佛性，便不能向外觅求，而只能是对自身佛性的发现与证悟。而心灵的"无相"、"无住"、"无念"，不可把捉，没有固定的规定性，"认得心性时，

---

① ［日］铃木大拙：《禅风禅骨》，耿仁秋译，中国青年出版社1989年版，第102页。
② 同上。

可说不思议"①，"这就要求修行实践活动采取不定形、不规范的形式，修行方法不应该是固定的，否则就会妨碍心的本体状态之发挥显现，也不能达到超越出现规定限制的自由境界。黄檗希运明确主张法即非法、法无定法：'法即非法，非法即法，无法无非法，故是心心法，实无有法，名阿耨菩提'（《黄檗断际禅师宛陵录》）。'实无有定法如来可说'（《筠州黄檗断际禅师传心法要》），就是说修行实践的方法不是通行固定的，而是修行者自己创造的，它没有外在形式方面的确定性"②。上引这段论述是很有见地的，也是合乎禅宗宗教实践的实际情形的。

正因为上述原因，以"禅"名宗的禅宗，却极力主张废止坐禅，认为坐禅是拘缚身心，无益于佛性的证悟的。反对坐禅，是禅宗修习上的一个根本特点。

荷泽神会禅师是弘扬南宗禅的关键人物，在禅宗发展史上有极为重要的地位。神会大力提倡"顿悟"之说，"单刀直入，直了见性，不言阶渐"，坚决反对教人坐禅入定。他说："若教人凝心入定，住心看净，起心外照，摄心内证者，此是障菩提。今言坐者，念不起为坐。今言禅者，见本性为禅。所以不教人坐身住心入定。"③ 神会从南宗禅的立场出发，对"坐禅"进行了重新阐释。不起念便是"坐"，明心见性便是"禅"。这与原来"思维修"的本意，相去远矣！还有一桩有名的公案，也是摒弃坐禅的。著名的禅学大师马祖道一当沙门时学习于南岳怀让门下，在衡岳山常习坐禅，南岳怀让这样开导他：

> 师（怀让）知是法器，往问曰："大德坐禅图甚么？"曰："图作佛。"师乃取一砖，于彼庵前后石上磨。一日："磨作什么？"师曰："磨作镜。"一曰："磨砖岂得成镜邪？"师曰："磨砖既不成镜，坐禅岂得成佛？"一曰："如何即是？"师曰："如牛驾车。车若不行，打车即是，打牛即是？"一无对。师又曰："汝学坐禅，佛性定相。于无住法，不应取舍。汝若坐佛，即是杀佛。若执坐相，非达其理。"一闻示诲，如饮醍醐。④

① （宋）李遵勖：《天圣广灯录》，海南出版社 2011 年版，第 40 页。
② 邢东风：《中国佛教南宗禅的无法之法》，《哲学研究》1991 年第 6 期。
③ 《答崇远法师问》，见石峻等编《中国佛教思想资料选编》第 2 卷第 4 册，中华书局 1983 年版，第 112 页。
④ （宋）普济：《五灯会元》，中华书局 1984 年版，第 127 页。

南岳怀让通过这种方法来教诲道一，不可以坐禅来求佛。如果以坐禅求作佛，就如同以磨砖来求成镜一样愚蠢，效果与目标适得其反。永嘉玄觉禅师在《永嘉证道歌》中也认为修禅不拘坐卧，要成佛，不必坐禅。歌中吟道："行亦禅，坐亦禅，语默动静体安然。"同样是反对拘泥于坐禅的。既然佛性非定相，心无定体，修禅亦无定法，坐禅，在禅家看来，无乃是刻舟求剑！

　　那么，该是通过怎样的方式、怎样的途径才能获得禅的开悟，豁然得见佛性之真谛呢？禅宗认为，要得禅悟就是要不于境上生心，"无住为本"，任心自在，而在随机的、当下的机缘中得以触发内心蕴含的佛性的种子。这叫作"随方解缚"，使悟道者在偶然的契机下得到解脱。

　　《五灯会元》记载，禅宗四祖道信大医禅师教诲其弟子法融时说："更无别法，汝但任心自在，莫作观行，亦莫澄心，莫起贪嗔，莫怀悉虑，荡荡无碍，任意纵横，不作诸善，不作诸恶，行住坐卧，触目遇缘，总是佛之妙用。快乐无忧，无名为佛。"① 这席话很可能是出自后世禅者的伪托，但却代表了禅宗的修行观。禅悟不须刻意追求，不可拘泥执着，而应是任心自在。"触目遇缘"的随机性契机，都是佛的昭示。

　　《五灯会元》卷二又记载了这样一桩公案：吉州志诚禅师原在北宗禅的祖师神秀门下，曾为神秀所遣，刺探慧能的奥秘，被慧能发现。慧能问他："汝师若为示众？"志诚答道："尝指诲大众，令住心观静，长坐不卧。"这很明显是强调坐禅的，此乃北宗禅的特点。神秀弟子崇远不正是以此而指责神会"说禅不教人凝心入定，住心看净"的吗？可见，坐禅入定是北宗禅的立派之基，诲人之要。慧能闻之，说道："住心观静，是病非禅。长坐拘身，于理何益？听吾偈曰：'生来坐不卧，死去卧不坐。元是臭骨头，何为立功过。'"志诚又问慧能："未审大师以何法诲人？"慧能答说："吾若言衣法与人，即为诳汝。但且随方解缚，假名三昧。"② 慧能的意思是明确的，南宗禅（也即我们在通常意义上所说的"禅宗"）是没有定法的，悟道者随所触遇而得解脱。

　　主张是如此，宗教实践上也是如此。禅宗的公案千奇百怪，极少重复，绝大多数都是当下拈出，临境示人。随机性是非常突出的。正如灯录中僧人称赞定山惟素山主所说："知师洞达诸方旨，临机不答旧时禅。"公案里所

①　（宋）普济：《五灯会元》，中华书局1984年版，第60页。
②　同上书，第84—85页。

提的问题仅仅是那么几个，如"如何是佛法大意？""如何是祖师西来意？"
"如何是和尚家风"等，但是，禅师们的回答真是各有不同，令人目不暇
接，极少有重复的，有强烈的新鲜感，就是因为禅师不是在已有的资料中找
答案。禅宗压根就主张"不立文字"。他们的回答都是在身边环境中随机拈
取的，或者在心里临时想起来的念头。

　　学禅者之悟，就是在这种偶然的、随机的契机下的顿悟。而作为师父的
禅师，对于学禅者的指点，也绝无正常逻辑思路的开示，只要创造这样一个
偶然的契机。禅宗的公案，有许许多多在随机性契机下开悟的例子。

　　香严智闲禅师，"一日，芟除草木，偶抛瓦砾，击竹作声，忽然省
悟"①。另有一个和尚，"因看《法华经》至'诸法从本来，常至寂灭相'。
忽疑不决，行住坐卧，每自体究，都无所得。忽春月闻莺声，顿然开悟。遂
续前偈曰：'诸法从本来，常自寂灭相。春至百花开，黄莺啼柳上'"②。禅
门常行的拳打棒喝之法，也正是制造这种随机而又显豁的契机。如"洪州
水潦和尚，初参马祖。问曰：'如何是西来的意？'祖曰：'礼拜著！'师才
礼拜，祖乃当胸蹋倒，师大悟"③。百丈怀海在马祖门下，"侍马祖行次，见
一群野鸭飞过。祖曰：'是什么？'师曰：'野鸭子。'祖曰：'甚处去也？'
师曰：'飞过去也'祖遂把师鼻扭，负痛失声。师曰：'又道飞过去也。'师
于言下有省"④。触引禅悟的契机，都是当下拈来，随机把捉的。

　　触引、启发禅悟的契机，不能是抽象的概念，而必须是表象化的东西。
这一点，与诗歌的审美创造过程颇有相通之处。禅师们随机拈来触发学禅者
的契机，往往是当下情境，或者是禅师用语言构织的一幅情境，以引发学禅
者的直觉。而禅师所创造、提供的表象化情景又是截断学禅者所提出的问题
的逻辑思路，使之觉得十分意外、偶然，从而创造顿悟的契机。

　　禅宗的公案基本上都是表象化的东西，而没有抽象的概念，因为禅宗是
"不立文字"，"不立义解"的。"不立文字"并不是说要废弃文字的表意、
表象作用，而是避开、超越语言的逻辑思路。公案都以表象的东西创造顿悟
的契机。如"僧问：'祖意教意是同是别？'师曰：'雨滋三草秀，春风不裹
头。'⑤"问如何是西来意？师曰：'竹箸瓦碗'。""问：如何是佛法大意？

---

① （宋）普济：《五灯会元》，中华书局1984年版，第537页。
② 同上书，第363页。
③ 同上书，第184页。
④ 同上书，第131页。
⑤ 同上书，第244页。

师曰：'今年霜降早，荞麦总不收'。""僧问：如何是清静伽兰？师曰：牛栏是。问：如何是佛？师曰：拽出癫汉看。""僧问，如何是祖师西来意？师曰：不可向汝道，庭前柏树子。"这类公案到处都是。徒弟的问话是以正常的逻辑意义提出的，而禅师的回答与问题之间却从来没有正常的逻辑联系，而是一幅风马牛不相及的画面。

有时公案的回答不用语言，而是用动作，其实，这也是一种表象喻示。禅宗所津津乐道的"世尊拈花，迦叶微笑"即属此类。在后来的公案中，如：（南泉普愿禅师）"师因东西两堂争猫儿，师遇之，白众曰：'道得即救取猫儿，道不得即斩却也。'众无对，师便斩之。赵州自外归，师举前语示之，州乃脱履安头而出。师曰：'子若在，即救得猫儿也。'"①"（香严义端禅师）上堂，僧问：'如何是直截根源？'师乃掷下拄杖，便归方丈。"② 这些公案都以动作性的形相来进行启悟的，实际上也是表象喻示。

禅宗公案的这种随机性与表象，与诗歌审美创造中感兴有很明显的相似、相通之处。感兴问题决非从禅宗崛起以后才有的，但却因有了禅而注入了新的时代特征。那么，还得由感兴的本身说起。

第三节 禅与唐宋诗学中的感兴论

从唐代开始，感兴论进入了一个新的发展阶段。唐宋时期，感兴论越来越注重审美主客体之间的偶然性触发，并把感兴与意境的创造结合起来。同时，在唐代开始勃兴的禅学对文艺思想有广泛的介入，唐宋感兴论在很大程度上受到禅宗思维方式的渗透。

唐代有关感兴的论述已经开始注重于感兴的随机性特质，并把感兴视为一种意境的创造方式。旧题王昌龄《诗格》把感兴与意境理论结合起来，作为创造意境的两种方式，称为"生思"："久用精思，未契意象，力疲智竭，放安神思，心偶照境，率然而生。"在诗歌创造中，往往殚精竭虑搜求审美意象而不得，搞得"力疲智竭"。这时不应再幽寻苦索，而应该放松思虑，使心意与外界自然地交流沟通。在这种情形下，心与外境随机遇合，灵感往往便自然到来。"心偶照境"，一方面是偶然性，随机性的契机，这正是感兴的基本特质。

---

① （宋）普济：《五灯会元》，中华书局 1984 年版，第 139 页。
② 同上书，第 215 页。

不可忽略的是这个"境"字。此处的"境"，虽是指外境，但是，以"境"取代"物"，成为审美客体的新的范畴，这是非常值得注意的倾向，它标志着审美客体的进一步虚灵化。"境"本来是佛学概念，指认识的对象。在佛教看来，"万法"都是虚幻不实的，不过是人们眼中的映像，因而称客观外界为"境"。"境"一方面是由客观外物生发的，另一方面又是人们感知外物的结果。王昌龄用"境"来替置"物"，使客体转向虚灵化，这一方面说明了禅学对诗歌美学的渗透，另一方面，也标志着感兴论的时代特点。唐诗对于前代诗歌创作的超越，很重要的一点，便是普遍具有了兴象玲珑的空灵神韵，王昌龄有关感兴的论述，明显地带有这种痕迹。

唐代著名诗僧皎然，在《诗式》中专列《取境》一节，《辨体有一十九字》中也讲"取境"。皎然说："缘境不尽曰情"，"诗情缘境发"（《秋日遥和卢使君游何山寺宿扬上人房论涅槃经义》），这是说审美情感是由"境"而引发的，没有外境的触引，就不会有审美情感的生发。这里所说无疑有着"感兴"的观念，但并没有什么新的理论发展。

中唐时的遍照金刚（即空海和尚）所著《文镜秘府论》，对感兴问题非常重视，特设"感兴"一势，云：

> 感兴势者，人心至感，必有应说，物色万象，爽然有如感会。亦有其例。如常建诗云："泠泠七弦遍，万木澄幽音。能使江月白，又令江水深"。又王维《哭殷四诗》云："泱莽寒郊外，萧条闻哭声，愁云为苍茫，飞鸟不能鸣"。①

这段话包含有心物之间偶然感会的感兴观念。所举的诗例，都是在当下情境中心物交感的产物。作者又指出："自古文章，起于无作，兴于自然，感激而成，都无饰练，发言以当，应物便是。"②"起于无作"，是说事先没有固定的创作计划，他认为好的诗文是创作者的情感与外物遭逢，"感激而成"的，这当然是无法预期的偶然天成，而不会是"主题先行"的东西。

再看中晚唐时期著名诗论家司空图的诗歌美学思想。《二十四诗品》究竟是写什么的？是从哪个角度写的？由于作者是用诗的语言来论诗，迷离恍

---

① ［日］遍照金刚：《文镜秘府论·地卷》引，人民文学出版社 1975 年版，第 41 页。
② 童庆炳、马新国主编：《文学理论学习参考资料新编》中册，北京师范大学出版社 2005 年版，第 1392 页。

惚，难以厘定。反之，也给理解者以广阔的天地。正因为论诗的语言是诗化的、描述性的，所以无法得到令所有论者都认同的确解。然而，一般的看法认为，《诗品》是风格的分类，二十四品正是对二十四类诗歌风格的描述；当然，也有人认为是创作论。其实《诗品》既不是单纯的风格学，也不是单纯的创作论，而是包容了二者都在其中。如《劲健》品中的"行神如空，行气如虹。巫峡千寻，走云连风。饮真茹强，蓄素其中"①，《含蓄》品中的"不著一字，尽得风流。语不涉己，若不堪忧。是有真宰，与之沉浮。如渌满酒，花时返秋。悠悠空尘，忽忽海沤。浅深聚散，万取一收"②，等等，这些描述固然有对某种风格的描述，但很明显的，又都包含创作论亦即审美创造方式问题在其中。

《诗品》中，也有"感兴"论。如《自然》品中，诗人写道：

> 俯拾即是，不取诸邻。俱道适往，著手成春。如逢花开，如瞻岁新。真与不夺，强得易贫。幽人空山，过雨采蘋。薄言情悟，悠悠天钧。③

通过诗歌表现"道"，这便是所谓"俱道适往"。如何方能臻于自然之境呢？那便是"俯拾即是"，"著手成春"，这当然是一种随意性的创造方式。"真与不夺，强得易贫"，是说宇宙生机所赋予的灵感神思，是不可剥夺的，反之，有意为之，勉强地从事创作，是易于贫乏的。清人孙联奎阐释道："自然，对造作武断言。心机活泼，脱口如生，生香活色，岂关捏造。此境前则陶元亮，后则柳柳州、王右丞、韦苏州，多极自然之趣"④。

再看《疏野》品：

> 惟性所宅，真取弗羁。控物自富，与率为期。筑室松下，脱帽看诗。但知旦暮，不辨何时。倘然自适，岂必有为。若其天放，如是得之。⑤

---

① 杜黎均：《二十四诗品译注评析》，北京出版社 1988 年版，第 99 页。

② 同上书，第 115 页。

③ 同上书，第 109 页。

④ （清）孙联奎：《诗品臆说》，转引自贾文昭《中国古代文论类编》上册，海峡文艺出版社 1988 年版，第 386 页。

⑤ 杜黎均：《二十四诗品译注评析》，北京出版社 1988 年版，第 135 页。

此品强调性情之率真适意而已，主张"真取弗羁"，不受束缚，也无须"有为"，即预先的目的性。杨振纲《诗品解》云："此乃真率一种。任性自然，绝去雕饰，与《香奁》、《台阁》不同，然涤除肥腻，独露天机，此种自不可少。""任性自然"，也正是司空图诗学思想的一个基本点。

另有《实境》一品，中是强调创作的当下体验性：

> 取语甚直，计思匪深。忽逢幽人，如见道心。清涧之曲，碧松之阴。一客荷樵，一客听琴。情性所至，妙不自寻。遇之自天，泠然希音。

所谓"实境"，也便是钟嵘所说的"即目"、"直寻"，后来王夫之的"现量"，也是指这种创造方式。不是"闭门造车"，不是在古人书里讨生活，找灵感，而是在诗人所处的客观环境中触发诗思，这便是诗人"目击道存"的"实境"。孙联奎释之曰："古人诗即目即事，皆实境也"，这是很准确的。

司空图在《实境》品中还强调诗思与实境的偶然触遇、随机感发，并认为这不是可以强求苦寻的，此即"计思匪深"、"妙不自寻"。郭绍虞先生解释《实境》品的后半部分时是这样说的："言'情性所至'，见得无非是实；言'妙不自寻'，又见得妙境独造，非出自寻：正所谓'遇之自天'也。正因为遇之自天，偶然得之，所以成为'泠然希音'。"① 这就非常明白地道出了《实境》品的感兴性质。

人们都知道，司空图是深受老庄道家思想影响的，孙联奎云：

> 谈诗小技，然司空氏往往论及天地。如"天地与立，神化攸同"，及"荒荒坤轴，悠悠天枢"等语，即终以"载要其端、载闻其符"。则欲人之因小技而窥天地也。《中庸》言至诚，而必推本于天地。表圣《诗品》其有见于此矣。②

《诗品》中表现出的天道自然观，说明了道家哲学在司空图思想中的重

---

① 转引自畅广元《诗创作心理学——司空图〈诗品〉臆解》，陕西师范大学出版社 1988 年版，第 173 页。

② 转引自童庆炳主编《文学理论要略》，人民文学出版社 1995 年版，第 301 页。

要地位。

　　然而，司空图又是深受禅宗思想濡染的。这一点，虽少直接的材料供考证之资，但从其诗学观点本身来看，是不难得出这种看法的。其实，释、道相参，禅宗虽是佛教宗派，但禅宗的教理及其哲学思想，在很大程度上是与道家思想相互融摄的。如禅家讲的"随缘自适"，与道家讲的"齐物论"，在人生哲学上便是可以互渗的。释、道思想又往往是杂糅在一起的。司空图的诗论，侧重强调诗境的空灵感、虚幻性，是与禅学思想深有联系的。司空图诗论中最有名的如："戴容州云：'诗家之景，如蓝田日暖，良玉生烟，可望而不可置于眉睫之前也'。象外之象，景外之景，岂容易可谈哉"①，"文之难而诗尤难。古今之喻多矣，愚以为辨于味而后可以言诗也"②，等等，都是认为好诗应该有超乎文本之外的一种整体的意境、美感，这种意境是虚幻性的，所谓"象外之象"、"景外之景"，"韵外之致"，都不是存在于文本的语言形式之内的，而是审美主体在阅读诗歌中所产生的一种审美经验。这种诗学思想很明显地是受了禅学思想的滋育的。禅宗以万物为心造之幻影，故有"水月镜花"等喻象，"四大五阴，一一非我，和合亦无，内外推求，如水聚沫，浮泡阳焰，芭蕉幻化，镜像水月，毕竟无人"③，"三界无别法，惟是一心作，当知心是万法之根本也"④。这类说法在禅宗典籍是屡见不鲜的。《诗品》中的有关"感兴"的思想，也与禅学有着若明若暗的联系。这当然是一种猜测，现有的文字材料没有提供更多的证实。

　　宋代的审美感兴论，似乎与禅宗有着更加明显的联系，宋人思辨能力强，哲学意识发达，无论是理学还是诗学，都体现出思辨的特点。在诗学范围内，诗论家往往借鉴禅学的观念、范畴来比拟诗学中的一些理论，借鉴禅的思想方式来架构自己的诗学体系（如严羽的《沧浪诗话》），这就是"以禅喻诗"、"以禅论诗"。（关于这一点，将要在第七章中详论，此处不赘）而在感兴论的有关材料中，是可以看到论者有意识地借鉴了禅的观念的。

　　南北宋之际的诗论家叶梦得，在其诗话名作《石林诗话》中透出个中

---

　　①　（唐）司空图：《与极浦谈诗书》，见《司空图选集注》，山西人民出版社1989年版，第108页。

　　②　（唐）司空图：《与李生论诗书》，同上书，第97页。

　　③　《禅宗永嘉集》，见林世田点校《禅宗经典精华》上册，宗教文化出版社1999年版，第34页。

　　④　同上书，第36页。

消息：

> 禅宗论云间有三种语：其一为随波逐浪句，谓随物应机，不主故
> 常；其二为截断众流句，谓超出言外，非情识所到；其三为函盖乾坤
> 句，谓泯然同契，无间可伺。其深浅以是为序。余尝戏谓学子言，老杜
> 诗亦有此三种语，但先后不同。"波漂菰米沉云黑，露冷莲房坠粉红"，
> 为函盖乾坤句；以"落花游丝白日静，鸣鸠乳燕青春深"为随波逐浪
> 句；以"百年地僻柴门迥，五月江深草阁寒"为截断众流句。若有解
> 此，当与渠同参。①

叶梦得可以说是宋代审美感兴论的一个代表人物，在其《石林诗话》中始
终贯穿着感兴论的基本思想，这在下面还要谈到。在上引这段话里面，他举
禅宗的"三种语"来比拟诗的三种境界，其中的"随波逐浪"句，就是典
型的"感兴"。"随物应机，不主故常"，是对禅悟的阐释，实际上也是对诗
歌创作过程中的审美感兴的恰当说明。这三种语在禅宗公案里是很有名的，
如《五灯会元》卷十五载："（德山缘密禅师）上堂：'我有三句语示汝诸
人：一句函盖乾坤，一句截断众流，一句随波逐浪。'"② 对于这"三种
语"，禅师没有解释，因为按着正常逻辑思路的解释，是不符合禅宗本色
的，但作为诗论家的叶石林可以解释，而且解释得很好。郭绍虞先生认为，
叶石林以禅宗三种语来论诗，对南宋诗论家严羽影响很大，"是为沧浪以禅
喻诗之所出"③。郭绍虞先生还为《石林诗话》题诗一绝，诗云：

> 随波截流与同参，白石沧浪鼎足三。
> 解识蓝田良玉妙，哪关门户逞私谈。④

这首诗不仅高度评价了《石林诗话》的重要地位，认为它与《沧浪诗话》、
《白石道人诗说》鼎足三立，而且揭示了《石林诗话》的理论关键所在，那

---

① （宋）叶梦得：《石林诗话》卷上，见（清）何文焕《历代诗话》，中华书局1981年版，
第406页。

② （宋）普济：《五灯会元》，中华书局年1984年版，第935页。

③ 郭绍虞：《宋诗话考》，中华书局1979年版，第38页。

④ 《题〈宋诗话考〉效遗山体得绝句二十首》其六，见郭绍虞《宋诗话考》，中华书局1979
年版，第34页。

就是"随波截流"的审美感兴。

叶石林把感兴的审美创造方式作为诗歌本体问题进行论述，如他对谢灵运的名句"池塘生春草"所作的分析，就是颇为精到的：

> "池塘生春草，园柳变鸣禽"。世多不解此语为工，盖欲以奇求之耳。此语之工，正在无所用意，猝然与景相遇，借以成章，不假绳削，故非常情所能到。诗家妙处，当须以此为根本，而思苦言难者，往往不悟。①

"池塘"二句，是谢灵运《登池上楼》中的名句，有着长久不衰的艺术魅力。然而它究竟好在哪里？论者于此聚讼纷纭。叶梦得对此提出了独特的看法。他认为这两句名诗的妙处并不在于"奇"，而在于诗人并无预先的立意，是情与景之间猝然相遇所生成的"天籁"。如此，才能充满不可重复的个性，出人意料。他由此升发说，诗家的妙处应以此种构思为其根本，在随机的感兴中生发出奇妙的审美意象。那种"殆同书钞"、"拘挛补纳"的构思方式，或者"思苦言难"、"闭门觅句"的创作习惯，都距此甚远。

虽是从对谢灵运的名句的评价出发，但叶梦得的意旨决不在于一般的点悟，而是升华到诗歌创作的艺术构思规律这一层面来论述。北宋诗话多是闲谈随笔式的，大都是对个别诗人、诗句的感悟，而《石林诗话》所显示出的理论高度是明显超越于一般诗话之上的。叶氏又以这种情与景"猝然相遇"的感兴方式作为诗歌创作的根本，就更明确地表现出他的理论祈向。

这种构思方式的根本性质就在于审美感兴，审美创造的主体并不预设主题，然后再寻找物象加以比附，而是在与客观之景的随机触发感遇中兴起诗情。因其是在"猝然相遇"中的感兴，成为一种不可重复的特定意象，是不可有二的"这一个"。

叶梦得等人对感兴的论述，是针对江西诗派末流之弊。江西派更多的是以古人书卷作为诗思源泉，而以规矩法度作为"不二法门"的，因而较为缺乏生气。以感兴论诗的诗论家，正是要拆除诗歌与现实生活之间的"栅栏"，使心物之间恢复那种本然的亲合关系。

在创作实践上，南宋大诗人陆游、杨万里，正是循着"感兴"论的诗

---

① （宋）叶梦得：《石林诗话》卷中，见（清）何文焕《历代诗话》，中华书局1981年版。第426页。

学指向，走出江西诗派的"盘陀路"的。陆游在亲历了前线的戎马生活之后，觉得"诗家三昧忽见前，屈贾在眼元历历。天机云锦用在我，剪裁妙处非刀尺"①。又说："挥毫当得江山助，不到潇湘岂有诗。"② 正是因为有了"江山之助"，才有了放翁诗的后期成就。以"活法"为诗的杨万里，大都是在自然界与社会生活中随所感触、捕捉诗思的。他写道："山思江情不负伊，雨姿晴态总成奇。闭门觅句非诗法，只是征行自有诗。"（《下横山滩望金华山》）诗人融身于大自然中，物我两忘，大自然便会呈献诗思，在山程水驿中，便无往而非诗了。正是在大自然的亲切交谈中，杨万里获得了诗的灵感，"郊行聊着眼，兴到漫成诗"（《春晚往永和》）。"诚斋体"的卓越成就，是与这种感兴的审美创造方式密不可分的。钱锺书先生评诚斋诗说得中肯："根据他的实践以及'万象毕来'、'生擒活捉'等话看来，可以说他努力要跟事物主要是自然界重新建立嫡亲母子的骨肉关系，要恢复耳目观感的天真状态。"③ "诚斋体"可说是"感兴"论在创作实践上的典范了。"感兴"在中国古典美学中是非常重要的范畴，其理论意义超乎一般范畴之外，唐宋感兴论重在强调随机的审美创造方式，这是更为符合审美特质的，按着康德美学的术语来说，便是"没有目的的合目的性"。

以感兴的审美创造方式写出来的诗歌作品，有着更加浑成的艺术境界，有着不可替代的独特艺术魅力，而且特别富有生命感，是生气勃勃的，宛如一个有机的生命体。

对于感兴论来说，禅学无疑是一副有力的催化剂。禅的思维方式，都渗透进唐宋感兴论中了。

---

① （宋）陆游：《九月一日夜读诗稿有感走笔作歌》，见张春林编《陆游全集》上，中国文史出版社1999年版，第419页。

② （宋）陆游：《予使江南时以诗投政府丐湖湘一麾会召还不果偶读旧稿有感》，见张春林编《陆游全集》下，中国文史出版社1999年版，第874页。

③ 钱锺书：《宋诗选注》，人民文学出版社1958年版，第180页。

第五章　禅与唐诗

禅宗在唐代崛起、兴盛，拥有了一大批高雅的信徒，那就是士大夫。禅宗的理论虽然是宗教理论，但又是一种人生哲学，一种关于心灵的哲学。士大夫们参禅者日多，这些"居士"参禅往往是为了"治心养性"，以纾解现世的苦恼与困惑。唐代士人普遍会作诗，参禅是为"养心"，诗又是心灵的抒发，因此，禅和诗很快就扯到了一起。在唐诗的形貌中，时时闪烁着禅的影子，唐诗的神韵、唐诗的风采，和禅有着不解之缘。而其中的媒介，关键在于诗人的心态。参禅使诗人的心态发生了变化，映现在诗中，便形成了一些特有的现象。

第一节　空明摇曳的诗境

说到唐诗中的禅，首先就会想到王维。在盛唐诗坛上，王维以及他代表的山水诗派，都与禅有着很深的渊源，他们的很多作品中，都闪烁着佛光禅影。

在诗中演说禅理，或者表述自己悟禅的感受，这当然是诗与禅之间最为直接、最为表层的关系，而实际上，禅在诗中所起的作用要复杂得多，而且往往是难以论证的，只能品味体悟，要深诸禅机而又明于诗道者，方能涵咏出其中奥妙。

清人王士禛以"神韵"论诗，最为服膺的便是王孟一派诗人。晚唐司空图讲"韵外之致"，讲"象外之象，景外之景"，亦以王孟韦柳为典范。他们的理论过去常被斥为唯心主义。其实，"神韵"恰恰是对中国古典诗歌审美特征的概括，换句话说，它很能道出中国诗的独特之处。王维的诗作被称为"神韵"的典范是当之无愧的。从王维的诗中，可以看到禅对"神韵"这种审美特质的形成所起到的特殊作用。王维被称为"诗佛"，这个称号真是再恰当不过了。在唐代诗人中有谁能像他这样笃信佛学而又精诣于诗呢？

没有人能超过他，也没有人能像他那样把诗禅融合得如此之妙。

　　王维之笃信佛教，主要是信奉禅学，首先是因为环境的熏陶，其母崔氏"师事大照禅师三十余岁，褐衣蔬食，持戒安禅，乐住山林，志求寂静"①。这种家庭气氛，对王维及其弟王缙的人生态度的影响是极为深刻的。兄弟"俱奉佛，居常蔬食，不茹荤血"②，比一般的居士更加虔诚。他在生活及仕途上，曾经遭受过几次大的打击：中年丧妻、张九龄被贬、安史之乱，更给他的心灵投下了巨大的阴影。而王维是用佛学来医治心灵的创伤的。《旧唐书》说他"妻亡不再娶，三十余年孤居一室，屏绝尘累"③，张九龄被贬荆州，奸相李林甫独揽朝政，王维在政治上失去了依靠，他开始了半官半隐、亦官亦隐的生活，幽栖在终南山，不闻朝政，以禅诵为事，这时期所写《山中寄诸弟妹》一诗，记载了他的"禅诵"生活："山中多法侣，禅诵自为群。城郭遥相望，惟应见白云。"可见，他是以"禅诵"（即坐禅、诵经）来打发时光、忘怀世事忧烦的。

　　"安史之乱"的爆发，又使王维在临近老境时经历了一场精神的折磨。王维因"凝碧诗"为肃宗所闻，肃宗嘉之。其弟王缙又削自己的刑部侍郎官爵以赎兄之罪，得以免受伪职之罪，并责授太子中允，乾元中又迁太子中庶子、中书舍人，复拜给事中转尚书右丞。尽管官职屡有升迁，但是经历了心灵创痛的王维，不复系怀世事，亦不过问朝中是非，而是沉浸于禅悦之中。《旧唐书·王维传》记载他："在京师，日饭十数名僧，以玄谭为乐。斋中无所有，唯茶铛、药臼、经案、绳床而已。"④ 可见王维晚年是以事佛禅诵来打发时光的。

　　王维耽佛多年，对佛学有精深的造诣，与诸多名僧有很密切的往还，也写过一些有关佛学的文章，如《能禅师碑》等。

　　王维诗中有禅，这是论者所公认的。他带着禅学的人生观看世界、看自然，也带着这种眼光来构造他的艺术世界。清人徐增曾以李、杜、王相比较，并指出摩诘诗与佛学、与禅的关系："白以气韵胜，子美以格律胜，摩诘以理趣胜。太白千秋逸调，子美一代规模，摩诘精大雄氏（指释迦牟尼）之学，句句皆合圣教。"⑤ 说得很是中肯。王维的诗确乎是深浸乎禅中的。

① （唐）王维：《请施庄为寺表》，见《王右丞集》，岳麓书社1990年版，第153页。
② （后晋）刘昫：《旧唐书》卷190，中华书局1975年版，第5052页。
③ 同上。
④ 同上。
⑤ （清）徐增：《而庵诗话》，见《清诗话》，上海古籍出版社1999年版，第426页。

当然说"句句皆合圣教",也未免渲染太甚。

王维有时候在诗中谈禅,缺少审美意象,禅语满篇,如《胡居士卧病遗米因赠》:"了观四大因,根性何所有。妄计苟不生,是身孰休咎。色声何谓客,阴界复谁守。徒言莲花目,岂恶杨枝肘。既饱香积饭,不醉声闻酒。有无断常见,生灭幻梦受。即病即实相,趋空定狂走。无有一法真,无有一法垢……"诗里有一股子僧人气,这恐怕是居士遇上了居士的"共同语言"。李梦阳说:"王维诗,高者似禅,卑者似僧,奉佛之应哉!"①上引一首可以说是王维诗中的"卑者",与"理过其辞,淡乎寡味"的"玄言诗"很有相近之处。

所幸这种诗在其诗中所占比例极小,不构成大的影响,不然,王维便不成其为我们所津津乐道的王维了。但这类诗代表着一种倾向,就是哲学概念直接进入文学作品,形成一种"理障"。但禅对摩诘诗的影响更多的是使摩诘诗得到了一种新的艺术风格、审美境界,甚至可以说是开拓了一片新的艺术天地。比起前代及同代诗人,王维的诗作提供了一种新的审美范式,形成了影响深远的一派诗风。

禅思的泛化,使摩诘诗产生了空明、摇曳的审美境界,宁静、幽寂的艺术气氛以及淡远的风格特征。

"空"是佛教要义。在佛子看来,"四大皆空"、"五蕴皆空",一切皆空。只有把主体与客体尽作空观,方能超脱生死之缘。倘是面对实实在在的客观事物,硬说它是不存在的"虚无",没有谁能够相信,于是便以幻说空。大乘般若学采用"中观"的思想方法,有无双遣,把客观世界和一切事物看成是既非真有、又非虚无的一种幻相。著名的佛学大师鸠摩罗什将之说成是"不无假有"的幻影:"(月影)如幻化色,虽是不实事,而诳惑人目。世间色缘亦复如是,……佛以幻化为喻,令断爱法,得于解脱。……佛说一切色,皆虚妄颠倒不可得,触舍离性,毕竟空寂相。"②在大乘佛教看来,一切都如月影一样,幻化不实,毕竟空寂。罗什的弟子僧肇,进一步系统地发挥了"中观"思想,以"不真"解"空"。僧肇在《不真空论》中作了如下的论证:

---

① (明)李梦阳:《空同子》,转引自《王右丞集》注引李梦阳语,岳麓书社1990年版,第231页。

② 《大乘大义章》卷中,见华梵佛学研究所敬编《慧远大师文集》,原泉出版社1980年版,第40页。

　　　所以然者，夫有若真有，有自常有，岂待缘而后哉？譬彼真无，无
自常无，岂待缘而后无也？若有不能自有，待缘而后有者，故知有非真
有。有非真有，虽有不可谓之有矣。不无者，夫无则湛然不动，可谓之
无。万物若无，则不应起，起则非无。以明缘起，故不无也。……故
《放光》云：诸法假号不真，譬如幻化人，非无幻化人，幻化人非真
人也。①

说得似很玄妙，实际上核心的意思便是"幻化人"的譬喻。一切都是非有
非无的，是"幻化"。

　　王维信奉佛教，主要是禅宗，而禅宗的思想主要是发展了大乘般若学
的。对于这种有无双遣的理论，王维深谙其妙，理解得颇为透彻。在《荐
福寺光师房花药诗序》中，他写道："心舍于有无，眼界于色空，皆幻也。
离亦幻也。至人者不舍幻，而过于色空有无之际。故目可尘也，而心未始
同，心不世也，而身未尝物，物方酬我于无垠之域，亦已殆矣。"② 王维是
以这种"幻化"的眼光来看人生。看世界的，色即是空，空即是色，非有
非无，亦有亦无，一切都在有无色空之际。这便是王维看待事物的思想
方法。

　　这种思想方法，渗透在诗歌的艺术思维中，便产生了空明摇曳、似有若
无的审美境界。如著名的《终南山》：

　　　太乙近天都，连山接海隅。白云回望合，青霭入看无。分野中峰
变，阴晴众壑殊。欲投人处宿，隔水问樵夫。

这首诗描写终南山的雄浑气势。"白云"两句，把山中的云霭，写得闪烁不
定，飘渺幽约。诗的意境阔大雄浑，但又有一种空明变幻之态。
　　《泛前陂》一诗，突出地表现出空明的意境：

　　　秋空自明迥，况复远人间。畅以沙际鹤，兼之云外山。
　　　澄波澹将夕，清月皓方闲。此夜任孤棹，夷犹殊未还。

　　① 张春波：《肇论校释》，中华书局 2010 年版，第 54—56 页。
　　② （唐）王维：《荐福寺光师房花药诗序》，见《王右丞集》，岳麓书社 1990 年版，第 167—
168 页。

这首诗写月夜泛舟前陂的情景。月夜泛舟,一片空明澄澹。明月方始升起,一片玉似的皎洁,有着高度的透明感。

这种空明的意境,在摩诘诗中是屡见不鲜的。诗人并不使用华丽的语汇辞采,却能把诗境构造得空灵剔透。而且,在空明之中又时时传写出客观物象的动荡变化,构成了一种特殊的意境。

意境的空明与摇曳,是融在一起的。空明是摇曳着的空明,摇曳是空灵澄澈的摇曳,而诗人所表现的境界又是十分雄浑阔大的,是一种特有的盛唐气派。如《汉江临泛》:"楚塞三湘接,荆门九派通。江流天地外,山色有无中。郡邑浮前浦,波澜动远空。襄阳好风日,留醉与山翁。"在这样的诗中,我们似乎感到整个自然的雄劲、博大,都被诗人摄入笔下,宇宙的脉搏在这里跳动。中间两联所描写的境界,是何等的阔大啊!江流与天地相接,山色在有无明灭之中闪烁,这幅空明摇曳而又雄奇阔大的画面,是摩诘笔下所独有的!

在其他篇什中,这种境界也非常之多。如:"高城眺落日,极浦映苍山"(《登河山北城楼作》),"大漠孤烟直,长河落日圆"(《使至塞上》),"眇眇孤烟起,芊芊远树齐。青山万井外,落日五陵西"(《青龙寺昙璧上人兄院集》),"寥廓凉天净,晶明白日秋。圆光含万象,碎影入闲流。迥与青冥合,遥同江甸浮"(《赋得秋日悬清光》),都有着空明摇曳而又雄奇阔大的境界!

与唐诗相比,魏晋南北朝诗尽管在形式美感追求上下了很工夫,也有很大成效,但从整体上来说,还是较为质实的。而盛唐诗之所以被论者所推崇,很大程度上是因其有着蕴藉含蓄的空灵感。由质实走向空灵,这是诗史发展的一个重要转折,也是由魏晋到盛唐转变的一个标志。王士禛倡"神韵"论,以唐人王、孟一派为代表,这是理所当然的。王士禛特别推崇唐诗中"神韵天然,不可凑泊者",认为"诗至此,色相俱空,真如羚羊挂角,无迹可求,画家所谓逸品是也"①。这种"神韵论"的美学主张,过去被批判、指斥为唯心主义,这实际上是没有看到美学与哲学的差别。就是哲学基础而言,"神韵论"的根基在很大成分上是得之于禅的,这无疑是唯心主义的;作为一种审美理论,它也有其偏颇之处,较为忽略诗与社会生活的关系。但"神韵论"的提出,并不是偶然的,而是唐代以还的诗歌创作的某个侧面的美学概括。

---

① (清)王士禛:《带经堂诗话》卷3,中华书局1963年版,第71页。

在盛唐诗歌创作重视空明的神韵的同时，在诗学理论中，"意境"范畴正式出现，成为中国诗歌美学中最具有民族特色的重要范畴。"境"这个概念源于佛学，这在前面已经讲过。在佛学中，境是指外在世界在主体头脑中的映像。在佛学看来，它当然不是实在的，而是幻化不实的，但它毕竟是外物给主体留下的印痕，诗论中的"意境"，是指超越于作品的物质形式，在主体的审美经验中生成的整体性美感，这个范畴源出于佛学，乃是毋庸讳言的。而当它进入诗歌美学之后，可以说使中国的诗论以及诗歌创作产生了质的飞跃。意境是与客观世界（尤其是大自然）有密切联系的，诗人不观照外物，不在外在世界中得到一种心灵的触动感发，是没有办法构成审美意象，从而写出蕴含着优美的、深远的、丰富的意境的篇什的。但"意境"不是客观外物的机械的拍照，而应是经过创作主体高度选择、简化的审美"完形"。主体的审美意志在意境创造过程中起了相当重要的作用。"意境"的创造带有很强的主体色彩，它是对现实世界的一个超越。因此，它显得更加虚灵化！

王维的诗，受禅思的运转，以非有非无、若有若无的眼光来创造意境，创造出那么多空明澄澈的美丽境界！代表着意境理论的创作实绩。对于前代诗歌，这是一个重要的变化与超越。这一点，正是王维对诗歌美学的一个大贡献。

第二节　静谧中的禅意

王、孟一派诗人的诗中有禅，还表现为有着一种十分宁静的、幽寂的艺术气氛。"静"在禅境诗中是个带有普遍性的特点。

人们在谈到王维的诗与禅的关系时，常常指出其"空寂"的特点，进而又把"寂"与"灭"联系在一起，认为王维诗境是归于寂灭的。这种理解是不够准确的。之所以不够准确，是由于对大乘佛学尤其是禅了解得较为片面的缘故。

王、孟一派山水诗有着静的特点，但决不归于寂灭，却是在宁静之中蕴含着生机。这又是禅境诗的共同之处。

在著名的《酬张少府》一诗中，王维表达了他对静的喜爱：

晚年唯好静，万事不关心。自顾无长策，空知返旧林。
松风吹解带，山月照弹琴。君问穷通理，渔歌入浦深。

诗人在晚年，摒除世事的纷扰，只愿沉浸在属于自己的静谧世界之中。"松风"两句所写，不正是一个极静的天地吗？在这方天地中，一个"幽人"在月下徜徉，与月光溶在一起。阵阵"松风"，吹开了他的衣带，山月照着他弹琴。下面这些篇什也都有着十分宁静的氛围与境界："不知香积寺，数里入云峰。古木无人径，深山何处钟？泉声咽危石，日色冷青松。薄暮空潭曲，安禅制毒龙。"（《过香积寺》）"暮持筇竹枝，相待虎溪头。催客闻山响，归房逐水流。野花丛发好，谷鸟一声幽。夜坐空林寂，松风直似秋。"（《过感化寺昙兴上人山院》）这两首诗的气氛、意境该有多么宁静呵！诗人是孤独的，似乎这世界上只有他一个人。他在用心谛听着这个大千世界的心律。诗人的艺术感觉十分敏锐。人们以"澹远"来评价王孟一派的诗风，而"澹远"正是从"静"中得来的。

我们再来看孟浩然等人的诗作，也都是于静谧中见出禅意的。关于孟浩然，可资考证的文字材料极少。但从他的作品不难看出，孟浩然与禅僧往还颇为密切。与他唱和赠酬的僧人，从诗中看出来的就有"湛法师"、"空上人""皎上人"等。诗人还经常栖息于禅寺僧房，与禅师们讲论禅理。题写于禅寺的诗作有《题终南翠微寺上人房》、《宿业师山房期丁大不至》、《游明禅师西山兰若》、《题大禹寺义公禅房》、《陪姚使君题惠上人房》、《登龙兴寺阁》等二十余首。从这些诗作中我们可以看到孟浩然是精诣禅理、深谙禅机的。

孟浩然倾心禅理，是要以之看破"我执"，息心林泉，陶然忘机。在《还山贻湛法师》一诗中，他表明这种心迹说：

> 幼闻无生理，常欲观此身。心迹罕兼遂，崎岖多在尘。晚途归旧墅，偶与支公邻。喜得林下契，共推席上珍。念兹泛苦海，方便示迷津。导以微妙法，结为清静因。烦恼业顿舍，山林情转殷。朝来问疑义，夕话得清真。墨妙称古绝，词华惊世人。禅房闭虚静，花药连冬春。平石藉琴砚，落泉洒衣巾。欲知明灭意，朝夕海鸥驯。

在这首诗里，诗人表达出对"空王之道"的皈归。"无生"，也称"无生法忍"，也就是"心无所生""心无所动"的意思。所谓"无生理"，此处即指佛门空观。诗人受禅学濡染是很深的了。正因为早染禅理，所以愈喜山林之静寂。

禅是与空灵寂静的气氛联结在一起的。孟浩然总是在幽邃宁静的山林气氛中体会禅意的。如他在《寻香山湛上人》中所写的：

> 朝游访名山，山远在空翠，氤氲亘百里，日入行始至。谷口闻钟声，林端识香气。杖策寻故人，解鞍暂停骑。石门殊豁险，篁径转森邃，法侣欣相逢，清谈晓不寐。平生慕真隐，累日探灵异。野老朝入田，山僧暮归寺。松泉多逸响，苔壁饶古意。愿言投此山，身世两相弃。

诗人远寻名山，一则是为了寻访"法侣"，也就是禅师"湛上人"，另则是要融进这萦绕着禅的氤氲的宁静世界，身世两弃，物我两忘。

在孟浩然诗中，许多诗都有着极为静谧的境界，飘散着似有若无的禅意。如《题终南翠微寺空上人房》、《夜归鹿门歌》、《初出关旅亭坐怀王大校书》等。最典型的莫过于《宿业师山房期丁大不至》："夕阳度西岭，群壑倏已暝，松月生夜凉，风泉满清听。樵人归欲尽，烟鸟栖初定。之子期未来，孤琴候萝径。"这是在夕阳西下的薄暮时分，群山万壑归入了杳冥之中，山间变得如此静谧，如一支梦幻曲，月光从松枝间泻下风声、泉声在耳边拨响了琴弦，这其中不是流荡着禅意吗！

王、孟诗派其他诗人也多这种静中蕴禅的篇什。如王维的挚友，也是他的"法侣"裴迪，其诗就是多此类之作："安禅一室内，左右竹亭幽。有法知不染，无言谁敢酬。鸟飞争向夕，蝉噪已先秋。烦暑自兹适，清凉何所求。"（《夏日过青龙寺谒操禅师》）"不远灞陵边，安居向十年。入门穿竹径，留客听山泉。鸟啭深林里，心闲落照前。浮名竟何益，从此愿栖禅。"（《游感化寺昙兴上人山院》）在这些诗作里，诗人烘染山林的静寂来表现禅意。禅与静，似乎是难以分开的。裴迪与王维和的《辋川集》，公认是最具禅意的，同样充满了静寂的气氛，如"飘香乱椒桂，布叶间檀栾。云日虽回照，森沉犹自寒"（《茱萸沜》），"苍苍落日时，鸟声乱溪水。缘溪路转深，幽兴何时已"（《木兰柴》）等，都充分表现了山间的幽寂。

常建的诗也以富有禅意而为人所知。最有名的便是《题破山寺后禅院》："清晨入古寺，初日照高林。曲径通幽处，禅房花木深。山光悦鸟性，潭影空人心。万籁此俱寂，但余钟磬音。"这首诗写禅院的环境，是最得"清净之理"的。清晨的古寺，太阳透过高林，射进一缕缕淡光。弯弯曲曲的小径通向幽深之处，禅房在花木丛中。山光使鸟儿愉悦，潭影使人体会到空幻之理。早晨的禅院一片宁静，只有悠然的钟磬之音。这是一方多么宁静的世界呵！明人胡应麟评价此诗云"五言律之入禅者"①，可谓得之。

王、孟一派诗人中尚有一位不太为人们所注意的诗人，但其诗很能表现出王孟派山水田园诗与禅宗的关系，此人便是綦毋潜。

綦毋潜生平材料很少。《全唐诗》卷135小传云："綦毋潜，字季通，荆南人，开元十四年（726）登进士第，由宜春尉入为集贤待制，迁右拾遗，终著作郎。"宋人计有功之《唐诗纪事》，元人辛文房《唐才子传》，均作"字孝通"，应是对的。

綦毋潜仅存诗26首，但与禅门有直接关系并在诗题上有明确标示的，就在10首以上，可见这位诗人与禅门关系之深了。

綦毋潜的诗数量虽少，但成就很高。意象明净，境界幽远，是其诗之特点。《唐才子传》对綦毋潜的诗歌成就颇为推崇；"诗调屹峷峭蒨，足佳句，善写方外之情，历代未有。荆南分野，数百年来，独秀斯人。"② 所谓"屹峷峭蒨"，是峭峻鲜明的样子，这是对其诗风的恰当评价。

綦毋潜诗多写禅家境界，使人在幽静之中感受到较浓的禅味。如："开士度人久，空岩花雾深。徒知燕坐处，不见有为心。兰若门对壑，田家隔路林。还言证法性，归去比黄金。"（《题招隐寺绚公房》）"招提此山顶，下界不相闻。塔影挂清汉，钟声和白云。观空静室掩，行道众香焚。且驻西来驾，人天日未曛。"（《题灵隐寺山顶禅院》）

綦毋潜的诗作，无论是与禅有直接联系的，还是没有直接联系的，都创造出宁静幽寂的意境，这是因为诗人于禅有较深的濡染，用一种禅化的眼光来看周围的世界。如"松门当涧口，石路在峰心。幽见夕阳霁，高逢暮雨阴"（《登天竺寺》），"潭烟飞溶溶，林月低向后"（《春泛若耶溪》），"滴沥花下露，清泠松下溪"（《宿太平观》），都写出山林的静寂。

静（幽、寂）与禅的联系是必然的。作为"禅"之本意的"禅那"，原来也便是"静虑"的意思。"禅那"本来是印度各种教派普遍修习的一种，在佛教中又尤为重要。《俱舍论》说："一切功德，多依静虑"，可见佛教的宗教修习，是离不开"静虑"的。

禅宗之"禅"在很大程度上改变了"禅那"的修习方式，突出地表现为反对、废弃坐禅，这是前面已经讲的。但禅宗之"禅"与"禅那"有一点根本相通的。那就是对"心"的修养，不过修养方式不同罢了。"禅那"

---

① （明）胡应麟：《诗薮·内编》卷6，中华书局1958年版，第111页。
② （元）辛文房：《唐才子传》，辽宁教育出版社1998年版，第16页。

是要通过一定的修行方式，排除各种欲念的干扰，心注一境，静如止水。而禅宗也特别重视心的地位，进而把心说成能够包容、派生"万法"的本体。在对"心"的重视上，禅宗正是发展了禅定之学。不同的是，它要完全废弃繁琐的修习方式，不再限于静坐凝心、专注观境的形式，进一步摆脱了心对物的依附关系，把心视为万能之物。

禅家尽管一再宣称"行住坐卧，无非是道"①，以维摩诘居士为禅僧的标本，主张"一切诸法，是解脱相"②，但实际上，禅家基本上还是在静谧的山林中建立寺院，在生灭不已的朝晖夕阴、花开花落中妙悟禅机的。禅家喜欢与大自然打交道，倾心于禅的士大夫也乐于栖息于山林，与禅僧、禅林接近。王、孟一派诗人以写山水诗为主，又写得那么空灵宁静，实非偶然。这与他们的禅学习染有直接的关系。

其实，所说"静"只是一种心境的"静"，无论外界如何纷嚣，你感到心里宁静了，也便是"静"了。大乘佛学以"心静"为"净土"，所谓"菩萨欲得净土当净其心。随其心净，则佛土净"③，强调心的决定作用。把"净"换成"静"，也恰是同样道理的。实际上，陶渊明的《饮酒》倒是最能说明禅之"静"乃是心之静的。"结庐在人境，而无车马喧。问君何能尔？心远地自偏"，真是再恰当不过了。

对静的沉浸离不开佛门的"寂灭"，也就是"涅槃"，超脱一切生死之链条。"寂灭"是佛教根本追求。"寂"又和"静"紧密联系在一起。丁福保解释"寂静"说："离烦恼曰寂，绝患若曰静，即涅槃之理也"，大致不差。禅门所说的"静"是一种心境之"静"，倾心于禅的诗人们，在山水诗中所描写的宁静世界，实际上是诗人心境的外化。人们在生灭不已的自然物的变化中，感悟禅理，也就是"空寂"之理，宁静的山林之境，实际上更多的是诗人的感受。

静不等于寂灭。正如苏东坡所说的"静故了群动"，许多极富禅意的诗，都是静中有动的。如王维《辋川集》中的《辛夷坞》："木末芙蓉花，山中发红萼。涧户寂无人，纷纷开且落。"山中的辛夷花在涧户之中自开自落；诗人于其中感悟到空寂。同时，在这空寂之中，不是有一种生命力吗？

---

① 《大珠禅师语录》，见石峻等《中国佛教思想资料选编》第 2 卷第 4 册，中华书局 1983 年版，第 193 页。

② 赖永海主编：《维摩诘经·观众生品》，中华书局 2010 年版，第 116 页。

③ （晋）鸠摩罗什译：《维摩诘经·佛国品》，引自（清）丁福保《六祖坛经笺注》，齐鲁书社 2012 年版，第 116 页。

再如《木兰柴》："秋山敛余照，飞鸟逐前侣。彩翠时分明，夕岚无处所。"晚霞明灭，秋山在暮霭中十分幽静，但这幽静中又不乏生机。

禅不等于寂灭。在禅宗看来，佛性遍于有性，进而又认为遍于"一切无情"。那么，在一切事物中都蕴含佛性，也就是蕴蓄着生命感。一切都是活泼泼的。在禅意的宁静中，又令人感到潜伏着蓬勃生机。这是我们应该体察到的。而诗人们正是在宁静的山野气氛中得到了禅的感悟。"山中习静观朝槿，松下清斋折露葵"（《积雨辋川庄作》）二句，是最能表现王孟一派诗人喜爱山林之静，从中体验禅意的特点的。

第三节　幽独冷寂的情怀

进入中唐以后，唐王朝丧失了以往的雄威，"安史之乱"刚刚平定，战争给人们带来了苦难和心灵创伤，中晚唐的诗人们心头罩上了浓重的阴影。盛唐的繁华已成为昨日之黄花，大历以还的诗人们较少有盛唐诗人们的那种磅礴的激情，而更多的是内倾型心态了。中唐时期的诗歌，亦多写清幽冷寂的山林景象。

禅毕竟是避世的，习禅之人尽管可以混迹于尘俗之中，但要得到一份心灵的自在。"参禅学道，须得一切处不生心"①，"于一切法不取不舍"②，对于一切事物采取视而不见、听而不闻的态度，实际上还是一种"鸵鸟政策"。禅又是一种对于自己内心的返照，于外间世界的风云变幻，"不取不舍"，而以本心为独立自足的世界。参禅者绝不是为了进行改造世界的社会实践，而是为了获得内心的虚豁与安宁。这样一种对自我内心世界的返照和体认，必然带来的是体验的独特性。参禅者的内心是孤寂的、幽独的。而禅的幽独正适合了中晚唐一些诗人的口味，他们在与禅的接近中，咀嚼着、品味着这种幽独的意绪。

号称"五言长城"的刘长卿，是中唐时期的著名诗人，在他的诗作里，有许多篇什是与禅寺、禅僧有密切关系的。说刘长卿深受佛教思想的浸润濡染，是不为过分的。刘长卿的诗，多是描写清寂、淡远的意境，用以寄寓自己孤独落寞的情怀。在他的诗里，常常出现的是自来自去、幽独自处的身

---

① 《黄檗断际禅师宛陵录》，见石峻等《中国佛教思想资料选编》第 2 卷第 4 册，中华书局 1983 年版，第 235 页。

② 郭朋：《坛经校释》，中华书局 1983 年版，第 53 页。

影。如《送灵澈上人》："苍苍竹林寺，杳杳钟声晚。荷笠带夕阳，青山独
归远。"在竹林环抱的禅寺中，传来了杳杳的晚钟，这是一种十分清静的气
氛。在夕阳中，诗人所送的灵澈禅师，一个人在青山中隐没了。这似乎是在
写别人，但实际上却正是诗人幽独情怀的外射。再如《江中对月》："空洲
夕烟敛，望月秋江里。历历沙上人，月中孤渡水。"在一片澄澈而又迷蒙的
月光、秋江里，"沙上人"静悄悄地渡江。这是一幅十分空灵而又清冷的画
面。诗人偏爱选取这类意象，不能不说是创作主体的心境所决定的。写在诗
中的物象，看似客观的，实际上，带有很强的主观色彩，正如王国维所说的
"一切景语皆情语也"①。诗人在构写意境时，有意无意地对面前的物象进行
了选择与简化，而这种选择和简化的依据，则是诗人的心情以及先在的审美
感知结构。创作主体的心境，在很大程度上决定了采撷哪些物象入诗，并且
加以怎样的改造。中唐时期染禅较深的诗人，所选择的物象，多是如猿声、
古木、秋月、寒渚一类，清冷，荒寂。刘长卿的诗作充分体现了这一特点。
而在诗人所构写的清冷境界中，表现出的正是诗人的幽独的精神世界。"野
寺人来少，云峰水隔深。夕阳依旧垒，寒磬满空林"（《秋日登吴公台上寺
远眺寺即陈将吴明彻战场》），这是中唐时期很具典型性的诗境。而"谁识
往来意，孤云度自闲"（《下山》），则是诗人幽独情怀的写照。

　　岂止是刘长卿，韦应物、贾岛等诗人都是在清冷荒寂之境中，表现出幽
独的心境。韦应物也与禅宗颇为有缘，与僧人多有往还。他同著名诗僧皎
然、深上人等，都有很深的交往，集中写寺院之作就有数十首之多。他写禅
寺的环境，同样是十分深幽清寂的，于中寄托自己的幽独情怀。如《行宽
禅师院》："北望极长廊，斜扉映丛竹。亭午一来寻，院幽僧亦独，唯闻山
鸟啼，爱此林下宿。"再如《昙智禅师院》："高年不复出，门径众草生。时
夏方新雨，果药发余荣。疏澹下林景，流暮幽禽情。身名两俱遣，独此野寺
行。"这类诗在韦诗中是很多的，足以说明韦应物与禅是非常投契的。

　　韦应物诗在清寂意境的描写中，表现出"幽栖"的襟怀，主客体之间
十分协调。如《善福寺阁》："残霞照高阁，青山出远林。晴明一登望，潇
洒此幽襟。"在残霞晚照中，青山杳暝。诗人登临骋望，兴起一种幽独的
意绪。

　　心境的幽独，乃是染禅的诗人们所乐于品味的一种人生情境。既然
"万事不关心"，于尘俗"无念""无染"，自然也就厌弃尘嚣，乐于独处

---

① 施议对：《人间词话译注》，广西教育出版社 1990 年版，第 122 页。

了。"幽独"，这是一种对现实生活的超越方式。当现实生活无可为时，诗人遁入自己的内心世界，筑起一个远离尘世、自我玩赏的狭小天地，这便是"幽栖"之情的诗句随手可拾。如"单栖守远郡，永日掩重门。不与花为偶，终遣与谁言"（《对杂花》），"高斋独宿远山曙，微霰下庭寒雀喧。道心淡泊对流水，生事萧疏空掩门"（《寓居澧上精舍寄于张二舍人》），"已谓心苦伤，如何日方永。无人不昼寝，独坐山中静"（《夏日》）等。

再看贾岛，更是如此。贾岛本来曾当过和尚，法名无本，后来还俗。贾岛与禅的关系之密切当是无可怀疑的了。《唐才子传》云："岛貌清意雅，谈玄抱佛，所交悉尘外之人。"清人钱熙祚云："四字阁本作'好谈禅宗玄理'。"结合贾岛诗作来看，这是很符合情况的。贾岛的《南斋》诗云："独自南斋卧，神闲景亦空。有山来枕上，无事到心中。帘卷侵床月，屏遮入座风。望春春未至，应在海门东。"这首诗很明显地体现了禅宗思想。禅以心物之本体，心能包涵万法，此诗所说"神闲景亦空"，其根基便在于此。"无事到心中"，也是禅的生活态度，于诸法不取不舍，悠游自在，再如《送贺兰上人》云："野僧来别我，略坐傍泉沙。远道擎空钵，深山蹋落花。无师禅自解，有格句堪夸。此去非缘事，孤云不定家。"这首诗是送别他的朋友贺兰上人的，诗中颇有禅意。

贾岛的诗同样也闪动着茕茕孑立、独往独来的"幽人"身影，这实际上是诗人幽独心境的外化。像"独行潭底影，数息树边身"这样的名句，写无可上人，实际有他自己的影子。"树林幽鸟恋，世界此心疏"（《孟融逸人》），"孤鸿来半夜，积雪在诸峰"（《寄董武》），这"幽鸟"、"孤鸿"，又何尝不是心境的象征之物呢！

染禅的诗人们多写清冷静寂的意境，勾画"幽人"的身影，以寄托他们幽独的心灵，诗人在诗中营造出一块远离尘俗的天地，是对尘世的一个超越。

第四节　冲淡的风格

平淡，冲淡，在中国古典诗学中，不仅仅是一种风格，而且是一种审美理想，尤其可以说是唐宋时期人们的诗美追求。与西洋诗相比，中国诗歌可以举"淡"为其特色了。钱锺书先生这样比较西洋诗和中国诗：

　　和西洋诗相形之下，中国旧诗大体上显得情感不奔放，说话不唠叨，嗓门不提得那么高，力气不使得那么狠，颜色不着得那么浓。在中国诗时算是"浪漫"的，和西洋诗相形之下，仍然是"古典"的；在中国诗里算是痛快的，比起西洋诗，仍然不失为含蓄的。我们以为词华够鲜艳的了，看惯纷红骇绿的他们还欣赏它的素淡；我们以为"直恁响喉咙"了，听惯大声高唱的他们只觉得是低言软语。①

中国古诗与西洋诗相比，是较为"素淡"的；而在中国诗的传统中，最能代表这种淡的本色，是从陶渊明到唐代王、孟、韦、柳这派山水诗人。诗论家们多以"淡"来评价诗人。胡应麟《诗薮》评陶渊明的五言诗说："惟陶之五言，开千古平淡之宗。"② 又辨唐诗风格之源流说："唐初承袭梁、隋，陈子昂独开古雅之源，张子寿首创清澹之派。盛唐继起，孟浩然、王维、储光羲、常建、韦应物，本曲江之清澹，而益以风神也；高适、岑参、王昌龄、李颀、孟云卿，本子昂之古雅，而加以气骨者也。"③ 胡应麟的这种评价，是很符合诗史的实际情形的。

平淡之美，主要是语言素朴。不雕琢，不藻饰，非常自然，如初发芙蕖，正如元好问论陶诗云："一语天然万古新"（《论诗绝句》），体现出了一种本色之美。平淡决非"质木无文"，"淡乎寡味"，而应是蕴含着深远的意境，读之使人神情悠远。恰如梅尧臣在《林逋诗集序》中所说："其顺物玩情为之诗，则平淡邃美，吟之令人忘百事也。"④ 平淡与邃美是密切联系着的，看似平淡，实则深远，黄山谷说"平淡而山高水深"，宜乎其言也！

王、孟一派诗人，其总的风格是"淡"，诗人以恬淡之心，写山水清晖，意境悠远，词气闲淡。白描的手法，素淡的语汇，点染出薄雾轻笼似的画面。如王维的这类诗作："端居不出户，满目望云山。落日鸟边下，秋原人外闲。遥知远林际，不见此檐间。好客多乘月，应门莫上关。"（《登裴迪秀才小台作》）"清川带长薄，车马去闲闲。流水如有意，暮禽相与还。荒城临古渡，落日满秋山。迢递嵩高下，归来且闭关。"（《归嵩山作》）"飞鸟去不穷，连山复秋色。上下华子冈，惆怅情何极。"（《华子冈》）这类诗最能代表摩诘诗风，以平淡冲和见称。而这些诗的平淡，又都有着悠远的韵

---

① 钱锺书：《中国诗和中国画》，见《七缀集》，上海古籍出版社 1985 年版，第 14 页。

② （明）胡应麟：《诗薮·内编》卷 2，中华书局 1958 年版，第 33 页。

③ 同上书，第 34 页。

④ （宋）梅尧臣：《林和靖先生诗集序》，见李壮鹰《中华古文论释林·北宋卷》，北京大学出版社 2011 年版，第 136 页。

味，令人神思渺邈。胡震亨《唐音癸签》载《震泽长语》云："摩诘以淳古澹泊之音，写出山林闲适之趣，如辋川诸诗，真一片水墨不着色画。"① 说得很好！苏东坡评摩诘谓"诗中有画"，这个"画"也是有特定含意的，是指水墨写意之画。与"青绿山水"相比，它自然是极淡的了。王维的山水诗，多有这个特点。

至于孟浩然的诗作，更是以"淡"而著称，胡应麟以"简淡"概括浩然诗风，评孟诗云："孟诗淡而不幽，时杂流丽；闲而匪远，颇觉轻扬。可取者，一味自然。"②《唐音癸签》引徐献忠论孟诗云："襄阳气象清远，心宗孤寂，故其出语洒落，洗脱凡近，读之浑然省净，真彩自复内映。虽藻思不及李翰林，秀调不及王右丞，而闲澹疏豁，悠悠自得之趣，亦有独长。"③ 孟浩然的诗的确是颇为清远疏淡的，如《秋登万山寄张五》："北山白云里，隐者自怡悦。相望试登高，心随雁飞灭。愁因薄暮起，兴是清秋发。时见归村人，平沙渡头歇。天边树若荠，江畔舟如月。何当载酒来，共醉重阳节。"这首诗写"隐者"登高而兴起的感受。一切都是淡淡的、轻悠的。景物是淡的，人的心情也是淡的。再如《宿建德江》："移舟泊烟渚，日暮客愁新。野旷天低树，江清月近人。"羁旅之人移舟于烟渚，日暮又添乡愁。原野空旷，似乎天比树更低。清江映出的月影近在人的身旁，慰人孤寂之怀。独客异乡的惆怅飘散于诗中，一切都是清淡的。闻一多先生论孟诗云："孟浩然不是将诗紧紧的筑在一联或一句里，而是将它冲淡了，平均的分散在全篇中"，"甚至淡到令你疑心到底有诗没有"④。

王、孟一派诗人的作品，基本上都有"淡"的风格特征，同时，都或多或少地与禅有关系，多受禅宗思想濡染，这一点前面已经谈过。但这些诗人冲淡的诗风，果真与禅有什么内在的联系吗？答案是肯定的。

作为一种审美理想，"平淡"的理论渊源应该上溯于道家哲学中的"冲和"思想，如庄子所说的"朴素而天下莫能与之争美"。这是"平淡"作为审美范畴，它的内涵经历了一个不断丰富、深化的过程。在唐代山水诗人这里，则无疑注入了禅宗思想。

禅宗喜欢自然，爱在自然山水中创造一个禅的世界，在鸟飞鱼跃中得到

---

① （明）胡震亨：《唐音癸签》卷5，古典文学出版社1957年版，第40页。
② （明）胡应麟：《诗薮·内编》卷4，上海古籍出版社1958年版，第68页。
③ （明）胡震亨：《唐音癸签》卷5，古典文学出版社1957年版，第40页。
④ 闻一多：《唐诗杂论》，上海古籍出版社1998年版，第30页。

佛性的体悟，所谓"万类之中，个个是佛"，在自然的万千变幻中了悟佛性。李泽厚说：

> 禅之所以多半在大自然的观赏是来获得对所谓宇宙目的性从而似乎是对神的了悟。也正在于自然界事物本身是无目的性的。……禅则完全强调直观领悟。禅竭力避开任何抽象性的论证，更不谈抽象的本体、道体，它只讲眼前的生活、境遇、风景、花、鸟、山、云……这是一种非分析又非综合、非片断又非系统的直觉灵感。①

禅所要达到的，并非事物本身，而是禅本体。但它不脱落事相，而是即物超越。禅宗的"无念为宗、无相为体、无住为本"的要旨。所谓"无相"，并非完全剥离相，而是"于相而离相"，也就是寄寓于相而超越之。

正因为如此，禅主张任运自在，随处领悟，反对拘执束缚，更反对雕琢藻饰，一切都在本然之中，一切都是淡然无为，而不应是牵强著力的。公案有云："问如何是学人著力处？师曰：春来草自青，月上已天明"②，意思是一切都是自然而然的，像春天草青、月上中天一样。又云："僧问：'如何是学人用心处？'师曰：'用心即错'"③，这是明确地说不可用心着力。上述思想渗透在诗歌中，语言的素淡是与之一致的。

"平淡"或"冲淡"的诗美理想，从思想内蕴上来说，是淡然忘机，一切不系于心。任运自在，不执着，如山中的云雾，来去无迹。这也可以说是"闲淡"。王、孟一派诗人，都有这样的特征。王维诗中"万事不关心"是一个直接的表白。"行到水穷处，坐看云起时"，正是"平淡"诗风在内容上的体现。孟浩然的《万山潭作》写这种淡然心境：

> 垂钓坐磐石，水清心亦闲。鱼行潭树下，猿挂岛藤间。游女昔解佩，传闻于此山。求之不可得，沿月棹歌还。

诗人在万山潭边垂钓，感受到淡然忘机的隐逸之乐。鱼行水间，猿挂树上，一切都是自然无心的，而柳宗元《渔翁》诗中的"回看天际下中流，岩上

---

① 李泽厚：《中国古代思想史论》，人民出版社 1986 年版，第 212 页。
② （宋）普济：《五灯会元》，中华书局 1984 年版，第 671 页。
③ 同上书，第 668 页。

无心云相逐"，也正是禅家"不于境上生心"的信条的形象显现。

摆脱拘执束缚，不于诸色生心，是禅之精神。百丈怀海禅师这样说："若垢净心尽，不住系缚，不住解脱，无一切有为无为缚脱心量处，于生死其心自在，毕竟不与诸妄虚幻、尘劳蕴界、生死诸入和合，迥然无寄，一切不拘，去留无碍。"① 心中无所挂碍，"随处得自在"，无所执着、无所系缚，这种心态正是"平淡"风格的一个重要来源。

第五节　"神韵"之于禅

在本章的前几节中，我们分别考察了禅对唐诗的意境、风格所产生的影响，但是，为了叙述的方便，是切割开来谈的。实际上，禅对诗的渗透与影响是整体的，应该得到综合性的说明。

禅给唐诗究竟带来了什么？归根到底，可以一言以蔽之，便是：神韵。神韵作为中国古代的独特的审美范畴。很能标出中国古典诗歌的某种独特的审美特征，而关于"神韵"的内涵，却有点"只可意会，不可言传"。"神韵"这个术语，从南朝就开始出现，南齐谢赫的《古画品录》中曾说："神韵气力，不逮前贤；精微谨细，有过往哲。"② 晚唐张彦远在《历代名画记》中也说过："至于鬼神人物，有生动之可状，须神韵而后全。"③ 这些都是"神韵"说的先声。

真正在诗论中揭橥"神韵"说的，是清代著名诗论家王士禛。王士禛不是一般地使用"神韵"这个概念，而是提出了一套全面的、系统的神韵说理论。王英志先生对王士禛的"神韵说"有中肯的阐发，这里不妨略加引述：

> 我们只要比较全面地考察一下王士禛的诗歌理论，去粗取精，归纳概括，就可以发现王士禛的神韵说实质是对诗歌的内容与形式、诗歌的创作与欣赏的一种完整的要求或主张。具体地说，渔洋揭橥的"神韵说"，是要求诗歌艺术应以简炼的笔触、含蓄的意境，采取平淡、清远风格，抒发主观内心的性情（咏物诗还要求刻划出事物之风神），从而

---

① 《乾隆大藏经》第 145 册，传正有限公司乾隆版大藏经刊印处 1997 年版，第 520 页。

② （南朝·齐）谢赫：《古画品录》，人民美术出版社 1959 年版，第 11 页。

③ （唐）张彦远：《历代名画记·论画六法》，上海人民美术出版社 1964 年版，第 23—24 页。

使读者从中体会到"言有尽而意无穷"的深意和美感；而这种诗歌的创作又宜以诗人性情的"兴会神到"、天然入妙以及一定的学问根柢为前提。这是一个较完整的互相联系的神韵说理论体系。①

这里的评价是较为客观而全面的。王渔洋拈出"神韵"以论诗，确实是对中国古典诗歌某一个方面的审美特征的总结。王士禛在他的诗论中最为推崇的是唐代王、孟一派诗人，在他的心目中，王、孟等人的创作是最能体现其神韵说的理论观点的，是其审美理想的典范。但"神韵"不是一家一派的风格特征，而是王士禛对诗歌所提出的基本审美要求。同时也应谈到，"神韵"决非王士禛的独家发明，而是中国古典诗歌发展到唐代而成熟的一种审美特质。对于以往的诗歌来说，具有"神韵"是唐诗的时代特色。

　　翁方纲戴着"格调"说的眼镜来看"神韵"，把"神韵"等同于"格调"，这自然不够公允客观，但是他的议论也非全无道理："盛唐之杜甫，诗教之绳矩也，而未尝言及神韵。至司空图、严羽之徒，乃标举其概，而今新城王氏畅之。非后人之所指，能言前古所未言也。天地之精华，人之性情，经籍之膏腴，日久而不得不一宣泄之也。自新城王氏一倡神韵之说，学者辄目此为新城言诗之秘，而不知诗之所固有者，非自新城始言之也。"②翁氏认为，"神韵"并非渔洋所创，而是"诗中自具之本然"，是好诗所应具有的，不过为王渔洋所明确揭示出来而已。而王渔洋所举为"神韵"的例子，都是针对明代李梦阳、何景明等人"貌袭"唐诗而发的，这不过是"神韵"的一个方面，并非"神韵"的全部内涵。翁氏是以"神韵"作为诗歌的一种带有普遍性的审美特质的，言外之意，王渔洋标举的"神韵"，不过是"神韵"之一偏。

　　王士禛所标举的"神韵"典范，正是王维、孟浩然这类诗人的创作，而"神韵"的含义首先便是超越文体形式的审美意蕴。也就是司空图所说的"象外之象"、"韵外之致"。这在王渔洋的诗论中是俯拾即是的。他推崇那些"笔墨之外"的意趣。他说："《史记》如郭忠恕画天外数峰，略有笔墨，然而使人见而心服者，在笔墨之外也。右王楙《野客丛书》中语，得

---

① 王英志：《清人诗论研究》，江苏古籍出版社 1986 年版，第 72 页。

② （清）翁方纲：《神韵论》上，见张少康主编《中国历代文论精品》3，时代文艺出版社 2003 年版，第 208 页。

诗文三昧，司空表圣所谓'不著一字，尽得风流'者也。"① 对于司空图、严羽这一脉主张"意在言外"、"韵外之致"的诗论，渔洋最为赞赏。司空图《诗品》有二十四品，而王渔洋最喜其中"冲淡""清奇""自然"这几品，称"是三者品之最上"，足见王渔洋的审美趣味所在。他一再标举司空图的"不著一字，尽得风流"，以之为会心之言，他在《渔洋诗话》中引述道："戴叔伦论诗云：'蓝田日暖，良玉生烟。'司空表圣云：'不著一字，尽得风流'，'神出古异，澹不可收'，'采采流水，蓬蓬远春'，'明漪见底，奇花初胎'，'晴雪满林，隔溪渔舟'。刘蜕《文冢铭》云：'气如蛟宫之水'。严羽云：'如镜中之花，水中之月，如羚羊挂角，无迹可求。'姚宽《西溪丛语》载《古琴铭》云：'山高溪深，万籁萧萧；古无人踪，唯石巉岏。'东坡《罗汉赞》云：'空山无人，水流花开。'王少伯诗云：'空山多雨雪，独立君始悟。'"② 这些引述当然是有着鲜明的倾向性、选择性的。他的"神韵说"所承继的便是这样的美学传统。

从王士禛的诗论中，我们可以看到"神韵"这个审美范畴有这样一些基本内涵。一是极为含蓄、富有余味的意境。这种意境是超越于文本形式、在文字语言之外的一种审美效应。这也便是他所说的兴会："镜中之象，水中之月，相中之色，羚羊挂角，无迹可求，此兴会也。"③ 二是极为简省的文字，他不止一次地引王楙《野客丛书》中将司马迁《史记》比郭熙画之语："天外数峰，略有笔墨，意在笔墨之外"④，并以之作为诗文创作的通则："诗文之道，大抵皆然。"⑤ 他所标举的作品，也都是文字简省凝练而意蕴丰富的。如李白的《夜泊牛渚怀古》、孟浩然的《晚泊浔阳望庐山》等诗，他赞之曰："诗至此，色相俱空，正如羚羊挂角，无迹可求。画家所谓逸品也。"⑥ 王士禛最为推崇的诗，大都是五言绝句或律诗，其间的原因很重要的便是文字简省而意蕴丰富。"神韵说"另一个内涵便是清远冲淡的风格。他喜欢司空图《诗品》中"冲淡"一品，极力推阐，所举诗篇，亦多淡远之什，他又力主诗的"清远"之境：

① （清）王士禛：《香祖笔记》，见张少康主编《中国历代文论精品》3，时代文艺出版社2003年版，第173页。
② （清）王士禛：《带经堂诗话》卷3，人民文学出版社1963年版，第91页。
③ 同上书，第71页。
④ （清）王士禛：《池北偶谈》，见戴鸿森校点《带经堂诗话》，人民文学出版社1963年版，第85页。
⑤ 同上书，第86页。
⑥ （清）王士禛：《带经堂诗话》卷3，人民文学出版社1963年版，第71页。

> 汾阳孔文谷云：诗以达性，然须清远为尚，薛西原论诗，独取谢康乐、王摩诘、孟浩然、韦应物，言"白云抱幽石，绿篠媚清涟"，清也；"表灵物莫赏，蕴真谁为传"，远也；"何必丝与竹，山水有清音"，"景昃鸣禽集，水木湛清华"，清远兼之也。总其妙在神韵矣。"神韵"二字，予向论诗，首为学人拈出，不知先见于此。①

渔洋是把"清远"之类作为"神韵"的主要内涵的。"清远"和"冲淡"，是"神韵说"在风格上的基本要求。

在创作心态上，"神韵说"强调审美感兴也便是渔洋所说的"伫兴"，如何能够写出富有"神韵"的诗呢？搜肠刮肚地苦吟力索，是与"神韵"的境界相悖谬的，应该是主客体的随机感遇、触发。王士禛说：

> 萧子显云：登高极目，临水送归；早雁初莺，花开叶落。有来斯应，每不能已；须其自来，不以力构。王士源序孟浩然诗云："每有制作，伫兴而就。余生平服膺此言，故未尝为人强作，亦不耐为和韵诗也"②。

这里，王士禛引述的萧子显和王士源的话，最能代表他自己的创作观。他认为"有来斯应，每不能已"，即在主客体的感兴遇合中触发灵感，这才是最佳创作心态。他在《池北偶谈》中所说的"大抵古人诗画，只取兴会神到"③，也是此意。可见，"伫兴"乃是"神韵说"在创作上的要求。

王士禛倡"神韵"，其基本内涵与我们前面所分析的禅在唐诗中的几个方面的影响是相合的。王士禛以"神韵"这个范畴来总结诗的审美特征，对中国诗论史有很大的贡献。而且，王渔洋正是把"神韵"与禅联系起来加以看待的。王士禛说：

> 唐人五言绝句，往往入禅，有得意忘言之妙，与净名默然，达摩得髓，同一关捩。观王、裴《辋川集》及祖咏《终南残雪》诗，虽钝根

---

① （清）王士禛：《带经堂诗话》卷3，人民文学出版社1963年版，第73页。

② （清）王士禛：《渔洋诗话》，见贾文昭《中国古代文论类编》上册，安徽大学中文系文学研究室1982年版，第390页。

③ （清）王士禛：《池北偶谈》，见戴鸿森校点《带经堂诗话》，人民文学出版社1963年版，第68页。

初机，亦能顿悟①。

严沧浪以禅喻诗，余深契其说，而五言尤为进之。如王裴辋川绝句，字字入禅。他如"雨中山果落，灯下草虫鸣"，"明月松间照，清泉石上流"，以及太白"却下水精帘，玲珑望秋月"，常建"松际露微月，清光犹为君"，浩然"樵子暗相失，草虫寒不闻"，刘眘虚"时有落花至，远随流水香"，妙谛微言，与世尊拈花，迦叶微笑，等无差别。通其解者，可语上乘。②

王渔洋所举的这些诗句，可以说都是禅意盎然的，也是他心目是最富神韵者。禅进入诗歌创作，给唐诗带来最大特点便是空灵清远的"神韵"。

当然，并不是到了禅宗崛起后，诗歌才有了神韵，也并非是我们所举例分析过的王、孟一派人方有神韵，李白、杜甫、李商隐、杜牧等诗人的创作又何尝没有神韵！但无疑地，王、孟这派山水诗人确实是最能体现禅与唐诗"神韵"之关系的。

---

① （清）王士禛：《香祖笔记》，学苑出版社 2001 年版，第 65 页。
② （清）王士禛：《带经堂诗话》卷 3，人民文学出版社 1963 年版，第 83 页。

第六章　禅与宋诗

第一节　禅与唐宋诗的嬗变

　　唐诗与宋诗的短长优劣，乃是千百年来的一桩公案。或如明代前后七子的尊唐黜宋，或如清代"宋诗派"的扬宋抑唐，各有其根据，各有其时代的、社会的以及文学发展内部的原因，无法简单地是此非彼。

　　唐诗宋诗，虽有分野，却无法截然分开。从唐到宋，是一个诗歌的嬗变过程。当然这种嬗变过程的根基在于不同时代人们的文化心理。唐诗与宋诗之间，有整体上的差异，即各有各的体段，各有各的风神，但又是你中有我、我中有你的。在唐诗中就孕育着宋诗的胚胎，在宋诗中有着唐诗的基因。清人叶燮在评价唐宋诗的流变时说："唐诗为八代以来一大变。韩愈为唐诗之一大变；其力大，其思雄，崛起特为鼻祖。宋之苏、梅、欧、苏、王，皆为之发端，可谓极盛。"① 叶氏的意思是在韩愈那里已经开启了宋诗的格调、精神。另一方面，宋初"徐铉、王禹偁辈，纯是唐音"②。即便是在宋诗已经形成了成熟的时代风格之后，很多诗也仍然看不出与唐诗有多大的不同。因此，把唐诗与宋诗截然分开、对立起来，未免有些过于机械了。

　　但是，宋诗之于唐诗，确实又起了不小的变化，形成了很鲜明的特点。就其大端而言，唐宋诗之别，以钱锺书先生所言最为中肯："唐诗、宋诗，亦非仅朝代之别，乃体格性分之殊。天下有两种人，斯分两种诗。唐诗多以丰神情韵见长，宋诗多以筋骨思理见胜。"③ 对于唐宋诗的差异，缪钺先生的论述更为细致，形容得惟妙惟肖。他说："唐诗以韵胜，故浑雅，而贵酝

----

　　① （清）叶燮：《原诗·内篇》上，见霍松林、杜维沫校注《原诗·一瓢诗话·说诗晬语》，人民文学出版社 1979 年版，第 8 页。

　　② 同上。

　　③ 钱锺书：《谈艺录》，中华书局 1984 年版，第 2 页。

藉空灵；宋诗以意胜，故精能，而贵深折透辟。唐诗之美在情辞，故丰腴；宋诗之美在气骨，故瘦劲。唐诗如芍药海棠，浓华繁采；宋诗如寒梅秋菊，幽韵冷香。唐诗如啖荔枝，一颗入口，则甘芳盈颊；宋诗如食橄榄，初觉生涩，而回味隽永。譬诸修园林，唐诗则如叠石凿池，筑亭辟馆；宋诗则如亭馆之中，饰以绮疏雕槛，水石之侧，植以异卉名葩。譬诸游山水，唐诗则如高峰远望，意气浩然；宋诗则如曲涧寻幽，情境冷峭。唐诗之弊为肤廓平滑，宋诗之弊为生涩枯淡。虽唐诗之中，亦有下开宋派者，宋诗之中，亦有酷肖唐人者；然论其大较，固有此矣。"① 清人吴之振评宋诗有八个字最为精当，谓之曰："皮毛落尽，精神独存。"② 这八个字琢磨起来，是甚有见地的。唐诗多是以自然意象来寄寓诗人情感，造出一个浑融完整的审美境界，如宋人严羽所说："盛唐诸人唯在兴趣，羚羊挂角，无迹可求。故其妙处透彻玲珑，不可凑泊，如空中之音，相中之色，水中之月，镜中之像，言有尽而意无穷。"③ 严羽说明了盛唐诗歌的特点：空灵蕴藉，神韵悠远。在唐诗之中，诗人很少理性地自省主体的心态，而是将情感外射到物象之中。即便是十分渊静的诗境，诗人也是将自己的情怀贯注在物象中去的。而宋诗则更多地剥落了客观物象，更多地省思主体的心态天地。所谓"宋诗以意胜"，是说主体之"意"显示得更为豁露了。"皮毛落尽，精神独存"，是说在宋诗里，主体之"意"，往往脱落了客体之"境"，至少不再与之处于一种血肉相融的状态中。

　　宋人并非不写景，相反，写景之诗相当之多，但在写景之中，诗人总是力图表达某种思致。"宋人好言理"，信非虚语，但宋人的"言理"，倒不一定是以"议论化"的形态出现的，而往往在写景抒情中表达某种对人生的思考与理解，大量的理趣诗，显示了这一特点。

　　比起唐诗来，宋诗在很大程度上打破了唐诗形成的写景抒情的范式，使诗的写法变得更加灵活。"活法"的提出，更是给宋诗增添了内在的生机。宋诗非常讲究"命意曲折"，甚至一句之内，诗意也几经跌宕，造成奇突不平的诗格，大大增加了诗的容量，表现了诗人更为复杂的精神世界。

　　泛言唐宋诗的区别，并非我们的宗旨，从本书的角度出发，是要认识在唐宋诗的嬗变之中，禅是否起了作用？起了怎样的作用？换言之，即是在宋

① 缪钺：《诗词散论》，上海古籍出版社 1982 年版，第 36 页。
② （清）吴之振：《宋诗钞》序，中华书局 1986 年版，第 3 页。
③ 郭绍虞：《沧浪诗话校释》，人民文学出版社 1961 年版，第 26 页。

诗特点的形成中，有没有禅的影响的渗入？

从唐到宋，诗坛发生了很大变化，禅宗也经历了一个不断变迁的过程。中唐以前，属于禅宗发展的前期，禅僧重视对佛性的体悟，用心观照，以求认知佛性，即便是如慧能所说的"顿悟本心"、"言下大悟"，也主要是以观照性体来发现本心的。"默照禅"是这时期禅宗实践的主要方式，深受禅学濡染的诗人，则善于以这种思维方式，创造出带有禅味的、空灵渊静的诗境；降至晚唐北宋，禅宗分立为五家七宗，修持的重点主要在于接引学人的门径，各派形成不同的家风。重话头，斗机锋，一时间颇为热闹。有所谓"德山棒，临济喝"。公案话头多不胜数，在看似荒诞的机锋互斗中显示出睿智。"看话禅"是这段时间中禅的主要实践方式。公案话头特别讲究"活参"、"不可死于句下"，这就直接导致了宋代诗论中"参活句，切忌参死句"的说法，"活法"理论也是在这种背景下提出来的。

宋诗的特点在一定的意义上说，与禅宗有很密切的关系。那么，能够认识禅在宋诗特点形成中的作用，便可以更好地揭示宋诗的独特性。

第二节　反观自我的冷静谛视

与唐诗相比，宋诗显得很冷静。唐诗有着更多的对生活的投入感，宋诗则是一种对生活的超离感。唐代诗人，对社会、对人生较有一种浓挚的热情。不要说杜甫的"落日心犹壮，秋风病欲苏"（《江汉》）有着漂泊中的振拔，"乾坤万里眼，时序百年心"（《春日江村》）有着一种"通天尽人之怀"，"诗酒尚堪驱使在，未须料理白头人"（《江畔独步寻花七绝句》），有着一种老病中的乐观；也不要说李白的"清风朗月不用一钱买，玉山自倒非人推"那种豪放执着，以及"宣父犹能畏后生，丈夫未可轻年少"（《上李邕》）的那种自信与壮逸；即便是闲淡如王维，也多一往情深之语："惟有相思似春色，江南江北送君归"（《送沈子福归江东》），思念之殷，浓如酽酒；"君自故乡来，应知故乡事。来时绮窗前，寒梅著花未"（《杂诗》），其中又有一分何等深沉的思乡之情！幽峭如贾岛，尽管苦吟着"独行潭底影，数息树边身"（《送无可上人》），"孤鸿来半夜，积雪在诸峰"（《寄董武》）的苦调，也仍然是沉潜于生活之中的。

宋诗人对于人生有更多的自省意识。正如有的论者所指出的，唐诗多是自然意象，宋诗多是人文意象，譬如饮茶、参禅、品评书画等。加之典故的运用，都表现出这种人文优势。而在这种人文世界的叙述中，表现出诗人对于人生、对于自我的一种超离，一种"品茗"。如果说唐诗多是一种人生的沉醉，那么，宋诗则多是一种人生的自我审视。

举个同类情境的例子可相对照。杜甫劫后余生，回到羌村，与阔别的妻儿团聚，写下了有名的《羌村三首》，其中有云："夜阑更秉烛，相对如梦寐"，极为真切地表现出诗人与亲人团聚时那种将信将疑，且惊且喜、如梦如幻的心情。而北宋诗人陈师道有《示三子》诗，情境略近："去远即相忘，归近不可忍。儿女已在眼，眉目略不省。喜极不得语，泪尽方一哂。了知不是梦，忽忽心未稳。"后山诗点化杜诗，"祖杜工部之意，著一转语'了知不是梦'……意味悠长，可与杜工部争衡也"[1]。然而，后山诗所表现出的，却是一种清醒的返观。这只是一个很普通的例子，而宋诗中的人生、对自己的生活，取一种超离的、冷静的旁观态度者，可以说到处皆是。

在这方面，苏轼是一个很典型的人物。尤其是被贬以后，政治上遭受迫害，生活上也非常困窘，在黄州时，每月要把俸钱均分为 30 份，每天花一份。但是，苏轼在贬谪生涯中，以佛道思想作为解脱苦难之途，尤其是禅宗"任运自在"、"随缘自适"的人生观，更成为他的法宝。在他写于黄州、惠州、儋州等贬所的诗中，他都以一种超然的态度，来返观自己的生活。

在惠州，诗人同在黄州一样，是以审美化的眼光来返观贬居生活的。惠州较为荒远，东坡又是身患疾病，其生计之艰难，可想而知。但是，诗人写在这个时期的诗作，仍然是充满情趣的。如《纵笔》一诗："白头萧散满霜风，小阁藤床寄病容。报道先生春睡美，道人轻打五更钟。"诗人心情安恬，旷达从容，能够超然于困厄之外。这个时期所作的《东楼》也是对自我生活的返观：

> 白发苍颜自照盆，董生端合是前身。
> 独栖高阁多辞客，为著新书未绝麟。
> 小醉易醒风力软，安眠无梦雨声新。
> 长调自閟真堪笑，底处人间是所欣。

这也是生活的自我"返照"。只有心灵对"此在"有所超越，才能使困厄中的生活如此富有韵味。如果完全沉潜于现实生活中，心灵不能超越，是不可

---

① （明）谢枋得：《谢叠山诗话》，见张健辑校《珍本明诗话五种》，北京大学出版社 2008 年版，第 230 页。

能写出这种悠然恬适的篇什的。

东坡并不是要脱离现实生活而得到超越，相反他是要在现实生活自身中得到超越。"寓身物中，超然物外"，这八个字可以概括他的人生态度。在散文名作《超然台记》中，东坡表明了他处理人生的思想方法：

> 凡物皆可观。苟有可观，皆有可乐，非必怪奇伟丽者也。餔糟啜醨，皆可以醉，果蔬草木，皆可以饱。推此类也，吾安往而不乐？夫所谓求福而辞祸者，以福可喜而祸可悲也。人之所欲无穷，而物之可以足吾欲者有尽。美恶之辨战乎中，而去取之择交乎前，则可乐者常少，而可悲者常多，是谓求祸而辞福。夫求祸而辞福，岂人之情也哉！物有以盖之矣。彼游于物之内，而不游于物之外；物非有大小也，自其内而观之，未有不高且大者也。彼其高大以临我，则我常眩乱反复，如隙中之观斗，又焉知胜负之所在？是以美恶横生，而忧乐出焉，可不大哀乎！……余之无所往而不乐者，盖游于物之外也。

这岂止是一篇亭台记，而是一篇极为透辟的人生哲学论。这种"游于物外"的思想方法，是东坡人生体验的总结与升华。靠了它，东坡才能在贬谪生涯中恬然自在。游，并非身游，而是心游。"游于物外"，并非说脱离尘俗的生活，而是说心灵要超然乎尘俗之上，不以贫富穷达为意。苏轼认为，如果把自己的目光局限在自己所寓身的事物中，就会"眩乱反复"，而只有使自己的目光能从事物之外的角度来返照自身，即所谓"游于物之外"，才能"无往而不乐"。著名的《题西林壁》也表达了诗人的这种看法。"横看成岭侧成峰，远近高低各不同。不识庐山真面目，只缘身在此山中。"这是借庐山以发兴的。人们之所以不能认识"庐山真面目"，就是因为没能站在庐山之外来进行观照。诗人借此说明，站在旁观的角度才能认识事物，才能得其"真面目"。

一方面是"寓身物中"，对事物有亲切的体验；另一方面，又是"心游物外"，使主体的心灵能够有所超越，来返观自己的生活。诗人的"自我"，分成了两个，一个是被观照者，一个是观照者。这看来是很矛盾的，却正是苏诗的一个特色。对自我生活的这种"返身谛视"，形成了其诗作的独特韵味。

苏轼的"心游物外"的思想方法，以及"返身观照"自我生活创作特点，与禅宗的"返照"功夫有密切的联系。禅宗的"悟道"，是一种对于自心的"返照"。要将自身蕴含的佛性，转化为成佛的现实性，必须是自性的开悟，而不应该舍弃自心，向外觅求。《坛经》里一再说："本性是佛，离性无别佛。""佛性自性，莫向身外求。"①那么，如果孜孜于向外觅求佛法，那便与其目的背道而驰，"路头一差，愈骛愈远"② 了。《坛经》里这样说：

> 般若之智，亦无大小，为一切众生，自有迷心，外修觅佛，未悟本性，即是小根人。闻其顿教，不假外修。但于有自心，令自本性常起正见，烦恼尘劳众生，当时尽悟，犹如大海，纳于众流，小水大水，合为一体，即是见性。③

禅家的"顿悟"，即是通过对自心的"返照"，使自在的佛性得以发显，如同拂去云雾而见日月之明。禅之"悟"即是对自心的观照（而非知性解析），如果不得自悟的话，便可以"般若"之智进行观照，但观照的对象仍是悟道者的"自性"，而非外在的客体。《坛经》中又说：

> 三世诸佛，十三部经，亦在人性中，本自具有。不能自悟，悟得善知识示道见性。若自悟者，不假外善知识，若取外来求善知识，望得解脱。若自心邪迷，妄念颠倒，外善知识，即有教授，救不得。汝若不得自悟，当起般若观照，刹那间，妄念俱灭，即是自有真正善知识，一悟即知佛性也。自性心地，以智慧观照，内外明彻，识自本心。若识本心，即得解脱。④

在不能自悟的情况下，当以"般若智慧"观照，而根本的目的是使自心中的"佛性"得以观照，得以实现。"成佛"的根据在于众生内在的佛性，因此，禅悟的对象，不是向外觅求知识，而是向内识取本心。

禅师们对学道者并不是授以知识，一切公案的目的都不是知识传授，大多数公案，甚至得不到逻辑思路的解析。但是，公案不是无谓的。禅师的机锋也好，棒喝也好，都是为学道者提供一个"自悟"的契机。禅师们往往明确地告知学道者，佛性、佛法是不可外觅修得的，必须自悟本心。百丈怀

---

① 郭朋：《坛经校释》，中华书局 1983 年版，第 49 页。
② 郭绍虞：《沧浪诗话校释》，人民文学出版社 1961 年版，第 1 页。
③ 郭朋：《坛经校释》，中华书局 1983 年版，第 56 页。
④ 同上书，第 60 页。

海大师对弟子说："为心眼未开，唯念诸境，不知反照，复不见佛道。"① 章敬怀晖禅师上堂云："至理亡言，时人不悉。强习他事，以为功能。不知自性元非尘境，是个微妙大解脱门。所有鉴觉，不染不碍，如是光明，未曾休废。曩劫至今，固无变易。犹如日轮，远近斯照。虽及众色，不与一切和合。灵烛妙明，非假锻炼。为不了故，取于物象。……若能返照，无第二人，举措施为，不亏实相。"② 玄沙师备禅师也说："若向句中作意，则没溺杀人。若向外驰求，又落魔界。"③ 返照本心，不假外求，是禅宗悟道的一个基本点。

　　禅宗的"返照"，又不是脱离日常生活的烦絮修行方式，而是"随机应照，泠泠自用"，在日常生活中的即物超越，一种"现身情态"中的领悟。禅就在日常生活之中。"如何是道？泉曰：'平常心是道。'"④ 这是非常干脆直捷的答案。禅宗填平了世间与出世间的沟壑，在尘世间得到心灵的超越。"烦恼即是菩提"，禅的超越是不脱离世间的超越。"法元在世间，于世出世间，勿离世间上，外求出世间。"⑤ "佛法在世间，不离世间觉，离世觅菩提，恰如求兔角。"⑥ 这些禅偈，非常明确地道出了禅宗对于世间与出世间关系的基本观点。禅宗所最为推崇的维摩诘居士，便是最为世俗而又最为"深达实相"的人。维摩诘过着世俗贵族式的生活，但却又被说成是高于出家的菩萨。他"现有眷属，常乐远离"，"虽服宝饰而以相好严身"，"虽复饮食，而以禅悦为味"，"若至博弈戏处辄以度人"，"入诸淫舍欲之过"，"入诸酒肆，能立其志"，"一切治生谐偶虽获俗利，不以喜悦"，"游诸四衢饶益众生"⑦。维摩诘出入于赌场、妓院、酒肆，却是为了"示欲之过"，为了"普度众生"，这种"善权方便"，该是多么堂而皇之！这便是禅宗居士的典范。禅宗是强调在"世间一切法"中得以"出世间"的解脱的。

　　这种矛盾的统一，是理想化的，然而，它给士大夫们以一种解脱的法门。中国的士大夫，身上所系缚的伦理思想枷锁是异常沉重的。尤其是步入仕途后，更是要左顾右盼，如履薄冰，小心翼翼地维系着官场的各种关系，

---

① （宋）普济：《五灯会元》，中华书局1984年版，第135页。

② 同上书，第153页。

③ 同上书，第393页。

④ 同上书，第198—199页。

⑤ 郭朋：《坛经校释》，中华书局1983年版，第72页。

⑥ 同上书，第73页。

⑦ （晋）僧肇、鸠摩罗什：《维摩诘所说经》，黑龙江人民出版社1994年版，第24页。

唯恐触蹈祸机。一副正人君子、道貌岸然的样子是不可少的。如果个性狂放，不懂得内自收敛，那就不免要授人以话柄，在仕途上很难腾达了。在宋代，恐怕尤其如此。宋王朝在政治上进一步加强中央集权，在思想上进一步加以禁锢，封建的纲常名理思想越来越重地束缚着士大夫们。士大夫的个性较之唐代，是被大大地约束了。士大夫的性格更为内敛，而内心世界更为复杂化了。

内心的波澜需要止息，躁动的情绪需要纾解，参禅，成为非常有效的途径。宋代的士大夫，濡染禅风十分普遍。苏轼、黄庭坚、杨亿、王随、夏竦等都是进了"传灯录"的著名居士。他们深得禅宗思想方法之三昧。"返照"的观念，成为他们看待世界、处理人生的主要思想方法之一。宋人更多的是唐代诗人王维那里，"返景入深林，复照青苔上"，还是由于物象之感兴而引发的禅理联想，那么，在宋代诗人如苏、黄，则是有意识地运用这种思想方法来观照、玩味自己的内心世界了。

"返照"观念，在宋诗中也表现为对宇宙人生的冷静谛视。唐诗多投入感，宋诗多超越感。宋人往往使自己的心灵、自己的视角，超乎社会、人生以及自然界之上，取一种冷静谛视的态度。

苏轼的诗多取一种"阅世"的、亦即"返照"的视角来写自己的人生感受。在这样一种视角中，人生、世界似乎都带上了一种喜剧式的、无谓的色彩。"静故了群动，空故纳万境"、"阅世走人间，观身卧云岭"。这既是谈诗，更是谈人生态度。在黄州，苏轼写道："回头自笑风波地，闭眼聊观梦幻身"（《次韵王迁老退居见寄》）。在儋耳，他写道："谁道茅檐劣容膝，海天风雨看纷披"（《东亭》），"回视人间世，了无一事真"（《用前韵再和孙志举》）。在《饮酒》诗中，他借题发挥："我观人间世，无如醉中真。虚空为销殒，况乃自忧身。"在诗人的冷眼谛视和自我返照中，尘世的一切奔波争斗，都如蝼蚁之扰扰，如梦幻之虚空。"八年看我走三州，月自当空水自流。人间扰扰真蝼蚁，应笑人呼作斗牛。"（《次韵徐仲车一首》）在这种"阅世"的视域里，一切都变得带有某种喜剧色彩了。

我们再来看《百步洪》：

长洪斗落生跳波，轻舟南下如投梭。水师绝叫凫雁起，乱石一线争磋磨。有如兔走鹰隼落，骏马下注千丈坡。断弦离柱箭脱手，飞电过隙珠翻荷。四山眩转风掠耳，但见流沫生千涡。险中得乐虽一快，何异水伯夸秋河。我生乘化日夜逝，坐觉一念逾新罗。纷纷争夺醉梦里，岂信荆棘埋铜驼。觉来俯仰失千劫，回视此水殊委蛇。君看岸边苍石上，古来篙眼如蜂窠。但应此心无所住，造物虽驶如吾何！回船上马各归去，多言哓哓师所呵。

对于这首诗，人们更多的是注重其中形容百步洪所用的"博喻"手法。清人赵翼评《百步洪》中"有如兔走鹰隼落"四句，"形容水流迅驶，连用七喻，实古所未有"①，钱锺书先生也特别称许"四句里七种形象，错综利落，衬得《诗经》和韩愈的例子都呆板滞钝了"②。这四句七个象喻，确乎可做"博喻"的典范，但诗人的着眼点却不在于此，而在于借流水之速来呈示世界之无常。"坐觉一念逾新罗"，谓一念之间已过新罗国。"纷纷争夺醉梦里"这四句，正是从超然谛视的角度，来反观世界的迁化。俯仰之间已过千劫，那么，人生更不过是须臾一瞬了。此心无住，更是禅的基本观念。对于万物无所住于心，无所拘执，当然也就没有人生的焦虑了。清人方东树在《昭昧詹言》中评此诗云："余喜说理，谈至道，然必于此等闲题出之。乃见入妙。若正题实说，乃为学究伧气俗子也。"③陈衍在《宋诗精华录》中也说："坡公喜以禅语作达，数见无味。此诗就眼前'篙眼'指点出，真非钝根人所及也。"④诗人借百步洪的飞流直下，来写禅观宇宙的感受，仍然是"心游物外"所得的观照。

在黄庭坚的诗里，也经常可以读到这种以冷静谛视的角度来摄写的意象。黄庭坚的思想是深受禅学影响的，他本身就被纳入禅宗黄龙派的谱系。山谷诗也多冷静的"阅世"态度。"主人心安乐，花竹有和气。时从物外赏，自益酒中味。"（《次韵答斌老病起独游东园二首》），这是以一种"物外之赏"的态度，平心静气地观照事物，实际上也就是观照自己的内心。山谷诗中多以主体的"禅心"之静观照事物，写出一种"幽赏"的情境。如《又答斌老病愈遣闷二首》其一："百疴从中来，悟罢本非病。西风将小雨，凉入居士径。苦竹绕莲塘，自悦鱼鸟性。红装倚翠盖，不点禅心静。"对于莲塘的"幽赏"，深得物外之趣。诗人的心境是渊静而超脱的，一切都是淡淡的，飘溢着一种禅意。

---

① （清）赵翼：《瓯北诗话》卷5，人民文学出版社1963年版，第60页。
② 钱锺书：《宋诗选注》，人民文学出版社1982年版，第71—73页。
③ （清）方东树：《昭昧詹言》，人民文学出版社1961年版，第299页。
④ （清）陈衍：《宋诗精华录》，巴蜀书社1992年版，第196页。

　　这种对于宇宙人生的谛视与返照，形成了视域的广阔性，而且一般都是以"时间透视"的方法，将宇宙或尘世的迁化加以夸张，写出万物的变动不居。所谓"时间透视"乃是现象美学家罗曼·英加登提出的一个重要概念，是由"空间透视"而得到的启示。在主体的意识中，时间的"外观"所发生的变形，被称为"时间透视"。英加登这样说："时间透视和空间透视相类似。在知觉中，但是也在关于某些时间中的过程以及它们发生的时间阶段的记忆中，它们的时间外观的时间形式中存在着一种奇怪的歪曲和变化。……最明显的时间透视现象也许是时间阶段及其展开的过程的缩短。"①英加登是从审美经验的角度来谈"时间透视"的。我们借用这个概念来看宋诗中这种对于时空的"变形"。在诗人的超然谛视下，无限时空的迁流都被摄化到诗人笔下，而主体非但没有被泯灭，反而得到了突出。宇宙、时空是变动不居的，主体却得以强化，似乎可以与无穷变化的宇宙相抗衡，充满了力度感。如："松柏生涧壑，坐阅草木秋。金石在波中，仰看万物流。肮脏自肮脏，伊优自伊优。但观百世后，传者非王侯。"（黄庭坚《杨明叔从子学问甚有成，当路无知音，……》）"黄叶山川知晚秋，小虫催女献功裘。老松阅世卧云壑，挽著苍江无万牛。"（苏轼《秋思寄子由》，一作黄庭坚作）在这些诗里，诗人虽然对宇宙、世界持"阅世"的旁观态度，但又是倔强傲世的。主体超凌于客体之上，大有"万象为宾客"之概！宋诗多有峭健之风骨，可从苏、黄这类诗中窥得一斑。

　　不仅是苏、黄诗有这种冷静谛视的特点，宋代其他诗人也多对宇宙人生，取一种超然的、带有距离感的观照态度，这便形成了宋诗的超离感。而这种超离感，是与禅风有密切关系的，更多地出现在浸淫于禅悦的诗人的篇什之中。沈辽是北宋的一位有名诗人，中年以后，"一洗年少之习，从事禅悦"②，有诗云："已恨初年不学仙，老来何处更参禅？西风摇落岁事晚，卧对高岩看落泉。"（《游瑞岩》）这也是对世事的冷眼旁观。江西派的重要诗人韩驹，颇有禅学修养，与僧人过从甚密，唱和之作不少。韩驹诗中有些以禅论诗之语，也是广为人知的。如《赠赵伯鱼》诗中之语言："学诗当如初学禅，未悟且遍参诸方。一朝悟罢正法眼，信手拈出皆成章。"韩驹有些诗作是取超然谛视的角度来写人世的纷扰，而其间是借助了禅观的。如《次

---

　　① ［波兰］罗曼·英加登：《对文学的艺术作品的认识》，陈燕谷、晓未译，中国文联出版公司1988年版，第109页。

　　② （清）吴之振等：《宋诗钞·云巢诗钞》，中华书局1986年版，第1218页。

韵参寥》其二："且向家山一笑欢，从来烈士直如弦。君今振锡归千顷，我亦收身入两川。短世惊人如掣电，浮云过眼亦飞烟！何当与子超尘域，下视纷纷蚁磨旋。"超乎"尘域"，世事便如同"浮云过眼"，这也正是禅家的"返照"！

也许上面举的这些例子，在宋诗中并不是十分普遍的，但它们十分典型，在很大程度上，能够表现出宋朝士大夫对于世事的冷静谛视的心态。与唐诗相比，宋诗显得冷静、理性，对自己的心灵世界表现得很充分，诗人的眼光向内转，超乎尘世之上，甚至超乎自我之上，这是直接源于禅家的"返照"观念的。

第三节　超逸绝尘的审美倾向

如果说，唐代王孟一派诗人的创作，以空灵超脱为其审美特征的话，那么，到了北宋中后期，崇尚"超轶绝尘"之美，便成为最有代表性的审美倾向。而且，这种倾向对宋元以后审美意识的发展有着十分深远的影响。

对自我内心世界的"返照"，对社会、宇宙、人生的冷静谛视，必然导致对"尘世"的超离。尽管是"寓身物中"，但又是"心游物外"，在诗里所创造的，是心灵所幻化的世界。虽然写景物也写人文，但诗的格调、诗的境界是超离尘俗的。诗人的观照视角，是"跳出三界外"，返身谛视人生、宇宙，有较大的距离感。正如前面的论述，禅宗的"返照"观念，是这种诗歌创作视角在思想方法上的来源。

"超轶绝尘"，在北宋中后期，得到理论上的揭橥，成了士大夫们所追寻的审美理想。这种审美理想是以当日在士大夫中极享盛誉的苏轼、黄庭坚等人为代表的。苏轼是集诗、词、文、书、画于一身的大艺术家，又是文坛领袖，他的审美趣尚、艺术追求，自然会吸引许多人为之风靡影从。黄庭坚不仅是一代名诗人，而且是北宋著名的书法家，在艺术鉴赏方面也有很高的权威性。苏、黄等人在诗、书、画等领域所提倡的东西，产生深远的影响是自然的。苏、黄的艺术主张和创作实践，确乎又是以脱略尘俗、清逸高蹈为特点的。

苏轼在黄州曾写下一首很有名的《卜算子》词："缺月挂疏桐，漏断人初静。谁见幽人独往来，缥缈孤鸿影。惊起却回头，有恨无人省。拣尽寒枝不肯栖，寂寞沙洲冷。""孤鸿"、"幽人"，是个高蹈孤傲的形象，黄庭坚极力称赞这首词："语意高妙，似非吃人间烟火语。非胸中有万卷书，笔下无一点俗气，孰能至此。"① 他评价书画也以"无俗气"为上乘。其论书法云："蔡明远帖笔意纵横，无一点尘俗气。"② 不惟论书，品画亦然："胸中俗气一点无，健妇果胜大丈夫。"③ 这是在赞扬其姨母李夫人所画的墨梅。不难看出，他是以"超轶绝尘"为审美理想、为艺术高致的。

　　所谓"超轶绝尘"大致有这样一些内涵：一是格调高雅、脱离庸俗，有一种远淡泊的情怀。表现在诗词中，就是苏轼《水调歌头》（"明月几时有？"）、张孝祥《念奴娇》（"洞庭青草"）一类的意境。李清照批评柳词"词语尘下"，正是从反面道出了这位女词人崇尚高雅超俗的审美价值观念。二是超离现实、甚至是与现实抗衡的主体倾向，一种"孤云野鹤"般的形象，如苏轼《卜算子》（"缺月挂疏桐"）中的"幽人"。三是艺术传达形式的不同流俗，独辟蹊径，在诗歌创作中表现得不十分明显，而在绘画领域里则表现为对文人画的高度崇尚及对"画工画"的鄙薄。

　　宋代文人画审美思潮崛起，逐渐形成画坛主流。文人画的日见兴盛，与苏轼、米芾、文同等人的倡导与实践是分不开的。正如葛路先生在《中国古代绘画理论发展史》中所说："考察元代绘画理论，处处可见从宋代文人画继承下来的审美趣味。未理解苏轼、米芾、黄庭坚的艺术主张，就不理解赵孟頫、倪瓒的理论。"这话说得很对。"元代四大家"、董其昌、八大、"扬州八怪"，这个中国近古时期的文人画传统，正是从北宋苏轼、文同、米芾、黄庭坚这里开始的。

　　苏轼特别推崇文人画（也称"士人画"），其间的审美尺度，便在于"俗"与"不俗"。文人画反对俗恶，力求高雅，这可以在苏轼画论中得到明确体现。他说："观士人画，如阅天下马，取其意气所到。乃若画工，往往只取鞭策、皮毛、槽枥、刍秣，无一点俊发，看数尺便倦。汉杰真士人画也。"④ 其推崇"士人画"，贬黜"画工画"的审美倾向是十分明显的。

　　再看苏轼的《王维吴道子画》这首诗，同样表现出这种审美倾向：

　　　　何处访吴画？普门与开元。开元有东塔，摩诘留手痕。吾观画品

　　① （宋）黄庭坚：《跋东坡乐府》，见《山谷题跋》，中华书局1985年版，第15页。
　　② （宋）黄庭坚：《跋洪驹父诸家书》，同上书，第42页。
　　③ （宋）黄庭坚：《姨母李夫人墨竹二首》，见《黄庭坚全集》第1册，四川大学出版社2001年版，第209页。
　　④ （宋）苏轼：《又跋汉杰画山》，见《苏轼全集》下，中国文史出版社1999年版，第1446页。

中，莫如二子尊。道子实雄放，浩如海波翻。当其下手风雨快，笔所未到气已吞。亭亭双林间，彩晕扶桑曛。中有至人谈寂灭，悟者悲涕迷者手自扪。蛮君鬼伯千万万，相排竞进头如鼋。摩诘本诗老，佩芷袭芳荪，今观此壁画，亦如其诗有清且敦。祇园弟子尽鹤骨，心如死灰不复温。门前两丛竹，雪节贯霜根。交柯乱叶动无数，一一皆可寻其源。吴生虽妙绝，犹以画工论。摩诘得之于象外，有如仙翮谢笼樊。吾观二子皆神俊，又于维也敛衽无间言。

一开始还好像于吴、王二人无所褒贬，而且对吴道子的画作了非常生动的描述。但当谈到王维的画时，便从文人画的审美观念出发，置王维于吴道子之上。在苏轼眼里，道子的画虽然奇妙万方，但终归属于"画工画"的范畴，不免要价减一等了。吴道子在唐代是最有名的画家，以佛像人物画见长。朱景玄作《唐朝名画录》，以神、妙、能、逸四品评价画家高下、每品又置上、中、下三等。神品乃是为最上之品。"神品上"是最上之上了。朱氏仅将一人置于"神品上"这个等级，那就是吴道玄（即道子）。而王维呢？仅在"妙品上"这个等级，与吴相比，差着好几个等级呢。可见，吴道子在唐代画坛上的地位是远在王维之上的。

可是到了宋代，情形便不相同了。王维在画论家的心目中地位，扶摇直上，竟至超过了吴道子，成其是受到文人画家的顶礼膜拜。为什么呢？是因为王维被奉为文人画的鼻祖，认为他在构思、画法上，都开了文人画的先河。

王维画，开启后来文人画的一些重要的审美特征。如打破现实的时空关系，而以心理时空构思之。"雪里芭蕉"即是典型的例子，"画师之画"是要讲究逼真、写实的，而王维的画则打破形似，通过变形等手段来超越形似，实现主体意向。正如沈括在《梦溪笔谈》中所评论的："书画之妙，当以神会，难可以形器求也。如彦远《画评》言，王维画物，多不问四时，如画花往往以桃李芙蓉莲花同画一景。余家所藏摩诘《卧雪图》有雪中芭蕉，此难与俗人道也。"① 值得注意的是，这里表现出来的，正是宋代文人画的审美观。沈括作为北宋著名的博物学家，他的这种称赏很有代表性，与苏轼的"神似"论，也是如出一辙。沈氏认为王维的"不拘形似"，"不可与俗人道"，那么这正是认为讲究形似写实的画法为"俗"。

---

① （宋）沈括：《梦溪笔谈》卷17《书画》，辽宁教育出版社1997年版，第92页。

"超轶绝尘"的审美倾向，实际上与禅悦之风有内在的联系。正由于外倾转向内敛，士大夫们更多地遁入自己的内心世界，禅家的"返照"工夫于此起了不可忽视的作用，成为一种颇为普遍的思想方法。这种脱略尘俗、甚至于好像"不食人间烟火"的诗、画意境，由此才成为带有普遍性的倾向，成为评价艺术品的某种标准。当然，这种标准是非常偏颇的。

禅宗以"不离世间"相标榜，但实际上是在心灵上营造一片鸵鸟埋头的沙漠，得到一份内宇宙的宁静，它给士大夫们带来的是更为幽僻、孤独、封闭的心态，表面上则"随缘自适"而已。

第四节　尚意与理趣

清人刘熙载在《艺概》中说："唐诗以情韵气格胜，宋苏、黄皆以意胜。"[①] 这个观点为后人所接受与发挥，钱锺书先生与缪钺先生的精彩之论，也许不无受这个观点的影响。不惟是苏、黄，从整体上来说，宋诗是以"意"擅长的。要讲"透彻玲珑，不可凑泊"的诗美境界，讲情景交融的风神兴象，宋诗不如唐诗；若论对人生意义的领悟，对哲理世界的体认，恐怕唐诗要输与宋诗一筹了。

宋代诗人往往不是以一个特定的客观物境来寓托自己的情感，创造出一个兴象玲珑的"第二自然"来，而是以主体之"意"作为统摄，将一些并不联属的意象组合在一起，如陆游的《关山月》，就是把边将、戍卒、遗民的形象组合在一起，而突出地表达了诗人的投降政策的指责。诗人们往往并不是追求那种含蓄朦胧、韵味无穷的"韵外之致"，而是着重于在诗中透辟地、醒豁地表达出诗人之意。宋诗之佳者，不在于步趋唐诗，貌袭唐诗，不在于半含半露、摇曳生姿的兴象，而在于立意的深隽、警醒。在很多诗中，我们不难见出诗人的卓越见识与深邃的思致！

同样是讽刺唐玄宗以荔枝邀得杨贵妃的欢心，晚唐诗人杜牧有《过华清宫》，其一云："长安回望绣成堆，山顶千门次第开。一骑红尘妃子笑，无人知是荔枝来。"措辞十分微婉，讽意深蕴其中。再看苏东坡，在同类题材上，写了有名的《荔枝叹》。立意要显豁、精警得多。"宫中美人一破颜，惊尘溅血流千载"，这种对比式的写法，无疑是使人惊心触目的。诗中的议论尤为警拔，充分表现出诗人的卓越识度与过人胆魄。"我愿天公怜赤子，

---

① 王气中：《艺概笺注》，贵州人民出版社1980年版，第213页。

莫生尤物为疮痏。雨顺风调百谷登，民不饥寒为上瑞。君不见武夷溪边粟粒芽，前丁后蔡相笼加，争新买宠各出意，今年斗品充官茶。吾君所乏岂此物？致养口体何陋邪！洛阳相君忠孝家，可怜亦进姚黄花！"是的，要说含蓄蕴藉，微婉不露，要推杜牧之，可是有谁能说苏诗写得不好呢？诗人饱满的激情，深刻的识见，犀利的思想锋芒，难道不也造出了诗的"极品"吗？汪师韩评价这首诗说："'君不见'一段，百端交集，一篇之奇横在此。诗本为荔枝发叹，忽说到茶，又说到牡丹，其胸中郁勃有不可以已者，惟真不可已而言，斯至言至文也。"① 诗人之"意"，痛快淋漓，虽是议论，却决无持涩枯燥之感，确实堪称"至言至文"。

再如"昭君出塞"的题材，杜甫在《咏怀古迹》其二中是这样写的："群山万壑赴荆门，生长明妃尚有村。一去紫台连朔漠，独留青冢向黄昏。画图省识春风面，环佩空归夜月魂。千载琵琶作胡语，分明怨恨曲中论。"诗中充满了对昭君的深切同情，也画出了昭君那种哀怨的神态。诗的风格是含蓄的。宋人王安石的《明妃曲》可就不同了。不仅曲尽明妃出宫时的情态，而且，立意甚奇，迥然不同于流俗之见："意态由来画不成，当时枉杀毛延寿。"既写出了昭君意态之美，又否定了一般把责任推给毛延寿的看法，而把讽刺的锋芒指向了元帝，诗人最后四句："家人万里传消息，好在毡城莫相忆。君不见咫尺长门闭阿娇，人生失意无南北。"何等警拔、新颖！诗人之意早已超越了昭君本身，而得到了升华，读之使人一震。虽然亦是议论，却是别人所不能道得的。

宋人不以含蓄蕴藉为审美旨归，而以识度超卓、不同俗见、透辟直捷呈现出一种力度美。要想品鉴那种"如蓝田日暖、良玉生烟、可望而不可置于眉睫之前"② 的诗境，最好到唐诗中找；而要得到一种心灵的叩击、智慧的启迪、精神的升华，却最好漫步于宋诗之林。"一陂春水绕花身，花影妖娆各占春。纵被春风吹作雪，绝胜南陌碾作尘"（《北陂杏花》）。借着杏花的意象，王安石写出了那种不为任何摧折所动的坚定信念。"爆竹声中一岁除，春风送暖入屠苏。千门万户曈曈日，总把新桃换旧符。"（王安石《元日》）这是借元日的热烈景象，提示了新陈代替的客观规律。"百啭千声随意移，山花红紫树高低。始知锁向金笼听，不及林间自在啼。"（欧阳修

---

① 徐培均选注：《苏轼诗词选》，山东大学出版社1999年版，第239页。

② （唐）司空图：《与极浦谈诗书》，见傅云龙、吴可主编《唐宋明清文集》第1辑《唐人文集》卷4，天津古籍出版社2000年版，第2570页。

《画眉鸟》）与其养在金笼之内，不如自由地翱翔于林间，这是对心灵自由的呼唤。"寺里山因花得名，繁英不见草纵横。栽培剪伐须勤力，花易凋零草易生。"（苏舜钦《题花山寺壁》）培育鲜花、剪除恶草，诗人之意何等鲜明。这些诗作，都美在立意之警策，熔铸之凝练，使人一读之下，难以忘怀，甚至使人的心弦得到强劲的震颤。

在唐诗之中，意象里更多的是包容着、渗透着诗人之情，情与景水乳交融，而诗人之意并不显豁（这自然是就一般情形而言），而在宋诗中（就能体现出宋诗特点的篇什而言），诗有之"意"往往有强劲的"穿透性"，如囊中之锥，脱颖而出。宋诗并不摒落意象，但却用意象把诗人之"意"托出"水面"，呈在读者的审美经验的理性层面上，使读者得到精神上的审美叩击与腾越。黄庭坚有两句诗"皮毛剥落尽，唯有真实在"，正可以形容宋诗的这种特征。唐诗的意象以其朦胧性、多义性著称，而宋诗的意象显得工具性很强，似乎就是为了托出诗人之"意"的。这一点，往往遭人诟病。人们常常指责宋诗好言理，"尚理而病于意兴"。[①] 但是，宋人高处，则在立意之精警透辟，道出事物内在的"真实"。清人叶燮从诗歌嬗变的角度说：

> 至于宋人之心于日益以启，纵横钩致，发挥无余蕴。非故好为穿凿也。譬之石中有宝，不穿之凿之，则宝不出。且未穿未凿以前，人人皆作模棱皮相之语，何如穿之凿之实有得也。如苏轼之诗，其境界皆开辟古今之所未有，天地万物，嬉笑怒骂，无不鼓舞于笔端，而适如其意之所欲出。此韩愈后之一大变也，而盛极矣。[②]

"穿之凿之"而出的，便是诗人之意。宋诗以立意警策、深辟者为佳，而不欲使之包藏在意象朦胧之中。这是一种超越了审美外观的内在真实。

宋诗之"尚意"，还表现在对人生的深刻体验，对于世界的睿智把握上。诗人对于宇宙、人生的这种把握、体验，并非停留在文字中的，而是融化着生命的。诗人通过审美意象，极为透彻地将其呈示出来。苏轼的《东栏梨花》："梨花淡白柳深青，柳絮飞时花满城。惆怅东栏一株雪，人生看得几清明？"诗人看见梨花如雪而悟人生须臾，对人生价值的体认与珍惜，都化作"人生看得几清明"一句，读之使人心弦震颤，创作主体的意向是

---

① 郭绍虞：《沧浪诗话校释》，人民文学出版社 1983 年版，第 148 页。

② （清）叶燮：《原诗·内篇》上，人民文学出版社 1979 年版，第 19 页。

极为显豁的，却又是从梨花的意象中自然生发出来的。俞樾在《湖楼笔谈》中称"此诗妙绝"。《唐宋诗醇》则评云："浓至之情，偶于所见发露，绝句中几与刘梦得争衡。"① 实际上都是看到了东坡对人生体验之深刻、亲切。再看东坡的《红梅》其一：

> 怕愁贪睡独开时，自恐冰客不入时。
> 故作小红桃杏色，尚余孤瘦雪霜姿。
> 寒心未肯随春态，酒晕无端上玉肌。
> 诗老不知梅格在，更看绿叶与青枝。

此写梅花，又不粘于梅花之形，可谓咏物之极品。诗人的胸襟、志向，都借对梅花的刻画，表现得那样透彻。正如纪昀所批："细意钩剔，却不入纤巧，中有寓托，不同刻画形似故也。"② 诗人的意向不是朦胧的，但又并非枯燥言理。而是在梅的意象中敞开诗人的胸臆。清人翁方纲评苏诗云："东坡《自岭外归次韵江晦叔诗》苕溪渔隐极赏其'浮云世事改，孤月此心明'，所谓语意高妙，吐露胸襟，无一毫窒碍也。"③ 这实际上不仅是这两句诗之妙处，也不仅是苏诗之妙处，而且也是宋诗中名篇佳什之妙处。

也许不是以意象写出，而是以单刀直入的方式劈空掼下，这种对诗意的表达更要靠着十分深厚的人生体验和十分警醒的文字，正是由于人生体验的深广，由于认识的透辟，看似直白的诗语方才有了不朽的生命力。"人生识字忧患始"（苏轼《石苍舒醉墨堂》）一句，凝聚了多少士大夫的坎坷与患难。"守者沮气陷者苦，尽由主将之所为，地机不见欲侥胜，羞辱中国堪伤悲！"（苏舜钦《庆州败》）这四句对骄慢无能边将的指斥，极为深刻，人木三分！这类文字虽然不是融合意象的，但其思想力度是足以震撼人心的。

宋人之"尚意"，还体现于理趣诗的大量出现。严羽批评宋诗"本朝人尚理而病于意兴"④ 是就一般情况而言，其实，宋诗中有很多还是以"意兴"写"理"的。所谓"理趣"，势必要以哲理之呈示为归趋，但又不是枯燥言理，而是以"趣"含"理"。宋人的理趣诗，的确是写得最多最好的。

---

① （清）乾隆御选：《唐宋诗醇》下卷，中国三峡出版社 1997 年版，第 723 页。
② （宋）苏轼：《苏轼黄州诗文评注》，华中师范大学出版社 1992 年版，第 85 页。
③ （清）翁方纲：《石洲诗话》卷 3，人民文学出版社 1981 年版，第 107 页。
④ 郭绍虞：《沧浪诗话校释》，人民文学出版社 1983 年版，第 148 页。

钱锺书先生对诗之理趣有透辟之见，他说：

> 理趣作用，亦不出举一反三。然所举者事物，所反者道理，寓意视言情定景不同。言情定景，欲说不尽者，如可言外隐涵；理趣则说易尽者，不使篇中显见。徒言情可以成诗；"去去莫复道，沉忧令人老"是也。惟一味说理，则于兴观群怨之旨，背道而驰，乃不泛说理，而关物态以明理；不空言道，而写器用之载道。拈形而下者，以明形而上；使寥廓无象者，托物以起兴，恍惚无朕者，著述而如见。……有形之外，无兆可求，不落迹象，难著文字；必须冥漠冲虚者为风云变态，缩虚入实，即小见大。具此手眼，方许诗中言理。①

钱先生这番话真乃是一篇极透辟的"理趣论"，揭示了理趣诗的审美特征。"缩虚入实，即小见大"，以有形明无形，这便是理趣诗必须具备的。单纯地言理，无趣可言，是不能称其为诗的。纯粹概念化的东西，不能构成审美对象也不可能使面对着它的主体构成审美态度。理趣包蕴的哲理是从意象中生发出来的。

谈到理趣诗，还是不能不以苏轼为巨擘。苏轼的理趣诗于感兴之间生发哲理，语意高妙，而毫无牵合之感，如著名的《题西林壁》："横看成岭侧成峰，远近高低各不同。不识庐山真面目，只缘身在此山中。"借庐山以发兴，指明身在其中，反不能认识事物的本来面目而以诗语出之，极为隽永。《施注苏诗》卷二十一引《华严经》云："于一尘中，大小刹种种差别如尘数，平坦高下各不同，佛悉往诣，各转法轮。"②王文诰的《苏文忠公诗编注集成》反驳这种牵合的注解，说："凡此种诗，皆一时性灵所发，若必胸有释典而后炉锤出之，则意味索然矣。《合注》、《施注》以《感通录》、《华严经》坐实之，诗皆化为糟粕，是谓顾注不顾诗。"③这个反驳是很道理的。理趣诗之妙决不在演绎理念，如邵雍《击壤集》中的那些"语录讲义之押韵者"。理趣诗之所以引人入胜、耐人寻味，就在于在当下的审美感兴中生发哲理，这恐怕是一种"顿悟"。然而，《施注》决非是无意义的，它给我们提供了理解苏诗的线索。同样是面对庐山，其他诗人为什么没有写出

---

①　钱锺书：《谈艺录》，中华书局1984年版，第228—229页。

②　转引自朱靖华《苏轼新评》，中国文学出版社1993年版，第46页。

③　（清）王文诰辑注：《苏轼诗集》卷23，中华书局1982年版，第1219页。

这样的妙诗呢？这就要看诗人的哲学修养与睿智程度了。《题西林壁》确乎是与苏轼的佛学根柢大有关系的，此诗可以说是颇具有禅意的。不过，诗人在写诗时并非是在演绎佛理，也不是以对庐山之观照来做佛理之注脚，而是在感兴之间融着哲理，这是个有血有肉、浑然一体的"胎儿"。

再如《惠崇春江晓景》其一："竹外桃花两三枝，春江水暖鸭先知。蒌蒿满地芦芽短，正是河豚欲上时。"本是题画，但却理趣十足。关键之处在于第二句，是最见哲理之妙的。这种哲理，并非是书本上的现成哲理，而是诗人对事物的独特体认；这种独特的体认深入事物腠理，又带着诗人的天才智性。关于"鸭先知"，清人毛奇龄、王士禛等人有一场争辩，我们且不必去深究。至于是否"鸭先知"，没有多大意思，关键是诗人透过一幅画所得的启示，他看问题时的独特角度，难道不是使读者受到一种智慧的感染吗？这是一种"物我合一"的体验感，也正是庄子的"鱼乐"境界。我们读着这诗，难道不会因了诗人的智慧之光而感到豁然开朗吗？另如《琴诗》、《饮湖上初晴后雨》（"水光潋滟晴方好"），都见出诗人的高度的智慧，使我们在审美愉悦中得到哲理的启悟。

朱熹很有一些诗作以理趣见长，在形象和意境中给人以生活哲理的启悟。朱诗没有"以文学为诗，以议论为诗"的毛病，它富于理趣而不堕于理窟，它启窦读者的灵府又不诉诸直白的议论，而是以洗练、明净的语言，创造出清美、空灵而又蕴含生机的境界，在这种境界中生发出人生的哲理。

朱子哲学中的一个基本命题是"理一分殊"。朱子认为，有一个统摄宇宙万物的根本之"理"（也称"太极"）。同时，万物又各自有"理"。作为宇宙万物本源的"理"，是终极不可分的，而为宇宙各自的"理"，也是圆满自足的。那么，宇宙之理与万物各自之理，究竟又是个什么关系呢？这便是"理一分殊"。朱熹从二程那里继承了这个意思，又发展完善了它，使之具有本体论的意义。《朱子语类》记载朱子之言："问理与气。（朱子）曰：伊川说得好，理一分殊。合天地万物而言，只是一个理。及在人，则又各自有一个理。"[1] 所谓"理一分殊"，就是一理摄万理，犹如天上之一月散而为江河湖海之万月；另一方面，万理归于一理，犹散在江湖河海的万月其本乃是天上的一月。这便是禅家常用的比喻："月印万川"。朱熹阐述"理一分殊"的道理是很清楚的。"本只一个太极，而万物各有秉受，又各有全具一

---

① 黎靖德编：《朱子语类》卷1，中华书局1986年版，第2页。

太极尔。如月在天，只一而已，及散在江湖，则随处可见"①，"一理摄万理"、"万理归一理"，这便是"理一分殊"命题的含意。

"理一分殊"在其诗歌创作中泛化为一种观照生活、触发诗思的艺术思维方式。朱诗在感性的意象中，升腾着理性的精灵，又总是给人一种澄澈透明感，朱熹诗集中有些富有理趣的篇什，用鲜明生动的审美意象来寓合"理一分殊"的哲理。如为人们所广泛传诵的《春日》诗："胜日寻芳泗水滨，无边光景一时新。等闲识得春风面，万紫千红总是春。"乍看起来，这不过是一首游春踏青之作，但实际上没有那么简单。倘若如此，便不会这样引人回味，脍炙人口了。诗人描绘了一幅色彩明丽的游春图，读之使人感到春光满眼，丝毫没有抽象说理的痕迹。然而，透过意象表层，另有深层蕴含所指。洙、泗之间，乃是当年孔子居住讲学之地。泗水寻芳，实则是求圣人之道。春天的生机，乃是"仁"的一种外现吧。孔子当年让他的弟子路、曾皙、冉有、公西华"各言其志"。曾皙（点）回答说："暮春者，春服既成。冠者五六人，童子六七人，浴乎沂，风乎舞雩，咏而归。"孔子闻之，极表赞赏，"喟然叹曰：吾与点也！"朱熹为这段话注释说："曾点之学，盖有以见天人欲尽处，天理流行，随处充满，无少欠阙。故其动静之际，从容如此。而其言志，则又不过即其所居之位，乐其日用之常，初无舍己为人之意。而其胸次悠然，直与天地万物上下同流，各得其所之妙，隐然自见于言外。"② 这个注释很可以帮助我们理解《春日》这首诗：在一些随机所遇的事物中都可以悟道。

再如《偶题》三首，也有着颇为耐人寻味的理趣。在大自然的生动摄写中，比较典型地反映诗人"理一分殊"的思想："门外青山翠紫堆，幅巾终日面崔嵬。只看云断成飞雨，不道云从底处来。""擘开苍峡吼奔雷，万斛飞泉涌出来。断梗枯槎无泊处，一川寒碧自萦回。""步随流水觅溪源，行到源头却惘然。始信真源行不到，倚筇随处弄潺湲。"这三首诗是一个有机的整体，它们所表达的意蕴是很丰厚的。诗人面对青山、白云、溪水，感慨于大自然的雄壮风姿，而在其中又悟出了很深的哲理。在第一首中，诗人首先写出了门外青山的崔嵬苍翠，使人置身于一个雄奇秀美的境界之中。同时，也呈现出一个面对大自然而凝神的思想者形象。他没有停留于对自然界云变雾幻的现象的观赏，而是探寻着白云所从来自的渊薮。第二首描写了苍

---

① 黎靖德编：《朱子语类》卷1，中华书局1986年版，第2409页。
② （宋）朱熹：《四书章句集注》，上海古籍出版社2001年版，第153页。

峡飞泉的雄壮气势。通过对飞泉的描写，诗人写出了大自然自身创造的伟力与倔强亢奋的生命感。第三首中，诗人不满足于观赏飞泉的壮观景象，而是要探访飞泉的"真源"所在。行到溪泉之外另有真源，而真源就地随处潺潺的溪泉本身。这里渗透着诗人的"理一分殊"思想。朱熹哲学中的"理"固然是天地万物之本源，但它并不外在于万物，而是就寓合在万物之中。万物各自有一理，这个理便是完满自足的，也是终极不可分的。万物之理便体现了宇宙之理。因此，对于理的体悟只能在万物之中，而并不在万物之外。诗中的"真源"，实际上正是理的象喻。真源即在随处潺潺的溪泉之中，这正是比喻理之遍在于万物之中。

宋诗的尚意与"理趣"，都与禅宗思想有着或隐或显的联系。"尚意"，实际上是宋代诗人们对自我内心世界的认同。诗人的主体意向在诗中较为显明，往往凌驾于客观物象之上，这是深受禅宗思想浸润的。禅宗倡言"万法唯心"，以心为万物之本体，"心生则种种法生，心灭则种种法灭"，"心外无法"，这些说法，都使宋代诗人更加重内心而轻外物。

"尚意"往往是要剥落意象，突出诗人的理性思考，所谓"皮毛落尽、精神独存"是也。这与禅家的"舍筏登岸"相通之处。禅家处处拈弄"相"，由此悟得佛理之"真谛"。正如《坛经》所说："无相者，于相而离相；……但离一切相，是无相；但能离相，性体清静，此是以无相为体。"①禅家是要超越"相"而悟"佛性"的。宋诗之"尚意"，是不知不觉地受了这种思想方法影响的。

在禅家看来，佛性的存在是普遍性的。不仅是"一切众生，悉有佛性"，而且"万类之中，个个是佛"。在后期禅宗的理论看来，禅便是无所不在了，因此禅宗的悟道是随机拈弄的，无论何物，都可以成为悟道的契机。这就使主体带着"泛神"的眼光看待世界。在寻常事物的描写中生发哲理，这是"理趣"诗的特点。

第五节　"活参"与诗法的超越

比起唐诗来，宋诗的句法显得更为灵活，构思也更为奇妙，往往给人以匪夷所思的新颖感，这主要是创作主体思维的拓展与构思方式的激活而带来的产物。这与禅宗所强调的"活参"有很密切的联系。

———————————

① 郭朋：《坛经校释》，中华书局 1983 年版，第 32 页。

禅宗在唐代，更多的是静观默照，以心传心的"默照禅"，从晚唐到宋代，禅宗内部众派纷呈，形成了"一花开五叶"的局面，各派均以机锋授徒，"参话头"十分盛行。"参话头"是徒弟对师傅的"话头"进行参究。这种参究不能以直线的逻辑思维方式进行，必须灵活对待，从中得到"顿悟"的机缘。而师傅回答徒弟提出的问题，也绝不是以正常的逻辑关系说话，表面上看来是答非所问，牛唇不对马嘴的。譬如"如何是祖师西来意"一个问题，和尚们可以随意回答。可以是"钵里盛饭"，可以是"庭前柏树子"，可以是"砖头瓦片"，也可以是"树带沧浪色，山横一抹青"，但就是不能做正面的、合乎逻辑的回答，因为那样，就算不得"禅"了。

因其如此，"参话头"决不能拘执于"话头"本身，而是顿悟言语之外的"禅机"。"迷人向文字中求，悟人向心而觉"①，必须摆脱开文字语言对悟道者的束缚，超越一切文字义解。所谓"不立文字"，也包含了这层意思。禅悟应该是"应机随照"，就当下情形而悟，而不能拘泥于字面，那便是"死于句下"了。普济《五灯会元》中"谷隐聪禅师法嗣"条有谷隐与金山昙颖对话："隐曰：'话不离窠臼，安能出盖缠？'师叹曰：'才涉唇吻，便落意思。尽是死门，终非活路。'"② 这便是"活参"。苏渊雷先生说："禅师当机煞活，首在不执著文字，句不停意，用不停机，眼前风景，世上波涛，信手拈来，俱成妙谛"③ "活参"对于宋诗创作的影响是广泛的。诗论中的"活法"，就是在"活参"的启发下提出来的。吕本中本人，便是深受禅学濡染的。"活法"在当时不只是一个理论命题，而且成为一种思潮，在很大程度上影响了宋诗的风貌。

在诗论范围内，除了吕本中提倡"活法"之外，"以禅论诗"的诗论家或诗人往往是从"活参"的角度来论述诗歌法度的激活与超越的。实际上，都属于"活法"的文学思潮范围之内。如南宋诗论家严羽说："须参活句，勿参死句"④，这是直接搬弄圆明禅师"但参活句，莫参死句"的话头来谈诗的创作。诗之"活句"，也是指创作达到"入神"之境，左右逢源，出神入化，严羽所说"及其透彻，则七纵八横，信手拈来，头头是道矣"⑤。

"参活句"在江西诗派诗论的自我蜕变中有很重要的作用，它强调的是

---

① 《大珠禅师语录》卷下，见道元《景德传灯录》卷28，成都古籍书店2000年，第601页。

② （宋）普济：《五灯会元》，中华书局1984年版，第719页。

③ 苏渊雷：《佛教与中国传统文化》，湖南教育出版社1988年版，第92页。

④ 郭绍虞：《沧浪诗话校释》，人民文学出版社1961年版，第124页。

⑤ 同上书，第131页。

既定的诗法的超越。宋人方丰之曾有诗云："舍人早定江西派，句法须将活处参。参取陵阳正法眼，寒花乘露落惨惨。"可见"活法"是江西派发展、转化的契机。江西派后期大师曾几也有诗云："学诗如学禅，慎勿参死句。"而曾几的弟子、南宋大诗人陆游也有诗云："我得茶山一转语，文章切忌参死句。"

在创作上，"活参"首先表现为句法的灵活性。诗人突破原有的句法范式，使诗作在语言形式上便给人以"陌生化"的审美效应。这一点，以黄庭坚较为典型。山谷诗往往有意打破句法窠臼，另造生新之句法。如"心犹未死杯中物，春不能朱镜里颜"（《次韵柳通叟寄王文通》），将不及物的动词、形容词带上宾语，显得生新奇拗。又如"酌君以蒲城桑落之酒，泛君以湘累秋菊之英，赠君以黔川点漆之墨，送君以阳关堕泪之声。酒浇胸中之垒块，菊制短世之颓龄。墨以传千古文章之印，歌以写一家兄弟之情"（《送王郎》）。句法之奇特，更是前所未有。这类例子在山谷诗中是寻常可见的。

"活参"还表现为诗人之以"感兴"取材及其诗境的灵动性。这方面以杨万里为擅场。杨万里作诗以"活法"声称于世，也就是"参活句"。他本人是有意地以禅家的"透脱"精神来创作诗歌的，而且是在大自然中触发诗思灵感，以形成一种独特的诗风的。杨万里在诗中写道："学诗须透脱，信手自孤高。衣钵无千古，丘山只一毛。"（《和李天麟二首》其一）葛天民评诚斋诗说："参禅学诗无两法，死蛇解弄活泼泼。"（《南宋群贤小集·葛无怀小集》）南宋后期诗人刘克庄也说："后来诚斋出，真得所谓活法，所谓流转圆美如弹丸者，恨紫微公（吕本中）不及见耳。"[①]

诚斋诗善于在大自然及现实生活中直接汲取诗思，正确地说，是触发诗思。这是诚斋"活法"的一个重要方面。他先是学习江西诗法，后来"忽若有悟"，于是辞谢唐人及王、陈、江西诸君子，其"悟"的结果便是"师造化"。诗人序《荆溪集》述自己彻悟诗道之后，"自此，每过午，吏散庭空，即携一便面，步后园，登古城，采撷杞菊，攀翻花竹，万象毕来，献予诗材，盖麾之不去，前者未雠，而后者已迫，涣然未觉作诗之难也"。诗人以自己的诗情感受大自然，大自然在诗人的审美观照中无不蕴含着灵性，勃发着诗意。"山思江情不负伊，雨姿晴态总成奇。闭门觅句非诗法，只是征

---

① （宋）刘克庄：《江西诗派序》，见傅云龙、吴可主编《唐宋明清文集》第1辑《宋人文集》卷4，天津古籍出版社2000年版，第2508页。

行自有诗"（《下横山滩望金华山》）。在山程水驿中，无往而非诗。这是一种触处生春的随机性审美创造，这与禅家悟道的随感性有同构关系。诚斋诗多是在大自然的召唤下偶然触发的。"诗如得句偶然来"（《宿兰溪水驿前》），这正可说明诚斋诗的构思方式。"诗人长怨没诗材，天遣斜风细雨来。"（《瓦店雨作》）"何须名苑看春风，一路山花不负侬。"（《明发石馆晨炊蔼风冈》）"红尘不解送诗来，身在烟波句自佳。"（《再登垂虹亭》）"一搭山村一搭奇，不堪风物索新诗。"（《山村》）这些诗句，都说明了诚斋诗与大自然的亲缘关系。

　　"活参"在诚斋里还表现为诗境的灵动性。诚斋诗极善于捕捉事物的瞬间变幻，把事物在某一顷刻的特定情景摄入诗中，犹如现代摄影中的"抢镜头"。如"油窗著雨无不湿，东风忽转西风急"（《晓经藩蓊》），"春风略不扶人醉，月到梅花最末梢"（《晚饮》），"雾皆成点无非雨，日出多时未脱云"（《过湖骆坑》）等诗句，都是将自然景物变化中的一个"顷刻"，定格在诗中，孕育着变化的动势。诚斋还善于写事物的动态，创造出飞动的意象。如写舟中看山："上得船来恰对山，一山顷刻变多般。初堆翠被百千折，忽拔青瑶三两竿。夹岸儿童天上立，数村楼阁电中看。平生快意何曾梦，老向阊门下急滩。"（《阊门外登溪船》）写舟行之速："好风稳送五湖船，万顷银涛半霎间。"（《已至湖尾望见西山》）写淮水波浪："清平如席是淮流，风起雷奔怒不休。一浪飞来惊破胆，早知只要打船头。"（《雨作抵暮复晴》）写山之动态："五湖起波众山动，一片月明千里愁。"（《月夜阻风泊舟太湖石塘南头》）这些诗句，都摄写了飞动的意象。钱锺书先生说："放翁善写景，而诚斋擅写生。放翁如画图之工笔，诚斋则如摄影之快镜，兔起鹘落，鸢飞鱼跃，稍纵即逝及其未逝，转瞬即改而当其未改，眼明手疾，踪矢蹑风，此诚斋之所独也。"[1] 这段话很能道出诚斋诗的特征。

　　在宋诗的一些主要的特征中，表现出禅的痕迹与影响，较之唐诗，似乎更加广泛和深刻。宋诗中有些篇什带有明显的"禅味"，如"俯窥怜净绿，小立伫幽香"（王安石《岁晚》），"万籁寂中生，乃见风雨至"（黄庭坚《次韵答斌老病起独游东园二首》其二）。但这不是最重要的，根本的影响还在于"尚意"、"理趣"、"活法"这样几个在艺术思维层面上的特质。

---

　　① 钱锺书：《谈艺录》，中华书局1984年版，第118页。

第七章　以禅喻诗的《沧浪诗话》

第一节　方法论意义：以禅喻诗

在本书的论述中，是难以回避《沧浪诗话》的。之所以难以回避，关键在于它的"以禅喻诗"。"以禅喻诗"在《沧浪诗话》中究竟是以何种方式阐述的？究竟是起着积极的作用还是消极的作用？这些都是本书应该回答的问题。

"以禅喻诗"，不是孤立的文论现象，而是有着广泛基础的。宋代诗人、诗论家借参禅来谈诗的大有人在。前面举过的吴可、龚相的《学诗诗》以及韩驹的《赠赵伯鱼》诗都是"以禅喻诗"的典型例子。苏轼以参禅比拟对诗作审美鉴赏，"暂借好诗消永夜，每逢佳处辄参禅"（《夜直玉堂携李之仪端叔诗百余首读至夜半书其后》）。南宋赵蕃也有论诗绝句三首："学诗浑似学参禅，识取初年与暮年。巧匠曷能雕朽木，燎原宁复死灰燃"，"学诗浑似学参禅，要保心传与耳传。秋菊春兰宁易地，清风明月本同天"，"学诗浑似学参禅，束缚宁论句与联。四海九州何历历，千秋万岁孰传传"。从这些诗篇中可以看到"以禅喻诗"在宋代是一种并不罕见的论诗方法，这与当时士大夫们的禅悦之风是有密切联系的。但是，一般的"以禅喻诗"还没有上升为系统的理论。南宋严羽集"以禅喻诗"之大成，并以明确的理论意识使用这种方法。在《诗辨》篇中，严羽宣称"故予不自量度，辄定诗之宗旨，且借禅以为喻，推原汉魏以来，而截然谓当以盛唐为法。虽获罪于世之君子，不辞也。"[1] 作者在这里明确地提示出自己论诗的方法。在《答吴景仙书》中，他又直接表明自己的论诗方法曰："以禅喻诗，莫此亲切。"可见，严羽是在高度自觉的前提下运用"以禅喻诗"的方法的。

之所以严羽集"以禅喻诗"之大成，在于他有意识地借禅学范畴，以

---

[1]　郭绍虞：《沧浪诗话校释》，人民文学出版社 1961 年版，第 27 页。

建立自己的诗学思想体系。尽管在他借用禅的术语时发生了一些舛误，因而授人以口实，但他建构自己诗学体系的目的基本是实现了。

"以禅喻诗"的系统性，主要表现在《诗辨》篇中。如第四节云：

> 禅家者流，乘有大小，宗有南北，道有邪正；学者须从最上乘，具正法眼，悟第一义。若小乘禅，声闻辟支果，皆非正也。论诗如论禅，汉魏晋与盛唐之诗，则第一义也。大历以还之诗，则小乘禅也，已落第二义矣。晚唐之诗，则声闻辟支果也。学汉魏晋与盛唐诗者，临济下也。学大历以还之诗，曹洞下也。[①]

这段文字是集中在"以禅为诗"的，有很多自相矛盾之处，显示出严羽在禅学修养上的粗疏。比如"禅家者流，乘有大小，宗有南北"，逻辑关系就很混乱。佛教分大小乘，而非禅分大小乘，禅宗只是大乘佛教中的一个支派。而南北宗又是禅宗内部的分支。佛与禅，在这里是混淆的。即便如宋代禅宗盛行，其他宗派相对沉寂，严羽以禅代佛是可以理解的，但大小乘和南北宗的混淆则是无法回护的。"若小乘禅，声闻辟支果，皆非正也"一句，同样也存着逻辑错误。"小乘禅"，严羽的意思是说小乘佛教，而声闻果、辟支果，都是小乘佛教修行所达到的果位，又如何能与"小乘"并列而论呢？严羽把汉魏晋盛唐之诗称为"第一义"，即指"究竟之真理"，是佛教的"终极真理"。称"大历以还之诗，则小乘禅，已落第二义矣，晚唐之诗，则声闻辟支果也"，同样把声闻辟支果与小乘分开，而严羽的原意是说它在"小乘禅"之下，这同样是很荒唐的。又云："学汉魏晋与盛唐诗者，临济下也，学大历以还之诗者，曹洞下也"，也是错用了禅家名词的。"临济宗"与"曹洞宗"均为禅宗内部宗派，宗旨相同，宗风有异，而决无如此悬殊之优劣。严羽的原意是要崇尚盛唐之诗而贬斥大历以还之诗的，其比喻非伦，是显而易见的。

清人冯班对严羽的《沧浪诗话》攻讦最烈，著《严氏纠谬》，多所指摘。这里不妨选录其中对《诗话》这部分的批评：

> 纠曰：乘有大小，是也。声闻辟支，则是小乘。今云大历以还是小乘，晚唐是声闻辟支，则小乘之下别有权乘，所未闻一也。初祖达摩自

---

① 郭绍虞：《沧浪诗话校释》，人民文学出版社1961年版，第11页。

西域来震旦，传至五祖忍禅师，下分二枝：南为能禅师，是为六祖，下分五宗；北为秀禅师，其徒自立为六祖，七祖普济以后无闻焉。沧浪虽云宗有南北，详见下文，都不指喻何事，却云临济曹三同。按临济元禅师，曹山寂禅师，洞山价禅师三人并出南宗，岂沧浪误以二宗为南北乎？所未闻二也。临济曹洞，机用不同，俱是最上一乘。今沧浪云："大历以还之诗，小乘禅也"，又云"学大历以还之诗，曹洞下也"，则以曹洞为小乘矣。所未闻三也。凡喻者，以彼喻此也。彼物先了然于胸中，然后此物可得而喻。沧浪之言禅，不惟未经参学南北宗派大小三乘，此最是易知者，尚倒谬如此，引以为喻，自谓亲切，不已妄乎？①

冯班的指责是相当有力的。倘起严羽于泉下，严羽也会瞠目结舌，无言以对。《沧浪诗话》的禅学知识尽管有这些漏洞与矛盾，但是严羽借助于禅师而建构的诗学思想体系，确是自成一家，甚至是"前无古人"的。严羽"以禅喻诗"的目的，决不在于谈禅论道，而是用"禅道妙悟"来比喻"诗道妙悟"说明诗歌创作的内在规律与本质特征。这里表现出严羽力求使其摆脱作为儒学婢女地位、弘扬其审美特征的勇气。仅仅纠缠于严羽使用禅学术语的一些舛误，而看不到严羽对于诗学理论的卓越贡献，是不公正的。

要认识"以禅喻诗"的方法论意义，就要弄清这样一些问题：禅在何种意义上可以比喻诗的艺术特征？它们之间有何相通之处？

儒家诗学的着眼点在于社会人生，先秦儒家的诗学，都是为着政治的、社会的、伦理的目的。后期儒家诗学的发展一直是沿着这条轨道的。"文以载道"、"文以明道"之说，就是最典型的命题。白居易的"文章合为时而著，歌诗合为事而作"的口号，就明确揭示了儒家诗学这种浓厚的外在目的性。诗歌创作的目的与功能，在儒家看来，绝不是在于审美，绝不是在于艺术，而是为了"载道"，或者是为了裨益于社会政治。那么，对于诗歌的自身规律、内在特征以及思维特质等问题的忽略、欠缺，也就带有某种必然性了。

严羽洞悉儒家诗教的缺欠，同时，他朦胧地认识到了诗歌的内在审美特征以及思维上的特殊之处。在当时唯有禅学能为他提供一种思想工具。禅不依恋、不迷信于外在的神灵与权威，禅是心灵的超越，禅是最具有心理学色彩的。"明心见性"，"直指人心"，都说明了心在禅学中的突出地位。陆王

---

① 郭绍虞：《沧浪诗话校释》，人民文学出版社1961年版，第284页。

心学没有禅学的滋育是不可能形成其理论体系的。禅的核心在于"悟"，而"悟"正是一种心理过程，也可以说是一种思维方式。在禅宗看来，心之迷即是众生，心之悟就是佛。佛不在别处，就在于人的内心。禅的本意就是："思维修"、"静虑"，都是心的修行。早在刘宋时期的宗炳就曾指责儒者"中国君子明于礼义而暗于知人心"①，可以说是深中儒学之弊的。

诗歌的内在特征是什么？当然不在于韵律、格式乃至句法等因素，这些也是重要的，但未必是根本的。最根本的内在特征，在于诗人心灵中所孕化的审美意象，真正属于诗的审美意象。严羽论诗，正是深入到这个层次。他的"以禅喻诗"，意义上也就在这里——他用禅的思维特征，比拟出了诗歌的思维特征。"夫诗有别材，非关书也；诗有别趣，非关理也。然非多读书，多穷理，则不能极其至。所谓不涉理路，不落言筌者，上也。"② 这段话在理解上分歧颇大，聚讼纷纭，实际上也未尝不可以"单刀直入"地给予明快的解释。

首先是诗的审美意象的非逻辑思维方式。这是诗禅相通的一个主要之点。"诗有别材，非关书也"，是说诗由特殊的材质构成，而非由书本知识堆砌而成，这种"别材"，就是审美意象。"诗有别趣，非关理也"，"别趣"，即诗的审美兴趣，诗歌创作是用文字符号创造出审美意象来表现诗人的情感，好诗是用审美意象构成一个浑融完整的审美境界。从整体结构上看，一首诗决不应是逻辑的论证、概念的运演。非逻辑思维同样是"禅家妙悟"的基本特征。禅宗教义强调"直指人心，不立文字"，就是要求众生以独特的、不可言喻的个性体验，返照自身的"佛性"。而名言概念只能表明一般性的东西，而难以传达个体感受，列宁曾说："感受表明实在，思维和词表明一般的东西。"③ 这句话深刻揭示了普遍概括性和个体实在性的关系。禅宗"不立文字"，正是强调个体体验，难以用普遍概括的名言概念来表现。"不涉理路"，是说诗在整体上不取逻辑的思维方式；"不落言筌"，并非是说不要语言文字，而是说用文字创造出特殊的艺术符号，使读者产生超越文字表层意义的审美意象。司空图所说"不着一字，尽得风流"，这不是说没有一个字，而是说语言十分凝练，却有十分丰富的言外之意。

---

① （南朝·宋）宗炳：《明佛论》，见石峻等《中国佛教思想资料选编》第 1 卷，中华书局 1981 年版，第 228 页。

② 郭绍虞：《沧浪诗话校释》，人民文学出版社 1961 年版，第 26 页。

③ ［苏联］列宁：《哲学笔记》，中共中央马克思、恩格斯、列宁、斯大林著作编译局译，人民出版社 1956 年版，第 303 页。

　　不以逻辑思辨为思维方式，并不等于是"非理性"的。严羽大概意识到"非关理也"这话说得过于独断，因为他没有全然排除理性的意思，而是认为在诗的审美意象中是沉积着理性因素的，于是，他又补充说："然非多读书，多穷理，则不能极其至"。

　　多有论者据"不涉理路"，认定严羽主张非理性的直觉，这实在是冤枉的。严羽有关诗的创作论确实是主张直觉的，但却与理性并非不相容，而是相融互济的，如果把直觉一定要理解为是排斥理性的，如克罗齐，那其实是很偏执的。直觉可以包容理性、沉积理性。苏珊·朗格就认为直觉与理性不是对立的，而是互相联系的，直觉不同于推理，不借助于概念，却又包含着情感、想象和理解。直觉中是包含着理性的（可参看《情感与形式》）。对于严羽的《诗辨》，应该从这个角度去理解。事实上，严羽没有排斥理性因素。他认为诗的创作，首先应是由审美直觉创造出审美意象，而这审美意象包容着沉积着理性的思考与洞察。

　　严羽《沧浪诗话》的核心范畴在于"妙悟"，诗与禅的联结点也在此。

第二节　"妙悟"说的审美内涵

　　"妙悟"说是严羽诗学思想的核心范畴。《沧浪诗话·诗辨》云："大抵禅道惟在妙悟，诗道亦在妙悟，且孟襄阳学力下韩退之远甚，而其诗独出退之之上者，一味妙悟而已。惟悟乃为当行，乃为本色。"[①]　"当行"、"本色"，就是指诗的本体特征，也就是诗歌区别于其他文体的特质。严羽是把"妙悟"作为"以禅喻诗"的基本点的，这是"诗道"与"禅道"的共同特质，是诗与禅相通的桥梁。不仅是严羽，其他诗论家在"以禅喻诗"时，也都把关键点落在"悟"上。如吴可说："凡作诗如参禅，须有悟门。"[②]范温也有相近的意思："识文章者，当如禅家有悟门。夫法门百千差别，要须自一转语悟入。如古人文章，直须先悟得一处，乃可通其他妙处。"[③]范温所说"文章"，实际上是指诗。《潜溪诗眼》，全书都是谈诗的，这一节是专论柳子厚诗的，不过吴可是从创作角度说"悟"，范温则是从鉴赏角度来

---

　　①　郭绍虞：《沧浪诗话校释》，人民文学出版社 1961 年版，第 12 页。

　　②　（宋）吴可《藏海诗话》，见（清）丁福保《历代诗话续编》，中华书局 1983 年版，第 340 页。

　　③　（宋）范温：《潜溪诗眼》，武汉大学中文系古代文学理论研究室《历代诗话词话选》，武汉大学出版社 1984 年版，第 83 页。

谈的。那些"以禅喻诗"的论诗诗，大都也是把"悟"作为"学诗"与"参禅"相比拟的关键的。王镃《题友人诗集》云："学诗玄妙似参禅，又似凡人去学仙。吟得悟时皮骨换，一天风露响灵蝉。"戴复古《论诗十绝》其七云："欲参诗律似参禅，妙趣不由文字传。个里稍关心有悟，发为言句自超然。"这类例子是很多的，说明了"悟"在诗禅关系中的重要性。

"悟"是佛学的基本概念之一，在禅宗的教义中，更是核心问题。禅宗典籍反复申说的便是对自性蕴含的"真如佛性"的顿悟。"悟"的基本含义是指，在佛教实践的修习过程中，通过主观内省，对于佛教"真谛"的彻底体认与把握，与真如佛性契合为一。在禅宗又特指众生自性中潜含的佛性，通过内省工夫，得以顿然间的显发与实现。

禅宗大倡"顿悟成佛"之说，前文已有论列。从悟的思维形式来看，是直觉观照而非逻辑思辨。佛学术语也称悟为"极照"、"湛然常照"等，是一种观照性体认。禅宗摒弃名言概念的作用，"以心传心，不立文字"是禅家立派最响亮的口号。禅宗典籍这样阐述"悟"的性质——"此法惟内所证，非文字语言而能表达，超越一切语言境界"[①]，"自用智慧观照，不假文字"[②]，旨在说明"悟"不以名言概念为思维工具，不以逻辑推理为构架，而是一种直觉体验。

然而，名言概念是否对"悟"毫无作用可言呢？这是个值得提出的问题。我认为，在"悟"的"闪光"瞬间，固然没有名言概念横亘于其中，而在它的引发过程，名言概念起着重要媒介作用。对它的忽略，则导致对严羽"妙悟"说的片面理解，如果平素对佛教教义一无所知，对于佛学观念毫无濡染，对于佛学经典一窍不通，却在某一个早上忽然悟得佛学"真谛"，这是难以想象的。"顿悟"说的早期倡导者、南朝高僧竺道生曾谈到名言与悟道的关系："夫未见理时，必须言津。即见乎理，何用言为！其犹筌蹄以求鱼兔，鱼兔即获，筌蹄何施？"[③] 道生的意思是说，在没有体悟到佛教的"真谛"之前名言概念是津梁，是媒介物。这个媒介物不是可有可无，而是必需的；而一旦得悟，名言概念又必须抛开，不能参杂于其间。用佛教的话头来说，就是"舍筏登岸"，南北朝时人刘昼谈到与道之关系时

---

①《荷泽神会禅师语录》，见葛兆光《禅宗与中国文化》，里仁书局1987年版，第169页。

② 郭朋：《坛经校释》，中华书局1983年版，第54页。

③（晋）竺道生：《法华注》，转引自汤用彤《汉魏两晋南北朝佛教史》，北京大学1997年版，第469页。

说："至道无言，非立言无以明其理。大象无形，非立象无以测其奥。道象之妙，非言不退。津言之妙，非学不传。"① 刘子与道生立论角度不同，但都认为名言概念与"至道"（在佛教是"真谛"）并非截然对立的关系。名言概念不仅不是悟道的障碍，而且是必要的媒介、津梁，但又应注意，这种媒介作用只发生于"悟"的引发阶段，而在瞬间"闪光"阶段则是直觉观照。

"悟"不仅指把握"终极真理"的直觉体验过程，同时，也往往指主体与终极真理融为一体时"大彻大悟"的境界。道生说："悟则众迷斯灭。"②谢灵运说："至夫一悟，万滞同尽耳。"③ 神会禅师的描述更为明确："豁然晓悟，自见法性本来空寂，慧利明了，通达无碍。证此之时，万缘俱绝，恒沙妄念，一时顿尽。"④ 这里的"悟"，都不是指体认真理的过程，而分明是形容"悟"之后的境界。在"禅道"中，"悟"不仅指体认佛教终极真理的过程，同时也指证得这种"终极真理"的瞬刻永恒、万物一体的最高境界。

对于严羽"妙悟"说的理论内涵，人们提出了不同的解释。

一种意见认为，严羽所说的"妙悟"，主要是指诗歌创作过程中的灵感状态，如周来祥、叶秀山先生早年写的文章说："妙悟"就是指诗歌（艺术）认识现实的特殊思维过程中的重要的一环，相当于我们平常所说的灵感。⑤ 吴调公先生认为"妙悟"可以从创作和鉴赏两个方面来认识，指创作而言，则偏于灵感。⑥ 皮朝纲先生从审美心理角度谈到，"妙悟"就是我们通常所说的审美直觉、灵感。⑦

与认为"妙悟"为"顿悟"的主张形成比照的另一种观点，则不同意将"妙悟"解作灵感，而认为"妙悟"即学，是逐渐领悟诗歌的艺术特征，敏泽先生曾直截了当地说："悟"、"妙悟"，实际上也就是"学"。王文生先生认为"悟"或"妙悟"，不是指某一次创作过程中来不可遏、去不可止

---

① （北齐）刘昼：《刘子新论·崇学》，见王重民原编，黄永武新编《敦煌古籍叙录新编》第9册，新文丰出版公司1986年版，第309页。

② 《首楞严注序》，见石峻等《中国佛教思想资料选编》，弥勒出版社1982年版，第212页。

③ 《辨宗论》，见石峻等《中国佛教思想资料选编》，弥勒出版社1982年版，第222页。

④ 《荷泽神会禅师语录》，见石峻等《中国佛教思想资料选编》第2卷第4册，中华书局1983年版，第94页。

⑤ 见王达津《论〈沧浪诗话〉》，《北京大学学报》1969年第3期。

⑥ 吴调公：《别才与别趣》，见《江海学刊》1962年第9期。

⑦ 皮朝纲：《严羽审美理论三题》，见《四川师院学报》1981年第4期。

的创作冲动或灵感，而是指作家通过艺术实践掌握了诗歌艺术特点以后那种一通百通的自由。胡明先生认为，把"悟"解作灵感，不当。灵感是未然而然，"悟"则是依其然而求其所以然。①

在我看来，严羽的"妙悟"，不能单纯地解为"顿悟"或灵感，也不仅是渐学。作为一个足以代表严羽诗学思想特征的核心范畴，它的内涵是较为丰富的。细绎《沧浪诗话》，严羽的"诗道妙悟"说，同样也包括了由学诗到创作以及成诗后的境界这样一个诗学的整体历程。

严羽明确表达了他的方法论特征是"以禅喻诗"，我们不能放着这柄钥匙不用而去砸门。尽管严羽在使用禅学术语上有混乱讹误之处，但他抓住了诗禅相通的根本点"妙悟"。严羽的"以禅喻诗"之所以获得成功、之所以产生很大影响，也正在于"妙悟"说。正是在总结了人们把"悟"作为"以禅喻诗"的关键点这个理论现象基础上，严羽带着明确的理论意识，以"妙悟"为核心，建构了他的诗学思想体系，而"妙悟"是从佛教哲学中借用来的，那么，解析"妙悟"的内涵，从佛学中"悟"的含意入手，不失为一条很可靠的途径。上文对"悟"的阐释，也正是寻求这样一条途径的尝试。

严羽在《沧浪诗话》中提出的"妙悟"说，其内涵不是单一的，而是一个内蕴丰富而又彼此密切相关的有机整体。如同郭绍虞先生所指出的，它至少包括两个层面，一是"第一义之悟"（即"悟第一义"），另一个是"透彻之悟"。前者是学诗的正确途径，后者是循此途径所要达到的目标——优秀诗作的审美境界。

先看"第一义之悟"。

在《诗辨》篇里，严羽主张"学者须从最上乘，具正法眼，悟第一义"②。所谓"第一义"即"第一义谛"，也就是"真谛"，佛教的至上之理。严羽以"第一义"比喻最上乘的诗歌。他说："论诗如论禅：汉魏晋与盛唐之诗，则第一义也；大历以还之诗，则小乘禅也，已落第二义矣。"③严羽在诗学领域里主张的"悟第一义"，就是取法最上乘的诗作，作为自己的学习目标。实际上，《诗辨》的第一节，最为完整、全面地表述了"悟第一义"的主张的：

---

① 胡明：《〈沧浪诗话·诗辨〉辨》，《文学评论丛刊》第16辑。
② 郭绍虞：《沧浪诗话校释》，人民文学出版社1961年版，第11页。
③ 同上。

夫学诗者以识为主：入门须正，立志须高；以汉魏晋盛唐为师，不作开元天宝以下人物。若自退屈，即有下劣诗魔入其肺腑之间；由立志之不高也。行有未至，可加工力；路头一差，愈骛愈远；由入门之不正也。故曰，学其上，仅得其中；学其中，斯为下矣，又曰，见过于师，仅堪传授；见与师齐，减师半德也。工夫须从上做下，不可从下做上。先须熟读楚词，朝夕讽咏以为之本；及读古诗十九首，乐府四篇，李陵苏武汉魏五言皆须熟读，即以李杜二集枕藉观之，如今人之治经，然后博取盛唐名家，酝酿胸中，久之自然悟入。虽学之不至，亦不失正路。此乃是从顶领上做来，谓之向上一路，谓之直捷根源，谓之顿门，谓之单刀直入也。[①]

可以说，这段话里包含了"第一义之悟"（"悟第一义"）的全部含义。归而言之，也即是"入门须正，立志须高"，取法最上乘的诗作，以逐渐把握诗的艺术特征。具体说也就是"以汉魏晋盛唐为师"。这其中"熟读"的对象，如楚辞、古诗十九首等，都是属于"第一义"范围内的。

不难看出，"第一义之悟"是指的学诗者应循的途径，严羽主张师承、取法境界最高的诗作，以逐渐领悟诗歌的艺术特征。然而，这种"悟"究竟是怎样的一种方式呢？是知性分析，还是直觉涵咏呢？答案应该是后者。学诗者的"悟"，从"熟读"入手，"朝夕讽咏"，"枕藉观之"，都是一种品鉴玩味，是审美体验，而非知识分析。"酝酿胸中，久之自然悟入"，是在烂熟于胸之后得到的升华，豁然贯通地领悟了诗的艺术特征。这是一种"轮扁斫轮"式的体验，而非概念的把握。但是这种"悟入"，首先是对诗意的了解，在这个层面上，理性因素是起很重要的作用的。在对诗的审美韵味的品鉴之前，首先要全面了解诗意，这是要靠理性导入的，在此基础上，才能进入对诗歌韵味、意境的品鉴、赏玩，这是一个由理性而入于直觉的过程。

作为"妙悟"说一个层面，"第一义之悟"主要是指学诗者在长期的艺术陶养过程中，不断取法、参悟最上乘的艺术佳品，在涵咏中逐渐领悟诗歌的独特艺术规律。

次说"透彻之悟"。

"妙悟"说的另一个主要层面就是"透彻之悟"。它的内涵很丰富，但

---

①　郭绍虞：《沧浪诗话校释》，人民文学出版社 1961 年版，第 1 页。

主要是指那种优秀诗作所应具有的浑融圆整的审美境界。

　　还是要看严羽本人有关"透彻之悟"的说法。严羽说："然悟有浅深，有分限，有透彻之悟，有但得一知半解之悟。汉魏尚矣，不假悟也。谢灵运至盛唐诸公，透彻之悟也；他虽有悟者，皆非第一义也。……诗者，吟咏情性也。盛唐诸人惟在兴趣，羚羊挂角，无迹可求。故其妙处透彻玲珑，不可凑泊，如空中之音，相中之色，水中之月，镜中之象，言有尽而意无穷。"①很明显，严羽是把"透彻之悟"作为诗中最高境界的。"分限之悟"、"一知半解之悟"、"透彻之悟"，三者相比，其中的褒贬轩轾是再明显不过了。他举"谢灵运至盛唐诸公"为"透彻之悟"的例子。严羽对谢灵运十分钦佩，曾说："谢灵运之诗，无一篇不佳"②，说得够绝对的了；对"盛唐诸公"，严羽更是推崇备至，整部《沧浪诗话》的论诗标准，就是"以盛唐为法"。"透彻之悟"是严羽的最高的美学标准。

　　对于"盛唐诸人惟在兴趣"这段话，该做如何理解、如何认识，也是很值得探究的。很多论者都从风格学的角度加以阐释。一般都认为严羽是极度推尊王、孟一派淡远空灵的风格的。如清人许印芳在跋语中所说："严氏虽知以识为主，犹病识量不足，辟见未化，名为学盛唐，准李杜，实则偏嗜王孟冲淡空灵一派，故论诗惟在兴趣，于古人通讽谕、尽忠孝、因美刺、寓劝惩之本义，全不理会，并举文学、才学、议论而空之。"③许氏的批评或许有一定道理，但其出发点没有超出儒家教化说诗论的范围，且有很大误解。说严羽"偏嗜王孟"这就是很缺乏依据的。严羽最为推崇的是李杜而非王孟，这在《诗话》中是言之凿凿的。严羽在《诗辨》、《诗评》中是盛称李杜的有十余处，而于王维一言未及，对孟浩然也只是在与韩愈的比较中加以称赞，严羽是把李杜作为盛唐诗歌的最高峰加以评价的，盛唐是严羽论诗的取法标准，因而李杜之诗在严羽诗论中是作为最高标准来看待的。在《诗辨》中，严羽说"李杜二集要枕藉观之"，在《诗辨》中又多处盛称李杜之诗，并且严羽对李杜诗作了精彩的分析。如说："子美不能为太白之飘逸，太白不能为子美之沉郁。太白《梦游天姥吟留别》、《远别离》等，子美不能道；子美《北征》、《兵车行》、《垂老别》等，太白不能作。论诗以

---

① 郭绍虞：《沧浪诗话校释》，人民文学出版社 1961 年版，第 26 页。

② 同上书，第 153 页。

③ 陈定玉辑校：《严羽集》，中州古籍出版社 1997 年版，第 442 页。

李杜为准，挟天子以令诸侯也"①、"李杜数公，如金鸡擘海，香象渡河，下视郊岛辈，直虫吟草间耳"②；"少陵诗法如孙吴，太白诗法如李广。少陵如节制之师"③；"少陵诗，宪章汉魏，而取材于六朝；至其自得之妙，则前辈所谓集大成者也"④。严羽对李杜之诗评价之高，是"蔑以加矣"的。硬说严羽名推李杜，实崇王孟，未免根据不足。

　　问题在于"盛唐诸人惟在兴趣"这一段。论者往往以为"镜花水月"之喻。"言有尽而意无穷"之谈，是偏嗜于王、孟家数。实际上未免有些误解严夫子了，在我看来，严羽并不是在描述哪一家、哪一派的风格、家数，这是在标举、呈示好诗所应具有的审美境界。换言之，如果从中国古典诗歌意境论的角度来透视《沧浪诗话》，会产生新的认识。

　　严氏所标举的就是"透彻之悟"的审美境界。这种境界首要特点在于它是浑融圆整、毫无缀合痕迹的。一首诗由许多词句构成，创造出若干个意象，但每首诗作为基本的艺术单元，应该形成一个完整的审美境界，这个审美境界中的各个意象之间，应该是一个有机的整体，浑融圆整，没有缀合的痕迹。"羚羊挂角，无迹可求。"故其妙处透彻玲珑，不可凑泊。正是说的此意。"羚羊挂角"，是禅宗语录中常用的比喻，用以说明佛理有待于"妙悟"，而不能寻章摘句。《景德传灯录》卷17，道膺禅师说："如好猎狗，只解寻得有踪迹底；忽遇羚羊挂角，莫道踪迹，气亦不识。"⑤《五灯会元》卷7"雪峰义存禅师"条云："师谓众曰：吾若东道西道，汝则寻言逐句；吾若羚羊挂角，汝向什么处扪摸。"⑥ 禅宗主张超越名言概念，"寻言逐句"，是禅家所不屑于为的。而"羚羊挂角"，则是"言语道绝"，返照自心的禅悟方式。前面谈过禅悟的对象应是整一不可分的，严羽也正是以禅悟对象的整一性，来比喻好诗审美意境之浑融完整，没有雕琢、缀合痕迹。所谓"凑泊"，也是禅家话头，意思是聚合、聚结。《续传灯录》中"湛堂智深禅师"条云："盖为地水火风，因缘和合，暂时凑泊，不可错认为已有。"⑦ 佛学认为现象界都是由缘起生成，临时聚合（凑泊），无有自性，因而是虚幻

---

① 郭绍虞：《沧浪诗话校释》，人民文学出版社1961年版，第169页。
② 同上书，第177页。
③ 同上书，第170页。
④ 同上书，第171页。
⑤ （宋）道元：《景德传灯录》卷17，成都古籍书店2000版，第324页。
⑥ （宋）普济：《五灯会元》，中华书局1984年版，第385—386页。
⑦ （明）居顶：《续传灯录》，见《永乐北藏》整理委员会整理《永乐北藏》第196册，线装书局影印大明正统五年版，第788页。

不实的。严羽借此话头说明作品要有一种超越于各要素之上的整体美，而不应是诗中各要素之间的机械拼凑。

在具体的论诗实践中，严羽十分重视诗歌意境的整体美。严羽常以"气象"言诗，"气象"是什么？也就是整体性的美感。"唐人与本朝人诗，未论工拙，直是气象不同"①，就是说唐诗与宋诗，有着不同的意境。他评建安诗"建安之作，全在气象。不可寻枝摘叶。灵运之诗，已是彻首彻尾成对句矣，是以不及建安也"②。在严羽看来，建安诗之所以值得称道，关键是气象浑然。本来严氏对谢灵运评价是很高的，称其"无一篇不佳"。但与建安诗相比，就显得稍逊一筹，原因就在于气象不及。严羽评《胡笳十八拍》曰："混然天成，绝无痕迹，如蔡文姬肺肝间流出"③，也是以浑融圆整的审美境界作为好诗的尺度的。

我们不妨参照一下西方符号论美学家苏珊·朗格的理论，来帮助我们理解严羽的诗论。看起来，二者似乎是风马牛不相及的，但确实有相通、相类之处。苏珊·朗格认为一个艺术品就是一个艺术符号，也就是说它是一个不可分割的整体。朗格说：

> 艺术品作为一个整体来说，就是情感的意象。对于这种意象，我们可以称之为艺术符号。这种艺术符号是一种单一的有机结构体，其中的每一个成分都不能离开这个结构而独立地存在，所以单个的成分就不能单独地去表现某种情感。……艺术符号是一种单一的不可分割的符号，它的意味不是它的各个部分的意味之和。④

朗格以一件艺术品为一个单独的、完整的艺术符号，强调艺术品是一个有机的整体。这与严羽所说"透彻玲珑，不可凑泊"，其指谓是否一致呢？我以为在诗歌方面，可作如是观，严羽这段话正是所强调的浑融圆整、不可分割的审美境界，从符号论美学的角度看，也正是一个单独的艺术符号。

这种浑融圆整的审美境界，既不能等同于诗歌中严整的审美形式，这只是它的载体；也不能看作是诗中各种意象的相加，这只是构成它的一些要

---

① 郭绍虞：《沧浪诗话校释》，人民文学出版社 1961 年版，第 144 页。
② 同上书，第 158 页。
③ 同上书，第 189 页。
④ ［美］苏珊·朗格：《艺术问题》，滕守尧、朱疆源译，中国社会科学出版社 1983 年版，第 129、130 页。

素。它是一种生发于、却又超越于诗歌的物质形态的全新的素质。如果用完形心理学的术语来表述，可以说是一种"格式塔质"。完形心理学最基本、也最经典的原理是整体不等于其部分相加之和。所谓"格式塔"亦即"完形"。颇为值得注意的特性在于：作为一个整体，它并不是客体本身自有的，而是独立于构成这个客体的要素的全新的整体。诗歌境界正是借助于审美主体对客体的观照，才显示出其整体的构成。它由诗歌的语言形式生发而出，但又不等同于诗歌的语言形式，而是出现于审美主体的知觉经验中的情境。它以诗歌的语言形式为物质载体，却又游离于、超越于这个载体，这也就导致了诗歌审美境界的另一个特点："幻象"式的不确定性或多义性。

　　虚幻性是诗禅相通的一个重要方面，这恐怕是研究者们所罕言及的，但对于我们理解严羽的诗论却很重要。禅宗虽然承认"万法"（客观现象）的存在，但却认为它们又都是虚幻的。禅宗的这种思想，实际上是以东晋高僧僧肇的"不真空论"为基础，创立了他的思想体系。他以"不真"为"空"，也就是说，有非真有，而是假有。僧肇以"幻化"说来表述自己的观点。他说："诸法假号不真。譬如幻化人，非无幻化人，幻化人非真人也。"[①] 他以"幻化人"来比喻"万法"的虚幻不实。禅宗继承、发展了这个观点，认为"诸法虚妄如梦"，把客观的实在事物都当作心造的幻影。在禅宗看来，人们所感觉的一切都是虚幻不实的："凡所有相，皆是虚妄。"[②]

　　诗歌的审美境界有特定的虚幻性这不意味着诗歌与纷纭变幻的客观世界的割裂，更不是认为客观世界是诗人心灵的外化，而是说诗歌的审美境界不等同于文字形式即文本，而是主体在阅读文本，进行审美观照过程中"经由知觉活动组织成的经验中的整体"[③]。它生发于文本而又超越于文本，是一种产生于审美经验中的虚象。用朗格的话说，"是一种创造出来的自成一体的纯粹的幻象"[④]。

　　严羽用来形容"透彻之悟"的几个喻象"空中之音，相中之色，水中之月，镜中之象"，正是为了形象地显示这种审美境界生发于诗的语言形

---

① （晋）僧肇：《不真空论》，见中国社会科学院哲学研究所中国哲学史研究室编《中国哲学史资料选辑》"魏晋隋唐之部（上、中、下）"，中华书局 1990 年版，第 609 页。

② 《黄檗禅师宛陵录》，见石峻等《中国佛教思想资料选编》第 2 卷第 4 册，中华书局 1983 年版，第 221 页。

③ 滕守尧：《审美心理描述》，中国社会科学出版社 1985 年版，第 99 页。

④ ［美］苏珊·朗格：《艺术问题》，滕守尧、朱疆源译，中国社会科学出版社 1983 年版，第 141 页。

式，而又超越于语言形式的"幻象"性质。"镜花水月"的喻象，佛学常用来比喻万法之虚幻。如"一切法皆虚妄见，如梦如焰，所起影象，如水中月，如镜中象"①。"菩萨观诸有情，如幻师观所幻事，如观水中月，观镜中象，观芭蕉心"②。佛经中这类比喻是很常见的，都是为了证明现象界的虚幻性质，《大品般若经》中有所谓"十喻"："如幻、如焰、如水中月、如虚空、如响、如犍闼婆城、如梦、如影、如镜中象、如化。"③ 这是最为集中地连用比喻、旨在说明大乘中观学派"假有性空"观点的例子。严羽借用了佛学中"镜花水月"的比喻，来表现诗歌境界的虚幻性。这里没有逻辑把握、知性分析，但却通过"以禅喻诗"的方法，直观地把握了诗歌境界的"幻象"特质。

苏珊·朗格极力主张各类艺术的幻象性质，她对艺术所下的定义是："一切艺术都是创造出来的表现人类情感的知觉形式。"④ 她始终强调艺术品是艺术家创造出来，而诉诸人们的知觉经验的审美形式。她一再申言："每一门艺术都有它自己特定的基本幻象。"⑤ 这种基本幻象决定了该类艺术的特质。

那么，诗的"幻象"又是怎样的呢？朗格说："诗人用语言创造了一种幻象，一种纯粹的现象，它是非推论性符号的形式。"⑥ 诗的"幻象"是诗人以语言为材料创造的。这是诗与其他艺术形式的不同之处，而且诗中的语言不是一种通讯语言。诗从根本上说来就不同于普通的会话语言，诗人用语言创造出来的是一种关于事件、人物、情感反应、经验、地点和生活状况的幻象。⑦ 这就是朗格所说的诗的幻象。

有一点是值得提出的。朗格所说的"诗的幻象"，是指诗歌不同于客观现实，是一个虚幻的世界。朗格在其美学名著《情感与形式》中，曾举中国唐代诗人韦应物有《赋得暮雨送李曹》一诗，指出："即使用没有保留原诗诗律（不管它是什么样子）的译文写出来，这也是一首诗，而不是关于

---

① 《说无垢称经·声闻品》，见"永乐北藏"整理委员会整理《永乐北藏》第38册，线装书局影印大明正统五年版，第96页。

② 《说无垢称经·观有情品》，同上书，第135页。

③ （清）丁福保：《六祖坛经笺注》，齐鲁书社2012年版，第85页。

④ ［美］苏珊·朗格：《艺术问题》，滕守尧、朱疆源译，中国社会科学出版社1983年版，第75页。

⑤ 同上书，第77页。

⑥ ［美］苏珊·朗格：《情感与形式》，刘大基等译，中国社会科学出版社1986年版，第240页。

⑦ ［美］苏珊·朗格：《艺术问题》，滕守尧、朱疆源译，中国社会科学出版社1983年版，第142页。

李曹离去的报道。"① 朗格又说："诗的情节借以展开的虚幻世界总是为该作品所特有；它是那些情节事件所创造的特定的生活幻象，有如一幅画的虚幻空间是画中形体的特定的空间。"② 可见，朗格所说"诗的幻象"是用以区别于现实生活的。我们所说的"虚幻性"亦即我们对严羽"镜花水月"之喻的理解，则侧重在诗歌对语言形式即文本的超越上。诗歌的审美境界是语言形式为基础生发的，但它不是语言形式自身，而是审美主体在阅读文本的过程中在知觉经验中产生的。这种"幻象"性质，更接近于现象学家英加登所提出的"图式化外观"的概念。英加登认为，文学作品是一个多层次的构成。它包括：（a）语词声音和语音构成以及一个更高级现象的层次；（b）意群层次：句子意义和全部句群意义的层次；（c）图式化外观层次，作品描绘的各种对象通过这些外观呈现出来；（d）在句子投射的意向事态中描绘的客体层次。③ 其中，"图式化外观"，对于审美鉴赏来说是最为重要的，作品的审美价值靠它得以实现。英加登非常明确地论述了"图式化外观"的知觉体验性质，他说："这些图式化外观就是知觉主体在作品中所体验的东西，它们要求主体方面有一个具体的知觉或至少是一个生动的再现活动，如果它们要被实际地、具体地体验到的话。只有在它们被具体地体验到时，它们才能发挥其真正的功能，即使被感知到的对象呈现出来。"④ "图式化外观"并非是语言形式本身，而是审美主体在阅读文本时产生于知觉经验中的整体形象，在诗歌来说，也就是境界。必须有待于审美主体的阅读与观照，"图式化外观"方能在人们的审美经验中显现出来。恰如英加登所说的："图式化外观比其他要素在更大程度上依赖于读者及其阅读方式。在作品本身中图式化外观只是处于潜在的待机状态；它们在作品中仅包含在待机状态中。"⑤ 这正是诗歌审美境界的性质，诗歌境界的虚幻性正是指此。

一首诗的文本和诗的审美境界是"一对一"的关系吗？不是的，面对同一文本，不同的审美主体会生发出不同的审美境界。正如天上的月亮映在水里的不止是一个月亮（也就是"月印万川"）一样，一首诗作为本体所产

①　[美]苏珊·朗格：《情感与形式》，刘大基等译，中国社会科学出版社 1986 年版，第245 页。

②　同上书，第247 页。

③　[波兰]罗曼·英加登：《对文学的艺术作品的认识》，陈燕谷、晓未译，中国文联出版公司1988 年版，第10 页。

④　同上书，第56 页。

⑤　同上书，第56 页。

生的"幻象"也并非一个。因为这种幻象并不是与审美主体无涉的客观性质，而是有赖于审美主体对客观的知觉体验。这种知觉不是对客体的纯客观的消极反映，而是一种知觉的积极建构。审美主体在个性气质、生活阅历、文化修养等方面的差异，其感知图式也就不尽相同。这是作品的多义性产生的原因之一，也是"有尽之言"表现于不同的审美主体的知觉经验中的"无穷之意"。而即使是同一审美主体，在不同时期、不同情境下所感知的审美意蕴也会是不尽相同的，所产生的幻象也是有差异的。再有，同一审美主体在专注于一首诗的时候，所感知的是审美幻象，有着很大的模糊性，并且又有着超乎文字的许多意蕴，甚至是只能感受到，而难于以语言来明确揭示。以上这几层，便是"言有尽有意无穷"的美学内涵。

　　对于这种生发于而又超越于诗歌语言形式的审美境界的认识与追求，并不自严羽始，而是中国古典诗歌美学的一个独特传统。刘勰《文心雕龙》中有《隐秀篇》，所谓"隐"，就是"文外之重旨"，"隐之为本，义生文外，秘响傍通，伏采潜发，譬爻象之变互体，川渎之韫珠玉也"①，这正是指语言形式外"余味曲包"的境界，钟嵘《诗品》鄙视，"文繁而意少"，推崇"文已尽而意有余"，认为最好的诗，应该能使欣赏者产生"味之者无极，闻之者动心"的审美体验；皎然则称许"两重意义以上"的"文外重旨"，梅尧臣认为诗之高致应是"必能状难写之景，如在目前；含不尽之意，见于言外"②；姜夔以"句中有余味，篇中有余意"为诗之"善之善也"③。可见，认为好的诗歌应该是在很有限的语言形式中蕴含着极为丰富的"言外之意"、"文外重旨"，是大多数诗论家共同的审美价值取向，也是中国古典诗歌美学的突出特点。这是意境理论形成的一条脉络，这是一个逐渐发展成熟的过程。严羽理论的意义，在于将"言外之意"这条理论线索纳入意境理论的轨道中，成为意境理论不可或缺的美学内容。前述那些"言外之意""文外重旨"的说法并不就是意境理论，而只是以后形成意境理论的要素。严羽虽未标榜"境界"，但却谈论了"境界"的美学特征。他论说"言有尽而意无穷"作为好诗的审美境界的一个基本特征，为中国古典诗歌美学中意境理论的建设，做出了不可忽略的贡献。"空中之音，相中之色，水中之月，镜中之象"与"言有尽而意无穷"联系在一起，适足说

---

　　① 范文澜：《文心雕龙注》，人民文学出版社 1958 年版，第 632 页。

　　② （宋）欧阳修：《六一诗话》，见何文焕《历代诗话》，中华书局 1981 年版，第 267 页。

　　③ （宋）姜夔：《白石道人诗说》，同上书，第 681 页。

明，严羽是以"言外之意"作为基本特征规定诗歌的审美境界的。钱锺书先生独具慧眼地看到严沧浪在这里所论的并非是哪一派的风格，而是好诗的境界："沧浪别开生面，如骊珠之先探，等犀角之独觉，在学诗时的工夫之外，另拈出成诗后之境界，妙悟而外，尚有神韵。不仅以学诗之事，比诸学禅之事，并以诗成有神，言尽而味无穷之妙，比于禅理之超绝文字。"① 钱先生明确地指出沧浪是论述"成诗后之境界"。这是有所针对的，也指出了《沧浪诗话》在意境理论发展脉络中的地位。这对《沧浪诗话》研究是有启示意义的。

审美境界一方面有待于主体的审美知觉经验，另一方面又有赖于客体自身的语言形式，这是审美境界得以产生的胚胎。天上倘无明月，水中之月何由而来？片面强调接受主体而忽视文本，审美境界也就成了无源之水，无本之木。同时，也就取消了诗歌优劣的差异。事实上，审美境界的产生，在于审美客体自身与审美主体的感知方式的遇合之中。

"妙悟"有"第一义之悟"和"透彻之悟"这样两个主要层面，前者是"学诗时工夫"，后者是"诗成后境界"；前者是途径，后者是目标。在二者之间还有一个中介环节，那便是"悟入"。前面已有论述，此处再略为补充。

"悟入"的过程，就是从学诗到逐渐掌握诗歌创作的艺术规律。"悟入"的开始阶段，理性因素占有较重的成分，需要更多的阅读、理解，"熟读"、"熟参"，逐渐进入一种直觉体验，从而"庖丁解牛"般地把握写诗的技巧，并达到从心所欲不逾矩的地步。"悟入"是一个由理性而入直觉，由"工夫"至"入神"的过程。钱锺书先生说得透彻："夫'悟'而曰'妙'，未必一蹴而至也；乃博采而有所通，力索而有所入也。学道学诗，非悟不进。陆桴亭《思辨录辑要》卷三云：'……人性中皆有悟，必工夫不断，悟头始出。'"② 这就较为科学地说明了"悟"的性质。"悟"必以长时期的学习、陶养为基础、为前提；而学习、陶养则有待于"悟入"上升到对诗歌艺术特征、创造规律的直觉把握。"妙悟"并非仅指"宛如神助"的灵感状态，也非所谓"神赐迷狂"，而是体现在艺术实践是由不断提高而逐渐摆脱"必然王国"的约束，从而进入纵横驰骋却无不中矩的"自由王国"的过程。它包含了创作诗歌时的灵感状态，但并不仅仅指灵感状态，而是一个从

---

① 钱锺书：《谈艺录》，中华书局1984年版，第258页。
② 同上书，第98页。

"学诗时工夫"到"诗成后境界"的过程。

第三节 "以禅喻诗"的流风余韵

一部《沧浪诗话》，给后世留下了许多玄思，也开启了"以禅喻诗"更为广泛的诗论祈向，尤其是对意境理论的发展，奠定了一个新的里程碑。无论诗论家们是否愿意承受严羽诗学思想的沾溉，事实上在明清乃至近代的一些重要诗学理论中，往往都若明若暗地有着严羽诗论的影子。

严羽对后世的理论影响，集中在"以盛唐为法"、"以禅喻诗"以及意境理论等几个方面，这几个方面又是互相渗透贯通的。

明代前后"七子"大张"文必秦汉，诗必盛唐"之帜，对盛唐以后之诗极力排诋，其论诗的价值尺度，就是深受严羽影响的。前后"七子"的取法盛唐，固然有浓厚的复古气息，但也并非全然是盲目的。明王朝以恢复汉统自任，在文学上弘扬西汉、盛唐之泱泱气象，正是在文化心理上对汉族正统王朝最为强盛时期的追慕与认同。就诗艺而言，取法盛唐，主要是推崇盛唐诗歌那种浑融圆整的审美境界。

"后七子"的代表人物王世贞在他的论诗名著《艺苑卮言》中说：

> 世人选体，往往谈西京建安，便薄陶谢，此似晓不晓者。毋论彼时诸公，即齐梁纤调，李杜变风，亦自可采，贞元以后，方足覆瓿。大抵诗以专诣为境，以饶美为材，师匠宜高，捃拾宜博。①

认为贞元以后之诗只能"覆瓿"，这和严羽"以汉魏晋盛唐为师，不作开元、天宝以下人物"的说法正是同一论调。为什么推崇盛唐呢？王世贞道出了他的理由，他对诗歌艺术特征的认识是"以专诣为境"，也就是独到的造诣所创造的诗境，这与严羽的"别材"、"别趣"，不是很有相似之处吗？所谓"以饶美为材"，是说应该有非常丰饶的意蕴；"师匠宜高"，是说应该取法高的学诗标准；"捃拾宜博"，是说应该广泛学习、博采众长。读着这些语句，我们不是觉得很面熟吗？这和严羽的"入门须正，立志须高"，"熟读"、"熟参"是一脉相承的啊！

---

① （明）王世贞：《艺苑卮言》，见丁福保辑《历代诗话续编》，中华书局1983年版，第60页。

明代诗论家胡应麟作《诗薮》，体制颇宏，在诗论中阐发严羽的诗学思想，并且多有深入与发展。胡氏也多"以禅喻诗"，且更渗透到具体的作家作品论中。胡氏也以"悟"作为诗禅相通之关键，但他又论诗禅之间的差异，也以"悟"为轴心。他说：

> 严氏以禅喻诗，旨哉！禅则一悟之后，万法皆空，棒喝怒呵，无非至理。诗则一悟之后，万象冥会，呻吟咳唾，动触天真。然禅必深造后能悟，诗虽悟后，仍须深造。①

这里指出了禅悟与诗悟的相似之处，但更重要的，是指出了二者的差别所在。禅悟的对象，是佛教所谓"真谛"，悟后之境无非是"万法皆空"，这与诗悟是颇为不同的。诗悟是把握了诗歌的艺术特征与创作规律，但是悟过之后，仍须精研诗歌的艺术传达机制、语言表现。胡氏虽然没有细说，但却点到了要害。严羽"以禅喻诗"，未尝言及诗禅之异，胡氏却于此深有所见。

值得注意的是，胡氏"以禅喻诗"，同时也"以禅论诗"。在具体作家的评价中，往往以禅的体验来表达对诗的审美评价，如他评王维的《鸟鸣涧》、《辛夷坞》："读之身世两忘，万念俱寂，不谓声律之中，有此妙诠。"② 这种"以禅论诗"的方法，乃是对严羽"以禅喻诗"方法的深化与发展。

胡应麟的以禅论诗，表现出了他在审美评价上的偏爱。他对最喜欢的王、孟、韦、柳等诗人那种空灵冲淡、富有禅意的诗作，给予极高的评价。如说"摩诘五言绝，穷幽极玄"，评刘长卿的诗句"东风吴草绿，古木剡房深"、"野雪空斋远，山风古殿开"为"色相清空，中唐独步"。胡氏并非简单地、一概地否定中唐，崇奉盛唐，而是以"兴象"、"风神"为标准，进行具体分析。对盛唐诗中的杜甫绝句，他便不无微词，认为杜甫于绝句本无所解，而对于中唐以后之诗，也不一笔抹倒，而是说"大概中唐以后，稍厌精华，渐趋淡净，故五七言律清空流畅，时有可观"，可见他不像前后七子那样武断，也不像有些人那样"矮人观场"，随声附和，他有自己的标准。

---

① （明）胡应麟：《诗薮》，上海古籍出版社 1958 年版，第 25 页。
② 同上书，第 119 页。

胡应麟无论是对盛唐还是对中唐，兴趣主要在王、孟、韦等诗人那种空灵淡远的诗风上。如他论清澹诗风："唐以澹名者，张、王、韦、孟四家。今读其诗，曷尝脱弃景物？孟如'日休采撷'三语，备极风华；曲江排律，绮绘有余；王、韦五言，秀丽可挹。"① 又论王维诗的影响说："右丞五律，工丽闲澹，自有二派，殊不相蒙。'建礼高秋夜'、'楚塞三江接'、'风劲角弓鸣'、'扬子谈经处'等篇，绮丽精工，沈宋合调者也。'寒山转苍翠'、'一从归白社'、'寂寞掩柴扉'、'晚年惟好静'等篇，幽闲古澹，储、孟同声也。"② 对幽远闲淡风格的爱好，构成了胡应麟与严羽审美趣尚的不同之处。盛唐诗中有王孟山水诗那种空灵淡远的风格，但不是代表盛唐气象，到了中唐像韦应物、刘长卿等人的诗里，这类风格的篇什正自不少，却不能与"盛唐气象"同日而语。严羽为什么推崇盛唐呢？他自己有明确回答："盛唐诸公之诗，如颜鲁公之书，既笔力雄壮，又气象浑厚。"③ 这才是关键，严羽是倾心于雄浑壮伟的盛唐境界的。到此就可以明白严羽为什么如此推崇李杜了。在具体的诗评中，可以很明显地看出严羽的审美趣尚。"李杜数公，如金鹀擘海，香象渡河。下视郊岛辈，直虫吟草间耳。"④ "金鹀擘海，香象渡河"，是何等雄奇豪壮的境界呵！在严羽眼里，孟郊、贾岛的诗风，气格局促，意境狭小，与李杜相比，不过像"虫吟草间"而已。严羽又把高、岑与孟郊比较："高岑之诗悲壮，读之使人感慨；孟郊之诗刻苦，读之使人不欢。"⑤ 其间褒贬是十分鲜明的。严氏很看不起孟郊，就是觉得孟郊过于局促，没有雄浑悲壮之气，"孟郊之诗，憔悴枯槁，其气局促不伸，退之许之如此，何耶？诗道本正大，孟郊自为艰阻耳"⑥。严羽以"笔力雄壮"、"气象浑厚"为审美趣尚这一点是无可怀疑的，严羽"以禅喻诗"，主要是要说明诗的本体特征，表现诗的审美境界，而不是从风格的角度来说的。因此，在具体的诗评中，严羽就极少"以禅喻诗"了。

胡应麟"以禅论诗"，侧重于幽淡空灵的风格，因此尤为钟爱王孟一派家数。他对李白也是推崇备至的，但却是欣赏李白诗中超逸入神的一面。"太白'人分千里外，兴在一杯中'，达夫'功名万里外，心事一杯中'，甚

① （明）胡应麟：《诗薮》，中华书局1958年版，第70页。
② 同上书，第66页。
③ （宋）严羽：《答吴景仙书》，见《沧浪诗话校释》，人民文学出版社1961年版，第251页。
④ 郭绍虞：《沧浪诗话校释》，人民文学出版社1961年版，第177页。
⑤ 同上书，第181页。
⑥ 同上书，第195页。

类。然高虽浑厚易到，李则超逸入神。"① "太白五七言绝，字字神境，篇篇神物。"② "五言绝二途：摩诘之幽玄，太白之超逸。"③ 这是胡氏眼中的太白，严羽欣赏太白之处则异于是："观太白诗者，要识真太白处，太白天才豪逸，语多卒然而成者。学者于每篇中，要识其安身立命处可也。"④ 这是最能见出严胡二人审美趣尚的差异的。

胡应麟这种审美趣尚，直接影响了王士禛的"神韵论"。王士禛深受严羽的方法论启发，进一步以禅论诗，多能阐发诗中禅意。"神韵"这个诗美范畴中，若隐若现地带着禅的底蕴，王士禛毫无避讳地声言自己瓣香于严氏，并且极力弘扬，维护严氏诗论，如说"严沧浪诗话借禅喻诗，归于妙悟，如谓盛唐诸家诗，如镜中之花，水中如月，镜中之象，如羚羊挂角，无迹可求，乃不易之论。而钱牧斋驳之，冯班《钝吟杂录》因极排诋，皆非也"⑤。其诗论祈向是十分明确的，在诸家诗论中，他最推崇的便是严羽，认为严羽的"妙悟"说是"发前人未发之秘"⑥，对于钱谦益、冯班等人对严羽的攻诋，王士禛是不遗余力地加以反驳的，在具体诗评中，他更多地发挥了"以禅喻诗"、"以禅论诗"的方法，更广泛地运用在诗歌的鉴赏及对诗歌特征的探讨上。如说："舍筏登岸，禅家以为悟境，诗家以为化境，诗禅一致，等无差别。"⑦ "《林间录》载洞山语云：'语中有语，名以死句；语中无语，名以活句。'予尝类似学诗者。"⑧ 这类用禅理谈诗的话头，在王士禛的著述里很难遍数。

但不要以为王士禛与严羽趣尚是一致的。在这方面，他更接近于胡应麟，并且加以大力发展。胡应麟较为欣赏那种幽远清谈的诗风，但《诗薮》中分体论诗，还是较为全面的。到王士禛这里专力标榜王、孟一派的幽淡诗风了，王士禛论诗重"神韵天然"，标本就是王维、裴迪的《辋川绝句》一类。渔洋论诗最为偏好盛唐的绝句，尤其是五绝，就是因为五绝更得含蓄之致。所谓"不著一字，尽得风流"者是也。王士禛说："唐人如王摩诘、孟

①　（明）胡震亨：《唐音癸签》，古典文学出版社 1957 年版，第 91 页。
②　（明）胡应麟：《诗薮》，上海古籍出版社 1958 年版，第 108 页。
③　同上书，第 109 页。
④　郭绍虞：《沧浪诗话校释》，人民文学出版社 1961 年版，第 173 页。
⑤　（清）王士禛：《池北偶谈》卷 17，齐鲁书社 2007 年版，第 340 页。
⑥　（清）王士禛：《分甘余话》，中华书局 1989 年版，第 37 页。
⑦　（清）王士禛：《香祖笔记》，学苑出版社 2001 年版，第 278 页。
⑧　转引自张毅《唐诗接受史》，人民文学出版社 2012 年版，第 329 页。

浩然、刘眘虚、常建、王昌龄诸人之诗，皆可悟禅。"① 王士禛举以为"入禅"之诗，是他最为赏爱的，也是"神韵"的范本。他处处以弘扬严羽的诗禅说相标榜，但在审美趣尚方面，却使胡应麟《诗薮》初露端倪的倾向更为突出，并且完成了"神韵"这个范畴的建构。

近代大美学家王国维著《人间词话》，揭橥"境界"的审美范畴，影响甚大。可以说王氏"境界"说乃是中国古代诗学中意境理论的集大成。王国维的"境界"是与严羽的"妙悟"有很深关系的。而我们在前面已经就"妙悟"说的一个主要层面"透彻之悟"的性质作了详细阐述，认为"透彻悟"就是对诗歌审美境界的描述，并且说明了严羽诗论在意境理论发展史上的重要地位。这里我们可以看到，王国维的"境界"说在很大成分上吸收和发展了严羽的"妙悟"说。

王国维对于自己提出的"境界"说颇为自负，他说："严沧浪《诗话》谓：'盛唐诸公唯在兴趣。羚羊挂角，无迹可求。故其妙处，透彻玲珑，不可凑泊。如空中之音，相中之色，水中之月，镜中之象，言有尽而意无穷。'余谓：北宋以前之词，亦复如是。然沧浪所谓兴趣，阮亭所谓神韵，犹不过道其面目，不若鄙人拈出'境界'二字，为探其本也。"② 王国维说得很好，"境界"范畴的提出，的确是意境理论的最为恰当的概括，说它"探其本"不为过分。可是王国维说严羽的"兴趣"，王士禛的"神韵"都不如"境界"这个范畴，却恰恰说明从"兴趣"到"神韵"再到"境界"的一脉相承的关系。王国维在前面引的严羽的这段话，也正好说明它是"境界"说的形象化描述。王国维的"境界"说，确实是严羽诗论的承续与发展。

从"境界"说的审美内涵中也可看到它和严羽诗论的"血缘"关系。什么是"有境界"？什么又是"无境界"？它们之间的判定标准是什么？王国维有一个很关键的尺度，那就是："不隔"与"隔"。诗词写得"不隔"，可以谓之"有境界"，"隔"便是"无境界"。

　　问"隔"与"不隔"之别，曰：陶谢之诗不隔，延年则稍隔矣。东坡之诗不隔，山谷则稍隔矣。"池塘生春草""空梁落燕泥"等二句，妙处唯在不隔，词亦如是。即以一人一词论，如欧阳公《少年游》（咏

---

① 转引自王小舒《神韵诗学》，山东人民出版社 2006 年版，第 332 页。
② （清）王国维：《人间词话》，四川人民出版社 1981 年版，第 10 页。

春草），上半阕云："阑干十二独凭春，晴碧远连云。千里万里，二月三月，行色苦愁人。"语语都在目前，便是不隔。至云："谢家池上，江淹浦畔"则隔矣。

　　白石写景之作，如"二十四桥仍在，波心荡、冷月无声。""数峰清苦，商略黄昏雨。""高树晚蝉，说西风消息。"虽格韵高绝，然如雾里看花，终隔一层。梅溪、梦窗诸家写景之病，皆在一"隔"字。

从王国维的这些论述中可以看出，王国维所说的"不隔"大致有这样几层意思：其一是自然天成，情真意切；其二是透明度高，意象鲜明；其三是整一贯通，毫不凑泊。先说其一。王国维推尊陶谢之诗为"不隔"，指颜延年为"隔"，正在于自然与矫饰的区别。陶诗以平淡自然著称，已无疑义；而谢诗未必以自然见闻，然在当日诗坛，谢灵运山水诗之佳处，也在于能得自然之神韵。传天地之脉息，清新可爱。颜延年之诗，被人认为是以"雕缋满眼"著名的。《南史》载："延之（颜延年）尝问鲍照己与谢灵运优劣。照曰：'谢公诗如初发芙蓉，自然可爱，君诗如铺锦列绣，亦雕缋满眼。'延年终身病之。"钟嵘《诗品》亦有类似之语："汤惠休曰：'谢诗如芙蓉出水，颜诗如错采镂金。'""芙蓉出水"比喻诗作之自然清新，"错采镂金"，形容诗作雕琢藻饰，王国维又举谢灵运的名句"池塘生春草"为"不隔"之标本，更能说明"不隔"必须是自然天成、不假雕饰的。

　　其二，透明度高，意象鲜明。"不隔"的另一层含义是要求诗歌意象有高度的透明性，明朗澄澈，使读者在直觉中立即得到鲜明的审美感受，这方是"不隔"，反之，如果意象朦胧晦涩，读了半天，不知看到何在，这便是"隔"。王国维批评白石词"如雾里看花，终隔一层"，就是指意象朦胧晦涩为"隔"，他说："语语都在目前，便是不隔"，就是要求意象的鲜明性。

　　其三，诗的意境整一贯通，毫不凑泊方是"不隔"。王国维引《沧浪诗话》中"盛唐诸人唯在兴趣"一段，来论"境界"比"兴趣""神韵"更"探其本"，正是以之作为"境界"之描述。那么，意境的整一浑融，毫不凑泊就是"不隔"的重要涵义了，这在论述严羽的"妙悟"说时已有揭示。王国维举以为"不隔"的例子如《少年游》（"阑干十二独凭春"），正是由若干意象构成一个完整而明朗的审美境界，没有拼凑堆垛的痕迹。反之，他认为"隔"的作品如"谢家池上，江淹浦畔"等，意象之间是一种并合关系，未能构成浑然一体的审美境界。王国维所贬斥的南宋词人史达祖、吴文英等的写景之病，皆在一"隔"字，也是说他们的作品意象支离凑泊，有堆垛之感。正如张炎评吴文英词云："梦窗词如七宝楼台，眩人眼目，碎拆下来，不成片段。"①

　　王国维"境界"说的审美内涵，与严羽诗论确实多有内在的联系，上文所述"不隔"的几层意思，《沧浪诗话》中都已有所论述，当然严羽多以喻象出之，以禅言譬之，而较少理论概括。王国维是深受严羽启示的。当然，他的"境界"说内涵更为丰富、深刻，具有近代美学的色彩，比起严羽自然大大长进了一步。

---

① （宋）张炎：《词源》，中华书局 1991 年版，第 49 页。

第八章 禅宗公案与诗的因缘

这是个从未有人涉足的题目，也许会被视为荒谬绝伦。但是细想起来，二者之间又委实有着较为深微的联系与渗透。公案在禅宗里是个大问题。人们接触的禅学资料，大多数都是公案中的，只是未从公案这个角度加以研究。而就公案自身的特点加以分析，能够看到诗与禅之间的某些特殊关系。更为重要的是，可以由此认识到诗对禅的有力影响与渗透。尽管这是一条尚待拓出的路，然而，蹊径一旦辟出，是可以看到一方新奇的景观的。

第一节 公案及其基本格式

首先要搞清楚什么是"公案"。著名禅学家铃木大拙的解释较为明晰，他说："'公案'在字面上是'官府的案牍'，意味着'如权威的律令'，这是唐末的术语，现在指早期禅师的趣话、对答、提示或质问等，这些都是当时用来令人彻悟禅理的手段。"① 在禅学里"公案"就是禅师用来启悟学人的某些言行。这些言行，对于后代学人来说，具有很大权威性，尽管禅宗一再申明"不立文字"，然而却留下了1700余则公案。这还是不很完全的统计的，留下来的公案，主要的部分都收录在普济的《五灯会元》之中。

禅宗的公案，情形较为复杂。有些不是问答之语，而是某种奇特的行为，如"丹霞禅师烧木佛"等等，而更多的公案则是言语化的东西。公案，一般都是师徒间的问答当然这是风马牛不相及的，这就构成了一则公案。禅宗保留公案实际上是作为促使学人"顿悟"的教材。

禅宗的公案是千奇百怪的，虽然提出的问题都是相近似的几个。如"如何是佛法大意，如何是祖师西来意，如何是佛？"等等，禅师的回答竟

---

① ［日］铃木大拙：《通向禅学之路》，上海古籍出版社1989年版，第86页。

是千姿百态，雅俗不一，极少有重复的，有的答曰："一个棺材，两个死汉。"有的答曰："麻三斤。"有的答曰："春日鸡鸣。"有的则云："十年卖炭汉，不知秤盘星。"禅宗的公案是极具个性色彩的，读之令人感到出其不意，匪夷所思，甚至是妙趣横生。

禅宗公案在思维形式上的基本特征是非逻辑性。师徒之间的问答，不是建立在正常的逻辑关系基础上，而往往是所答非所问。乍听起来，完全是"丈二和尚摸不着头脑"。因此，对于禅宗的公案，是很难以正常的逻辑思维加以理解领悟的。它只是提供了一个令人"顿悟"的契机。公案语言本身，往往是无意义的。举几个例子来加以说明。"（江州龙云台禅师）僧问：如何是祖师西来意？师曰：昨夜栏中失却牛。"① 非常明显，"昨夜栏中失却牛"按正常的逻辑思路来说，决不可以用来回答"祖师西来意"这类问题的，二者之间不存在逻辑对应关系。又如："如何是正法眼？师曰：拄杖孔。"② "拄杖孔"又怎能作为"如何是正法眼"的答案？答与问之间，是一种非逻辑性的联系，正常的逻辑思路是不适于诠释禅宗公案的。

禅宗公案问答之间，在思维上有较大的跳跃性，缺少必要的语义联系。如："曰：如何是佛？师曰：殿里底。问：学人乍入丛林，乞师指示。师曰：吃粥了也未？曰：吃粥了也。师曰：洗钵盂去。其僧忽然省悟。"③ 学人"请禅师指示"是什么呢？自然应该是佛法。可是禅师却问他："吃粥了也未"，换了一个极不相干的话题。有意地造成了思路上的"断层"，显现出很大的跳跃性。这仍然是非逻辑性的表现。

禅宗公案，有些是禅师以景致来回答学人提出的问题。如："（随州国清院奉禅师）僧问：祖意教间是同是别？师曰：雨滋三草秀，春风不裹头。曰：毕竟是一是二？师曰：祥云竞起，岩洞不亏。"④ 再如："（潞州渌水和尚）僧问：如何是祖师西来意？师曰：还见庭前华药栏么？僧无语。"⑤ 这种景致描述与问题之间当然也没有正常的逻辑联系，但它把学人的思维引入到直观的境界中去。

禅宗公案以思维的非逻辑性为基本特征。而且千奇百怪、毫无定规、师徒传授之间是一种"非法之法"，但是，遍参禅宗公案，仍然可以得到一些

---

① （宋）普济：《五灯会元》卷4，中华书局1984年版，第196页。
② （宋）道元：《景德传灯录》卷20，成都古籍书店2000年版，第411页。
③ （宋）普济：《五灯会元》，中华书局1984年版，第203页。
④ 同上书，第244页。
⑤ 同上书，第242页。

较为基本的方法。这里参照台湾学者吴怡先生的说法，综合介绍禅宗公案的几种模式。

1. 以境表道法

这种方法，也称"即境示人"。当学人提出有关佛道问题时，如什么是佛，什么是祖师西来意等，禅师并不直接回答他们的问题，而是用外面的现象活生生地呈现在他们面前，让他们自己去体验。

僧问：如何是祖师西来意？师曰：东篱黄菊。曰：意旨如何？师曰：九月重阳。①

问：如何是佛法大意？师曰：无云生岭上，有月落波心。②

问：如何是祖师西来意？师曰：庭前柏树子。③

禅师随手拈得眼前之景，即境示人，意思是说，禅家"顿悟"，不假思辨，是"现量"而非"比量"。眼前的境界都显现着佛性，"万类之中，个个是佛"。一切都是圆满自足，毫不欠缺的，根本用不着另求什么抽象的"佛性"。在眼前的现象触发下，即可顿悟佛性。

2. 遮断箭头法

所谓"遮断箭头法"，就是禅师以了不相干的话头遮断学人的思维。学人提出的问题就像箭头，把道和佛当成靶子来射，其思路是直接的、线性的。禅师为了打破这种逻辑思维的惯性，故意截断学人的问话，这便是"遮断箭头法"。

僧问：如何是佛法大意？（青原行思）师曰：庐陵米作么价？④

僧问：如何是菩提？德山打曰：出去，莫向这里屙。⑤

僧问：如何是佛？洞山回答：麻三斤。⑥

问：如何是道？师曰：刺头入荒草。如何是道中人？师曰：干

---

① （宋）普济：《五灯会元》，中华书局1984年版，第718页。

② 同上书，第728页。

③ 同上书，第202页。

④ 同上书，第254页。

⑤ 同上书，第373页。

⑥ 同上收，第937页。

屎橛。①

　　　如何是正法眼？师曰：普。②

这些公案都是以毫无关系的话头，来截断学人的问题，使学人的思路受到震撼、撞击，不得不返回自心，自我悟解，消除向外索解的念头，这也便是"遮断箭头"。

　　3. 不会不知法

　　所谓"不会不知法"，就是当弟子问到有关佛理的问题，禅师一概答之以"不会"、"不知"。这种方法在表面上与前一种相类，但实际上另有深意所在，它一方面告诉学人，佛法非知性所及，一方面也说明了禅师们不自以为知，犹如孔子所云："我无知也哉!""不会"、"不知"决非真的，而是意味着佛法是不可言说的，无法传授的。

　　　曰：师还得否？师曰：不得。曰：为什么不得？师曰：我不会佛法。③

　　　问：如何是西来意？师曰：问取露柱。曰：学人不会。师曰：我更不会。④

禅师所答的"我不会，我不知"，并非真的"不知""不会"，而是接引学人的一种方法。

　　4. 柳暗花明法

　　"柳暗花明"法，是一种综合运用的方法。当学人问禅师佛法时，先以遮断箭头的答案，折断学人思维的"箭头"接着再暗示他向上一路。这种方法可说是"遮断箭头法"或"不会不知法"和"以境表道法"合用。这当然比前面几种方法更为复杂了。

　　　道悟问：如何是佛法大意？（希迁）师曰：不得不知。悟曰：向上更有转处也无？师曰：长空不碍白云飞。⑤

_____

① （宋）普济：《五灯会元》，中华书局1984年版，第637页。
② 同上书，第930页。
③ 同上书，第256页。
④ 同上。
⑤ 同上。

僧曰：如何是道？师曰：墙外底。曰：不问这个。师曰：你问哪个？曰：大道。师曰：大道通长安。①

当道悟问佛法大意时，希迁回答，"不得不知"这本是"不会不知法"，道悟继续追问，希迁则答以"长空不碍白云飞"这又是"以境表道法"。另一则公案，当僧问道时，赵州回答"墙外底"，这是"以境表道法"，同时也是"遮断箭头法"。学僧又坚持要问大道，赵州答云"大道通长安"，又指出向上一路。这样的公案都可称为"柳暗花明法"。

以上是禅宗公案常用的几种方法，大致上可以看出公案的一些内在规律。公案看起来稀奇古怪，杂乱无章，实则机锋百出，十分睿智。禅宗是中国佛教的产物，公案更是代表着禅宗的特征，在某种意义上来说，没有公案也就没有禅宗。

即使是在中国哲学史的范畴里，禅宗公案也是非常值得深入研究的。可以说，公案是中国哲学之树所结下的奇特之花。往深处看，公案体现着中国哲学的思维特征。轻概念，重性灵，机智风趣，出人意料，这是中国的思想文化土壤中所生发出来的。

那么，公案与诗文又有怎样的联系呢？这是个没有任何现成的答复的问题。但是，公案经由文字的媒介，得以存留和传播，濡染禅学的士大夫是其中的关键。这些士大夫既参禅，又写诗，从而把公案与诗沟通起来，这正是下一节要着重探讨的。

第二节　诗境与公案

作为中国哲学的一种独特产物，公案，在唐宋时期的士大夫虽有着广泛影响的。唐宋时期又是中国古典诗歌大放光彩、臻于极致的黄金时代，诗与禅的彼此融合，是十分普遍的。公案在其中扮演着颇为重要的角色。没有公案，也就没有禅，有禅的地方，必然有公案。那些染禅很深的士大夫，都是很得公案神髓的。《五灯会元》中记载苏东坡与禅僧斗机锋的事："……未几抵荆南，闻玉泉皓禅师机锋不可触，公拟抑之，即微服求见，泉问：'尊官高姓？'公曰：'姓秤，乃秤天下长老的秤！'泉喝曰：

---

① （宋）普济：《五灯会元》卷5"石头希迁禅师"，中华书局1984年版，第203页。

'且道这一喝重多少?'公无对,于是尊礼之。"① 虽然东坡没有斗赢,败在了赫赫有名的玉泉皓禅师面前,但不难看出,这位大诗人确实是深谙公案机锋的。

再如唐代著名的文学家李翱,也曾与禅僧机锋往来,深得禅师的点化:"鼎州李翱刺史,向药山玄化,屡请不赴,乃躬谒之。山执经卷不顾。侍者曰:'太守在此'。守性褊急,乃曰:'见面不如闻名。'拂袖便出,山曰:'太守何得贵耳贱目?'守回拱谢,问曰:'如何是道?'山以手指上下,曰:'会么?'守曰:'不会。'山曰:'云在青天水在瓶。'守忻惬作礼,而述偈曰:'炼得身形似鹤形,千株松下两函经,我来问道无余说,云在青天水在瓶。'守又问:'如何是戒定慧?'山曰:'贫道这里无此闲家具!'守莫测玄旨。山曰:'太守欲得保任此事,直须向高高山顶立,深深海底行。闺阁中物,舍不得便为渗漏。'守见老宿独坐,问曰:'端居丈室,当何所务?'宿曰:'法身凝寂,无去无来。'"②

这类公案在灯录中不为少见,很多士大夫都成了公案的主角,而公案那种敏捷的机锋,跳跃性极大的思路,都使这些士大夫受到潜移默化的思维训练。尤其是对正常逻辑指向的遮断以及那些匪夷所思的奇观妙想,都给诗歌创作带来了活泼的生机与奇异的境界。

应该说,在艺术思维方式上,给唐宋诗歌带来最为普遍的是公案的那种"以境表道法"。这种方法在公案中使用颇为广泛。禅师决不以名言概念回答学人的问题,而是随手拈来某种景物,把学人的思维导入直观。很多诗人是有意地借鉴了这种方法,使诗的意境格外悠远,进入一片浩茫的、无法揭载的境界了。

深通禅机的唐代诗人王维颇精此道,常用这种方法创作诗歌。如《酬张少府》一诗,"晚年惟好静,万事不关心。自顾无长策,空知返旧林,松风吹解带,山月照弹琴。君问穷通理,渔歌入浦深。"这首诗的结尾,难道不就是用的"以境表道法"吗?诗人设问"穷通之理",但并不加以回答,而是用"渔歌入浦深"这种悠远深邃之境加以暗示。其禅味之永,不是难以直接感受到的。同样的例子再如《送别》"下马饮君酒,问君何所之?君言不得意,归卧南山陲,但去莫复问,白云无尽时。"诗人以"白云无尽"作结,正写隐逸之趣,意境十分深远。白

① （宋）普济:《五灯会元》卷17,中华书局1984年版,第1146页。
② 同上书,第278—279页。

云，一方面是隐逸的象征，一方面也是禅家常用的喻象，表现着无牵无累、不染不著、自由适意的心态。《五灯会元》卷二载南泉普愿禅师云："汝道空中一片云，为复钉钉著？为复藤缆著？"① 卷二中又有南阳慧忠禅师与唐肃宗的对话，"肃宗问：'师在曹溪得何法？'师曰：'陛下还见空中一片云么？'帝曰：'见。'师曰：'钉钉著，悬挂著？'"② 是说禅是无染无住的。诗人用"白云无尽时"收束诗作，正是即境示人，以境表道，给人留下无尽的遐想。

　　以"奉儒守官，不坠素业"的大诗人杜甫其实对禅门也颇有向往之情，他在《秋日夔府咏怀》诗中说过："身许双峰寺，门求七祖禅。"可见无论是从形迹上，还是思想上，诗人都与禅宗很有关系，杜甫作诗，也不乏用此法结撰诗作的。有一篇很有名的《缚鸡行》："小奴缚鸡向市卖，鸡被缚急相喧争。家中厌鸡食虫蚁，不知鸡卖还遭烹。虫鸡于人何厚薄，吾叱奴人解其缚。鸡虫得失无了时，注目寒江倚山阁。"这首诗的结穴处，也是用的"以境表道法"。"鸡虫得失"无法定夺，只好托之以寒江山阁，此处有不尽之意。宋人洪迈评此诗云："《缚鸡行》，自是一段好议论，至结语之妙，尤非思议所及。"③ 浦起龙则论其结尾说："结语更超旷。盖物不自齐。功无兼济，但此存无间，便大造同流，其得其失，本来无事。'注江倚阁'，海阔天空，惟公天机高妙，领会及此，解者谓公于两物，计无此出，一何粘滞耶！"④ 都对诗的结句大加赞赏。的确，通过这种富有禅机的意境，使诗的意蕴更为丰富。

　　北宋诗人黄庭坚耽于禅悦，诗中多寓禅境。他也多处借鉴公案中的这种"以境表道"之法，如《王充道送水仙花五十枝，欣然会心，为之作咏》一诗："凌波仙子生尘袜，水上轻盈步微月。是谁招此断肠魂，种作寒花寄愁绝。含香体素欲倾城，山矾是弟梅是兄。坐对真成被花恼，出门一笑大江横。"诗的结句按正常思路似应抒写对水仙的感慨，而诗人却以"大江横"为结，兴发极为深广。

　　如果是单纯的写景，就无所谓"以境表道"了，因为在写景诗中以景作结，并无更为深远的意味。公案中的"以境表道"，是禅师对于"如

①　（宋）普济：《五灯会元》，中华书局1984年版，第142页。
②　同上书，第101页。
③　（宋）洪迈：《容斋随笔·三笔》卷5，吉林文史出版社1994年版，第380页。
④　（清）浦起龙：《读杜心解》卷2之3，中华书局1961年版，第304页。

何是佛法大意"等形而上的问题，随手拈来即时之境作为回答，让学人在境中得到顿悟契机。诗中的"以境表道"多在结穴，而且也是作为对某种问题回答而呈现的。诗人在想出问题或作出思索，然后以即时之境作为结穴。这不仅是一种诗歌表现方法，更重要的，它是一种艺术思维方式。在直观的情境中悟解某种形而上的问题。也是一种"理事无碍"的华严境界了。

　　"遮断箭头"与"柳暗花明"之类的方法，对于诗歌的艺术思维方式，影响也是很广泛的，诗人们受此启示。摆脱开正常的逻辑约束，创造出许多奇特诗境，也出乎人们的意料，奇逸跳跃，想落天外，大大地拓展了欣赏者的审美思维空间。

　　黄山谷的诗颇善此道，山谷诗构思奇特颖异，往往在关键处遮断读者的正常思路，而生出令人意想不到的结局，给人以柳暗花明、峰回路转之感。如《题郑防画夹五首》（之一）云："惠崇烟雨归雁，坐我潇湘洞庭。欲唤扁舟归去，故人云是丹青。"这首诗写出了惠崇所画《烟雨归雁图》的强烈艺术张力，诗人为画中风物所陶醉，忘记了自己是一个置身于画外的鉴赏者，而恍惚之间，似乎自己是在江南烟雨之中了。于是"欲唤扁舟归去"。此时，读者的审美心境也同诗人相似，以为真的是写江南的烟雨之景了。第四句陡然一转，故意提醒诗人，这并非真实的景致，而是一幅水墨丹青，这才使人恍然大悟，此处诗人采取了"遮断箭头"的手法，使正常的思维指向碰了个"钉子"，然后又指出"向上一路"。使我们"顿悟"到这是在赏画。再如《题竹石牧牛》这首题画诗："野次小峥嵘，幽篁相倚绿，阿童三尺棰，御此老斛觫。石吾甚爱之，勿遣牛砺角。牛砺角尚可，牛斗残我竹。"同是题画诗，此诗与前诗迥然异趣，诗人在诗前加了小引云："子瞻画丛竹怪石，时增前坡牧儿骑牛。甚有意态，戏咏。"这个小引给读者提供了明确的审美导向，提醒读者，这是苏子瞻和李伯时合作的一幅画，赏之可也，万勿当真，这就告诉读者，把眼前的画境与生活真实区别开来，对之取一种审美的态度，而诗人在诗作中却越转越奇。正常的思路很难适应诗人的奇思妙想。本来明明告诉读者，这是一幅画，但诗人却说，我非常喜爱这怪石，告诉牧童，管束好这牛，千万不要让他在石上砺角，怕损坏了石头，接着又说，牛砺角也还可以，千万不要让牛相斗，以免损害了我所喜爱的竹子。诗思之奇，非寻常可以想见，也是遮断读者的正常思路，而另辟新意，使人神观飞越。

　　东坡作诗也常常截断读者的正常的思维定式，出之以十分新颖奇警的意象，使人有柳暗花明、"新天下人耳目"的审美感受，而且，来得更加自然，不着痕迹。如《纵笔》一诗："白头萧散满霜风，小阁藤床寄病容。报道先生春睡美，道人轻打五更钟。"前两句写诗人自己被贬海南时的憔悴病苦之状。历尽坎坷，一再贬徙，诗人已是满头霜发、病容憔悴了，读之使人恻恻，这给读者造成了一种悲苦凄凉的心理惯性与阅读期待，而第三句则陡然一转，写出先生春睡正美的情态，表现了诗人那种随遇而安，旷达而又倔强的性格。这一转，恐怕是令人始料不及的。另一组《纵笔》的第一首与此境界相似："寂寂东坡一病翁，白发萧散满霜风，小儿误喜朱颜在，一笑哪知是酒红！"也是同样出人意料的转折，真是"指出向上一路"。说这类诗受公案影响自然有猜测之嫌，但以东坡的精于禅道而言，在诗中运机锋也是很自然的。

在诗与禅的关系中，公案是占有举足轻重的地位的，禅的特质主要是通过公案得以体现。但把公案问题单独拿出来加以论列，仍然是很有必要的。一切公案的目的。都是为了使学人得以"顿悟"。而公案本身就蕴含有"顿悟"的契机。那种非逻辑的，却又是十分机智的话语，开启着学人的心智。而公案的思维方式，给人带来了更加矫健的灵感之翼。公案的超常性，使诗人们更有力地超越诗歌创作的固有模式，而创造出十分新颖的、个性化的艺术境界。

第三节　诗对禅的反弹

我们习惯于看到哲学宗教对文学的影响和渗透，而未尝看到文学对哲学的反作用。这是一种很有普遍性倾向。人们总是谈论着哲学、心理学、美学等学科如何影响文学，甚至在某种时候决定着文学的走向。似乎文学是一个很柔顺的小姑娘，任人摆布，只是被动地接受影响与"决定"。其实，这乃是一种误解，文学不仅是受着政治、哲学等上层建筑其他门类的制约和影响，同时，也施作用于其他门类。文学与哲学之间不仅存在着"互相影响"的关系，而且十分密切。在文学与宗教之间也是如此。不仅宗教对文学有广泛而深刻的影响，而且文学也多方面的渗透在宗教里面。

在宗教的发展中，很明显地体现出诗对禅的渗透，尤其是在公案里，多有带有审美意味者，很多禅师的回答，都如同优美的诗句。这类诗化的公案，在意象、句法甚至韵律上，都是依循诗的规律产生出来的。诗化公案，有的是单句，有的是一联，有的是绝句式的偈语，如："首座问：和尚甚处去来？师曰：游山来。座曰：到甚么处？师曰：始从芳草去，又逐落花回。座曰：大似春意。师曰：也胜秋露滴芙蕖。"① 在这个公案里，"始从芳草去，又逐落花回。"即便入在一些有名的诗人的作品中，也决非下劣之作。韵律、对偶都完全符合成熟的五言近体。同时，意象颇为优善，两句之中，意思有很大的转折。完全可以断定，只有在五言近体诗高度成熟之后。才能在禅宗公案里出现这样的句子。"也胜秋露滴芙蕖"，也同样是可以看成意象优美的诗句的。

　　这类诗化公案在灯录中举出许多例子，为是说明问题，我们且随手摘引一些。"问：如何是道。师曰：石牛频吐三春雾，木马嘶声满道途。""问：如何得见本来面目？师曰：不劳悬石镜，天晓自鸡鸣。" "问：宗乘一句，请师商量。师曰：黄峰独脱物外秀，年来月往冷飕飕。"这里，禅宗的回答都可以说是一些很奇妙的诗句，意象颇为奇崛空灵。再如："问：如何是韶山境？师曰：古今猿鸟叫，翠色薄烟笼。"不仅韵律完全符合五言近体的规律，而且，诗的意境也是美丽的而迷蒙的。不妨再列举一些此类例子。"僧问：如何是南源境？师曰：几处峰峦猿鸟叫，一带山川游子迷。"② "问：如何是本尔庄严？师曰：菊花原上景，行人去路长。"③ "僧问：如何是兴阳境？师曰：松竹乍载山影绿，水流穿过庭院中。"④ "如何是佛法大意？师曰：闪烁鸟飞急，奔腾兔走频。"⑤ "问：如何是佛？师曰：嘶风木马缘无绊，背角泥牛痛下鞭。"⑥ "教意祖意，相去几何？师曰：寒松连翠竹，秋水对红莲。"⑦ "如何是三冬境？师曰：千山添翠色，万树锁银华。"⑧ 这类例子在灯录中可以说是不胜枚举的。

　　禅宗的偈语也是最能体现出文学对宗教的强烈渗透力的。偈语，也称为"偈颂"。是佛教中的颂词，是梵语"偈陀"的简称。多用三言、四言、五言、六言、七言以至多言为句，四句合为一偈。唐宋时期禅宗公案中的偈语，以五言、七言为多，很明显也是受五七言绝句诗的影响。即如神秀与慧能所写的名偈："身是菩提树，心如明镜台，时时勤拂拭，莫使惹尘埃。"

---

① （宋）普济：《五灯会元》，中华书局1984年版，第208页。
② 同上书，第333页。
③ 同上书，第348页。
④ 同上书，第510页。
⑤ 同上书，第511页。
⑥ 同上书，第674页。
⑦ 同上书，第740页。
⑧ 同上书，第856页。

（神秀）"菩提本无树，明镜亦非台，本来无一物，何处惹尘埃？"（慧能）无论是从韵律，句法还是结构，意象等方面，都可以说是高妙的五言绝句。《五灯会元》卷四载罗汉和尚的偈语云："宇内为闲客，人中作野僧。任从他笑我，随处自腾腾。"① 都是用五言绝句的写法写成的。

　　唐宋以前的佛教偈语，数量较少，也较为抽象，多是用较为干涩的语言来演绎佛理，而唐宋时期禅宗的偈颂则不然，多是以具体的意象写成，充满了浓郁的诗意。尽管意象所象征的仍是禅宗意蕴。但偈语本身，可说是审美化或者诗化了的。如永明延寿禅师所诵偈语云："孤猿叫落中天月，野客吟残半夜灯。此境此时谁得意？白云深处坐禅僧。"② 灵运禅师偈云："夜来云雨散长空，月在森罗万象中。万象灵光无内外，当明一句若为通。"③ 治平禺禅师偈云："优游实际妙明象，转步移身指落霞。无限白云犹不见，夜乘明月出芦花。"④ 金山了心禅师偈云："佛之一字孰云无，木马泥牛满道途，倚遍栏干春色晚，海风吹断碧珊瑚。"这些偈颂，如果从公案里摘取出来，都是相当不错的七言绝句。它们虽然是作为宗教的工具被使用的，但它们自身却也可以看作是自足的审美客体，没有唐代以还近体诗的成熟，诗歌形式的臻于完善，这样的偈语是绝不可能出现的。

　　这些偈语的功能可以说是双重的。一方面，它们都有着空灵的、玄妙的象征意蕴，它们的背后是渊深而神秘的禅本体，它们的价值指向在于宗教领悟，另一方面，它们又都"披戴"着诗的形式，采用诗的意象，具有很大的审美感染力。禅，有的时候是以"麻三斤"、"干屎橛"、"拄杖孔"之类的怪异面目出现的，足以使人瞠目结舌；有时则是以"落花随流水，明月上孤岑"这样优美而空灵的诗化意象走向人心的。在这美的感染中，使人悟道，这便是禅！

　　禅是中国佛教的产物，公案也是中国佛教的产物。这类诗化公案，更是中国佛教的产物。这是宗教与文学联姻的宁馨儿！不可能设想，没有唐代以还近体诗的成熟，没有唐代处处皆诗的艺术氛围，会产生这样的公案。这是一笔很珍贵的宗教文学遗产，是非常值得玩味与开掘的。

　　禅的公案，这样一些很美的意象能够给人以审美愉悦，但却绝不是以审

① （宋）普济：《五灯会元》，中华书局 1984 年版，第 249 页。
② 同上书，第 604 页。
③ 同上书，第 880 页。
④ 同上书，第 903 页。

美为目的的，相反，它们的目的在于指向宗教体验。换言之，审美并非是这类公案所不可缺少的。许多全然没有美感的喻象如"臭肉来蝇"、"干屎橛"、"屎里蛆儿，头出头没"。这些东西同样可以用来构成公案，可见，优美的意象并非公案的必要条件。

李泽厚先生曾经举了一些例子来说明禅与审美的缘分：

> 拈花微笑，道体心传，这是一张多么美丽的图画。此外，如"青青翠竹，总是法身，郁郁黄花，无非般若。""问如何是天柱家风？师曰：时有白云来闭户，更无风月四山流。""问如何是佛法大意？师曰：春来草自青。""问：语默涉离微，如何通不犯。师曰：常忆江南三月里，鹧鸪啼处百花香。"……等等，都是通过诗的情味来指向禅的神学领悟。①

通观李泽厚的含义，是以一种泛美学的眼光来看诗禅宗的，也就是认为禅宗具有美学的性质。我们可以部分地同意李泽厚先生的观点，也就是"通过诗的审美情味来指向禅的神学领悟"，是很能道出这类诗化公案的特点的；但要申明一点看法，这些诗化公案，并不能说明"禅道妙悟"具有了审美属性，而毋宁说是诗对禅的深刻影响。

在中国这样一个泱泱诗国里，在唐、宋这两个诗的辉煌时代（在我看来，宋诗虽然没有唐诗中那么多流播人口的名篇，却有足以与唐诗抗衡的独特成就），士大夫有谁不会写诗呢？士人与诗人，几乎是可以通用的呵。在士大夫圈子里，诗的氛围是相当浓重而普遍的。也许，见诸文字的几万首诗不一定能够完全揭载"诗国"的含义，而普遍发达的诗性智慧，才是它的深层底蕴。在这样一种氛围中，如果只是用"麻三斤"、"干屎橛"的喻象作为公案，禅又何以能够征服许许多多的士大夫呢？反之，以诗的形式、诗的意象、诗的美感，来传达禅的意蕴，却可以使士大夫们更为向往于禅悟的境界呵。

大量的士大夫参禅悟道，并且与禅僧频繁往还，这就大大地提高了禅宗的文化品位。参禅得有高度的文化修养，刺激了禅僧们不断提高文化素质，禅僧中出现了不少诗僧。而对士大夫阶层的征服，正意味着对统治集团的渗透。唐宋时期，许多在朝野有重大影响的士大夫，如王维、李翱、

① 李泽厚：《中国古代思想史论》，人民出版社1986年版，第211页。

苏轼、杨亿、夏竦等人，都成了耽于禅悦的"居士"。他们成了禅宗与统治集团联系的纽带，在禅僧与士大夫的往还中，在士大夫对禅的向往中，诗成为重要的媒介物。诗对禅的影响与渗透，既是当日的事实，也是宜乎其然的。

神思——艺术的精灵

绪论 "神思"作为美学范畴的本体追问

第一节 中国古典美学范畴活力的彰显与建构

"神思"在中国古典美学的园囿中，是一棵充满活力缀满鲜果的树。它扎根于中国文化与哲学的沃壤之中，汲纳了中华民族的思想精华，有着悠远的历史，又为中华民族的文学艺术创造了无数具有耀眼光彩和独特魅力的杰作。对于中国古代美学范畴的梳理，对于建构具有鲜明民族特色的美学体系，"神思"这个范畴的考察不仅是不可回避的，而且，是有着非常重要的理论价值的。在中华美学传统的宏大框架里，"神思"结合了一些相关范畴而居于显要位置的部分。在某种意义上也可以这样看，很大程度上，"神思"较为充分地体现了中华美学的民族特色。"神思"是在审美创造主体的思维层面的核心范畴。

说到范畴研究，笔者于此表示一点浅显的看法。有关范畴的哲学与美学意义，已在此前的专著与论文中[①]得到了较为深入的阐发，这里也许没有置喙的必要。然而，从中国古代美学的当代价值这样一个角度来看，中国古典美学范畴的研究及学理性阐释，不仅是有必要的，而且是现阶段最有建设性意义的工作。若干年来我国理论界（尤其是古代文艺理论界）所倡扬的古代文论的现代转换，是古代美学与文论研究中的一个热门话题，其目的自然是使中国古代美学和文论，在当代的文艺理论建设中实现自己的价值，焕发出生机与活力；同时，又使我国当前的美学研究更多地发出中华民族自己的声音。

在这个转换的进程中，范畴建设是非常重要的一翼。无论是西方美学还是中国美学，范畴都是支撑整个体系的"骨骼"。西方美学之所以有其鲜明

---

① 如张岱年《中国古典哲学概念范畴要论》、汪涌豪《范畴论》和蔡锺翔等《范畴研究三人谈》。

的特色，一个重要的因素是在其漫长的历史中形成了一系列成熟的范畴，如"优美"、"崇高"、"悲剧"、"喜剧"、"和谐"、"净化"、"荒诞"等。中国古典美学中也有许多内涵独特而丰富的范畴，如"形神"、"风骨"、"神思"、"感兴"、"妙悟"、"意境"、"情景"等，这些范畴都颇为典型地体现着中国人独特的思维方式，有着浓郁的中国气派。应该说，中国古典美学范畴比西方更为丰富，但也更为繁杂。这些范畴的存在及其相互联系，使中国美学与西方美学相比有着毫不逊色的抗衡实力，同时也有互补的优势。

　　客观地说，与西方相比，中国古代美学的范畴，多是处在素朴的、直观的形态下，体现了中国学者的以直观感悟为主的思维特色，而缺少理论上的明晰性与逻辑上的严密性，对于这些范畴，批评家们拿来即用，很少加以理论上的界定与说明，即便是有所说明，也多半是描述性、比喻性的，而少有对此范畴的内涵与外延的严格定义。如司空图的《二十四诗品》，作者对所标举的诗学范畴只是用诗的语言加以比喻。以"冲淡"为例，什么是"冲淡"呢？《二十四诗品》云："素处以默，妙机其微。饮之太和，独鹤与飞。犹之惠风，荏苒在衣。阅音修篁，美曰载归。遇之匪深，即之愈稀。脱有形似，握手已违。"全然是用诗的语言，对"冲淡"范畴作比喻性的描述。再如"兴趣"这个范畴，宋代诗论家严羽这样论述：

　　　　盛唐诸人唯在兴趣，羚羊挂角，无迹可求。故其妙处，透彻玲珑，不可凑泊。如空中之音，相中之色，水中之月，镜中之象，言有尽而意无穷。①

这也是借用一些禅学的话头来比喻兴趣的特征。对范畴不加界定，随机运用，这也是中国古代艺术批评中的普遍性作法。这就造成了中国古代美学范畴的某种模糊性与直观性。与西方的美学范畴相比，长于直观而缺少严格界定是客观事实。

　　但是，我们更应看到，中国古代美学的范畴虽然较为松散，较为直观，却又有着无可比拟的丰富性与审美理论价值。西方的美学范畴，很多是从哲学家的哲学体系中派生出来的，是其哲学体系中很严密的有机部分，而与具体的艺术创作、鉴赏，却较为疏远；而中国古典美学则不然，它们是与具体的文学艺术创作、批评共生的，水乳交融的。大多数范畴都是在具体的艺术

---

① 郭绍虞：《沧浪诗话校释》，人民文学出版社1961年版，第26页。

评论中产生的，因此，带着浓郁的艺术气质和经验性状。再就是范畴表述的美文化，譬如刘勰对"风骨"这个重要的美学范畴的描述：

> 是以怊怅述情，必始乎风；沉吟铺辞，莫先乎骨。故辞之待骨，如体之树骸；情之含风，犹形之包气。结言端直，则文骨成焉；意气骏爽，则文风清焉。若丰藻克赡，风骨不飞，则振采失鲜，负声无力。是以缀虑裁篇，务盈守气；刚健既实，辉光乃新。其为文用，譬征鸟之使翼也。①

再如《文心雕龙·物色》篇中的赞对"物色"这个范畴的描述："山沓水匝，树杂云合。目既往还，心亦吐纳。春日迟迟，秋风飒飒；情往似赠，兴来如答。"② 都是非常形象而又充满诗意的。再如张炎在《词源》中提出"清空"的范畴，他这样论述说：

> 词要清空，不要质实。清空则古雅峭拔，质实则凝涩晦昧。姜白石词如野云孤飞，去留无迹。吴梦窗词如七宝楼台，眩人眼目，碎拆下来，不成片段，此清空质实之说。③

这种以优美的、诗化的语言来论述范畴者，在中国古典美学资料中是俯拾即是的。这种艺术气质和美文化的特色，不但不是弱点，恰恰是中国美学最有价值、最有生机的成分。

然而，中国美学的大多数范畴，不如西方美学的一些基本范畴那样具有最大的涵盖性和普适性，有那种现当代的中西美学都广泛接受的深刻影响，原因是多种多样的，但其中重要的一点，在于它们失之于漶漫繁杂，并且理论的抽象程度不够，各个范畴之间也往往边缘不清，你中有我、我中有你的情况是存在于许多范畴之中的。这种情况却为我们的研究提供了一个很大的空间，也使所谓"现代转换"有了切实的课题。对于中国古典美学范畴重新进行审视、阐释和整合，这是"转换"的可行性途径。我们的工作目的，

---

① 范文澜：《文心雕龙注》，人民文学出版社 1958 年版，第 513 页。
② 同上书，第 695 页。
③ （宋）张炎：《词源》卷下，见唐圭璋《词话丛编》第 1 册，中华书局 1985 年版，第 259 页。

是要使这些范畴具有较为严谨的理论形态，有内涵与外延的界定，有自己的逻辑起点。一方面重新焕发它们的生机与活力，使它们那种"生香活色"的艺术气质和美文化的特色得以彰显与传播；另一方面，则是使其更为理论化、系统化和逻辑化，具有较为严密的表述方式。

对于中国古典美学范畴的研究，一个切实的工作思路当是熔炼整合。所谓"熔炼整合"，有两方面的含义：一是将相同或相近范畴的资料集中到一起，加以提炼，纳入到一个主范畴的构架之中，使之既有丰富的底蕴与内涵，又有高度的综合性质；二是梳理各主范畴之间的有机联系，形成一个有着深刻的内在关系的范畴网络。这样就可以形成一个既有鲜明的中华民族特色，又有较为严密的逻辑联系的美学体系。

第二节　"神思"：关于艺术创作思维的核心范畴

在中国古典美学的诸范畴中，"神思"是一个关于艺术创作思维的核心范畴或曰主范畴、基本范畴。之所以称之为核心范畴，是因为它可以涵盖艺术创作思维的基本性质，可以将与艺术创作思维有关的范畴结合在一起，并且概括了艺术思维的全过程。

"神思"这个范畴，当然是由魏晋南北朝时期卓越的文论家刘勰在《文心雕龙·神思》中正面提出的。刘勰并非是凭一时的心血来潮，或全然的主观臆想，而是对以往关于艺术创作思维的论述的综合、提炼与升华。尤其是西晋时期陆机的《文赋》，更是刘勰"神思"论的直接理论来源。陆机在《文赋》中，以十分优美、生动的辞赋语言描述了文学创作从创作前的准备，到艺术构思的进入；从灵感的突起，到作品的艺术表现。陆机虽然是以形象的语言作精美的描述，但与刘勰的《文心雕龙·神思》相比，还远不如后者的理论深度和概括高度。我们现在从范畴的角度可以看出，刘勰对"神思"的论述在古典美学的范围内，不仅是"前无古人"，也可以说是"后无来者"的。如果说在刘勰以前，"神思"的有关思想还只是处于"萌芽"状态，那么，到了刘勰这里，"神思"作为中国美学的重要范畴已然以十分成熟的形态树起了一块耸然而立的碑石。

关于"神思"有各种理论上的阐释，或以之为艺术构思，或以之为艺术想象，或以之为灵感，或以之为艺术创作的运思过程（参见本书第二章的有关论述）。笔者以为这些观点都有相当充分而客观的道理，在"龙学"和"神思"论的研究中都可以卓然成家。但从笔者的"熔炼整合"的意识来看，"神思"可说是有关艺术创作思维的基本范畴。刘勰之前，已有"神思"这个词语的出现，同时，也有一些有关艺术思维的零散论述；刘勰之后，有许多文论家、诗论家、画论家等从不同的侧面将"神思"的思想加以延伸和发挥，而从对"神思"作为范畴的全面建设上来说，仍然要推刘勰《文心雕龙》中的《神思》篇为最系统、最理论化的表述。本书对"神思"这个美学范畴的考察，自然也以刘勰的《神思》篇为重心。但笔者又认为"神思"是一个中国古典美学中关于艺术创造思维的核心范畴，所涉及问题的广度和深度并不止于《神思》一篇，许多文论家、诗论家、画论家等都为"神思"论做出了独特的理论贡献。因此，笔者对"神思"论的考察，又并不局限于《文心雕龙》中的《神思》篇，而是结合诸多论者的相关论述，进行分析和综合，对"神思"论作出较为全面客观而又具有现实的理论意义的阐释。

依笔者之见，"神思"论可视为艺术创作思维的核心范畴。它可以包含狭义和广义两个层面：狭义是指创作出达于出神入化的艺术杰作的思维特征、思维规律和心意状态；广义则是在普遍意义上揭示了艺术创作的思维特征、思维过程和心理状态。它包含了审美感兴、艺术构思、创作灵感、意象形成乃至于审美物化这样的重要的艺术创造思维的要素，同时，它是对于艺术创作思维过程的动态描述。

"神思"在一个层面上是指创作出达到至高境界也即出神入化的艺术作品的思维活动。"入神"在中国古典美学中是对于艺术作品的一种相当高的价值评判，也是一种由必然而入自由的艺术创作状态。唐代大诗人杜甫所说的"读书破万卷，下笔如有神"，就是指超越了规矩法度、进入自由境界的状态，而创作出的是非常独特的、具有很高审美价值的作品。宋人严羽在《沧浪诗话·诗辨》中说："诗而入神，至矣，尽矣，蔑以加矣。"[①] 这是严羽论诗的至高标准。画论、书论也以"神品"为最高品级。唐代著名书论家张怀瓘将书法艺术分为"神"、"妙"、"能"、"逸"四品论画，以"神品"为至上之品。这些都说明在中国人对艺术品的评价中，"神"是至高的品级。而从陆机和刘勰对"神思"的建设性论述中，我们也可以看到，从某种意义上讲，"神思"并非一般的思维活动，而是那种在创作出艺术佳构时的文思泉涌、气势充沛、意象纵横的艺术思维的最佳状态。刘勰所说的

---

① 郭绍虞：《沧浪诗话校释》，人民文学出版社 1961 年版，第 8 页。

"吟咏之间，吐纳珠玉之声；眉睫之前，卷舒风云之色：其思理之致乎！"①所创造的是十分美妙的意象，并非庸常的东西。与"神思"密切相关的一个概念"天机"，也可以将其归属于"神思"这个大的范畴之内，它所表征的便是那种超乎一般的灵思，是指创作出最佳、最独特的作品的契机。艺术理论家们所谈论的"天机"，都是指那些被人们视为出神入化的奇妙佳构，对这些作品的创作动因充满了无限的神往。陆机所说的"方天机之骏利，夫何纷而不理"描述的是文思的涌畅，创作出的是非常美好的作品。明代诗论家谢榛对戴复古"春水渡旁渡，夕阳山外山"的赞赏"属对精确，工非一朝"，认为是由"天机"而成："诗有天机，待时而发，触物而成，虽幽寻苦索，不易得也。"② 宋代著名的画沦家董逌对大画家李公麟的高度评价，也认为其为"天机自张"："至其成功，则毫发无遗恨。此殆技进乎道，而天机自张者耶？"③ 以"天机"论艺，都是指达于化境的艺术佳构。这恰恰正是"神思"的一种内涵。

对于"神思"的理解与阐释，有的学者认为是艺术想象，有的认为是灵感，有的认为是艺术构思，这些都是有着充分的理由的，因为"神思"论中非常深刻地论述了有关艺术想象、灵感、构思等问题；然而，如果把"神思"等同于或想象、或灵感、或构思，都是不完整的、不够确切的，因为从刘勰《文心雕龙·神思》篇和陆机《文赋》来看，都是将"神思"作为艺术创作思维的整体加以论述的，包含了艺术创作思维的全过程和多方面的特质。在笔者看来，"神思"是中国古典美学中关于艺术创作思维的核心范畴，其内涵包括了文学创作的准备阶段、创作冲动的发生机制、艺术构思的基本性质、创作灵感的发生状态、审美意象的产生过程以及作品的艺术传达阶段等。"神思"具有自由性、超越性、直觉性和创造性等特点，是一个动态的运思过程及思维方式，而非静止的概念。

"神思"体现了创作主体的自由本质，突破时间与空间的限制，使想象的翅膀冲破客观时空的隔层，上可达于天，下可入之地；可以回溯于千载之前，可以驰骋于百代之后。刘勰对"神思"的界定明确指出了艺术创作思维的这种特点："古人云：'形在江海之上，心存魏阙之下。'神思之谓也。

---

① 范文澜：《文心雕龙注》，人民文学出版社 1958 年版，第 493 页。
② （明）谢榛：《四溟诗话》卷 2，中华书局 1985 年版，第 23 页。
③ （宋）董逌：《广川画跋》，见于安澜《画品丛书》，上海人民美术出版社 1982 年版，第 290 页。

文之思也，其神远矣。故寂然凝虑，思接千载；悄焉动容，视通万里。"①
陆机《文赋》所说的"精骛八极，心游万仞"，都是突破客观时空的局限，
精神活动的范围没有边界，可以穿越时间的铅幕，可以打破空间的藩篱，而
创造出另一个独特的审美时空来。

　　"神思"的自由性质还在于不拘于成法，变化万端，进入一种自然灵妙
的境界。"神"的含义所指一是神灵和精神的作用，二是指微妙的变化。这
里引张岱年先生的论述以说明之：

　　　　以"神"表示微妙的变化，始于《周易大传》。《系辞上传》云：
　　"阴阳不测之谓神。"又云："神无方而易无体。"又云："知变化之道
　　者，其知神之所为乎！"《说卦》云："神也者妙万物而为言者也。"这
　　就是说："神"是表示阴阳变化的"不测"、表示万物变化的"妙"。
　　何谓"不测"？《系辞下传》云："易之为书也不远，为道也屡迁，变动
　　不居，周流六虚，上下无常，刚柔相易，不可为典要，唯变所适。"所
　　谓"不测"即"不可为典要"，唯变所适之义，表示变化的极端复杂。
　　"妙"，王肃本作"眇"，妙眇古通，即细微之意。"妙万物"即显示万
　　物的细微变化。韩康伯《系辞注》云："神也者，变化之极，妙万物而
　　为言，不可以形诘者也。故曰阴阳不测。尝试论之曰：原夫两仪之运，
　　万物之动，岂有使之然哉？莫不独化于太虚，尔而自造矣。"韩氏以
　　"变化之极"解释"神"，基本上是正确的，"神"表示变化的复
　　杂性。②

"神思"之"神"，首先是微妙变化之意，而"神思"则是变化莫测的运
思。如唐代张怀瓘所说的"千变万化，得之神功，自非造化发灵，岂能登
峰造极！"③

　　"神思"是一种直觉性的思维方式，作家汲纳物象，进行运化熔冶，创
造出新的意象。陆机《文赋》说："其致也，情曈昽而弥鲜，物昭晰而互
进。""物"即是物象。刘勰则称为"物色"。刘勰说："是以诗人感物，联
类无穷；流连万象之际，沉吟视听之区。写气图貌，既随物以宛转；属采附

---

　①　范文澜：《文心雕龙注》，人民文学出版社1958年版，第493页。
　②　张岱年：《中国古典哲学概念范畴要论》，中国社会科学出版社1987年版，第97页。
　③　（唐）张怀瓘：《书断》卷中，见《钦定四库全书·子部》，文渊阁影印本，第56页。

声，亦与心而徘徊。"① 指出诗人的思维过程是以物象为其材料的。"神思"并非停留于物象的汲纳和运动，而是将其熔冶为新的审美意象，《文心雕龙·神思》篇中所说的"窥意象而运斤"，此处的"意象"，便是经过诗人运化熔冶而形成的审美意象，它带着鲜明的创造性，是以往所未曾有过的。"神思"的"思"，作为一种审美之思，不仅是认识，更多的是包含着新创、生成，新的审美意象便由此而诞生。"神思"不是逻辑思维的过程，而是一种难以言传的微妙思致。正如刘勰在《文心雕龙·神思》篇中所说："至精而后阐其妙，至变而后通其数。伊挚不能言鼎，轮扁不能语斤，其微矣乎！"② 非常形象而准确地道出了"神思"的这种直觉的性质。

"神思"是与艺术创作主体的审美情感融合为一的。"神思"论高度重视情感在"神思"中的作用。"情"的发动，是"神思"产生的动因；在作家的构思过程中，"情"也一直是联结、改造物象进而形成新的审美意象的最重要的因素。刘勰所说的"人禀七情，应物斯感。感物吟志，莫非自然"③，陆机所说的"遵四时以叹逝，瞻万物而思纷；悲落叶于劲秋，喜柔条于芳春"④，钟嵘所说的"气之动物，物之感人，故摇荡性情，形诸舞咏"⑤ 等，都认为"情"应外物而勃发，成为文学创作的动因。而在艺术构思的过程中，"情"是一直贯穿于始终的重要因素。"神思"的运化，当以"吟咏情性"为要务，如刘勰所说之"为情而造文"。刘勰认为，作品的文采是由创作主体的内在情感自然生发而成的。他说："夫以草木之微，依情待实；况乎文章，述志为本，言与志反，文岂足征！"⑥ 所谓"志"，这里主要是指主体的情感。而且，在刘勰看来，"神思"是以意象为基元而贯通连属的，意象又是由"情"孕化而成的，他在《文心雕龙·神思》篇的赞语中说："神用象通，情变所孕。"准确地道出了情感在"神思"中的重要作用。但是这个"情"，不能简单地视为个人的日常化的情感、情绪，而是某种业已经过了中和、升华，并赋予了一定形式感的审美情感，刘勰在《文心雕龙》中有《情采》一篇，提出"情采"的概念，也就是使情感与形式结合，所谓"情文"，正是情感的审美化。

---

① 范文澜：《文心雕龙注》，人民文学出版社 1958 年版，第 693 页。

② 同上书，第 495 页。

③ 同上书，第 65 页。

④ 张怀瑾：《文赋译注》，北京出版社 1984 年版，第 20 页。

⑤ 陈延杰：《诗品注》，人民文学出版社 1961 年版，第 1 页。

⑥ 范文澜：《文心雕龙注》，人民文学出版社 1958 年版，第 538 页。

"神思"虽是直觉性的思维，是以审美意象为创造目的的，但却并非是非理性的，而是将理性的思致或云"义理"融化在意象之中，或以警策透辟的力度，挺立在诸多意象之中。陆机非常强调篇中的"警策"，主张"立片言以居要，乃一篇之警策，虽众辞之有条，必待兹而效绩"①，这里的"警策"，当然是指"义理"的警动人心。陆机认为这种"警策"之句是全篇的核心和灵魂。陆机《文赋》又说"理扶质而立干，文垂条而结繁"，认为义理在文中是应立的主干。李善《文选注》"文之体必须以理为本"，揭明了陆机之意。刘勰在其《文心雕龙·隐秀》篇中论述了"隐"和"秀"作为一对具有深刻的辩证关系的审美范畴的意义。他说："是以文之英蕤，有秀有隐。隐也者，文外之重旨者也；秀也者，篇中之独拔者也。隐以复意为工，秀以卓绝为巧。"②"卓绝"即有理性深刻、警动人心之意。篇末赞中对"秀"的概括，此意便更为明确，赞语中说："言之秀矣，万虑一交。动心惊耳，逸响笙匏。"③"万虑一交"乃是思虑的升华理念的精粹。但这种秀出篇章的理性华彩，不是逻辑推理式的，而是在意象运思过程中自然产生的。

"神思"作为艺术创作思维，并非仅是停留在内在观念形态的构想上，而是将审美意象的构思与其艺术传达结合起来同时考虑。与西方有关艺术想象论、灵感论相比，中国古代的"神思"论更为注意将意象的创造和艺术语言的表现密切结合，或者说是以确切而生动的艺术语言使内在的审美意象得以物化。陆机在《文赋序》中说：

> 余每观才士之所作，窃有以得其用心。夫放言遣辞，良多变矣；妍蚩好恶，可得而言。每自属文，尤见其情。恒患意不称物，文不逮意，盖非知之难，能之难也。故作《文赋》，以述先士之盛藻，因论作文之利害所由，他日殆可谓曲尽其妙。至于操斧伐柯，虽取则不远，若无随手之变，良难以辞逮。盖所能言者，具于此云尔。④

陆机所患者在于"意不称物，文不逮意"，而他所探求的也正是以意称物，

---

①　张怀瑾：《文赋译注》，北京出版社 1984 年版，第 34 页。

②　范文澜：《文心雕龙注》，人民文学出版社 1958 年版，第 632 页。

③　同上书，第 633 页。

④　张怀瑾：《文赋译注》，北京出版社 1984 年版，第 18 页。

以文逮意。陆机在《文赋》正文中一开始便将神思的运化、物象的渐次明晰，审美意象的渐次成熟，与作品的语言表现联系起来论述：

> 倾群言之沥液，漱六艺之芳润；浮天渊以安流，濯下泉而潜浸。于是沉辞怫悦，若游鱼衔钩而出重渊之深；浮藻联翩，若翰鸟缨缴而坠曾云之峻。收百世之阙文，采千载之余韵；谢朝华于已披，启夕秀于未振；观古今于须臾，抚四海于一瞬。①

陆机在这里以颇具诗意的语言所主张的是，以非常富于文采而独具个性的词语来传达作者的构思。刘勰在《文心雕龙·神思》篇中所说的"神居胸臆，而志气统其关键；物沿耳目，而辞令管其枢机。枢机方通，则物无隐貌；关键将塞，则神有遁心。……然后使玄解之宰，寻声律而定墨；独照之匠，窥意象而运斤"②，则是直接揭明了语言将审美意象加以物化、得以彰显的重要功能。如何以更为确切、更有审美价值的语言来传达、物化审美意象，这是"神思"论的一项重要的内涵。

第三节　"神思"与魏晋南北朝时期的哲学思潮

"神思"作为艺术创造思维的范畴，在魏晋南北朝时期的提出与崛起，有着内在的时代因素和哲学上的背景。就其实质而言，"神思"是对审美创造主体精神的高扬，是对审美自由追求的肯定，也是对主体创造能力的全面揭示。

在此之前，中国的美学资料中，对于审美创造主体的心理能力的分析是很难见到的。尽管美学家们把老子、庄子的"虚静"、"心斋"等说成是审美心胸，但其实老、庄所论都非艺术创作问题。《礼记·乐记》等艺术理论文献以心物交感作为艺术发生的动因，客观地阐释了创作冲动的产生，但与后来魏晋南北朝时期相比，在艺术创作主体方面的解释，都过于简单了。而魏晋南北朝时期的"神思"论，则可以说是对审美创造主体的心理能力的首创性的描述与全面揭示。陆机的"伫中区以玄览"，宗炳的"澄怀味象"，

① （晋）陆机：《文赋》，见（南朝·梁）萧统选，（唐）李善注《文选》，商务印书馆1936年版，第350页。
② 范文澜：《文心雕龙注》，人民文学出版社1958年版，第493页。

刘勰的"陶钧文思，贵在虚静"，都是讲艺术构思时的审美心胸。而关于创作灵感、艺术想象，陆机、刘勰的论述至今看来仍然是相当经典的。这些都是对审美创造主体能力的全面开掘和举扬。

　　主体的心理能力，超越有限，超越在场，突破身观经验的束缚，在心灵的世界中驰骋无垠的时空，这是人的审美心理的必然追求。"审美是令人解放的"，这种解放自然是一种心灵的解放。而这正是与魏晋时期玄学思潮及其流风余韵有深刻的内在关系的。对于主体心灵的高扬，对于超越有形的追求，都是与当时的哲学思想有着不解之缘的。魏晋玄学即为"玄远之学"，所要探寻的是世界的形而上的本体，恰如著名学者汤用彤先生在与汉代哲学思想的对比中所概括的玄学的特点：

　　　　魏晋之玄学则不然。已不复拘拘于宇宙运行之外用，进而论天地万物之本体。汉代寓天道于物理。……其所探究不过宇宙之构造，推万物之孕成。及至魏晋乃常能弃物理之寻求，进而为本体之体会。舍物象，超时空，而研究天地万物之真际。①

汤用彤先生相当精辟指出了魏晋玄学超越物象、询问本体的哲学精神。正始时期著名的玄学家王弼、何晏创玄学中"贵无"一派，主张"天地万物以无为本"。《晋书·王衍传》中说："魏正始中，何晏、王弼等祖述老庄，立论以为天地万物皆以无为本，无也者开物成务，无往而不存者也。阴阳恃以化生，万物恃以成形，贤者恃以成德，不肖恃以免身，故无之为用，无爵而贵矣。"② 这段话概括了"贵无派"的哲学宗旨，认为天地万物存在的依据是万事万物之上的抽象本体——"无"。"有"是生于"无"的。王弼明确指出："夫物之所以生，功之所以成，必生乎无形，由乎无名。无形无名者，万物之宗也。"③ 又说："天下万物，皆以有为生。有之为始，无以为本。将欲全有，必反于无。"④ 汤一介先生阐释说：

　　　　这就是说，天地万物都是有形有象的具体存在物，而这些有形有象

---

　　① 汤用彤：《魏晋玄学论稿》，上海古籍出版社2001年版，第44页。
　　② （唐）房玄龄等：《晋书》卷43《王衍传》，中华书局1975年版，第1236页。
　　③ 楼宇烈：《王弼集校释》，中华书局1980年版，第195页。
　　④ 同上书，第110页。

的具体存在物得以发生，是由于"无"作为本体才呈现为形形色色的具体东西，如果要想使多种多样的具体事物都能保全，就必须把握人体之"无"。①

以这种"贵无"思想为开端的玄学精神，是以形上追求为其根本特征的。玄学又称"玄远之学"，"玄远"和"玄虚"、"玄妙"意义相同，都是指超越于自然和社会之上的宇宙本体。魏晋时期的玄谈是以"本末有无"这样一些形而上的命题为主要论题的，对于超越现象的本体追求是当时的普遍思潮。

与之相关的是对人的主体精神和主体能力的高度重视。玄学风气的一个表征在于品藻人物，而品藻人物的价值标准更多地在于人物的内在精神气质，即人物的"神韵"。《世说新语》中评价人物更多的是重视人的内在精神。如论王衍"太尉神姿高彻，如瑶林琼树，自然是风尘外物"②；评嵇康"身长七尺八寸，风姿特秀。见者叹曰：萧萧肃肃，爽朗清举。或云：肃肃如松下风，高而徐引。山公曰：嵇叔夜之为人，岩岩若孤松之独立；其醉也，傀俄若玉山之将崩"③，都是揭示人物的内在神韵的。

"形""神"之争作为哲学史上的重要问题，带来了美学中对人的主体能力和地位的高度重视。从汉代以来，"形""神"关系渐次成为哲学论争中的一个突出问题。这个问题，从两汉一直到魏晋南北朝，"形""神"问题始终是哲学论坛上的争论无已的问题，争论的焦点在于是"神灭"与"神不灭"两种观点的针锋相对。"形"是指人的身，"神"则是指人的精神、灵魂。所谓"神灭"论，认为精神依赖于身体而存在，身体消亡，精神亦随之而消失。东汉的桓谭、王充，南北朝的范缜、何承天，都持这种观点。范缜作《神灭论》，提出"形质神用"的命题，成为"神灭"论的突出代表。而西汉的司马迁父子提出了"神本"论："神者，生之本也；形者，生之具也。"④ 以精神为形体之本，成为后来的"神不灭"论的先声。南北朝时高僧慧远提出著名"形尽神不灭"论，力主形体消亡而精神不灭。他从理论上论证"神"不是物质，是精而灵的东西，是永恒不灭的。他对

---

① 汤一介：《郭象与魏晋玄学》，北京大学出版社 2000 年版，第 43—44 页。
② 余嘉锡：《世说新语笺疏》，中华书局 1983 年版，第 508 页。
③ 同上书，第 716 页。
④ （汉）司马迁：《史记》卷 130《太史公自序》，中华书局 1975 年版，第 3292 页。

"神"的界说是：

> 夫神者何耶？精极而为灵者也。精极则非卦象之所图，故圣人以妙
> 物而为言，虽有上智，犹不能定其体状。……神也者，圆应无生，妙尽
> 无名，感物而动，假数而行。感物而非物，故物化而不灭；假数而非
> 数，故数尽而不穷。①

南北朝时期的著名画家，同时也是佛教思想家的宗炳，也写下了长篇论
文《明佛论》（一名《神不灭论》），详细论证了"神不灭"论。他认为在
"形""神"关系中，"神"为"形"的主宰，"形"是"神"的寓处。
"神"以生"形"，"形"赖"神"生。《明佛论》中说："今神妙形粗，而
相与为用。以妙缘粗，则知以虚缘有矣。"② 在宗炳的观念里，"神"是第一
性的，"形"是第二性的，也就是说精神产生形体。在哲学上说，硬说精神
是造作物质的本源，灵魂可以脱离形体而存在，这无疑是很荒谬的。但这种
荒谬也并非毫无根据，它的背景就是魏晋时期人的自我意识的发现。哲学上
的"形""神"之辩，反映着人的主体意识的建立。说形体是灵魂的派生
物，这当然是头足倒立，但魏晋南北朝时期连篇累牍的"神不灭"论的著
述，却曲折地反映出人们对精神现象的高度重视，人们对自己内心世界的认
同。也正是在这种哲学背景下，中国古典美学确立了"神"的地位，并把
"神"的意义弘扬到了前所未有的高度。正是这个宗炳，他从"神不灭"论
的观念出发，在美学上提出了"山水质有而趣灵"的命题，而且还在刘勰
之前，使用了"神思"的范畴。他正是在反复阐述了山水画中创作主体的
心灵功能中突出了"神思"的地位的，他在《画山水序》中说：

> 夫以应目会心为理者，类之成巧，则目亦同应，心亦俱会，应会感
> 神，神超理得，虽复虚求幽岩，何以加焉？又神本无端，栖形感类，理
> 入影迹，诚能妙写，亦诚尽矣。于是闲居理气，拂觞鸣琴，披图幽对，
> 坐究四荒，不违天励之丛，独应无人之野。峰岫峣嶷，云林森渺，圣贤
> 映于绝代，万趣融其神思。余复何为哉？畅神而已，神之所畅，孰有

---

① 石峻等：《中国佛教思想资料选编》第1册，中华书局1981年版，第85页。
② 同上书，第223页。

先焉。①

我们在这里看到，宗炳在论述山水画的创作时，将主体的"神思"视为最为重要的因素。从宗炳这里，最能见出"神思"的这种"形""神"之争的哲学背景。

"神思"论中包含着非常出色的对于灵感的论述。陆机在《文赋》中对灵感的描述："若夫应感之会，通塞之纪，来不可遏，去不可止。藏若景（'景'同'影'——引者注）灭，行犹响起。方天机之骏利，夫何纷而不理？"② 是关于灵感的论述中最为经典、最为确切的描述，在以后的"神思"论中，关于"天机"也即灵感的论述相当之多，在很大程度上代表了"神思"论在魏晋南北朝之后的发展。但是，中国的"神思"论中关于灵感的论述与西方的"灵感"论相比，有其鲜明的特点。西方的"灵感"论带有浓重的神秘色彩，不是乞灵于神赐的"迷狂"，便是归之于天才的禀赋，基本上都是把灵感的发生原因归之于主体一端的，而未见有从主客体相互关系的角度加以考察。中国的"神思"论中的灵感论述（如"感兴"、"天机"等）则不然，关于灵感的发生机制，中国的"神思"论基本上都是从主客体关系的角度加以论述的。"神思"论在谈及灵感的发生时几乎都是把客观事物的变化视为主体的创作冲动不可缺少的媒质，认为灵感的发生是外物感召心灵的产物。我们可以看到，"神思"论一直是沿着心物交融、主客体相互感应的方向发展，在艺术创构中树立起"心"与"物"、"情"与"境"相互依存、缺一不可的观念。陆机所说的："遵四时以叹逝，瞻万物而思纷。"③ 刘勰所说的："春秋代序，阴阳惨舒，物色之动，心亦摇焉。盖阳气萌而玄驹步，阴律凝而丹鸟羞，微虫犹或入感，四时之动物深矣。若夫圭璋挺其惠心，英华秀其清气，物色相召，人谁获安？"④ 钟嵘所说的："气之动物，物之感人。故摇荡性情，形诸舞咏。……若乃春风春鸟，秋月秋蝉，夏云暑雨，冬月祁寒，斯四候之感诸于诗也。嘉会寄诗以亲，离群托诗以怨。至于楚臣去境，汉妾辞宫；或骨横朔野，魂逐飞蓬；或负戈外戍，杀气雄边；塞客衣单，孀闺泪尽，或士有解佩出朝，一去忘返；女有扬蛾入宠，再

---

① （南朝·宋）宗炳：《画山水序》，人民美术出版社 1985 年版，第 9 页。
② 张怀瑾：《文赋译注》，北京出版社 1984 年版，第 46 页。
③ 同上书，第 20 页。
④ 范文澜：《文心雕龙注》，人民文学出版社 1958 年版，第 693 页。

盼倾国；凡斯种种，感荡心灵，非陈诗何以展其义？非长歌何以骋其情？"①
这些都以"感物"来论述创作冲动的发生。此后的诗论、画论中对艺术灵
感的认识，也都是感物而发、触物而兴。如《文镜秘府论》中论"感兴"
一势云："感兴势者，人心至感，物色万象，爽然有如感会。"② 认为"感"
是"心""物"之间的"感会"。宋代著名画论家董逌以"天机"论画，
他说：

> 山水在于位置。其于远近阔狭，工者增减，在其天机。务得收敛众
> 景，发之图素。惟不失自然，使气象全得，无笔墨辙迹，然后尽其妙。
> 故前人谓画无真山活水，岂此意也哉？燕仲穆以画自嬉，而山水尤妙于
> 真形。然平生不妄落笔，登临探索，遇物兴怀。自成邱壑。至于意好已
> 传，然后发之。或自形象求之，皆尽所见，不能措思虑于其间。③

董氏对李公麟画评价最高，论其画云：

> 伯时于画，天得也。常以笔墨为游戏，不立寸度，放情荡意，遇物
> 则画，初不计其妍媸得失。至其成功，则无毫发遗恨。此殆进技乎道，
> 而天机自张耶？④

这些对"感兴"、"天机"也即灵感的论述，都是以"心""物"之间的感
遇为前提的。这并非偶然，而是与中国哲学中最为核心的基本观念"天人
合一"有深刻联系的。

天人关系是中国古代哲学中非常重要的命题，"究天人之际"，是哲人
们的普遍追求。"天"在其中的一个层面而言，指宇宙自然。从这个意义上
说，"天人合一"指的是人与宇宙自然的统一与和谐。张岱年先生认为：
"中国古代哲学家所谓'天人合一'，其基本的含义就是肯定'自然和精神
的统一'，在这个意义，天人合一的命题是基本正确的。"⑤ 张岱年先生关于

① 陈延杰：《诗品注》，人民文学出版社 1961 年版，第 1 页。
② ［日］遍照金刚：《文镜秘府论·地卷》引，人民文学出版社 1975 年版，第 41 页。
③ （宋）董逌：《广川画跋》，见于安澜《画品丛书》，上海人民美术出版社 1982 年版，第
297 页。
④ 同上书，第 290 页。
⑤ 张岱年：《中国哲学中"天人合一"思想的剖析》，见《北京大学学报》1985 年第 1 期。

"天人合一"的命题有这样的概括说明：

> 关于人与宇宙之关系，中国哲学中有一特异的学说，即天人合一论。中国哲学之天人关系论中所谓天人合一，有二意义：一天人相通，二天人相类。天人相通的观念，发端于孟子，大成于宋代道学。天人相类，则是汉代董仲舒的思想。①

在笔者看来，"天人合一"起于先秦哲学中的孟子和老庄思想，中经汉代的董仲舒"天人相副"和魏晋玄学"自然"观的推演，至宋明理学到达高峰。

魏晋玄学"自然"观，主要是对老庄哲学中的"天人合一"思想的秉承与发展。《老子·二十五章》云："人法地，地法天，天法道，道法自然。"②《庄子·知北游》云："汝身非汝有也。……孰有之哉？曰：是天地之委形也。生非汝有，是天地之委和也。性命非汝有，是天地之委顺也。孙子非汝有，是天地之委蜕也。"③ 人的一切皆非独立于自然，而是自然之物，"自然"有二义，一为"自然而然"、"自成"之义；二为宇宙、自然界之义，这二者又是相通的。亚里士多德说："一般说来，万物所由生成者为自然，万物所依以生成之范型亦为自然，其所生成者如一草一木，或一动物皆具有自然本性。"④ 张松如教授认为亚氏这段话恰可为老子之语的"真诠"。他说：

> 据此推演，而概括出"道法自然"的结论来，当然是可以成立的。若谓老氏所说"自然"谊为"自成"，则"道法自然"便正可表达出"道自因"这一概念。詹剑峰云："所谓道自因，即从整个自然来看，自然事物的原因都在自然本身之中，不在自然之外，这就同恩格斯说：'斯宾诺莎：实体是自身原因——把相互作用明显地表现出来了'相接近了。也可以说是具体而微。"⑤ 这岂不正好证明：老子"法自然"的道论，乃是以自然界为本原的，并且是对自然界本来面目的朴素的了

---

① 张岱年：《中国哲学大纲》，中国社会科学出版社1982年版，第173页。
② 李存山注译：《老子》，中州古籍出版社2008年版，第79页。
③ （清）王先谦《庄子集解》卷6，上海书店1986年版，第139页。
④ ［古希腊］亚里士多德：《形而上学》，吴寿彭译，商务印书馆1959年版，第136页。
⑤ 詹剑峰：《老子其人其书及其道论》，湖北人民出版社1982年版，第203页。

解，不附加任何外来的成分。这无疑是唯物主义的自然观了。①

张松如先生在这里把"自然"的双重含义令人信服地揭示出来。魏晋玄学中的主要几派都倡导"自然"，主张人与自然的亲合。这对魏晋时期的艺术理论和艺术创作，都有非常深远的影响。山水诗、山水画的勃兴，都与这种思潮有深切的关系。宗白华先生有这样精辟的论断："晋人向外发现了自然，向内发现了自己的深情"②，可谓一语中的。

"神思"论重情，这在前面已有论列，而"神思"中的"情"，并非止于一般的日常情感或情绪，而是经过提纯、升华且加以形式化的审美情感。在艺术创造过程中，"情"一直伴随着"神思"，也可以说是"神思"的重要内涵，而其超越了一般的日常情感的性质进而审美化，是"神思"的情感蕴含的重要特质。"神思"论中的重"情"及其审美化的升华，是与中国哲学中的"性情"观有深刻的内在联系的。

关于"情"的内涵，荀子曾有这样的界说："形具而神生，好恶喜怒哀乐臧焉，夫是之谓天情。"③ 又说："性之好恶喜怒哀乐谓之情。"④《礼记·礼运》篇云："何谓人情？喜怒哀惧爱恶欲七者，弗学而能。"⑤ 从这些说法来看，"情"本属于天然的、本能的情感、情绪。但"情"往往表现为一种感性的冲动，为了使之中庸合度，哲学上便很早有"性情"概念的出现。"性"和"情"是密切相关却又有相当大的区别。"性"是人的内在的社会性本质，是较为理性化的。董仲舒论性情说："天地之所生，谓之性情。性情相与为一瞑。情亦性也。谓性已善，奈其情何？"⑥ 表现了性善情恶的倾向。《白虎通·性情》篇云："性情者，何谓也？性者阳之施，情者阴之化也。人禀阴阳气而生，故内怀五性六情。情者，静也。性者，生也。此人所禀以生者也。故《钩命决》曰：情生于阴，欲以时念也。性生于阳，以就理也。阳气者仁，阴气者贪，故情有利欲，性有仁也。"又说："五性者何谓？仁义礼智信也。……六情者，何谓也？喜怒哀乐爱恶谓六情。"⑦ 这些

---

①　张松如：《老子说解》，齐鲁书社 1998 年版，第 156 页。
②　宗白华：《论〈世说新语〉和晋人的美》，见《艺境》，北京大学出版社 1986 年版，第 139 页。
③　（清）王先谦：《荀子集解》，中华书局 1988 年版，第 309 页。
④　同上书，第 412 页。
⑤　程树德：《论语集释》卷 8，中华书局 1990 年版，第 255 页。
⑥　曾振宇注：《春秋繁露》，河南大学出版社 2009 年版，第 267 页。
⑦　（汉）班固：《白虎通义》，商务印书馆 1937 年版，第 318—320 页。

说法，都代表了中国哲学对"性""情"的基本看法。性情相应，使情得以中和，理性与感性处于协调状态，而这也是使情感具有审美性质的端倪所在。

魏晋玄学中有"圣人有情"和"圣人无情"的争论，而以王弼的"圣人有情"论最后成为人们认同的命题。"圣人无情"本是汉魏间流行学说，是当时名士间的普遍观点。何晏即为"圣人无情"之代表，而王弼则另创新论，主"圣人有情"之说。何邵《王弼传》云：

> 何晏以为圣人无喜怒哀乐，其论甚精，钟会等述之，弼与不同，以为："圣人茂于人者神明也，同于人者五情也。神明茂，故能体冲和以通无；五情同，故不能无哀乐以应物。然则圣人之情，应物而无累于物者也。今以其无累，便谓不复应物，失之多矣。"①

以何晏为代表的传统观点认为圣人不应有情，其说则如汤用彤先生所阐释的：

> 夫内圣外王，则天行化，用舍行藏，顺乎自然，赏罚生杀，付之天理。与天地合德，与治道同体，其动止直天道之自然流行，而无休戚喜怒于其中故圣人与自然为一，则纯理任性而无情。②

而在王弼看来，圣人之所于高于众人，并非在于他的无情，而在于他"茂于冲明"；而从人的情感角度来看，圣人与众人是一样的，"同于人者五情也"，圣人的喜怒哀乐与众人是一样的。然而，圣人的"茂于神明"使之可以体认冲和，达于"无"之本体，其"五情"也是秉之自然。如王弼在与荀融书中说："夫明足以寻极幽微，而不能去自然之性，颜子之量，孔父之所预在，然遇之不能无乐，丧之不能无哀。"③ 即是认为，圣人的"神明"可以通于本体的幽微之处，却不能离开自然性情（"性"可以统性情而言，此处"性"字即指情），也不能没有喜怒哀乐。汤用彤先生阐释说：

---

① 楼宇烈：《王弼集校释》，中华书局1980年版，第640页。
② 汤用彤：《魏晋玄学论稿》，上海古籍出版社2001年版，第67页。
③ （晋）何邵：《王弼传》，见叶楚伧《三国晋南北朝文选》，正中书局1936年版，第74页。

王弼曰："五情同，故不能无哀乐以应物。"盖辅嗣之论性情也，实自动静言之。心性本静，感于物而动，则有哀乐之情，故王弼《论语释疑》曰："夫喜惧哀乐，民之自然，应感而动，则发乎声歌。"（皇疏四）又曰："情动于中，而形于言，情正实而后言之不伪。"（皇疏七）夫感物而动为民之自然，圣亦感物而有应，应物则有情之不同，故遇颜子而不能不乐，丧颜子而不能不哀，哀乐者心性之动，所谓情也。歌声言貌者情之现于外，所谓"形"也。圣人虽与常人同有五情，然圣人之情，应物而无累于物。无累于物者，乐而不淫，哀而不伤，亦可谓应物而不伤。……情制性则人为情之奴隶（为情所累）而放其心，日流于邪僻。性制情，则感物而动，动不违理，故行为一归于正，《易·乾卦》之言"利贞者性情也。"王弼注曰："不性其情，何能久行其正，利而正者必性情也（性情即性其情）。性其情者谓性全能制情，性情合一而不相碍。"①

由此可见，王弼认为圣人同常人一样，都有"五情"，但能够"性其情"，使之中和不失其正。

王弼的"圣人有情"论对于魏晋时期士大夫的"重情"倾向是有相当深刻的影响的。宗白华先生于此有充分的论述，不妨引此以为说明，宗先生说：

晋人虽超，未能忘情，所谓"情之所钟，正在我辈！"（王戎语）是哀乐过人，不同流俗。尤以对于朋友之爱，里面富有人格美的倾慕。《世说》中《伤逝》一篇记述颇为动人。庾亮死，何扬州临葬云："埋玉树著土中，使人情何能已已！"伤逝中尤具悼惜美之幻灭的意思。

顾长康拜桓宣武墓，作诗云："山崩溟海竭，鱼鸟将何依？"人问之曰："卿凭重桓乃尔，哭之状其可见乎？"顾曰："鼻如广莫长风，眼如悬河决溜！"

顾彦先平生好琴，及丧，家人常以琴置灵床上，张季鹰往哭之，不胜其恸，遂径上床，鼓琴，作数曲竟，抚琴曰："顾彦先颇复赏此否？"因又大恸，遂不执孝子手而出。

---

① 汤用彤：《魏晋玄学论稿》，上海古籍出版社 2001 年版，第 71 页。

> 桓子野每闻清歌，辄唤奈何，谢公闻之，曰："子野可谓一往有深情。"
>
> 王长史登茅山，大恸哭曰："琅琊王伯舆，终当为情死！"
>
> 阮籍时率意独驾，不由路径，车迹所穷，辄痛哭而返。
>
> 深于情者，不仅对宇宙人生体会到至深的无名的哀感，扩而充之，可以成为耶稣、释迦的悲天悯人；就是快乐的体验也是深入肺腑，惊心动魄；浅俗薄情的人，不仅不能深哀，且不知所谓真乐：
>
> 王右军既去官，与东土人士营山水弋钓之乐，游名山，泛沧海，叹曰："我卒当以乐死！"
>
> 晋人富于这种宇宙的深情，所以在艺术文学上有那样不可企及的成就。①

从宗白华先生所举的这些例子，不难看到魏晋南北朝时期的士大夫们普遍的重"情"倾向，而这种"情"，在大多数情形下，带有浓厚的审美性质，是以"宇宙的深情"来叩问人生。玄学中的"圣人有情"，自然也便成为重要的哲学依据。

依笔者所见，"神思"在中国古典美学系统中的地位是非常重要的。它包括了有关艺术构思、艺术想象、创作灵感、审美意象创造以及艺术表现等艺术创作思维的整体过程，是关于艺术创作思维的核心范畴，而在艺术想象、创作灵感、意象创造等方面的论述是十分深刻而充分的，而且毫不逊色于西方美学同类问题的成就，就其与艺术创作的相关性而言，又是超过了后者的。

"神思"论以异常丰富的语言，揭示了艺术创作思维那种超越法度、变化无穷的特质，同时还指出了客观事物作为艺术创作思维的触媒的重要作用。不仅如此，"神思"论还将艺术思维的直观性和创造性凸现出来。"思"是以新的意象、新的境界、新的艺术生命的创造为其基本功能的。"神思"之"思"，是明显地有别于认识论中的逻辑思维的。

---

① 宗白华：《论〈世说新语〉和晋人的美》，见《艺境》，北京大学出版社1987年版，第131页。

　　"神思"论有着颇为广泛的社会性的哲学渊源。魏晋时期的"形""神"之争、"天人合一"的思想以及"圣人有情无情"等哲学命题，使"神思"这个美学范畴有着更为深刻的内涵，同时，也更多地体现出中华美学的民族特色。

　　在以往的古典美学与文艺理论领域中，关于"神思"的研究已有深厚而坚实的基础，在某一方面也有相当深入的理论建树，这对于中华美学的建构已有丰硕的贡献。但把"神思"作为一个艺术创作思维的核心范畴所进行的整体性把握，尚未之有。这本小书乃是要在这方面作一些初步的探寻。

第一章　"神思"作为重要美学范畴的首创

第一节　"神思"的历史前源

在中国古典美学的范畴发展史上，"神思"作为一个概念提出来是远在刘勰的《文心雕龙》之前，而刘勰在《文心雕龙》中才把"神思"熔铸成一个相当成熟的美学范畴。

从字面上看，汉末建安时期的曹植在他的作品中已经有了"神思"这个词，如曹植的《陈审举表》中有"又闻豹尾已建，戎轩鸾驾，陛下将复劳玉躬，扰挂神思。"① 这里的"神思"无非是思虑之意。而曹植的《宝刀赋》云："规圆景以定环，摅神思而造象。"② 这个"神思"，已是"奇妙之思"的意思。孔融《荐祢衡表》称祢衡云："目所一见，辄诵于口。耳所暂闻，不忘于心。性与道合，思若有神。"③ 也是说祢衡的文思有如神助，非常敏捷。《晋书》载管辂曾云："吾与刘颖川兄弟语，使人神思清发，昏不假寐。"④ 这里的"神思"，指的是思维神智。

南朝时期的著名画论家宗炳，最早在艺术思维的意义上使用"神思"的概念。宗炳的《画山水序》，是最早的山水画论。宗炳从他对"形神"问题的看法出发，在《画山水序》中明确地提出"应会感神"、"畅神"等命题，同时，也将"神思"作为艺术思维的美学概念正式运用。《画山水序》中说："峰岫峣嶷，云林森渺。圣贤映于绝代，万趣融其神思，余复何为哉，畅神而已。神之所畅，孰有先焉。"⑤ "神思"在此即是超越时空、主客

---

① 傅亚庶：《三曹诗文全集译注》，吉林文史出版社1997年版，第896页。

② （三国·魏）曹植：《宝刀赋》，见（唐）徐坚等《初学记》，中华书局1962年版，第530页。

③ （南朝·梁）萧统编：《昭明文选》第5册，华夏出版社2000年版，第1461页。

④ （唐）房玄龄等：《晋书》卷41，吉林人民出版社1995年版，第694页。

⑤ （南朝·宋）宗炳：《画山水序》，人民美术出版社1985年版，第9页。

合一的神奇之思。徐复观先生阐释这段话道：

> "峰岫峣嶷，云林森渺"，此乃山之形，亦即山之灵、山之神。自
> 己之精神，解放于形神相融之山林中，与山林之灵之神，同向无限飞
> 越，而觉"圣贤映于绝代"，无时间限制；"万趣融于神思"，无空间之
> 间隔；此之谓"畅神"，实庄子之所谓逍遥游。①

　　徐复观还在"万趣融于神思"后加括号说："此时主客合一，即庄子所
谓'物化'、'天游'。"② 徐复观的理解是较为客观的。宗炳在画论中重神，
有着南北朝时期"神灭"、"神不灭"的哲学论争的背景，宗炳在哲学上是
力主"神不灭"的，他的著名佛学论文《明佛论》就是阐发他的"神不
灭"的观点的。而在山水画的创作上，他所提出的"神"，有主客体两个方
面的含义：一是审美主体的"神"，即人的精神，"畅神"、"神思"是也；
另一方面，是山水所蕴含的神韵，"应会感神"、"神本无端"是也。"神
思"，就是指飞越时空的艺术思维。
　　在字面上并未出现"神思"，而在实质上真正成为刘勰的"神思"论的
渊源的，是晋朝陆机《文赋》中的有关论述：

> 若夫应感之会，通塞之纪，来不可遏，去不可止。藏若景灭，行犹
> 响起。方天机之骏利，夫何纷而不理？思风发于胸臆，言泉流于唇齿。
> 纷葳蕤以馺遝，唯毫素之所拟。文徽徽以溢目，音泠泠而盈耳。及其六
> 情底滞，志往神留，兀若枯木，豁若涸流。揽营魂以探赜，顿精爽而自
> 求。理翳翳而愈伏，思轧轧其若抽。是故或竭情而多悔，或率意而寡
> 尤。虽兹物之在我，非余力之所戮。故时抚空怀而自惋，吾未识夫开塞
> 之所由。③

这段论述之所以为人们所重视，在于它非常生动准确地描述了艺术创作
中的灵感状态。这当然不能全然等同于"神思"这个美学范畴的全部意
义，但从灵感思维这个层面上看，《文赋》这段话是对刘勰的"神思"

---

① 　徐复观：《中国艺术精神》，春风文艺出版社 1987 年版，第 207 页。
② 　同上。
③ 　张怀瑾：《文赋译注》，北京出版社 1984 年版，第 46 页。

影响最为直接的。这也是中国古代文论与美学中关于灵感的最有代表性的论述。

　　这段论述是中国古代美学中灵感理论中最有代表性的，无论哪种文学批评史、美学史之类的著述，都很难回避它、忽略它。"神思"不能全然等同于灵感，但灵感却是"神思"这个范畴的最为重要的方面。陆机的这段话，也是刘勰"神思"论的主要源头。无疑地，陆机对灵感思维的描述是非常生动直观的，而且正面触及了艺术创作中灵感思维的一些主要特征。如灵感思维的突发性、偶然性和创造性等。陆机以"天机"作为艺术创作灵感思维的代名词，"天机"的有无，是文学创作是否成功的关键所在。这里一是指出灵感思维的突发性，"来不可遏，去不可止。藏若景灭，行犹响起"，当艺术思维中灵感降临时是突如其来的，不可遏止的，而它离开的时候，也是无法挽留的。二是"天机"的降临，还使创作呈现出高度亢奋、"骏利"的状态。当此之时，诗人头脑中的意象纷涌而至，而且很快形成了有序的内在结构（所谓"夫何纷而不理"）。三是"天机"的有无也是作品是否能获得充分适合文思的艺术表现形式的最重要因素。当"天机骏利"时，灵思如春风鼓荡于胸臆，优美的语言文辞如泉水般流溢而出。四是作品由此获得了极佳的审美效果。这里又因之谈到文学意象的视听审美效果问题。"文徽徽以溢目"，是说作品文采斐然，其内在视象灿溢目前；"音泠泠而盈耳"，是说作品的音韵之美，使人们获得了异常丰富的听觉美感。陆机还从反面描述了当"天机"隐遁、灵思无踪时的情形，"六情底滞，志往神留，兀如枯木，豁如涸流"。思路是那样的塞涩，如同干涸的河床。诗人写成的篇什，有无"天机"作为它的创造性机制，是作品高下优劣的根由所在。"天机"不曾"光顾"，虽是苦思殚虑，写出来的东西却可能是有很多瑕疵（即"或竭情而多悔"），而有"天机"相助，那么，可能虽是一挥而就，倚观可待，却是珠圆玉润，透彻玲珑（即所谓"或率意而寡尤"）。由此可见，"天机"的确是文学创作不可或缺的思维机制。

　　看起来，"天机"也即"神思"是不可控制的，正如陆机《文赋》所说的："虽兹物之在我，非余力之所戮。故时抚空怀而自惋，吾未识夫开塞之所由。"① 似乎是无法把握它的机枢。但陆机并未把它全然神秘化。与西方有关灵感的论述取并不相同的途径。西方的"灵感"理论把灵感或归之于"神赐迷狂"，或归之于主体的天才，都是忽略客体因素的。而陆机的

------

　　① 张怀瑾：《文赋译注》，北京出版社 1984 年版，第 46 页。

《文赋》，一开始就把"天机"的产生置于主客体的交互感通之中。所谓"应感之会"，指的就是作家心灵与外物的感应。在《文赋》的开端之处，陆机说：

> 伫中区以玄览，颐情志于典坟。遵四时以叹逝，瞻万物而思纷。悲落叶于劲秋，喜柔条于芳春。心懔懔以怀霜，志眇眇而临云。咏世德之骏烈，诵先人之清芬；游文章之林府，嘉丽藻之彬彬。慨投篇而援笔，聊宣之乎斯文。①

这里是阐释文学创作的发生条件，也是创作灵感的产生因素。其中有二：一是与自然事物的交流感应，兴发了创作情思；二是阅读《典》《坟》经籍，从文化遗产中获得滋养。"中区"也即天地宇宙之中。"玄览"，即细致地观察。李善《文选》注引《老子·十章》"涤除玄览"，河上公注："心居玄冥之处，览知万事，故谓之玄览也。"② 这第一句就是说创作主体与宇宙大化的交流感应。"遵四时以叹逝"等四句，都是在说四时迁逝、万物荣枯感发人的心灵，从而兴发了创作的冲动。这是陆机所说的"天机骏利"的产生原因。

第二节　"神思"作为艺术创作思维范畴
在《文心雕龙》中的提出

"神思"作为稳定的、成熟的审美范畴的正式提出，是在刘勰的《文心雕龙》中。《文心雕龙》作为一部文艺理论著作，它的体大思精，在中外文论史上都是罕见的。全书50篇，形成一个相当严密的体系。而《神思》篇在这个体系中担负着非同小可的重要角色。首先弄清《神思》在《文心雕龙》中的地位与作用，这对于我们认识"神思"是有重要价值的。一般来说，按刘勰自己在《序志》篇中所阐明的，50篇分为上篇与下篇。前25篇是上篇，是论文之"纲领"。其中前5篇，即《原道》、《征圣》、《宗经》、《正纬》、《辨骚》是总论，刘勰称之为"文之枢纽"。从《明诗》到《书记》这20篇分论各体文章，可称为"文体论"，刘勰概括说："若乃论文叙

---

① 张怀瑾：《文赋译注》，北京出版社1984年版，第20页。
② 王卡点校：《老子道德经·河上公章句》，中华书局1993年版，第147页。

笔，则囿别区分，原始以表末，释名以章义，选文以定篇，敷理以举统。上篇以上，纲领明矣。"① 后面的 25 篇，即为下篇。而从《神思》到《总术》这 19 篇是论述创作的各个方面，一般被称为创作论。《时序》是论述文学与时代的关系，《物色》是论述文学创作与自然景物之间的关系（笔者则认为此篇可归入创作论中），《才略》、《程器》是论述作家的才禀与品德，《知音》是论述文学批评的态度与方法。《序志》不论具体问题，却是全书的总序所在，它的作用是"以驭群篇"。刘勰在《序志》中论及下篇说："至于割情析采，笼圈条贯，摛神、性，图风、势，苞会、通，阅声、字，崇替于《时序》，褒贬于《才略》，怊怅于《知音》，耿介于《程器》，长怀《序志》，以驭群篇。下篇以下，毛目显矣。"②（《文心雕龙·序志》）这就是《文心雕龙》的大致结构。

《神思》是创作论的首篇，也是创作论的纲领所在。刘勰在《神思》篇中称"神思"为"驭文之首术，谋篇之大端"，足见其对"神思"地位的重视。著名的文艺理论家王元化先生这样论述《神思》篇在《文心雕龙》体系中的地位：

> 刘勰以《神思》篇作为统摄创作论诸篇的总纲，正是体现了他把想象活动（神思）的艺术思维看作是贯串全部创作过程的观点，这是一种卓识。③

这个意思是非常清楚的，在王元化先生看来，刘勰是把《神思》作为创作论的总纲的，而且，在某种意义上来说，后面的创作论诸篇，如《体性》、《风骨》、《通变》、《定势》等，都是《神思》的展开。他又指出：

> 《神思篇》作为创作论的第一篇，阐明想象贯串在艺术构思的全过程中。……《神思篇》是《文心雕龙》创作论的总纲，统摄了创作论以下诸篇的各重要论点。前者埋伏了预示了后者，后者则进一步说明了发挥了前者。④

---

① 范文澜：《文心雕龙注》，人民文学出版社 1958 年版，第 727 页。
② 同上。
③ 王元化：《文心雕龙创作论》，上海古籍出版社 1984 年版，第 209 页。
④ 王元化：《文学沉思录》，上海文艺出版社 1983 年版，第 7 页。

已故的著名《文心雕龙》研究家牟世金先生也持这种看法，而且进一步发挥为自己对《神思》在《文心雕龙》的体系中地位的明确认识：

> 《神思》篇从创作原理上确立了刘勰创作论的整个体系，揭示了他的创作论所要研究的全部内容。因此，《神思》就可成为我们研究刘勰整个创作体系的一把钥匙。
>
> 有人认为："《神思篇》是《文心雕龙》创作论的总纲，几乎统摄了创作论以下诸篇的各重要论点。"这是很有见地的，《神思》的确是刘勰整个创作的总纲。不过，既然是总纲，就不能仅仅是统摄创作论的"重要论点"，从"论点"上来找《神思》和其他各篇的联系，有些"重要论点"也是很难联系得上的。……所谓"总纲"，必须统领全部创作论的内容，囊括从《神思》到《物色》的整个创作论体系。刘勰的创作论，全部内容都是按《神思》中提出的纲领来论述的，他在具体论述中，虽然有所侧重，但《神思》以下二十一篇的主旨，并没有超出其总纲的范围。①

从总体上看，笔者是颇为赞成这种观点的。从美学和文艺理论的角度来看，《文心雕龙》中最有价值的要推创作论诸篇，因为这些篇章非常系统地、深刻地阐述了文学创作的一些内在规律，创作论诸篇从各个侧面论述了创作中的一些基本问题，《神思》则是以创作思维为核心，概括了文学创作的全过程。现在不妨将《神思》篇全文录下，以见其本来面目。

> 古人云："形在江海之上，心存魏阙之下。"神思之谓也。文之思也，其神远矣。故寂然凝虑，思接千载；悄焉动容，视通万里。吟咏之间，吐纳珠玉之声；眉睫之前，卷舒风云之色：其思理之致乎！故思理为妙，神与物游。神居胸臆，而志气统其关键；物沿耳目，而辞令管其枢机。枢机方通，则物无隐貌；关键将塞，则神有遁心。是以陶钧文思，贵在虚静，疏瀹五脏，澡雪精神。积学以储宝，酌理以富才，研阅以穷照，驯致以怿辞。然后使玄解之宰，寻声律而定墨；独照之匠，窥意象而运斤。此盖驭文之首术，谋篇之大端。夫神思方运，万涂竞萌，规矩虚位，刻镂无形。登山则情满于山，观海则意溢于海，我才之多

---

① 牟世金：《文心雕龙译注》，齐鲁书社 1995 年版，第 358—359 页。

少，将与风云而并驱矣。方其搦翰，气倍辞前，暨乎篇成，半折心始。何则？意翻空而易奇，言征实而难巧也。是以意授于思，言授于意；密则无际，疏则千里。或理在方寸，而求之域表；或义在咫尺，而思隔山河。是以秉心养术，无务苦虑；含章司契，不必劳情也。

人之禀才，迟速异分；文之制体，大小殊功。相如含笔而腐毫，扬雄辍翰而惊梦，桓谭疾感于苦思，王充气竭于思虑，张衡研《京》以十年，左思练《都》以一纪：虽有巨文，亦思之缓也。淮南崇朝而赋《骚》，枚皋应诏而成赋，子建援牍如口诵，仲宣举笔似宿构，阮瑀据案而制书，祢衡当食而草奏：虽有短篇，亦思之速也。若夫骏发之士，心总要术；敏在虑前，应机立断。覃思之人，情饶歧路；鉴在虑后，研虑方定。机敏故造次而成功，虑疑故愈久而致绩；难易虽殊，并资博练。若学浅而空迟，才疏而徒速；以斯成器，未之前闻。是以临篇缀虑，必有二患：理郁者苦贫，辞弱者伤乱，然则博见为馈贫之粮，贯一为拯乱之药，博而能一，亦有助乎心力矣。

若情数诡杂，体变迁贸，拙辞或孕于巧义，庸事或萌于新意；视布于麻，虽云未贵，杼轴献功，焕然乃珍。至于思表纤旨，文外曲致，言所不追，笔固知止。至精而后阐其妙，至变而后通其数，伊挚不能言鼎，轮扁不能语斤，其微矣乎！

赞曰：神用象通，情变所孕。物心貌求，心以理应。刻镂声律，萌芽比兴。结虑司契，垂帷制胜。①

之所以引录《神思》之全篇，无非是想全面地本真地认识一下"神思"的本质。"神思"作为一个成熟的美学范畴，在其发展过程中，固然有着变化与丰富的因素，但在刘勰的《文心雕龙》的《神思》篇里，其基本含义都已包蕴于其中。另一个问题是，《文心雕龙》中《神思》篇的论述，也与作为经过时间陶炼后形成的作为美学范畴的"神思"，也并非全然是一回事。然而，客观地认识把握刘勰所论"神思"的内涵，是非常必要的。

第三节　诸家之"神思"观

在这里，我们先看一下诸位《文心雕龙》研究家或古文论学者对"神

---

① 范文澜：《文心雕龙注》，人民文学出版社 1958 年版，第 493—495 页。

思"的内涵的揭示与评价。

王元化、李泽厚、刘纲纪、叶朗、刘伟林、詹福瑞等先生认为,"神思"就是艺术想象,《神思》篇就是论述艺术想象的特征与规律。王元化在《文学沉思录》中说:"《神思篇》作为创作论的第一篇,阐明想象贯串在艺术构思的全过程中。"① 王元化先生还在他的《文心雕龙》研究名著《文心雕龙创作论》中阐述了《神思》中"寂然凝虑,思接千载;悄焉动容,视通万里。吟咏之间,吐纳珠玉之声;眉睫之前,卷舒风云之色"的名言与陆机《文赋》中"观古今于须臾,抚四海于一瞬"等语的联系,指出:"这些话都说明想象活动具有一种突破感觉经验局限的性能,是一种不受身观限制的心理现象。这也正是刘勰把想象称为'神思'的主要原因。"② 王元化在阐释《神思》篇的赞语"神用象通,情变所孕"时也说:"'神'即'神思',是指想象活动。"③ 王元化还正面阐述了他对"神思"的认识,他说:

《神思篇》一开头就说:"古人云:形在江海之上,心存魏阙之下",语出于魏中山公子牟,是指"身在草莽而心存好爵"的一种人生态度,本来带有贬义。刘勰引用这句话时已舍去了它的本义,借以规定"神思"是一种身在此而意在彼、可以由此及彼的联想功能。从这里我们可以清楚看出刘勰所说的"神思"也就是想象。④

由此可见,王元化先生认为"神思"就是艺术想象。

李泽厚、刘纲纪两位先生也认为"神思"是艺术创作中的想象。他们在《中国美学史》中明确地说:"《神思》即是艺术想象论。"接着又作了具体的阐发:

按照刘勰的理解,"神思"是一种不受时间和空间限制的奇妙的想象力。……"神思"之思在中国古代语言中不只是现在所说思维的意思,它有想念不在目前的事物的意思。后者即近于现在所说的想象,并且经常带有明显的情感色彩。如梁武帝《孝思赋》中说:"想缘情生,

① 王元化:《文学沉思录》,上海文艺出版社1983年版,第7页。
② 王元化:《文心雕龙创作论》,上海古籍出版社1984年版,第130页。
③ 同上书,第140页。
④ 同上书,第129页。

情缘想起"，又说"思因情生，情因思起"。这里所说的想与思是一个意思，而且都与情相关。刘勰所说的"神思"，可以"思接千载"，"视通万里"，使不在目前的事物如在目前，这显然是一种想象的力量。刘勰所讲的又不是一般的"思"，而是"文之思"，亦即是艺术的想象。之所以称之为"神思"，既含有指出这种"思"是人心、精神作用的意思，也是为了形容它具有超越时空限制的神妙的功能。①

李泽厚、刘纲纪认为"神思"的本质就是想象，是想念不在目前的事物的意思，而且，李、刘二位还指出了"神思"的情感色彩，这是很重要的一点。

罗宗强先生对"神思"的阐释，也是侧重于艺术想象特征。他对"神思"有这样一个简赅的说明："神思，就是驰神运思。"② 他对"神思"的具体解析，其中最重要的内容就是艺术想象。他认为："刘勰神思论之一重要内容，便是阐述了神思的艺术想象特征。"③

叶朗先生也认为："所谓'神思'，就是艺术想象活动。"④ 他还将"神思"所涉及的内容作了这样的分析：一，艺术想象是一种突破直接经验的心理活动；二，艺术想象需要人的生理和心理的全部力量的支持；三，艺术想象一方面要保持"虚静"，另方面又要依赖外物的感兴；四，艺术想象是创造性的想象，它的结果是产生审美意象；五，刘勰认为每个人的艺术想象力和对外物的感应力是不同的，所以一个作家在平日就要培养自己的艺术想象力和感应力。⑤

詹福瑞先生也将"神思"释为想象，他将陆机的《文赋》中的"心游"与"神思"联系起来，认为都是论述艺术想象。詹福瑞从《文赋》和《神思》中提炼了艺术想象的三个方面的特征：一是"想象可以超越时空局限的属性，也是《神思》篇开篇就论述的一个主要问题"。"艺术想象的第二个特征，可用《文心雕龙·神思》中的话来概括：'神与物游。''神与物游'，除了说明艺术想象要扎根于现实，从物出发这一特点外，还含有另外

---

① 李泽厚、刘纲纪：《中国美学史》第 2 卷，中国社会科学出版社 1987 年版，第 703—704 页。
② 罗宗强：《魏晋南北朝文学思想史》，中华书局 1996 年版，第 323 页。
③ 同上书，第 324 页。
④ 叶朗：《中国美学史大纲》，上海人民出版社 1985 年版，第 236 页。
⑤ 同上书，第 236—238 页。

一层意思：艺术想象是离不开物象的，也就是说艺术想象是形象的、具体的、感性的。""其三，刘勰主张艺术想象不舍弃物的感性特征，但又反对简单机械地摹拟外物的形象。"他又明确提出："'神思'实即《文赋》中所说的'心游'，即艺术想象。"①

刘伟林先生在他的《中国文艺心理学史》中论述《文心雕龙》的文艺心理学时专门有《神思——艺术想象论》一节，并说："《文心雕龙》的艺术想象论比较突出地表现在《神思》篇中。"② 这些学者都将"神思"解释为艺术想象。

日本著名的《文心雕龙》研究家户田浩晓教授，对于"神思"也提出了与此相近的观点。他说："刘勰借这种精神上的飞跃作用，说明作家固定或有限的肉体，与创作上自由奔放想象力之间的关系，所谓'神思'，应该解释成这种超越时间、空间而活动着的文学上的想象力。"③

另一种看法，认为"神思"是文学创作中的艺术构思。这种观点以牟世金先生为代表。已故的著名《文心雕龙》研究家牟世金先生认为"神思"即是艺术构思。他在《文心雕龙译注引论》中说："'神'指《神思》，论艺术构思。"④ 牟世金将《神思》篇作为统领全部创作论的总纲，对"神思"的阐释都是从艺术构思的角度出发的。又在第26篇《神思》的译注前的说明中说："《神思》是《文心雕龙》的第26篇，主要探讨艺术构思问题，……是古代文论中比较全面而系统地论述艺术构思的一篇重要文献。"⑤ 在《文心雕龙研究》中，牟世金也说："一切文章论著的写作，无不先有构思，然后下笔，这是刘勰的创作论以《神思》篇为首的原因之一。但本篇所论，有别于一般的写作构思，而是艺术构思的专论。"⑥ 牟世金着力强调"神思"的艺术创造的特点，他说："在艺术创造中，构思的任务、方法、性质，都有其独特的要求而迥异于一般文章的写作构思。刘勰在本篇所论，正是具有艺术创造特点的艺术构思论。"⑦

著名学者王运熙先生则从写作论的角度，认为"神思"指的是作文的

① 詹福瑞：《中古文学理论范畴》，河北大学出版社1997年版，第116页。

② 刘伟林：《中国文艺心理学史》，三环出版社1989年版，第126—127页。

③ ［日］户田浩晓：《文心雕龙研究》，曹旭译，上海古籍出版社1992年版，第100页。

④ 牟世金：《文心雕龙译注》，齐鲁书社1995年版，第55页。

⑤ 同上书，第358—359页。

⑥ 同上书，第316页。

⑦ 同上书，第317页。

构思与想象。王运熙先生在谈到《文心雕龙》中从《神思》到《总术》这19篇作为"第三部分"时这样说：

> 这部分一般研究者称为创作论，笔者认为更确切地说，应称为写作方法论，是打通各体文章，从篇章字句等一些共同性问题来讨论写作方法的。……这部分的第一篇为《神思》，谈作文的构思和想象。①

另一种观点认为，刘勰的"神思"就是指作家在创作活动时的思维过程，而艺术想象是其中的重要部分。张少康等先生认为："'神思'是刘勰在《文心雕龙》中提出的一个十分重要的美学概念。它指的是在文学艺术创作过程中，作家的思维活动特点。"② 而早在1983年出版的《中国古代文学创作论》中，张少康先生就说：

> "神思"是我国古代文艺理论中对艺术创作的思维活动所用的专门概念。"神思"，从广义的角度讲，是指整个的艺术思维过程；从狭义的角度说，主要是论述艺术思维过程中的想象活动及其特征。③

吴功正先生则认为，"神思"是一种创作主体的心态，他评价《神思》篇的地位及"神思"范畴的意义时说：

> 创作论中居首篇者为《神思》，在《文心雕龙》中具有极高的美学地位和价值。它触及的是主体审美活动中最需要回答和解决的问题，把中国审美心理学推进到一个新的区段上。"神思"是六朝美学的一个新范畴。……"神思"在这里被规定为创作主体的心态、心理素质与功能，它突破一切自然和人为所设置的障碍，突破有限的时空域界，走向无限阔长、深远的时域空间。不少学者将"神思"论界定为想象论，其实并非全为如此。它是比想象论丰富得多，所涉范围广泛得多的创作主体心态论。因而，"神思"就不是一般心理学范畴，而是中世纪最标

---

① 王运熙：《魏晋南北朝文学批评史》，上海古籍出版社1989年版，第335页。
② 张少康、刘三富：《中国文学理论批评发展史》，北京大学出版社1995年版，第229页。
③ 张少康：《中国古代文学创作论》，北京大学出版社1983年版，第18页。

准的审美心理学范畴。①

第四节 "神思"作为艺术创作思维范畴的内涵

笔者认为以上这几种观点虽然各有侧重，但从总体上看并不是互相悖谬、彼此难容的，而是可以互相贯通。首先我们应该看到，《文心雕龙·神思》篇并非是论述一般的写作思维过程，而是文学的创作思维，这在《神思》篇的有关描述中（如"故寂然凝虑，思接千载；悄焉动容，视通万里"、"登山则情满于山，观海则意溢于海"等）是可以得到明白的印证的。这个定位，似乎无关紧要，而实际上却对理解"神思"的内涵是相当必要的。明乎此，我们可以在这几种意见之中做比较通达的理解。譬如关于构思和想象的问题，文学的艺术构思是无法离开想象活动的，因而，是以"构思"来阐释"神思"，抑或是以"想象"阐释"神思"，是可以兼容的。然而，就刘勰在《神思》篇中所论来看，单纯以"构思"或"想象"来阐释"神思"的内涵，都还显得有些不够，因为刘勰在《神思》中的论述关系着文学创作的思维过程的各个方面，包括了作家在创作时的审美心胸、审美意象的生成过程以及对意象的艺术表现，等等。笔者更倾向于较为广泛地把"神思"视为文学创作的思维过程、思维特点的看法。

"神思"揭示了艺术想象的特征，其中最主要的就是想象的超越时空的特点。"形在江海之上，心存魏阙之下。"正如王元化先生所说的，此语出于魏中山公子牟，是指"身在草莽而心怀好爵"的人生态度，本身是带有贬义的，刘勰引用此语时已去掉了这个意思，而借以规定"神思"的超越时空的性质。"其神远矣"，就是指运思时精神世界的辽远广阔。"寂然凝虑，思接千载"，当作家凝思时，可以想到上下千载，"缘过去，缘以往，缘未来"，俯瞰千古，畅想无极，在时间上没有限制。"神思"还可以跨越空间，远远超过现实空间的阈限。

"神思"包含了文学创作构思过程中艺术灵感的状态。"神思"之"神"，就意味着灵感发生时的奇妙不可思议。这是创作出只可有一、不可有二的艺术佳构时的思维状态，并非是一般的构思情形。所谓"思接千载"、"视通万里"，是只有在艺术思维高度亢奋时才能出现的情形。"神思

---

① 吴功正：《六朝美学史》，江苏美术出版社1994年版，第757页。

方运，万途竞萌"，正是灵感爆发时诸多意象纷涌而至的感觉。关于艺术灵感，陆机在《文赋》中的描写是最为经典的："若夫应感之会，通塞之纪，来不可遏，去不可止。藏若景灭，行犹响起。方天机之骏利，夫何纷而不理？"把文学创作中艺术灵感时那种"天机骏利"的情形描述得惟妙惟肖。这正是"神思"论的重要部分。"神思"有着一个"神与物游"的审美感兴发生机制。"神思"并不是单纯的主体性思维，它的发生是触物而兴的审美感兴，同时，"神思"的质料是离不开物象的。这在《神思》篇中被刘勰概括为"神与物游"。其实，这并非刘勰一个人独创，在中国古代艺术发生论中，一直是以"感物而兴"为经典阐释的。陆机《文赋》中谈到创作思维发生时所说的"遵四时以叹逝，瞻万物而思纷，悲落叶于劲秋，喜柔条于芳春"，也是对文思感物而动的优美描述。而刘勰的"神与物游"则是更为完整的美学命题。

刘勰的"神思"论，明确指出了产生诞育"神思"的审美主体的条件，即作家的虚静的审美心胸。"是以陶钧文思，贵在虚静，疏瀹五脏，澡雪精神"。把原来老庄哲学与荀子哲学中的"虚静"说真正移至文学创作的艺术思维轨道上来，并且揭示了"虚静"的审美创造意义所在。

刘勰论"神思"对中国古典美学的一个非常重要的贡献是"意象"范畴的确立。"意"与"象"作为哲学的概念，此前都已单独地存在过，但是作为一个合在一起的完整的美学范畴，出现在创作理论中，这是第一次。而且，刘勰是将它置于艺术创作思维的最关键的环节的。也可以说，"意象"是"神思"的主要内容。这对于中国古代美学中"意象"论的发展的影响，是至关重要的。

与此密切相关的是，刘勰的"神思"论并不是停留在主体的内在思维层面，而是深刻而客观地论述了"意象"的艺术表现问题。仅仅论述生成于作家头脑中的意象，也许并非艺术思维的终端，而用精美独特的艺术语言把它们表现出来，形成文本，这是艺术作品最后完成的关键一环。刘勰讲"然后使玄解之宰，寻声律而定墨；独照之匠，窥意象而运斤"，是对意象表现的很高的要求。

"神思"作为一个完整而成熟的审美范畴的提出，首创者应该是写下了体大思精的《文心雕龙》的刘勰。

第二章 "神思"的感兴发生机制

第一节 "神思"与西方的"灵感"论的发生学的差异

作为中国美学的一个独特的审美范畴，"神思"的内涵是非常丰富的，同时也鲜明地体现着中华美学的民族特色。我们所论的"神思"，当然不止于刘勰在《文心雕龙·神思》篇中所论及的范围，而是纵贯中华文学艺术发展长流的一个基本范畴。然而，无论"神思"论的资料所涉有多么广泛，"神思"的内涵变化有多么复杂，但它的一些根本的特质是一贯的。在很大程度上，"神思"是与西方艺术理论中的"灵感"可以通约的，都是指艺术创作过程中灵思如泉的高度亢奋状态。"神思"之"神"，一个重要含义便是艺术思维在构思高潮中的那种异常奇妙的情形。在表现形式上，它是突然而至的，无法控御的，如陆机说的那样："藏若景灭，行犹响起。"或如明代诗论家谢榛所说的："而兴不可遏，入乎神化，殊非思虑所及。"① "神思"带来的效应与产物是不可复得的、具有高度独创价值的艺术佳构，恰如宋代诗人戴复古所说的："有时忽得惊人句，费尽心机做不成。"② 从这些方面看，"神思"也即与西方美学中的"灵感"是非常一致的。而从"神思"的发生机制来说，中国的"神思"与西方的"灵感"论却有着相当大的差异。因为中国的"神思"的产生动因是创作主体与客体的感兴，也即在偶然机缘中的心物交融；而西方"灵感"论则是以"神赐"、"天才"、"无意识"为动因。

我们不妨稍稍具体些来看西方美学家对灵感发生原因的说明。英国《美学》杂志主编 H. 奥斯本在 1977 年的夏季号上发表专文论述了"灵感"

---

① （明）谢榛：《四溟诗话》卷4，中华书局1985年版，第77页。

② （宋）戴复古：《论诗十绝》，见郭绍虞、钱仲联、王遽常编《万首论诗绝句》，人民文学出版社1991年版，第120页。

概念在西方的产生与嬗变过程。奥斯本将西方"灵感"概念的发展过程分为三个阶段：一、原始宗教意义上的神赐天启论；二、"灵感"与"天才"概念相结合；三、"灵感"与"无意识"的心理学相结合。① 无论哪个阶段，西方对"灵感"的发生都是仅从主体的方面来考察的。

　　古希腊哲学家认为灵感是"神赐天启"的。德谟克利特认为："荷马由于生来就得到神的才能，所以创造出丰富多彩的伟大诗篇"，"没有一种心灵的火焰，没有一种疯狂式的灵感，就不能成为大诗人"②。而进一步将灵感的宗教含义演化为文艺创作理论的是柏拉图。他认为诗人的灵感是神赐的"迷狂"。柏拉图这样说："凡是高明的诗人，无论在史诗或抒情诗方面都不是凭技艺做成他们的优美的诗歌，而是因为他们得到灵感，有神力凭附着。"③ "此外还有第三种迷狂，是由诗神凭附而来的。它凭附到一个温柔贞洁的心灵，感发它，引它到兴高采烈神飞色舞的境界，流露于各种诗歌，颂赞古代英雄的丰功伟绩，垂为后世的教训。若是没有这种诗神的迷狂，无论谁去敲诗歌的门，他和他的作品都永远站在诗歌的门外。"④ 柏拉图的灵感观在古希腊时是最具代表性的，把灵感看作是"神的诏语"。到 18 世纪以后，灵感便失去其宗教意义，浪漫主义者们认为灵感是具有独创性的天才的人的禀赋，他们都是用天才来解释灵感的来源。康德把独创性的艺术创造之源视为天生的心灵禀赋，也即天才，他把带有神秘性的创作灵感归之于天才。康德在《判断力批判》中说："它是一个作品的创作者，这作品有赖于作者的天才，作者自己并不知晓诸观念是怎样在他内心里成立的，也不受他自己的控制，以便可以由他随意或按照规划想出来，并且在规范形式里传达给别人，使他们能够创造出同样的作品来。"⑤ 康德是将灵感归之于天才的。从 19 世纪后期开始，西方的美学家们往往是以直觉或无意识来解释灵感的。克罗齐主张"艺术即直觉"，而弗洛伊德则把导致艺术灵感的潜意识归结为人的本能欲望，尤其是性力的冲动。他认为，艺术作品的"精力、它的非理性和它的神秘力量得自本能，我们可以把本能的那片黑暗的心理领域，往

---

　　① 参见陶伯华、朱亚燕《灵感学引论》，辽宁人民出版社 1987 年版，第 22 页。

　　② 朱光潜：《西方美学史》上卷，人民文学出版社 1979 年版，第 35—36 页。

　　③ ［古希腊］柏拉图：《伊安篇》，见《柏拉图文艺对话集》，朱光潜译，人民文学出版社 1963 年版，第 13 页。

　　④ ［古希腊］柏拉图：《斐德若篇》，见《柏拉图文艺对话集》，朱光潜译，人民文学出版社 1963 年版，第 119 页。

　　⑤ ［德］康德：《判断力批判》，宗白华译，商务印书馆 1985 年版，第 47 页。

往会突如其来地涌现出艺术家用以营造其艺术作品的那些词汇、声音或意象的提示……"① 弗洛伊德为灵感这种情况提供了一种心理学的解释。无论是"神赐"还是"天才",抑或是"无意识",西方的"灵感"论都是在主体的方面来理解灵感的来源的,这一点可以说是不争的事实。

中国古代关于艺术思维或者说"神思"的来源、动因的论述则不然。它们一开始就是建立在"感物而动"的基座上,中国的"神思"论一直是以心与物或云主客体之间的彼此触遇为其发生动因的。这从汉代的《礼记·乐记》,到清代的诗画理论,都将"感物而动"作为艺术思维发生的动因所系。《礼记·乐记》这样说:

> 凡音之起,由人心生也。人心之动,物使之然也。感于物而动,故形于声;声相应,故成变;变成方,谓之音;比音而乐之,及干戚羽旄,谓之乐。乐者,音之所由生也;其本在人心之感于物也。②

《乐记》指出,"乐"的发生原于创作主体的心灵波动,而心灵的波动则是由于受外物变化的感应而造成的。《乐记》里所说的"乐",恐怕不是单纯的音乐,而是诗、乐、舞三位一体的综合性艺术。因而乐论在很大程度上就可视为一般的文艺原理。魏晋南北朝时期的文学艺术创作论,基本上都是从"感物而动"的命题来阐释灵感的来源和动因。陆机、刘勰、钟嵘等著名的文论家,都是鲜明地打出"感物而动"的旗帜的。譬如陆机,在《文赋》中就提出"感物"的美学思想:"遵四时以叹逝,瞻万物而思纷。悲落叶于劲秋,喜柔条于芳春。"而陆机的诗赋,也多与"物感"相关。詹福瑞教授在《中古文学理论范畴》中曾翻检出陆机诗赋中的"物感"之句以证之:

> 其《感时赋》云:"悲夫冬之为气,亦何憯懔以萧索。……猿长啸于林杪,鸟高鸣于云端。矧余情之含瘁,恒睹物而增酸。历四时之迭感,悲此岁之已寒。抚伤怀以呜咽,望永路而汍澜。"冬天万物萧索之景与诗人"含瘁"之情相接,故使诗人更增酸楚之情,伤怀而呜咽了。

---

① [英]赫伯特·里德:《文学批评的本质》,转引自陶伯华、朱亚燕《灵感学引论》,辽宁人民出版社1987年版,第27页。
② 张少康等:《先秦两汉文论选》,人民文学出版社1996年版,第260页。

《怀土赋》："佘去家渐久，怀土弥笃。方思之殷，何物不感？曲街委巷，罔不兴咏；水泉草木，咸足悲焉。"离家日久，心中十分怀念故土，因此曲街委巷，水泉草木，都感人至深。《思归赋》云："伊我思之沉郁，怆感物而增深。"《述思赋》云："嗟余情之屡伤，负大悲之无力。……观尺景以伤悲，抚寸心而凄恻。"《春咏》诗："节运同可悲，莫若春气甚。"《赴洛二首》其二："载离多悲心，感物情凄恻。"《赠尚书郎顾彦先二首》其一："感物百忧生，缠绵自相寻。"《赠冯文罴》："悲情临川结，苦言随风吟。"《董逃行》："鸣鸠拂羽相寻，仓庚喈喈弄音，感时悼逝伤心。"物感之情，时时可见，诗与赋中。①

就陆机而言，充分地揭示了其中的"物感"的创作基因。詹福瑞又加以分析，认为物感之情，又可分为两类：一是因物兴感，外在的景物变化感发了作者的诗情文思；二是因情感物，是先有了某种情感的基础，情与物接，倍加情感强度的心理感受。这种分析是细致而中肯的。"物感"说已包含了主客体的互动因素，并非是简单的"物使心动"。

刘勰曾在《文心雕龙·物色》中说过这样一段非常优美而又内容丰富的话：

> 春秋代序，阴阳惨舒，物色之动，心亦摇焉。盖阳气萌而玄驹步，阴律凝而丹鸟羞，微虫犹或入感，四时之动物深矣。若夫圭璋挺其惠心，英华秀其清气，物色相召，人谁获安？是以献岁发春，悦豫之情畅；滔滔孟夏，郁陶之心凝；天高气清，阴沉之志远，霰雪无垠，矜肃之虑深。岁有其物，物有其容；情以物迁，辞以情发。一叶且或迎意，虫声有足引心。况清风与明月同夜，白日与春林共朝哉！②

这段话论述了四季物色之变化对诗人心灵的感发作用。这里，一是强调指出了使人"心动"的是自然景物的外在形式，即"物象"；二是兴发诗人情感的原因，不仅在于"物色"，而且在于"物色之动"，即由于"物色"的内在生命律动而引发的外在样态的变化；三是揭示了"物色之动"与人心交感的更深层的原因又在于宇宙之气的氤氲化生。《物色》一篇，不仅论述了

---

① 詹福瑞：《中古文学理论范畴》，河北大学出版社1997年版，第66页。
② 范文澜：《文心雕龙注》，人民文学出版社1958年版，第693页。

物对心的感发作用，同时也论述了心对物的驾驭与升华功能。关于第一点，需要对"物色"做一点诠释。"物"就是自然景物，这无须曲为之释；而"色"则借用了佛学的概念。在佛学中，"色"指现象。"空"是佛学的最基本的范畴，而在大乘佛教中，"空"并非空无一物，而是指世间万物的虚幻不实。"色不异空，空不异色。色即是空，空即是色"①，这是大乘佛学的基本命题。刘勰早年入定林寺，依僧祐，协助僧祐整理大量佛经，对佛学颇为谙熟。"物色"之内涵，不无佛学色彩。梁昭明太子萧统所编《文选》卷十三系"物色"之赋。李善注"物色"为"四时所观之物色，而为之赋。又云，有物有文曰色"。可见，"物色"并不仅指自然景物本身，更重要的是自然景物的形式美。李善的解释"有物有文曰色"是颇为精当的。"物色"既包含了自然景物的内在生命力，又包含了它的外在形式美。关于第二点，也是具有普遍性意义的。"感物"是感于"物色"的变化，无论是陆机，还是刘勰，都是以自然景物的四时变化作为"感物"之"物"的内涵，易言之，感物而兴情，主要是受外物的样态变化的感召。关于第三点，"气"是物我相感的媒介，这在刘勰的《文心雕龙》中已开启了端绪，而在钟嵘《诗品》中，则概括为明确的理论命题。刘勰在《物色》篇中所说"阴阳惨舒"，是指阴阳二气使人的心情或惨或舒。张衡《西京赋》云："夫人在阳时则舒，在阴时则惨。"指出人的心情变化与阴阳之气有密切关系。一般而言，人在阳气中则心意舒畅，人在阴气中则忧郁烦恼。另一位著名的诗论家钟嵘在《诗品序》中把气作为"物感"的根本媒质：

> 气之动物，物之感人。故摇荡性情，形诸舞咏。……若乃春风春鸟，秋月秋蝉，夏云暑雨，冬月祁寒，斯四候之感诸诗也。嘉会寄诗以亲，离群托诗以怨。至于楚臣去境，汉妾辞宫；或骨横朔野，魂逐飞蓬；或负戈外戍，杀气雄边；塞客衣单，孀闺泪尽；或士有解佩出朝，一去忘返；女有扬蛾入宠，再盼倾国。凡斯种种，感荡心灵，非陈诗何以展其义？非长歌何以骋其情？②

这是"感物"说的经典论述之一。钟嵘在"感物"说的传统中又注入

---

① 《般若波罗蜜心经》，见任继愈《佛教经籍选编》，中国社会科学出版社 1985 年版，第 15 页。

② 陈延杰：《诗品注》，人民文学出版社 1961 年版，第 1 页。

了新的内容。诗人感于物而有诗的创作，物又是在气的生化之中不断变化的。钟嵘以"气"来说明物之动的本因，使之充满了一种氤氲化生的生命感。这对中国古典美学中的"文气"说的发展产生着重要的影响。"气"的观念，是与"神思"论有很深刻的联系的。早在先秦时期，《国语》便对"气"作了较深入的考察。它认为气是天地阴阳之气。阴阳之气包含在天地山川万物之中，是构成天地万物的精微的原始物质。《国语》还认为人体也由气构成，气不仅构成人的形体，而且决定人的性情。保守体内之气，使阴阳和平，是保持心地和乐的关键。《庄子·则阳》更以阴阳论气："阴阳者，气之大者也。"① 庄子认为，气是"道"所产生的一种细微的原始物质，它构成宇宙万物，包括天地人物的形体，"人之生，气之聚也。聚则为生，散则为死"②。荀子认为，气是自然之气，是天地万物和人类共同含有的物质元素。在他看来，天地万物的生灭变化，是阴阳之气的交感运动形成的。他说："天地合而万物生，阴阳接而变化起"③，"列星随旋，日月递照，四时代御，阴阳大化，风雨博施，万物各得其和以生，各得其养以成"④。天地阴阳二气的交感合和，产生了天地万物，引起了事物的运动变化。《管子》提出"精气"的概念，气即是"精气"，"精"就是精微的能够运动变化的气。《管子》所谓"精气"，具有多方面的特性，其中最主要的是指阴阳这种相反相成的矛盾运动特性，也即阴阳之气。精气分而有阴阳二气，阴阳二气对立交感，从而化生万物，包括有生命智慧的人类。东汉时期的《白虎通义》则进一步认为，人禀阴阳五行之气而生，因此，人的魂魄、精神、情性等也与阴阳五行之气的特性及其变化规律密切相关。其云："精神者，何谓也？精者，静也，太阴施化之气也，象水之化，须待任生也。神者，恍惚，太阳之气也，出入无间，总云支体，万化之本也。"⑤ 人与物的交感，是因为"一气相通"。《庄子·知北游》中就说："通天下一气耳。"⑥ 通天下一气，所以人与宇宙万物能相感相通。钟嵘在《诗品》序中所提出的"气之动物，物之感人，故摇荡性情，形诸舞咏"⑦ 的命题乃是建立在这个

---

① （清）王先谦：《庄子集解》，上海书店 1986 年版，第 174 页。
② 同上书，第 138 页。
③ （清）王先谦：《荀子集解》，中华书局 1988 年版，第 366 页。
④ 同上书，第 308—309 页。
⑤ （汉）班固：《白虎通义·情性》，四部丛刊本，第 34—35 页。
⑥ （清）王先谦《庄子集解》，上海书店 1986 年版，第 138 页。
⑦ 陈延杰：《诗品注》，人民文学出版社 1961 年版，第 1 页。

"气"论的传统之上的。

唐以来,有关"感物"的论述亦自不少,但在理论上并无多少新的内涵。"感物"说强调的是创作主体与客体之间的交感互渗。感物是主体之心受外物变化而引起情感的波动,从而产生创作的冲动,然后形诸于言(也包括其他艺术门类的艺术语言)。在"感物"说的框架中,主体与客体相互依存、相互交融而产生艺术创作思维。主体并非孤立地、无缘无故地产生灵感,也不是对客体的被动依赖。心感于物而动不是对客观外物的摹写,而是主客体之间的相互感发。这是中国美学和艺术理论在谈及艺术创作发生时的基本思路,而且一直是贯穿中国古代创作论的。这与西方单纯从主体角度来谈创作灵感的发生是有着根本不同的。"感物"与"感兴"非常相近,很容易混为一谈,但其实并不等同。"感兴"包含了感物的过程,但有着更为丰富的内涵。也许,"感兴"这个概念更能说明"神思"的独特之处。

第二节　关于审美"感兴"

"神思"从发生机制来说,是以"感兴"为特征的。也可以说,阐释"神思",是不可能置"感兴"于不顾的。也许,"感兴"作为一种发生机制,更能较为逼近"神思"作为中国古典美学的重要范畴的内在机理。"神思"作为艺术创作思维的灵感样态,它的偶然性、奇妙性,都与"感兴"的途径有不可脱离的关系。

在以往的有关著述中,论者大多指"感兴"为艺术创作中的灵感现象,即指创作主体进入创作高潮时的高度兴奋的心理体验。这样就把中国的"感兴"与西方文论中的"灵感"论基本上等同了起来,而忽略了"感兴"之为感兴的本质规定性。中国的"感兴"固然包含"灵感"这种审美创造过程中主体所感受到的"高峰体验",但这并非"感兴"的全部含义,在笔者看来,"感兴"是"神思"即艺术创作思维的发生部分。所谓"感兴"即"感于物而兴",指创作主体在客观环境的偶然触发下,在心灵中诞育了艺术境界的心理状态与审美创造方式。"感兴"是以主体与客体的瞬间融化也即"心物交融"为前提,以偶然性、随机性为其基本特征的。

"感兴"体现了"神思"在其发生阶段的主要特点,也说明了"神思"之所为"神"的发生原理。中国的"神思"范畴之所以没有神秘化,没有蹈入"宗教神启"或"天才"的全然主体化的解释,是因为有了"感兴"作为其发生论基础的。

　　"感兴"这个概念滥觞于"诗六义"中"赋、比、兴"之"兴"。关于"比兴"，历代学者从各种角度作了诸多界说，就中颇有从物我关系的角度来阐明"比兴"的性质的，最为趋近审美一途。这类界说中简赅而有代表性的如郑众的"比者，比方于物也。兴者，托事于物。"① 朱熹的"先言他物以引起所咏之词也"②。还有宋人李仲蒙的"触物以起情，物动情也"。郑说认为"兴"是创作主体将自己的意向投射于"物"中，这实际上与他对"比"的界定没有什么区别，未必符合"兴"的本义。"兴"的本义应如孔颖达所训："兴，起也。"也即刘勰所说的"起情故兴体以立"③。郑众之言，恰与"兴"的思维方向是逆反的。朱熹的界说较为符合《诗经》的艺术表现手法的实际情况，但仅是一种现象描述，而没有探到诗歌创作的心理层面。笔者认为，倒是不甚知名的李仲蒙对"兴"的解释最能说明诗歌创作的心理动因。所谓"触物以起情"，是说创作主体在客观外物的偶然触引下，兴发了情感，涌起创作冲动。"触"是偶然的、随机的遇合，而非创作主体有预先计划、有明确目的地寻求物象。正是在这点上，"兴"区别于"比"，李仲蒙对"比"的解释为"索物以托情谓之比"，是非常确切的，正与"兴"的解释相对举，尤能见出其区别之所在。

　　"神思"之所以为"神"，主要是因为它的突发性、偶然性与不可控性，其次是"神思"作为艺术思维所产生的作品是具有独创性意义的佳构。有关感兴的论述（有时称为"天机"）体现了"神思"这两个要素。

　　唐宋以还，诗论、画论中的"感兴"说很多，而且呈现出新的特点。首先是越来越注重审美主客体之间的偶然性触发，并把"感兴"与意境的创造结合起来。其次是越来越多地谈到"感兴"的审美直觉性质，并有较为深入的论述。再次是从读者接受的角度谈"感兴"，有了新的拓展。唐代遍照金刚在其文论名著《文镜秘府论》中专有"感兴"一势，其云："感兴势者，人心至感，必有应说，物色万象，爽然有如感会。"④ 这里是包含了心物之间的偶然"感会"这种感兴的性质的。作者又指出："自古文章起于无作，兴于自然，感激而成，都无许练，发言以当，应物便是。"其中《论文意》认为，文章的灵思难于预期，而是创作主体偶然"应物"的产物。

　　① 李学勤主编：《十三经注疏》，北京大学出版社 1999 年版，第 610 页。
　　② （宋）朱熹：《诗集传》卷 1，中华书局 1958 年版，第 1 页。
　　③ 范文澜：《文心雕龙注》，人民文学出版社 1958 年版，第 601 页。
　　④ ［日］遍照金刚：《文镜秘府论·地卷》引，人民文学出版社 1975 年版，第 41 页。

著名诗人王昌龄在《诗格》中则把"感兴"作为创造诗歌意境的一种方式，称为"生思"："久用精思，未契意象，力疲智竭，放安神思，心偶照境，率然而生。"① 这里的"神思"，是精神思虑之意，而所谓"生思"却是催生神思之意。这里指出，在偶然的心与境的遇合之下，灵思会自然而来。宋代画论家董逌等以"天机"为作画的"神思"，并认为"天机"是"遇物兴怀"的结果。他的画论名著《广川画跋》，处处都以"天机"论画，实际上他所赞赏的正是不刻意冥思苦求，而是在与山水自然的遇合中得到创作的"神思"，如其评范宽的山水画时说：

当中立有山水之嗜者，神凝智解，得于心者，必发于外。则解衣磅礴，正与山林泉石相遇。……世人不识真山而求画者，叠石累土，以自诧也。岂知心放于造化炉锤者，遇物得之，此其为真画者也。②

又评燕仲穆画云：

燕仲穆以画自嬉，而山水尤妙于真形。然平生不妄落笔，登临探索，遇物兴怀，胸中磊落，自成邱壑。至于意好已传，然后发之。或自形象求之，皆尽所见，不能措思虑于其间。自号能移景物随画，故平生画皆因所见而为之。③

宋代诗人叶梦得、戴复古、陆游、杨万里等，也都以"感兴"作为作诗的最佳构思方式。而明清时期的诗论家、画论家，则多以"天机"论艺，都是"神思"的深入发展。

以"感兴"论艺术创作，大都主张"放安神思"，无所用意，在自然松弛的心态中与物相触，而认为这样才能真正产生好诗、好画。他们对那种"二句三年得，一吟双泪流"、"吟安一个字，捻断数根须"之类的苦吟式的创作方式，是大大不以为然的。宋代著名诗论家叶梦得对"感兴"的创作方式论述颇为透辟，他说：

---

① （唐）王昌龄：《诗格》，见张伯伟《全唐五代诗格汇考》，凤凰出版社 2002 年版，第 173 页。

② （宋）董逌：《广川画跋》卷 6，见于安澜《画品丛书》，上海人民美术出版社 1982 年版，第 307 页。

③ 同上书，第 297 页。

"池塘生春草，园柳变鸣禽。"世多不解此语之工，盖欲以奇求之耳。此语之工，正在无所用意，猝然与景相遇，借以成章，不假绳削，故非常情所能到。诗家妙处当须以此为根本，思苦言难者，往往不悟。①

在叶氏看来，谢灵运的这两句之所以写得好，绝不是刻意求工求奇，也非诗前立意，而是诗人的情怀与景物猝然相遇，成就了这样的奇妙之句。"非常情所能到"，使诗产生了不可重复的个性化特征。叶梦得在这里并非一般的诗歌点评，而是升华到诗歌创作构思规律的层面加以认识的。

南宋著名诗人杨万里最为重视诗的感兴。他说：

大抵诗之作也，兴，上也，赋，次也；赓和，不得已也。然初无意于作是诗，而是物是事，适然有触于我，我之意适然感乎是物是事，触先焉，而是诗出焉，我何与哉？天也，斯之谓兴。②

明代著名诗论家谢榛论诗非常倡导以感兴为诗，他说："诗有不立意造句，以兴为主，漫然成篇，此诗之入化也。"③ "唐人或漫然成诗，自有含蓄托讽。"④ "或造句弗就，勿令疲其神思，且阅书醒心，忽然有得，意随笔生，而兴不可遏，入乎神化，殊非思虑所及。或因字得句，句由韵成，出乎天然，句意双美。"⑤ "子美曰：'细雨荷锄立，江猿入画屏。'此语宛然入画，情景适会，与造物同其妙，非沉思苦索而得之也。"⑥ 谢榛的诗学思想，主张以感兴为诗，而对诗前立意冥思苦索是大不以为然的。这在他的《四溟诗话》中处处可见。"神思"之"神"，可以视为一种不可言传之妙，一种神奇的审美直觉。所谓"入化"，也即浑灏无迹，而能使诗达乎"入化"的境界的构思方式，在谢氏看来，只有这种"以兴为主，漫然成篇"才是最佳的。

① （宋）叶梦得：《石林诗话》卷中，见（清）何文焕《历代诗话》，中华书局1981年版，426页。

② （宋）杨万里：《答建康府大军库监门徐达书》，见《诚斋集》卷67，四部丛刊本，第6页。

③ （明）谢榛：《四溟诗话》卷1，中华书局1985年版，第15页。

④ 同上书，第12页。

⑤ 同上书，第77页。

⑥ 同上书，第32页。

清代诗论家吴雷发也有同样的观点，他说："诗须论其工拙，若寓意与否，不必屑屑计较也。大块中景物何限，会心之际，偶尔触目成吟，自有灵机异趣。倘必拘以寓意之说，是锢人聪明矣。"①"触目成吟"也是不预先立意、而在主客体的偶然触遇中得到诗的"灵机异趣"。这种感兴式的生思方式，是"神思"不可或缺的重要内容。

主客体偶然触遇而生发诗思的"感兴"，有着不可思议的创造性。以"感兴"的方式进行艺术创作，所产生的作品多是具有不可重复的个性化特征的艺术佳构。这也是"神思"的特质。"神思"并非一般的构思，而是产生神妙之作的灵思。陆游曾在诗中自道其在与生活的感兴中摆脱了以往"残余未免从人乞"的情况，而创造出具有独特诗风的诗歌佳作的感受：

> 我昔学诗未有得，残余未免从人乞。力屏气馁心自知，妄取虚名有惭色。四十从军驻南郑，酣宴军中夜连日。打毬筑场一千步，阅马列厩三万匹。华灯纵博声满楼，宝钗艳舞光照席。琵琶弦急冰雹乱，羯鼓手匀风雨疾。诗家三昧忽见前，屈贾在眼元历历。天机云锦用在我，剪裁处处非刀尺。世间才杰固不乏，秋毫未合天地隔。放翁老死安足论，《广陵散》绝还堪惜。
>
> ——《九月一日夜读诗稿有感走笔作歌》

他的"诗家三昧"的获得，是由于从戎南郑的生活感兴给诗人的回报。陆游所云"天机"，是指创造出好诗的灵感诗思。

南宋诗论家包恢论诗说：

> 盖古人于诗不苟作，不多作，而或一诗之出，必极天下之至精。状理则理趣浑然，状物则物态宛然，有穷智极力之所不能到者，犹造化自然之声也。盖天机自动，天籁自鸣，鼓以雷霆，豫顺而动，发自中节，声自成文，此诗之至也。②

---

① （清）吴雷发：《说诗菅蒯》，见（清）何文焕《清诗话》下，中华书局 1963 年版，第901 页。

② （宋）包恢：《答曾子华论诗书》，见傅云龙、吴可主编《唐宋明清文集》第 1 辑《宋人文集》卷 4，天津古籍出版社 2000 年版，第 2505 页。

包恢论诗标的极高，从这段论述中廓然可见。他主张作诗不应苟且从事，而要"极天下之至精"。而在他看来，最高境界的诗却不是"穷智竭力"的冥思苦索所能作出来的，而是"天机自动，天籁自鸣"的产物。他所云之"天机"是主体之灵性与外物的碰撞扣击所自然激发的，非刻意所求，又非外物的触媒而不出，他说：

> 所谓未尝为诗，而不能不为诗，亦所顾其所遇如何耳！或遇感触，或遇扣击，而后诗出焉。如诗之变风、变雅与后世诗之高者是矣。此盖如草木本无声，因有所触而后鸣；金石本无声，因有所击而后鸣，非自鸣也。如草木无所触而发声，则为草木之妖矣；金石无所击而发生，则为金石之妖矣。闻者或疑其为鬼物，而掩耳奔避之不暇矣。世之为诗者鲜不类此。盖本无情而牵强以起其情，本无意而妄想以立其意；初非彼有所触而此乘之，彼有所击而此应之者，故言愈多而愈浮，词愈工而愈拙，无以异于草木金石之妖声矣。①

包恢把诗的价值目标定在"极天下之至精"，而这种"至精"之作乃是主客体之间"感触"、"扣击"的产物，如草木有所触而后鸣。谢榛也说：

> 诗有天机，待时而发，触物而成，虽幽寻苦索，不易得也。如戴石屏"春水渡旁渡，夕阳山外山"，属对精确，工非一朝，所谓"尽日觅不得，有时还自来"。②

谢榛所举之戴复古的名句，确实是流传千古的佳作，而这正是"触物而成"的。清代画论家沈宗骞反复申说"千古奇迹"之作的产生是感遇而生的"机神"，对于这种创作方式，他是谈得较为详细的：

> 规矩尽而变化生，一旦机神凑会，发现于笔酣墨饱之余，非其时弗得也，过其时弗再也。一时之所会即千古之奇迹也。吴道子写地狱变相，亦因无藉发意，即借裴将军之舞剑以触其机，是殆可以神遇而不可

---

① （宋）包恢：《答曾子华论诗书》，见傅云龙、吴可《唐宋明清文集》第1辑《宋人文集》卷4，天津古籍出版社2000年版，第2505页。

② （明）谢榛：《四溟诗话》卷2，中华书局1985年版，第23页。

以意求也。……机神所到，无事迟回顾虑，以其出于天也。其不可遏也，如弩箭之离弦，其不可测也，如震雷之出地。前乎此者杳不知其所自起，后乎此者杳不知其所由终。不前不后，恰值其时。兴与机会，则可遇而不可求之杰作成焉。复欲为之，虽倍力追寻，愈求愈远。夫岂知后此之追寻已属人为而非天也，惟天怀浩落者，值此妙候恒多，又能绝去人为，解衣磅礴，旷然千古，天人合发，应手而得，固无待于筹画，而亦非筹画之所能及也。

……

若士大夫之作，其始也曾无一点成意于胸中，及至运思动笔，物自来赴，其机神凑合之故，盖有意计之所不及，语言之所难喻者，顷刻之间，高下流峙之神，尽为笔墨流出。①

沈宗骞论画的创作，最为推重的就是这种作画的"机神"，也即是画前无所用意，而是主客体偶然触遇，"天机合发，应手而得"，这样它所产生的是"前者所未有，后此之所难期"的独创之杰作，主客体的偶然触遇，得到的是"千古之奇迹"，而"必欲如何"的人为之作，只能落入匠人一流。"机神"所创之画是无待于"筹画"，也是"筹画"所无法企及的。

第三节　"感兴"之于"神思"

"感兴"与"神思"的关系非常密切，它揭示了"神思"的灵感特征，同时又说明了"神思"的发生机制。

"感兴"论包含了对灵感的论述，在这方面，我们并无愧色于西方美学，而"感兴"论的价值更在于解释灵感的发生契机。西方的"灵感"论带有浓重的神秘色彩，不是乞灵于"神赐"的"迷狂"，便是归之于天才的禀赋。而中国的"感兴"论一开始便素朴地却又是正确地找到了唯物主义的解释。"感兴"把客观事物的变化视为感发创作主体心灵的必不可少的媒质，并认为艺术作品正是外物感召主体心灵的产物。"感兴"的意义在于使中华民族的审美意识沿着心物交融、主客体相互感通的方向发展，在艺术创构中树立起"心"与"物"、"情"与"境"相互依存、缺一不可的观念。

---

① （清）沈宗骞：《芥舟学画编》，见李来源、林木《中国古代画论发展史实》，上海人民美术出版社1997年版，第339页。

在"感兴"的框架中，主体与客体相互依存、相互交融而产生艺术作品，主体并非孤立地、无缘无故地产生创作冲动，同时也不是对客体的被动依赖。在感兴的过程中，主体之心的作用是相当明显的，处于一个十分关键的地位。正如刘勰在《文心雕龙·物色》所说的：

> 是以诗人感物，联类不穷。流连万象之际，沉吟视听之区；写气图貌，既随物以宛转，属采附声，亦与心而徘徊。故"灼灼"状桃花之鲜，"依依"尽杨柳之貌，"杲杲"为日出之容，"瀌瀌"拟雨雪之状，"喈喈"逐黄鸟之声，"喓喓"学草虫之韵。"皎日"、"嘒星"，一言穷理；"参差"、"沃若"，两字穷形：并以少总多，情貌无遗矣。①

刘勰这里首先谈到"物色"对心的感召，诗人在外界事物的召唤之下，兴发了无穷的联想，产生了许许多多鲜明而又活跃的审美意象。"流连万象之际"，正是由"物色"感召而生起的众多审美意象。写气图貌，随物宛转，表现为主体对客体的趋近、追摹；同时，刘勰更强调了在审美意象物化过程中创作主体的能动作用，即所谓"属采附声，亦与心而徘徊"，表现为主体客体的运化与统摄。在刘勰看来，只有充分发挥心对物的主宰与运化功能，才能创造出美妙至极、"以少总多"的作品。

外物对心的感发，不仅是触引了创作主体的情感勃动，同时，也使主体形成了很强的意向性。明代文论家宋濂说过："及夫物有所触，心有所向，则沛然发之于文。"② 在这种感兴的创作过程中，主体的意向性成为佳作的意之所在。

"感兴"因为是主体与客体的偶然性遭逢，没有预先确立的主旨，没有固定的构思模式，因之也就不能再次重复，往往被人看作是神秘不可思议的，故被称为诗之"天机"或"灵机"，产生的意象也是十分独特而自然的。正如叶梦得所说的"故非常情所能到"。由感兴而形成的审美意象，方有可能达到"入化"之境，这是含有高度独创性意义在其中的。这正是"神思"的一层意蕴所在。

---

① 范文澜：《文心雕龙注》，人民文学出版社1958年版，第693页。
② （明）宋濂：《叶夷仲文集序》，见黄卓越主编《中华古文论释林·明代上卷》，北京大学出版社2011年版，第14页。

第三章 "神思"的虚静审美心态

第一节 "陶钧文思，贵在虚静"

"神思"的产生，在主体方面的一个非常重要的条件就是"虚静"的审美心态。"虚静"是中国哲学从先秦时期就已多有论述的命题，而到了刘勰这里，才把它真正纳入到文学艺术创作思维的轨道上来。刘勰在《文心雕龙》的《神思》篇中明确提出了"是以陶钧文思，贵在虚静，疏瀹五脏，澡雪精神"的命题，正是从创作思维的角度来谈"虚静"的。这是进行艺术构思的前提。"虚静"是在排除琐屑的日常功利的干扰，使心灵呈现出莹澈空明的状态，以利于审美意象的产生。这个命题对中国古代的艺术创作论的影响是非常之大的。

其实，刘勰之前文论家也已论及了创作时的虚静心态问题，如陆机在《文赋》中谈到构思开始时说："其始也，皆收视反听，耽思傍讯，精骛八极，心游万仞。"[1] 所谓"收视反听"，就是视而不见、听而不闻、心不外用之意。李善《文选注》云："收视反听，言不视听也。"[2] 也即是排除干扰，陷入沉思。陆机在这里所描述的便是在"收视反听"的状态下，进入艺术想象的过程。"收视反听"是对外间日常事务干扰的隔离，而"耽思傍讯"则是广泛深入的思索联想，"精骛八极，心游万仞"是说想象不受有限事物的束缚，而进入非常广阔的天地。虚静的心态，是开始兴发艺术想象的前提。没有这个前提，就不会产生"心游万仞"的艺术想象。南朝名画家宗炳在其论画名作《画山水序》中提出"澄怀味象"、"闲居理气"等命题，其实也是一种艺术创造思维中的"虚静"的审美创造心态。《画山水序》云：

---

① （晋）陆机：《文赋》，见（唐）李善注《文选》，商务印书馆 1936 年版，第 350 页。

② （南朝·梁）萧统著，（唐）李善注：《昭明文选》，吉林人民出版社 1998 年版，第 309 页。

　　圣人含道应物，贤者澄怀味象。至于山水，质有而趣灵，是以轩辕、尧、孔、广成、大隗、许由、孤竹之流，必有崆峒、具茨、藐姑、箕首、大蒙之游焉，又称仁智之乐焉。夫圣人以神法道而贤者通，山水以形媚道而仁者乐，不亦几乎？①

　　"澄怀味象"是一个有重要美学价值的命题。所谓"澄怀"，就是在与山水相对体味其神韵时必须有一个澄明虚静的心胸。"澄怀"要求主体在审美过程中排除外物的纷扰，尤其是功利的眩惑，而保持空明虚静的精神状态。"象"是作为审美客体必要条件的形象。也可以说是审美主体的对象化。抽象的概念、意识等，不能构成审美的对象。如果你所面对的不是表象化的东西，你就不能与之构成审美的关系。在这里，"象"是区别于抽象的概念的。英国著名美学家鲍桑葵提出"审美表象的基本学说"，他从对象上规定了审美态度的特征："所谓对象，是指通过感受或想象而呈现在我们面前的表象。凡是不能呈现为表象的东西，对审美态度说来是无用的"；"我们所感受或者想象的只能是那些能成为直接外表或表象的东西。这就是审美表象的基本学说。"② 宗炳所说的"象"，当然不能等同于鲍桑葵所说的"表象"，但它却是可以直接引起主体心灵产生表象的直观形象。"味"则是一种直觉的体味。因而，"澄怀味象"构成了一个完整的表述审美过程的命题。而其侧重点则在于"澄怀"。

　　中国古代美学中的"虚静"说，实质上是除去主体心灵中的那些日常的功利性事物，而采取一种无功利的态度。这一点，与西方美学中的"审美静观"说有相当的一致之处。"审美静观"在传统的西方美学中成为一个很重要的命题，而这个命题的理论基础，就是"审美无功利"的学说。康德把"审美无利害"作为其美学体系的第一个契机加以规定，他说："鉴赏是凭借完全无利害的快感和不快感对某一对象或其表现方法的一种判断力。"③ 所谓"鉴赏判断"也即审美判断。康德说："鉴赏判断因此不是知识判断，从而不是逻辑的，而是审美的。"④ 康德以"审美无利害"作为审美与非审美的根本区别。在他看来，"一个关于美的判断，只要夹杂着极少

① （南朝·宋）宗炳：《画山水序》，人民美术出版社1985年版，第1页。
② ［英］鲍桑葵：《美学三讲》，周煦良译，上海译文出版社1983年版，第5、6页。
③ ［德］康德：《判断力批判》，宗白华译，商务印书馆1964年版，第47页。
④ 同上书，第39页。

的利害感在里面，就会偏爱而不是纯粹的欣赏判断了"①。康德正是在"审美无利害"的前提下来论述"审美静观"的。同时，康德还指出，"审美静观"又是不对着概念的。他说："鉴赏判断仅仅是静观的，这就是这样的一种判断：它对一对象的存在是淡漠的，只把它的性质和快感及不快感结合起来。然而，静观不是对着概念的，因为鉴赏判断并不是知识判断，（既不是理论的，也不是实践的。）因此既不是以概念为其基础也不是以概念为其目的的。"② 这里可以看出，康德在这两点上规定了"审美静观"的性质：一是静观是审美主体以一种无利害、无偏爱的态度对于对象所作的观照，二是它不关乎欲念，也不关乎概念。由康德的"审美静观"说可以有助于理解刘勰所谓"虚静"的"疏瀹五脏，澡雪精神"的意旨，就是将内心中的欲念与利害感排除掉，而使整个精神世界得到澡雪净化。这是转入审美创造的主体准备阶段。

第二节　"虚静"说的不同源头

"虚静"被刘勰纳入文学创作思维的轨道、具有了明确的美学意义，这不是偶然的，只是在刘勰这里被概括为理论化程度很高的、非常明朗的命题，同时它也使中国思想史上有关"虚静"的说法，有了一个美学的归宿。"虚静"说有着来自于不同思想体系的来源，这里略加缕述。

"虚静"的最早的来源，应该说是《老子》。老子提出的"涤除玄鉴"的命题，这对中国美学史上的"虚静"说是有着重大影响的。《老子·十章》中说："涤除玄鉴，能无疵乎？""涤除玄鉴"，就是说涤荡心中杂质，使之如明镜一般。据陈鼓应解释说："玄鉴：喻心灵深处明澈如镜。玄，形容人心的深邃灵妙。""玄鉴"，通行的本子作"玄览"，此据高亨说改。高亨、池曦朝说："'览'字当为'鉴'，'鉴'与'监'同，即镜子。……乙本'监'，'监'字即古'鉴'字。古用盆装上水，以照面孔，称它为监，所以监字像人张目以临水盆之上。后人不懂监字本义，改作览字。"③ 高亨还说："览读为鉴，览、鉴古通用。……玄鉴者，内心之光明为形而上之镜，能照察事物，故谓之玄鉴。《淮南子·修务篇》：'执玄鉴于心，照物明

---

① ［德］康德：《判断力批判》，宗白华译，商务印书馆1964年版，第41页。
② 同上书，第46页。
③ 高亨、池曦朝：《试论马王堆汉墓中的帛书老子》，《文物》1974年第11期。

白。'《太玄·童》：'修其玄鉴。'玄鉴之名，疑皆本于老子。《庄子·天道篇》：'圣人之心，静乎天地之鉴，万物之镜也。'亦以心譬镜。"① 老子"涤除玄鉴"的命题，还不是在美学意义上提出的，但其中的内涵，却对中国美学"虚静"说的发展，有至深的影响。"涤除玄鉴"的命题，包含两层含义：第一层，即是把观照"道"作为认识的最高目的；第二层，是要求排除主观欲念和主观成见，保持内心的虚静。② "涤除"是行为，意为将内心洗涤干净，而使心如明镜般澄明。《老子·十六章》又云："致虚极，守静笃，万物并作，吾以观复。"这更是"虚静"说的直接源头。陈鼓应释云：

> 致虚极，守静笃：虚静形容心境原本是空明宁静的状态，只因私欲的活动与外界的扰动，而使心灵蔽塞不安，所以必须时时做"致虚"、"守静"的工夫，以恢复心灵的清明。虚，形容心灵空明的境况，喻不带成见。③

庄子继承了老子的"涤除玄鉴"的命题，进而提出"心斋"、"坐忘"的命题。《庄子·人间世》云："若一志，无听之以耳而听之以心，无听之以心而听之以气。耳止于听，心止于符。气也者，虚而待物者也。唯道集虚。虚者，心斋也。"④ 这便是庄子所谓的"心斋"。庄子揭示了"气"与"虚静"的关系。他认为"气"便是"虚而待物"。陈鼓应阐释说："气，在这里当指心灵活动达到极纯精的境地。换言之，气即是高度修养境界的空灵明觉之心。所以说：'气也者，虚而待物者也。''虚而待物者显然是指心而言。"⑤ "心斋"，用陈鼓应先生的话来说是："人间种种纷争，追根究底，在于求名用智。名、智为造成纠纷的根源，去除求名斗智的心念，使心境达于空明的境地，是为'心斋'。"⑥《庄子·大宗师》中又提出"坐忘"的命题："堕肢体，黜聪明，离形去智，同于大通，此谓坐忘。"⑦ "坐忘"与

---

① 以上据陈鼓应《老子注译及评介》第 10 章，中华书局 1984 年版，第 96—102 页。
② 参见叶朗《中国美学史大纲》第 1 章第 5 节，上海人民出版社 1985 年版，第 37 页。
③ 陈鼓应：《老子注译及评介》，中华书局 1984 年版，第 124 页。
④ （清）王先谦：《庄子集解》，上海书店 1986 年版，第 23 页。
⑤ 陈鼓应：《庄子今注今译》，中华书局 1983 年版，第 118 页。
⑥ 同上书，第 106 页。
⑦ 同上书，第 205 页。

"心斋"相近，都指忘却间的日常利害的萦绕，心灵呈现虚灵空明的境界，达于大道。而"坐忘"则进一步要求摆脱"知识"的束缚。徐复观先生这样解释："庄子的'堕肢体'、'离形'，实指的是摆脱由生理而来的知识活动。二者同时摆脱，此即所谓'虚'，所谓'静'，所谓'坐忘'。所谓'无己'、'丧我'。也正是欲望与知识两忘的意思。"① 庄子的"坐忘"，包含了排除欲望与忘却知识的两重含义。

老子、庄子的"虚静"说，是达于"大道"之途，并非专为审美创造问题而发。老子哲学的根本范畴是"道"，"道"是非物质性的、形而上的绝对精神，是宇宙的本体。而"道"的最高境界，是虚无的境界。因此，老、庄所讲的"虚静"，自然也就有虚无的成分。老庄的"虚静"说对刘勰的审美创造的"虚静"说的影响以及刘勰的"虚静"说是否来源于老庄，受到了某些文论家的怀疑。著名文艺理论家王元化先生把刘勰的"虚静"说和老庄的"虚静"说加以比较，认为：

> 刘勰的虚静说与老庄的虚静说恰恰成鲜明的对照。老庄把虚静视为返朴归真的最终归宿，作为一个终点；而刘勰却把虚静视为唤起想象的事前准备，作为一个起点。老庄提倡虚静的目的是为了达到无知无欲、混混噩噩的虚无之境，而刘勰提倡虚静的目的却是为了通过虚静达到与虚静相反的思想活跃、感情焕发之境。一个消极，一个积极，两者的区别是显而易见的。从而，刘勰的虚静说并非出于老庄的虚静说也是同样显而易见了。②

王元化先生明确否定了刘勰的"虚静"说出于老庄的"虚静"说，而认为《神思篇》的"虚静"说"别有所本"。那么，这个"所本"是什么呢？王元化先生认为主要是荀子提出的"虚壹而静"的命题。"虚壹而静"最早出于宋钘、尹文的著作，而在王元化看来，"事实上荀子却舍弃了宋妍、尹文通过虚壹而静这个用语所表示的静以制动，静以养心，去知去欲，无求无藏的消极目的，而提出了截然相反的规定"③。王元化先生着眼于荀子"虚壹而静"的命题能动的、蕴藏的、积极的内涵，以此为依据认为刘

---

① 徐复观：《中国艺术精神》，春风文艺出版社 1987 年版，第 63 页。
② 王元化：《文心雕龙创作论》，上海古籍出版社 1984 年版，第 152 页。
③ 同上书，第 153 页。

勰"虚静"说的源头在于荀子。从《荀子》的原文来看，王元化先生对荀子"虚壹而静"的理解本身是较为确切的。我们不妨从《荀子》的有关原文中来理解这个命题的内涵。《荀子·解蔽》篇云：

> 心何以知？曰：虚壹而静。心未尝不臧也，然而有所谓虚；心未尝不满也，然而有所谓一；心未尝不动也，然而有所谓静。人生而有知，知而有志，志也者臧也；然而有所谓虚，不以所已臧害所将受谓之虚。心生而有知，知而有异，异也者，同时兼知之。同时兼知之，两也，然而有所谓一，不以夫一害此一谓之壹。……未得道而求道者，谓之虚壹而静。①

"臧"，即是"藏"，有积藏之意，"壹"的对面是"异"，"静"的对面是"动"，从心的本性来说，它是有"臧"、"异"、"动"的特点的。"虚壹而静"不但不排斥"臧"、"异"、"动"，而且是以此为基础的。王元化先生的理解是颇为中肯的，他这样阐释说：

> 也往往积藏了许多固定看法，包含了许多纷杂不一的成分，并且又往往是不由自主地运行着的。倘要以心知道，那末就必须由臧而虚，由异而壹，由动而静。心固然具有臧异而动的特点，但是未尝不能达到虚壹而静的境界。②

王元化先生认为荀子的"虚壹而静"之说也是作为一种思想活动前的准备手段而提出的，这与刘勰把"虚静"作为一种构思前的准备手段并无二致。因此，刘勰的"虚静"之说是吸收了荀子"虚壹而静"命题的。

　　笔者认为，王元化先生认为刘勰"虚静"说是吸收荀子的"虚壹而静"的思想是言之成理的，但是以老庄的"虚静"说为消极的虚无，从而否认老庄的"虚静"对刘勰的深刻影响，也不免于牵强。事实上，老庄哲学中的"虚静"说并非是绝对消极的虚无，而是蕴涵着创造的成分。《老子》中的"虚静"意味着对道体的复归。《老子·十六章》说："致虚极，守静笃。万物并作，吾以观复。夫物芸芸，各复归其根。归根曰静，静曰复命。"老

---

① （清）王先谦：《荀子集解》，中华书局1988年版，第395—396页。
② 王元化：《文心雕龙创作论》，上海古籍出版社1984年版，第153页。

子在这里以"致虚"、"守静"为复归之途。万物纷纷芸芸,各自返回它的本根。返回本根叫作"静",静叫作"复命"。陈鼓应先生阐释此章说:

> 本章强调致虚守静的工夫,致虚必守静。……透过静的工夫,乃能深蓄厚养,储藏能量。本章还说到"归根"、"复命"。"归根"就是要回到一切存在的根源。根源之处,便是呈"虚静"的状态。而一概存在的本性,即是"虚静"的状况,还回到"虚静"的本性,就是"复命"的意思。①

这里的"致虚守静",是包含着"动"的。通过虚静,以观万物,归其本根,恰恰是蕴蓄着能量。正如张松如先生所说:

> 老子是以"归根"一辞,作为"静"的定义,又以"复命"一辞作为"静"的写状。如果说"并作"包含着"动"的意思,那么"归""复"便属于静的境界,正是在这静的境界中再孕育着新的生命。②

可见,老子的"虚静"是有着创造的因子的。

至于庄子所说的"心斋"、"坐忘",则是更多地带上了审美创造的色彩。庄子把"心斋"以后的"心"的作用比作镜,有时又以水作喻。在他看来,这种心态可以主宰天地,包藏万物。《庄子·德充符》中说:"人莫鉴于流水而鉴于止水,惟止,能止众止。……而况官天地,府万物,直寓六骸,象耳目,一知之所知,而心未尝死者乎。"心斋如"止水"的心灵,并非死灭,而是可以"官天地,府万物"。而《庄子·应帝王》中也说:"至人用心若镜,不将不迎,应而不藏,故能胜物而不伤。"意思是心如空明之镜,对任何物都能做不迎不将的观照。《庄子·天道》篇中论述"虚静"云:

> 圣人之静也,非曰静也善,故静也;万物无足以挠心者,故静也。水静则明烛须眉,平中准,大匠取法焉。水静犹明,而况精神!圣人之

① 陈鼓应:《老子注译及评介》,中华书局1984年版,第129页。
② 张松如:《老子说解》,齐鲁书社1998年版,第100页。

心静乎！天地之鉴也，万物之镜也。夫虚静恬淡寂寞无为者，天地之平，而道德之至，故帝王圣人休焉。休则虚，虚则实。实者伦矣。虚则静，静则动，动则得矣。静则无为，无为也，则任事者责矣。无为则俞俞，俞俞者忧患不能处，年寿长矣。夫虚静恬淡寂寞无为者，万物之本也。①

虚而至静，静而至动，动则有得。这便是创造的成因。庄子还认为"虚静"是"万物之本"，这当然并非虚无消极的，而是发生万物的根本。《庄子·达生》篇里所讲"梓庆削木为鐻"的故事，是通过"斋以静心"而创造出精美绝伦的艺术品的例子。《达生》篇云：

梓庆削木为鐻，鐻成，见者惊犹鬼神。鲁侯见而问焉，曰："子何术以为焉？"对曰："臣，工人，何术之有！虽然，有一焉。臣将为鐻，未尝敢以耗气也。必斋以静心。斋三日，而不敢怀庆赏爵禄；斋五日，不敢怀非誉巧拙；斋七日，辄然忘吾有四肢形体也。当是时也，无公朝，其巧专而外骨消；然后山林，观天性，形躯至矣。然后成见鐻，然后加手焉，不然则已。则以天合天，器之所以疑神者，其是与！"②

这个"梓庆削木为鐻"的故事，充分说明了庄子的"心斋"是并非导向虚无的、消极的，而在很大程度上是蕴涵着审美创造的因子的。梓庆所为之鐻，雕刻十分精美，见者以为是鬼斧神工，这当然可以视为是一种美的创造。他是如何达到这种至美的境界的呢？庄子看来，就是"斋以静心"，也即前面所说的"心斋"。"不敢怀庆赏爵禄"，"不敢怀非誉巧拙"，就是在心里排除一切利害得失的考虑。同时进一步达到"坐忘"的境界——"辄然忘吾有四肢形体也"。这样，才能"以天合天"，创造出神妙的艺术品。其实，另如"解衣盘礴"、"佝偻承蜩"等故事，也都是斋以静心、忘怀利害而达于奇妙之境的例子。

在心灵上排除现实利害欲念的干扰，达到"心斋"、"坐忘"的境界，并不是进入虚无渺然的状况，而是全身心地投入一种自由创造。"用志不

---

① （清）王先谦：《庄子集解》，上海书店 1986 年版，第 81 页。
② 同上书，第 119 页。

分，乃凝于神"①，就是忘却现实的利害，排除纷扰，要将意念集中于艺术对象之上。徐复观先生就"佝偻承蜩"的故事阐释云：

> 庄子就人生自身而言，体道是忘知忘己，有如槁木死灰，以保住其虚静之心。就某一具体之艺术活动而言，则是忘去艺术对象以外之一切，以全神凝注于对象之上，此即所谓"用志不分"。以虚静之心照物，则心与物冥为一体，此时之某一物即系一切，而此外之物皆忘；此即成为美的观照。②

徐复观先生的这种阐释是中肯的。

以积极与消极的分野来判断刘勰的"虚静"说只是来源于荀子，而与老庄的"虚静"思想并不相干，这种看法未必是客观的。一是认为"从实质方面来看，老庄的虚静说完全是以虚无出世的消极思想为内容"，这种认识就是较偏颇的，老庄"虚静"说本身就有着更为深刻的创造性的内蕴，前面已经有所论列；二是荀子的"虚壹而静"的命题，也并非是与老子的"虚静"说绝缘的。王元化先生指出，"虚壹而静"的一词，是最早出于宋尹学派的著作，而荀子却赋予它新的含义。③ 而宋尹学派有关思想是与《老子》有深刻的联系的。认为刘勰是吸收继承了《荀子》，便与老庄的"虚静"说无缘，这是很难说服人的。

作为宋尹学派主要著作的《管子》的部分篇章，一方面继承与阐发了老子的"虚静"之说，一方面又深刻地影响了荀子，尤其是"虚壹而静"的命题，是接受了《管子》中《心术》、《内业》等篇的"虚静"说的。《心术》篇以"虚静"为治心之术，有很明显的能动意义。如说："人主立于阴，阴者静，故曰'动则位'。阴则能制阳矣，故曰'静乃自得'。"④ 又指出了"虚静"是产生"精气"、聚集"神明"的根源："道在天地之间也，其大无外，其小无内，故曰：不远而难极也。虚之与人也无间，唯圣人得虚道，故曰：'并处而难得，世人之所职者精也。去欲则宣，宣则静矣；静则精，精则独矣；独则明，明则神矣。"⑤ 以"虚静"的治心之术，所达

---

① （清）王先谦：《庄子集解》，上海书店1986年版，第116页。
② 徐复观：《中国艺术精神》，春风文艺出版社1987年版，第107页。
③ 王元化：《文心雕龙创作论》，上海古籍出版社1984年版，第153页。
④ （春秋）管仲：《管子·内业》，浙江人民出版社1987年版，第410页。
⑤ 同上书，第410—411页。

到的人的心灵的"神明"。这些都可说是对老子"虚静"说的发挥。"精气"是《管子》的创造性思想，而这是植根于《老子》的，如《管子·内业》篇云："凡道无根无茎，无叶无荣；万物以生，万物以成，命之曰道。""天主正，地主平，人主安静。春夏秋冬，天之时也；山陵川谷，地之枝也；喜怒取予，人之谋也。是故圣人与时变而不化，从物而不移。能正能静，然后能定。定在心中，耳目聪明，四肢坚固，可以为精舍。精也者，气之精者也。气，道乃生，生乃思，思乃知，知乃止矣。"① 这里既有老子哲学的推衍，又提出了"精气"之说。"精气"以心为"舍"，必须将心灵清除洁净，去知去欲，才能使精气留存。《管子·内业》篇所说的"敬除其舍，精将自来"②，正是此意。这其实也正是老子的"致虚守静"，却又是以积存精气为目的的。

宋尹学派所讲"虚静"，确实是更多地于其中阐发了创造性的因子。由心灵的"虚静"，而聚集"精气"；"精气"运抟，而为人之神明，此即是主体的思维能力。《管子》的有关论述，都揭示了其中那种生生不息的创造状态。其中《内业》篇说：

　　精存自生，其外安荣。内藏以为泉原；浩然和平，以为气渊。渊之不涸，四体乃涸；泉之不竭，九窍乃通。乃能穷天地，被四海；中无惑意，外无邪灾。心全于中，形全于外，不逢天灾，不遇人害，谓之圣人。③

又云：

　　抟气如神，万物备存。能抟乎？能一乎？能无卜筮而知吉凶乎？能止乎？能已乎？能勿求诸人而得之己乎？思之，思之，又重思之。思之而不通，鬼神将通之。非鬼神之力也，精气之极也。④

这都是由精气聚集而生的"神思"，是能动的，创造的。王元化先生认

① （春秋）管仲：《管子·内业》，浙江人民出版社1987年版，第495—496页。
② 同上书，第497页。
③ 同上。
④ 同上书，第499页。

为刘勰的"虚静"思想是出自于荀子，荀子的"虚壹而静"的命题出自于宋钘、尹文的著作，"可是事实上荀子却舍弃了宋钘、尹文通过虚壹而静这个用语所表示的静以制动，静以养心，去知去欲，无求无藏的消极目的，而提出了截然相反的规定"①。我们则从上述论列中可以见出宋尹学派的"虚静"说，是有着颇为丰盈的创造性质的，而这则是与老子的"虚静"哲学有相当深刻的内在关系的。

第三节 "虚静"说的历史发展

"虚静"说在刘勰之后的艺术理论发展过程中，是关于创作心理的一个重要观念，很多文论家、艺术理论家都认为凝心静气的心态，是创造艺术精品的必要的前提条件。如唐代著名的美术史家张彦远在评价顾恺之画作时说：

> 遍观众画，唯顾生画古贤得其妙理，对之令人终日不倦。凝神遐想，妙悟自然，物我两忘，离形去智。身固可使如槁木，心固可使死灰，不亦臻于妙理哉！所谓画之道也。②

张彦远在这里提出的"凝神遐想，妙悟自然"的命题，显然是"虚静"说在绘画领域的延伸，它也是宗炳的"澄怀味象"的发展。张彦远是通过对顾恺之绘画艺术的成就来阐述这个命题的。有的学者认为："张彦远在这里主要讲的是对绘画艺术的欣赏与观照。具体地说，就是对'顾生画古贤'的欣赏与观照。……这表明在审美欣赏和观照中，由'凝神遐想'到'妙悟'境界不是人为努力的结果，而是自然而然实现的。"③ 笔者以为，这里所说的"凝神遐想，妙悟自然"，并非是说对顾恺之画作的欣赏所持的心态，而是赞赏顾恺之作画时那种物我两忘的心灵状态。易言之，张彦远所说的"凝神遐想"是创作心态，而非欣赏心态。张彦远《历代名画记》这一卷（卷二）说的都是绘画创作，而非欣赏，说"凝神遐想"是欣赏心态与整体语境不合。而且，张彦远前面说"顾生得妙理"，当然是得创作之"妙

① 王元化：《文心雕龙创作论》，上海古籍出版社1984年版，第153页。
② （唐）张彦远：《历代名画记》卷2，上海人民美术出版社1964年版，第40—41页。
③ 樊波：《中国书画美学史纲》，吉林美术出版社1998年版，第332页。

理"，而后面所说的"臻于妙理"，是揭示顾生在作画时这种静心凝虚的心态的。张彦远在同一卷中又说："守其神，专其一，合造化之功，假吴生之笔，向所谓意存笔先，画尽意在也。凡事之臻妙者，皆如是乎，岂止画也！"① 也是讲画之创作的。"臻于妙理"是达到神妙的绘画境界。上文所说的"所谓画之道也"。也是明明白白说的是作画之道，而非"赏画之道"。"凝神遐想"即是由虚静心态而生绘画构思中的审美想象。"物我两忘，离形去智"，亦庄子所说的"心斋"、"坐忘"。而张彦远的"凝神遐想，妙悟自然"，其实是把"虚静"的审美心态与"神思"的艺术思维的关系深刻地揭示了出来。"妙悟"本是佛教禅宗的悟道方式，是指以直觉思维而对佛性的彻底体认。这里则是指那种灵妙神奇的艺术思维。所谓"自然"，笔者倒是同意樊波先生在《中国书画美学史纲》中所说的"自然而然之意"，进一步说，也就是艺术创作中的那种并非刻意摹写雕琢，却似在不经意间便创造出至精至妙的境界。张彦远最为推崇的也正是这种"妙理"。他所说的"运思挥毫，意不在于画，故得画矣。不滞于手，不凝于心，不知然而然"②，正是此种妙境。

宋代著名画家郭熙在论述作画的创作心态时非常重视虚静的审美心胸。他在其著名的画论著作《林泉高致》中说：

　　每乘兴得意而作，则万事俱忘，及外物一至，则亦委而不顾。委而不顾者，岂非所谓昏气者邪！凡落笔之日，必明窗净几，焚香左右，精笔妙墨，盥手涤砚，如见大宾，必神闲气定，然后为之。③

"万事俱忘"，也即是不膺"外物"的虚静之心。郭熙主张在作画时一定要神闲气定，才能有佳作诞生。郭熙又把这种虚静的心灵称为"林泉之心"，也就是摆脱外物干扰，"尘嚣缰锁"，做到"万虑消沉"，这正是上承庄子的"心斋"、"坐忘"命题的。摆脱外物干扰，神闲气定，便会使创作心灵进入一种高度的集中与专一的状态，用郭熙的话来说，就是"注精以一"。郭熙这样说：

① （唐）张彦远：《历代名画记》卷2，上海人民美术出版社1964年版，第35页。
② 同上书，第36页。
③ （宋）郭熙：《林泉高致·山水训》，见俞剑华《中国古代画论类编》上，人民美术出版社1998年版，第634页。

凡一景之画，不以大小多少，必须注精以一之，不精则神不专；必神与俱成之，神不与俱成，则精不明；必严重以肃之，不严则思不深；必恪勤以周之，不恪则景不完。故积惰气而强之者，其迹软懦而不决，此不注精之病也。积昏气而汩之者，其状黯猥而不爽，此神不与俱成之弊也。以轻心挑之者，其形脱略而不圆，此不严重之弊也。以慢心忽之者，其体疏率而不齐，此不恪勤之弊也。①

郭熙在这里提出了"注精而一"的命题，也就是要求画家内心虚静，积聚精气，以使创作心理高度集中，充盈着旺盛的创造力。这是受《管子》中"虚静"思想的深刻影响的。《管子》以"精气"与"虚静"之心联系起来，《管子》云："道在天地之间也，其大无外，其小无内，故曰不远而难极也。虚之与人也无间，唯圣人得虚道，故曰并处而难得也。世人之所职者，精也。去欲则宣即虚，宣则静矣；静则精，精则独矣；独则明，明则神矣。神者，至贵也。故馆不辟除，则贵人不舍焉。故曰不洁其宫则神不处。"(《管子·心术上》)"精"即是精气。去掉欲望，就能虚，虚则能静。静则能使人精气旺盛充盈，精气旺盛就能专心一意("独")，而专心一意即可使人的智慧("神")神妙莫测。而如果心灵不扫除干净，精气就不会舍于其中。《管子》这段话已经阐明了虚静之心与"神"的关系。上引郭熙的这段论述是与其有着内在渊源的。

苏轼提出了著名的"空静"说，将"虚静"的美学命题推向了新境。苏轼在《送参寥师》一诗中写道：

上人学苦空，百念已灰冷。剑头唯一映，焦谷无新颖。胡为逐吾辈，文字争蔚炳？新诗如玉屑，出语便清警。退之论草书，万事未尝屏。忧愁不平气，一寓笔所骋。颇怪浮屠人，视身如丘井。颓然寄淡泊，谁与发豪猛？细思乃不然，真巧非幻影。欲令诗语妙，无厌空且静。静故了群动，空故纳万境。阅世走人间，观身卧云岭。咸酸杂众好，中有至味永。诗法不相妨，此语当更请。

苏轼在"虚静"说的发展中融进了佛禅之理，但却使其有了更深刻的美学

---

① （宋）郭熙：《林泉高致·山水训》，见俞剑华《中国古代画论类编》上，人民美术出版社1998年版，第634页。

内涵。参寥，即僧道潜，字参寥，是一位颇有文学造诣的诗僧，对苏轼非常推崇。此诗作于元丰元年（1078），时参寥从杭州来徐州探访苏轼。这首诗从参寥的诗谈起，阐发了诗不厌"空静"的道理。

佛教以苦空观人生，宣扬对尘世的厌弃。在佛教看来，人生来世上，便处在苦海的煎熬之中。由于有了"我执"、"法执"，不能看破红尘，免不了各种欲望的诱惑，有所贪爱，欲望不能尽得满足，便陷入无边的焦虑与痛苦。因此，要脱离苦海，就要把一切看空，既破"我执"，又破"法执"。出家的僧人更应该万念俱灰，心如止水了。"百念已灰冷"、"焦谷无新颖"，就是说禅僧的这种空寂之心。

然而，苏轼的意思是赞誉参寥子的诗写得非常之好，意境脱俗。禅家以"不立文字"相标榜，但禅门诗僧反多。"胡为逐我辈，文字争蔚炳？"看似诧异，实际是对参寥诗的称赞，接下来的"新诗如玉屑，出语便清警"两句，就更为显豁了。

苏轼提出了一个问题：像参寥这样的禅师，本应该"心如死灰"、"百念灰冷"了，却为何又能精于诗艺呢？苏轼确实有着这样的困惑，他在《参寥子真赞》中也说："惟参寥子，身寒而道富，辩于文而讷于口，外厖柔而中健武，与人无竞而讥朋友之过，枯形灰心而喜为感玩物不能忘情之语：此予所谓参寥子有不可晓者五也。"[1] 应该说，这个困惑是有着很大的理论意义的。禅与诗及绘画等艺术为何有亲密的血缘关系？解开这个困惑，会从一个侧面回答上面的问题。

苏轼又联想到韩愈论述草书艺术时所产生的困惑，而表述了与韩愈不同的审美观。同时，也把草书（作为书法艺术）与诗歌艺术的问题联系在一起，上升到美学层面来考虑。韩在《送高闲上人序》中，贯彻了他"不平则鸣"的审美价值观，他称赞张旭的草书艺术时说：

> 往时张旭善草书，不治他技，喜怒窘穷，忧悲愉佚，怨恨思慕，酣醉无聊，不平有动于心，必于草书焉发之。……故张旭之书，变动如鬼神，不可端倪，以此终其身而名后世。[2]

---

① （宋）苏轼：《参寥子真赞》，见邓立勋编校《苏东坡全集》中，黄山书社 1997 年版，第 80 页。

② （唐）韩愈：《送高闲上人序》，见傅云龙、吴可主编《唐宋明清文集》第 1 辑《唐人文集》卷 2，天津古籍出版社 2000 年版，第 937 页。

韩愈认为，张旭正是能在草书中发抒不平之气，一吐为快，方才有了传世的不朽声名与价值。而韩愈对僧人高闲的草书评价云："今闲师浮屠氏，一死生，解外胶，是其为心，必泊然无所起，其于世，必淡然无所嗜。泊与淡相遭，颓堕委靡，溃败不可收拾，则其于书，得无象之然乎？然吾闻浮屠人善幻多技能，闲如能其术，则吾不能知矣。"在韩愈的观念里，书法要有很高的价值，就必须抒其怨愤不平之气，方可冲荡奇崛；而禅僧胸次淡泊渊静，是难有惊人、感人之作的。这其间明显是以"不平则鸣"的价值观来评价书法艺术的价值的。韩愈对诗文创作的评价尤其如此。韩愈的名作《送孟东野序》突出地阐扬了"不平则鸣"的艺术价值观，他说：

> 大凡物不得其平则鸣。草木之无声，风挠之鸣；水之无声，风荡之鸣。其跃也或激之，其趋也或梗之，其沸也或炙之；金石之无声，或击之鸣。人之于言也亦然：有不得已者而后言，其歌也有思，其哭也有怀，凡出于口而为声者，其皆有弗平者乎！①

在韩愈看来，真正有价值、能感人的作品，都是"有思""有怀"的，胸中有不平之气，出而为言，"择其善鸣者而假之鸣"。反之，心境淡然泊然，是不能创作出好的作品的。这里值得注意的是，韩愈在这篇文章里，把作品的艺术成就与艺术家的创作心理密切联系在一起，这对于中国的艺术理论来说是有其独特的贡献的。他在《送高闲人序》这篇文章中还说："今闲之于草书，有旭之心哉？不得其心而逐其迹，未见其能旭也。"他认为想要学张旭的草书，必须有张旭那样勃郁不平的胸臆，主体的情感"利害必明，无遗锱铢，情炎于中，利欲斗进，有得有丧，勃然不释，然后一决于书"，这就是韩愈所理解的张旭。

苏轼显然是不同意韩愈这种创作观的，但韩愈的说法使他对这个问题的思考深入了许多。韩愈把艺术家的心态与创作作为一种必然联系在一起，苏轼虽然不同意他的结论，却沿着这个思路得出了自己的答案。

"欲令诗语妙，无厌空且静"，并非是指好诗的意境，而分明是指诗人的审美创作心态。欲使诗语致于妙境，就应使自己有一个空明虚静的心态。苏轼一方面继承了中国古典美学中"虚静"说的步武，另一方面又以佛教

---

① （唐）韩愈：《送孟东野序》，见阴法鲁《古文观止译注》，吉林文史出版社1986年版，第679页。

禅宗的思想为主要参照系，改造和发展了中国美学中的审美态度理论。诗人把"空静"的范畴纳入了艺术创造的轨道，它虽然带着禅学的痕迹，但却具有了明显的美学性质。

"空"是佛教的核心观念，一切的佛学理论，说到底，可以用"空"字来一言以蔽之，但是按大乘佛学的理解，"空"并非空无所有，并非杳无一物，而就是存在于现象中的本质。《般若波罗蜜心经》说得直接干脆："色不异空，空不异色。色即是空，空即是色。"① 一切现象，并没有被大乘佛学所否定，而是把它们和"空"的本体性质等为一体。禅宗直接继承了这一思想，被禅门奉为经典的《金刚经》，一再讲"凡所有相，皆是虚妄"②、"诸相非相，即见如来"③，就是要求学佛者不执于"有"，亦不执于"空"，不落"空"、"有"二边。

六祖慧能进一步以心为空，故有"心量广大，犹如虚空"的名言。禅六门之所以把"心"作为派生"万法"的本体，根据就在于"心量虚空"，所以能"含日月星辰，大地山河，一切草木，恶人善人，恶法善法，天堂地狱，尽在空中"④。

佛学更重视"静"，并且以之作为宗教修习的根本要求。佛门之"静"，也就是"定"，要求习禅者心如止水，不起妄念，于一切法不染不著，不取不舍，然而，大乘佛学的"静"，并非与动水火不容的纯然之"静"，而是与"动"兼容互即的。般若学于"动""静"范畴取不落二边的态度，主张动静互即。著名佛教思想家僧肇大师有《物不迁论》的佛学名作，其中专论"动中寓静"的观点："寻夫不动之作，岂释动以求静，必求静于诸动。必求静于诸动，故虽动而常静。不释动以求静，故虽静而不离动。"⑤这便是用"中道观"来认识"动""静"范畴，即动即静，非动非静，把"动""静"统一起来讲。

说到此处，苏轼所言之"静故了群动，空故纳万境"的佛学理论基因，大概可以不言自明了。苏轼借用了大乘佛学的"空"观、"动静"观来谈诗歌创作。"空"与"静"是因，而"了群动"、"纳万境"是果，这里已不

---

①　应慈法师：《般若波罗蜜多心经浅说》，佛学书局1933年版，第12页。

②　《黄檗断际禅师宛陵录》，见石峻等《中国佛教思想资料选编》，中华书局1983年版，第221页。

③　丁福保笺注，一苇整理：《六祖坛经笺注》，齐鲁书社2012年版，第98页。

④　郭朋：《坛经校释》，中华书局1983年版，第49页。

⑤　（晋）僧肇：《物不迁论》，见僧肇著，张春波校释《肇论校释》，中华书局2010年版，第11页。

再是佛学的意思，而全然是诗学的意味。正因为主体心灵的"空"、"静"，才能洞照物象的纷纭涌动，也才能在心灵中生成更多的审美意象。

"空"与"静"，都不是长久的、恒定的心理状态，这当然是从审美创造心理而言，而非就禅而言的。它是一种插入，暂时切断创作主体与世界的功利的、世俗的联系，使主体换上一副审美的眼镜来重新打量世界，而进入审美创造准备阶段的过程。

第四节 "虚静"心态与"神思"的关系

如前所述，"虚静"乃是一种审美的心胸，对于艺术创作的"神思"来说，是一个必要的前提。正是因为创作主体通过虚静的工夫，忘却现实的烦恼与利害，达到没有任何遮蔽的"玄鉴"、"心斋"，空明澄净，除欲去智，才能与自然对话，与大道玄同。而艺术创作中那种恍惚而来、不思而至，又异常灵妙的思致，却由此而生。"虚静"，并非是导向消极无为的虚无，而恰恰是以"虚静"的心胸蕴蓄了更具有审美创造意义的因子。那么，这其中的奥秘又在何处呢？

宗炳《画山水序》里的这样一段话很能说明"虚静"的心态与"神思"的关系。他说：

> 闲居理气，拂觞鸣琴，披图幽对，坐究四荒，不违天励之丛，独应无人之野。峰岫峣嶷，云林森渺，圣贤映于绝代，万趣融其神思，余复何为哉，畅神而已。神之所畅，孰有先焉？①

"闲居"并非只是身体之"闲"，主要是心境之闲适。"闲"而后"理气"，即是调畅气息，使胸中精气充盈。这样，画家方能晤对山水之灵韵，与天地万物合为一体，得到精神的超越与解脱。而在此时，各种情趣都融于"神思"之中，呈现一种"畅神"的心意状态。在这里，宗炳给我们以启示的，主要在于"闲居"与"理气"的关系。"虚静"的同时，是使精气充盈于胸臆，从而使心灵没有任何外物干扰而又精神饱满，许许多多的奇思妙想便油然而生。

"虚静理气"的思想源于《管子》。《管子》明确地把"气"的范畴规

---

① （南朝·宋）宗炳：《画山水序》，人民美术出版社 1985 年版，第 9 页。

定为"精气"，也称为"精"。《管子·内业》云："精也者，气之精者也。"①精即精微而能变化的气。《管子》还提出了"虚静守气"的思想，《内业》篇中说："形不正者，德不来。中不静，心不治。正形摄德，天仁地义，则淫然而自至。神明之极，昭知万物，中守不忒，不以物乱官，不以官乱心，是谓中得。有神自在身，一往一来，莫之能思。失之必乱，得之必治。敬除其舍，精将自来。"②这里所说的"不以物乱官"，是不让外物干扰感官，"不以官乱心"，是不让感官干扰心灵。"敬除其舍"，就是涤除心灵，而使精气充盈其间。虚静守气是身心修养的关键。"凡道无所，善心安处？心静气理，道乃可止。"③虚静守气，治气固气，阴阳和平，才能成为得道之人。恬然虚静，无私无欲，不为物累，不为利诱，才能守住精气，养好精气。《管子》的虚静养气，是身心修养之途，还不是谈艺术创造心理的。而刘勰的"养气"，则全然是从文学艺术的创作角度来立论的。

刘勰在《文心雕龙·物色》篇中提出了一个非常富有理论价值的命题，那就是"入兴贵闲"。《物色》篇中说："是以四序纷回，而入兴贵闲；物色虽繁，而析辞尚简；使味飘飘而轻举，情晔晔而更新。"④这段话的主要意思是说作家应该把握对象的特征，使作品产生历久弥新的审美情味。"入兴贵闲"则是主张在一种闲适优游的心态下才能产生创作上的灵思感兴。"闲"其实是闲适而虚静的心意状态。纪昀的评价颇为中肯，他说："四序纷回四语尤精。凡流传佳句都是有意无意之中，偶然得一二语，无累牍连篇苦心力造之事。"⑤纪昀显然认为此中之"闲"即闲适无意的心态。与之密切关联的是《文心雕龙·养气》一篇，从"养气"的角度谈到"虚静"的心态与对创作的积极意义。《养气》篇中说：

　　昔王充著述，制《养气》之篇，验己而作，岂虚造哉！夫耳目鼻口，生之役也；心虑言辞，神之用也。率志委和，则理融而情畅；钻砺过分，则神疲而气衰：此性情之数也。……夫学业在勤，功庸弗怠，故有锥股自厉，和熊以苦之人。志于文也，则申写郁滞，故宜从容率情，优柔适会。若销铄精胆，蹙迫和气，秉牍以驱龄，洒翰以伐性，岂圣贤

①　（春秋）管仲：《管子·内业》，浙江人民出版社 1987 年版，第 496 页。
②　同上书，第 417 页。
③　同上书，第 494 页。
④　范文澜：《文心雕龙注》，人民文学出版社 1958 年版，第 694 页。
⑤　同上书，第 697 页。

之素心，会文之直理哉！且夫思有利钝，时有通塞；沐则心覆，且或反常，神之方昏，再三愈黩。是以吐纳文艺，务在节宣，清和其心，调畅其气；烦而即舍，勿使壅滞。意得则舒怀以命笔，理伏则投笔以卷怀，逍遥以针劳，谈笑以药倦，常弄闲于才锋，贾余于文勇。使刃发如新，凑理无滞，虽非胎息之迈术，斯亦卫气之一方也。赞曰：纷哉万象，劳矣千想。玄神宜宝，素气资养。水停以鉴，火静而朗。无扰文虑，郁此精爽。①

《养气》通篇都可以看作"入兴贵闲"这个理论命题的系统阐释，而更为重要的意思在于刘勰提倡作家应该陶养文气，以优游闲适的心态获致诗文创作的灵机，而不主张临纸苦吟，强刮狂搜。这与"虚静"并非全然是一回事，但其间的联系却是相当深刻的。刘勰认为只有"闲"的心态才能使创作思维"刃发如新，凑理无滞"，而"闲"的含义就是指作家"清和其心，调畅其气"的身心状态。黄侃《文心雕龙札记》中评《养气》篇云："此篇之作，所以补《神思篇》之未备，而求文思之常利也。"② 《养气》篇所论，是与《神思》篇中的"陶钧文思，贵在虚静"的命题联系非常密切的。

"虚静"的心态使作家易于进入闲适宽松的心理环境，也即刘勰所说的"入兴贵闲"。在"闲"的状态下，作家的头脑中非常易于出现无意识的、不经意的情形，而那些非常活跃的灵妙的意象、念头，多半是在这种情形下涌出来的。因此，"虚静"的心态不但不与创造性的思维相悖谬，而且是蕴涵着创造因子在内的。在这点上，英国美学家鲍桑葵所言很能说明这个观点，他说："在我看，这里的重要一点好像是，'静观'一词不应当意味着'静止'或'迟钝'，而是始终含有一种创造因素在内。"③ 笔者觉得，这是能够说明"虚静"说的创造性意义的。"虚静"是"神思"即艺术创作思维的必要前提，它有着深远的哲学的、美学的渊源，有着鲜明的中华文化的气质。"虚静"并非是消极无为的，而是为创作的"神思"所尤为需要的审美心胸。刘勰全然是从艺术创作的角度出发来倡导"虚静"的命题，认为作家在进入艺术构思时及在整个构思过程中，都应使心灵祛除日常的欲念，精神得到澡雪和升华。如此，才可能创造出奇妙卓异的上乘之作。

---

① 范文澜：《文心雕龙注》，人民文学出版社 1958 年版，第 646—647 页。
② 黄侃：《文心雕龙札记》，中华书局 1962 年版，第 204 页。
③ ［英］鲍桑葵：《美学三讲》，周煦良译，上海译文出版社 1983 年版，第 17 页。

第四章　"神思"与艺术创作思维中的想象

第一节　关于艺术想象

"神思"作为艺术创作思维，是一个完整的过程，想象并非是它的全部，但在"神思"中，想象无疑占有非常重要的地位与分量。在对"神思"的论述中，有些论者认为"神思"等同于想象，这固然是笔者所不敢全然苟同的，但这又是给人以深刻启示的。在笔者看来，"神思"在中国古典美学中是关于艺术创作思维的一个总体性的范畴，并不局限于艺术想象，但是艺术想象毕竟是"神思"最为核心的内容、最重要的成分。

想象是人类远远高出于其他动物的一种重要的思维形式，也是人们赖以进行创造性活动的心理功能。人类所做出的任何新的发明创造，人类的每一点进步，可以说都离不开想象的支撑。凭借想象，人类不断地征服自然，不断地超越自我，不断地创造着更为美好的明天。马克思在《资本论》中所举的"蜜蜂和建筑师"的著名例子，就非常经典地论证了想象在人类文明史上的杰出作用。想象并非仅是艺术创作的专利，无论是科学发明还是艺术创作，都需要想象的参与。爱因斯坦说："想象力比知识更重要，因为知识是有限的，而想象力概括着世界的一切，推动着进步，并且是知识进化的源泉。严格地说，想象力是科学研究中的实在因素。"① 想象力在创造性思维活动中具有特殊的重要意义，是进行创造性思维活动所不可缺少的重要能力要素。

在艺术创作活动中，想象更是最为重要的心理能力。同样是作为创造活动的心理能力，艺术想象与科学中的想象又有很大不同。在这里，不妨援引彭立勋先生的有关论述，他说：

---

① ［美］爱因斯坦：《论科学》，见《爱因斯坦文集》第 1 卷，范岱年等编译，商务印书馆 1976 年版，第 284 页。

　　艺术想象在形象创造的独特性、鲜明性和生动性上，是科学中的想象所不能比拟的。科学中的想象虽然也是用形象的方式来改造旧的经验，具有一定的形象性，但它必须和科学的逻辑思维结合在一起发挥作用，其最终目的则是导致科学理论的形成。所以，在科学研究和发现中，想象只是作为构成科学理论的支撑点，作为通向新理论的桥梁而发挥作用。恩格斯说："只要自然科学运用思维，它的发展形式就是假说。"① 科学发现离不开假说，而假说离不开想象。必须通过创造性想象，才能在假说中改造过去和现在的知识，形成未来的新知识。但假说的提出主要是靠抽象思维，假说经过实践检验得到确证以后，就上升为规律或者理论。所以，在科学研究中想象是辅助抽象思维并向理论过渡的，它不要求保持和发展形象创造的个别性、独特性。艺术的想象则不然。在艺术家的创作构思中，想象始终是和形象思维交织在一起的，并且渗透到形象思维中作为它的一个组成部分而发挥作用，其最终目的是为了形成审美意象或艺术典型。……抛弃了形象的个别性、独特性，就不会有审美意象的形成和艺术典型的创造。这就要求艺术想象必须尽可能地保持和发展形象的个别性、独特性，并且使其以鲜明、生动的形象细节清晰地呈现在想象所创造的新形象中。②

这里对科学中的想象与艺术想象的分析是颇为中肯的。艺术想象有着不同于科学中的想象的独特之处，艺术创作中的想象，始终是伴随着形象和情感的。

　　艺术想象活动在艺术创作中的作用非同小可，这在许多著名的美学家的著述中都有深刻的论述。如康德把想象力作为"构成天才的心意诸能力"的首要一点加以论述，他说：

　　　　我所了解的审美观念就是想象力里的那一表象，它生起许多思想而没有任何一特定的思想，即一个概念能和它相切合，它是理性的观念的一个对立物，理性的观念是与它相反，是一概念，没有任何一个直观（即想象力的表象）能和它切合。想象力（作为生产的认识机能）是强

　　① 恩格斯：《自然辩证法》，见中共中央党校教材审定委员会审定《马列著作选编》，中共中央党史出版社 2011 年版，第 121 页。
　　② 彭立勋：《审美经验论》，人民出版社 1999 年版，第 226—227 页。

有力地从真的自然所提供给它的素材里创造出一个像似别一个自然来。①

康德把审美观念与想象力直接结合起来，认为审美观念就是想象力一种表象。它不是某一客体的表象，而是想象力创造出来的一种东西。康德非常重视想象力在审美中的重要作用，想象力从现实世界中吸取材料，然后加以综合、改造，创造出"另一自然"，亦称"第二自然"。黑格尔更为明确地说："真正的创造就是艺术想象的活动。"② 又说："艺术作品既然是由心灵产生出来的，它就需要一种主体的创造活动，它就是这种创造活动的产品。作为这种产品，它是为旁人的，为听众的观照和感受的。这种创造活动就是艺术家的想象……"③ 黑格尔把艺术作品视为想象力创造出的产物。

中国古典美学中的"神思"范畴，其内涵中对于艺术想的建树，虽则多是描述，却是非常丰富系统的，并不逊色于西方美学。透过那些诗一般的语言，我们所看到的是"神思"论中对艺术想象特征的精妙揭橥。我们看刘勰《文心雕龙》的《神思》篇中的经典描述：

> 古人云："形在江海之上，心存魏阙之下"，神思之谓也。文之思也，其神远矣。故寂然凝虑，思接千载；悄焉动容，视通万里。吟咏之间，吐纳珠玉之声；眉睫之前，卷舒风云之色，其思理之致乎！④

刘勰在此处对"神思"的形象化界定，其根本的一点是艺术想象突破时空限制的自由性。"形在江海之上，心存魏阙之下"，语出《庄子·让王》篇，原话为："中山公子牟谓瞻子曰：'身在江海之上，心居魏阙之下，奈何？'"本意是隐身在江海之上，而心里却惦念着朝廷的荣华富贵。刘勰在这里借以形容文思可以摆脱身观的限制，达到任何遥远的地方。范文澜先生注云："案公子牟此语，谓身在草莽，而心怀好爵，故瞻子对以重生轻利。彦和引之，以示人心无远不届，与原文本义无关。"⑤ 黄侃先生对此亦有非常精到的阐释："此言思心之用，不限于身观，或感物而造端，或凭心而构象，无

---

① ［德］康德：《判断力批判》，宗白华译，商务印书馆1964年版，第100页。
② ［德］黑格尔：《美学》第1卷，朱光潜译，商务印书馆1981年版，第50页。
③ 同上书，第356页。
④ 范文澜：《文心雕龙注》，人民文学出版社1978年版，第493页。
⑤ 同上书，第496页。

有幽深远近，皆思理之所行也。"① 都指出这两句的意思是心灵对身观局限的超越。具体一些说，刘勰这里讲的是文学创作时的文思。按刘勰的理解，"神思"主要是这样一种能够突破时间、空间限制的想象力。

如果局限于感觉经验，那就不可能称其为想象。想象就是要突破此时此地的感觉经验，将异时异地、不在眼前的表象聚拢在目前的心灵屏幕上。"思接千载"、"视通万里"，可以认为是互文见义，但它说明了"文思"所及，从时间上可以是上下千载，从空间上可以是纵横万里。诚如李泽厚、刘纲纪所指出："刘勰所说的神思，可以'思接千载，视通万里'，使不在目前的事物如在目前，这显然是一种想象的力量。但刘勰所讲的又不是一般的思，而是文之思，亦即艺术的想象。"② "千载"与"万里"无非是形容文思的极大自由度。不仅是刘勰，陆机在《文赋》中所说的"精骛八极，心游万仞"，也是说作者的心神，驰骋八方，遨游万仞。《文选》李善注云："八极万仞，言高远也。"③ "心游"，也即驰骋于天地之间的艺术想象。陆机的"心游"，其实是深受道家思想影响的。《庄子》的"逍遥游"是陆机的明显的思想渊源。我们引李泽厚、刘纲纪先生的有关论述对此有较深入的说明：

> "精骛八极，心游万仞"，说明"耽思傍讯"的思索联想能够进入不受有限事物所束缚的极其广阔的天地。这显然也受着庄子所说"出入六合，游乎九州"（《庄子·在宥》）"夫至人者，上窥青天，下潜黄泉，挥斥八极，神气不变"（《庄子·田子方》）之类说法的影响，也可能受到阮籍《大人先生传》中所说"飘飘于四运，翻翱翔乎八隅"的影响。从陆机本人来说，当然又是同他在《凌霄赋》中所说的那种"遨游天地"的思想分不开的。由于陆机把艺术想象和道家遨游天地的思想结合起来，这样他就深刻地阐发了想象的巨大能动性，赋予了想象以和宇宙的无限等同的力量，使艺术的境界与天地的境界合一，这是中国美学的一大特点。④

① 黄侃：《文心雕龙札记》，中华书局 1962 年版，第 91 页。

② 李泽厚、刘纲纪：《中国美学史》第 2 卷，中国社会科学出版社 1987 年版，第 703 页。

③ （南朝·梁）萧统：《文选》卷 17，中华书局 1977 年版，第 241 页。

④ 李泽厚、刘纲纪：《中国美学史》第 2 卷，中国社会科学出版社 1987 年版，第 262 页。

　　这里的阐述无疑是颇为中肯的。中国古典美学中关于"神思"的论述，多半都谈及这种突破现实时空局限、无远弗届的特点。诗人、艺术家"心游"于寥廓宇宙之中，上下千载，纵横万里，都在诗人的思维网罗之下。汉代的作家司马相如就说："赋家之心，苞括宇宙，总览人物，其乃得之于内，不可得其传也。"① 这是一个著名赋家的创作体会。画论家宗炳在其名作《画山水序》中也说："理绝于中古之上者，可意求于千载之下。"② 是说画家的"神思"不局限于现在，而可意求于上下千载。与宗炳同时的画论家王微在《叙画》中说："望秋云，神飞扬；临春风，思浩荡。"③ 艺术家应有这样的一种自由的超越境界。唐代著名诗人刘禹锡曾说过这样具有美学价值的话："片言可以明百意，坐驰可以役万景，工于诗者能之。"④ 认为真正的诗人应该以自己的思致容纳、统辖"万景"，这当然也是说诗思的超越现实时空。宋人沈括在《梦溪笔谈》中对王维画的评价：

　　　　书画之妙，当以神会，难可以形器求也。世之观画者，多能指摘其间形象、位置、彩色瑕疵而已。至于奥理冥造者，罕见其人。如彦远《画评》，言王维画物，多不问四时，如画花往往以桃、杏、芙蓉、莲花同画一景，予家所藏摩诘画《袁安卧雪图》，有雪中芭蕉，此乃得心应手，意到便成，故造理入神，迥得天意，此难可与俗人论也。⑤

　　王维作为文人画家的先驱者，以超越现实时空的艺术思维来作画，兴到之时，不问四时，将不同季节的花画在一幅画中，又如《雪中芭蕉图》，进一步同时打破时间与空间的一致，而将不同时间与空间的事物置于一图，充分显示了艺术想象所具有的高度自由。

　　艺术想象有着不同于模仿的创造性，它不拘泥于感觉经验，而可以最大程度的自由来创造出现实中不曾有过的审美境界。诸如屈原的《离骚》、《九歌》、《九章》，李白的《梦游天姥吟留别》、《蜀道难》，但丁的《神

---

　　① 《太平御览》引《西京杂记》，见《先秦两汉文论选》，人民文学出版社 1996 年版，第364 页。

　　② （南朝·宋）宗炳：《画山水序》，人民美术出版社 1985 年版，第 5 页。

　　③ （南朝·宋）王微：《叙画》，见（唐）张彦远《历代名画记》卷 5，上海人民美术出版社1964 年版，第 132 页。

　　④ （唐）刘禹锡：《董氏武陵纪》，见傅云龙、吴可主编《唐宋明清文集》第 1 辑《唐人文集》卷 2，天津古籍出版社 2000 年版，第 1283 页。

　　⑤ （宋）沈括：《梦溪笔谈》卷 17《书画》，辽宁教育出版社 1997 年版，第 92 页。

曲》,歌德的《浮士德》等杰作,都是上天入地,出神入化,最大程度地打破现实的时空界限,而创造出非常奇妙、给人以新颖独特的审美感受的艺术境界。这一点,梁启超先生对于屈原、李白等诗人所表现出来的丰富的想象力有精辟的论述,他说:

> 他(指屈原——引者注)作品最表现想象力者,莫如《天问》、《招魂》、《远游》三篇。《远游》的文句,前头多已征引,今不再说。《天问》纯是神话文学,把宇宙万有都赋予他一种神秘性,活像希腊人思想。《招魂》的前半篇说了无数半神半人的奇情异俗,令人目摇魄荡。后半篇说人世间的快乐,也是一件一件的从他脑子里幻构出来。至如《离骚》什么灵氛,什么巫咸,什么丰隆、望舒、蹇修、飞廉、雷师,这些鬼神都拉来对面谈话,或指派差事。……又如《九歌》十篇,每篇写一神,便把这神的身份和意识都写出来。想象力丰富瑰伟到这样,何止中国,在世界文学作品中,除了但丁《神曲》外,恐怕还没几家够得上比较哩![1]

梁启超先生又说:"浪漫派文学,总是想象力愈丰富,愈奇诡,便愈见精彩。这一点,盛唐大家李太白,确有他的特长。"[2]

在这些浪漫主义的诗人创作中,想象力的丰富精彩,突破时空限制,是非常普遍的。黑格尔认为:"审美有令人解放的性质。"这突出地体现在这种集中体现着想象力的艺术思维中。

第二节 "神思"的内视性质

中国古典美学中的"神思"论,还鲜明地体现着艺术想象的内视性质。

艺术想象不是虚无空洞的,它是一种表象的自由运动。想象的材料是表象,想象的结果也是表象。金开诚先生从文艺心理学的角度论述想象说:"想象在心理学上的意义是:通过自觉的表象运动,借助原有的表象和经验以创造新形象的心理过程。这里需要着重指出两点:一、想象是一种表象的

---

① 梁启超:《屈原研究》,见《梁启超文集》,线装书局2009年版,第265页。
② 梁启超:《中国韵文里头所表现的情感》,见易鑫鼎《梁启超选集》上卷,中国文联出版社2006年版,第405页。

运动；二，想象的结果是事物的新形象，而不是别的什么东西。"① 想象一直是与表象结伴而行的，因此，想象就有着内在的视觉意义。想象是"想"出一个"象"，"神思"之"思"也"不仅有思维的意思，也有想念不在目前事物的意思。"② 把记忆中的各种表象重新加以组合，形成新的表象，呈现在主体的心灵中，这就是想象。艺术想象是与抽象思维颇为不同的，它是以形象的形式呈现于心中的，因而，它是有很明显的视觉意义的，不过它不是外在的客体呈现于人们的视觉形象，而是内在于人们心里的。这就是想象的内视性质，也可以称为内心视象。③

著名的戏剧理论大师斯坦尼斯拉夫斯基首先提出"内心视象"的美学命题，他说：

> 我们的视象从我们的内心，从我们想象中、记忆中迸发出来之后，就无形地重现在我们的身外，供我们观看。不过对于这些来自内心的假想对象，我们不是用外在的眼睛，而是用内心的眼睛（视觉）去观看的。④

这种内心视象，在艺术想象中是基本的质料。张德林先生这样谈及"内视"问题：

> 用想象、联想、理想、幻想来设计某些人物、某些事件、某些情境，作家的脑海里呈现各种相应的视听形象，这也就是我们所说的艺术内心视象。通常说来，作家在想象中出现的这种内心视象愈丰富多彩，他的文思就愈活跃，创作的艺术生命力就愈强。⑤

这种艺术创作思维中的内心视象，时时出现在艺术家的想象之中。

中国古典美学中的"神思"论，其实更多地接触了艺术想象中的内心

① 金开诚：《文艺心理学概论》，人民文学出版社1987年版，第75页。
② 刘伟林：《中国文艺心理学史》，三环出版社1989年版，第127页。
③ 有关这个问题，可以参看张德林先生的《作家的内心视象与艺术创造》，载《文学评论》1991年第2期。
④ ［苏］斯坦尼斯拉夫斯基：《演员自我修养》上卷，林陵、史敏徒译，中国电影出版社1959年版，第101页。
⑤ 张德林：《作家的内心视象与艺术创造》，见《文学评论》1991年第2期。

视象问题。所谓"视通万里",就是内在的视域。"吟咏之间,吐纳珠玉之声",可以看作是内在的听觉意象,而"眉睫之前,卷舒风云之色",是说风云变幻的表象呈现于内心的视域。这正是"思理之致"。"故思理为妙,神与物游",其中一层意思是物象也即外物进入心灵的表象一直是与诗人的神思相伴随的。"物沿耳目,而辞令管其枢机",是说物的表象在耳目之畔,而内在的语言概念揭明呈现着事物的表象。"枢机方通,则物无隐貌",是说揭明物象的语言概念通明之后,物象在艺术家的头脑中则臻于明晰,鲜明地呈现出来。陆机《文赋》中所说的"其致也,情瞳眬而弥鲜,物昭晰而互进",也是讲在艺术想象的过程中,文情由隐到显,物象纷至沓来的情形。这些都可看作艺术想象中的内心视象。

艺术想象中的内心视象,并非与外界客观事物绝缘的纯心理现象,不是无源之水,无本之木,恰恰相反,它们是对外界的客观事物知觉的产物,是对客观事物的能动的反映。表象是通过知觉获得的,它们来源于客观现实,同时又是在主体的情感与意向的导引下产生的。对于外界事物的表象的获得,主要是通过视觉与听觉的感官渠道。黑格尔于此有非常鲜明的表述,他说:

> 属于这种创造活动(指想象力——引者注)的首先是掌握现实及其形象的资禀和敏感,这种资禀和敏感通过常在注意的听觉和视觉,把现实世界的丰富多彩的图形印入心灵里。此外,这种创造要靠牢固的记忆力,能把这种多样图形的花花世界记住。从这方面看,艺术家就不能凭借自己制造的幻想,而是要从肤浅的"理想"转入现实。在艺术和诗里,从"理想"开始总是很靠不住的,因为艺术家创作所依靠的是生活的富裕,而不是抽象的普泛观念的富裕。在艺术里不像在哲学里,创造的材料不是思想而是现实的外在形象。所以艺术家必须置身于这种材料里,跟它建立亲切的关系;他应该看得多,听得多,而且记得多。……例如歌德就是这样开始的,而在他的一生中,他的观照范围天天在逐渐推广。这种明确掌握现实世界中现实形象的资禀和兴趣,再加上牢牢记住所观察的事物,这就是创造活动的首要条件。[①]

黑格尔非常深刻而明确地指出了作为创造活动的艺术想象,在心中所要

---

① [德]黑格尔:《美学》第1卷,朱光潜译,商务印书馆1979年版,第357—358页。

形成的审美表象，是对现实及其形象的掌握，艺术家应该通过视觉、听觉等感官途径，把现实世界丰富多彩的图形印入心里，并转化为审美表象。康德在这一点上也有这样的论述：

> 想象力（作为生产的认识机能）是强有力地从真的自然所提供给它的素材里创造一个像似另一个自然来。当经验对我们呈现得太陈腐的时候，我们同自然界交谈。……在这场合里固然是大自然对我提供素材，但这素材却被我们改造成为完全不同的东西，即优越于自然的东西。①

康德这里强调想象力是从真的自然中获得素材，然后加以改造，创造出一个"第二自然"来。无论是康德也好，黑格尔也好，都认为艺术想象中的表象是以客观事物及其形象为来源的。

中国古典美学中的"神思"论，对"神思"中的内心视象有普遍的关注，同时，又看到它们是对外在的客观事物的能动反映与表象改造。陆机就说："遵四时以叹逝，瞻万物而思纷。悲落叶于劲秋，喜柔条于芳春。"认为文思是在万物的变化中生发的。刘勰的"神与物游"、"物沿耳目"，一方面强调其艺术想象中的内心视象，另一方面则是说表象是来源于客观之物的。罗宗强先生在论述刘勰的文学思想时着重指出了"神思"的"内视"性质，他说：

> 刘勰把握了想象与物不可或离的这种特点，提出了"神与物游"。"神与物游"包括着两个层次的意思，一个层次是神驰于眼见的物象之中。所谓"物沿耳目"，显然并非仅指意中之象，当亦指眼见之物。……另一层次的意思，是指神驰于内视中之物象也即心象之间。如前所述，往事一一呈现，凡所经眼之种种物象，皆由神思一一巡视、选择。"神与物游"的这两个层次是交叉进行的，是想象的统一过程，不能截然分开。文思运行、想象的展开，既有眼见物象也有心中物象，始终与物象相联，这正是艺术想象的最重要的特点。②

应该说，罗先生的阐释是相当全面而深入的。

---

① ［德］康德：《判断力批判》，宗白华译，商务印书馆 1964 年版，第 161 页。
② 罗宗强：《魏晋南北朝文学思想史》，中华书局 1996 年版，第 325—326 页。

刘勰的《文心雕龙》中另有《物色》一篇，实际上在很大程度上是对《神思》篇的补足与深化。《物色》篇既论述了客观物象对诗的感发，同时，又揭示了诗的艺术想象的内心视象问题。"物色"即是自然物象，也即事物所呈现出的外在容色形貌。"物"就是自然景物，这容易理解，而值得注意的是这个"色"字。"色"是借用了佛学的概念。在佛学中，"色"指外物的现象。佛学中有这样的基本命题："色不异空，空不异色。色即是空，空即是色。"① 刘勰早年入定林寺，依僧祐，协助僧祐整理大量佛经，对佛学颇为谙熟，受佛学影响是在情理之中的事情。"物色"这个概念的内涵，不无佛学之色彩。"物色"相联属，并非是并列之义，而是偏正之词，"物"是修饰"色"的。"物色"作为一个完整的美学概念，指的是客观事物的外在形貌。梁昭明太子萧统所编《文选》卷十三系"物色"之赋。李善注"物色"为四时所观之物色，而为之赋。又云："有物有文曰色。"可见，"物色"并不仅指自然景物本身，更重要的是自然景物、客观事物的外在形貌。开篇处一段话即有丰富的美学意义：

> 春秋代序，阴阳惨舒，物色之动，心亦摇焉。盖阳气萌而玄驹步，阴律凝而丹鸟羞，微虫犹或入感，四时之动物深矣。若夫珪璋挺其惠心，英华秀其清气，物色相召，人谁获安？是以献岁发春，悦豫之情畅；滔滔孟夏，郁陶之心凝；天高气清，阴沉之志远；霰雪无垠，矜肃之虑深。岁有其物，物有其容，情以物迁，辞以情发。②

在这里，刘勰重点论述的是"物"对"心"的感发作用，而我们要特别指出的是，这里的"物"就是"物色"，即自然景物变化中的外在形貌。它们是通过视觉印入人们的心灵的，形成了千变万化的表象。

刘勰接着所说的"是以诗人感物，联类不穷。流连万象之际，沉吟视听之区"③，既谈到主体对外物"万象"的流连，又接触到了进入内在视听之区所产生的内心视听表象。

中国古典美学中在艺术想象的问题上，谈及这种内视性质者是很多的。

---

① 《般若波罗蜜多心经》，见任继愈编《佛教经籍选编》，中国社会科学出版社1985年版，第15页。

② 范文澜：《文心雕龙注》，人民文学出版社1958年版，第693页。

③ 同上。

宗炳《画山水序》中的"澄怀味象"，其实说的还是"贤者"内心所见的视象。宗炳又说："神本亡端，栖形感类，理入影迹，诚能妙写，亦诚尽矣。"①"神"即"神理"，是形而上的精神本质，它本是无形可见的，但却能栖身于有形可见的山水之中，感生万类。在画家观赏山水所获得的"影迹"也就是内心的山水视象中，已含有了"神"的存在。唐代诗论中如遍照金刚在《文镜秘府论》中所说："夫作文章，但多立意。令左穿右穴，苦心竭智，必须忘身，不可拘束。思若不来，即须放情却宽之，令境生。然后以镜照之，思则便来，来即作文。如其境思不来，不可作也。""夫置意作诗，即须凝心，目击其物，便以心击之，深穿其境。如登高山绝顶，下临万象，如在掌中，以此见象。心中了见，当此即用。如无有不似，仍以律调之定，然后书之于纸。会其题目，山林、日月、风景为真，以歌咏之。犹如水中见日月，文章是景，物色是本，照之须了见其象也。"②遍照金刚认为文思的产生，是先凝心观照外物，然后使外物的形象化为内心了了可见的整体性视象，也即此处所说的"境思"，这是一种在内心中有很强的可视性、经过了选择、整合以后的境象。再如署名为王昌龄的《诗格》中论诗之"三境"之"物境"时说："欲为山水诗，则张泉石云峰之境，极丽绝秀者，神之于心，处身于境，视境于心，莹然掌中，然后用思，了然境象，故得形似。"③这里讲山水诗的创作，先对"泉石云峰之境"进行观照，达到"神之于心"的程度，"视境于心"、"了然境象"，都是诗人心中呈现的可视性很强的表象。晚唐司空图有论诗名言云："戴容州云：'诗家之景，如蓝田日暖，良玉生烟，可望而不可置于眉睫之前也。'象外之象，景外之景，岂容易可谭哉！"④司空图论诗，重在强调诗的"象外之象"的美学特征，而诗人在创作时首先就要有这种莹然可视的"诗家之景"。宋代诗人梅尧臣论诗之境界说："含不尽之意，见于言外；状难写之景，如在目前。"⑤这"如在目前"，正是诗人的内在视象。

---

　　① （南朝·宋）宗炳：《画山水序》，人民美术出版社 1985 年版，第 7—8 页。

　　② ［日］遍照金刚：《文镜秘府论·南卷·论文意》引，人民文学出版社 1975 年版，第 129—130 页。

　　③ （唐）王昌龄：《诗格》，见张伯伟《全唐五代诗格汇考》，凤凰出版社 2002 年版，第 172 页。

　　④ （唐）司空图：《与极浦谈诗书》，见傅云龙、吴可主编《唐宋明清文集》第 1 辑《唐人文集》卷 4，天津古籍出版社 2000 年版，第 2570 页。

　　⑤ （宋）欧阳修《六一诗话》引，见（清）何文焕《历代诗话》，中华书局 1981 年版，第 267 页。

值得指出的是，艺术想象中的内心视象，虽然是对客观事物的形象的观照与创造，与外在事物的形象有明显的、直接的联系，在艺术家心中所产生的是莹然可见的某种表象，但因其尚未加以审美物化，因而还是朦胧和变化着的。司空图所谓"不可置于眉睫之前"，指的就是这种朦胧性。

附带谈及艺术想象中的回忆。想象是与回忆分不开的。想象中不能没有回忆，回忆中也就包含了想象的成分。想象的主要信息来源，就是主体的以往的记忆表象。想象就是在头脑中改造记忆表象而创造出新形象的心理活动。当然，记忆与回忆在一些心理学家的概念中是略有区别的，其中最主要的是，记忆是主体以往经验的自然遗留，或者说是一种非自觉的形态；而回忆则是一种自觉的心理活动。但在对以往经验的持存这一点上，它们无疑是共同的。在艺术家的创作思维活动之中，回忆所扮演的角色是相当重要的。亚里士多德说："显然，记忆和想象属于心灵的同一部分。一切可以想象的东西本质上都是记忆里的东西。"[1] 海德格尔把回忆称为"缪斯的母亲"，认为"戏剧、音乐、舞蹈、诗歌都出自回忆女神的孕育"，并称回忆"是诗的要和源"[2]。回忆在艺术家的审美思维中所起的作用是非常重要的。它使记忆的残片聚合成完整的审美表象。心灵深处的记忆，基本上是杂乱无章的，没有或缺少鲜明清晰的表象。而主体通过回忆，把那些记忆残片聚合起来，这中间已经经过了动思，删除了许多不相关的东西，并且聚合为整一的表象，同时浮现到意识的面前。原来在记忆中是模糊的样子，回忆使之表象化了。回忆是对内在的、不可见的东西的一种敞开。黑格尔说："回忆属于表象，不是思想。"[3] 这是有助于我们理解回忆在审美思维中的重要意义的。回忆有着由隐到显、由内在到具在的运思力量，使人们记忆深层幽闭着的库藏得以敞亮，并且形成有序的结构。

回忆并非是单纯地将以往的经验呈现出来，它有着使以往的表象遗落了当时的利害关系，而以审美化的形式感呈现于我们的内在视域之前。叔本华有这样一段关于回忆的论述，它可以使我们更清楚地认识回忆与艺术想象之间的关系：

---

① ［古希腊］亚里士多德：《记忆与回忆》第 1 章，见《外国理论家、作家论形象思维》，中国社会科学出版社 1979 年版，第 8 页。

② ［德］海德格尔：《什么召唤思》，见《海德格尔选集》，孙周兴译，上海三联书店 1996 年版，第 1213—1214 页。

③ ［德］黑格尔：《哲学史讲演录》第 2 卷，贺麟等译，商务印书馆 1960 年，第 184 页。

在过去和遥远的情景之上铺上这么一层美妙的幻景，使之在很有美化作用的光线之下而出现于我们之前的东西，最后也是这不带意志的观赏的怡悦。这是出于一种自慰的幻觉而成的，因为在我们使久已过去了的，在遥远地方经历了的日子重现于我们之前的时候，我们的想象力所召回的仅仅只是当时的客体，而不是意志的主体。这意志的主体在当时怀着不可消灭的痛苦，正和今天一样；可是这些痛苦已被遗忘了，因为自那时以来这些痛苦又早已让位于别的痛苦了。于是，如果我们自己能做得到，把我们自己不带意志地委心于客观的观赏，那么，回忆中的客观观赏就会和眼前的观赏一样起同样的作用。所以还有这么一种现象：尤其是在任何一种困难使我们的忧惧超乎寻常的时候，突然回忆到过去和遥远的情景，就好像是一个失去的乐园又在我们面前飘过似的。①

在叔本华看来，回忆中的情景会使人摆脱一切痛苦，从而获得审美的快感。在这点上，回忆与艺术想象同样有着创造审美价值的妙用。接受美学的代表人物尧斯更明确地指出回忆的美学意义，他认为"回忆的和谐化和理想化的力量是一种新近发现的审美能力"。他还认为回忆可以使不完美的东西变得完美："审美活动在回忆中创造了旨在使不完美的世界臻于完美和永恒的最终目标。"② 着重强调了回忆的审美特性。

中国古典美学与艺术理论中关于回忆的论述并不多，而在创作实践的领域中却以大量的回忆性审美意象说明了回忆与艺术想象之间的密切关系。如屈原《远游》中的"涉青云以泛滥游兮，忽临睨夫旧乡。仆夫怀余心悲兮，边马顾而不行。思旧故以想象兮，长太息而掩涕。容与而遐举兮，聊抑志而自弭。"诗人用想象来说明诗人思维的情形。当他遨游太空下临故土的野外，回忆起自己祖国的种种状况。后来左思、谢灵运、陶渊明、李白、杜甫、刘禹锡、李商隐等大诗人，都通过回忆创造了许多令人千载难忘的审美意象。这都充分说明了回忆与艺术想象之间的密切关联。

第三节　艺术想象的情感体验性

艺术想象的一个重要特点，就是它的情感性，时时与主体的情感相伴

---

① ［德］叔本华：《作为意志和表象的世界》，石冲白译，商务印书馆1982年版，第277页。

② ［德］尧斯：《审美经验与文学解释学》，顾建光等译，上海译文出版社1997年版，第123页。

随，以主体的情感为动力，而通过想象创造出的新的形象，也是饱含着情感的。情感有力地推动着想象，想象又有力地加深着情感。情感与想象都生生不息，时时都在创造之中。席勒在论悲剧时说："一切同情心都以受苦的想象为前提，同情的程度，也以受苦的想象的活泼性、真实性、完整性和持久性为转移。想象越生动活泼，也就更多引起心灵的活动，激起的感情也就更强烈，也就要求它的道德功能起而反抗。"① 他从悲剧的角度来论述了想象与情感的关系，但他主要是讲想象对情感的激发作用。黑格尔则说：

> 通过渗透到作品全体而且灌注生气于作品全体的情感，艺术家才能使他的材料及其形状的构成体现他的自我，体现他作为主体的内在的特性。因为有了可以观照的图形，每个内容（意蕴）就能得到外化或外射，成为外在事物；只有情感才能使这个图形与内在自我处于主体的统一。就这方面来说，艺术家不仅要在世界里看得很多，熟悉外在的和内在的现象，而且还要把众多的重大的东西摆在胸中玩味，深刻地被它们掌握和感动；他必须发出过很多的行动，得到过很多的经历，有丰富的生活，然后才有能力用具体形象把生活中真正深刻的东西表现出来。②

黑格尔这里所说的"图形与内在自我处于主体的统一"，其实也就是艺术家的想象。

刘勰在论述"神思"时以言简意赅的赞语概括了在神思中情感的重要作用："神用象通，情变所孕。"这两句话所包蕴的美学意义是很深刻的。以现在的语言来理解，是说艺术家的"神思"是以意象为贯通联属的基元，而这些意象是以情感的变化来孕育的。而诗人头脑中的意象，乃是想象的产物。刘勰在《文心雕龙》中非常重视情感对文学创作的作用，把情感视为创作的动力与源泉。《文心雕龙》全书中"情"字出现的频率在 120 次以上，可见他对情感的重视程度。在《神思》篇中，刘勰所说的："夫神思方运，万涂竞萌。规矩虚位，刻镂无形，登山则情满于山，观海则意溢于海，我才之多少，将与风云并驱矣。""神思方运"正是艺术想象最为活跃的时候，"万涂竞萌"就是各种想象中的表象纷至沓来。艺术家在与外物接触感

---

① ［德］席勒：《论悲剧艺术》，见马奇《西方美学史资料选编》下卷，上海人民出版社 1987 年版，第 158 页。

② ［德］黑格尔：《美学》第 1 卷，朱光潜译，商务印书馆 1981 年版，第 359 页。

通并使外在的形象进入头脑、形成表象时，是充满了主体的情感的。陆机《文赋》中论述作家构思时也谈道："悲落叶于劲秋，喜柔条于芳春。"受外物变化的感兴时就引发了主体的强烈的情感体验。而在形成内在的表象时，"情曈昽而弥鲜，物昭晰而互进"。情感的渐次加强与事物表象的愈加明晰是同步的，也可以说是互动的。《文赋》中一个最为有名的美学命题："诗缘情而绮靡"，也从根本上把主体的情感作为诗歌创作之所以美好的缘由。

主体的情感很大程度上决定着艺术想象的基本取向。在忧伤沉郁的情感中，诗人的想象是那样的深沉："野哭千家闻战伐，夷歌数处起渔樵。"（杜甫）在思念的情感中，词人的想象是那样的美好："琵琶弦上说相思，当时明月在，曾照彩云归。"（晏几道）清代著名诗论家王夫之曾说：

> 情景名为二，而实不可离。神于诗者，妙合无垠。巧者则有情中景，景中情。景中情者，如"长安一片月"，自然是孤栖忆远之情；"影静千官里"，自然是喜达行在之情。情中景尤难曲写，如"诗成珠玉在挥毫"，写出才人翰墨淋漓、自心欣赏之景。凡此类，知者遇之。①

就诗人的内心视象而言，也与情感形成了这种互即互动的关系。

主体的情感可以使艺术家将外界事物进入头脑中的表象加以变形，形成新的表象。如李白的"白发三千丈，缘愁似个长"，即因其"愁"而使想象中的表象大大地变形。《诗经》中的"一日不见，如三秋兮"，则是因思念之殷而造成的时间表象的变形。这就是创造性的想象因了情感的原因而形成的表象变形。

在艺术家的"神思"中，与主体的情感密切相关的是体验性。"神思"中的想象阶段有明显的体验性质。体验是艺术家在生活之流中的整体性生命感受。它是十分深切的，却又是难于用理性语言给予准确表述的。体验是个体性的、亲在性的，是他人所无法取代的。狄尔泰说：

> 因此个人体验，对外界的认识，通过思维来扩大和加深自己的经验便是诗歌创作的基本条件了。诗歌创作的出发点永远是生活经验，即作为亲身体验的或者对他人理解的、现实的和过去的，以及对经验在其中共同发挥作用的，对事件的理解。从心理学的角度看，诗人所经历的无

---

① 戴鸿森：《姜斋诗话笺注》，人民文学出版社1981年版，第72页。

数生活状态中的任何一种都可以算作体验，然而在他的生活因素中只有那些能向他揭示生活特征的体验才属于他的诗的范围。①

艺术想象是离不开主体的体验的。据载杰出的戏剧大师汤显祖在创作其代表作《牡丹亭》时便以非常投入的体验来进行"运思"，相传临川作《还魂记》（即《牡丹亭》），运思独苦。"一日，家人求之，不可得，遍索，乃卧庭中薪上，掩袂痛哭。惊问之，曰：填词至'赏春香还是旧罗裙'句也。"② 还有大画家石涛在构思画作时的体会："山川使予代山川而言，山川脱胎于予也，予脱胎于山川也，搜尽奇峰打草稿也。山川与予神遇而迹化也，所以终归之于大涤也。"③ 画家与山川的"神遇迹化"，乃是非常深刻的审美体验。顾恺之的著名美学命题"迁想妙得"，也正说在艺术创作运思时设身处地地投入情感的体验活动。

第四节　"神思"中的艺术想象之创造功能

"神思"作为中国的艺术创作思维论，其想象的成分中有着鲜明的创造性。艺术家的"神思"并非将外在事物的形象照搬在自己的构思之中，而是对外来的表象进行重新组合、加工、改造，以主体的情感为其灵魂，按自己的审美理想进行创造。因而，艺术想象更重要的意义就在于这种创造。古往今来的艺术品，能在艺术史上留下自己的光彩的，都有着独具个性的创造性价值。

康德和黑格尔都有精辟的论述。康德说："想象力是创造性的。"④ 黑格尔也明确地认为："艺术作品既然是由心灵产生出来的，它就需要一种主体的创造活动。……这种创造活动就是艺术家的想象。"⑤ 他们都指出了艺术想象的创造性质。一般的心理学著述中都把想象分为再造性想象和创造性想象，这两种想象虽然不同，但在艺术创作心理活动中却是不可截然分开的，

① ［法］狄尔泰：《体验与诗》，引自张德兴主编《二十世纪西方美学经典文本》第1卷，复旦大学出版社2000年版，第191页。
② 焦循：《剧说》卷5，见中国戏曲研究院《中国古典戏曲论著集成》，中国戏剧出版社1959年版，第181页。
③ （清）石涛：《苦瓜和尚画语录》，见俞剑华《中国古代画论类编》，人民美术出版社1998年版，第153页。
④ ［德］康德：《判断力批判》，宗白华译，商务印书馆1964年版，第161页。
⑤ ［德］黑格尔：《美学》第1卷，朱光潜译，商务印书馆1979年版，第356页。

都起着重要的作用。而最能创造出独具匠心的审美意象的心理机能，主要的还是创造性想象。金开诚先生论创造性的想象时说：

> 创造想象是更独立、更新颖、更有创造性的一种想象，也是文艺创作中最重要的自觉表象运动。创造想象也是作者对头脑中原有的记忆表象进行加工改造的结果。所谓加工改造，主要的心理活动内容就是对原有的表象进行分解和综合。艺术创作中出现的新形象，不管新到什么样子，实际上都是用"旧材料"改装而成的。所谓"旧材料"就是指客观事物的形象反映于人的头脑并借助记忆而得到保存的表象。通过想象来创造新形象，说到底只是把原有的表象拆散或者碾碎，再重新结合成一个形象。①

这大致就是创造性想象的内涵。艺术家以自己独特的审美意识来处理、改造原有的表象，形成新的、前所未有的形象，艺术家的创造性想象即在于此。

艺术家头脑中所存藏的原有表象，是凌乱的、无序的，不是在一时、一地所印入头脑的。艺术家为着创造出特定的审美意象，运用有意想象，对原有的表象进行筛选、分解，然后按着自己的情感指向与审美意识进行新的整合，形成新的形象。这种新的形象，从局部上看，"材料"都是人们所熟悉的，似曾相识，而从整体上看，却又与其他的意象、意境颇有不同，这里面创作主体的情感、想象力、审美观念，起了决定性的作用。面对同一个审美对象，不同的创作主体在头脑中产生的表象会有相当的差异。譬如杜甫与高适、岑参、储光羲、薛据诸人同登长安慈恩寺塔，各人都写下一诗，但诗的意境各有不同，清人仇兆鳌评价说：

> 同时诸公登塔，各有题咏。薛据诗已失传，岑、储两作，风秀蔚贴，不愧名家；高达夫出之简净，品格亦自清坚。少陵则格法严整，气象峥嵘，音节悲壮，而俯仰高深之景，盱衡今古之识，感慨身世之怀，莫不曲尽篇中，真足压倒群贤，雄视千古矣。三家结语，未免拘束，致鲜后劲。杜于末幅，另开眼界，独辟思议，力量百倍于人。②

---

① 金开诚：《文艺心理学概论》，人民文学出版社1987年版，第82页。
② （清）仇兆鳌：《杜诗详注》卷2，中华书局1979年版，第106页。

仇氏是从各位诗人的不同风格着眼而论的,而同登一个慈恩寺塔,俯瞰同一景象,各个诗人形成的审美意象是不尽相同的,也就是说,各个诗人的创造性想象也是不尽相同的。明代诗论家谢榛的论述甚有见地:

> 作诗本乎情景,孤不自成,两不相背。凡登高致思,则神交古人,穷乎遐迩,系乎忧乐,此相因偶然,著形于绝迹,振响于无声也。夫情景有异同,模写有难易,诗有二要,莫切于斯者。观则同于外,感则异于内,当自用其力,使内外如一,出入此心而无间也。①

即使是外在的审美对象是一个,而因主体的不同,艺术家心中的审美意象也就很难是一样的。"观则同于外,感则异于内",因人而异的主体的艺术想象也就由此而产生。

创造性的艺术想象并非是自发的、无意识的,而是有意的,自为的。黑格尔主张把想象与幻想区别开来,他说:"不要把想象和纯然被动的幻想混为一事。"② 黑格尔的提醒是值得我们注意的。想象与幻想的区别就在于一是有意的、创造性的,在艺术创造中是审美的;而幻想则是自发的、无序的,也是非审美的。创造性的想象会把那些原有的表象选择、加工、重新组合,从而按着主体的意志形成一个新的完整的形象。在这方面,西方的美学家让·保罗的分析是很中肯的,他说:

> 幻想之于想象,有如散文之于诗歌。幻想不过是一种力量增强的、色泽明朗的回忆;畜类在做梦和自惊自扰的时候,也会幻想。幻想所产生的形象只仿佛现实世界里的纷纷落叶飘聚在一起,发高烧、神经病、酒醉都能使那些幻象长得结结实实、肥肥胖胖,凝固成为形体,走出内心世界而进入外物世界。想象却高出于此。它是心性里无所不在的灵魂,是其他心理功能的精髓。因此,伟大的想象力可以向其他某一功能(譬如妙语、巧思等)流通、输送,但是没有其他功能可以扩充而成为想象力。……其他功能和经验只能从大自然的书册里撕下片楮零叶,而想象力能使一切片段的事物都完整化,甚至也使无限的、无所不包的宇宙变得完整。……想象能使理智里的绝对和无限的观念比较亲切地、形

---

① (明)谢榛:《四溟诗话》卷3,中华书局1985年版,第41页。
② [德]黑格尔:《美学》第1卷,朱光潜译,商务印书馆1979年版,第357页。

象地向生命有限的人类呈现。……就在日常生活里，想象也施展了它的增饰渲染的本领。他对老远的过去生涯放射着光芒，就像雷雨过后挂着长虹，颜色灿烂，境地恬静，使我们可望而不可即。①

　　我之所以愿意引用这段话，是觉得让·保罗充满诗意的描述性的话语不仅指出了想象与幻想的区别，而且，把想象的特质都惟妙惟肖地呈现了出来。创造想象就是这样，把那些凌乱而无序的记忆中的表象拆解后再按着主体的意志重新加以组合，并把原有的也许并非是同一时间、空间的表象，组合为一个完整的意境。陆机所云"浮天渊以安流，濯下泉而潜浸"，指的正是作家对表象的重组过程。作家追求那种新颖独特、度越古人的美学理想，"谢朝华于已披，启夕秀于未振"，并以此为目标，将时空迥异的表象合成为当前的一个完整的有序的意象结构，即所谓"观古今于须臾，抚四海于一瞬"。

　　作为一个杰出的文论家，陆机非常重视想象中的审美意象的新颖独创，这是他所孜孜以求的。《文赋》中"其始也"这一段，反复申言的就是艺术想象与构思的独特优美，他的追求目标是非常之高的：前无古人，后启来者。"虽杼轴于予怀，怵他人之我先。"杼轴，以织布为喻，言构思经营。李善注云："杼轴，以织喻也。虽出自己情，惧他人先己也。"② 意思是说，虽然组织构思文章出自于自己的内心，但还是怕别人在我之前已经说过了。刘勰在《文心雕龙·神思》篇中也以"杼轴"来比喻作品的构思、想象，说："视布于麻，虽云未费；杼轴献功，焕然乃珍。"布源自于麻而远精于麻，在于杼轴构织之功。艺术品的精致独创，在于通过构思想象的苦心经营。王元化先生说：

　　　　用"杼轴"一词来表示文学的想象活动，原出于陆机。《文赋》："虽杼轴于予怀，怵他人之我先"，是刘勰所本。在这里，"杼轴"具有经营组织的意思，指作家的构思活动而言。不过，陆机说的"虽杼轴于予怀"，是把重点放在想象的独创性上面，而刘勰说的"视布于麻，虽云未费，杼轴献功，焕然乃珍"，则是把重点放在想象和现实的关系

---

① ［法］让·保罗：《美学入门》，见《古典文艺理论译丛》第 11 辑，人民文学出版社 1966 年版，第 35 页。

② （南朝·梁）萧统选，（唐）李善注：《文选》卷 17，商务印书馆 1936 年版，第 353 页。

上面。①

王元化先生指出了"杼轴"的说法从陆机到刘勰的承绪及不尽一致的含义，甚有启示意义，然而，我们觉得刘勰所说的"杼轴献功"，也同样是强调艺术想象的独创价值和审美追求的。

艺术想象的独创性，在刘勰这里表现为创作主体的意向化。刘勰一方面重视客观事物对主体的感兴，提出"人禀七情，应物斯感。感物吟志，莫非自然"的命题；另一方面，他又高度重视在意象形成中主体的作用。他说："写气图貌，既随物以宛转；属采附声，亦与心而徘徊。"（《文心雕龙·物色》）"随物宛转"，是对客观物象的写照，而"与心徘徊"则是作家的心灵对物象的主宰、统辖。刘勰所说的"因方以借巧，即势以会奇，善于适要，则虽旧弥新矣"（《文心雕龙·物色》），同样是主张发挥作家心灵的主体作用，把握事物表象的特征。材料看似人们都很熟悉的（"旧"），但创造出的意象却给人以耳目一新之感。

创造性的想象将原有的表象按着主体的意向整合成一个完整的意境，宗炳所说的"万趣融其神思"（《画山水序》），"神思"就是画家的主体意向。画家在面对山水物象时所兴发的情趣是非常丰富的，所汲纳的表象也是气象万千的，而在作画时，却要由画家的"神思"统一起来，成为一个完整的画面。

从诗学的角度来看，创造性的想象将原有的表象拆解后以诗人的主体意向进行重新组合，形成了超越现实的新的意象和意境，产生了具有个性化的艺术魅力。可以略举几种情况来看创造性的艺术想象在诗歌创作中的体现。

1. 移情

移情是一种特殊的艺术想象，是把主体自己的情感移入到客观对象中去，使对象有了"我"的情感。朱光潜先生这样解释"移情"现象："移情作用是外射作用（projection）的一种，外射作用就是把我的知觉或情感外射到物的身上去，使它们变为在物的。"② 这种特殊的想象使作品产生了超越自然、物我同一的境界。意大利美学家缪越陀里（l. A. Mumtori）指出诗歌中的移情现象：

---

① 王元化：《文心雕龙创作论》，上海古籍出版社1984年版，第132页。
② 朱光潜：《文艺心理学》，安徽教育出版社1996年版，第38页。

　　想象力受了感情的影响，对有些形象也直接认为真实或逼似真实。诗人的宝库里满满地贮藏着这类形象。……想象力把无生命的东西看成有生命的东西。情人为他的爱情所激动，心目中充满了这种形象。例如，他的热情使他以为自己和意中人作伴调情是世界上最大的幸福，一切事物，甚至一朵花一棵草，都旁观艳羡，动心叹气。——这种幻想是被爱情颠倒的想象所产生的。诗人的想象产生了这种幻觉，就把它表现出来，让旁人清楚地看到他强烈的爱情。①

　　这种把诗人的情感投射到客观对象中，使无生命之物充满了人的灵性与感情的作品，在中国古典诗歌中是非常之多的。如："相看两不厌，惟有敬亭山"（李白）；"岸花飞送客，樯燕语留人"（杜甫）；"蜡烛有心还惜别，替人垂泪到天明"（杜牧）；"数峰清苦，商略黄昏雨"（姜夔）；"菊残犹有傲霜枝"（苏轼）；"一水护田将绿绕，两山排闼送青来"（王安石）；"自胡马窥江去后，废池乔木，犹厌言兵"（姜夔）；等等。

　　2. 通感，也称联觉

　　就其表现形态而言，通感也是一种创造性的想象所生成的奇特的审美意象。钱锺书先生有《通感》一文，对通感有很详细的讨论。钱先生谈到一般经验中的通感现象时说：

　　　　在日常经验里，视觉、听觉、触觉、味觉往往可以打通或交通，眼、耳、舌、鼻、身各个官能的领域可以不分界限，颜色似乎会有温度，声音似乎会有形象，冷暖似乎会有重量，气味似乎会有体质。诸如此类，在普通语言里经常出现。②

　　在诗歌的构思中，许多诗人也将不同感觉的表象打通来写。陶文鹏先生谈及古代诗人创作中的通感现象时说："通感现象给了古代诗人以很大的启示。他们在描绘事物创造意象时，巧妙地运用通感手法，使诗的语言具有多感性，即含蕴着形状、声音、色彩、温度、味道等特质，能同时刺激人的两

---

　　① ［意］缪越陀里：《论意大利最完美的诗歌》，见《古典文艺理论译丛》第 11 辑，人民文学出版社 1966 年版，第 18 页。

　　② 钱锺书：《通感》，见《七缀集》，上海古籍出版社 1985 年版，第 56 页。

三种感觉器官，使人获得新奇、丰富的美感享受。"① 最有名的通感的例子就是"红杏枝头春意闹"（宋祁），"闹字把事物无声的姿态说成好像有声音的波动，仿佛在视觉里获得了听觉的感受"（钱锺书语）。再如"泉声咽危石，日色冷青松"（王维），诗人用"冷"来形容"日色"，使视觉向触觉挪移，深刻奇妙地表现了深僻冷寂的意境氛围。

3. 反常合道

"反常合道"，这是宋代大诗人苏轼提出的一个美学命题，他说："诗以奇趣为宗，反常合道为趣。"② 苏轼认为，所谓诗的"奇趣"，也就是"反常合道"。"反常"，是指在诗的意象上不符合人们所熟悉的常情、常理；"合道"，则是说这种反常的表现其实恰恰是更深刻地表现出诗人对生活独具的感受和审美发现，因而更为符合艺术创新的规律。如杜甫"妻孥怪我在，惊定还拭泪"（《羌村三首》其一），"晨钟云外湿，胜地石堂烟"（《船下夔州郭宿……》），都是"反常合道"的例子。

4. 绾合古今

诗人往往打通历史和现实的阻隔，把过去和今天的表象绾合在一起，形成了一些奇特而富有历史感的意境，这类情形多在咏史诗、怀古诗中出现。如"旧时王谢堂前燕，飞入寻常百姓家"（刘禹锡），"龙舟东下事成空，蔓草萋萋满故宫"（杜牧），等等，诗人将以往的历史表象与现实的表象绾合在一起来表现自己的沧桑感。

如果把"神思"作为中国古典美学中的艺术创作思维论，那么，其中最主要的阶段或者说是部分应该就是想象。正是在这一点上，很多论者都把"神思"直接解释为想象。这个问题当然还有讨论的余地，但是关于"神思"的论述中，想象无疑是内容最为丰富的，也最具艺术创造性质的。

---

① 陶文鹏：《古诗名句掇英》，江苏古籍出版社2000年版，第79页。
② （宋）惠洪：《冷斋夜话》卷5，中华书局1985年版，第24页。

第五章 "神思"与审美意象

第一节 "意象"的创构及其演变

"神思"与文学艺术创作的审美意象有着非常密切的关系。这在刘勰的《文心雕龙·神思》篇里说得非常清楚。"独照之匠，窥意象而运斤"中的"意象"，也就是今天我们所说的审美意象，是指在艺术创作思维过程中在作者头脑中产生的观念形态的形象。所谓"独照之匠"，指幽深独特的观照之心。"独照"是与《庄子》中的"见独"有渊源的。《庄子·大宗师》中说："吾犹守而告之，三日而后能外天下；已外天下矣，吾又守之，七日而后能外物；已外物矣，九日而后能外生；已外生矣，而后能朝彻；朝彻而后能见独。"庄子认为，在虚静坐忘中能够"朝彻见独"。"朝彻"即豁然贯通之意。"见独"，陈鼓应释为："指洞见独立无待的道"①，这是大致不错的。成玄英为《庄子》作疏云："夫至道凝然，妙绝言象，非无非有，不古不今，独往独来，绝待绝对。睹斯胜境，谓之见独。"②刘勰以"独照之匠"来指在创作思维中在心灵中通过"虚静"所见的幽深独特的境界。"运斤"是借《庄子》中"运斤成风"的故事来说创作的艺术表现，不过这不是一般的表现，而是那种出神入化的语言创构。这种语言创构，所表而出之的是作者内心已然存在的意象。

刘勰第一次把"意"、"象"合成为一个稳定而成熟的审美范畴，而且指出"意象"的创造与传达是文学创作的关键，即"驭文之首术，谋篇之大端"（《文心雕龙·神思》）。这在中国美学思想史上是有首创之功的。而"意象"，既是"神思"的产物，又是神思的内容。"神思"的过程，也可以说就是"意象"的酝酿与成熟的过程。没有"神思"，"意象"无由产

---

① 陈鼓应：《庄子今注今译》，中华书局 1983 年版，第 185 页。
② （唐）成玄英：《南华真经注疏》，中华书局 1998 年版，第 148 页。

生；没有"意象"，"神思"无以运作。"意象"的产生与运思过程，不是刻板的、机械的程序，而是由感兴触发的自由想象过程，"思接千载"，"视通万里"（《文心雕龙·神思》）；同时又是由审美感兴的触发而印入心灵的物象意象化的过程。"思理为妙，神与物游"（《文心雕龙·神思》），心灵与外物的交游，在灵妙的思致中化为意象。

在先秦时期的哲学思想中，"象"已与哲学之思联系起来并发展为哲学范畴。《老子·二十一章》云："道之为物，惟恍惟惚。惚兮恍兮，其中有象；恍兮惚兮，其中有物。"《老子·四十一章》又云："大音希声，大象无形。""象"在老子哲学中是作为联结本体与现象的图式而存在的。

文论中的"意象"范畴，是来源于《周易》的"象"论的。《周易》特重"象"的功能。《系辞传上》明确指出，"八卦"的图式是圣人"法象"天地万物结果："《易》有太极，是生两仪。两仪生四象，四象生八卦。"《周易》中虽然并未出现"意象"这个术语，却已把"意"与"象"联系起来谈了："子曰：书不尽言，言不尽意。然则圣人之意，其不可见乎？子曰：圣人立象以尽意，设卦以尽情伪，系辞焉以尽其言，变而通之以尽利，鼓之舞之以尽神。"（《周易·系辞传上》）后来在审美意义上的"意象"是与"立象以尽意"密切相关的。

"象"在《周易》中的意义首先是可以感觉到的自然现象。《周易·系辞》上说："见乃谓之象。"所谓"八卦"，就是由"四象"而生的乾、坤、震、巽、坎、离、艮、兑，即天、地、风、雷、水、火、山、泽的"八象"。这些都是自然之象。"象"的含义首先是自然之象，也即物象。托名于白居易的《金针诗格》说："象物象之象，日月山河虫鱼草木之类是也。"《周易》的"象"还有另一含义，也即如章学诚在《文史通义》中所说的"人心营构之象"。《周易·系辞传上》云："圣人有以见天下之赜，而拟诸其形容，象其物宜，是故谓之象。"这是人对天道的体会，取法乎自然，以意为之，即是"人心营构之象"。而到了后来在审美意义上的"意象"，则是从前者到后者的转换。

《周易·系辞传上》说："圣人设卦观象，系辞焉而明吉凶。刚柔相推而生变化。是故，吉凶者，失得之象也。悔吝者，忧虞之象也。变化者，进退之象也。刚柔者，昼夜之象也。"指出了设卦的目的在于"观象"，观象的目的在于明道。

东汉思想家王充，第一次将"意"与"象"合为一个概念，他说："夫

画布为熊麋之象，名布为侯，礼贵意象，示义取名也。"① 王充的首创之功
是值得肯定的。他不仅固定了"意象"这个概念，而且，他还使这个概念
的含义转为具体的形象之"象"。魏晋时期著名的玄学家王弼，就"言"、
"意"、"象"的关系阐发了非常深刻而颇具创见的论述，他说：

> 夫象者，出意者也。言者，明象者也。尽意莫若象，尽象莫若言。
> 言生于象，故可寻言以观象；象生于意，故可寻象以观意。意以象尽，
> 象以言著。故言者所以明象，得象而忘言；象者，所以存意，得意而忘
> 象。犹蹄者所以在兔，得兔而忘蹄；筌者所以在鱼，得鱼而忘筌也。然
> 则，言者，象之蹄也；象者，意之筌也。是故，存言者，非得象者也；
> 存象者，非得意者也。象生于意而存象焉，则所存者乃非其象也；言生
> 于象而存言焉，则所存者乃非其言也。然则，忘象者，乃得意者也；忘
> 言者，乃得象者也。得意在忘象，得象在忘言。故立象以尽意，而象可
> 忘也；重画以尽情，而画可忘也。②

他的意思是："象"是用来寄寓意的，"言"是用来呈现象的。表意者莫过
于"象"，描述"象"的莫过于"言"。得"象"应该忘"言"；得"意"
应该忘"象"。魏晋玄学"言意之辨"是一个非常重要的命题，王弼以
"象"为"言"和"意"的媒介，指出"意"唯有依靠"象"和"言"才
能传达。"言"、"象"、"意"三者之间的关系是非常密切的。汤用彤先生
阐释王弼之论云：

> 因此言为象之代表，象为意之代表，二者均为得意之工具。吾人解
> 《易》要当不滞于名言，忘言忘象，体会其所蕴之义，则圣人之意乃昭
> 然可见。王弼依此方法，乃将汉易象数之学一举而廓清之，汉代经学转
> 为魏晋玄学，其基础由此而奠定矣。③

王弼的这段论述对于其后审美领域中的"意象"论的发展，影响是至为深
远的。

---

① （汉）王充：《论衡》卷16《乱龙篇》，上海人民出版社1974年版，第248页。
② （晋）王弼：《周易略例》，见《王弼集校释》，中华书局1980年版，第609页。
③ 汤用彤：《汤用彤学术论文集》，中华书局1983年版，第216页。

刘勰深受《周易》哲学及王弼玄学的影响，他的文学本体论与之有千丝万缕的联系。联系的关键乃在于"象"。刘勰在《文心雕龙·原道》篇中论"文"的本体意义，即以"天文"、"地文"、"人文"为"道之文"，而它们的标志，就在于"象"。《原道》篇说：

> 文之为德也大矣，与天地并生者，何哉？夫玄黄色杂，方圆体分，日月叠璧，以垂丽天之象；山川焕绮，以铺理地之形：此盖道之文也。仰观吐曜，俯察含章，高卑定位，故两仪既生矣；惟人参之，性灵所钟，是谓三才。为五行之秀，实天地之心。心生而言立，言立而文明，自然之道也。傍及万品，动植皆文：龙凤以藻绘呈瑞，虎豹以炳蔚凝姿；云霞雕色，有逾画工之妙；草木贲华，无待锦匠之奇。夫岂外饰，盖自然耳。

《原道》篇有十分丰富的哲学、美学内容，对它也有复杂的学术争议，这不是本书讨论的范围，笔者只是想指出它与刘勰的"意象"之间的关系。"日月叠璧"、"山川焕绮"是天文、地文，也即"道之文"。天、地、人并列为"三才"，其中人又是万物的灵长，"天地之心"。在天文、地文、人文之中，人文又是超越于天文、地文之上的。刘勰受《周易》的启示，认为天文、地文、人文作为"道之文"的标志都在于"象"。日、月是附丽于天的"象"，山川是附丽于地的"象"。"日月叠璧，以垂丽天之象"，就是生发于《周易·离卦》。《离卦》辞云："离，丽也。日月丽乎天，百谷丽乎土。"日月、百谷乃是代表天文、地文的"象"，它们是自然生成的，并非人类自觉意识的产物。然而，"人文"则不同。刘勰说："人文之元，肇自太极。幽赞神明，《易》象惟先。"（《文心雕龙·原道》）认为《易》象是人文的突出代表。《易》象并非纯粹的自然之象，而是人类观物取象的产物。《周易·系辞传下》有一段为人们熟知的话："古者庖牺氏之王天下也，仰则观象于天，俯则观法于地。观鸟兽之文与地之宜，近取诸身，远取诸物，于是始作八卦，以通神明之德，以类万物之情。""八卦"这里说的是卦象，也即《易》象。可见，《易》象是人一面观察、概括客观事物之"象"（远取诸物），另一面是加以自身认识（近取诸身）而创造出来的。反过来说，《易》象一方面是天地万物之"象"的摹写，另一方面表现了人对客观事物变化规律的认识。

刘勰在《文心雕龙·神思》篇中所正式提出的"意象"，与《易》象有深刻联系，却经过了审美化的过程。"窥意象而运斤"的"意象"，是"意中之象"，它尚未经过作者的笔墨传写定型，是一种内视之象，十分活跃，变化多端。它是"神思"运作的基元，也是"神思"妙运的产物。

诗的意象，是诗人"神与物游"的结果。一方面受物色感召，摹写自然之象；另一方面运以主体之思，所创造的意象中渗透了心灵的观照、统摄作用。章学诚谈《易》象时说"有天地自然之象，有人心营构之象"（《文史通义·易教下》）。然而，他又认为"天地自然之象"与"人心营构之象"是可以会通的："是则人心营构之象，亦出于天地自然之象。"① 审美意象的创造，在某种意义上说，是自然物象在主体心灵中转化为意象的过程。

创作主体的"神思"发生机制，首先在于诗人（以"诗人"为文学艺术创作主体之代称）之感物；而感物的过程，也就是外在事物的客观物象印入主体心灵的过程。而意象的形成与创造，是诗人以自己的情感、思致渗透改造物象，并进行取舍加工、升华的过程。

"神思"的发动，在于外物之感于心。这里是讲自然物候的变化引起诗人的心灵感动，从而触发了诗人的创作激情。

诗人受到外物的触发而引起创作冲动，同时便是外在事物（前此的文论主要是说自然事物，只有钟嵘在《诗品序》中谈到的"嘉会寄诗以亲，离群托诗以怨"是社会事物）的表象印入诗人的心灵。这便是诗的审美意象的基础与材料。外物的表象也就是物象，进入诗人的心灵之初，它并未成为审美意象。这些文论资料中所说的"物"，其实都是物象，也即物的外观形式。这也就是刘勰所说的"物色"。《文心雕龙·物色》篇"春秋代序"的一段论述，深刻地指出了"物色之动"对诗人之心的感发作用，同时，也说明了由外在的物象转化为内在的审美意象时的某种心理机制。四序的纷回引起"物色"的变化，而诗人感于物色之变，通过视觉、听觉将物象摄入心中。进入诗人心灵的物象是纷纭变幻而又异常生动的，但是这种"进入"，已经是经过了诗人情感的不自觉的选择，或者说，物象进入诗人的心灵就已经染上了诗人情感的色彩。所谓"登山则情满于山，观海则意溢于海"即可说明之。"诗人感物，联类无穷"，正是描述物象纷涌而入的情形。《文心雕龙·神思》篇中所说的"物沿耳目"，也是说物象通过视觉听觉印入主体心灵。

物象还不是审美意象，由物象而为审美意象必须经过主体的能动创造。

---

① （清）章学诚：《文史通义·易教下》，中华书局1985年版，第18页。

所谓"意象"乃是意中之象，或者说是意为之之象。任何意象的建构，都不可能是纯粹物象的原有样态，都是在主体的情感渗透下，对于物象展开主观联想和想象活动，对物象进行加工、变形，重新整合，在心里酝酿成新的形象。而朱光潜先生是把物象等同于意象的，他在《诗论》中说：

> 从移情作用我们可以看出内在的情趣常和外来的意象相融合而互相影响……每个诗的境界都必有"情趣"和"意象"两个要素。情趣简称"情"，意象即是"景"。吾人时时在情趣里过活，却很少能将情趣化为诗，因为情趣是可比喻而不可直接描绘的实感，如果不附丽到具体的意象上去，就根本没有可见的形象。我们抬头一看，或是闭目一想，无数的意象就纷至沓来，其实也只有极少数的偶尔成为诗的意象，因为纷至沓来的意象零乱破碎，不成章法，不具生命，必须有情趣来融化它们，贯注它们，才内有生命，外有完整形象。①

朱光潜先生这里所说的"意象"，也就是我们所说的"物象"，从这里的论述中是看得很清楚的。朱光潜先生还举例说："比如看到寒鸦，心中就印下一个寒鸦的影子，知道它像什么样，这种心镜从外物摄来的影子就是意象。"② 这个意思就更为明确了。而在我们看来，意象是不等同于物象的，它必须有一个"人心营构"的过程。这个过程，刘勰将它概括为"写气图貌，既随物而宛转；属采附声，亦与心而徘徊"（《文心雕龙·物色》）。一方面要贴切地把物象的特征表现出来，另一方面要用心灵的作用来统摄、融合物象，这样，就将纷繁芜杂的物象凝聚成能够"以少总多"的审美意象。

审美意象的创造过程，也就是"神思"的运化过程。"神思"之"神"，很重要的一点在于它不是概念的运动，不是知性的把握，它必然是创作主体与客体的触遇与相契合，是主体以自己的情感、审美趣味、价值尺度等来加工物象的过程。中国古代文论所云"感物"，指物象的变化，而物象则是难以把捉、无法限定的。无论是钟嵘在《诗品序》中所说的"若乃春风春鸟，秋月秋蝉，夏云暑雨，冬月祁寒，斯四候之感于诗者"，还是刘勰所说的"是以献岁发春，悦豫之情畅；滔滔孟夏，郁陶之心凝；天高气清，阴沉之志远；霰雪无垠，矜肃之虑深"（《文心雕龙·物色》），都是就

① 朱光潜：《诗论》，三联书店1998年第2版，第55页。
② 朱光潜：《朱光潜美学文集》第1卷，上海文艺出版社1982年版，第503页。

其大略而言，概括出四季带来的物象变化对诗人心情的影响感发。这还只是一个类型化的模式，揭示了自然事物的样态与人的情感结构的对应性。一年四季的更迭，使大自然变幻着种种不同的容色，这便兴发了人们种种不同的情感。格式塔心理学美学曾研究了外部自然事物和人类情感之间的"异质同构"关系，在格式塔学派看来，外部自然事物和艺术形式之所以具有人的情感性质，主要是外在世界的力（物理的）和内在世界的力（心理的）在形式结构上的"同形同构"或异质同构，这两种结构之间在大脑力场中达到融合或契合时，外部事物与人类情感之间的界限就模糊了。正是由于精神和物质之间的界限的消失，才使外部事物看上去具有了人的情感性。李泽厚先生也说过：

> 本来，自然有昼夜交替季节循环，人体有心脏节奏生老病死，心灵有喜怒哀乐七情六欲，难道它们之间（对象与情感之间，人与自然之间……）就没有某种相映对相呼应的形式、结构、规律、活力、生命吗？欢快愉悦的心情与宽厚柔和的兰叶，激情强劲的情绪与直硬折角的树节；树木葱茏一片生意的春山与你欢快的情绪；木叶飘零的秋山与你萧瑟的心境；你站在一泻千丈的瀑布前的那种痛快感，你停在潺潺的小溪旁的闲适温情；你观赏暴风雨时获得的气势，你在柳条迎风时感到的轻盈……这里边不都有对象与情感相对应的形式感吗？①

自然的"物色"，以其千变万化的姿态，蓬勃涌动的生机，兴发着诗人的情感，这个过程中间是没有固定的时间、模式可循的，是随机的；创作主体的心情也是千变万化的，以此"千变万化"，迎彼"千变万化"，那么，诗人头脑中的"神思"也就是神妙而不可拘泥的。

第二节　"神思"论中的"意象"审美性质

"神思"运化以"意象"的创造为其目的，因而，"意象"是"神思"论中最核心的内容。倘以陆机的《文赋》、刘勰的《神思》等篇上下沟通起来认识，"意象"主要有这样的审美性质：一是"意象"的生成创化性；二是"意象"的涵盖包容性。

---

① 李泽厚：《审美与形式感》，见《文艺报》1981 年第 6 期。

"意象"不是现成的，而是在创作主体的"神思"运化中逐渐生成的。它是不断变化的，是主体观照、摄融物象而在头脑中以主体之"意"对物象进行意向性的提炼、融合而渐次形成越加鲜明的内在视象的过程，也正是刘勰所说的"思理为妙，神与物游"的样态。"意象"正是在创作思维的高度活跃中生成的。也就是陆机《文赋》所说的："其始也，皆收视返听，耽思傍讯，精骛八极，心游万仞。其致也，情曈昽而弥鲜，物昭晰而互进。"作家先是进入"收视返听"的虚静审美心态之中，然后是"精骛八极，心游万仞"的神思活跃阶段，那些意象便由此而生成了。《神思》篇中谈及"意象"与"神思"之关系也是在"神思"运化的活跃之中生成并加以表现的，如说"夫神思方运，万途竞萌；规矩虚位，刻镂无形"。其实，在《周易》中，"象"就是人们对宇宙事物运动变化进行观照摄取的产物。因此，"象"本身也是活跃的，体现着变化的。如《周易·系辞传上》开始就说："天尊地卑，乾坤定矣。卑高以陈，贵贱位矣。动静有常，刚柔断矣。方以类聚，物以群分，吉凶生矣。在天成象，在地成形，变化见矣。"《系辞传上》还在谈到"象其物宜，是故谓之象"之后，说"圣人有以见天下之动，而观其会通，以行其典礼，系辞焉以断其吉凶，是故谓之爻，言天下之至赜而不可恶也。言天下之至动而不可乱也。拟之而后言，议之而后动，拟议以成其变化"。"象"的功能主要是表征着事物变化的，而"象"本身也是在变化中生成的。这对后来的"意象"的性质是有深远影响的。其后的文论家在谈及"意象"概念时，也都是在变化生成的意义上加以阐发的。如唐代诗人王昌龄所说的"生思"："久用精思，未契意象，力疲智竭，放安神思，心偶照境，率然而生。"① 王昌龄对"生思"的阐释，正如韩林德先生所理解的那样：

> 王昌龄的意思是，意象的形成，有待于审美感兴中心与境二者的交融合一，而焦思苦虑的"精思"之所以"未契意象"，就在于缺少想象和灵感这种"神思"的作用。一旦神思勃发，"心偶照境"，意象在刹那间即形成。②

---

① （唐）王昌龄：《诗格》，见张伯伟《全唐五代诗格汇考》，凤凰出版社 2002 年版，第 173 页。

② 韩林德：《境生象外》，三联书店 1995 年版，第 53 页。

这段话的意思是，在"神思"的作用下，"意象"便会率然而生。再如晚唐司空图所言："是以真迹，如不可知。意象欲出，造化已奇。"① 唐代著名书法家张怀瓘论书法意象时说：

> 仆今所制，不师古法。探文墨之妙有，索万物之元精。以筋骨立形，以神情润色。虽迹在尘壤，而志出云霄。灵变无常，务于飞动。或若擒虎豹，有强梁拿攫之形；执蛟螭，见蚴蟉盘旋之势。探彼意象，入此规模。忽若电飞，或疑星坠，气势生乎流便，精魄出于锋芒。观之欲其骇目惊心，肃然凛然，殊可畏也。②

在书法美学领域，张怀瓘对"意象"的论述，是强调其飞动的、灵变无常的性质的。变化生成是中国古典美学论及"意象"时普遍指出的美学特性。

审美意象有着"称名也小，取类也大"的涵容性。《周易》首先提出了"称名也小，取类也大"的命题："其称名也小，其取类也大，其旨远，其辞文，其言曲而中，其事肆而隐。"意思是：《周易》的各卦，标举的名称是很小的，而用来指称同类事物是大的；它的用意是深远的，它的辞语是有文采的；它的话曲折而中的，它讲的事率直而含蓄。这其实也是艺术创作的审美意象构建的普遍规律。司马迁《史记》中为屈原作传时用了类似的辞语："其称文小而其旨极大，举类迩而见义远。"③ 借以评价《离骚》善于假眼前平凡而具体的"象"来表现宏大深远的"意"的特点。刘勰则从"意象"创造的"比兴"手法将其纳入到审美的轨道上来。他说："观夫兴之托喻，婉而成章，称名也小，取类也大。"（《文心雕龙·比兴》）它的渊源自然是来自于《周易》的，但却全然是在谈文学创作。刘勰认为以"兴"的手法创造的意象更为委婉含蓄，更符合"主文而谲谏"的讽谕原则，而且所取意象虽小，但其寓托的含义却颇为广大。刘勰将《周易》中所说爻辞"称名也小，取类也大"，引申为指称兴象的功能有着更大的涵容性。

---

① 郭绍虞：《诗品集解》，人民文学出版社 1963 年版，第 26 页。
② （唐）张彦远：《法书要录》卷 4，人民美术出版社 1984 年版，第 161 页。
③ （汉）司马迁：《史记》卷 84《屈原传》，中华书局 1975 年版，第 2482 页。

第三节 审美意象论的后续发展

"神思"的内容与产物，就是作品的审美意象，而审美意象的产生也正是"神思"运化的过程，因此，"神思"与"意象"的关系是非常密切的。这在刘勰之后的文论与画论中也是屡见论述的。

唐代的殷璠编选唐诗的《河岳英灵集》，以"兴象"作为评诗的重要尺度，如在《叙》中所批评的齐梁诗风过多注重词采："都无兴象，但贵轻艳"；评陶翰诗说："既多兴象，复备风骨"；评孟浩然诗："无论兴象，兼复故实"。"兴象"这个概念，本是由"兴"和"象"两个概念构成的，把它们组合在一起，成为一个新的文论范畴，这就是殷璠的创造了。在这里"象"是主词，而"兴"则是修饰"象"的。简而言之，"兴象"就是以感兴的方式获得的审美意象，其实也正是神思运化而得的审美意象。

署名王昌龄的《诗格》，在谈到诗歌创作的思维特点时说："一曰生思。久用精思，未契意象，力疲智竭，放安神思，心偶照境，率然而生。""生思"即是诗运用"神思"创造诗的审美意象的过程。在诗的创作中，有时候苦心冥想，殚精竭虑，弄得力疲智竭，却不能想出好的诗歌意象，在这种情形下，应该把这种思虑放一下，让心灵与自然去晤谈。心灵偶然观照某种外境，触发了灵感，诗的意象往往在这时率然而生了。《诗格》中又说："夫作文章，但多立意。令左穿右穴，苦心竭智，必须忘身，不可拘束。思若不来，即须放情却宽之，令境生。然后以境照之，思则便来，来即作文。如其境思不来，不可作也。"① 这里也强调在诗思枯萎、难以找到合适的意象时，应使思虑松弛，令心灵中呈现出适合诗思涌现的"境"。

明代诗论家多有以"意象"论诗者，如何景明、王廷相等。而胡应麟在《诗薮》中以"兴象"论诗，则最能道出"意象"与"神思"的内在联系。胡应麟说："作诗不过二端，体格声调、兴象风神而已。"② 他认为诗的基本要素就是"体格声调"和"兴象风神"，且两者相辅相成，缺一不可。"兴象"这个概念自然与唐代殷璠的"兴象"有内在渊源关系。"兴象"的取象方式是由感兴而生成的，也即创作主体在外物的感发下所获得的，因

---

① ［日］遍照金刚：《文镜秘府论·南卷·论文意》引，人民文学出版社1975年版，第129—130页。

② （明）胡应麟：《诗薮》，上海古籍出版社1958年版，第100页。

而，这种意象的特点是透彻玲珑，意蕴深婉。这一点，在胡氏的《诗薮》中一再阐发的便是"兴象"的这种特点。他评汉诗屡用"兴象"这个概念，如说："《十九首》及诸杂诗，随语成韵，随韵成趣，辞藻气骨，略无可寻。而兴象玲珑，意致深婉，真可以泣鬼神，动天地。""东西京兴象浑沦，本无佳句可摘，然天功神力，时有独至。"① 胡应麟还指出"兴象"的获致，是一种"无意得之"的方式，如说："汉诗，质中有文，文中有质，浑然天成，绝无痕迹，所以冠绝古今。""两汉之诗，所以冠绝古今，率以得之无意。"② "得之无意"，正是"兴象"的取象方式。

　　明代"前七子"的代表何景明以"意象"论诗说："夫意象应曰合，意象乖曰离，是故乾坤之卦，体天地之撰，意象尽矣。"③

　　这里是从"意象"之间的"应"、"乖"、"离"、"合"上，说明了"意象"的多变性和丰富性。而明代著名的思想家与文论家王廷相对于诗歌创作的"意象"有很全面的论述，他说：

　　　　夫诗贵意象透莹，不喜事实粘著，古谓水中之月，镜中之影，可以目睹，难以实求是也。《三百篇》比兴杂出，意在辞表，《离骚》引喻借论，不露本情。东国困于赋役，不曰天之不恤也，曰"维南有箕，不可以簸扬，维北有斗，不可以挹酒浆"，则天之不恤自见。齐俗婚废礼坏，不曰婿不亲迎也。曰"俟我于著乎而，充耳以素乎而，尚之以琼华乎而"，……嗟乎！言征实则寡余味也，情直致而难动物也，故示以意象，使思而咀之，感而契之，邈哉深矣，此诗之大致也。④

王廷相把"意象"作为论诗的核心范畴，并且提出了"意象透莹"的主张。这也是创作主体"神思"的产物。

　　王世贞则于诗歌创作推崇"意象"的飞动与创新，他在《汪山传》中说汪伯玉的诗歌出入于盛唐诸家，"于音节意象风神，倡和转移，捭阖飞动，无所不得"。这种飞动的"意象"是在诗的那种偶然得之的神思中产生

　　① （明）胡应麟：《诗薮》，上海古籍出版社1958年版，第25页。
　　② 同上书，第22页。
　　③ （明）何景明：《与李空同论诗书》，见《明代文论选》，人民文学出版社1993年版，第114页。
　　④ （明）王廷相：《与郭价夫学士论诗书》，转引自《明代文学批评史》，上海古籍出版社1991年版，第175页。

的，在片言中便有"意象"的创新："衡门忽启为吴均，片语峥嵘意象新。"
(《孝丰吴稼故中丞伯子也……》) 谢榛对诗歌创作非常重视"神思"而生
的"意象"，他说："或造句弗就，勿令疲其神思，且阅书醒心，忽然有得，
意随笔生，而兴不可遏，入乎神化，殊非思虑所及。或因字得句，句由韵
成，出乎天然，句意双美。若接竹引泉而潺湲声在耳，登城望海而浩荡之色
盈目。此乃外来者无穷，所谓'辞后意'也。"① 这种"辞后意"的意象，
是创作主体在情思的流动中"入乎神化"，一派神韵天然。

"意象"与"神思"有深刻而必然的联系。"神思"的运化就是对"外
来"的物象进行加工，使之成为审美意象，又将诸多的审美意象纳入一个
有机的结构之中。没有"意象"，"神思"的运化便是空的；而没有"神
思"的运化，"意象"也不可能得以形成，获得真正的生命。

---

① （明）谢榛：《四溟诗话》卷4，中华书局1985年版，第77页。

第六章 "神思"的偶然性思维特征

第一节 "神思"与"偶然"

作为中国独有的艺术创作思维理论的"神思",包含着灵感、想象、构思等艺术思维的要素,而且是指创作出最佳艺术品的思维特性。"神思"之"神",正在于创作过程中那种出神入化、无法预设的高妙之境。"此中机觳幻,未易使人思"(钟惺《见月得句因而成篇》),乃可形容此种之"神"。

"神思"也是以灵感的发生为其标志的。诗人或艺术家在创作过程中所感受的灵感爆发时的"高峰体验",也是"神思"的一个"高光点"。而灵感的发生,是以突发性或曰偶然性为其特征的。这是论及灵感的学者们都颇为认可的。而这种突发性或偶然性的产生原因,就在于它的感兴机制。这也是"神思"的发生机理。"神思"的发生,在笔者看来主要是"感于物而兴"(这个"物"除自然事物外,也包括了社会事物),指创作主体在客观环境的随机触遇下,在心灵中诞育了审美意象和艺术境界的情形。偶然性可以说是"神思"的突出特征。

陆机在《文赋》的关于创作思维的发生过程的论述已经道出了"神思"的偶然性:"若夫应感之会,通塞之纪,来不可遏,去不可止。藏若景灭,行犹响起。方天机之骏利,夫何纷而不理?"这里明显是对创作灵感状态的描述。"来不可遏,去不可止",是说灵感的不可预设,不可把握。灵感的"光临",乃是一种"天机",没有办法预测,带有很大的偶然性。这种偶然性的契机,在于审美主客体遇合交融的随机性、不确定性。在笔者看来,"偶然"是指艺术创作主体(从美学角度来说,也可看作是审美主体)赖以激发审美情感、创作冲动、并在不作预定的前提下形成审美意象的一种偶然性、突发性的思维形式,是以客观外物的变化触兴主体为前提条件的。

中国古代艺术创作论中关于创作契机的偶然性机制的论述非常之多,说明了中国古典美学对"偶然"的高度重视。值得注意的是,文论家们关于

"偶然"的论述都是揭示那种高度完美、意境妙合无垠的佳作的思维特征的。如南朝文论家萧子显在《南齐书·文学传论》中所说的"属文之道，事出神思。感召无象，变化无穷。"① "感召"是审美客体对主体的感召，"无象"是说变化多端，生机无限，不可方物。那么，作者的"神思"也充满了一种偶然性。唐人李德裕说："文之为物，自然灵气，惚恍而来，不思而至。杼轴得之，淡而无味。琢刻藻绘，弥不足贵。"② 认为文之"神思"，应该是一种"自然灵气"，它是"不思而至"的，当然是偶然的契机。"杼轴"这里的意思是刻意而为。唐代诗人僧贯休在《言诗》中说："经天纬地物，动必是仙才。竟日觅不得，有时还自来。真风含素发，秋色入灵台。吟向霜蟾下，终须鬼神哀。"③ 贯休所说的"竟日觅不得，有时还自来"，把创作"经天纬地"之诗的诗思，比作偶然光临的"不速之客"。苏轼谈作诗当及时捕捉灵感，否则稍纵即逝："作诗火急追亡逋，清景一失后难摹"（《腊日游孤山访惠勤惠思二僧》）。把捕捉诗思视为追捕逃犯一般火急，因为如果不及时把诗思灵畅时所呈现在诗人心灵中的美妙意象或意境传写出来，它们很快就会逃逸得无影无踪。宋代诗论家葛立方谈诗思时说：

> 诗之有思，卒然遇之而莫遏，有物败之则失之矣。故昔人言覃思、垂思、抒思之类，皆欲其思之来，而所谓乱思、荡思者，言败之者易也。郑綮诗思在灞桥风雪中驴子上，唐求诗所游历不出二百里，则所谓有思者，岂寻常咫尺之间所能发哉！前辈论诗思多生于杳冥寂寞之境，而志意所如，往往出乎埃壒之外。苟能如是，于诗亦庶几矣。小说载谢无逸问潘大临云："近日曾作诗否？"潘云："秋来日日是诗思，昨日捉笔得'满城风雨近重阳'之句，忽催租人至，令人意败，辄以此一句奉寄。"亦可见思难而败易也。④

葛立方在这里也谈的是诗思的偶然性发生的情形，"卒然遇之"自是一种偶

---

① （南朝·梁）萧子显：《南齐书》卷52《文学传》，中华书局1975年版，第907页。

② （唐）李德裕：《文章论》，见傅云龙、吴可主编《唐宋明清文集》第1辑《唐人文集》卷4，天津古籍出版社2000年版，第2600页。

③ （宋）尤袤：《全唐诗话》卷6，见（清）何文焕《历代诗话》，中华书局1981年版，第245页。

④ （宋）葛立方：《韵语阳秋》卷2，见（清）何文焕《历代诗话》，中华书局1981年版，第500页。

然的所得，当它来到诗人的心灵中时是不可遏止的，而当有意外的情况干扰时，它又消遁得无影无踪，找不回来。宋代诗人潘大临那个"满城风雨近重阳"孤句，就是因了催租人败了诗兴的有名的例子。得之，失之，俱在偶然间。

南宋著名诗人陆游、杨万里、尤袤、戴复古等诗人，都非常看重诗思的偶然性发生，视之为创作诗之杰作的最佳思维方式。陆游在诗中谈创作体会说："文章本天成，妙手偶得之。粹然无疵瑕，岂复须人为。"（《文章》）认为好的文章应是杰出的作家偶然得之。这样的作品才能精美无瑕，如同天成。杨万里作诗特重"活法"，"活法"的内涵一是直接汲纳自然所获得的活泼天趣，一是诗思触发的随机性或偶然性。他自述其创作体会时说："每过午，吏散庭空，即携一便面，步后园，登古城，采撷杞菊，攀翻花竹，万象毕来，献予诗材。盖麾之不去，前者未雠，而后者已迫，涣然未觉作诗之难也。"① 这种诗思的来源是在现实生活和大自然的变化中随机触发的，并非是先有了立意再去寻找诗材。诚斋之诗，大都是在自然界与社会生活中随所感触，得之偶然，因而显得极为活泼。杨万里论诗以兴为上，曾言："大抵诗之作也，兴，上也；赋，次也；赓和，不得已也。我初无意于作是诗，而是物是事，适然有触于我，我之意亦适然感乎是物是事，触先焉，感随焉，而是诗出焉，我何与哉？"② 诗人无意于为此诗，而是在"是物是事"的偶然感触之下生发诗兴的，在诚斋看来，这才是最上乘的诗。

宋代诗论家叶梦得论认为，好诗之作不在于"以奇求之"，而是无所用意，"猝然与景相遇"，他又从谢灵运的"池塘生春草，园柳变鸣禽"的个案分析，上升到"诗家妙处，当须以此为根本"的艺术思维本质来阐述（见《石林诗话》卷中）。叶氏又以禅门"三种语"喻诗之创作，其云：

> 禅宗论云间有三种语：其一为随波逐浪句，谓随物应机，不主故常；其二为截断众流句，谓超出言外，非情识所到；其三为涵盖乾坤句，谓泯然皆契，无间可伺。其浅深以是为序。③

---

① （宋）杨万里：《诚斋荆溪集序》，见傅云龙、吴可主编《唐宋明清文集》，天津古籍出版社2000年版，第1979页。

② （宋）杨万里：《答建康府大军库监门徐达书》，见《诚斋集》卷67，四部丛刊本，第6页。

③ （宋）叶梦得：《石林诗话》卷上，见（清）何文焕《历代诗话》，中华书局1981年版，第406页。

这三种语，出于禅宗公案。云门文偃的弟子德山缘密禅师说："我有三句示汝诸人：一句涵盖乾坤，一句截断众流，一句随波逐浪。"① 即为此三句的出处。就禅学本意而言，所谓"涵盖乾坤"句，意思是以一句包括一概妙理；"截断众流"句，意思是以一句破尽知见；"随波逐浪"句，则是引导学人随机接缘。总的精神是简捷明快。叶梦得对"云门三句"的阐释并非佛学的还原，而是一种借用，他的阐释是在诗学层面上进行的。他以"随物应机，不主故常"来诠释"随波逐浪"句，意思是诗人随机感发，在主体与客体的偶然触遇中诞生新的艺术生命。

宋代诗人，同时也是著名的理学家邵雍，也把偶然得句作为诗歌创作的重要成因，他在《闲吟》诗中说：

> 忽忽闲拈笔，时时乐性灵。何尝无对景，未始变忘情。句会飘然得，诗因偶尔成。天机难状处，一点自分明。

邵雍虽是理学名家，在诗中颇有言理之处，但他于诗却非外行。对诗的功能与作用，邵氏是非常重视的，对诗的创作特征，也多有阐发，如他谈诗时所说："形容出造化，想象成天地。"（《史画吟》）即可谓深得其中三昧之语。而这首《闲吟》诗所抒写的作诗体验，决非局外人所可道。诗人感到自己写诗时似有"天机难状"之处，促使他写出妙作佳句，而这恰恰是诗人在"偶尔"的机缘中所得的。

明代诗论家谢榛最为重视偶然感兴的创作构思方式，他的诗论名著《四溟诗话》贯穿着这种诗学观念。他明确提出"作诗有相因之法，出于偶然"的诗学命题，其理论出发点在于主体之情与客体之景的感兴遇合，成为诗歌"神思"发生的根本契机。他说：

> 作诗本乎情景，孤不自成，两不相背。凡登高致思，则神交古人，穷乎遐迩，系乎忧乐，此相因偶然，著形于绝迹，振响于无声也。夫情景有异同，模写有难易，诗有二要，莫切于斯者。②

> 作诗有相因之法，出于偶然。因所见而得句，转其思而成文。先作

---

① （宋）普济：《五灯会元》卷15，中华书局1984年版，第935页。
② （明）谢榛：《四溟诗话》卷3，中华书局1985年版，第41页。

而后命题，乃笔下之权衡也。①

谢榛以"情"与"景"之间的偶然相因，作为诗歌创作"神思"的发生契机，他不仅是把"情"与"景"凝结成为一对互相对待的、稳定的审美范畴，同时指出了在诗歌创作神思中"情""景"之间的关系应是"相因偶然"，这可以说是谢榛对中国诗歌美学的一个很重要的贡献。他对于这个命题的论述是很多的。如说："诗有天机，待时而发，触物而成，虽幽寻苦索，不易得也。如戴石屏'春水渡旁渡，夕阳山外山'，属对精确，工非一朝，所谓'尽日觅不得，有时还自来'"②，这种诗的"天机"，是诗人的主体之情"触物而成"的结果，"尽日觅不得，有时还自来"，那当然是偶然得之的。谢榛对陶渊明的推崇也认为陶诗是真趣出于偶然："渊明最有性情，使加藻饰，无异鲍谢，何以发真趣于偶尔，寄至味于澹然？"③ 称赞贾岛诗云："贾岛'独行潭底影'，其词意闲雅，必偶然得之，而难以句匹。"④ 谢榛又言及自己的文思来临之状："凡作文，静室隐几，冥搜邈然，不期诗思遽生，妙句萌心，且含毫咀味，两事兼举，以就兴之缓急也。予一夕欹枕面灯而卧，因咏蜉蝣之句，忽机转文思，而势不可遏，置彼诗草，率书叹世之语云：'天地之视人，如蜉蝣然；蜉蝣之观人，如天地然。蜉蝣莫知人之有终也，人莫知天地之有终也。'"⑤ 谢榛最为不满的便是预先立意，而主张以偶然之兴为主，他说："诗以一句为主，落于某韵，意随字生，岂必先立意哉？杨仲弘所谓'得句意在其中'是也。"⑥ 他对宋诗的批评主要是先立意，如说："诗有辞前意、辞后意，唐人兼之，婉而有味，浑而无迹。宋人必先命意，涉于理路，殊无思致。""宋人谓作诗贵先立意。李白斗酒百篇，岂先立许多意思而后措词哉？盖意随笔生，不假布置。"⑦ 又云："今人作诗，忽立许大意思，束之以句则窘，辞不能达，意不能悉。譬如凿池贮青天，则所得不多；举杯收甘露，则被泽不广。此乃内出者有限，所谓'辞前意'也。或造句弗就，勿令疲其神思，且阅书醒心，忽然有得，意随

---

① （明）谢榛：《四溟诗话》，中华书局 1985 年版，第 86 页。
② 同上书，第 23 页。
③ 同上书，第 23—24 页。
④ 同上书，第 80 页。
⑤ 同上书，第 41 页。
⑥ 同上书，第 20 页。
⑦ 同上书，第 12 页。

笔生,而兴不可遏,入乎神化,殊非思虑所及。或因字得句,句由韵成,出乎天然,句意双美。若接竹引泉而潺湲之声在耳,登城望海而浩荡之色盈目。此乃外来者无穷,所谓'辞后意'也。"① 在谢榛看来,作诗如先立意,也就是预设主题,只是出于内心的有限之意,所得甚少;而如果在情与景的触遇感兴中"忽然有得",那将是"外来者无穷",从宇宙社会中接纳了涌来的无穷诗思,其深度广度远远超过"先立意"的作品。

谢榛的理论贡献恐怕还不止于一般的重视偶然性的获致诗思,而且他还认为这种偶然的获得是在平素不懈的诗学修养与孜孜不倦的审美追求的基础上才能产生的,他作了这样的比喻:

> 作诗譬如有人日持箕帚,遍于市廛扫沙,籭而拣之,或破钱折簪,碎铜片铁,皆投之于袋,饥则归饭,固不如意,往复不废其业。久之大有所获,非金则银,足赡卒岁之需,此得意在偶然尔。夫好物得之固难,警句尤不易得。扫沙不倦,则好物出,苦心不休,则警句成。②

谢榛用很妙的比喻,说明了好诗得之于偶然,但这种偶然又是与日积月累的学诗、"苦心不休"的求索的过程必然联系在一起的。这就一方面充分阐发了情景遇合的偶然感兴的"神思"契机,另一方面又揭示了主体的诗学修养、平素的审美追求与"神思"的关系。

明代其他的诗论家、艺术家还多有以"偶然"论述艺术创作的"神思"发生方式的。如胡震亨论诗云:"诗有偶然到处,虽名手极力搜索,亦不能加。"③ 杰出的戏剧家汤显祖也说:"予谓文章之妙,不在步趋形似之间,自然灵气,恍惚而来,不思而至。怪怪奇奇,莫可名状,非物寻常得以合之。"④ 钟惺描述诗思"意所才见笔辄追,不然过眼将失之。有时伸纸乞君笔,未必风神能若斯"⑤,等等,都把偶然性作为生发艺术创作"神思"的最佳契机。

---

① (明)谢榛:《四溟诗话》,中华书局1985年版,第77页。

② 同上书,第50页。

③ (明)胡震亨:《唐音癸签》,上海古籍出版社1981年版,第267页。

④ (明)汤显祖:《合奇序》,见《汤显祖文集》卷32,上海人民出版社1973年版,第1077页。

⑤ (明)钟惺:《题林茂之画壁》,见王德镜《竟陵历代诗选》,中国文史出版社1993年版,第30页。

　　清代的诗论家、艺术家们对艺术创作中的偶然性的重视程度与明人相比是有过之而无不及的，其中尤以诗论家们对此论述颇多，如吴乔的《围炉诗话》，即认为诗思的获得，应是偶然得之最为佳绝。他说："诗思与文思不同，文思如春气之生万物，有必然之道；诗思如醴泉春草，在作者亦不知所自来，限以一韵，即束诗思。"① 这里将文思与诗思作了比较，认为文思以必然为主，而诗思则多是偶然性的发生。吴乔同时又以读诗和作诗比较："读诗与作诗，用心各别。读诗心须细，密察作者用意如何，布局如何，措词如何，如织者机梭，一丝不紊，而后有得。于古人只取好句，无益也。作诗须将古今人诗，一帚扫却，空旷其心，于茫然中忽得一意，而后成篇，定有可观。"② 意思是读诗当更多理性的体察，而作诗则是以虚静心态偶得神思，而后再成篇，这样才能写出佳作。吴乔还明确地认为"凡偶然得句，自必佳绝。若有意作诗，则初得者必浅近，第二层未甚佳，弃之而冥冥构思，方有出人意外之语"③。肯定了"偶然得句"的方式所创作出的当为"佳绝"之作。诗论家张实居有这样的一段名言："古之名篇，如出水芙蓉，天然艳丽，不假雕饰，皆偶然得之，犹书家所谓偶然欲书者也。当其触物兴怀，情来神会，机括跃如，如兔起鹘落，稍纵即逝矣。有先一刻后一刻不能之妙，况他人乎？故《十九首》拟者千百家，终不能追踪者，由于著力也。一著力便失自然，此诗之不可强作也。"④ 他认为古代诗歌中的名篇都是出于诗人的"偶然得之"，因之才能"如出水芙蓉，天然艳丽"。"神韵"说的代表人物王士禛也以"偶然欲书"为最佳的构思方式，他说："南城陈伯玑允衡善论诗，昔在广陵评予诗，譬之昔人云'偶然欲书'，此语最得诗文三昧。今人连篇累牍，牵率应酬，皆非偶然欲书者也。"⑤

　　清代著名的性灵派诗人张问陶，对于诗歌创作最为重视的就是偶然而得的"灵光"，他本人的创作也多是得之于偶然的神思的。张问陶在《论诗十二绝句》中有这样几首论诗诗：

　　　凭空何处造情文，还仗灵光助几分。

---

①　（清）吴乔：《围炉诗话》卷1，中华书局1985年版，四部丛刊本，第13页。

②　同上书，第15页。

③　同上书，第16页。

④　（清）张实居：《师友诗传录》，见丁福保《清诗话》上册，中华书局1985年版，第128页。

⑤　（清）王士禛：《池北偶谈》，见《带经堂诗话》，人民文学出版社1963年版，第84页。

奇句忽来魂魄动，真如天上落将军。

跃跃诗情在眼前，聚如风雨散如烟。
敢为常语谈何易，百炼功纯始自然。

名心退尽道心生，如梦如仙句偶成。
天籁自鸣天趣足，好诗不过近人情。

在这些论诗诗中，张问陶突出地表述了以偶然的神思为创作诗歌佳作的方式的观念。"奇句"自然是指那些美妙无比的诗句。"如梦如仙"亦是如此。这样的诗句，在张问陶看来，都是灵光相助、偶然得来的。"聚如风雨散如烟"，也是形容"诗情"的偶然造访。张问陶诗集《船山诗草》中有许多诗句都道出了诗人是在偶然的契机中获得诗思的。如这样的一些诗句："笔有灵光诗骤得，胸无奇气酒空浇"（《秋夜》）；"心方清快偏无酒，境亦寻常忽有诗"（《初春漫兴》）；"小眠诗偶得，城鼓莫相催"（《初春闲居》）；"经年一刺懒逢迎，禅悟诗魔句偶成"（《八月四夜读剑潭见示七律三首愤闷竟夕依韵书怀各叹所叹要皆有生之累耳》）；"诗为无心如拾得，身从多累转陶然"（《成都夏日与田桥饮酒杂诗》）；"真极情难隐，神来句必仙"（《有笔》），等等，偌多诗句都说明了诗人都是靠偶然而来的灵光创作出绝妙之诗的。

第二节 "偶然"作为创作契机的审美效应

"偶然"作为艺术创作神思的契机，形成了什么样的艺术效果，或者说是产生了怎样的审美效应呢？与那种预先立意、主题先行的构思方式相比，又有什么区别呢？这是一个值得思考而古人也从各个角度作了回答。综合起来，可以这样认为，偶然的神思使艺术创作产生了这样的审美效应：

一是作家、艺术家的主体襟怀与宇宙自然之气融而为一，使作品产生了超乎有形物象、通于"大道"的气象与"势"；二是由于是创作主体此时此地的独特心情与千变万化的外物之间的邂逅相遇，使作品产生了不可重复的艺术个性和光景常新的生命感；三是这种偶然得之的艺术灵思使作品呈现出浑然天成的艺术意境与审美意象，有别于那种"苦吟力索"的雕琢之作；四是造成了作品令人惊奇的审美效果。而这几方面的特色，往往是融于一个完整的作品之中的。

陆机与刘勰都谈到艺术创作的"神思"是合于天地、达于大道的。陆机所说的"观古今于须臾，抚四海于一瞬"，不仅是想象的超越时空、恢宏广远，而且是主体情思与宇宙大化的融而为一。刘勰论"神思"时云："夫神思方运，万途竞萌，规矩虚位，刻镂无形，登山则情满于山，观海则意溢于海，我才之多少，将与风云而并驱矣。"（《文心雕龙·神思》）作家的"神思"，是萦绕于山海之间，吐纳风云万象的。谢榛在谈作诗"本乎情景"、"相因偶然"时还说："景乃诗之媒，情乃诗之胚，合而为诗，以数言而统万形，元气浑成，其浩无涯矣。"① "思入杳冥，则无我无物，诗之造玄哉！"② "情"与"景"的"偶然相因"形成了作品的"元气浑成"。袁枚在《续诗品》中写道："混元运物，流而不住。迎之未来，揽之已去。诗如化工，即景成趣。逝者如斯，有新无故。"（《即景》）也把"迎之未来，揽之已去"的偶然性的诗思，与"混元运物，流而不住"的宇宙自然之气联系在一起。

"偶然"的艺术创作思维使作品有着浑成自然的品格，呈现天然灵妙的风神。如同水到渠成、瓜熟蒂落，而与那些苦吟力索、雕琢藻饰的作品有着深刻的差异。如唐人李德裕所说的："文之为物，惚恍而来，不思而至。杼轴得之，淡而无味。琢刻藻绘，弥不足贵。"③ 认为这种"自然灵气"是文章的上乘。邵雍也说："兴来如宿构，未始用雕镌。"（《谈吟诗》）陆游说："文章本天成，妙手偶得之。"这些也都是揭橥"偶然得之"的作品浑然天成的妙处。张实居所说的"古之名篇，天然艳丽，不假雕饰，皆偶然得之"，尤能说明这个问题。

主体之情与客体之景的邂逅相遇，往往诞生的是只可有一、不可有二的独创性作品，有着内在的生命感。如叶梦得所说："此语之工，正在无所用意，猝然与景相遇，借以成章，不假绳削，故非常情所能到。"即是这种偶然的神思所造成的作品的独创性艺术价值。

而这种独创性的艺术境界和审美意象，往往会造成令人惊奇的审美效果，使人觉得"殊非思虑所及"。如戴复古在《论诗绝句》中所说："诗本

---

① （明）谢榛：《四溟诗话》卷3，中华书局1985年版，第41页。

② 同上书，第42页。

③ （唐）李德裕：《文章论》，见傅云龙、吴可主编《唐宋明清文集》第1辑《唐人文集》卷4，天津古籍出版社2000年版，第2600页。

无形在窈冥，网罗天地运吟情。有时忽得惊人句，费尽心机做不成。"在偶然的创作契机中所得的是"惊人之句"。"惊人"，是人们对于作品的审美效应的一个重要标准，对人们的审美心理来说，惊奇是获得快感的必要条件。真正的审美快感，是伴随着惊奇感而产生的。惊奇是一种审美发现。亚里士多德最早把"惊奇"作为一种审美发现来认识，他说："一切'发现'中最好的是从情节本身产生的、通过合乎可然律的事件而引起观众的惊奇的'发现'。"① 这是惊奇带来了发现。黑格尔非常重视惊奇在"艺术观照"中的重要作用，他这样认为："艺术观照，宗教观照（毋宁说二者的统一）乃至于科学研究一般都起于惊奇感。人如果还没有惊奇感，他就还是处在蒙昧状态，对事物不感兴趣，没有什么事物是为他而存在的，因为他还不能把自己和客观世界以及其中事物分别开来。"② 英国的著名诗人柯勒律治在评价渥兹渥斯时，就指出"惊奇"是这位诗人的美学追求。他说：

> 渥兹渥斯先生给自己提出的目标是：给日常事物以新奇的魅力，通过唤起人对习惯的麻木性的注意，引导他去观察眼前的美丽和惊人的事物，以激起一种类似超自然的感觉；世界本是一个取之不尽、用之不竭的财富，可是由于太熟悉和自私的牵挂的翳蔽，我们视若无睹、听若罔闻，虽有心灵，却对它既不感觉，也不理解。③

中国的诗人们也同样把"惊人"作为一个重要的艺术价值尺度与审美追求目标。杜甫的"为人性僻耽佳句，语不惊人死不休"（《江上值水如海势聊短述》）是最典型的例子，大词人李清照也曾颇为自负地说："学诗漫有惊人句。"这方面的说法还有很多。而有一些艺术家是把"偶然得之"的神思，与作品令人惊奇的审美效果联系起来的，如张问陶论诗绝句所说的"奇句忽来魂魄动，真如天上落将军"（《论诗十二绝句》），汤显祖所说的"自然灵气，恍惚而来，不思而至。奇奇怪怪，莫可名状。非物寻常得以合之"④，清人吴乔认为的"偶然感触，大有玄想奇句"⑤ 等，都认为偶然的

① ［古希腊］亚里士多德：《诗学》，罗念生译，人民文学出版社1962年版，第55页。
② ［德］黑格尔：《美学》第2卷，朱光潜译，商务印书馆1979年版，第22页。
③ 刘若端：《十九世纪英国诗人论诗》，人民文学出版社1984年，第63页。
④ （明）汤显祖：《合奇序》，见《汤显祖文集》卷32，上海人民出版社1973年版，第1077页。
⑤ （清）吴乔：《围炉诗话》卷4，四部丛刊本，第16页。

神思产生了令人惊奇的审美效果。

第三节　"偶然"的意义观照

在哲学上，与偶然性联袂而行的是必然性。"偶然性"与"必然性"是一对相互依存的范畴。"必然性"是处于普遍的规律性联系中的事物和现象；是现实中内部稳定、重复的普遍关系和现实发展的主要趋向的反映，"偶然性"则基本是现实中的外部的非本质、不稳定和个别联系的反映。"必然性"是通过大量的"偶然性"表现出来的。正如恩格斯所说："在历史的发展中，偶然性起自己的作用。"① "偶然性"是事物最为活跃的性质。在中国古典美学中，关于"偶然"的论述很多，却没有关于"必然"的论述，也就是说，中国美学中并无现成的与"偶然"相对待的"必然"范畴。可以认为，中国美学中关于"偶然"的论述基本是处于感性经验样态的，不具备西方哲学那种范畴的逻辑意义。然而，中国的"偶然"论，又是非常丰富的理论瑰宝，在这方面远远超过了西方美学。

西方哲学对"偶然"、"必然"的范畴的理论建设从古希腊哲学便开始了，德谟克利特的格言是"一切都遵照必然性而产生"②，首先看出了"必然性"的概念。亚里士多德则承认"偶然性"的存在，在《形而上学》中对"偶然性"作了较为深入的探索。从德谟克利特经过亚里士多德，再到伊壁鸠鲁、卢克莱修，形成了古代哲学的"必然性"和"偶然性"范畴。而在马克思主义经典作家那里，才真正揭示了"偶然性"与"必然性"的辩证关系。如恩格斯所指出的："被断定为必然的东西，是由纯粹的偶然性构成的，而所谓偶然的东西，是一种有必然性隐藏在里面的形式，如此等等。"③ "偶然性只是相互依存性的一极，它的另一极叫做必然性。在似乎也是受偶然性支配的自然界中，我们早就证实，在每一个领域内，都有在这种偶然性中为自己开辟道路的内在的必然性和规律性。然而适用于自然界的，

————————

　　① ［德］恩格斯：《路德维希·费尔巴哈和德国古典哲学的终结》，见《马克思恩格斯选集》第 4 卷，人民出版社 1995 年版，第 171 页。

　　② 北京大学哲学系外国哲学史教研室：《西方哲学原著选读》上卷，商务印书馆 1981 年版，第 47 页。

　　③ ［德］恩格斯：《路德维希·费尔巴哈和德国古典哲学的终结》，见《马克思恩格斯选集》第 4 卷，人民出版社 1995 年版，第 240 页。

也适用于社会。"① 在马克思主义哲学中,"偶然"与"必然"的关系得到了深刻的、正确的揭示,成为一对相对成熟的范畴,而在西方美学中,美学家们却极少关注到它们,在西方的一系列美学名著中,基本上看不到对"偶然"与"必然"关系的论述,只有黑格尔《美学》中略有涉及。黑格尔指出:"必然性是各部分按照它们的本质即必须紧密联系在一起,有这一部分就有那一部分的那种关系。这种必然性在美的对象里固不可少,但是它也不应该就以必然性本身出现在美的对象里,应该隐藏在不经意的偶然性后面。"② 这是黑格尔在美学领域中对"偶然性"与"必然性"关系的论述,应该说是符合审美创造实践的。然而,总的说来,"偶然性"与"必然性"这对范畴,并未在西方美学的长期发展中得到成熟的发育。在中国古典美学中,情形就大不相同了。中国古代没有作为学科的美学,当然也就没有自觉美学意识的理论家。我们所说的"中国古代美学",指的是那些诗人、艺术家、文论家的大量具有美学价值的诗论、画论、书论、乐论等的理论升华形态。它们的本然样态,大多数是直观感悟的,散在的,似乎缺少西方美学的那种形式逻辑品格,但它们却是与艺术美的创作实践密切结合在一起的,往往就是作者本人的亲切审美体验。从体验性这点来说,恐怕是西方美学所远远不及的。再就是中国美学资料看似零散,实则有着深层的系统性存在,并且形成了一系列完全能够支撑起中国美学大厦的范畴。这些范畴是独特的,并且是从大量的艺术创作实践中升华出来的,具有鲜明的民族特色。"偶然"就是这些范畴中的一个。它似乎并未受到现当代文论家、美学家及治文学批评史的学者的重视,其实,它大量存在于诗论、画论等领域,而且它最集中地体现着审美体验性,是许多论者在进行艺术创作过程中的切身体验。

"偶然"与"神思"的关系非常密切,这在前面所论述中,已被大量资料所证实。"偶然"可以说是"神思"的最重要也是最主要的发生机制,尤体现"神思"作为中国的艺术创作思维论的特色所在。

---

① [德] 恩格斯:《家庭、私有制和国家的起源》,见《马克思恩格斯选集》第4卷,人民出版社1995年版,第171页。

② [德] 黑格尔:《美学》第2卷,朱光潜译,商务印书馆1979年版,第148页。

第七章 "神思"与审美情感

第一节 艺术创作中的审美情感

"神思"作为创作的艺术思维，与创作主体的情感的关系非常密切。没有艺术家、作家在现实生活、客观世界中所兴发的饱满激情，就很难有创作冲动的出现，也就很难有创作灵感的爆发。没有这种激情，艺术家也难以产生生动、圆活的审美意象。因此，作家、艺术家的情感在创作中决非可有可无的，而是艺术创作成败的关键性因素。这一点，古今中外的文艺理论家、艺术家，有许多人都有所论述。本章不是泛泛谈论艺术与情感的关系，而是从艺术思维与审美情感的关系角度作一些观照。

正如别林斯基所说："情感是诗的天性中一个主要的活动因素；没有情感就没有诗人，也没有诗；但也并不是不可能有这样一种人：他有情感，甚至写出了浸润着情感的不算坏的诗——却一点也不是诗人。"① 就诗歌创作而言，诗人的情感在其中起着重要的作用。没有情感的被激动，也就不会有作诗的冲动。"诗言志"这个中国诗学的开山纲领，其中的"志"，就包含着情感在内（唐代孔颖达作出了"在己为情，情动为志，情、志一也"的论断）。后来魏晋时期的著名文学家陆机在《文赋》中提出了在诗学史上有重大影响的美学命题"诗缘情而绮靡"，明确揭橥了情感作为诗歌创作的动因的道理。

现在要将艺术创作中的审美情感与自然情感区分开来。实际生活中的情感，快乐、忧伤、恐惧等，在没有进入艺术作品时，还只是自然情感，并不等同于作品中的审美情感。而所谓审美情感，是指艺术家通过作品的艺术形式所表现出的情感，它与人的自然情感联系很密切，但又不相等同。

黑格尔虽然尚未提出"审美情感"的概念，但他的有关论述却非常深

---

① ［俄］别林斯基：《别林斯基论文学》，梁真译，新文艺出版社1958年版，第13—14页。

刻地揭示了"审美情感"的特质，他说：

　　　一般地说，音乐听起来就像云雀在高空中歌唱的那种欢乐的声音，把痛苦和欢乐尽量叫喊出来并不是音乐，在音乐里纵然是表现痛苦，也要有一种甜蜜的声调渗透到怨诉里，使它明朗化，使人觉得能听到这种甜蜜的怨诉，就是忍受它所表现的那痛苦也是值得的。这就是在一切艺术里都听得到的那种甜蜜和谐的歌调。①

黑格尔所说的"把痛苦和欢乐叫喊出来"只是自然情感的发泄，而不能作为艺术表现，也不能成为使人们获得审美感受的情感；而在艺术中表现的情感，即使表现的是痛苦的感情，也应该"有一种甜蜜的声调渗透到怨诉里，使它明朗化"，这当然是一种高度审美化的表现手法。黑格尔这里所谈的正是情感的审美化问题。

　　华兹华斯说："我曾经说过，诗是强烈感情的自然流露。它起源于在平静中回忆起来的情感。诗人沉思这种情感直到一种反应使平静逐渐消逝，就有一种与诗人所沉思的情感相似的情感逐渐产生，确实存在于诗人的心中。"②在他来看，诗人的情感诚然以自己过去的感受作为基础，但却是由回忆进入沉思，诗人的心灵受到强烈的震动，出现了一种与沉思的情感相似、而得到艺术的升华的情感。这种情感其实就是审美情感。桑塔亚那也认为："审美快感的特征在于客观化。"③ 所谓"客观化"，也即是使之有形化。

　　关于这个问题，美国著名的符号学美学家苏珊·朗格作了相当明确的区分，她认为：

　　　一个艺术家表现的是情感，但并不是像一个大发牢骚的政治家或是像一个正在大哭或大笑的儿童所表现出来的情感。艺术家将那些在常人看来混乱不整和隐蔽的现实变成了可见的形式，这就是将主观领域客观化的过程。但是，艺术家表现的决不是他自己的真实情感，而是他认识到的人类情感。一旦艺术家掌握了操纵符号的本领，他所掌握的知识就

　　① ［德］黑格尔：《美学》第 1 卷，朱光潜译，商务印书馆 1979 年版，第 205 页。
　　② ［英］华兹华斯：《〈抒情歌谣集〉1800 年版序言》，见伍蠡甫、胡经之《西方文艺理论名著选编》中册，北京大学出版社 1985 年版，第 54 页。
　　③ ［美］桑塔亚那：《美感》，缪灵珠译，中国社会科学出版社 1982 年版，第 30 页。

大大超出了他全部个人经验的总和。艺术品表现的是关于生命、情感和内在现实的概念，它既不是一种自我吐露，又不是一种凝固的"个性"，而是一种较为发达的隐喻或一种非推理性的符号，它表现的是语言无法表达的东西——本身的逻辑。①

苏珊·朗格所说的"人类情感"，其实就是我们所说的"审美情感"，苏珊·朗格对自然情感和审美情感作了过于严格的区分，在她看来，艺术所表现的情感不应是个人的瞬间情绪，更不是纯粹的自我表现。"人类情感"也即"审美情感"是须在作品的艺术形式中加以表现的。她认为，"纯粹的自我表现不需要艺术形式"，"以私刑为乐事的黑手党徒绕着绞架狂吼乱叫；母亲面对重病的孩子不知所措；刚把情人从危难中解救出来的痴情者浑身颤抖，大汗淋漓或哭笑无常，这些人都在发泄着强烈的情感，然而这些并非音乐所需的，尤其不为音乐创作所需要"②。朗格在这里描绘的正是那些自然情感。她认为这决不是艺术作品中所需要的。她指出："发泄情感的规律是自身的规律而不是艺术的规律。"③ 苏珊·朗格是主张在艺术作品中表现审美情感的。这种审美情感便是由个人情感升华而成的"人类情感"，它在作品中的存在是通过艺术形式而呈现的。著名的表现主义美学家科林伍德也认为存在着特殊的审美情感。他说：

　　在另一种涵义下，说存在一种特殊的审美情感就是对的。如我们所看到的，一种未予表现的情感伴随有一种压抑感，一旦情感得到表现并被人所意识到，同样的情感就伴随有一种缓和或舒适的新感受，感到那种压抑被排除了。这类似于一个繁重的理智或道德问题被解决之后所感到的那种放松感。如果愿意，我们可以把它称为成功的自我表现中的那种特殊感受，我们没有理由不把它称为特殊的审美情感。但是它并不是一种在表现之前就预先存在的特殊情感。而且它具有一种特殊性，即一旦它开始得到表现，这种表现是富有艺术性的。这是表现无论哪种情感

① ［美］苏珊·朗格：《艺术问题》，滕守尧、朱疆源译，中国社会科学出版社1983年版，第25页。

② ［美］苏珊·朗格：《哲学新解》，引自朱立元《西方美学通史》第六卷，上海文艺出版社1999年版，第628页。

③ ［美］苏珊·朗格：《哲学新解》，引自《情感与形式》译者前言，刘大基等译，中国社会科学出版社1986年版，第9页。

都会伴随产生的情感色彩。①

科林伍德从另一个角度提出了"审美情感"的命题，他认为所谓"审美情感"就是日常生活中被压抑的情感在作品中表现出来而得到缓和或舒适的感受。但在主张审美情感与日常情感不同的这点上，他与苏珊·朗格是相同的。

中国古代的文论家非常重视情感对艺术创作的作用，尤其是中国诗学，从一开始就建立在情感表现的基石之上。如《毛诗序》云："诗者，志之所之也。在心为志，发言为诗，情动于中而形于言。"诗也即是"情动于中"而将情用语言表现出来的产物。而这种"情"，如詹福瑞先生所理解的："《毛诗序》所强调的情，却不是个人之情，而是'一国之事，系一人之本'，'言天下之事，形四方之风'的世情，如治世之情、亡国之情等等。当然，这种世情，主要是群体之情。"②

第二节 情往似赠，兴来如答

陆机、刘勰分别在其代表性的文论著作《文赋》、《文心雕龙》中所谈的情感，往往是有一个由自然情感转化为审美情感的过程，同时，也是兴发作家"神思"的动力。陆机所说的"遵四时以叹逝，瞻万物而思纷，悲落叶于劲秋，喜柔条于芳春"，是在四季变化中感叹时光的流逝，目睹万物的生机而思绪纷纭。这里是由自然物候而感发的情感波动，进入了艺术构思的发动阶段。而在落叶萧萧中感到秋之悲凉，在杨柳依依中感到春之欣喜，内在的情感所受的外物的感召，情感的悲与喜，与物象的形式变化有了某种"同构"的性质，自然事物的样态与人的情感结构有了现实的对应性。刘勰说：

　　春秋代序，阴阳惨舒，物色之动，心亦摇焉。盖阳气萌而玄驹步，阴律凝而丹鸟羞，微虫犹或入感，四时之动物深矣。若夫圭璋挺其惠心，英华秀其清气，物色相召，人谁获安？是以献岁发春，悦豫之情畅；滔滔孟夏，郁陶之心凝；天高气清，阴沉之志远；霰雪无垠，矜肃之虑深。岁有其物，物有其容；情以物迁，辞以情发。一叶且或迎意，

① ［英］科林伍德：《艺术原理》，王至元、陈华中译，中国社会科学1985年版，第120页。
② 詹福瑞：《中古文学理论范畴》，河北大学出版社1997版，第65页。

虫声有足引心。况清风与明月同夜，白日与春林同朝哉！①

这里也是论述了四季物色的变异对诗人情感的感发作用。值得指出的是，刘勰是把自然事物的变化与诗人的情感结构对应起来的。春天使人感发的是"悦豫之情"，孟夏使人兴发的是"郁陶之心"，秋日使人起"阴沉之志"，寒冬使人有"矜肃之虑"。诗人是因了景物的不同样态而产生了不同的情感形态的。我们又应看到，刘勰所云之"感物"，指的是事物的外在形式，即所谓"物色"。而且，刘勰在此已涉及作品的审美情感问题。"岁有其物，物有其容"，明确揭示出"物"在此处的含义是景物的外在样态，正是这种外在样态也可以说是物的形式使诗人受到感发而进入审美视域。不仅如此，刘勰还指出了作品的情感表现是与外物的容色（形式）紧密相关的。情感是因"物色"而生波动，诗人用辞语来呈现自己的情感，于是，作品中的情感，就是以"物色"的形式美感加以表现的。

　　西方格式塔学派曾研究了外部自然事物与人类情感之间的"异质同构"关系。在格式塔学派看来，外部自然事物和艺术形式之所以具有人的情感性质，主要是外在世界的力（物理的）和内在世界的力（心理的）在形式结构上的"同形同构"或"异质同构"。格式塔美学的代表人物阿恩海姆把艺术的本质归结为一种力的表现，这种力本身又体现了外部世界和内部世界的本质。他认为："艺术的极高声誉，就在于它能够帮助人类去认识外部世界和自身，它在人类的眼睛面前呈现出来的，是它能够理解或相信是真实的东西。"② 他把世界的本质看成是一种"力"，而"力"在他那里既可以是指客观存在的物理力，也可以是存在于主观世界之中的心理力。这内外两种"力"之间质料虽然不同，但由于它们本质上都是力的结构，所以会在大脑生理电力场中达到合拍，外部事物与人类情感之间的界限就模糊了，正是由于精神与物质之间的界限的消失，才使外部事物看上去具有了人的情感性质。这就较为令人信服地解释了自然景物的变化与人的情感之间的对应关系。李泽厚先生受此启示，也有这样的论述：

---

　　① 刘勰：《文心雕龙·物色》，见范文澜《文心雕龙注》，人民文学出版社 1958 年版，第693 页。

　　② ［美］阿恩海姆：《艺术与视知觉》，滕守尧、朱疆源译，中国社会科学出版社 1984 年版，第 636 页。

　　本来，自然有昼夜交替季节循环，人体有心脏节奏生老病死，心灵有喜怒哀乐七情六欲，难道它们之间（对象与情感之间，人与自然之间……）就没有某种相映对相呼应的形式、结构、规律、活力、生命吗？……欢快愉悦的心情与宽厚柔和的兰叶，激情强劲的情绪与直硬折角的树节；树木葱茏一片生意的春山与你欢快的情绪；木叶飘零的秋山与你萧瑟的心境；你站在一泻千丈的瀑布前的那种痛快感，你停在潺潺的小溪旁的闲适温情；你观赏暴风雨时获得的气势，你在柳条迎风时感到的轻盈……这里边不都有对象与情感相对应的形式感吗？①

李泽厚的这段话非常生动地揭示了客观事物与情感之间的对应性。

　　陆机在《文赋》中颇具慧眼地看到了情感是否充沛鲜明与神思是否通畅的关系。他所说的"情瞳昽而弥鲜，物昭晰而互进；倾群言之沥液，漱六艺之芳润；浮天渊以安流，濯下泉而潜浸。于是沉辞怫悦，若游鱼衔钩而出重渊之深；浮藻联翩，若翰鸟缨缴而坠曾云之峻。"这里所指出的是，随着情感的涌动而愈加鲜明，外在的物象纷纷进入作家的意象结构序列。有时吐辞艰涩，如衔钩的鱼从深渊里跃身；有时辞藻联绵，像中箭的鸟从云层中坠陨。前者指文思滞涩的情状，后者指文思迅捷的样子。而这都是与作者的情感紧密相关的。

　　陆机的胞弟、著名的文学家陆云，也很重视情感与文思之间的关系，他说："省《述思赋》，深情至言，实为清妙。"② 所谓"清妙"，主要是指诗的意象灌注着诗人的深情而十分清新美妙。

　　同样，在刘勰看来，对于文学创作的"神思"来说，情感是鼓荡神思的动力。《文心雕龙·神思》云："登山则情满于山，观海则意溢于海，我才之多少，将与风云而并驱矣。"诗人在登山观海之时，感发了充盈的情感，于是也兴发了才思，这正是创作冲动的开端。刘勰还非常重视情感与意象之间的关系，他在《文心雕龙·神思》篇的赞语中说"神用象通，情变所孕"，这里有着很深刻的美学意义："神思"以作家头脑中的审美意象作为联属的基元，也即互相贯通的环节，而意象则是作家情感孕育的结果。这其实已经揭示了"形象思维"这个文艺心理学的重要命题的基本内涵，而

---

① 李泽厚：《审美与形式感》，载《文艺报》1981 年第 6 期。

② （晋）陆云：《与兄平原书》，见王永顺编《陆机文集陆云文集》，上海社会科学院出版社2000 年版，第 358 页。

且，在某种意义上，甚至可以说，有比"形象思维"论更为深入之处。刘勰所说的"意象"，已经是现在的审美意象的含义，是在作家诗人头脑中以主体的思想情感所选择、渗透的"象"，主体是以这些意象作为思维的材料的，而且，整个的运思过程，都是伴随着意象运动的。更重要的是，刘勰在这里将情感的变化与意象的诞生联系起来。指出了情感的波动性和意象创造之间的关系。正如罗宗强先生所指出的：

> 刘勰在阐释神思的艺术想象特征时，还强调了想象过程中的感情成分："吟咏之间，吐纳珠玉之声；眉睫之前，卷舒风云之色。"这一段描述类于陆机的"思涉乐其必笑，方言哀而已叹"。盖运思过程中，感情起着作用，感情不可已已，则不觉为之动容。所谓"吐纳珠玉之声"，正是不觉动情之一种情状。刘勰十分看重感情在创作过程中的作用，从创作冲动一开始便强调情的意义，"登山则情满于山，观海则意溢于海"。由冲动而进入想象，也贯串着情。"为情而造文"，是指创作的全过程而言的。①

我们从刘勰的论述中看到的是，情感在文学创作的思维中作为动力因素，其实质更多的在于它的勃动变化。情感不是静止的，而是受外在事物的刺激感发而发生，并且不断地变化，于是乎使作家诗人产生了创作的冲动。这一点，从《礼记·乐记》开始已经在中国美学中开了端倪。《礼记·乐记》认为，音乐的创造是由"人心之动"，如说："凡音之起，由人心生也。人心之动，物使之然也。感于物而动，故形于声。声相应，故生变，变成方，谓之音。""凡音者，生人心者也。情动于中，故形于声；声成文，谓之音。""乐者，心之动也。"这里反复说的"人心之动"，即是情感的波动变化。而情感的波动变化，乃是艺术思维的直接原因。"神用象通，情变所孕"，刘勰对此作出了非常准确的概括。

刘勰还指出"情"与"景"的互相往还投射是诗人神思兴发的源头，他在《文心雕龙·物色》的赞语中说："山沓水匝，树杂云合。目既往还，心亦吐纳。春日迟迟，秋风飒飒。情往似赠，兴来如答。"青山重叠，绿水环绕，树木错杂，云气聚合。目光既在景物间流连顾盼，心灵也在其感发下有所倾吐。春天的阳光温暖和舒，秋天的西风飒飒萧瑟。面对景物投射情感

---

①　罗宗强：《魏晋南北朝文学思想史》，中华书局1996年版，第326页。

如同馈赠，而文思涌来好像是对诗人的酬答。以现象学的视角来看，这是一个意向性的活动。"意向性"是现象学的一个基本的概念，这一概念是胡塞尔从布伦塔诺那里借用过来并加以发挥的概念，即意识总是指向某对象的意识；而对象也只能是意向性对象，只能是被意识到的客体。布伦塔诺这样阐述"意向性"的概念，他说：

> 每一种精神现象都是以中世纪经院哲学家称作对象在意向上的（有时也称作内心的）内存在为特征的，并且是以我们愿意称作（虽然并非十分明确地）与内容相关联，指向对象或内在的对象性为特征的。每一种心理现象都包含着某种作为其对象的东西，虽然它们并不是以相同的方式包含的在表象中有某种东西被表象，在判断中有某种东西被承认或拒绝，在愿望中有某种东西被愿望，等等。这种意向的内存在仅限于心理现象所独有。物理现象没有显露出任何与此相似的东西。因此我们可以这样来规定心理现象，即把它们说成是通过意向的方式把对象包含于自身之中。①

布伦塔诺首先发展了他的著名的"意向性"学说，他把"意向性"看成是心理现象的决定性要素。"与对象相关联"，在布伦塔诺来说是关于心理现象的最重要的而且是唯一持久的特征描述。而到了胡塞尔这里，意识的"意向性"不仅是其代表性著作《逻辑研究》一书的高潮，而且它一直被胡塞尔看作是他对意识现象学分析的主要洞察。这里引用我国著名现象学研究专家倪梁康先生对胡塞尔"意向性"的说明：

> 在胡塞尔那里，意向性作为现象学的"不可或缺的概念和基本概念"，标志着所有意识的本己特性，即所有意识都是"关于某物的意识"，并且作为这样一种意识而可以得到直接的指明和描述。关于某物的意识是在广义上的意指行为与被意指之物本身之间可贯通的相互关系。……意向性既不存在于内部主体之中，也不存在于外部客体之中，而是整个具体的主客体关系本身。②

---

① 转引自［美］斯皮格伯格《现象学运动》，王炳文、张金言译，商务印书馆 1995 年版，第79 页。

② 倪梁康：《胡塞尔现象学概念通释》，三联书店 1999 年版，第 249—250 页。

意识总是指向某物的意识，意向无非是指意识的意向活动，它的认同、统摄的趋向；而主体所面对的客体也非纯然的客体，而是对主体产生非常重要的作用的客体。

当我们回到刘勰的时候，我们看到，"目既往还，心亦吐纳"，正是审美主体与客体之间那种十分活跃的彼此投射。心灵的吐纳与目中所见的对象之间往还互动，景物非纯然的景物，而是在主体意识投射中的景物；心灵也非与外物无关的心灵，而是涵容着、面对着对象的心灵。

第三节　情景相生："神思"的契机

"情"和"景"之间的相互生发，而触发诗人的灵感神思，这在很多文论家那里已经有过一些精彩的论述，而尤为精彩者是揭示出"情""景"之间妙合无垠，方才是"神思"之"神"的生成条件。关于"情""景"关系的论述中，有的是论述了"情""景"之间互相结合的不同模式，如宋代的范希文对于"情"与"景"之间的关系作了这样的区分：

> 老杜诗："天高云去尽，江迥月来迟。衰谢多扶病，招邀屡有期。"上联景，下联情。"身无却少壮，迹有但羁栖。江水流城郭，春风入鼓鼙。"上联情，下联景。"水流心不竞，云在意俱迟。"景中之情也。"卷帘唯白水，隐几亦青山。"情中之景也。"感时花溅泪，恨别鸟惊心。"情景相触而莫分也。……固知景无情不发，情无景不生，或者便谓首首当如此作，则失之甚矣。①

范希文以杜诗为例，指出了在诗中"情""景"关系的几种模式：第一种是一联之中，上联写景，下联抒情；第二种是上联抒情，下联写景；第三种是景中之情；第四种是情中之景；第五种是"情景相触而莫分"。这是在诗歌创作中的"情""景"关系的五种情况。这些"情""景"关系的模式很难说孰高孰低，孰优孰劣，但其中的"情景相触"似乎是最受论者赞赏的境界。明代祁彪佳指出了情景相合而入于神，他说："只是淡淡说去，自然情与景会，意与法合，盖情至语，气贯其中，神行其际。肤浅者不能，镂刻者

---

① （宋）范希文：《对床夜语》，见丁福保《历代诗话续编》，中华书局1983年版，第417页。

亦不能。"①"神思"的一层含义便是出神入化，无迹可求。严羽在《沧浪诗话》中所说的"诗而入神，至矣，尽矣，蔑以加矣"即是此意。祁彪佳在这里指出的"气贯其中，神行其际"，也便是出神入化。明代谢榛对此有颇为细致的分析，他说：

> 作诗本乎情景，孤不自成，两不相背。凡登高致思，则神交古人，穷乎遐迩，系乎忧乐，此相因偶然，著形于绝迹，振响于无声也。夫情景有异同，模写有难易，诗有二要，莫切于斯者。观则同于外，感则异于内，当自用其力，使内外如一，出入此心而无间也。景乃诗之媒，情乃诗之胚，合而为诗，以数言而统万形，元气浑成，其浩无涯矣。②

谢榛在这里明确指出了"情景"相生与"致思"之间的关系。而"以数言统万形，元气浑成，其浩无涯矣"，也即是出神入化、浑灏无迹的灵思。

明清之际的著名思想家、文学理论家王夫之，在其论诗名著《姜斋诗话》和《古诗评选》、《唐诗评选》、《明诗评选》等论著中，深刻地论述了"情"和"景"之间的"互藏其宅"的关系，而且，更从艺术思维的高度来看情景互动。他说：

> 情景名为二，而实不可离。神于诗者，妙合无垠。巧者则有情中景，景中情。景中情者，如"长安一片月"，自然是孤栖忆远之情；"影静千官里"，自然是喜达行在之情。情中景尤难曲写，如"诗成珠玉在挥毫"，写出才人翰墨淋漓、自心欣赏之景。③

在王夫之看来，"情"与"景"是诗中的两个基本要素，却又是不可分离的两个要素。情中景和景中情是"情""景"关系的两种模式，所谓"景中情"是指审美客体为审美主体的敞开与呈现。所谓"情中景"则是审美主体对审美客体的发现与重建。"长安一片月"、"影静千官里"，并非无指向的封闭的纯然景致的显现，它们已是情中之景，为呈现遮蔽的"孤栖忆

---

① （明）祁彪佳：《远山堂剧品》，见中国戏曲研究院《中国古典戏曲论著集成》第6册，中国戏剧出版社1959年版，第140页。

② （明）谢榛：《四溟诗话》卷3，中华书局1985年版，第41页。

③ 戴鸿森：《姜斋诗话笺注》，人民文学出版社1981年版，第72页。

远"、"喜达行在"之情而向主体无限敞开；"诗成珠玉在挥毫"，看似审美主体的自悟之语，然而实为审美主体对审美客体的发现与重建。它实际上是主体人生体验的流露。王夫之还在《姜斋诗话》中说："情景虽有在心在物之分，而景生情，情生景，哀乐之触，荣悴之迎，互藏其宅。"① 这里，王夫之首先承认"情"、"景"是分属于主体与客体的两个概念，但这并不说明二者的截然对立，它们具有双向互动的关系。在他看来，诗中之"景"并非纯然自在之物，它已为主体之情所统摄、所灌注；而诗中之"情"，也并非冥然空洞之心，而是已为客体之景所荷载、所弥漫。王夫之已经创造性地揭示了审美主客体的双向建构、互流互通的特性。他打过一个譬喻："诗文俱有主宾。无主之宾，谓之乌合。……立一主以待宾，宾无非主，主宾者俱有情而相浃洽。……'花迎剑佩星初落'，则宾主历然，熔合一片。"② 这是把诗文创作中的主体与客体比作群人聚集时的主人与宾客，主宾之间的关系应以"宾主历然，熔合一片"为最高境界。诗中之主客也同样是这种历然而合一的关系，纯然之景语是不能入诗的，与主体毫无干涉便如乌合之众一般，不能称其为诗，同时主体之情的浸润又须是"羚羊挂角，无迹可求"（严羽语）的。

按中国古典美学传统的惯例而言，"神"当是在"巧"之上的品级，也是审美价值评价的最高品级。唐代著名书法家张怀瓘作《书断》，以"神、妙、能"三品论书法，他在《书断》序中说："书有十体源流，学有三品优劣，今叙其源流之异，著十赞一论；较其优劣之差，为神、妙、能三品，人为一传，亦有随事附著，通为一评，究其臧否，分成上、中、下三卷，名曰《书断》。"③ 晚唐朱景玄作《唐朝名画录》，也以"神、妙、能、逸"来评骘画家，《直斋书录解题》云："是编以神、妙、能、逸分品。前三品俱分三等，逸品则不分。"同样也是以"神"置于最高的品级。王夫之所谓"神于诗者"，正是在"巧"之上，诗达于"神"境，乃是情景之间"妙合无垠"。王夫之又云："含情而能达，会景而生心，体物而得神，则自有灵通之句，参造化之妙。"④ 也指出"情"与"景"的妙合使诗产生"灵通之句"，臻于"化工"。这其实正是"神思"之"神"的特质。

---

① 戴鸿森：《姜斋诗话笺注》，人民文学出版社 1981 年版，第 33 页。

② 同上书，第 54 页。

③ （唐）张怀瓘：《书断序》，见黄简《历代书法论文选》，上海书画出版社 1979 年版，第156 页。

④ 戴鸿森：《姜斋诗话笺注》，人民文学出版社 1981 年版，第 95 页。

　　文学创作的审美情感是"神思"论的重要内容。它既是"神思"产生的动因，是孕育审美意象的基质，同时，它也包含在"神思"的整个运化过程之中。在文学创作的艺术思维中，审美情感始终是一个与"神思"相伴而行的重要因素。

第八章　"神思"的艺术直觉与审美理性

第一节　关于直觉

中国古典美学中的"神思"，作为创作思维来说，其本质属于艺术直觉。"神思"之"神"，在一个层面上来说，是难以用语言来说明的。"只可意会，不可言传"，这句人们再熟悉不过的话，是很能说明艺术直觉性质的。杜甫所谓"读书破万卷，下笔如有神"，也即是神妙无方之意。中国古代文论和艺术理论中的许多论述都体现了艺术直觉的性质。

直觉思维作为人类把握对象世界的一种重要的认识方式，无论在中国，还是在西方，都是深受人们重视的。而在中国，直觉思维更是主要的思维方式。在哲学的范围里，中国一部分哲学家强调人的思维活动不能以逻辑分析和逻辑推理形式进行，而要以排斥名言或超逻辑的直觉作为根本性的思维形式。

"直觉"一词的拉丁文 Intueri，原义是凝视、聚精会神地看的意思。直觉思维的主要特征是非逻辑思维方式，直觉思维不是按照通常的三段论演绎逻辑进行推理的思维方式，比较直接、迅速，比较自由，不受形式逻辑规律的约束，常常是思维操作的压缩或简化。一般认为，直觉的特征是超越性、非逻辑性、跳跃性、突发性、整体性等。西方哲学史上一些著名的哲学家都相当重视直觉作为思维方式的地位。如亚里士多德认为直觉就是对原始真理、原始前提的了解，而科学知识是从这些原始真理中推演出来的，二者都是真实的，但直觉比推论更可靠。他说："科学知识和直觉总是真实的；进一步说，除了直觉外，没有任何其他种类的思想比科学知识更加确切，原始前提又是比证明更为可知的，而且一切科学知识都是推论的。""除了直觉外没有任何东西比科学更为真实，了解原始前提将是直觉……证明不可能是证明的创始性根源，因而也不可能是科学知识。因此，如果它是科学知识以外真实思想的唯一种类，直觉就是科学知识的创始根源。而科学的创始性根源掌握原始的基本前提。"① 著名的理性主义哲学家笛卡尔非常推崇理性的力量，认为只有理性才最可靠。但他也并不排斥直觉的作用。他认为演绎法是以公理为前提，公理是不需要任何论证的，只要纯粹直觉就能理解。笛卡尔的第一哲学命题"我思故我在"，就是极具自明性的直觉。他认为这种自明性是"理性直觉"。斯宾诺莎认为直觉并不与理性相抵触，而是理性的最高表现。在德国古典哲学中，康德是最为重视直观（直觉）的。他认为知识的基本源泉有两个，一个是接受观念的能力（接受印象的能力），第二个是借助于这些观念来认识对象的能力（自动产生概念的能力）。前者指的是直观的能力，后者指的是概念的能力。康德强调："因此，直观与概念是构成我们一切知识的要素"，"既没有在某些方式下和直观不相应的概念，也没有和概念无关的直观能产生知识"②。在康德那里，直观被限于感性范围（即感性直觉），感性直觉与逻辑概念相对；直观（直觉）是综合的而不是分析的。谢林哲学也把直观——直觉作为把握运动的思维方式，他认为运动不能通过概念来了解，只能通过直觉，"没有直觉，我们永远不会知道什么是运动"③。近代的西方哲学家中非理性主义的直觉观成为一种显要的思潮，如叔本华、克罗齐、柏格森等，都是主张非理性的直觉的。在叔本华看来，人的认识有两种，一种是关于表象世界的认识，是理性的、逻辑的；另一种是关于意志的认识，是非理性的、直觉的。叔本华认为直觉充满了整个世界，"只有那种从直觉中产生的东西……自身包含有生长出新颖的、真正的创作的胚芽"。他认为直觉是存在的"自在之物"的纯粹知觉，直觉能力是确定人和他的活动的本质的能力。克罗齐认为："知识有两种形式，不是直觉的，就是逻辑的；不是从想象得来的，就是从理智得来的；不是关于个体的，就是关于共相的；不是关于诸个别事物的，就是关于它们中间关系的；总之，知识所产生的不是意象，就是概念。"④ 并由此提出了"直觉即表现"的著名美学命题。柏格森认为，绝对的东西只能在直觉中获得，而不属于分析的范围。他说："分析所面向的往往是不动的东西，而直觉则把自己置身于可动性中，或者说置身于绵延之中。"⑤ 作为现象学哲学的奠基人的胡塞尔，把"本质直观"当作达到本质的正确途径。他认为经验靠不住，应当

---

① ［古希腊］亚里士多德：《工具论》，李匡武译，广东人民出版社 1984 年版，第 258 页。
② ［德］康德：《纯粹理性批判》，蓝公武译，三联书店 1957 年版，第 28 页。
③ ［美］梯利：《西方哲学史》下册，葛力译，商务印书馆 1995 年版，第 24 页。
④ ［意］克罗齐：《美学原理·美学纲要》，朱光潜等译，外国文学出版社 1983 年版，第 7 页。
⑤ ［法］柏格森：《形而上学导言》，刘放桐译，商务印书馆 1963 年版，第 21 页。

进行"现象学还原"，从感觉经验返回到纯粹现象。还原如何实现？需要依靠直觉。

从哲学史上一些哲学家的论述来看，直觉是一种能力，也是一种思维方式，它具有这样的一些特点：一是直觉与逻辑推理相对立，直觉似乎与逻辑是人的两种不同的思维方式。二是直觉知识就不是分析性的，而是综合性的；直觉能力是综合能力，直觉过程是综合判断过程。三是通过直觉而得到的直觉知识是一种具有自明性的、不证自明、不需证明的知识。四是就直觉出现的方式而言，有时是一瞬间的、突如其来的，它与灵感联系在一起，还与形象、想象、沉思、猜想等思维活动相关。五是直觉活动不仅仅限于感性直观范围，它有不同的层次，有感性直觉，也有理性直觉。

艺术直觉与科学思维中的直觉，有在思维形式相同的方面，也有其独特的方面。这里援引一段陈进波、惠尚学等所著《文艺心理学通论》中对艺术直觉的论述：

> 艺术直觉是审美主体在审美活动中通过客体的感性形式对其表现性内涵加以直接把握的艺术思维能力。生活中的审美对象都是艺术直觉的对象。艺术直觉是一种艺术思维能力，如果对这种艺术思维做一静态分析，我们就会发现，它是由感性直观因素、理性因素和与二者相伴随的情感体验三方面交织而成的。①

该书由此概括出艺术直觉的三个方面的特征：形象性、情感性和心理构成因素的多样性。

第二节　中国哲学中的直觉思维与艺术思维的关系

中国古典的艺术创作思维论和美学范畴都是深受中华民族思维传统的深刻影响的。不理解中华民族的思维特质，也就很难在较深的层面上来认识中国古典美学中的艺术创作思维论的本质特征。中华民族的传统艺术思维论，如"直寻"、"感兴""妙悟"等，都与我们的传统哲学思维重直觉的特质有很深的关联。

中国的早期的思想家，倾向于把客观世界规定为一个无限的、发展变化

---

① 　陈进波、惠尚学等：《文艺心理学通论》，兰州大学出版社 1999 年版，第 327—328 页。

的和谐的有机整体，这成为中国古代各派哲学在理解和把握对象客体的一个最根本的观念模式。这样一种观念模式，不大关注对象的实体存在形式和属性，而注重对象世界的特定结构和它们的联结方式。如老子认为，要把握本体的"道"的微妙，不能采取逻辑的方式，而只能"涤除玄览"，"致虚极，守静笃"，用玄妙之心去直接领悟之，庄子更推崇直觉，认为"知者不言，言者不知"，主张"心斋"、"坐忘"，用排除知识欲望之后的"虚室生白"的心灵来直接体会宇宙的真谛。魏晋玄学在思想方法上也对直觉有浓厚的兴趣。玄学贵无派的代表人物王弼主张"体无"，认为作为本体的"无"是超言绝象、无形无名的，不可言说，故而圣人"不以言为主"，"不以名为常"①，而必须以体悟的方式来把握。所谓"体"或"体无"，指的就是直觉。后来的玄学家郭象也主张以超逻辑的方式体会之，以灵明之心去直觉宇宙的本质。郭象说："明夫至道非言之所得也，唯在乎自得耳。"② 所谓"自得"，就是主体对自我本性的体认。这种观念，显然也含有直觉的意义。

佛学更是把直觉的方法推向了极致。最典型的便是禅宗。禅宗以佛性本体论为根据，又吸收了道家和玄学的思想方法，强调"不假文字"、"超越一切名言概念"，以"直指本心"的直觉方式来"顿悟"佛性。宋明理学家在继承儒家思想的同时，又参照佛家的"顿悟"之说，与先秦儒学相比，有着更浓的直觉思维意味。程朱一派认为，对于宇宙本体的把握，实现天人合一的整体性认识或最高精神境界，必须经过"顿悟"这一最高环节。陆王心学由主张"先立其大者"，认为通过"存心"、"养心"、"求放心"的功夫，则"天理自明"，使人心达到"澄莹"之境，更接近禅宗"顿悟"的方法。明代前期大儒陈献章，是王阳明心学的前驱，认为"天地我立，万化我出，宇宙在我"，万事万物皆我心的产物，为学的宗旨，在于"以自然为宗"，即求得无任何负累的"浩然自得"。他主张"静中养出端倪"的心学方法，在其心学体系中，"心"不仅是一种可感觉的、具体的生理实体，而且是有着神秘作用的宇宙本体，它无法通过理性的、逻辑的方法来认识，只能通过非逻辑的、直觉的方法来觉悟。儒、道、释三家在直觉的思想方法上殊途同归，都把对"道"的把握归结为直觉性的体验。

直觉思维对中国古代的艺术创作思维论有着重大的影响。中国传统的艺术创作思维理论强调"神似"，追求"言外之旨"、"韵外之致"，注重"妙

① 楼宇烈：《王弼集校释》，中华书局2009年版，第196页。
② （晋）郭象：《庄子注疏》，中华书局2010年版，第402页。

悟"，这都与直觉思维有着直接的关系。

南北朝时期的著名诗论家钟嵘提出"直寻"之说，即是一种直觉的艺术思维方法。他说：

> 若乃经国文符，应资博古；撰德驳奏，宜穷往烈。至乎吟咏情性，亦何贵于用事？"思君如流水"，既是即目；"高台多悲风"，亦惟所见；"清晨登陇首"，羌无故实；"明月照积雪"，讵出经史。观古今胜语，多非补假，皆由直寻。颜延、谢庄，尤为繁密，于时化之。故大明、泰始中，文章殆同书钞。近任昉、王元长等，词不贵奇，竞须新事。尔来作者，浸以成俗。遂乃句无虚语，语无虚字，拘挛补纳，蠹文已甚。但自然英旨，罕值其人。①

钟嵘所谓的"直寻"，主要是针对当时诗坛上盛行的崇尚使事用典、"殆同书钞"的习气，认为古今诗中的名句，都是诗人在与外物的直接契合中获得美感的产物。过多地使事用典，以书本为诗材，则与活生生的客观世界相当隔膜。钟嵘认为那些政论公文等，多多用事是可以的，而作为"吟咏情性"的诗歌创作，则不可以用事为贵。他举出当时的一些名篇佳句，指出它们都是"羌无故实"、"讵出经史"的"即目"之作。"直寻"是诗人直接与充满生命动感的客观外物相互交融，产生创作冲动，形成美的意象。所谓"直寻"，相当于萧纲所说的"寓目写心，因事而作"，在直接的感观中获得诗的情思，而不是假借书本上的典故。钟嵘评谢灵运说："兴多才高，寓目辄书，内无乏思，外无遗物"②，也即是以"直寻"为其创作特点。"寓目辄书"，便是诗人在自然外物的直接感发下，即时抒发心中的灵思。"内无乏思"，是说其诗有着内在丰富的思想蕴涵，"外无遗物"，是说其刻画微至，为诗家独辟之境。陈延杰注云："谢客刻画微眇，在诗家为独辟之境。故山水之作，全用客观，皆寓目即书者，是'外无遗物'也。"③ 指出了这种直觉的诗歌运思方式与其刻画物象的关系。

直觉性的艺术创作思维在宋代体现得最为突出的便是"妙悟"说。以"妙悟"来论述艺术创作思维活动，对于"神思"而言，是一个大大的丰富

---

① 陈延杰：《诗品注》，人民文学出版社 1961 年版，第 4 页。
② 同上书，第 29 页。
③ 同上。

与深化，"妙悟"主要是艺术创作思维中的关键性飞跃与整体性的提升。宋代多有诗论家以禅喻诗，把"妙悟"作为诗歌创作的关键。如韩驹在论诗诗中说："学诗当如初学禅，未悟且遍参诸方。一朝悟罢正法眼，信物拈出皆成章。"（《赠赵伯鱼》）龚相学诗诗说："学诗浑似学参禅，悟了方知岁是年。点铁成金犹是妄，高山流水自依然。""学诗浑似学参禅，几许搜肠觅句联。欲识少陵奇绝处，初无言句与人传。"吴可在《藏海诗话》中指出："凡作诗如参禅，须有悟门。"① 以禅喻诗，"悟"为关键。

宋代最为系统的"以禅喻诗"者是著名诗论家严羽。严氏的《沧浪诗话》在中国诗学史、中国美学史上都有重要的地位。严羽借助禅理及其概念来说明诗歌创作的特殊审美创造规律。在当时没有心理学、美学等学科来阐发诗的艺术思维特点，而禅学的"妙悟"，却在思维特征上与诗歌创作有非常相近之处，所以严羽便有意识地把"以禅喻诗"作为自己的方法论。正如严羽所申明的："仆之《诗辨》，乃断千百年公案，诚惊世绝俗之谈，至当归一之论。其间说江西诗病，真取心肝刽子手。以禅喻诗，莫此亲切。是自家实证实悟者，是自家闭门凿破此片田地，即非傍人篱壁、拾人涕唾得来者。"② 而严羽的"以禅喻诗"其宗旨是非常明确的，如他自己所言，那就是："本意但欲说得诗透彻，初无意于为文，其合文人儒者之言与否，不问也。"③ 诗与禅之间联结的纽带是什么？那就是"妙悟"。严羽有过这样一段非常重要的论述，他说："大抵禅道惟在妙悟，诗道亦在妙悟。惟悟乃为当行，乃为本色。然悟有浅深，有分限，有透彻之悟，有但得一知半解之悟。汉魏尚矣，不假悟也。谢灵运至盛唐诸公，透彻之悟也。他虽有悟，皆非第一义也。"④ 在严羽看来，"妙悟"是诗禅之间相通的最重要的纽带，是诗禅相通的交汇之处。

"妙悟"基本上可以认为是禅宗所说的"顿悟"。"悟"是佛学的基本概念之一，是指在佛教修习的过程中，通过主观内省，对于佛教真谛的彻底体认与把握，与"真如佛性"契合为一。禅宗认为通过"顿悟"就可以成佛，而所谓成佛实际上就是"识心见性"。禅宗六祖禅师慧能说："我于忍和尚处，一闻言下大悟，顿见真如本性。是故将此教法，流行后代，令学者

---

① 丁福保：《历代诗话续编》，中华书局1983年版，第340页。

② （宋）严羽：《答出继叔临安吴景仙书》，见郭绍虞《沧浪诗话校释》，人民文学出版社1961年版，第251页。

③ 同上。

④ 同上书，第12页。

顿悟菩提，令自本性顿悟。"① "故知不悟，即是佛是众生；一念若悟，即众生是佛。……何不从自心顿现真如佛性。"② "顿悟"是由众生上升到佛的关键性步骤，只要内心实现"顿悟"，当即就可以达到识心见性、觉悟解脱的境界。

"悟"或云"妙悟"的首要品格在于，它是一种直觉观照而非逻辑思辨。佛家术语也称"悟"为"极照"或"湛然常照"等，是一种观照性体认。禅宗突出地摒弃名言概念的作用，"以心传心，不立文字"是禅宗立派最响亮的口号。慧能说："闻说《金刚经》，心开悟解。故知本性自有般若之智，自用智慧观照，不假文字。"③ "般若智慧"不是名言概念，而是一种"无分别"的"不二法门"。所谓"不二"，即是中观，非有非无，即色即空，世间与出世间，生死与涅槃，在一般小乘佛教来说，都是"二"，而从般若学看来，都是"不二"的。在大乘佛学看来，"分别"是较低层次的，只有"无分别"才是最高层次的。如《维摩诘经》中认为，不用语言文字等来"分别"认识事物，表面上看来是"无所得"，但实际上这种"无所得"恰恰是得到了佛教的最高智慧。这种"无分别"是地道的直觉。

禅宗的"妙悟"，是超越逻辑思维的直观觉悟，这主要表现在对名言概念的否定态度上。所谓"不立文字"，并非一般意义上的抛弃文字的作用，这里的"文字"主要是指逻辑思维的名言概念。如希运禅师所说："诸佛与一切众生，唯是一心，更无别法。此心无始已来，不曾生不曾灭，不青不黄，无形无相，不属有无，不计新旧，非长非短，非大非小，超过一切限量，名言踪迹对待，当体便是，动念即乖。"④ 按照禅宗的观点，"妙悟"作为把握事物的一种形式，它不同于人们通常所采取的各种形式，特别是不同于理性思维。当代日本著名的禅学大师铃木大拙对"悟"有这样的阐释：

　　悟可以解释为对事物本性的一种直觉的观照。它与分析或逻辑的了解完全相反。实际上，它是指我们习惯于二元思想的迷妄之心一直没有感觉到一种新世界的展开，或者可以说，悟后，我们是同一种意料不到的感觉角度去观照整个世界的。不论这个世界怎么样，对于那些达到悟

---

① 郭朋：《坛经校释》，中华书局 1983 年版，第 51 页。
② 同上书，第 58 页。
③ 同上书，第 54 页。
④ 石峻等：《中国佛教思想资料选编》，中华书局 1983 年版，第 210 页。

的境界的人们来说，这世界不再是经常的那个世界。虽然它依旧有流水和火，但它决不再是同一个世界，用逻辑的方式来说，它的所有对立和矛盾都统一了，都调合成前后一致的有机整体之中，这是神秘与奇迹，可对禅师们来说，这种事是我们每天都在做的。因此，唯有通过亲身体验，才可以达到悟的境地。①

这是"悟"的境界，它是一种直觉式的豁然开朗。悟后与悟前的心境是大大不同的。同样的外物，而从主体的角度来看，就不再是日常的那个世界了。禅宗有个著名的语录，适足说明"悟"的情形："老僧三十年前来参禅时，见山是山，见水是水，乃至后来亲见知识，有个入处，见山不是山，见水不是水；而今有个歇处，依然见山是山，见水是水。"② 后面的这个"见山是山，见水是水"，与前面的那个"见山是山，见水是水"表面上差异不大，实际上却是"妙悟"的产物。

"妙悟"的发生机制与通常的认识形式有所不同，它是在一念之间完成的认识飞跃，不需要从感性到理性、从局部到整体以及从前提到结论的认识积累和逻辑推论的过程。六祖慧能把这种情况称之为"一念相应"、"不由阶渐"等等。慧能的弟子神会说，"一念相应，便成正觉"；"约斯经义，只显顿门，唯存一念相应，实更非由阶渐"，"我六代大师，一一皆言单刀直入，直了见性，不言阶渐"。③ 禅宗大师马祖道一说："若是上根众生，忽遇善知识指示，言下领会，更不历于阶级地位，顿悟本性。"④ "妙悟"的出现是不期而遇的，类似于灵感涌现，而不像通常的认识活动那样需要一个过程。

"妙悟"在把握事物的方式上，是整体的契合或者彻底的契入，不是对事物某一局部或某一特性的把握，也不等于对事物各个局部认识的拼合，而是对事物整体的一种完全彻底的把握。神会把"顿悟"把握事物的方式比喻为用利剑一下斩断"一缕之丝"，而不是一根根地逐一斩断："发心有顿渐，迷悟有迟疾。若迷即累劫，悟即须臾。……譬如一缕之丝，其数无量，

　　① ［日］铃木大拙：《禅风禅骨》，耿仁秋译，中国青年出版社 1989 年版，第 102 页。
　　② 《青源惟信禅师语录》，引自葛兆光《禅宗与中国文化》，上海人民出版社 1986 年版，第166 页。
　　③ 《答崇远法师问》，见石峻等《中国佛教思想资料选编》第 2 卷第 4 册，中华书局 1983 年版，第 112 页。
　　④ 《古尊宿语录》，见李淼《中国禅宗大全》，长春出版社 1991 年版，第 215 页。

若合为一绳，置于木上，利剑一斩，一时俱断。丝数虽多，不胜一剑。发菩提心，亦复如是。若遇真正善知识，以巧方便，直示真如，用金刚慧断诸位地烦恼，豁然晓悟，自见法性本来空寂，慧利明了，通达无碍。证此之时，万缘俱绝；恒沙妄念，一时顿尽；无边功德，应时等备；金刚慧发，何得不成？"① 这里说明了对心性的了悟并非逐步实现、局部完成，而是一下子完成的大彻大悟，是思维的飞跃与认识的升华。"妙悟"的另一个特点在于体悟对象的整一性。作为禅学理论的先驱，南朝时慧达阐扬道生之论说："夫称顿者，明理不可分，悟语极照。以不二之悟，符不分之理。"② 在此之前，也有人指出："若至理之可分，斯非至极也。"③ 倘若可以分割解析，那就不是"终极真理"了。"悟"的顿然性与体悟对象的整一性是密不可分的。

还应着力指出的是，"悟"不仅是指把握"终极真理"的直觉思维过程，而且，往往也是指主体与终极真理融为一体时的"大彻大悟"的境界。南朝高僧竺道生说："悟则众迷斯灭。"谢灵运说："至夫一悟，万滞同尽耳。"④ 这里的"悟"，都不只是指体认佛教真理的过程，同时也是指证得这种"终极真理"时那种瞬刻永恒、万物一体的最高境界。

严羽"以禅喻诗"，并以"妙悟"为诗与禅相通的关键之点，这是抓住了问题的实质的。诗与禅之所以可以相通，可以互相比拟，主要的便在于这种"妙悟"的思维状态。诗的审美意象和审美境界的产生，在于"妙悟"——非逻辑思辨的整体性涌现；"佛性"的获得与显现，也是靠顿然间洞晓"真如""实相"的"妙悟"。应该说，诗禅之间"悟"的内容是大有不同的，但其思维形式却是相似的。

细读严羽的《沧浪诗话》，他所说的"妙悟"又可分为两个层面，即"第一义之悟"和"透彻之悟"。后者指的是诗的审美境界的整体涌现，前者指达到此境界应循的学诗途径；二者并非是平行的关系，而是一种因果关系。"第一义之悟"的意思包含在这样一些论述中：

① 《神会禅师语录》，见石峻等《中国佛教思想资料选编》第 2 卷第 4 册，中华书局 1983 年版，第 94 页。

② （南朝·陈）慧达：《肇论疏》，引自汤用彤《汉魏两晋南北朝佛教史》，北京大学出版社 1997 年版，第 467 页。

③ 《首楞严经注序》，见（南朝·梁）释僧祐《出三藏记集》，中华书局 1995 年版，第 269 页。

④ （南朝·宋）竺道生：《与诸道人辨宗论》，见石峻等《中国佛教思想资料选编》第 1 卷，中华书局 1983 年版，第 222 页。

夫学诗者以识为主：入门须正，立志须高；以汉魏晋盛唐为师，不作开元天宝以下人物。若自生退屈，即有下劣诗魔入其肺腑之间；由立志之不高也。行有未至，可加工力，路头一差，愈鹜愈远；由入门之不正也。故曰：学其上，仅得其中；学其中，斯为下矣。又曰：见过于师，仅堪传授；见与师齐，减师半德也。工夫须从上做下，不可从下做上。先须熟读楚词，朝夕讽咏以为之本；及读《古诗十九首》、乐府四篇、李陵苏武汉魏五言皆须熟读，即以李杜二集枕藉观之，如今人之治经，然后博取盛唐名家，酝酿胸中，久之自然悟入。虽学之不至，亦不失正路。此乃是从顶颔上做来，谓之向上一路，谓之直截根源，谓之顿门，谓之单刀直入也。①

又说：

禅家者流，乘有大小，宗有南北，道有邪正；学者须从最上乘，具正法眼，悟第一义。若小乘禅，声闻辟支果，皆非正也。论诗如论禅：汉魏晋与盛唐之诗，则第一义也。大历以还之诗，则小乘禅也，已落第二义矣。②

这里所论乃是所谓"第一义之悟"的内涵，涵咏、取法最上乘的诗作，而这个过程，不是采取逻辑思维的方式，而是直观的濡染、涵咏、品鉴，也即是严氏所说的"直截根源，单刀直入"。"悟第一义"，关键还是个"悟"字，是"妙悟"的方式，而非概念化的学习过程。

在严羽的"妙悟"说里还有一层意思就是"透彻之悟"。它的内涵相当丰富，但主要是指诗人创造出的完整浑融的诗歌境界。严羽说："然悟有浅深，有分限之悟，有透彻之悟，有但得一知半解之悟。汉魏尚矣，不假悟也。谢灵运至盛唐诸公，透彻之悟也。他虽有悟者，皆非第一义也。"③"诗者，吟咏情性也。盛唐诸人唯在兴趣，羚羊挂角，无迹可求。故其妙处透彻玲珑，不可凑泊，如空中之音，相中之色，水中之月，镜中之象，言有尽而

---

① 郭绍虞：《沧浪诗话校释》，人民文学出版社 1961 年版，第 1 页。
② 同上书，第 11 页。
③ 同上书，第 12 页。

意无穷。"① 很明显，严羽是把"透彻之悟"作为诗歌创作的最高境界的。"分限之悟"、"一知半解之悟"、"透彻之悟"三者相比，其间的褒贬轩轾是了了分明的。他举"谢灵运至盛唐诸公"为"透彻之悟"的例子，这些都是他所最为推崇的诗人。严氏更对谢灵运十分钦佩，曾说："谢灵运之诗，无一篇不佳。"对于"盛唐诸公"，严羽更是推崇备至，整部《沧浪诗话》的论诗标准，就是"以盛唐为法"。因此，"透彻之悟"是严羽的最高审美标准。

"透彻之悟"是什么？说到底，是诗人在创作时所呈现的完美浑融的审美境界。关于"盛唐诸人唯在兴趣"这段话，很多论者都从风格学的角度加以解释，一般都认为严羽是极力推崇王孟一派淡远空灵的风格的。如清人许印芳说"严氏虽知以识为主，犹病识量不足，辟见未化，名为学盛唐、准李杜，实则偏嗜王孟冲淡空灵一派，故论诗唯在兴趣，于古人通讽谕、尽忠孝、因美刺、寓劝惩之本义，全不理会，并举文字才学议论而空之。"② 许印芳的批评也许不无一定道理，但其出发点没有超出儒家教化诗学的观念，且有很大的误解。说严羽"偏嗜王孟"，这是很缺乏根据的，严羽最为推崇的是李杜而非王孟，这在《诗话》中是言之凿凿的。严羽在《诗辨》、《诗评》篇中盛称李杜的议论就有十几处，而于王维无一语提及，对于孟浩然也只是在与韩愈的比较中加以称赞的，而对李白、杜甫则是作为盛唐诗歌的最高峰加以评价的。严羽对李杜的艺术成就作了很多精彩的分析，如："子美不能为太白之飘逸，太白不能为子美之沉郁"；"太白《梦游天姥吟》、《远别离》等，子美不能道；子美《北征》、《兵车行》、《垂老别》等，太白不能作。论诗以李杜为准，挟天子以令诸侯也"；"少陵诗法如孙吴，太白诗法如李广，少陵如节制之师"；"少陵诗，宪章汉魏，而取材于六朝；至其自得之妙，则前辈所谓集大成者也"；"李杜数公，如金鸡擘海，香象渡河，下视郊岛辈，直虫吟草间耳"，等等，严羽对李杜的评价之高，是无出其右的。

论者往往以"镜花水月"之喻，"言有尽而意无穷"之谈，是偏嗜于"王孟家数"，实际上是误解了严羽。在我看来，严羽不是在描述某一家、某一派的风格，而是在呈示诗人以"妙悟"的思维形式创造出的诗的审美境界。

---

① 郭绍虞：《沧浪诗话校释》，人民文学出版社 1961 年版，第 26 页。
② 同上书，第 42 页。

这种境界的首要特点在于它的浑融圆整，没有缀合的痕迹。"羚羊挂角，无迹可求"，"故其妙处透彻玲珑，不可凑泊"，正是此意。"羚羊挂角"是禅宗语录中常用的比喻，用以说明佛理有待于"妙悟"，而不能寻章摘句。道膺禅师云："如好猎狗，只解寻得有踪迹底，忽遇羚羊挂角，莫道踪迹，气亦不识。"① 雪峰义存禅师云："吾若东道西道，汝则寻章摘句；吾若羚羊挂角，汝向什么处扪摸？"② 严羽以"羚羊挂角"喻好的诗歌境界浑融圆整，没有缀合痕迹。"凑泊"也是禅语，即聚合、聚结之意。湛堂智深禅师云："盖地水风火，因缘和合，暂时凑泊，不可错认为己有。"严羽所说的"不可凑泊"，是说诗歌要有超越于各要素之上的整体美，而不应是各种意象的机械拼凑。严羽以"气象"论诗，推崇"汉魏古诗，气象混沌，难以句摘"，"建安之作，全在气象，不可寻枝摘叶"，都是说诗歌创作中应有浑融圆整的审美境。"透彻之悟"作为"妙悟"的一个主要层面，揭示了创作思维中那种整体性的审美境界的诞育过程。

严羽的"别材""别趣"说尤为明确地道出了诗歌的独特的审美直觉性质。严羽在《沧浪诗话·诗辨》中说了这样一段非常有名而又引起很大争议的话："夫诗有别材，非关书也；诗有别趣，非关理也。然非多读书，多穷理，则不能极其至。所谓不涉理路，不落言筌者，上也。"③ 严羽在这里是明确强调审美直觉在诗歌创作中的特殊作用的。"诗有别材，非关书也"，可以从字面上阐释为：诗由特别的材质构成，而非由书本知识堆砌而成的。这个"别材"，指诗的意向之美。这句话的锋芒是指向江西诗风的。严羽作《沧浪诗话》有鲜明的针对性，那就是清除江西诗派给宋诗带来的弊病。他在《答出继叔临安吴景仙书》中公然宣称："仆之《诗辨》，乃断千百年公案，诚惊世绝俗之谈，至当归一之论。其间说江西诗病，真取心肝刳子手。以禅喻诗，莫此亲切。"④ 在《沧浪诗话·诗辨》里，严羽激烈指责道："近代诸公乃作奇特解会，遂以文字为诗，以才学为诗，以议论为诗。夫岂不工，终非古人之诗也。盖于一唱三叹之音，有所歉焉。且其作多务使事，不问兴致，用字必有来历，押韵必有出处，读之反复终篇，不知着到何在。"⑤ 宋诗自有许多审美价值很高的作品存在，但严羽此处把江西诗风造

---

① （宋）释道元：《景德传灯录》卷17，成都古籍书店2000年版，第324页。
② 同上书，第305—306页。
③ 郭绍虞：《沧浪诗话校释》，人民文学出版社1961年版，第26页。
④ 同上书，第251页。
⑤ 同上书，第58页。

成的流弊揭示得可以说是淋漓尽致了。在严羽看来，诗的创作是一种整体审美境界的涌现，而非"以文字为诗，以才学为诗，以议论为诗"的填塞物。"诗有别趣，非关理也"是说诗歌有特殊的审美兴趣不在于以诗来表述理念。这也是针对宋诗创作中一种不讲美感而枯燥言理的倾向而言的，也就是在《沧浪诗话·诗评》中所说的"本朝人尚理而病于意兴"。严羽在这里强调了诗的特殊审美兴趣，认为这才是诗的本质特征，而反对在诗中以言理为尚。所谓"不涉理路，不落言筌者，上也"，是说在诗歌创作中那种不以逻辑思路来写诗，不局限于言语外壳意义的束缚，才是上乘之作。这正是审美直觉的思维方式。但严羽并非一般地反对以理入诗，而只是说在诗的文本中不应以"理路"的形式出现。其实，严羽认为越是优秀的诗人，越应读书、穷理，他对此所作的补充是："然非多读书、多穷理，则不能极其至。"[1] 宋人魏庆之《诗人玉屑》本在"非关理也"之后有"而古人未尝不读书，不穷理"，魏氏离严羽时代最近，所录当是可信的。由此可以看出，严羽并非是全然排斥理性，而是主张诗歌应以直觉的审美境界呈现给读者，不能以说理论证的思维方式来作诗。

第三节　"墨戏"：绘画艺术中的直觉思维

在绘画美学领域，与"神思"最为接近的，是宋元以后盛行的"墨戏"。"墨戏"本是画之一类，然作"墨戏"时画家的那种不假经营、随兴成画的艺术创作思维特点，却是最与"神思"相类的审美直觉思维。

什么是"墨戏"？《中文大辞典》云："墨戏，谓绘事也。"这个界定显然是失之宽泛了。"墨戏"只是"绘事"的一种，而不能等同于全部的绘事。"绘事"中的工笔画，显然不属于"墨戏"。经过精心构思、着意布置的大型画作，如李思训的《嘉陵江山水图》、张择端的《清明上河图》、展子虔的《游春图》、阎立本的《历代帝王图》这类着意结构的名作，都非"墨戏"。所谓"墨戏"，是文人画中那些即兴点染之作。墨戏在主体方面，最突出的一点便是游戏的创作态度。"墨戏"也就是游戏笔墨。在作画之前，画家没有经过郑重其事的理性化的构思过程，而是以一种在随机的情境中触发的创造性审美直觉即兴挥毫。元代著名画家吴镇论画云："墨戏之作，盖士大夫词翰之余，适一时之兴趣。"这是较为确切的。

---

[1]　郭绍虞：《沧浪诗话校释》，人民文学出版社 1961 年版，第 26 页。

其实,《庄子·田子方》中所讲的那个"解衣般礴"的画者,真可以说是游戏笔墨的先声。《庄子》中说:"宋元君将画图,众史皆至,受揖而立,舐笔和墨,在外者半。有一史后至者,儃儃然不趋,受揖不立,因之舍。公使人视之,则解衣般礴,裸。君曰:可矣,是真画者矣。"① 这个"解衣般礴"的画者,与那些拘谨着郑重的画家形成鲜明的对照,他比别人来得都迟,脱去衣服,箕踞而坐全然是一副无所谓的样子,他不受世俗礼法的约束,精神上完全是自由的、解放的,他是以一种游戏的心态来作画的。清代画家恽南田认为,"作画须有解衣般礴旁若无人之意,然后化机在手,元气淋漓,不为先匠所拘,而游于法度之外矣"②。关于创作主体的游戏态度,前人在画论中多有论及。苏轼在《题文与可竹》中说:"斯人定何人,游戏得自在。诗鸣草圣余,兼入竹三昧。"说明了文同在画墨竹时是以游戏态度出之的。文同以墨竹名世,在文人画的发展史上有重要的地位。他作画"初不自贵重",看见"精缣良纸"便"愤笔挥洒,不能自已",完全是一种游戏的态度。宋代著名的书画家米芾也以"墨戏"著称,宋人赵希鹄记载道:"米南宫多游江湖间,每卜居,必择山水明秀处,其初本不能作画,后以目所见,日渐摹仿之,遂得天趣,不专用笔,或以纸筋,或以蔗滓,或以莲房,皆可为画。"③ 从这段记载中不难看出,米芾以"墨戏"为其特长,信笔点染,不为绳墨法度所拘,而且米氏的作画工具不只是笔,而是信手拈来,用什么都可以画,这自然是一种游戏态度了。米芾的儿子米友仁,作画继承其父的"墨戏"画风,并以"墨戏"自许。米友仁有《云山墨戏图卷》,其上款书道:"余墨戏气韵非凡,他日未易量也。"在《云山得意图卷》自志中也说是"实余儿戏得意作也"。可见他是有意识发展"墨戏"画风的。邓椿评米友仁画云:"天机超逸,不事绳墨,其所作山水,点滴烟云,草草而成,而不失天真,其风气肖乃翁也。每自题其画曰墨戏。"④ 可见,宋代在文人画思潮的背景下,墨戏在画坛上的地位日益重要。潘天寿先生对"墨戏"的发生发展有着清晰的描述,他说:

---

① (清)王先谦:《庄子集解》,上海书店 1986 年版,第 133 页。

② (清)恽格:《南田画跋》,见沈子丞《历代论画名著汇编》,文物出版社 1982 年版,第334 页。

③ (宋)赵希鹄:《洞天清录》,见陈高华《宋辽金画家史料》,文物出版社 1984 年版,第574 页。

④ (宋)邓椿:《画继》,人民美术出版社 1964 年版,第 29 页。

　　吾国绘画，虽自晋顾恺之之白描人物，宋陆探微之一笔画，唐王维之破墨，王洽之泼墨，从事水墨与简笔以来，已开文人墨戏之先绪；然尚未独立墨戏之一科，至宋初，吾国绘画文学化达于高潮，向为画史画工之绘画，已转入文人手中而为文人之事；兼以当时禅理学之因缘，士夫禅僧等，多倾向于幽微简远之情趣，大适合于水墨简笔绘画以为消遣。故神宗、哲宗间，文同、苏轼、米芾等出以游戏之态度，草草之笔墨，纯任天真，不假修饰，以发其所向，取其意气神韵所到，而成所谓墨戏画者。其画材多为简笔水墨之林木窠石，梅兰竹菊，以及简笔水墨之山水等，已开明清写意派之先声。①

可见，"墨戏"画在中国绘画史上的发展态势。

　　"墨戏"画首先在于创作主体的游戏态度，这当然不是一般意义上的"游戏"，而是一种审美上的自由创造精神。这并非是毫无社会内容的形式冲动感，而是一种自由地、即兴地抒写主体情志的创作欲求。在这点上，《辞源》的解释"墨戏，写意画，随兴成画"，较为符合实情。突出主体的意趣，随意所适，是"墨戏"在创作主体方面的特征。既然以"适意"为其旨归，就必然打破那种酷肖客观物象的模仿式画法，而以画家的主体意趣恣意挥洒。"写意不求形似"，是"墨戏"在技法上的特点。元代画论家汤垕指出："游戏笔墨，高人胜士寄兴写意者，慎不可以形似求之。先观天真，次观意趣，相对忘笔墨之迹，方为得之。"② 吴镇在论"墨戏"时又说："尝观陈简斋墨梅诗云：意足不求颜色似，前身相马九方皋。此真知画也。"③ 元代名画家倪瓒说过这样一句有名的话："仆之所谓画者，不过逸笔草草，不求形似，聊以自娱耳。"④ 这都说明了墨戏画的"不求形似"的特点。

　　墨戏的创作，不是外在的功利需求，而是主体的内在需要，是创造性的冲动感。它不求形似，却在内心涌动时必须表现出来。它不是冷静的理性活动的结果，而是主体的意兴在随机的某种外在的契机的触碰中勃发的产物。我们不妨借用马利坦的观念，称之为创造性的直觉。马利坦在其美学名著《艺术与诗中的创造性直觉》中说："一旦它存在，在它彻底唤醒诗人的本

---

① 潘天寿：《中国绘画史》，上海人民美术出版社 1983 年版，第 148 页。

② （元）汤垕：《画鉴》，见沈子丞《历代论画名著汇编》，文物出版社 1982 年版，第 201 页。

③ 同上书，第 206 页。

④ 见沈子丞编《历代论画名著汇编》，文物出版社 1982 年版，第 205 页。

体,使之达到实在的共鸣的奥秘的程度那一刻起,它就是智性的非概念生命的幽深中的一种创造冲动。这种冲动可能仍是潜在的。但由于诗性直觉是诗人寻常的精神状态,所以诗人不断地向这类隐匿的冲动发展。"① "墨戏"从创作主体来说,在很大程度上便是这样一种源自于生命的创造性直觉。它来不及或者不屑于理性的设计,而是以从性情中涌现出的冲动来作画,它有着很强的独创性价值,其所创造的审美意象是一种整体性的突现,很难用理性解释清楚,但却元气淋漓,生机勃发,成为风格独特的艺术品。如苏轼便多墨戏之作,"所作枯木,枝干虬屈无端倪,石皴亦奇怪,如其胸中盘郁也。作墨竹,从地上一直起至顶,或问何不逐节分?曰:竹生时何尝逐节生耶!"② 黄庭坚评苏轼所画枯木:"恢诡谲怪,滑稽于秋毫之颖。"(《苏李所画枯木道士赋》)又题苏轼所画竹石云:"东坡老人翰林公,醉时吐出胸中墨。"(题《子瞻画竹石》)汤垕也称:"东坡先生文章翰墨照耀千古,复能留心墨戏,作墨竹师与可,枯木奇石,时出新意。"③ 足见苏轼"墨戏"的独特个性了。

作为一种创造性的审美直觉,"墨戏"的美学内涵可以康德、席勒美学思想中的游戏说相阐释。康德是美学史上最先以"游戏"来认识审美活动的。在他看来,人的活动只能有两种:一种是有外在目的的活动,这种活动或消耗体力,或劳心费神,因而是不自由的。这指的是体力或脑力劳动。另一种是无目的的活动,这种活动本身就是目的,这就是游戏。不仅劳作之外的身体活动是游戏,劳作之外的心灵活动也是游戏。"不用思想来工作时,我们就拿它来游戏。"④ 康德更为重视的是内在的心灵游戏。心灵的游戏是怎样的一种游戏呢?"简单说来,就是感性、知性、想象力等心意机能不使用概念、范畴和规律,不受强制的无目的的自由活动。这种活动也需要栽种表象材料或对象,心灵就围绕它们兴奋起来,互相谐调,没有任何负担,因而是愉快的。"⑤ 德国著名美学家席勒发挥了康德的"游戏"说,特别强调在审美中的"游戏冲动"的意义。当然,席勒的"游戏",不是"现实生活中进行的、通常以非常物质性的对象为目标的那些游戏"⑥。与在康德哲学

---

① [法]马利坦:《艺术与诗中的创造性直觉》,刘有元等译,三联书店1991年版,第109页。
② 王伯敏、任道斌:《画学集成》,河北美术出版社2002年版,第629页。
③ 沈子丞:《历代论画名著汇编》,世界书局1984年版,第47页。
④ 转引自曹俊峰《康德美学引论》,天津教育出版社1999年版,第421页。
⑤ 同上。
⑥ [德]席勒:《审美教育书简》,冯至、范大灿译,北京大学出版社1985年版,第79页。

中一样，是与"自由活动"同义而与"强迫"对立的那种游戏。感性冲动使人感到自然要求的强迫，而理性冲动又使人感到理性要求的强迫，游戏冲动既脱离了前者又脱离了后者，"扬弃了一切偶然性，因而也就扬弃了强制，使人在精神方面和物质方面都得到自由"①。"游戏冲动"也即审美的自由。席勒这样高度评价游戏冲动的意义："正是游戏而且只有游戏才使人成为完全的人"，"只有当人是完全意义上的人，他才游戏；只有当人在游戏时，他才完全是人"。② 席勒的"游戏"说是可以说明审美的自由的。"墨戏"要求创作主体的游戏态度，是要摆脱直接的功利性欲求和外在的主题律令，进行自由的审美创造，其中有着一种艺术创作思维方面的直觉性质。

第四节　"现量"说：直觉的审美创造思维

明清之际的著名思想家、文学家王夫之（船山），在他的诗论名著《姜斋诗话》和《古诗评选》、《唐诗评选》、《明诗评选》中提出了一个诗学概念："现量"。"现量"所说的便是诗人在直接的审美观照中即兴的获得审美感兴，排除抽象概念的推理比较，在对对象的直接感应中生成诗的审美意象。"现量"是一个佛学用语，却被王夫之赋予了非常深刻的美学含义。王夫之指出：

> "僧敲月下门"，只是妄想揣摩，如说他人梦，纵令形容酷似，何尝毫发关心？知然者，以其沉吟"推""敲"二字，就他作想也。若即景会心，则或推或敲，必居其一，因景因情，自然灵妙，何劳拟议哉？"长河落日圆"，初无定景；"隔水问樵夫"，初非想得：则禅家所谓现量也。③

王夫之论述诗歌的创作构思方式，力倡"现量"式的直觉审美观照，而不满于"妄想揣摩"的凭空虚构，这是其诗学思想的一个重要内容。"长河落日圆"，是王维《使至塞上》的名句，"隔水问樵夫"，是王维《终南山》中的结句。这类诗句所荷载的审美意象，是诗人"即景会心"的产物，审

---

① ［德］席勒：《审美教育书简》，冯至、范大灿译，北京大学出版社1985年版，第74页。

② 同上书，第50页。

③ 戴鸿森：《姜斋诗话笺注》，人民文学出版社1981年版，第52页。

美主体在直觉的邂逅相遇中触发的审美意象，具有很强的生命感和不可重复的个性特征。王夫之最为赞赏、推崇的便是这种"初无定景"、"初非想得"的直觉式构思方式。他还认为："身之所历，目之所见，是铁门限。即极写大景，如'阴晴众壑殊'、'乾坤日夜浮'，亦必不逾此限。非按舆地图便可云'平野入青徐'也，抑登楼所得见者耳。隔垣听演杂剧，可闻其歌，不见其舞；更远则但闻鼓声，而可云所演何出乎？前有齐、梁，后有晚唐及宋人，皆欺心以炫巧。"① 这段话的意思在于强调诗的审美意象必须从直接的审美观照中产生。王夫之说得有些绝对以至于偏颇，把亲身经历、亲眼所见，作为诗歌创作的不可逾越的"铁门限"，而否定了艺术创作中虚构的作用，这并不全然符合艺术创作的规律。但他突出地肯定了"直击"审美客体的直觉性艺术思维，成为王夫之美学思想中的突出特点。

"现量"是印度佛教中因明学的主要范畴之一的是"比量"。古印度大乘佛教瑜伽行派的大师陈那特别注重逻辑和认识论的研究，所谓"因明学"也即佛家逻辑。陈那曾撰有《因明正理门论》、《集量论》等因明经典，他的弟子商羯罗也有《因明入正理论》，是阐释陈那的因明理论的。我国唐代佛教大师玄奘在印度留学期间，主要学习的是这派的唯识论思想，归国建立了我国的唯识学派—慈恩宗（即法相宗），玄奘同时弘扬了因明学，翻译了《因明正理门论》和《因明理论》，使之得以留传。

在佛学中，"现量"、"比量"是一对基本范畴。印度学者认为，思维是用一定工具来求得知识的过程，"量"（Pramana）在印度哲学中为一般尺度或标准之意，可以视为认识的尺度与方式。印度各派哲学在"量"的问题上有许多不同的说法。总起来共有十种量，即"现量"、"比量"、"圣教量"、"譬喻量"、"假设量"、"无体量"、"世传量"、"姿态量"、"外除量"、"内包量"等。② 而印度哲学中最主要的派别之一的正理派，只同意其中的前四种，陈那以前的印度瑜伽行宗古因明家也立前四种量。而陈那不取"圣教量"和"譬喻量"，只立"现量"和"比量"。在他看来，"现量"、"比量"二者足以概括其他的量。"现量"即感官与对象直接接触所产生的感觉，它又分为两种：一种是在接触对象时多少掺杂一些概念、观念的感觉，即"有分别现量"；一种是在接触对象时仅产生单纯的感觉或领悟，即

① 戴鸿森：《姜斋诗话笺注》，人民文学出版社 1981 年版，第 55—56 页。
② 参见沈剑英：《因明学研究》，东方出版社中心 1985 年版，第 6 页。

"无分别现量"。① "现量"是典型的直觉，因此虞愚先生阐发说："何谓现量？大疏曰：行离动摇，明证众境，亲冥自体，（自体者，所缘境之自体。）略似柏格森之直觉，故名现量。"② 以"现量"为起点，思维进一步展开活动就到了"比量"。"比量"就是推理，即以看到、听到的为其基础，而推及未看、未听到的，就叫"比量"。"现量"认识的是"自相"，即事物的本来的、独特的形相，这是在主体与客体的直接观照中得到的；"比量"的认识对象则是"共相"，是事物经过抽象后的类的特性。英国哲学史家渥德尔对此有很明确的阐释：

> 现量是没有分别的知识。这里解释为无分别（avikaipa），未通过分类（visesana）或假立名言（a bhidhya—ka）等的转换（upaeacara，比喻，更严格说是转换）的知识，它是在五官感觉的各个方面直接缘境（artha）如色境（rupa）等等，而显现的。
>
> 比量是通过中词得来的知识，它认识一个主体是属于某种特殊性质（中词）事物的一类。主体也可以属于其他类别，如果选定了其他特性。但是比量只认识类别的特性（共相），而现量认识对象自身的特性（自相），是无类别的。③

"现量"、"比量"在认识论的意义上，是印度哲学的普遍性范畴，婆罗门教系统的诸派哲学也都以"现量"和"比量"作为主要的认识论范畴。如数论派哲学即以"现量"为知觉，定义为"对外界对象的心理了解"，"对于和感官相接触的外界物体的确定"。数论派哲学把"现量"分为"无分别现量"和"有分别现量"二种。前者是指外界对象和外部作用器官接触所引起的认识；后者是在前者的认识基础上再通过内部作用器官的加工、分别、确定和给予名称以后所得的认识。数论派哲学认为"比量"是在知觉的基础上（"以证为先"）从已知推知未知的，也便是推理。其他如弥曼差派哲学、胜论派哲学在谈认识论问题时，都以"现量"、"比量"为其基本范畴，内涵也是大体一致的。

王夫之不信佛，对佛教采取批判的态度。但他善于借鉴佛学的分析方

---

① 参见姚卫群《印度哲学》，北京大学出版社 1992 年版，第 64—65 页。
② 虞愚：《因明学》，中华书局 1989 年版，第 15 页。
③ ［英］渥德尔：《印度佛教史》，商务印书馆 1987 年版，第 420—421 页。

法，辨析名理，自己的学说阐述得明确而有条理。他把"现量"的佛教哲学范畴改造成了全新的美学范畴。他曾著有《相宗络索》，其中有"三量"一节云

> "现量"，"现"者有"现在"义，有"现成"义，有"显现真实"义。"现在"不缘过去作影；"现成"一触即觉，不假思量计较；"显现真实"，乃彼之体性本自如此，显现无疑，不参虚妄。前五根于尘境与根合时，即时如实觉。知是现在本等色法，不待忖度，更无疑妄。

可以说，这是"现量"说从佛学到美学的转捩关键。它包含着王夫之对佛学中"现量"范畴的深刻理解，同时，也是其诗歌美学中"现量"说的直接渊源、哲学基础。王夫之指出"现量"的三层含义：其一是"现在"义，就是指它的当下性。"现量"是当下直接感知而获得的知识，而非以往留下的印象。其二是"现成"义，"一触即觉，不假思量计较"，是说"现量"是瞬间的直觉而获得的知识，不需要比较推理等抽象思维方式的参与。其三是"显现真实"义，是说"现量"是显现客观对象的真实存在，"实相"而非虚妄的或抽象的。在这一点上，王夫之发挥了佛教大乘有宗的某些合理因素，对佛教唯识论哲学进行了唯物主义的改造。

"现量"在佛家哲学中指主体对于对象的直接感知，不包括抽象、概括、推理的成分。在进入王夫之的诗学之后，保留而且凸现了这一种基本特质。船山要求直接亲近生活，拆除审美主客体之间的障蔽。他说：

> "欲投人处宿，隔水问樵夫"，则山之辽廓荒远可知，与上六句初无异致，且得宾主分明，非独头意识悬相描摹也。"亲朋无一字，老病有孤舟"，自然是登岳阳楼诗。尝试设身作杜陵，凭轩远望观，则心目中二语，居然出现，此亦情中景也。孟浩然以"舟楫"、"垂钓"钩锁合题，却自全无干涉。[①]

王夫之在这里举王维《终南山》的尾联和杜甫《登岳阳楼》的颈联，来说明诗歌的意境必须是诗人的亲身感受，方是不可取代的独造之境。所谓"独头意识"是佛学术语，此处喻没有真实感觉、强行揣度的意识。《百法

---

① 戴鸿森：《姜斋诗话笺注》，人民文学出版社 1981 年版，第 74—75 页。

问答钞》卷二谓此曰："四种意识之一：一独头意识，不与他之五识俱起，独起而泛缘十八界（六根、六点、六识）之意识也。此在散心，于三量中必为比、非二量。""独头意识"是与"现量"不相容的，而只能是"比量"、"非量"所获得的意识。王夫之指出，好诗决非这种不属于主体亲自体验的"独头意识"所"悬相描摹"的。他在诗论中所强调的这种直接体验，正是他在《相宗络索》中的"显现真实"所生发的。"显现真实，不参虚妄"，即真实地显现诗人所亲历的情境。

"现量"说要求诗人的创作构思是审美主客体之间的随机遇合、感兴，是"即景会心"、"心目相触"，反对那种预设主题、窠臼拘挛、苦吟力索的创作方式。"现在"、"现成"二义，都直接生发出这种诗学思想。"一触即觉"，是主客体之间的触遇，使主体获得瞬间的"妙悟"，没有概念化的东西梗塞其间。"不缘过去作影"，从诗学的角度来理解，就是诗人及时捕捉当下的、随机的情境。王夫之谓：

> 只于心目相取处得景得句，乃为超气，乃为神笔。景尽意止，意尽言息，必不强括狂搜，舍有而寻无。在章成章，在句成句，文章之道，音乐之理，尽于斯矣。①

所谓"心目相取"，是诗人之心与目中所见偶然的相遇，也即是"即景会心"，是一种随机的审美创造。这种审美创造方式没有固定的规矩法度可以依循，而是根据当下的情境所创化的。王夫之的"现量"说，由此必然是反对"死于法下"。王夫之对唐代以后，"诗法"、"诗式"、"诗格"的盛行十分反感，他指出："诗之有皎然、虞伯生，经义之有茅鹿门、汤宾尹、袁了凡，皆画地成牢以陷人者：有死法也。死法之立，总缘识量狭小，如演杂剧，在方丈台上，故有花样步位，稍移一步则错乱。若驰骋康庄，取涂千里，而用此步法，虽至愚者不为也。"② 这里对"死法"的批评，强调诗人以直觉的思维方式进行创作，这是"现量"说的重要内容。

审美的直觉，主客体之间并非一般的认识关系。这从王夫之的"现量"说可以得到这样的印证。在佛学中，"现量"只是一般的感知觉活动，认识主体通过现量所获得的是事物的本来性状，而在船山诗学中，"现量"所揭

① （清）王夫之：《唐诗评选》卷3，河北大学出版社2008年版，第117页。
② 戴鸿森：《姜斋诗话笺注》，人民文学出版社1981年版，第69页。

示的是审美主客体的关系。在王夫之看来，诗人对外物并非只是纯粹的认知性的直观感知，而是带着强烈的情感色彩的审美体验与投射，客体进入诗人的视界后，也不是一般的认识对象，而是以鲜明生动的表象吸濡、荷载着诗人的情感，审美主客体之间水乳交融，你中有我，我中有你，是一种互动关系。"现量"说包含着情景交融、妙合无垠的意思。王夫之有一段话最能道出个中三昧：

> 情景名为二，而实不可离。神于诗者，妙合无垠。巧者则有情中景，景中情。景中情者，如"长安一片月"，自然是孤栖忆远之情；"影静千官里"，自然是喜过行在之情。情中景尤难曲写，如"诗成珠玉在挥毫"，写出才人翰墨淋漓，自心欣赏之景。凡此类，知者遇之；非然，亦鹘突看过，作等闲语耳。①

王夫之认为在创作中应使情景之间"妙合无垠"、水乳交融，不可再分。当然，情景之间未必均衡，"情中景"、"景中情"都是一种审美倾斜，但它们又是融为一体的。王夫之又说："景中生情，情中含景，故曰：景者情之景，情者景之情也。"②"景以情合，情以景生，初不相离，唯意所适。截分两橛，则情不足兴，而景非其景。"③ 在他看来，诗中之景，是饱含着诗人之情的；诗人之情，又是在对客体的"现量"直观中触发的。王夫之的"情""景"关系论不应脱离"现量"说来孤立认识。它们含有王夫之所说的"现在"义和"显现真实"义。"景"是进入诗人体验的审美物象，"情"则是感知而触发的审美情感，二者插不得任何屏蔽，是审美主客体之间最直接的交融。

"现量"说还揭示了由这种直觉式的艺术创作思维方式而产生的审美效应。首先是诗的审美意象充盈着一种生气贯注的整体性与生命感。王夫之举例言此："'池塘生春草'、'胡蝶飞南园'、'明月照积雪'，皆心中目中与相融浃，一出语时，即得珠圆玉润，要亦各视其所怀来，而与景相迎者也。"④"珠圆玉润"，指诗歌意象的完整、美好，且具有内在的生命感，由

---

① 戴鸿森：《姜斋诗话笺注》，人民文学出版社 1981 年版，第 72 页。
② （清）王夫之：《唐诗评选》卷 4，河北大学出版社 2008 年版，第 208 页。
③ 同上。
④ 戴鸿森：《姜斋诗话笺注》，人民文学出版社 1981 年版，第 50 页。

此可见，王夫之的"现量"说，并非粗糙的感知印象，而是达到高度完美的审美意象。王夫之非常重视意象的整体性美感，他评诗云："无端无委，如全匹成熟锦，首末一色。唯此故令读者可以其所感之端委为端委，而兴观群怨生焉。"① "全匹成熟锦"，比喻诗作成为完美的、成熟的艺术佳品，是有着鲜明的整体性的。美国著名的美学家苏珊·朗格从符号学的角度高度重视艺术作品的整体性。她说："艺术品作为一个整体来说，就是情感的意象，对于这种意象，我们可以称之为艺术符号，这种艺术符号是一种单一的有机结构体，其中的每一个成分都不能离开这个结构体而独立地存在，所以单个的成分就不能单独地表现某种情感。"② 王夫之以诗化的语言所表述出的对整体美的要求，不妨认为与之相通。在这种"现量"的思维方式中所形成的完整的审美形式，在王夫之看来，是蕴涵着很强的生命感、灵动感的，"乃为朝气，乃为神笔"，正谓此矣。王夫之还说过："含情而能达，会景而生心，体物而得神，则自有灵通之句，参化工之妙。若但于句求巧，则性情先为外荡，生意索然矣。"③ 这里集中论述了"现量"说所具有的诗歌生命感、灵动感的含义。黑格尔十分强调"一种灌注生气于外在形状的意蕴"，"要显现出一种内在的生气"。④ 王夫之的"现量"说是明确地包含着这方面的内容的，这是好的艺术品所应具备的。

第五节　直觉与理性的融会

直觉是否与理性是水火不容的？对这一点应该有清醒的认识才好。审美直觉以一种直观的、形象化的方式获得审美意象，但它纯然就是与理性相排斥的感受吗？克罗齐等哲学家对直觉的突出强调，是以排斥理性为特点的。克罗齐把知识分为两种形式："不是直觉的，就是逻辑的；不是从想象得来的，就是从理智得来的；不是关于个体的，就是关于共相的；不是关于诸个别事物的，就是关于它们中间关系的；总之，知识所产生的不是意象，就是概念。"⑤ 克氏还强调"直觉知识可离理性知识而独立"，把直觉和理性剥离

---

① 张国星校点：《古诗评选》卷5，文化艺术出版社1997年版，第251页。
② ［美］苏珊·朗格：《艺术问题》，滕守尧、朱疆源译，中国社会科学出版社1983年版，第129页。
③ 戴鸿森：《姜斋诗话笺注》，人民文学出版社1981年版，第95页。
④ ［德］黑格尔：《美学》第1卷，朱光潜译，商务印书馆1979年版，第24—25页。
⑤ ［意］克罗齐：《美学原理·美学纲要》，朱光潜译，外国文学出版社1983年版，第7页。

开来。柏格森张扬生命直觉，也是将直觉视为非理性的。他认为直觉是一种非理性的本能，"直觉引导我们达到的正是生命的真正本质，这里直觉指的是已经无偏见的、自我意识的、能够反省自己的对象并无限扩展它的本能"①。他的直觉主义是以否定理性为前提的。西方近现代强调直觉的哲学家，多是以非理性主义为特征的。

其实，直觉未必是与理性截然划开、不可融通的，审美直觉更是涵容着理性的。这一点，中国古典美学中颇有深刻之论。以严羽为例，严羽说过："诗有别趣，非关理也。"很多论者据此认为严羽是完全排斥理性的，其实这并不全面。严羽补充说"然非多读书、多穷理，则不能极其至"，却是相当辩证地解决了这个问题。严羽并非是全然排斥理性的，而只是认为诗歌应以审美境界呈现于读者，不能以逻辑化的思维方式来写诗。但是要使诗歌达到更高的境界，诗人要平时"读书穷理"，增加修养，加深对人生哲理的体验。严羽在《沧浪诗话·诗评》中所说："诗有词理意兴。南朝人尚词而病于理；本朝人尚理而病于意兴；唐人尚意兴而理在其中；汉魏之诗，词理意兴无迹可求。"② 他最为推崇的盛唐之诗，是在意兴之中涵容其理的。这个"理"即理性。艺术创作中的审美直觉是超越于一般直觉的高级直觉，它是可以而且必须包容着理性的因素在其中的。如果完全排除了理性的因素，是难以成为真正有意义的审美直觉的。王夫之在其诗论中提出了著名的"神理"说。所谓"神理"，即是"神"与"理"的融合。"神"即"神思"，是灵妙难以言喻的艺术思维；"理"即在其中涵容的深微的理性内涵。事实上，我们的古人在吟咏之中，不仅产生强烈的情感共鸣，而且，在更多的时候，也得到智慧的省豁。许多传世的名篇，都在使人们"摇荡性情"的同时，更以其十分警策的理性力量穿越时空的层积。但这种"理"不应是枯燥直白地表述的，那样便不能成其为艺术品。钱锺书先生说：

> 徒言情可以成诗，"去去莫复道，沉忧令人老"，是也。专写景亦可成诗；"池塘生春草，园柳变鸣禽"，是也。非一味说理，而状物态以明理；不空言道，而写器用之载道。拈形而下者，以明形而上；使寥廓无象者，托物以起兴；恍惚无朕者，著述而如见。譬之无极太极，结

---

① ［法］柏格森：《形而上学导论》，转引自《西方美学通史》第 6 卷，上海文艺出版社 1999 年版，第 167 页。

② 郭绍虞：《沧浪诗话校释》，人民文学出版社 1961 年版，第 148 页。

而为两仪四象；鸟语花香，而浩荡之春寓焉；眉梢眼角，而芳菲之情传焉。万殊之一殊，以一贯之无不贯，所谓理趣者，此也。①

　　这是钱先生对"理趣"的深刻阐释。王夫之所说的"神理"，进一步揭示了诗中之"理"与"神思"的关系。他作为一个思想家，对于诗中之"理"非但不避讳，而且将之作为诗的一个重要标准。仅有艺术直觉，而无睿智深刻的理性，在王夫之看来，并非诗之上乘，"理"恰恰是好诗应有的必要条件。王夫之评诗眼界甚高，每多非议，不轻许可，而独心折谢灵运。在他对中国古代诗人的评价中，对谢灵运的推崇是无出其右的。如说："情景相入，涯际不分，振往古，尽来今，唯康乐能之。"② 他对谢灵运的推崇，在很大程度上是因为谢诗以"尽思理"见胜。王夫之对谢灵运的评价透露出此中消息："谢灵运一意回旋往复，以尽思理，吟之使人忄操之意消。《小宛》抑不仅此，情相若，理尤居胜也。王敬美谓'诗有妙悟，非关理也'，非理抑将何悟？"③

　　王夫之在这里已不仅是对谢诗的评价，而是对诗中之"理"的普遍性思考。但由此可见其对谢诗之所以如此偏爱，主要的价值尺度是能否"以尽思理"。更值得注意的是，王夫之将诗中之"理"与宋明以来影响广泛的"妙悟"说统一起来，使人们对于"理"及"妙悟"的认识都更为深化。所谓"诗有妙悟，非关理也"，源自于严羽的诗论，前面已有论述。在人们的诠释与评论中，严羽的"妙悟"是与"理"不相关的，甚至是互相妨碍的。王世贞在《艺苑卮言》卷一中曾引录此语，王夫之此处略其原出，又误记为其弟王世懋（敬美）语。王夫之并非一般地不同意"诗有别材，非关理也"之说，而是有意把"妙悟"和"理"这两个在严氏诗学中似对立的概念联系在一起，而且把"理"作为"妙悟"的内涵，这不能不被人看作是王夫之诗论中的惊心醒目之处。在王夫之看来，诗中的"妙悟"，悟的不是别的什么东西，恰恰就是"理"！"理"是王夫之论诗的一个重要价值标准。诗倘若不能表达透彻深邃之"理"，很难称为上乘佳作。我们不妨看看船山的几则诗评。评陆云的《失题》诗云："晋初人说理，乃有如许极至，后来却被支、许凋残。"这里对于陆云诗作中的"说理"是倍加推崇

---

① 钱锺书：《谈艺录》补订本，中华书局 1984 年版，第 228 页。
② 张国星校点：《古诗评选》卷 5，文化艺术出版社 1997 年版，第 212 页。
③ 同上书，第 176 页。

的，认为是臻于"极至"。"说理"本身并不应该成为诗歌被诟病的理由，只是后来到了支遁、许恂、孙绰等人手里，抽象地、枯燥地言理，使诗中之理成了支离僵死之物，缺乏诗人的情感，缺少与宇宙天道相通为一的浑然之气，才是王夫之所不取的。他又评刘琨的《答卢谌》诗云："无限伤心刺目，顾以说理衍之，乃使古今怀抱，同入英雄泪底。"这都是对诗中的"说理"有很高评价的。他评初唐诗人王绩的《石竹咏》云："非但理至，风味亦适。得句即转，转处如环之无端，落笔常作收势，居然在陶谢之先。"①这些都可以充分说明王夫之的诗学观念中，"理"非但不是必欲排之除之而后快的负面价值，而且是诗歌艺术价值的重要内涵。

然而，我们不要以为王夫之是赞成或者支持诗人在诗中以抽象的思维方式、以名言概念的构织在诗中言理，那又恰恰是他所反对的。对于"支、许"等玄言诗人对"理"的"凋残"，王夫之是非常反感的。他在评西晋诗人司马彪的《杂诗》时说过这样颇为明确而重要的意思："王敬美谓'诗有妙悟，非关理也'，非谓无理有诗，正不得以名言相求耳。"②王夫之对于"无理有诗"即把诗与"理"绝对地对立起来的观点是明确否定的，认为诗中之"理"不仅是可以的，而且是必要的，关键在于如何理解"理"的内涵以及言"理"的方式。王夫之认为诗中之"理"不应是那种名言之理，也就是以名言概念构成的伦理教条或抽象理念。在王夫之看来，诗中之"理"应是饱含着诗人情感、在对生活的随机感兴中所体悟到的带有独特性的理思。这种"理"不是抽象的、知性分解的，而是以活色生香般的生命感、诗人拥抱人生的深切情怀以及在迁流变化的社会与自然中捕捉到的神韵来启人心智的。因此，王夫之也时常以"神理"作为一个诗学范畴来论诗。它的内涵也就是上述的意思。

"神理"是一种直觉与理性相融合的诗学范畴，而其中又包蕴着诗人之情。王夫之所言诗中之"理"，非常注重"理"与"情"的相因相得，不满于剥落诗人情感之后的枯燥言理。王夫之在评陆机诗时说过这样的一段话：

> 诗入理语，惟西晋人为剧，理亦非能为西晋人累，彼自累耳。诗源情，理源性，斯二者岂分辕反驾哉？不因自得，则花鸟禽鱼累情尤甚，

---

① （清）王夫之：《唐诗评选》卷2，河北大学出版社2008年版，第43页。
② 张国星校点：《古诗评选》卷4，文化艺术出版社1997年版，第176页。

不徒理也。取之广远，会之清至，出之修洁，理顾不在花鸟禽鱼之上耶？①

王夫之认为，在诗中言理，以西晋人为甚，但这并不能说明西晋人为理所累，而是那些枯燥言理的诗人"自累"。诗出于情，"理"出于性，但二者并不互相排斥，而是相融互济的。无论是"理"，抑或是"情"，都应源于"自得"，也就是诗人的亲身体验。倘若不是出于"自得"，那些似乎是以抒情为目的的花鸟禽鱼之类的意象，也同样难于表达诗人之情，并非仅是"理"成为诗中负累。王夫之在此处是强调诗中的"理"与"情"均是不可缺少的要素，并且可以相融互济，并非"分辕反驾"。进而可以认为，王夫之是主张诗中之"理"应该饱含诗人之情的。王夫之在评李白的《苏武》诗时说："咏史诗以史为咏，正当于唱叹写神理，听闻者之生其哀乐。"② 唱叹自然是诗人的至情流露，"神理"应是出于诗人之至情；而"听闻者之生其哀乐"，则是指欣赏者在接受过程中在情感方面的强烈共鸣。在评张协诗时又云："感物言理，亦寻常耳，乃唱叹沿回，一往深远。储、王亦问道于此，而为力终薄，力薄则关情必浅。"③ 这也是强调"神理"与深情之间的关系。在船山看来，诗中言理，应是生发于诗人的至情体验。

　　王夫之的"神理"说的又一重要内涵，是言诗中之"理"的超以象外，广远精微，与天地相通，浑灏流动充满生命的动感，这也正是"神思"的品格。他评价谢灵运之诗说："亦理，亦情，亦趣，透逸而下，多取象外，不失环中。"④ 又论谢诗云："神理流于两间，天地供于一目，大无外而细无垠。"⑤ 既称"神理"，就不是那种以知性分解的方式所得的抽象之理，而是"墨气四射"、广大骀荡的精神性实体。如王夫之所说："自五言古诗来者，就一意中圆净成章，字外含远神，以使人思；自歌行来者，就一气中骀荡灵通，句中有余韵，以感人情。"⑥

　　王夫之论陶潜《癸卯岁始春怀古田舍》诗云：

----

① 张国星校点：《古诗评选》卷2，文化艺术出版社1997年版，第91页。
② （清）王夫之：《唐诗评选》，河北大学出版社2008年版，第66页。
③ （清）王夫之：《古诗评选》，文化艺术出版社1997年版，第192页。
④ 同上书，第218页。
⑤ 同上书，第217页。
⑥ 戴鸿森：《姜斋诗话笺注》，人民文学出版社1981年版，第139页。

通首好诗，气和理匀，亦靖节之仅遘也。"鸟哢欢新节，泠风送余善"，自然佳句，不因排撰矣。陶此题凡二作，其一有云"平畴交远风，良苗亦怀新"，为古今所共赏。"平畴交远风"，信佳句矣，"良苗亦怀新"，乃生入语。杜陵得此，遂以无私之德，横被花鸟，不竞之心，武断流水。不知两间景物关至极者，如其涯量亦何限！①

王夫之还评陶之《读山海经》诗云：

此篇之佳，在尺幅平远，故托体大。如托体小者，虽有佳致，亦山人诗尔。"少无适俗韵"，"结庐在人境"、"万族欣有托"，不满余意者以此。"微雨从东来"二句，不但兴会佳绝，安顿尤好。若系之"吾亦爱吾庐"之下，正作两分两搭，局量狭小，虽佳亦不足存。②

足见王夫之之推崇"神理"之托体广大，浑灏骀荡。王夫之之评张协《杂诗》之语更为典型：

风神思理，一空万古，求共伯仲，殆唯"携手上河梁"、"青青河畔草"足以当之。诗中透脱语自景阳开先，前无倚，后无待，不资思致，不入刻画，居然为天地间说出，而景中宾主，意中触合，无不尽者。③

这里指出诗中"神理"也即"透脱语"十分广大，非知性分解的思维方式所能把握。所谓"一空万古"、"为天地间说出"，足见王夫之所云之"神理"是以小见大、与道相通的。

王夫之所谓"神理"不仅在于其广远浑灏，超乎象外，而且还在于其能至精微、入毫芒，深入事物难于言喻之处。这两方面都是"神理"所应具备的，这是颇有艺术辩证法意味的。王夫之所说的"大无外而细无垠"，是一个很好的概括。王夫之评谢灵运的名作《登池上楼》说："池塘生春草，且从上下左右看取，风日云物气序怀抱，无不显者，较'蝴蝶飞南园'

---

① 张国星校点：《古诗评选》卷4，文化艺术出版社1997年版，第203页。
② 同上书，第206页
③ 同上书，第192页。

仅为透脱语，尤广远而微至。"①"广远"与"微至"，是辩证地统一在"神理"之中的。

诗中的"神理"是如何获得的？王夫之明确表示，它不是以知性分解的方式，而是以触物感兴的方式，在与自然、社会的随机感遇中升华而出的。王夫之非常反感于诗中腐儒式的枯燥言理的，如其所云："一部《十三经》，元不听腐汉剥作头巾戴。侮圣人之言，必诛无赦，余固将建钟鼓以伐之。"②王夫之认为，倘以腐儒的态度来对待经典，即是对圣人之言的侮辱。"神理"当是"以追光蹑影之笔，写通天尽人之怀"的产物。在《姜斋诗话》中，王夫之有过这样一段重要论述：

> 以神理相取，在远近之间。才着手便煞，一放手又飘忽去，如"物在人亡无见期"，捉煞了也；如宋人咏河豚云："春洲生荻芽，春岸飞杨花。"饶他有理，终是河豚没交涉。"青青河畔草"与"绵绵思远道"，何以相因依，相含吐？神理凑合时，自然恰得。③

关于诗中"神理"的获得，这里说得相当清楚，即是在变动不居的自然与社会事物中捕捉得来的，非逻辑解析的方法而致。"才着手便煞，一放手又飘忽去"，正说明"神理"是鲜活地存在于生活之中的，必须在触物感兴中获致。"神理"并非既定的、不变的抽象之理，而是在生成之中的。诗人对它的获致，是偶然的感兴过程。王夫之评李白的《春日独酌》诗云："以庾、鲍写陶，弥有神理。'吾生独无依'，偶然入感，前后不刻画求与此句为因缘，是神冥合，非以象取。"④"偶然入感"，正是感兴的方式，也即是船山所说的"现量"。

王夫之的"神理"说是"神思"这个关于艺术创思维命题的发展，它深刻揭示了"神思"与理性的内在关系。这是以往的论者所没有注意到的。"神思"有着审美直觉的特点，但它并不与理性相悖谬，而是交融在一起的，而作为艺术创作思维的那种灵妙难以言传的直觉性质，也是中国古代文论家、艺术理论家们所非常关注的。

① 张国星校点：《古诗评选》卷4，文化艺术出版社1997年版，第214页。
② 同上书，第203—204页。
③ 戴鸿森：《姜斋诗话笺注》，人民文学出版社1981年版，第63页。
④ （清）王夫之：《唐诗评选》卷2，河北大学出版社2008年版，第68页。

第九章 "神思"与作家的主体因素

第一节 "人之禀才，迟速异分"

　　"神思"是发生于、存在于创作主体方面的创作运思，并非是什么人、什么情况下，都可以发生的，如果忽视创作主体方面的因素，只强调外在因素对主体的感兴作用，那当然是非常幼稚的。"神思"固然有其难以用语言完全说明的机制，但它决不会无缘无故地光顾随便的一个什么人的，如果那样，作家、艺术家也就太好当了，人们也无须为了学习艺术创作而刻苦努力了，只需等灵感的降临就可以成为大艺术家了。事实上远非如此简单。作为一个有所成就的艺术家、作家，必须具备很高的艺术素质，并且在长期的艺术实践中积累深厚的创作经验，对某一种艺术门类的艺术创作规律把握得非常精熟，对于此门类的艺术语言运用自如，才能有创作中的"神思"产生出来。在文学艺术创作中，艺术家的主体因素是非常重要的。关于"神思"产生的主体因素，这是中国古典美学的一个重要的课题。在中国古代文艺理论家中，陆机、刘勰，萧子显、严羽、袁枚、叶燮、沈德潜、薛雪等，都有关于"神思"所生的主体因素的论述。他们对"神思"的主体因素的论述，各有其整体的理论背景，各有强调的重点，合而观之，则从各个角度使这个问题得以较为全面的呈露。归结起来，大致有才性、天赋、养气、学习、胸襟怀抱等因素。对于这些因素的说明，文论家们虽然各自强调自己的侧面，却并非是以自己的观点来排斥其他观点。如刘勰，便从才性、禀赋、养气、学习等诸方面来揭示神思的产生的，叶燮则从"才、识、胆、力"四个方面揭示诗歌创作主体的内在要素。

　　刘勰在《文心雕龙》的《神思》、《体性》、《养气》、《附会》、《才略》等篇章中，从才性禀赋、养气、学习等方面综合地探讨了"神思"在创作主体方面的产生机制。这在中国古典美学中，显得颇为全面而富有理性的深度。《神思》篇通过比较阐述了作家由于禀受于先天的才性禀赋的差异而形成的文思迟速的不同状态：

> 人之禀才，迟速异分；文之制体，大小殊功。相如含笔而腐毫，扬雄辍翰而惊梦，桓谭疾感于苦思，王充气竭于思虑，张衡研《京》以十年，左思练《都》以一纪：虽有巨文，亦思之缓也。淮南崇朝而赋《骚》，枚皋应诏而成赋，子建援牍如口诵，仲宣举笔似宿构，阮瑀据案而制书，祢衡当食而草奏：虽有短篇，亦思之速也。若夫骏发之士，心总要术；敏在虑前，应机立断。覃思之人，情饶歧路，鉴在疑后，研虑方定。机敏故造次而成功，虑疑故愈久而致绩；难易虽殊，并资博练。若学浅而空迟，才疏而徒速；以斯成器，未之前闻。以是临篇缀虑，必有二患：理郁者苦贫，辞溺者伤乱。然则博见为馈贫之粮，贯一为拯乱之药：博而能一，亦有助乎心力矣。[①]

刘勰从构思的角度举了两组迟速迥异的例子来说明才察不同对创作神思的影响。一组是司马相如、扬雄、桓谭、王充、张衡、左思等作家，他们虽然情况各有不同，却都留下了体制宏伟、思致缜密的作品，在构思上，他们都以思虑迟缓而著称。如司马相如含笔构思，直到笔毛腐烂；扬雄作赋太苦，一放下笔就做了怪梦；桓谭因作文过于苦思而生病；王充因著述用心过度而气力衰竭；张衡思考作《二京赋》费了十年的时光；左思推敲《三都赋》达十年以上。他们的这些代表性作品虽说都是体制宏伟，用思细密，但费时如此之多，也是由于构思缓慢的原因。刘勰又举了文思敏捷的一些作家，如淮南王刘安在一个早上就写成了《离骚赋》；枚皋刚接到诏令就把赋写成了；曹植拿起纸来，如同背诵旧作一般迅速完成；王粲援笔好似早就作好了一样；阮瑀在马鞍上就能写成书信；祢衡在宴会上就草拟了奏章：这些虽说是篇幅较短，也还是显示出作者构思的敏捷。刘勰将这两种作家称为"骏发之士"和"覃思之人"，前者机敏得好像未经考虑就能当机立断，而后者则是心中充满了各式各样的思路，难以定夺，细细推究才能加以决定。这两种作家虽然致思方式并不相同，但都可以创作出成功的、传世的作品。无论在构思方式上是难是易，同样都要依靠多方面的训练、长时间的积累才行。致思方式的迟速，并非创作成就高下的标志，如果学问浅薄而只是写得慢，才能疏陋而只是写得快，都不可能成为真正的作家。所以在创作构思时，常常

---

① 范文澜：《文心雕龙注》，人民文学出版社 1958 年版，第 494 页。

会出现两种弊病：思理不畅的人写出来的文章内容贫乏，文辞过滥的人又有杂乱无章的缺点。在这部分论述中，"人之禀才"主要是察之于先天的，是人们的禀赋的不同。后天的学习训练可以在一定程度上加以调整改造作家的致思方式，但受之于天的这种才禀，是起着相当重要的作用的。这是决定一个作家致思类型的根基。但刘勰还强调，无论是属于什么类型的作家，都应以丰富的学养和充分的创作实践加以充实提高，否则是不会"成器"的。

刘勰在《体性》篇中从风格论的角度同样谈到才禀对文思的重要影响，他说：

> 夫情动而言形，理发而文见；盖沿隐以至显，因内而符外者也。然才有庸俊，气有刚柔，学有浅深，习有雅郑；并情性所铄，陶染所凝，是以笔区云谲，文苑波诡矣。夫八体屡迁，功以学成，才力居中，肇自血气；气以实志，志以定言，吐纳英华，莫非情性。①

刘勰重视学习在艺术创作思维形成中的作用，指出风格的变化是与后天的"学"有直接关系的，但他又认为"肇自血气"的"才力"是居中的因素。"肇自血气"是指与生俱来的察性。刘勰指生而具有的禀赋。在不同的创作主体之间，这个差异是客观存在的。

南朝的萧子显也认为："文章者，盖情性之风标，神明之律吕也。蕴思含毫，游心内运，放言落纸，气韵天成，莫不察以生灵，迁乎爱嗜，机见殊门，赏悟纷杂。"② 在他看来，创作中的"放言落纸"，文思沛然，是禀于性灵的。刘勰和萧子显都是指出文思的不同样态，首先是与与生俱来的禀赋情性有关的。其实，在他们之前的曹丕的"文气"说，也是主张创作的风貌是由作家所禀之"气"决定的。他说："文以气为主。气之清浊有体，不可力强而致。譬诸音乐，曲度虽均，节奏同检，至于引气不齐，巧拙有素，虽在父兄，不能以移子弟。"（《典论·论文》）曹丕着重指出的是，作家的创作差异，主要在于所禀"体气"的不同。"不可力强而致"，说明是先天所禀的，并非后天的努力所能改变的。"虽在父兄，不能以移子弟"，尤其能说明作家的个体性差异，并非可以传授的。曹丕指出了"建安七子"不同的风貌及文体的优劣长短，他说：

---

① 范文澜：《文心雕龙注》，人民文学出版社1958年版，第505页。
② （南朝·梁）萧子显：《南齐书》卷52《文学传》，中华书局1975年版，第907页。

　　王粲长于辞赋，徐幹时有齐气，然案之匹也。如粲之《初征》、《登楼》、《槐赋》、《征思》，幹之《玄猿》、《漏卮》、《圆扇》、《桔赋》，虽张、蔡不过也。然于他文，未能称是。琳、瑀之章表书记，今之隽也。应玚和而不壮，刘桢壮而不密。孔融体气高妙，有过人者，然不能持论，理不胜辞，至乎杂以嘲戏。及其所善，扬班俦也。①

　　"徐幹时有齐气"，曹丕意在指出徐幹所禀由于地域文化所生的"齐气"而对其作品风貌的形成产生的影响。东汉的大思想家王充认为，人的禀气不同，气质个性也因之而不同。他说："禀得坚强之性，则气渥厚而体坚强，坚强则寿命长，寿命长则不夭死。禀性软弱者，气少泊而性羸窳，羸窳则寿命短，短则早死。""气有少多，故性有贤愚。"② 人的气质个性的不同，也就造成了创作风貌的差异；创作风貌的差异，在很大程度上又是文思的不同所致。

第二节　"积学以储宝，酌理以富才"

　　与此紧密联系的看法是"神思"原于创作主体的"天才"。与前面所论才察略有不同的是，前者是重在论述由于禀赋之不同，而造成的情性差异，而由情性的差异而形成的文思的不同；而这里所说的"天才"，则是主张艺术创造的神思，非学力所致，而成之于"天"，如同神授。如清代诗论家沈德潜评李白谓："太白想落天外，局自变生，大江无风，涛浪自涌，白云卷舒，从风变灭。此殆天授，非人力也。"③ 这里的意思是很清楚的，认为像李白这样的诗人那种"想落天外"的创作神思，并非人力可达，而是"天授"。持这种看法最为系统、明确的是诗学史上有名的"性灵派"的代表人物、清代诗论家袁枚。袁枚认为作诗须有"灵机"。所谓"灵机"，是指诗人应具有的创作灵性、灵感。"灵机"的产生是一种天分，而非人力。因此他说："诗文自须学力，然用笔构思，全凭天分。往往古今人持论，不谋而合。李太白《怀素草书歌》云：'古来万事贵天生，何必公孙大娘浑脱舞。'

---

　　① （三国·魏）曹丕：《典论·论文》，见陈宏天、赵福海、陈复兴《昭明文选译注》第 6 册，吉林文史出版社 1994 年版，第 1439 页。
　　② （汉）王充：《论衡·命义》，上海人民出版社 1974 年版，第 18 页。
　　③ （清）沈德潜：《说诗晬语》，人民文学出版社 1979 年版，第 209 页。

赵松雪论诗云:'到老始知非力取,三分人事七分天。'"① 着重阐明了他的观点:虽然他并不否认诗文的写作应有学力在其中,但从构思的角度看,则全凭天分。再看他的这样几段论述:

> 诗不成于人,而成于其人之天。其人之天有诗,脱口能吟;其人之天无诗,虽吟而不如其无吟。同一石独取泗滨之磬,同一铜独取商山之钟,无他,其物之天殊也。舜之庭,独皋陶赓歌;孔之门,独子夏、子贡可与言诗。无他,其人之天殊也。刘宾客云:天之所与,有物来相。彼由学而至者,如工人染夏以视羽畎,有生死之殊矣。②

> 今夫越女之论剑术曰:"妾非受于人也,而忽自有之。"夫自有之者,非人与之,天与之也。天之所与,岂独越女哉!以射与羿,弈与秋,聪与师旷,巧与公输,勇与贲、育,美与西施、宋朝。之数人者,俱不能自言其所以异于众也。而众之人,方且弯弓,斗棋,审音,习斤,学手搏,施朱粉,穷日夜追之,终不能克肖此数人于万一者,何也?云松之于诗,目之所寓即书矣,心之所之即录矣,笔舌之所到即奋矣,稗史方言,龟经鼠序之所载,即阑入矣。……③

袁枚最为重视的是先天的才能,"不成于人"的"人",是指人为的努力;而"其人之天",是指天赋之才。这种才能好像天赐神授,忽然得之,如同羿之于射,秋之于弈,师旷之聪,公输之巧等,都来自于天然,而非人力所可达到。他这里称赞赵翼的诗也是如此,即目即心,便成佳构,是"天与之才"的例子。袁枚也并非全然摒弃学力,他只是以为与天赋才能相比时,学力是次要的、辅助性的,认为艺术创作的"神思"可由学养而致。持这种认识的学者是很多的。有的论者一方面重视天生的才禀性情,一方面又非常看重后天的学习修养,陆机刘勰都是如此。陆机在《文赋》中所说的"咏世德之骏烈,诵先人之清芬。游文章之林府,嘉丽藻之彬彬。慨投篇而援笔,聊宣之乎斯文",就是指出作为创作的契机的学养因素。"世德",指先世的德行,《诗经》有云:"王配于京,世德作求。""清芬",清

---

① (清)袁枚:《随园诗话》,人民文学出版社1960年版,第526页。

② (清)袁枚:《何南园诗序》,见《小仓山房诗文集·续文集》卷28,上海古籍出版社1988年版,第1763页。

③ (清)袁枚:《瓯北集集序》,见(清)赵翼著,李学颖等点校《瓯北集》,上海古籍出版社1997年版,第1440页。

美芬芳，指情操高洁。这里都可引申前代的经典遗产。而"游文章之林府，嘉丽藻之彬彬"，正是对众多文章的广泛学习、濡染，通过这种学习，使自己的艺术表现能力呈现出彬彬之美。刘勰在《神思》篇中在谈到"陶钧文思"时，除"贵在虚静，疏瀹五脏，澡雪精神"的审美态度之外，接着便强调"积学以储宝，酌理以富才，研阅以穷照"的主体条件。刘勰认为，发而为"神思"的主体修养，首先是通过读书积累自己的学识，然后是辨明事理以丰富自己的才华，再就是参酌自己的人生阅历来获得对事物的彻底洞察。"积学"对于"神思"是非常重要的。宋代著名诗论家严羽以"妙悟"论诗，提出了有名的"诗有别材，非关书也；诗有别趣，非关理也"之说，给人的印象似乎是诗与学力对立起来的；其实严羽并不排斥读书、穷理，恰恰是非常提倡通过"熟读"、"熟参"来奠定深厚的基础，为诗人在创作构思时的"妙悟"提供丰富的内涵。严羽在《沧浪诗话·诗辨》中说：

　　见过于师，仅堪传授；见与师齐，减师半德也。工夫须从上做下，不可从下做上。先须熟读楚词，朝夕讽咏以为之本，及读《古诗十九首》，乐府四篇，李陵苏武汉魏五言皆须熟读，即以李杜二集枕藉观之，如今人之治经，然后博取盛唐各家，酝酿胸中，久之自然悟入。虽学之不至，亦不失正路，此乃是从顶额上做来，谓之向上一路，谓之直截根源，谓之顿门，谓之单刀直入也。[1]

　　试取汉魏之诗而熟参之，次取晋宋之诗而熟参之，次取南北朝之诗而熟参之，次取沈宋王杨卢骆陈拾遗之诗而熟参之，次取开元天宝诸家之诗而熟参之，次取李杜二公之诗而熟参之，又取大历十才子之诗而熟参之，又取元和之诗而熟参之，又取元和之诗而熟参之，尽取晚唐诸家之诗而熟参之，又取本朝苏黄以下诸家之诗而熟参之，其真是非自有不能隐者。[2]

　　无论是"熟读"还是"熟参"，都是读书积学，通过大量的阅读，并且参酌比较，作为"妙悟"的基础。这些"熟读"、"熟参"之书，内化为诗人的诗材，成为启动诗人"妙悟"的资本。清代诗论家薛雪主张诗人："既有胸襟，必取材于古人。原本于《三百篇》、楚骚，浸淫于汉、魏、六朝、

---

① 郭绍虞：《沧浪诗话校释》，人民文学出版社 1961 年版，第 1 页。
② 同上书，第 12 页。

唐、宋诸大家，皆能会其旨归，得其神理；以是为诗，正不伤庸，奇不伤怪，丽不伤浮，博不伤僻，决无剽窃吞剥之病矣。"① 在他看来，诗人的创作，除了"胸襟"而外，还必须从古人的大量诗篇典籍中获得滋养，而且融会贯通为诗人创作中的"神理"。薛雪认为，"取材于古人"、积之以学，最终是要在诗人的头脑中以创作"旨归"作为汇流的核心，化为"神理"，而不再是零散的知识、学问。

第三节　"才识胆力"之说

对于诗人的主体条件论述得最为系统、最为全面的是清代诗论家叶燮。叶氏在其诗论名著《原诗》中，对于诗歌创作的艺术思维和主客体因素，都作了系统而深入的阐述。关于诗歌创作的艺术思维，叶燮谈道："诗之至处，妙在含蓄无垠，思致微渺，其寄托在可言不可言之间，其指归在可解不可解之会，言在此而意在彼，泯端倪而离形象，绝议论而穷思维，引人于冥漠恍惚之境，所以为至也。"②"要之，作诗者，实写理、事、情，可以言言，可以解解，即为俗儒之作。唯不可名言之理，不可施见之事，不可径达之情，则幽渺以为理，想象以为事，惝恍以为情，方为理至、事至、情至之语。"③ 叶燮在这里独到而深刻地分析了诗歌创作中的艺术思维的特征，指出了诗歌创作所表现的"理"是"不可名言之理"，即不是逻辑思维方式的理念，而是"幽渺以为理"，即通过审美形象加以表现；艺术所表现的"事"，也不是"施见之事"，而是"想象以为事"，想象在诗歌创作的艺术思维中是至关重要的角色。叶燮还这样论述诗歌创作中的"神思"的特征："可言之理，人人能言之，又安在诗人之言之！可征之事，人人能述之，又安在诗人之述之！必有不可言之理，不可述之事，遇之于默会意象之表，而理与事无不灿然于前者也。"④ 这里都很好地描述了艺术思维的心理特点，"即艺术对于'不可言之理，不可述之事'的表现，首先是通过审美感知（'仰观俯察'）然后'默会意象之表'，而在'遇物触景'中产生审美感兴

---

① （清）薛雪：《一瓢诗话》，见霍松林、杜维沫校注《原诗·一瓢诗话·说诗晬语》，人民文学出版社 1979 年版，第 91 页。

② （清）叶燮：《原诗·内篇》下，见霍松林、杜维沫校注《原诗·一瓢诗话·说诗晬语》，人民文学出版社 1979 年版，第 30 页。

③ 同上书，第 32 页。

④ 同上书，第 30 页。

和灵感（‘勃然而兴’）最后通过艺术的方式（‘旁见侧出’）将艺术家头脑中的艺术意象物化成艺术形象。这个过程也就是艺术创作的形象化过程，形象思维的过程。”① 这其实也是"神思"的特征的所在。

对于诗歌创作的主客体因素，叶燮提出了著名的"理、事、情"与"才、识、胆、力"这两组互相联系的范畴。关于诗歌创作的客体，叶氏以"理、事、情"三者概括之，他说：

> 曰理、曰事、曰情三语，大而乾坤以之定位，日月以之运行，以至一草一木一飞一走，三者缺一则不成物。文章者，所以表天地万物之情状也。然具是三者，又有总而持之，条而贯之者，曰气。事、理、情之所为用，气为之用也。譬之一木一草，其能发生者，理也；其既发生，则事也；既发生之后，夭矫滋植，情状万千，咸有自得之趣，则情也。苟无气以行之，能若是乎？……吾故曰：三者藉气而行者也。得是三者，而气鼓行于其间，氤氲磅礴，随其自然所至即为法，此天地万象之至文也。②

叶氏的"理、事、情"，是关于诗歌创作的审美观照的客体的高度概括。"理"即客观事物运动的规律；"事"，就是客观事物运动的过程；"情"，即是客观事物运动的感性状态。而在此之外，叶燮还以"气"作为联结、运化三者的一个重要范畴。这是中国哲学史上从王充到王廷相这样一条"气一元"的思想传统对叶氏的影响。

在诗歌创作的主体方面，叶燮提出了"才、识、胆、力"的综合性要求，认为只有以主体的"才识胆力"和客体的"理事情"相结合，才能创造出优秀的作品。《原诗·内编下》中说：

> 曰理、曰事、曰情，此三者足以穷尽万有之变态，凡形形色色，音声状貌，举不能越乎此。此举在物者而为言，而无一物之或能去此者也。曰才、曰胆、曰识、曰力，此四言者所以穷尽此心之神明。凡形形色色，音声状貌，无不待于此而为之发宣昭著。此举在我者而为言，而

---

① 刘伟林：《中国文艺心理学史》，三环出版社 1989 年版，第 323 页。

② （清）叶燮：《原诗·内篇》下，见霍松林、杜维沫校注《原诗·一瓢诗话·说诗晬语》，人民文学出版社 1979 年版，第 21 页。

无一不如此心以出之者也。以在我者四，衡在物之三，合而为作者之文
章。大之经纬天地，细而一动一植，咏叹讴吟，俱不能离是而为言
者矣。①

叶燮认为，在客体方面，"理、事、情"，足以包罗万有，将万事万物的
本质与现象都揭示无遗；而在主体方面，则须是"才、识、胆、力"四者皆
备，合而为完整的主体世界，并以此四者把握客体方面的"理、事、情"，
"以在我者之四，衡在物者之三，合而为作者之文章"，强调了艺术创作中主
体的能动的、创造性的作用。在以往的诗论中，从未有人这样全面而较为科
学地分析审美主体方面的能力结构。"才"即才华，在此四者中，"才"是先
天的因素最多的；"识"是见识，指主体的理性洞察能力；"胆"即胆气，指
创造的勇气；"力"即功力，指创作时艺术表现的能力。这四者交相作用，成
为一个诗人或艺术家的整体的审美创造能力结构。"大凡人无才则心思不出，
无胆则笔墨畏缩，无识则不能取舍，无力则不能自成一家。"② 这四种要素是
不可偏废的。"才识胆力"交相为用，形成一个整体的创造性心理结构。在
这四者之间，"识"是核心的、关键的因素。叶燮认为：

> 大约才、识、胆、力，四者交相为济。苟一有所歉，则不可登作者
> 之坛。四者无缓急，而要在先之以识；使无识，则三者俱无所托。无识
> 而有胆，则为妄、为卤莽、为无知，其言背理、叛道，蔑如也。无识而
> 有才，虽议论纵横，思致挥霍，而是非淆乱，黑白颠倒，才反为累矣。
> 无识而有力，则坚僻、妄诞之辞，足以误人而惑世，为害甚烈。若在骚
> 坛，均为风雅之罪人。惟有识，则能知所从、知所奋、知所决，而后才
> 与胆力，皆确然有以自信；举世非之，举世誉之，而不能为其所摇。安
> 有随人之是非以为是非者哉！③

在叶燮看来，"才、胆、力"都要以"识"为其核心。作家如果缺乏
"识"，就不可能正确地发挥自己的"才"，而会黑白颠倒、是非混淆；无识

---

① （清）叶燮：《原诗·内篇》下，见霍松林、杜维沫校注《原诗·一瓢诗话·说诗晬语》，
人民文学出版社 1979 年版，第 21 页。
② 同上书，第 16 页。
③ 同上书，第 29 页。

而有胆，则会流入卤莽、无知，所言便会背理叛道；没有识，力也就无所附着。故而，"识"对于一个诗人、艺术家来说，是非常重要的。叶燮说：

> 惟有识则是非明，是非明则取舍定，不但不随世人脚跟，并亦不随古人脚跟。非薄古人为不足学也，盖天地有自然之文章，随我之所触而发宣之，必有克肖其自然者，为至文以立极，我之命意发言自当求其至极者。……惟如是，我之命意发言，一一皆从识见中流布。识明则胆张，任其发宣而无所于怯，横说竖说，左宜而右有，直造化在手，无有一之不肖乎物也。无识故无胆，使笔墨不能自由，是为操觚家之苦趣，……不可不察也。①

这里既强调了"胆"的重要性，又认为"胆"要依赖于"识"。"识明则胆张"。所谓"胆"，可以说就是自由创造的勇气。"胆"不意味着主观的任性，而是要在"识"的指导下发挥作用的。

叶燮认为，"才"也要依赖于"识"，才是"识"的表现。他说：

> 其歉乎天者，才见不足，人皆曰才之歉也，不可勉强也。不知有识以居乎才之先，识为体而才为用，若不足于才，当先研精推求乎其识。人惟中藏无识，则理、事、情错陈于前，而浑然茫然，是非可否，妍媸黑白，悉眩惑而不能辨，安望其敷而出之为才乎？文章之能事，实始乎此。②

一个诗人，如果心中无"识"，就不可能真实地反映客观的"事、情"，也就谈不上有"才"。而所谓"才"，即是对"理、事、情"的创造性反映的能力。叶燮说：

> 夫于人之所不能知，而惟我有"才"能知之，于人之所不能言，而惟我有"才"能言之，纵其心思之氤氲磅礴，上下纵横，凡六合以内外，皆不得而囿之。辟，而至"理"存焉，万"事"准焉，深

---

① （清）叶燮：《原诗·内篇》下，见霍松林、杜维沫校注《原诗·一瓢诗话·说诗晬语》，人民文学出版社 1979 年版，第 25 页。

② 同上书，第 24 页。

"情"以是措而为文托焉，是之谓有"才"。①

"才"是"识"的外显，没有"才"，"识"是无以表现的。叶燮以"才、识、胆、力"来概括诗人的创造力，他不是把"才"孤立起来讨论，而是把"才、识、胆、力"作为诗人的综合能力结构，这在以前的文论著作中是未曾有过的。

叶燮还提出诗人的"胸襟"之说，这是关于创作论述主体因素的重要概念。诗的"神思"，是与作者的"胸襟"分不开的。那么，什么是诗人的"胸襟"呢？叶燮作了如下的阐述：

> 我谓作诗者，亦必先有诗之基焉。诗之基，其人之胸襟是也。有胸襟，然后能载其性情、智慧、聪明、才辨以出，随遇发生，随生即盛。千古诗人推杜甫。其诗随所遇之人之境之事之物，无处不发其思君王、忧祸乱、悲时日、念友朋、吊古人、怀远道，凡欢愉、幽愁、离合、今昔之感，一一触类而起，因遇得题，因题达情，因情敷句，皆因甫有其胸襟以为基。如星宿之海，万源从出；如钻燧之火，无处不发；如肥土沃壤，时雨一过，夭矫百物，随类而兴，生意各别，而无不具足。即如甫集中《乐游园》七古一篇：时甫年才三十余，当开宝盛时；使今人为此，必铺陈扬颂，藻丽雕绩，无所不极；身在少年场中，功名事业，来日未苦短也，何有乎身世之感？乃甫此诗，前半即景事无多排场，忽转"年年人醉"一段，悲白发，荷皇天，而终之以"独立苍茫"，此其胸襟之所寄托何如也！余又尝谓晋王羲之独以法书立极，非文辞作手也。《兰亭》之集，时贵名流毕会，使时手为序，必极力铺写，谀美万端，决无一语稍涉荒凉者。而羲之此序，寥寥数语，托意于仰观俯察，宇宙万汇，系之感忆，而极于死生之痛。则羲之之胸襟，又何如也！由是言之，有是胸襟以为基，而后可以为诗文。不然，虽日诵万言，吟千首，浮响肤辞，不从中出，如剪采之花，根蒂既无，生意自绝，何异乎凭虚而作室也！②

---

① （清）叶燮：《原诗·内篇》下，见霍松林、杜维沫校注《原诗·一瓢诗话·说诗晬语》，人民文学出版社 1979 年版，第 26 页。

② 同上书，第 17 页。

　　叶燮认为，对于诗歌创作来说，诗人的"胸襟"是诗的"神思"的基础。胸襟并非一般指思想情感，而是诗人的胸怀、世界观、人格的整体性概括。一个一流的诗人，一定是有着博大、高远、仁厚胸襟的人。有了这样的胸襟，性情、智慧、聪明、才辨才能更好地表现出来，在外物的遇合之下，"随遇发生，随生即盛"。叶氏先举杜甫为例。杜甫因为有了博大仁厚的胸襟，无处不发为"思君王、忧祸乱、悲时日、念友朋、吊古人、怀远道"的诗思，这种胸襟如同诗的肥土沃壤，一有外在的契机，马上便发而为诗，格调自高。叶燮又举王羲之的《兰亭集序》为例，如果是当时的一般作家来写，必然极力铺写，万般谀美，而王羲之写作此序，却以仰观俯察的高远视角，将"宇宙万汇"纳于"感忆"，表现了博大深邃的历史感与宇宙感。而这正是由王羲之的胸襟决定的。胸襟，是产生诗的"神思"的主体基因。叶燮评陶诗说："陶潜胸次浩然，吐弃人间一切，故其诗俱不从人间得。诗家之方外，别有三昧也。"① 所谓"胸次"也是"胸襟"之意。至于叶氏弟子、清代诗论家薛雪在《一瓢诗话》中所说"作诗必先有诗之基，基即人之胸襟是也。有胸襟然后能载其性情智慧，随遇发生，随生即盛"②，则全然是对师训的复述而已。

　　中国古代的文论家，重视艺术创作的审美感兴，在中国的传统诗论、画论中，谈及感物而兴发艺术灵思的论述非常之多，而且，它与西方的"天才"论、"灵感"论有很大的不同，不是把它神秘化，而是客观地解释了感兴的发生原因，即"物感"说。但是，仅止于此，大概很难说明外物对人的感发机遇是无处不在的，但为什么有的人却可以成为杰出的诗人、画家，而更多的人却不能？主体因素的探究，对于艺术思维的研究来说是不可缺少的。艺术灵感并不会随意地光顾某一个人，而应是光顾那些孜孜不倦地追求艺术的艺术家们。一个艺术家的成就或大或小，更多地是取决于主体的努力。平心而论，中国古代的美学资料中，在主体因素的研究方面，还是比较薄弱，也较为空疏的。而其中刘勰、叶燮等人的论述，是颇为全面而理性化的。

---

　　① （清）沈德潜：《说诗晬语》卷上，见霍松林、杜维沫校注《原诗·一瓢诗话·说诗晬语》，人民文学出版社 1979 年版，第 207 页。
　　② （清）叶燮：《原诗·内篇》下，见霍松林、杜维沫校注《原诗·一瓢诗话·说诗晬语》，人民文学出版社 1979 年版，第 17 页。

第十章 "神思"与艺术表现及审美形式

"神思"作为作家、艺术家的艺术创作思维，无论如何活跃、如何充满灵性，最终要形成作品的文本，是离不开艺术家以相应的艺术语言进行表现与传达的。如果没有成功的艺术表现，也很难成为好的艺术作品。尤其是作为语言艺术的文学创作，更是要以其完整的、独立的审美形式来存在和传播的。作品的审美形式，在很大程度上决定了它的艺术价值及在时空中的独特存在样式，因而，也就包蕴着作品的生命力。创作的"神思"，是创作出艺术精品的基础，但绝非全部。艺术创作思维与艺术表现之间还是不能等同的，其间有着非常密切的联系，却又不能混为一谈。从这个意义上说，克罗齐的"直觉即表现"的说法虽然说是突出了艺术创作思维中的直觉的作用，但却并非是客观的。克罗齐曾这样说："我们已经坦白地把直觉的（即表现的）知识和审美（即艺术的）事实看成统一，用艺术作品做直觉的知识的实例，把直觉的特性都付与艺术作品，也把艺术作品的特性都付与直觉。"① 这种直接把直觉与艺术表现等同起来的做法，不能不是相当偏颇的。在这个问题上，我们更为认同于黑格尔的有关论述。黑格尔认为："诗人的想象和一切其他艺术家的创作方式的区别既然在于诗人必须把他的意象（腹稿）体现于文字而且用语言传达出去。所以他的任务就在于一开始就要使他心中观念恰好能用语言所提供的手段传达出去。一般说来，只有在观念已实际体现于语文的时候，诗才真正成其为诗。"② 而从我国古代美学中的"神思"论来看，则将艺术家、作家的"神思"与艺术表现问题密切在一起进行研究。这在《文赋》与《文心雕龙》与中的相关论述是非常具体而深刻的。

---

① ［意］克罗齐：《美学原理·美学纲要》，朱光潜译，外国文学出版社1983年版，第19页。
② ［德］黑格尔：《美学》第3卷下册，朱光潜译，商务印书馆1981年版，第63页。

第一节　陆机论创作中的"神思"与语言的艺术表现

陆机在《文赋》中最早全面地描述了艺术构思的灵感过程，《文赋》中"若夫应感之会"这段名言，在对以灵感为代表的艺术创作思维的揭示上，是非常经典而且十分切中肯綮的。但陆机不是单纯地论述艺术构思，而是把它和适当的语言表现紧紧结合起来进行探索。陆机《文赋》的序虽则不长，却是相当值得重视的，序云：

> 余每观才士之所作，窃有以得其用心。夫其放言遣辞，良多变矣。妍蚩好恶，可得而言。每自属文，尤见其情。恒患意不称物，文不逮意。盖非知之难，能之难也。故作《文赋》以述先士之盛藻，因论作文之利害所由，他日殆可谓曲尽其妙。至于操斧伐柯，虽取则不远；若夫随手之变，良难以辞逮。盖所能言者，具于此云尔。①

《文赋》的这篇不长的序文，说明了写作《文赋》的动机，同时，提出了重要的理论问题。尤其是陆机在序中着重提到的"物"、"意"、"文"三者之间的关系，更是魏晋南北朝时期一个有着深刻背景的重要问题。"物"指客观事物；"意"指作家艺术思维的内容，与"神思"是有着大部分重合的概念；"文"，指语言形式，尤其是文学作品的语言表现。这三者之间有着非常密切的关系，却又很难完全相称。可以说，陆机创作《文赋》在很大程度上就是试图解决"物"、"意"、"文"三者的矛盾问题。

"言"、"意"之辨，是魏晋时期玄学的极为重要的命题。从哲学史的角度看，"言"、"意"之辨并非仅是语言与思想的关系问题，而在某种意义上是玄学的本体论。著名的哲学史家、国学大师汤用彤先生指出：

> 夫玄学者，谓玄远之学。学贵玄远，则略于具体事物而究心抽象原理。论天道则不拘于构成质料，而进探本体存在。论人事则轻忽有形之粗迹，而专期神理之妙用。夫具体之迹象，可道者也，有言有名者也。抽象之本体，无名绝言而以意会者也。迹象本体之分，由于言意之辨。依言意之辨，普遍推之，而使之为一切论理之准量，则实为玄学家所发

---

① 张怀瑾：《文赋译注》，北京出版社 1984 年版，第 18 页。

现之新眼光新方法。王弼首唱得意忘言，虽以解《易》，然实则无论天道人事之任何方面，悉以之为权衡，故能建树有系统之玄学。……由此言之，则玄学统系之建立，有赖于言意之辨。①

可见"言"、"意"之辨在魏晋玄学中的地位之重要。刘勰在论"神思"时，也深受王弼玄学关于"言"、"意"关系之说的启示。所不同的是，刘勰更为重视"言"的作用。陆机在刘勰之前，但他把"物"、"意"、"文"三者的关系提炼成一组带有重要的美学价值的命题，这是具有开拓之功的。在这组命题中，"物"是审美客体，同时也是文学创作的摹写对象。在陆机的文论中，"意"是以是否能够符合"物"的特征为标准的。在笔者看来，这是一种"体物"的美学思想。陆机在序文中所阐述的重心，并不在于作者如何进行自我表现，抒写个人情感，而在于如何准确地摹写"物"的形态。《文赋》在论述创作过程时，是以"物"为其焦点的。"遵四时以叹逝，瞻万物而思纷"，是说作者看到万物变迁而兴发创作激情；"情瞳昽而弥鲜，物昭晰而互进"，是说外在的物象在作者的头脑中纷至沓来；"笼天地于形内，挫万物于笔端"，谓广阔的天地都可以概括进艺术形象，万物之象都可以描绘于笔端；"体有万殊，物无一量。纷纭挥霍，形难为状。辞程才以效伎，意司契而为匠。在有无而黾勉，当浅深而不止。虽离方而遁圆，期穷形而尽相"，是说由于作者才性之不同，于是观察事物也可有不同的角度，所以物象无一定之量。而作者对物象的描摹，是以"穷形尽相"为其目标的；"其为物也多姿，其为体也屡迁"，是说物象多姿多彩，那么描写它的文章体式也要随之而变化。在《文赋》中，"物"字凡六见，所涉及的是创作过程的各个方面，但都是以能否准确地描写物象为旨归。

"物"在陆机的《文赋》中并非事物的内质，而是事物的外在样式、形态。陆机虽未明言，但他确实又是在这种意义上来用这个概念的。"瞻万物而思纷"、"其为物也多姿"等，都表明了"物"是指"物象"的意思。

"意"的内涵在《文赋》中是颇为复杂的，或指作家所要表现的作品内容，其中有着客观对象在作家头脑中的映象，或指作家的创作思路。"意"，无疑是属于观念形态的，是内在于作家的思维层面的。"文"的含义相当明确，就是指文学创作中的语言表现。陆机所忧虑的是作家的"意"难以与外在的客观物象相适合，也忧虑作品的语言形式难以表达作家的"意"。而

---

① 汤用彤：《魏晋玄学论稿》，上海古籍出版社 2001 年版，第 24 页。

在他的理想中，作家的"意"，应该适应于"物"；而作品的"文"，应该充分表现作家的"意"。这样就把"物"、"意"、"文"三者之间构成了一个完整的美学命题。陆机还指出语言的艺术表现在操作层面的难度，"盖非知之难，能之难也"，也就是说，并非作家在主观上不想或不懂文称意的道理，而是在具体写作的过程中，难以达到理想的效果。

陆机在《文赋》中对创作灵感思维的描述是中国古典美学中关于灵感问题最为经典的论述。他在这段名言中突出地展现了灵感思维的瞬间性、变幻性，所谓"若夫应感之会，通塞之纪，来不可遏，去不可止，藏若景灭，行犹响起，方天机之骏利，夫何纷而不理"，把创作中的灵感状态形容得惟妙惟肖，无以过之。这种"天机"，也就是"神思"，在前面业已论列。那么，这种灵感的瞬间变化，其发生原因何在呢？陆机从他的美学观念出发，已经从某种意义上做出了回答。外物的充满生命感的变化，是作家的灵感思维的动因之一。陆机把"物"作为创作的始因，但在他的意识中，与作家诗人的感兴相关联的"物"，不是静态的、呆滞的，而是时刻都在变化着的，充满生命感和动感的。"意"的巧妙而多变，"文"的表达难度，都起因于"物"的生生不息、千变万化。"物"的这种变化性，生发于以"气"为原质的宇宙生命创化。"伫中区以玄览"，是颇有深意的。"中区"即宇宙天地之间；"玄览"，出于《老子》所云之"涤除玄览"。"玄"是幽深之意。河上公注曰："心居玄冥之处，览知万事，故谓之玄览也。"[①] 久立于宇宙天地之间，以虚静之心览知万物万事。"遵四时以叹逝，瞻万物而思纷。悲落叶于劲秋，喜柔条于芳春。"这也就是陆机所谓的"物"，主要是因了宇宙之气的生命创化所带来的物象之变。

在《文赋》中，文思之变与物象之变以至语言表述的变幻出新，是紧密联系、三位一体的。"情曈昽而弥鲜，物昭晰而互进"是物象的联翩而至，作家的文思以物象为内容，异常活跃。陆机说："倾群言之沥液，漱六艺之芳润。浮天渊以安流，灌下泉而潜浸。于是沉辞怫悦，若游鱼衔钩而出重渊之深；浮藻联翩，若翰鸟缨缴而坠曾云之峻。"这些以优美的词语加以描述的是，以语言表达为其外壳的文思，汲纳经史百家，涵咏六艺精华，或如飘逸于云间，或似沉潜于下泉，变幻多端，曲折尽致。李善注云："言思虑之至，无处不至。故上至天渊于安流之中，下至下泉于潜浸之所。"[②] 由

---

① 王卡点校：《老子道德经河上公章句》，中华书局 1993 年版，第 147 页。

② （唐）李善注：《六臣注文选》卷 17，中华书局 1987 年版，第 350 页。

此，陆机又谈到辞语的表达；有时沉滞，有时"浮藻联翩"。物象的变化是文思变化的原因，而以言辞细致贴切地传达这种变化，是颇有难度的，正如序中所说的："若夫随手之变，良难以词逮。"而一旦成功地表现了这种荷载着物象之变的文思，那么，就会创作出前一刻能而后一刻不能的个性鲜明的美好篇章。"谢朝华于已披，启夕秀于未振"，张铣注这两句说："朝华已披，谓古人已用之意，谢而去之。夕秀未振，谓古人未述之旨，开而用之。"① 作家所创作的这种境界，是独一无二的。

陆机《文赋》又谈了文学创作中为表现文思之变而精心地遣辞造句。他说："然后选义按部，考辞就班。抱景者咸叩，怀响者毕弹，或因枝而振叶，或沿波而讨源。或本隐以之显，或求易而得难。"陆机认为，辞语的选择运用，必须按文思的需要而作。"抱景"，指构思中的形象。吕延济注："谓物有抱光景者，必以思叩触之而求文理。物有怀响者，必以思弹击之以发文意。"② "虎变而兽扰，龙见而鸟澜"，比喻结构章节、遣辞命意，变化多端。

陆机还将物象的多姿多彩与文体的多样化深刻地联系在一起。《文赋》中说："体有万殊，物无一量。纷纭挥霍，形难为状。辞程才以效伎，意司契而为匠。在有无而𪉲勉，当浅深而不让。虽离方而遁圆，期穷形而尽相。"客观事物是千变万化的，文学之体也是千差万别的，以千差万别之文体，来把握千变万化之物象，是难度很大的，但作家应该充分发挥自己的才能，以最适合的文体来准确地传情达意。具体的和抽象的文辞都应努力斟酌，立意或浅或深都要依据表达文思的需要而定。而在语言表现方面，陆机主张穷尽物象之形体，把事物描绘得全面细致。这是对诗文语言描写的要求。

对于诗文创作中的文思，陆机在《文赋》中主张"尚巧"，对于表现文思的辞语，陆机力倡美好绮靡。他说："其为物也多姿，其为体也屡迁。其会意也尚巧，其遣言也贵妍。暨音声之迭代，若五色之相宜。虽逝止之无常，固崎𫘤而难便。苟达变而识次，犹开流以纳泉。"物象的多变，要求文体多方转换。而文思立意以巧为尚，遣辞则以妍丽绮美为佳。这样方可充分表达作者的艺术感受。陆机又从音律的角度提出声韵的叠合交替，应如五色相宜的织锦一般。这些都是为了适应物象之变、文思之巧而提出的语言表现

---

① 转引自张怀瑾《文赋译注》，北京出版社 1984 年版，第 24 页。
② （唐）李善注：《六臣注文选》卷 17，中华书局 1987 年版，第 310 页。

原则。

为了将文思表达得鲜明卓异，陆机主张在语言表现上创造出警策之语，作为诗文的"高光点"，他在《文赋》中说："或文繁理富，而意不指适，极无两致，尽不可益。立片言而居要，乃一篇之警策。虽众辞之有条，必待兹而效绩。"着意在诗文中创造出警策之"片言"，会使整个的文思表现得十分畅达而突出。其他辞语，也都因了这里的警策之语而生出更佳的效果。陆机在《文赋》中全面地论述了"物"、"意"、"文"三者之间的关系，揭示了物象充满生命力的变化对文思的影响，同时非常注重语言表现在传达作家文思中的审美功能。从物象到文思，再由文思到语言表现，形成了一个完整的序列，也可以视为一个重要的美学命题。而陆机在《文赋》中贯穿其间的一个核心的观念就是"变"。从"物"到"意"再到"文"，都是因"变"而生发出"会意尚巧，遣言贵妍"的要求的。

第二节　刘勰论"神思"的艺术表现与审美形式

《文心雕龙》中的名篇《神思》，是"神思"论的最为经典的篇章，也是刘勰创作论的总纲。《神思》篇中不仅深刻地论述了艺术创作思维的特征，而且揭示了"神思"与语言表达的密切关联。刘勰高度重视艺术传达的意义，把它与"意象"的物化联系在一起。他说："神居胸臆，而志气统其关键；物沿耳目，而辞令管其枢机。枢机方通，则物无隐貌；关键将塞，则神有遁心。"这里指出，"物象"进入作者的耳目之中，成为"神思"的内容，而恰是以"辞令"为其外壳的。"辞令"作为符号表征着物象，成为运思的关键。这些表征物象的辞语运用得好，那么，物象的微妙之处都可被表现出来。"然后使玄解之宰，寻声律而定墨；独照之匠，窥意象而运斤。"这段非常有名的话，除了提出"意象"这个审美范畴的首功外，还在于刘勰一开始就指出内心的意象必须通过声律成为确定的艺术形象。"运斤"用《庄子·徐无鬼》中"郢人运斤"的典故，指以高度精妙的技巧来表现意象。"神思方运，万途竞萌；规矩虚位，刻镂无形"，都是说通过语言表现使抽象无形的内在意象变成确定而有形的艺术形象。刘勰还深刻指出文本与作者内在意象之间的矛盾性，他说："方其搦翰，气倍辞前；暨乎篇成，半折心始。"意谓：当作者刚下笔欲写的时候，激情满怀，气势旺盛，预想得十分美好；而待作品写成之后，也许比开始所想的要打个对折。这种情形，在文学创作中是一种客观的存在，但却是刘勰首先把它揭示出来的。其原因

第十章　"神思"与艺术表现及审美形式　　337

何在？刘勰解释说："何则？意翻空而易奇，言征实而难巧也。"刘勰把玄学中的"言"、"意"之辨的论题引入对文学创作思维规律的探讨，中肯地揭示了其间的原因。"言"、"意"之辨中有"言不尽意"的著名命题，刘勰这里的解释是与此有内在联系的，但更是从文学创作的实践出发所得出的结论。在刘勰看来，"意"作为构思中的内容，是属于观念形态的，是尚未物化的，在作者的头脑中非常自由，易于翻空出奇，而文辞表达是将作者之意落到实处，将心中的那些活跃而虚幻的意象精妙而自如地传达出来，殊非易事。刘勰接着说："是以意授于思，言授于意；密则无际，疏则千里。或理在方寸，而求之域表；或义在咫尺，而思隔山河。"这段话仍然有着丰富的理论内涵。"思"、"意"、"言"三者中，"思"为开端，"言"为终端。"思"即"神思"，是由作者的审美感兴发端的创作运思过程，而"意"，则是由"思"而生的意蕴内容。

　　"思"和"意"的区分是颇为重要的。"意"由"思"而生，而"言"又生于"意"，那么，"言"与"思"之间就有了一种间隔。如果有很高的语言表现才华，可以没有间际地传达作者的神思；反之，则会有较大出入。有时某些道理就在自己心中，却反而到天涯去搜求；有时某些意思本来就在眼前，却又像隔着山河似的，其原因就在于语言的贫弱笨拙。

　　刘勰一方面十分重视言辞的锤炼升华，另一方面又指出一些微妙之意难以用语言传达。而那些"言外之意"、"弦外之音"的表现，恰恰需要以精妙的语言作为契机。刘勰在《神思》篇中以"视布于麻，虽云未费；杼轴献功，焕然乃珍"来比喻语言表现要经过高度的提炼与升华。"杼轴"，是织机，这里用作动词，意指加工。黄侃释"杼轴献功"说："此言文贵修饰润色。拙辞孕巧义，修饰则巧义显；庸事萌新意，润色则新意出。"①刘勰以布和麻的关系为喻：布比麻未必有多么贵重，但从麻经过"杼轴之功"，织出布来，就显得焕然光彩，令人珍视了。刘勰《神思》篇还从写作技巧层面谈道："至于思表纤旨，文外曲致；言所不追，笔固知止。至精而后阐其妙，至变而后通其数。伊挚不能言鼎，轮扁不能语斤，其微矣乎！"有些为思考所不及的细微意义，或者是为文辞所难表达的曲折情致，不必一一用语言都要表示出来。

　　针对于文学创作的内在"神思"而言，刘勰非常重视以美好的外在形式来恰当地加以表现。他不赞成"繁采寡情"，"为文造情"，但却以前所未

---

① 黄侃：《文心雕龙札记》，上海古籍出版社2000年版，第95页。

有的高度来论述了"文"的地位，也即与作家的文思相适应的审美形式。这一点，与陆机的"诗缘情而绮靡"是如出一辙的，而他在《文心雕龙》的许多篇章中予以充分的阐述。

"形式"这个范畴，在中国古典美学中本是不存在的，是从西方哲学、美学中引进的。中国古代美学中与之相近的"形"的范畴，其实从内涵到外延都与"形式"有很大出入，倒是刘勰美学思想中的"文"、"采"，非常接近"形式"这个美学范畴所具有的意义。刘勰十分重视"文"、"采"作为文学作品的存在形式的价值，但又不是片面强调它，而是把"文"与"道"、"情"与"采"的关系视为"体用一如"。

刘勰在《文心雕龙》的首篇《原道》中就对"文"作了本体论的界定，且是在"文"与"道"关系的框架中来论述的。刘勰云：

> 文之为德也大矣，与天地并生者，何哉？夫玄黄色杂，方圆体分，日月叠璧，以垂丽天之象；山川焕绮，以铺理地之形：此盖道之文也。仰观吐曜，俯察含章。高卑定位，故两仪既生矣；惟人参之，性灵所钟，是为三才。为五行之秀，实天地之心。心生而言立，言立而文明，自然之道也。傍及万品，动植皆文；龙凤以藻绘呈瑞，虎豹以炳蔚凝姿；云霞雕色，有逾画工之妙；草木贲华，无待锦匠之奇。夫岂外饰，盖自然耳。至于林籁结响，调如竽瑟；泉石激韵，和若球锽：故形立则章成矣，声发则文生矣。夫以无识之物，郁然有采，有心之器，其无文欤！①

这里深入论述了"文"的重要价值。"文之为德"是与"道"相对而言的。很明显，这个"道"，并非儒家道统之"道"，而是在道家学说框架中的宇宙本体之"道"。在道家思想体系里，"道"是派生宇宙万物的本体，《老子·二十五章》云："有物混成，先天地生，寂兮寥兮，独立不改，周行而不殆，可以为天下母。吾不知其名，字之曰道。"② 这里揭示道体的规定性为："道"先天地生，是天地的母体，"道"是独立而不依附于任何其他事物的宇宙本体，是一种绝对的存在。《老子·四章》又云："道冲，而用之

---

①　范文澜：《文心雕龙注》，人民文学出版社 1958 年版，第 1 页。
②　见陈鼓应《老子注译及评介》，中华书局 1984 年版，第 164 页。

或不盈。渊兮似万物之宗。"① 认为它是创造万物的母体。"德"是与"道"相对应的,"道"为派生万物的宇宙本体,而"德"是"道"的表现与外显。《老子·五十一章》云:"故道生之,德畜之,长之育之,亭之毒之,养之覆之。"② 对此,著名玄学家王弼阐释云:"道者,物之所由也;德者,物之所得也。"③ 意思是,"道"是事物所生的根本,"德"则是"道"的分有。"道"和"德",是体用一如的关系。"文之为德",正是作为"道"的外显。在《原道》篇中,"文"分为三:"天文"、"地文"、"人文"。"日月叠璧",是"天文";"山川焕绮",是"地文"。而"人文"与"天文"、"地文"相比,则是更为重要、更为核心的。"人文",主要指只有人类才有的语言文字,所谓"心生而言立,言立而文明",这才是特有的"人文"。刘勰更进一步揭示了"人文"在宇宙万物和人类社会中的特殊意义。"人文"的出现,烛照万物,辉丽万有,所谓"傍及万品,动植皆文",正可以说由于"人文"的存在,使人们从美的形式的角度来观察万物。"文"的本意,有相当明显的形式感。《说文解字》云: "文,错画也,象交文。""错"即交错之意,指由不同的线条交错而成的一定可观的视觉形象。这个意义上的"文"是很具体的。基本上是指器物上图文的形式感。而后来"文"的概念从个体上升到较为抽象的、普遍的意义,于民先生曾这样论述"文"的观念的发展过程:

> 西周末年的史伯关于"物一无文",即单一的色彩不成为文的提出,将"错画成文"的认识提到了哲学的高度。如果说"五色成文"的观念更多地突出了五行思想的话,那么,"物一无文"的观念则突出了对立面和谐的观点。这样,从具体之"文"到初步抽象为"错画成文"的观念,又经过阴阳五行思想的提高,文的内容不仅空前深刻,也格外充实和广阔了。它包括着听觉的音声相和之文、人的言声动作的外观之文,以及社会制度和自然现象之文。具体器物之文的观念,进一步扩展到人与社会以及自然,就出现了人的外观美饰之文,社会现象之文以及自然之文。④

---

① 见陈鼓应《老子注译及评介》,中华书局1984年版,第75页。
② 李存山注译:《老子》,中州古籍出版社2008年版,第111页。
③ 《老子道德经注》下篇,见《王弼集》,中华书局1980年版,第137页。
④ 于民:《春秋前审美观念的发展》,中华书局1984年版,第132—133页。

这对我们理解"文"的观念是颇有裨益的。"文"作为与事物质素相表里的审美形式的意义是相当明确的。刘勰认为"文"并非器物的外饰，而是自然而然的结果。"心生而言立，言立而文明，自然之道也"，以语言文字为主的"人文"使人们的关于"文"的审美观念"傍及万品，动植皆文"，是在人有了"文"的审美意识之后，对万物产生的关于"文"的审美形式化的观念。

刘勰对"人文"并非一般性的体认，而是特别揭橥作为"人文"核心的文字（包括许多具有很强的审美价值的文学类作品）的那种金声玉振、神采焕然的形式美感。他在《原道》篇中又说：

> 人文之元，肇自太极，幽赞神明，《易》象惟先。庖牺画其始，仲尼翼其终。而《乾》、《坤》两位，独制《文言》。言之文也，天地之心哉！若乃《河图》孕乎八卦，《洛书》韫乎九畴，玉版金镂之实，丹文绿牒之华，谁其尸之？亦神理而已。自鸟迹代绳，文字始炳。炎皞遗事，纪在《三坟》，而年世渺邈，声采靡追。唐虞文章，则焕乎始盛。元首载歌，既发吟咏之志；益稷陈谟，亦垂敷奏之风。夏后氏兴，业峻鸿绩，九序惟歌，勋德弥缛。逮及商周，文胜其质，《雅》、《颂》所被，英华日新。文王患忧，繇辞炳曜，符采复隐，精义坚深。重以公旦多材，振其徽烈，剬诗缉颂，斧藻群言。至若夫子继圣，独秀前哲，熔钧六经，必金声而玉振；雕琢性情，组织辞令，木铎起而千里应，席珍流而万世响，写天地之辉光，晓生民之耳目矣。①

《原道》篇在很大一部分论者看来，是以儒家之道为本原，刘勰是以"文"法"道"的，即用"人文"来表现儒家之道；其实，从上面的引文中不难看出，刘韶所论"原道"，是主张以"自然之道"来生发焕然而美的"人文"。刘勰在《文心雕龙》的《征圣》、《宗经》篇中所论也并非如某些学者所认为的那样以儒家圣贤经典为准则，而是以学习其文采为旨归。如《征圣》篇中说：

> 夫子文章，可得而闻；则圣人之情，见乎文辞矣。先王圣化，布在方册；夫子风采，溢于格言。是以远称唐世，则焕乎为盛；近褒周代，

---

① 范文澜：《文心雕龙注》，人民文学出版社 1958 年版，第 2 页。

则郁哉可从：此政化贵文之征也。郑伯入陈，以文辞为功；宋置折俎，以多文举礼：此事迹贵文之征也。褒美子产，则云"言以足志，文以足言"；泛论君子，则云"情欲信，辞欲巧"：此修身贵文之征也。①

《宗经》篇中说：

故文能宗经，体有六义：一则情深而不诡，二则风清而不杂，三则事信而不诞，四则义直而不回，五则体约而不芜，六则文丽而不淫。扬子比雕玉以作器，谓《五经》之含文也。夫文以行立，行以文传，四教所先，符采相济。②

这些论述都不难说明：刘勰之"征圣"、"宗经"其目的在于学习圣贤经典的文辞焕美雅丽，则圣贤之文的外在形式之美，又是与其充分表达性情互为表里的。正是在这种意义上，刘勰才将"情信辞巧"作为创作的金科玉律的。

《文心雕龙·情采》是一篇专论作品的审美形式的文章，有很高的理论价值。"采"正是辞采、文采，这是全文的核心。而刘勰以"情采"命篇，旨在揭示情志与辞采的密切关系。《情采》篇云：

圣贤书辞，总称文章，非采而何？夫水性虚而沦漪结，木体实而花萼振，文附质也。虎豹无文，则鞟同犬羊；犀兕有皮，而色资丹漆，质待文也。若乃综述性灵，敷写器象，镂心鸟迹之中，织辞鱼网之上，其为彪炳，缛采名矣。故立文之道，其理有三：一曰形文，五色是也；二曰声文，五音是也；三曰情文，五性是也。五色杂而成黼黻，五音比而成韶夏，五情发而为辞章，神理之数也。《孝经》垂典，丧言不文；故知君子常言，未尝质也。老子疾伪，故称"美言不信"，而五千精妙，则非弃美矣。庄周云"辩雕万物"，谓藻饰也。韩非云"艳乎辩说"，谓绮丽也。绮丽以艳说，藻饰以辩雕，文辞之变，于斯极矣。研味《孝》、《老》，则知文质附乎性情；详览《庄》、《韩》，则见华实过乎淫侈。若择源于泾渭之流，按辔于邪正之路，亦可以驭文采矣。夫铅黛

① 范文澜：《文心雕龙注》，人民文学出版社1958年版，第15页。
② 同上书，第23页。

所以饰容，而盼倩生于淑姿；文采所以饰言，而辩丽本于情性。故情者文之经，辞者理之纬；经正而后纬成，理定而后辞畅：此立文之本源也。

昔诗人什篇，为情而造文；辞人赋颂，为文而造情。何以明其然？盖风雅之兴，志思蓄愤，而吟咏情性，以讽其上，此为情而造文也；诸子之徒，心非郁陶，苟驰夸饰，鬻声钓世，此为文而造情也。故为情者要约而写真，为文者淫丽而烦滥。而后之作者，采滥忽真，远弃风雅，近师辞赋，故体情之制日疏，逐文之篇愈盛。故有志深轩冕，而泛咏皋壤；心缠几务，而虚述人外。真宰弗存，翩其反矣。夫桃李不言而成蹊，有实存也；男子树兰而不芳，无其情也。夫以草木之微，依情待实；况乎文章，述志为本。言与志反，文岂足征？

是以联辞结采，将欲明理，采滥辞诡，则心理愈翳。固知翠纶桂饵，反所以失鱼。"言隐荣华"，殆谓此也。是以"衣锦褧衣"，恶文太章；贲象穷白，贵乎反本。夫能设模以位理，拟地以置心，心定而后结音，理正而后摛藻，使文不灭质，博不溺心，正采耀乎朱蓝，间色屏于红紫，乃可谓雕琢其章，彬彬君子矣。赞曰：言以文远，诚哉斯验。心术既形，英华乃赡。吴锦好渝，舜英徒艳。繁采寡情，味之必厌。①

对于"文"与"质"的关系，刘勰一方面认为"质"是决定着"文"的，"文"是附丽于"质"的，另一方面又强调"质"是有待于文来显现其存在的，即所谓"文附质"和"质待文"的关系。刘勰在《情采》篇中的论述是具有相当深刻的辩证法的。他把情感作为文采（也可以理解为作品的审美形式）的内涵与底蕴，赞赏"为情而造文"，而不满于"为文而造情"，对那些"心非郁陶，苟驰夸饰"的"逐文之篇"，是持贬抑态度的。但同时，刘勰非常重视文采作为审美形式的作用。将"情"与"采"融为一个概念，这本身就有着重要的美学史意义。在这里，"情采"并非"情"与"采"的简单相加，而是一个完整、独立的美学范畴。这个范畴的内涵，是大于且深于"情"和"采"的并列相加的。在刘氏看来，作品的文采，必须以情感为根基，而情感也必须通过文采得以外化、物化，也可以说是情感的审美形式化。

刘勰把"立文之道"分为"形文"、"声文"、"情文"三类，这是前所

---

① 范文澜：《文心雕龙注》，人民文学出版社 1958 年版，第 537—539 页。

未有的，在美学史上有着突出的贡献。这是对文学的审美形式的形态分类。所谓"形文"，是用"五色"等色彩要素构成的文饰，"声文"是用五音等声音要素构成的文饰。有人根据"五色杂而成黼黻，五音比而成韶夏，五情发而为辞章"这几句，认为"三文"分指绘画（或礼服、刺绣等）、音乐、文学等三种艺术形态，这其实是不确的。综观全文来看，"三文"都是在文学创作的范畴内来谈的，它们分指文学创作的表形、表声、表情等三个方面。"形文"是借绘画的媒质为喻，指称文学中富于色彩描绘的形象性；"声文"则是借音乐的媒质为喻，指称文学创作的声韵之美；"情文"则是指文学创作的情感类型错综变化而形成的机理。在《文心雕龙》中，刘勰非常重视文学文本中的绘画式的形象美感和音乐式的音韵美感，这成为其美学思想的丰富而独到的内涵。这里略加引申。

　　刘勰在《文心雕龙》诸篇中，高扬文学创作的体物功能，倡导在作品中以绘画式的形象描绘来强化"图式化外观"的显性美感。所以经常借绘画论述各体写作，如他在《诠赋》篇中以"铺采摛文，体物写志"来界定赋的本体特征，并着重论述道："丽词雅义，符采相胜。如组织之品朱紫，画绘之著玄黄。文虽新而有质，色虽糅而有本，此立赋之大体也。"在该篇赞语中又说："写物图貌，蔚似雕画。"在《定势》篇也说："是以绘事图色，文辞尽情；色糅而犬马殊形，情交而雅俗异势。……譬五色之锦，各以本采为地矣。"《比兴》篇云："至于扬、班之伦，曹、刘以下，图状山川，影写云物，莫不纤综比义，以敷其华，惊听回视，资此效绩。"《附会》篇云："夫画者谨发而易貌，射者仪毫而失墙，锐精细巧，必疏体统。"《才略》篇云："延寿继志，瑰颖独标，其善图物写貌，岂枚乘之遗术欤！"《文心雕龙》中，诸如此类的论述时有可见，都是以画事喻作文之道。其中贯穿的重要意旨就是高扬文学的"图物写貌"的功能，强化文学的形象化特征。

　　文学与绘画是一对姊妹艺术，有许多相通之处，也有许多不同的艺术规律。我们所关注的是，刘勰以画论文，其具体的理论指向是什么。在我看来，一是强化作品中的形象性、描绘性，使作者头脑中的意象更具体、更鲜明地表现出来，所谓"写物图貌"是也；二是注重文学创作中的色彩描绘，使作品的审美形式呈现出更多的感性内容，所谓"蔚似雕画"是也；三是通过这种有意借鉴画理的创作，使读者产生"陌生化"的、令人惊颤的审美感受，所谓"惊听回视"、"瑰颖独标"是也。这可以说是刘勰关于审美形式方面论述的非常重要的侧面，旨在加强文学创作中的视觉美感。

　　关于"声文"，是刘勰对于审美形式的理论所做出的更为独特的建树。"声文"是从理论上揭示文学作品中审美形式的音乐性要素，也即是听觉的美感。其具体内涵主要是指作品中的声韵之美。从另外的角度讲，"声文"也是对中国古典美学中的意象理论的重要贡献。在刘勰看来，对于"意象"的表现，不仅在于以文字构形，将心中的图像传写出来，同时，还应以和谐悦耳的声韵作为意象的声音外壳。这是"意象"审美化的一个重要内容。"流连万象之际，沉吟视听之区"，正是指出"意象"的二维性质。刘勰十分重视声律问题，有《声律》专篇加以深入探讨，其中有云："凡声有飞沉，响有双叠。双声隔字而每舛，迭韵杂句而必睽；沉则响发而断，飞则声飏不还，并辘轳交往，逆鳞相比，迂其际会，则往蹇来连，其为疾病，亦文家之吃也。夫吃文为患，生于好诡，逐新趣异，故喉唇纠纷；将欲解结，务在刚断。左碍而寻右，末滞而讨前，则声转于吻，玲玲如振玉；辞靡于耳，累累如贯珠矣。"此处涉及许多具体的音韵学知识，我们不必细加推究，但总的意思是通过飞沉变化，双声叠韵的参差互用，使诗的"声画"和谐悦耳，给人以"玲玲如振玉"、"累累如贯珠"的听觉美感。"声文"是关于文学作品的审美形式中的重要内容，这在刘勰的美学观念中是占有突出位置的。

　　陆机、刘勰这两位魏晋南北朝时期最为重要的文学理论家，在其代表性的文学理论名著《文赋》和《文心雕龙》中对于"神思"这个美学范畴，作了最为集中、最为深刻的论述，把"神思"的运思过程、审美内涵作了客观而准确的描述，他们并非停留于这个层面，而是从对"神思"的发生到对"神思"的语言表现，作了精妙而独到的阐释。刘勰对于文学作品的审美形式的建构，也是独具重要的理论价值的。有了关于"神思"的艺术表现与传达的这部分内容，"神思"论才是更为完整的，更有写作实践方面的操作意义的。